紫庵文集

（第五冊）

魏際昌 著 ◎ 方 勇 主編

人民出版社

目　録

雜文序跋

毛主席著作語文析論

"批判繼承，古為今用"，毛澤東同志體現於散文著作中的幾個範例

學習毛澤東思想,清除形形色色的個人主義

自　傳

雜　憶

目　録

雜 文 序 跋

永、桑、大庸社教視察瑣記

寫在前面

自然,在三區裏做視察工作,不是一件好玩的事體,這兒跑不到公路、坐不到汽車、住不到旅館、吃不到大菜。可是從另一方面看,那怪石嶙峋、羊腸崎嶇的山道,那二人平抬只能□倒的竹轎,那板鋪當街冷茶洒碗的伙□,那米飯生硬、紅棘辛辣的餐堂,又何嘗不令人奇趣橫生,經驗增益呢?

我們的首途

八月一日的清晨,鳥雀無聲人寂寂,太陽還沒有出來,工丁一聲報道:"T校長來了!"我便趕往頭門石牌坊外,準備出發,見了T校長,彼此打了一個哈哈,遂即分別上轎。這時本館P主任,想要給我買點心,敲店鋪門,沒人理會,W主任看到桑植派來迎護的常備隊說:"館長此行,軍容甚盛。"我微笑了,但隨即有一點兒憮然,因為我和這些朝夕聚首的好同事,又要暫時離別了。

轎子是T校長的在前,我的在後,兵士、工友和挑夫錯錯落落的跟著,隊伍的長度,有二百多米遠。我一壁躺著,一壁數著崖頭小樹,心意單得很。早上向城裏趕場的鄉民,背著竹簍,肩著木擔,碰到我們,便躲在路旁,投射一種驚羨的眼光。大概他們以為我們派頭甚大,不是老爺,也是委員了,我常常因此感到不安。

3

轎夫

破竹笠，爛褲子，

下面露出了瘦骨頭，

咯吱吱，轎子響，

哼呀咳，人聲吼，

先生該休息了吧！

不吸鴉片沒法兒走，

汗滴杆下，

氣喘如牛！

這是我坐在轎子高頭為轎夫謅出的打油新詩，他們的確太可憐了，所以每當上下高坡、天氣過熱的時候，我便下來走路。T校長說："你這是一種不澈底的惻隱，既然不能根本不坐，暫時的解放，又有何益？"我的答覆是"默然"。

塔臥一瞥

塔臥、靈谿、王村、石堤西，合稱永順四大鎮，據說這兒的稻米最有名——色碧味香，是滿清時代入供之品。

我們到了鎮上已經日落西山了，走了一天，又饑又渴，滿想大吃一餐，可是跑遍了鎮上，連個雞卵都買不出，只得胡亂吞了一碗。

全鎮長可五十步，店鋪不過六、七十家，看來都不像有生意的樣子，飯鋪老闆告訴我們說："不逢場是沒有事情做的。"這就不怪了。

可憐天下父母心！

地方大概在三家田吧，我和 T 校長剛從轎子下來，坐在案頭休息的當兒，一位老年人，六十開外的年歲，駝著背，赤著腳，肩頭掛著竹簍，總在我們附近踱來踱去，並且時時對我們放出一種祈求的眼光，我便開始注意了他。不久，這位老年人終於吃吃的向我們開口了：

"先生，你們可曉得鬼子現在到了長沙沒有？"

"沒有。"T 校長答。

"那末，瀏陽也是不要緊的了？"他又問。

"是的，你問這些做甚麼？"我很奇怪的邊答邊問。

"先生你們不知道，我的兒子現在跑到那邊去了。他是上個月份偷著走的，到了瀏陽，才給我來了一封信，說他在那兒有事情啦。我不放心的很。先生，我只有這一個兒子呀！"說著，老淚掛到臉上了。

"既是這般說，你可以放心了。我們確實知道長沙、瀏陽現在太平的很！"我和 T 校長共同給他一個保證的安慰。

"這就好了，我因為看兩位先生不是此地人，一定知道外面的事，所以才動問的，謝謝吧！"他很滿意的走了。

"里中少年關不住。"T 校長若有所思的說。

"可憐天下父母心！"我看著老年人的背影，歎了一口氣。

假如跌在崖下呢？

今天轎夫和我開了一個小玩笑——是從塔臥趕向桑植的路上，我剛在睡眼抹糊、百無聊賴的當兒，忽然覺得轎子斜沈下去，在人聲水聲中，頭撞□了，腿打濕了。原來是轎夫失腳，把我翻在水田裏。

爬起來時，本想大發皮氣，可是瞧到轎夫那種惶恐的神情，馬上心中不□了。然而前後不遠，都是深及數十丈的峭壁崖石，假如翻在那兒呢？不禁暗暗道了一聲"慚愧"！

初入桑植──泥湖塔

人說永順"地無三里平"，現在看來，果然不錯。可是一入桑植，便有些兒不同了，三幾里則平原，往往可以碰到，雖然都是石□地，□□□□，不□此也。永順鄉間的女人，慣打赤腳，而泥湖塔一帶的村婦，則多鞋襪齊全，鄉人頭上纏布的，也不似永順的普遍。不過，最令我稱道的，卻是他們的"打草帽辮"。

我們在泥湖塔等地休息的時候，往往看見男男女女手持草帽辮，邊走邊打，一會兒便是一人多長，這起碼可以證明他們技術純熟，工作努力。

澧源風雨襲人來

將近澧水，太陽本來還是光耀萬山的，可是隱隱幾聲遠雷，一個山頂漸漸暗了，接著樹披草偃地來了一陣疾風，馬上便看到大□的雨腳，從左面的山頭，直飛過來。太陽不見了，又是幾個暴雷，大雨遂傾盆瀉下。附近既無人家，我們只好蜷入轎內。然而風助雨勢，近著轎口灌進來，你往那裏躲閃？挨到河邊，勉強下了轎子，我和 T 校長彼此看到濕髮散亂，水衣緊貼的怪相，大家苦笑著說："這才痛快淋漓！"

一座小山城

桑植縣城高踞在平坦的山坡上，前有龍山屏障，旁為澧水□□，□勢甚稱險要，城內亦街潔巷淨，雅淡宜人。惟共產黨在此□毀過久，創痕依舊斑斑可見焉。

城中文化機關有：縣黨部和它主辦的桑植民報社，蜚聲三區的澧源小學與三民女校，草創方始的縣民教館，和士紳設立的簡易師範。

出席各界歡迎會

我和 T 校長，都是桑植小學教師□期講習會特別請來講演的，開會歡迎，自然須出席。可是一看到"教育專家"、"社教運動"的□□，看到"光臨敝縣"、"榮幸萬分"的譽詞，和受到掌聲、呼聲、爆竹聲的振動，立刻有點不□□□了。T 校長說："諸位歡迎，把我們弄得如芒刺在背。"我也拿韓退之的"弟子不必不如師，師不必賢於弟子"來強自解嘲。唉！"無牛□□□"，學者名流，豈是□□做的！

講習會上課

講習會附設於澧源小學，在城內東南隅，學員八十餘人，制服草鞋，個個精神飽滿。Y 兼會長對我說："他們都是經過考取的各地小學教師，難得□□。"我說："這才是真正的鄉教幹部呢。"

牛鼻子洞

六日□□課罷，縣紳 W 君等邀我和 T 校長往遊牛鼻子洞。我們飛舟險灘，躍馬絕壑，玩得非常快活，歸即為文，略述其狀云：

牛鼻子洞，以其外形得名，以其中生石筍而著名，距桑植縣城東北凡十五里。其下危石峭壁，鳥道之無，須攀□附葛，始克上達。洞內陰森濕邃，寒氣侵人，必厚衣結隊，燈火前導，乃可入覽。其石筍如犬牙交錯，巨細暴一，丁丁徐伐，人人可以滿載也。

龍虎山上幾句話——把握你們的幸福

空殼樹龍虎山桑植第一中山民校，環境幽雅，校舍整潔，辦理算是比較好的。視察完了，校長一定請我向學生講幾句話，我便向他們說了：

"親愛的小朋友，你們可曉得我？因□和日本鬼子打仗，國裏已經有了兩種□遇的兒童嗎？被殺掉了頭，被抽乾了血，被趕到後方作流浪兒，這是已被日本鬼子占去的地方裏的兒童。直到現在還沒離開家鄉、父母，仍舊有吃有穿的在學校裏讀書，這是你們。親愛的小朋友，你們想想，他們是多麼的可憐，你們是多麼的幸福呀！那麼讓我來問問看，你們不願意永遠保持你們的幸福嗎？如果願意，就請你們趕快用心讀書，並勸你們的父兄當兵去打鬼子。"

一陣小掌聲，誰說小朋友不愛國。

龜紋石及其他

龜紋石產在桑植水□□（鎮名，西距縣城十五里），通體積紋如龜甲，色亦青灰色者多，石質□□中刀，磨之可以雕章。我還沒到桑植，便聽朋友講過，最近觀□□□中山民校，無□□□□生平□□□□一□，□□□□□□□□長看了道："這不算是頂好的，等□□□兒的□□□□，□□□□□□□□□桑植的寶物多□很□，銅□□、英嘴山的銅礦，紅紗溪、□□□的鐵礦，大硝河、□崖洞的硝礦，和小西溝、南四□的煤礦，那是□多□□，值得□長吹噓的。"

再會吧桑植！

在桑植，我們雖只短短的停留了十來日，可是朋友們給予我們的熱情，卻太令人感動了。Y縣長天天問我們一起兒用飯，W□長無論忙與不忙，□□總□陪我們坐談，其他機關的朋友，也爭著導遊、擺酒、贈土物，走的時候，還一陣送出北門。至於我們，除掉喊了幾課"手腳並用"、"教、學、做、合一"，還有甚麼呢？

再會吧！桑植的朋友，希望下次我們在南京、北平，分別回敬你們的東道。

西教鄉之夜

西教鄉是大庸有名的土匪窩，C縣長住到這兒督□了一個月，才□□□。鄉公所在教□堨，我們趕到的時候，已經暮色沉沉了，看到一些不穿軍服的土兵，提著刀槍，站在掛著紅燈的碉堡喝問口號。也有

9

點兒杯弓蛇影,珠目不分啦!

　　鄉公所是一座大廟,裏面黑黢黢的,看不出供的甚麼菩薩。L 鄉長,二目炯炯,談吐有方,看來是一個幹員。承他的好意,為我們做晚餐,讓臥室給我們休息,我們非常的感激。不過他的□□架火,邊吃邊燒的辣羊肉,我卻始終沒□□,夜裏,我和 T 校長擠在一牀,常常聽到狗吠。

"小南京"——大庸

　　六十里外便看到雲封霧繞、石闥□開的天門山了,近郊登高一望,山河清澈,萬瓦參差,果然絕好去處,這就是號稱"小南京"的大庸外形。

　　據說太平軍興,南京的人,多來此地避難,故有"小南京"名。其實,此地是湘西桐油集散之區,商賈輻輳,人物繁庶,原該享有名頭的。

　　大庸城垣崇厚,惜有一段已遭折毀。學校甚多,孔道分校、崇實小學、縣一、三樂,都很不壞。

逼上梁山

　　我因為深以周旋為苦,到了大庸,打算不聲不響的把公事辦完就走,不再招擾。誰想還沒進西門,便望見 C 縣長、C 局長當關而立,等候許久了,還有甚麼話說呢!

　　於是□□就唱,又是三天社教講演。甲東乙主,又是吃不敗的酒席。我向 C 縣長笑著說:"這都是你逼上梁山。"

　　不過,大庸的青年朋友,思想純正,態度雍容,我卻深以能和他們盤桓幾天為榮幸。

T 校長有好學生

T 校長的學生,請 C 縣長、C 局長、L 書記長和我,去參觀本館委託他們主辦的暑期特約民校。我坐到辦公室,看見壁上也像 S 師範似的貼著用紙裁製的飛機、大炮、坦克車,也學他們的校長,用極精緻的茶具敬客,我便告訴 C 縣長道:"T 校長的法寶,被他的學生搬到大庸來了。"T 校長瞧著我微笑。

T 校長每到一處,他的學生往往從七八十里以外的山路跑來看他。經費不夠,他們自掏腰包,也要把民校辦得像樣。看到 T 校長的好學生,我們越發相信青年學子,是最純潔最重感情,和最喜歡模仿的了。

另外一頁——溪口之行

慈利溪口,本來不是我們的工作範圍,可是因為這兒是 E 師 W 師長的寶鄉,W 師長對於桑梓教育關懷得很,聽到 T 校長和我在大庸,一定邀我們去觀光,於是才有此行的。

溪口距大庸縣城祇有六十里,然而水路多灘,我們坐的又是載重二百擔的大船,前進極不容易。每一看頓船身擱在灘上,舟子赤條條下水推船喊□的時候,心□便為這□"生的吶喊"所震動。路上兩岸蒼翠,峰巒可人,W 師長溫恭博雅,談笑風生,我們坐到艙裏,極其愜意。

既抵溪口,風雨突來,在爆竹□樂聲中,目覩當地耆老、縉紳、小曲友、武裝同志,□立泥水中歡迎,我的神經反應,立刻是慚赧、感奮、崇高、敬愛……一串的□合□,簡直有說不出來的滋味了。

溪口風景幽美,市面繁庶,共有完全小學兩所,一是崇□□閣具有

11

都市小學形式的"溪口□學"，二是重門深戶、頗有山林書院□稱的
"漁浦小學"（W 長的母校）。前者地居市鎮中央，後者地在溪鎮五里
以外的原野，兩校的師生，都是當地的碩彥和聰慧的小朋友。

　　溪口小學主辦，W 師長的令兄"老師長"，神目美髯，允文允武，意
態也極其豪爽，我們非常的敬愛他。

歸來

　　陶靖節說："鳥倦飛而知還。"我們冒著酷暑，出來二十幾天，跑了
五六百里，照理也該知倦了。所以從溪口回到大庸，略事拼擋，便返永
順，一路見禾實離離，遍地黃金，心生"國家將興必有禎祥"之念。八月
二十五日傍晚抵館，重臥舊榻，不知東方之既白。

民二八，十，二十四。

　　　　（本文原載於《湘西民教》創刊號，署名"魏際昌"）

社會教育在湘西

社會教育,這個拿全體民眾做教育對象的科學制係統一以外的教育,在中國還是新興的教育學業,怎麼在這古老廣漠的湘西,便可以談得起,然而這裏有事實。

湖南只有兩個省立民眾教育館,其中的一個——湖南省立第一民眾教育館(由前湖南省立民眾教育館改成今名),遷設永順已經七、八個月了,教育部委託湖南教育廳辦理的社教團員工作團,從去年起已經把它的團部和團員分佈在沅陵、辰谿、漵浦等地工作了,教育廳在"特種教育"(對於民眾注重管、教、養、衛的實施,也是社會教育之一種)的目標下主辦的十二個中山民眾學校,也掃數配分在永順、龍山、桑植、大庸了。還有,湘西各縣的縣立民眾教育館、圖書閱覽處、單設附設的民眾學校,以及其它民教機關,也都陸續的成立,有的還辦得很好。此外,湘西的黨、政、軍、學各機關兼辦的社會教育事業,為數也不在少。因此,就是部派社教視導大員(教育部社會教育督導員張國禎氏,現方在此視察)都不能不遠遠的到這兒來看一看,還誰敢說湘西沒有社會教育?

不過我個人對於湘西社會教育的現狀,並沒有十分的滿意。因為仔細考究起來,在施教標的、採用方式、人員資質等方面,我均認為尚有再加商討的必要。茲願提供所見,以備參考:

第一,施教標的須適應時代的需要。教育固為"百年大計",不是"立竿見影"的事情。可是,中國現在是和倭寇拼命,爭取民族生存的最後關頭,還能再有時間允許我們只去追求迂遠的理想嗎？所以,在此刻辦教育,應該適應需要,隨行國策,實在是毫無疑問的事。總裁說:"二期抗戰,後方重於前方,政治重於軍事,老百姓重於軍隊。"我們身為社教工作者,後方的廣大群眾,正是我們教育的對象。然則"喚醒民眾"、"動員後方"的擔子,還想卸給誰人？因此我主張,除掉正當的教育以外,還應該協同各界,多辦宣傳兵役、慰勞傷兵、撫聚難胞、綏靖地方一類的工作。

第二,方式的採用當隨環境而變通。湘西重山疊障,交通困難,文化落後,環境特殊,推行社教,頗為不易。所以在教學的方式上,應該特別的講求。那種教本課堂注入強迫的老調,固然不能適應時代的需要了,就是"小先生制"、"流動教學"這一套,也嫌局狹單調,不能喚起廣大群眾的反響了。必須是洪壯的歌聲、活動的劇影和鮮明的畫色,才能警頑振聵,收效萬一呢。教亦多術,肆應無窮,我們應該把它配合起來。

第三,工作人員須是"社教職業者"。社會教育是一種費力不討好的苦事情,利祿熱中、朝三暮四的人,都不會做得成功。所以我們認為在觀念上,是念茲在茲,對於社教感生興趣,在行為上,是朝乾夕惕,對於社教肯出死力的"社教職業者"。這是真的社教工作人員,纔能負起推行社教的責任。希望正做和想做社教工作的人,時時的來檢討自己、衡量自己,以免自誤誤人。

總之,範圍橫泛的社會教育,它的問題雖還是千頭萬緒,可是在目前的湘西,只要我們把以上三端確立起來,其餘一切都可迎刃而解的。譬如經費困難、人才缺乏,這是湘西社教人員共同感到的麻煩。然而如果我們能夠"涓滴歸公",有一文錢,做一文錢的事情;"自我作古",有一個人,盡一個人的力量,來拿窮幹的精神答復經費,苦幹的魄力對待人才,不也就有了貢獻嗎？

親愛的社教工作同志們,湘西,這大湖南的後方,戰時首都(重慶)的前衛,復興中華民族的重要地帶,正期待著我們的墾殖。我們大家努力吧!

二八,二,十五

(本文原載於《湘西民教》第 2 期,1939 年,署名"紫銘")

中國民眾教育史芻議

一

中國直到現在還沒有一本"道地"的民眾教育史出現。這固然由於民眾教育是一種新興的教育科學,專家們還沒有來得及做繁重的史料探討工作;而一般人認為它是"舶來品",除非抄抄西文書籍,不會得到什麼根源,於是不大高興去做,也是主要的原因。我個人是不讚成"中學為體,西學為用"的老調的,但教育既是"國家本位"的文化事業,儘管在名義上它是"洋貨",我們為了求其理論的一致、制度的適合,不先"反求諸己",在"溫故知新"上面做一點功夫,能夠達成目的嗎? 這便是我寫這篇文字的意思。

然而如果從頭看起,則周秦以前沒有史書的傳疑時代的教育情形,是沒有法子弄清楚了。因為這些時候還是原始社會,部落生活,沒有甚麼像樣的教化可講,譬如韓非說:

> 上古之世,人民少而禽獸眾,人民不勝禽獸蟲蛇;有聖人作,構木為巢,以避群害,而民悅之,使王天下,號曰有巢氏。民食果蓏蚌蛤,腥臊惡臭而傷害腹胃,民多疾病;有聖人作,鑽燧取火以化腥臊,而民說之,使王天下,號之曰燧人氏。

尸子也說:

燧人上觀星辰,下察五木,以為火。燧人之世,天下多水,故教民以漁。宓羲氏之世,天下多獸,故教民以獵。……神農氏治天下,欲雨則雨,五日為行雨,旬日為穀雨,旬五日為時雨,正四時之制,萬物咸利,故謂之神。

從巢居到火食,從漁獵到畜牧(或稼穡),這些進化現象,是中外一致的。只是創世記裏的神話傳說,與三皇五帝的聖神玄妙,在細目上各有不同罷了。其實,說甚麼神?道甚麼聖?有巢、燧人、伏羲與神農,即或有他們這些人,也不過是一群聰明的發明家或發現家。因為他們偶有所獲,於是人們才效法他、服從他,湊成了部落,成功了酋長,而有了單純的上下關係,教化作用罷了。

時至舜禹,這種情形還是一般——社會是平等的,人民是自由的。就拿皇帝來說,儘管他是"人王教主",政教不分的大首領,卻係"天命靡常,惟有德者居之"的人人可幹的事體——只要你品行好、道德高,肯吃苦、能耐勞,或是對於民眾有了大貢獻,就有問津的希望的——譬如虞舜本來是個老百姓,可是他能"濬哲文明,溫恭允塞","盡事親道","瞽瞍底豫",便一樣的"妻帝二女,踐天子位"了。再如夏禹,也不是甚麼皇子龍孫,只因為他"克勤於邦,克儉於家",有了一"治淬水平水土"的大功勞,也就"終陟元后"了。而且做了皇帝,依舊是不能為所欲為儘量享受的,例如"桀有昏德,矯誣上天","民欲與之偕亡",便被商湯趕跑了。紂暴殄天物,害虐烝民,百姓斥為"獨夫",便被周武殺掉了。做了皇帝要討這些麻煩,要受這些限制,而其所以持躬奉己者,還必須像舜、禹樣的惡衣菲食、卑宮茅室,才能保其天祿,還有誰肯來幹?所以堯舜讓國,巢由洗耳的故事,不是完全無因的——古人生活方式簡單,欲望容易滿足,我們再看"日出而作,日入而息,鑿井而飲,耕田而食,帝力何有於我哉"的擊壤歌,更可以想見當時社會的平和簡易了。

此時的社會既極平等,上下的關係亦必簡單,教育機會也當然是均等普及平民化的——君長直接為百姓服務,百姓直接受教於君長。這種情形,孟子說得最好,他說:

> 當堯之時,天下猶未平,洪水橫流,氾濫於天下,……舉舜而敷治焉。舜使益掌火,益烈山澤而焚之,禽獸逃匿。禹疏九河,淪濟漯,而注諸海;決汝漢,排淮泗,而注之江,然後中國可得而食也。

舜、禹、益都是當時的聖君賢相,他們秉承堯命,為國宣勞,政治修明,可見一斑。孟子又說:

> 后稷教民稼穡,樹藝五穀,五穀熟而民人育。人之有道也,飽食煖衣逸居而無教,則近於禽獸。聖人有憂之,使契為司徒,教以人倫,父子有親,君臣有義,夫婦有別,長幼有敍,朋友有信。

這便是當時的"生計教育"與"公民教育"了。中國在堯舜時代當為農業啟蒙時代,教民稼穡,自係必有之事,至於五倫大道,更是做人的最低條件了。《尚書》說"黎民阻饑,汝后稷播時百穀","契,百姓不親,五品不遜,汝作司徒,敬敷五教",可與《孟子》參證。

總之,在舜禹以前,恐怕還是半部落的時代,這個時候,還沒有城市來做政治文化的中心,一切事物,完全是"施之在野,求之在野"的,所以也就容易有這種以君長為教師,百姓為學生,宇宙為課室,生活為課程的直接教育。降至三代，便有些兒不同了。

據說時至三代，已經有了學校，孟子說："設為庠序學校以教之。庠者，養也；校者，教也；序者，射也。夏曰校，殷曰序，周曰庠，學則三代共之，皆所以明人倫也，人倫明於上，小民親於下。"《周禮》也說："古者八歲入小學，保氏教國子，先以六書。"《尚書大傳注》："使公卿之太子，大夫、元士之嫡子，十有三年始入小學，見小節焉，踐小義焉。年二十入大學，見大節焉，踐大義焉。"《禮記·學記》說得更詳盡，它說："古之教者，家有塾，黨有庠，術有序，國有學。比年入學，中年考校。一年視離經辨志，三年視敬業樂群，五年視博習親師，七年視論學取友，謂之小成。九年知類通達，強立而不反，謂之大成。夫然後足以化民易俗，近者悅服而遠者懷之，此大學之道也。"但我懷疑似這般完善的學制，似非三代所能有。不過無論如何，教育對象，在這時已經有了等級；教育場所，已經由原野移到了室內；並且除了人倫教育以外，還有了語文教育的這些事實，我們是應該承認的。

原來夏商以後，尤其是到了西周，封建制度業已確立，孟子所謂"天子一位，卿一位，大夫一位，士一位，公、侯、伯、子、男凡五等爵"都應有盡有。稼穡事業，則不但百穀皆興，而且農業副產品，如紡織、園藝、畜牧、建築之類，也都非常的發達（只要吾人一看《毛詩·豳風》等篇，便可分曉）。有了裂土分封的侯王，自然也就有了仰人鼻息的農奴，社會有了階級，教育自然也就不會平等了。

東遷以降，王室式微，雖有五霸如齊桓等在尊王攘夷並存諸夏，來為封建制度作最後的護符，但諸侯放恣，處士橫議。等到戰國時候，田氏代了姜齊、三家分了姬晉，封建的藩籬已被抉破。而布衣舌辯之徒，如蘇秦、張儀輩，又可以空言取人卿相。是階級觀念，亦漸消滅了。至於此時的經濟，則重商（如齊有魚鹽之利，開市譏而不征）、重農（秦多阡陌之富，關中天府之國），各有不同，并且人口集中，交通方便，已由堡壘莊園式的集市生活,進入臨淄、咸陽類的都市文化了。惟政令的發布,既是成了天子、諸侯、大夫、陪臣的順序遞嬗的情勢,則所爭者利,所奪者權,無聊的教育事業,自已沒人理睬,所以研討這個時候的教育,從廊廟間是不會得到甚麼的。

於是乎不能不談到我們的儒家。

《漢書·藝文志》說:"儒家者流,蓋出於行人之官。"行人大概就是當時的交際或外交人員,這須是"動容周旋中禮","使於四方,不辱君命"的腳色。譬如孔子之在夾谷會,《左傳》云:

> 公會齊侯於祝,其實夾谷,孔丘相。犁彌言於齊侯曰:"孔丘知禮而無勇,若使萊人以兵劫魯侯,必得志焉。"齊侯從之。孔丘以公退曰:"士兵之。兩君合好,而裔夷之俘以兵亂之,非齊君所以命諸侯也。裔不謀夏,夷不亂華,俘不干盟,兵不偪好,於神為不祥,於德為愆義,於人為失禮,君必不然。"齊侯聞之,遽辟之。將盟,齊人加於載書曰:"齊師出竟,而不以甲車三百乘從我者,有如此盟。"孔丘使茲無還揖對,曰:"而不反我汶陽之田吾以共命者,亦如之。"齊侯將享公,孔丘謂梁丘據曰:"齊魯之故,吾子何不聞焉?事既成矣,而又享之,是勤執事也。且犧象不出門,嘉樂不野合,饗而既具,是棄禮也。若其不具,用秕稗也。用秕稗,君辱;棄禮,名惡,子盍圖之!夫享所以昭德也,不昭,不如其已也。"乃不果享,齊人來歸鄆、讙、龜陰之田。

這是周旋中禮不辱君命的最高貴的例子。孔子不但在相君時是這般的遵禮而行,他著書時也是這般的依禮而論。《春秋》云:"桓公十六年夏,伐鄭。秋七月,公至自伐鄭,以飲至之禮也。""莊公八年春,治兵於廟,禮也。""卅一年夏六月,齊侯來獻戎捷,非禮也。""僖公二十二年春,伐邾,取須句及其君焉,禮也。""宣公三年春,不郊而望,皆非禮也。""四年春,公及齊侯平莒及郯,莒人不肯,公伐莒取向,非禮也。"諸如此類,不勝枚舉,那末說來說去,禮究竟是甚麼呢? 孔子道:

> 夫禮先王所以承天之道,以治人之情,故失之者死,得之者生。《詩》曰:"相鼠有體,人而無禮。人而無禮,胡不遄死?"是故夫禮必本於天,餚於地,列於鬼神,達於喪、祭、射、御、冠、昏、朝、聘。故聖人以禮示之,故天下國家可得而正也。(《禮記·禮運》)

承天治人,包括喪、祭、射、御、冠、昏、朝、聘等人生一切的行動,似這般的"本於天,動而之地,列而之事,變而從時,協於分藝"(亦《禮運》語),是禮乃封建社會的標準的社會行為的總稱了。不怪孔子平常喊"禮儀三百,威儀三千",並且告訴他的兒子伯魚說:"學禮乎? 不學禮,無以立"哩。

只是,禮既是"君之大柄也"(《禮運》語),為甚麼孔子可以拿來運用呢? 這便是王綱不振,禮失在野,知禮如孔子者,為了維繫世道,振勵人心,不能不出來從權一下的緣故了。孟子說:"孔子懼,作《春秋》。《春秋》,天子之事也。是故孔子曰:知我者,其唯《春秋》乎? 罪我者,其唯《春秋》乎?"便是這個道理。可惜的是,自從孔子刪《詩》定禮,設坐講習,把禮教引為專業後,有些不長進的儒者,除了戴著方帽子、唱著贊禮替人幫閒以外,完全不事生產,不求進益,這也是末流之弊了。

復次,孔子當日提出的六藝教材——禮(標準的社會行為)、樂(陶性的正當娛樂)、射(時代的武事演習)、御(必需的技術運動)、書

(設計的語文講習)、數(應世的會計教育),並不是專門替某種階級設立的。因為他主張"有教無類"、"自行束脩以上,未嘗無誨","舉一隅不以三隅反"的蠢才,他才予以割愛的。而且七十之子,如顏淵、季路、端木賜,或為寒士,或為傖夫,或為商人,他都一樣的接引與教化,可見他的教育精神,原是極為平民的。只是他的"吾不如老農,吾不如老圃"的反生產教育和"民可使由之,不可使知之"的愚民政策,有些兒遺害後人罷了。

接著孔子起來的是孟子。孟子一世比孔子還不濟。孔子儘管道不行,還能夠"為魯司寇三月,攝行相事"。孟子簡直是一生闖蕩,毫無成就,連他的弟子都笑他"後車數十乘,從者數百人,以傳食於諸侯,不亦泰乎"。他的門下也極複雜,下文一段,最可寫照:

> 孟子之滕,館於上宮,有業屨於牖上,館人求之弗得,曰:"若是乎?從者之廋也。"曰:"子以是為竊屨來與?"曰:"殆非也。夫子之設科也,來者不拒,往者不追,苟以是心至,斯受之而已矣。"

孟子自家雖然不事生產,他卻勸人注意這種事業,他說:"不違農時,穀不可勝食也;數罟不入洿池,魚鱉不可勝食也;斧斤以時入山林,材木不可勝用也。穀與魚鱉不可勝食,材木不可勝用,是使民養生喪死者無憾也。養生喪死無憾,王道之始也。"

又說:

> 五畝之宅,樹之以桑,五十者可以衣帛矣。雞豚狗彘之畜,無失其時,七十者可以食肉矣。百畝之田,勿奪其時,數口之家可以無飢矣。謹庠序之教,申之以孝弟之義,頒白者

不負戴於道路矣。七十者衣帛食肉，黎民不飢不寒，然而不
王者，未之有也。

這些農工庠序之教，何嘗不也頭頭是道？可惜孟子口喊"君為輕"，
而卻偏偏去向齊宣、梁惠這些冥頑不靈的諸侯侈談王道。我想，假
如他能率著弟子，身體力行，則"深耕易耨"之下，恐怕不會徒勞無
功吧。

　　所以在戰國諸子中，我寧可推崇農家許行和墨翟。因為許行能夠
"受一廛而為氓，其徒數十人，皆衣褐，捆屨織席以為食"。而墨子更能
夠"摩頂放踵，利天下為之"，並且真有這種本事與工具。例如非攻，孟
子、宋牼、墨翟相同，而孟子、宋牼祇能空就仁義利害立論勸告，墨子則
真有遏止的辦法。《墨子·公輸》說：

　　　　公輸盤為楚造雲梯之械，成，將以攻宋。子墨子聞之，起
　　於齊，行十日十夜而至於郢，見公輸盤。……子墨子解帶為
　　城，以牒為械，公輸盤九設攻城機變，子墨子九距之。公輸盤
　　之攻械盡，子墨子之守圉有餘。公輸盤詘而曰："吾知所以距
　　子矣，吾不言。"子墨子亦曰："吾知子之所以距我，吾不言。"
　　楚王問其故，子墨子曰："公輸子之意，不過欲殺臣。殺臣，宋
　　莫能守，可攻也。然臣之弟子禽滑釐等三百人，已持臣守圉
　　之器，在宋城上而待楚寇矣。雖殺臣，不能絕也。"楚王曰：
　　"善哉，吾請無攻宋矣。"

　　請看這是多麼偉大的辦法，還會不生效力嗎？此外他的薄葬、節
用、非樂等項、也無一不係針對當時病痛，實地解決苦難的教義，所以
儒家恨之入骨，譏為"無父"，實在亦是沒奈之何哩。

那末,現在我們可以看出東遷以後,政教已分,禮失求諸野,儒家遂以說禮設教為專業。他們教育的對象,有的是貴族,有的是平民,但後來這些先生,幾乎被"苦行"、"兼愛"深入民間的墨家打倒,這一轉變是值得特殊注意的。(未完)

(此部分原載於《湘西民教》第 5 期,1940 年,署名"魏際昌")

二

秦始皇立,儒家更遭厄運。

從政治立場上講,秦始皇的焚書坑儒,本來是從封建制度遷入統一國家應有的態度。這和"收天下兵,聚之咸陽,以為鍾鐻,一法度衡石丈尺,車同軌,書同文字",由是相輔而行的政策,只是對於古代文化未免摧毀過度罷了。李斯為淳于越進封建事曾說:

> 五帝不相復,三代不相襲,各以治,非其相反,時變異也。今陛下創大業,建萬世之功,固非愚儒所知。且越言乃三代之事,何足法也!異時諸侯並爭,厚招游學,今天下已定,法令出一,百姓當家則力農工,士則學習法令辟禁。今諸生不師今而學古,以非當世,惑亂黔首。丞相臣斯昧死言:古者天下散亂,莫之能一,是以諸侯並作。語皆道古以害今,飾虛言以亂實,人善其所私學,以非上之所建立。今皇帝並有天下,別黑白而定一尊,私學而相與非法教人。聞令下,則各以其學議之,入則心非,出則巷議,夸主以為名,異取以為高,率群下以造謗。如此弗禁,則主勢降乎上,黨與成乎下,禁之便。

臣請史官非秦紀皆燒之；非博士官所職，天下敢有藏《詩》
《書》百家語者，悉詣守尉雜燒之；有敢偶語《詩》《書》棄市，
以古非今者族，吏見知不舉者與同罪。令下三十日不燒，黥
為城旦。所不去者，醫、藥、卜、筮、種樹之書，若欲有學法令，
以吏為師。

這裏主要的理由，是"天下已合，不宜再分"，"儒生私學，惑亂黔首"，
所以應該"隆主尊一，愚民禁黨"。既是"所不去者，醫、藥、卜、筮、種
樹之書"，則當時人們的教科書，大概只有這些。既是"欲有學法令，以
吏為師"，大概當時的教師，便是這些無地不存的"吏"了。這種教育
狀況，一直到劉漢代興的時候，方才改變。

劉邦是在中國歷史上以平民得為天子的第一人，他個人不過是個
卑微的亭長，而且"狎侮傲慢，貪財好色"。他的部下除張良外，如蕭何
"為椽吏"、樊噲"業屠狗"，韓信"貧無行"，也沒有甚麼世家子弟。這
樣一幫的君臣，自然不會敦禮儒生，注重教育了。如記云：

沛公不好儒，諸客冠儒冠來者，沛公輒解其冠，溲溺其
中。與人言，常大罵。
酈生至，入謁，沛公方倨牀，使兩女子洗足，而見酈生。
沛公引兵過陳留，酈生踵軍門上謁曰："高陽賤民酈食
其，竊聞沛公暴露將兵，助楚討不義，敬勞從者，願得望見，口
畫天下便事。"使者入通，沛公方洗，問使者曰："何如人也？"
使者對曰："狀貌類大儒，衣儒衣，冠側注。"沛公曰："為我謝
之。言我方以天下為事，未暇見儒人也。"使者出，謝曰："沛
公敬謝先生，方以天下為事，未暇見儒人也。"酈生瞋目案劍，
叱使者曰："走，復入言沛公，吾高陽酒徒也，非儒人也。"使者

25

懼而失謁,跪拾謁,還走復入,報曰:"客,天下壯士也。叱臣,臣恐,至失謁。曰:走復入言,而公高陽酒徒也。"沛公遽雪足杖矛曰:"延客入。"

叔孫通儒服,漢王憎之。乃變其服,服短衣楚製,漢王喜。叔孫通之降漢,從儒生弟子百餘人,然通無所言進,專言諸故群盜壯士進之。弟子皆竊罵曰:"事先生數歲,幸得從降漢,今不能進臣等,專言大猾,何也?"叔孫通聞之,乃謂曰:"漢王方蒙矢石爭天下,諸生寧能鬥乎?故先言斬將搴旗之士,諸生且待我,我不忘矣。"

陸生時時前說,稱《詩》《書》。高帝罵之曰:"乃公居馬上而得之,安事《詩》《書》?"

觀上諸記,可見劉邦輕士賤儒、鄙夷《詩》《書》的一斑。所以在西漢初年,簡直沒有教育。到了武帝,方才"舉太學,置明師,以養天下之士",而以博士弟子員為執經授徒之官,厥後年有增益。光武中興,儒術益昌,他曾訪儒雅,四方學士雲會京師,立五經博士,各以其法教授,數凡十四,而以太常差次總領之。並常駕幸太學,會諸博士論難於前。桓榮被服儒衣,溫恭有蘊藉,辯明經義,每以禮遜相厭,不以辭長勝人,儒者莫及,特加賞賜。明帝肅宗,也都親臨群雍,策士講學。此外,當代大家,如扶風馬融、關西鄭玄等,前設絳帳,後陳婦女,和婢女相謂"胡為乎泥中"、"薄言往朔,逢彼之怒"的故事,至今還膾炙人口。而他們的箋經設帳,□教民間,尤與廟堂教育,互收輔益之效。於是東漢儒學經術,遂以輝映千古了。

然而,這不是沒有原因的。我們知道高帝君臣,不學無術,所以影響漢初教育。我們卻也應該曉得,光武帝及其部屬,則個個好學,喜歡儒書,所以經術大昌的。譬如光武自家,雖出身稼穡,以謹厚見稱,而能"受《尚書》,略知大意"。他的臣子,如"年三十即能誦《詩》"的鄧禹,"好讀書,通《左氏春秋》《孫子兵法》"的馮異,"少好學,習《尚書》"的賈復,和"少學《詩》《禮》"的耿弇等,縱非飽學,卻比胸無點墨的絳、灌、樊噲等高明得多。大概也是東漢繼承西漢,世家子弟終比創業的父兄,容易受些書香吧。

況且經學儒術、學校教育之事,雖然不是甚麼奢侈品,然而必須有了飯吃以後,才能有餘力來講求,這是毫無疑問的。西漢初年,接秦之弊,"民失作業而大饑饉。天下既定,民亡蓋藏,自天子不能具醇駟,而將相或乘牛車",是這般窮困,哪裏還有力量來講教育?其後文帝躬耕藉田,休養生息。到了武帝,遂致"太倉之米,紅腐而不食,都內之錢,貫朽而不可授"。武帝又"造皮幣白金,置鹽鐵均輸官,算商車緡錢,榷酒酤",大斂其財。有了本錢,自好做事,所以他才不但內興教育,造成了中國的"文藝復興",而又外服四夷,發揚了炎漢的聲威。

此外還有數事,應該提起,就是兩漢教育,除了經學儒術,辟雍太學,它的三老選舉,或徵辟制,卻也振勵人心,影響教化不小的。史載:"高祖二年,舉民年五十以上,有修行,能帥眾為善,置以為三老。"東漢"鄉置三老掌教化。凡有孝子順孫,正女義婦,遜財救患,及學士為民法式者,皆扁表其門閭,以興善行"。至於徵辟,則高祖十一年"詔齊其有言稱明德者",文帝十五年"舉賢良能直言極諫者",孝武元光元年"舉孝廉",元朔五年"舉有好文學、敬長上、肅政教、順鄉里,出入不悖所聞",東漢則建武六年"舉賢良方正",十二年"舉茂才異等",章帝元和二年"舉明經",安帝建光元年"舉有道之士"。這些的這些,都直接激勵鄉里,化育人心,誠不可謂非變相的民眾教育哩。

東漢後經外戚、宦官、黨錮、流寇、權臣諸禍,到了獻帝,已是"時穀一斛五十萬,豆麥二十萬,人相食啖,白骨盈野",皇帝都"以野棗園菜為餱糧,百官披荊棘而居,州郡各擁強兵,委輸不至,尚書郎官自出採稆,或不能自反,死於墟巷"。不但兩漢文物斷喪無□,就是神聖君權,也掃地以盡了。

及分三國,仍是干戈擾攘,人懷苟且,偌大一個政治文化中心的大鄴,除了一些"自從建安來,綺麗不足珍"的文人賦客以外,想要找一個像諸葛亮般隱則"臣本布衣,躬耕南陽",仕則"鞠躬盡瘁,死而後已",死則"不使內有餘帛,外有贏財"的人物,都極困難。可見儒道之衰,紀綱之壞。尤其是魏文帝曹丕選士用的九品中正法,高下任意,榮辱隨人,使"上品無寒門,下品無世族",造成今後的門閥觀念,更令平民無法出頭。

晉武帝平吳之後,"世屬昇平,物流倉府",經濟本來已有辦法,而"宮闈加飾,服玩相輝",以其"布埒金泉,粉珊瑚樹"之石崇等,誇尚輿服鼎俎之盛,並不幹一點兒正事,可惜得很。當時的賢士大夫呢,譬如武帝所最喜歡的阮籍,則:

　　拜東平相,籍乘驢到郡,壞府,舍屏障,使內外相望,法令清簡,旬日而還。

　　籍聞步兵廚營人善釀,有貯酒三百斛,乃求為步兵校尉。

　　性至孝,母終,正與人圍棋。對者求止,籍留與決賭。既而飲酒二斗,舉聲一號,吐血數升。及將葬,食一蒸肫,飲二斗酒,然後臨訣。直言窮矣,舉聲一號,因又吐血數升。

　　籍嫂嘗歸寧,籍相見與別。

　　鄰家少婦有美色,當壚沽酒。籍嘗詣飲,醉,便臥其側。

　　兵家女有才色,未嫁而死。籍不識其父兄,徑往哭之,盡哀而還。

再看與阮籍友好的劉伶：

> 常乘鹿車，攜一壺酒，使人荷鍤而隨之，謂曰："死便
> 埋我。"

> 嘗渴甚，求酒於其妻。妻捐酒毀器，涕泣諫曰："君酒太
> 過，非攝生之道，必宜斷之。"伶曰："善，吾不能自禁，惟當祝
> 鬼神自誓耳。"便可具酒肉，妻從之，伶跪祝曰："天生劉伶，以
> 酒為名，一飲一斛，五斗解酲，婦兒之言，慎不可聽。"仍引酒
> 御肉，隗然復醉。

> 嘗醉，與俗人相忤，其人攘袂奮拳而往。伶徐曰："雞肋
> 不足以安尊拳。"其人笑而止。

似這般佯狂放恣，不拘禮法，雖云迫於時勢，別有用心，亦何足以教世
俗而行黔首？所以八王亂起，國本大虧，匈奴入寇，懷愍囚虜，造成中
華民族空前未有的奇恥大辱。追源溯本，不是教化差了，還有甚麼？
我們試分析左列兩記看：

《晉書·懷帝紀》：劉曜王彌入京師（洛陽）。帝開華林
園門，出河陰藕池，欲幸長安，為曜等所追及。曜等遂焚燒宮
廟，逼辱妃后。吳王晏、竟陵王楙、尚書左僕射和郁、右僕射
曹馥、尚書閻丘沖等皆遇害，百官士庶死者三萬餘人。帝蒙
塵於平陽，劉聰以帝為會稽公。大會，使帝著青衣行酒。侍
中庾珉號哭，聰惡之。丁未，帝遇弒，崩於平陽。

《湣帝紀》：使侍中宋敞送牋於曜，帝乘羊車，肉袒銜璧，
輿櫬出降。群臣號泣，攀車執帝之手，帝亦悲不自勝，御史中

丞吉朗自殺。曜焚槻受璧，帝蒙塵於平陽，麴允及群官並從。
劉聰假帝光祿大夫，聰臨殿，帝稽首於前。麴允自殺。尚書
梁允、侍中梁濬、散騎常侍嚴敦、左丞臧振等，並為曜所害。
劉聰出獵，令帝行車騎將軍，戎服執戟為導，故老或歔欷流
涕。後因大會，使帝行酒洗爵，反而更衣，又使帝執蓋，晉臣
在座者多失聲而泣，尚書郎辛賓抱帝慟哭，為聰所害，帝亦
遇弒。

請看這還成何體統？懷、愍二帝，身為天子，既不能固守宗廟，又不能
先死社稷，反倒肉袒出降，聽人奴役（愍帝尤不可恕），這是多麼可羞的
事！還有那樣多的高官晉臣，竟然瞧著皇帝蒙塵，一籌莫展，天下兵將
亦不出來勤王，祇有一小部分廷臣，無聊的隨主一死。誰實為之呢，荒
謬絕倫的清談！是非失准的禮法！

　　這裏相反的是，侵略司馬氏的劉聰、劉曜，和後來的石勒、慕容垂、
苻堅等，倒都能讀《詩》《書》，任用儒士。例如劉聰是"幼而聰悟好學，
年十四究通經史，兼綜百家之言。孫、吳《兵法》，靡不誦之。工草隸，
善屬文，著述懷詩百餘篇、賦頌五十餘篇"，劉曜亦"讀書志於廣覽，不
精思章句，善屬文，工草隸"，石勒則既"雅好文學，雖在軍旅，常令儒生
讀史書而聽之"，並能重用"博涉經史，不為章句"的張賓，而至於"親
臨大小學，考諸生經義"。其餘如裴頠之於慕容廆，王猛之於苻堅，亦
無不言聽計從，賓主相得，此真可玩味。

　　元帝東渡，狀極式微，徙鎮建康，吳人不附，賴有王謝大族之助，始
獲偏安江左之局。當時一般士大夫，仍是淡泊寧靜，嘯傲山林，雖有
"安石不出，如蒼生何"的謝安，於淝水一役，倖勝苻堅，惜以即為不世
之功，不再有規復中原之志。至於教育，因為當時閥族之盛，自然不會
平等的。例如太元九年，尚書謝石請"興復國學，以訓冑子"，祭酒殷茂

上言"臣聞舊制,國學生皆取冠族華冑,比列皇儲,而中混雜蘭艾,遂令人恥之",均係普通人民莫想有份兒的證據。

（未完）

（此部分原載於《湘西民教》第六期,1940 年,署名"魏際昌"）

三

司馬晉室覆亡以後,中國政治正式分南北兩朝。南朝從劉裕篡晉稱宋,蕭道成代宋號齊,蕭衍取齊立梁,至陳霸先奪梁建陳止,百十年間,凡易朝代四,換君主廿四,平均每人在位不及五年,而又荒淫昏憒者居多。例如宋少帝劉義符:"於華林園為列肆,親自酤賣,又開瀆聚土,以象破岡埭,與左右引船唱呼以為歡樂。"（《南史·宋本紀》）齊慶帝蕭昭業:"與左右無賴群小二十許人,共衣食,同臥起……作諸鄙褻,擲塗賭跳,放鷹走狗雜狡獪,……諸寶器以相擊剖破碎之,以為笑樂。……其在內常裸祖,著紅紫錦繡新衣、錦帽、紅縠褌,雜采袒服。好鬥雞,密買雞至數千價。"（同上《齊本紀》）陳後主叔寶:"荒於酒色,不恤政事,左右嬖佞,珥貂者五十人,婦人美貌麗服巧態以從者千餘人。常使張貴妃、孔貴人等八人夾坐,江總、孔範等十人預筵,號曰狎客。……君臣酣飲,從夕達旦,以此為常。而盛修宮室,無時修止。"（同上《陳本紀》）都是這般角色,怎能日理萬機、福國利民？結果自然是權奸輩出（如侯景、王偉之類）,佞幸盈前（如江總、孔範之類）,朝政日非,生靈塗炭了。庶政如此,還談甚麼教育？縱有個把皇帝如齊武、梁武等,一時高興也來個"釋奠幸學",那還不是官樣文章,做做好看。比起風靡上下,稱霸儒林的"駢體文"、"豔體詩",真可稱差在霄壤的。

儒臣教官,職司教化的人,既是這般不爭氣,於是老百姓的思想和教育便轉了舵,另向來自印度的佛教去頂禮膜拜。

原來中國的思想家與教育家,他們立論的範圍,至多不過天(上帝)、人(眾生)二界。至於鬼(人死後的境界),則孔子很早便說:"未知生,焉知死。""未能事人,焉能事鬼?"(《論語》)而諱莫如深。可是釋迦牟尼因悟"生"、"老"、"病"、"死"而創立的佛教,卻是不但講天堂(極樂世界),也講地獄(輪回世界);不但論過去(生)、現在(老、病),也論將來(死),硬把天人二界以外,添了一個鬼界。更加佛門弟子的深入民間,宣傳普遍,以其通俗的經文、美麗的佛像、慈祥的態度、清淨的生活,來宣教說法。是且化為女妝(如觀世音菩薩)以圖接近閨闥,廣濟信女善男。不滿現實的人們,突然獲得這般接引,怎還不會目迷心眩、虔誠皈依呢? 這些情形,我們只要打開敦煌石室裏所發現的抄本經卷、故事與畫像一看(多為六朝寫本),便可知道了。

當然,佛教是自漢明帝時已經傳入中國。不過大行其道,卻還是直到梁武帝時始有其事,因為他本人就是個"和尚皇帝",曾經前後三度捨身事佛。《南史·梁本紀》云:

> 初,帝創同泰寺,至是,開大通門以對寺之南門,"否"取反語以協同"泰"。自是晨夕講義,多由此門。三月辛未,幸寺捨身,甲戌還宮,大赦,改元大通,以符寺及門名。
>
> 大通元年秋九月癸巳,幸同泰寺,設四部無遮大會。上釋御服,披法衣,行清淨大舍,以便省為房,素牀瓦器,乘小車,私人執役。甲午,升講堂法坐,為四部大眾開《涅盤經》題。癸卯,群臣以錢一億萬奉贖皇帝菩薩大舍,僧眾默許。乙巳,百辟詣寺東門,奉表請還臨宸極,三請乃許。帝三答

書,前後並稱頓首。冬十月己酉,又設四部無遮大會,道俗五萬餘人。

　　庚子,幸同泰寺,設無遮大會。上釋御服,服法衣,行清淨大舍,名曰羯磨,以五明殿為房,設素木牀、葛帳、土瓦器,乘小輿,私人執役,乘輿法服一皆屏除。……乙巳,帝升光嚴殿講堂,坐師子講《金字三意經》,捨身。夏四月庚午,群臣以錢一億萬奉贖皇帝菩薩,僧眾默許。

皇帝親自講經,聽眾五萬餘人,這豈是一朝一夕之功? 上行下效,"於是人人讚善,莫不從風。或刺血灑地,或刺血書經,穿心然燈,坐禪不食"(《南史·梁本紀》)。"南朝四百八十寺"謂佛教至南朝最盛,雖曰不宜,似這等以和尚為教師、佛經為課本、寺院為學校的變相的民眾教育,恐怕直到唐宋還沒間斷。

北朝的教育情形,則和南朝恰恰相反。北魏、北齊、北周諸帝雖多胡兒,可是他們卻特殊注重儒術,痛惡沙門。例如:北魏世祖拓跋燾時,曾詔令"王公以下,至於庶人,私養沙門、巫及金銀工巧之人在其家者,皆譴詣官曹。……過期不出,巫、沙門身死,主人門誅。……自三公以下至於卿士,其子息皆詣太學。"(《北史·魏本紀》)又孝文帝拓跋宏特"以孔子二十八世孫魯郡孔乘為崇聖大夫"(同上),甚至禁止朝廷之上使用北俗語言。北齊孝昭帝高演,便令國子寺依舊設置,"置生講習經典,歲時考試其文"(同上《齊本紀》)。北周武帝宇文邕亦詔"胄子入學,但束脩於師,不勞釋奠"(同上《周本紀》),並徹底"斷佛道二教,經像悉毀罷,沙門、道士並令還俗"(同上),可見一般。此外北俗強悍,袛重軍功,不講閥第,一切較為平等,故不易為異端所乘。

時至隋文(楊堅)篡周平陳,天下又告統一。他的好處,在自奉儉約,《通考》說他:"六宮服澣濯之衣,乘輿供御有故敝者,隨令補用,非燕享不過一肉。有司嘗以布袋貯乾薑,以氈袋進香,皆以為費用,大加譴責",遂令"戶口歲增,諸州調物,……相屬於道,晝夜不絕。……有司上言,庫藏皆滿"(同上)。而開囗之際,便號稱自古以來最富足的時期了。因為他諸事儉約,對於教育也就不肯浪費一文,如仁壽元年詔云:

> 儒學之道,訓教生人識父子君臣之義,知尊卑長幼之序。升之於朝,任之以職,故能贊理時務,弘益風範。朕撫臨天下,思弘德教,延集學徒,崇建庠序,開進仕之路,佇賢雋之人。而國學冑子,垂將千數,州縣諸生,咸亦不少,徒有名錄,空度歲時,未有德為代範、才任國用,良由設學之理,多而未精。今宜簡省,明加獎勵。於是國子學唯留學生七十人,太學四門及州縣學並廢。(《隋書·帝紀》)

這雖是說旨在選拔真才,寧缺毋濫,然使太學減額,州縣學撤,畢究有失機會均等、元元普及之義了。並且他還崇尊沙門,表揚道教,而於末年下詔云:

> 佛法深妙,道教虛融。咸降大慈,濟度群品。凡在含識,皆蒙覆護。所以雕鑄靈相,圖寫真形,率土瞻仰,用申誠敬。其五嶽四鎮,節宣雲雨;江河淮海,浸潤區域。並生養萬物,利益兆人。故建廟立祀,以時恭敬。敢有毀壞偷盜佛及天尊像、嶽鎮海瀆神形者,以不道論;沙門毀佛像、道士壞天尊者,以惡逆論。(同上)

敬祝多神，儒釋道三教並立，遂以此而開其端。

隋煬（楊廣）繼承父業，本可有為，惜其荒淫酒色，沉湎遊幸，弄得盜賊蜂起，國滅身亡。他對教育也只有開科取士一事，算是始作俑者了。科舉進士之制，至李唐時乃大完備。

熟於中國歷史的人，沒有不曉得貞觀（唐太宗年號）、開元（唐玄宗年號）之治的。漢唐文物並稱，可見唐代文化對於中國的重要。不過單看教育一項，除了封贈孔裔、國學釋奠，及"銳意經籍，開文學館，以待四方之士"（《唐書·本紀》），也就別無可述了。至於科舉，則雖是沿隋舊制，辦法卻完備得多。《通考》云：

> 唐制取士之科多因隋舊，然其大要有三，由學館者曰生徒，由州縣者曰鄉貢，皆升於有司而進退之。其科之目，有秀才，有明經，有進士，有俊士，有明法，有明字，有明算，有一史，有三史，有開元禮，有道舉，有童子。而明經之別，有五經，有三經，有二經，有學究一經，有三禮，有三傳，有史科。此歲舉之常選也。其天子自詔者曰制舉，所以待非常之才焉。

科舉之道，本在尊經重儒，使人民□於讀書參政，均有均等的機會。但行之既久，往往令人溺於篇簡、詞章，不復知學問為何事。於是"世間萬般皆下品，古今惟有讀書高"的觀念一普遍，中國的教育情況便不堪聞問了。況且唐代名義上是儒術獨崇，而骨子裏卻係三教濫流，如唐高祖李淵武德九年，以京師寺觀不甚清淨，詔云：

> 釋迦闡教，清淨為先，遠離塵垢，斷除貪欲。所以弘宣勝業，修植善根，開導愚迷，津梁品庶。是以敷演經教，檢約學

徒，調懺身心，捨諸染著，衣服飲食，咸資四輩。自覺王遷謝，像法流行，末代陵遲，漸以虧濫。乃有猥賤之侶，規自尊高；浮惰之人，苟避徭役。妄為剃度，托號出家，嗜欲無厭，營求不息。出入閭里，周旋闤闠，驅策田產，聚積貨物。耕織為生，估販成業，事同編戶，跡等齊人。進違戒律之文，退無禮典之訓。至乃親行劫掠，躬自穿窬，造作妖訛，交通豪猾。每罹憲網，自陷重刑，黷亂真如，傾毀妙法。譬茲稂莠，有穢嘉苗；類彼淤泥，混夫清水。又伽藍之地，本曰淨居，棲心之所，理尚幽寂。近代以來，多立寺舍，不求閑曠之境，唯趨喧雜之方。繕采崎嶇，棟宇殊拓，錯舛隱匿，誘納奸邪。或有接延廛邸，鄰近屠酤，埃塵滿室，膻腥盈道。徒長輕慢之心，有虧崇敬之義。且老氏垂化，實貴沖虛，養志無為，遺情物外。全真守一，是謂玄門，驅馳世務，尤乖宗旨。

朕膺期馭宇，興隆教法，志思利益，情在護持。欲使玉石區分，薰蕕有辨，長存妙道，永固福田，正本澄源，宜從沙汰。諸僧、尼、道士、女冠等，有精勤練行、守戒律者，並令大寺觀居住，給衣食，勿令乏短。其不能精進、戒行有闕、不堪供養者，並令罷遣，各還桑梓。所司明為條式，務依法教，違制之事，悉宜停斷。京城留寺三所、觀二所，其餘天下諸州各留一所，餘悉罷之。

（《唐書·本紀》）

釋道二家，在唐初之盛之濫，從這篇詔文裏可以想見。其後更經太宗遣玄奘法師赴印度求取經文，玄宗追封莊周、列禦寇為真人，憲宗迎佛骨入大內供養，武宗以道士劉玄靖為銀青光祿大夫，令於禁中修法籙（均見《唐書》）繼續提倡，幾使方巾先生，不足與和尚道士並立了。幸虧韓愈出來，諫迎佛骨，排斥老聃，對於文字，也是主張申明義理，不尚辭藻，而把"堯、舜、禹、湯、文、武、周公、孔子、孟軻"的儒家道統，垂捧出來，才略為好些。

下逮五代，教育情形更是卑不足道，因為他們是：

> 上之人以慘烈自任，刑戮相高，兵革不休，夷滅構禍。置君猶易吏，變國若傳舍。生民膏血塗草野，骸骼暴原隰，君民相視如髦蠻草木。（《五代史序》）

這樣的世界，還能講甚麼文化事業？所以遍察梁、唐、晉、漢、周諸朝的帝王，也只是柴世宗的"方內延儒學文章之士，考制度，修通禮，定正樂，議刑統"（《五代史·周本紀》）較為像樣，尤其是他之"廢天下佛寺三千三百一十六"，及"悉毀天下銅佛像以鑄錢"，更為有功名教。他說："吾聞佛說以身世為妄，而以利人為急。使其真身尚在，苟利於世，猶欲割截，況此銅像，豈其所惜哉！"（同上）自六朝佞佛以來，能夠徹底打釋家的主意的，恐怕以他為第一人。

五代的士氣非常壞，在上者有晉石敬瑭父子向契丹納貢燕雲十六州，自稱兒皇帝、孫皇帝，在下者有馮道歷四朝十帝，自命為"常樂老"。這等人物，也來做人王教主，儀型天下，怎麼會有好結果呢？（未完）

（此部分原載於《湘西民教》第□期，署名"魏際昌"）

四

趙宋代立，天下雖又統一，但太祖以武夫而稱皇帝，對於文□頗不諳□，他在位時雖也嘗□"朕欲武臣盡讀書，以通治道"（《宋書·本紀》）之□，□竟因為版圖縮小（石敬瑭割□契丹之燕雲十六州，迄未收復）、經濟困□（征南唐，平孟蜀，兵殺不休，災旱連□），除了增修先聖及亞聖、十哲塑像，七十二賢及先儒二十一人皆畫像於學宮東西廊，□命舉行釋奠之禮外（□□□），對於教育，無其□□□，且□□□為尊儒，而暗中卻作太清樓接受華山道士丁少微□丹芝，封□笠□為朝請大夫、鴻臚少卿（見本紀），一樣的信□□□。遞至宋徽宗，遂□自稱道君皇帝，清淨無為，聽憑金兵入寇，□□丘墟了。（宋室徽欽北狩，與□此□晉之懷愍□□，如出一轍，都丟盡了中國人的面子，也都是崇尚佛老清靜無為的□果。）不過真、仁、英、神諸帝之世，因為不乏賢相名臣（如文彥博、范仲淹、司馬光等）在位，一般儒者□其獎勵提拔，卻□□常□勢，譬如大家曉得的"理學"——明心見性，修己治人的道理，便是這個時代的產物。

有人說，理學乃是當時士大夫階級的"消遣品"與"營養劑"，與普通的教育，尤其是民眾教育無□關係。殊不知有宋一代的教育，從□學以至書院，從廊廟以至田野，無不操持在這般"理學家"的手裏——他們或應公聘為□長，或提舉□觀為主教，或自設講座為□師，說理論道，傳授心法，分門別戶，各成派系。濂、洛、關、閩之外，反倒是"餘子碌碌不足道"了。例如開理學先河的胡瑗（翼之）幼年是"家貧無以自給，往泰山，與孫明復同學，攻苦食淡，終夜不寢，一坐十年不歸"，學成便"以經術教授吳中，范文正愛而敬之，聘為蘇州教授，諸子從學焉"。入朝，就"作□直講，專管太學，四方之士歸之，至庠序不能容，旁拓軍居以廣之"。教人則"科條纖悉具備，立經義、治事二齋。經義則選擇其心性疏通，有器局可任大事者，使之講明六經；治事則一人各治一事，又兼攝一事，如治民以安其生，講武以禦其寇，堰水以利田，算歷以明數是也。凡教授二十餘年，慶曆中，天子詔下蘇湖取其法，著為令”。（以上並見《宋元學案·安定學案》）又如與胡瑗制學的孫復（明復），“畜周孔之道，四舉而不得一官，築居泰山之陽，聚徒著書，種竹樹栗。范文正、富文忠皆言先生有經術，宜在朝廷，除國子監直講，召為邇英殿祗候說書”（見於《泰山學案》）。胡、孫倆先生都是來自民間，掌教宇內，由明□禮致用之學，而又生徒□眾者，其頗如邵雍（堯夫）在洛，“富鄭公、司馬溫公、呂申公為市園宅，出則乘小車，一人挽之，任意所適，士大夫識其車音，爭相迎候，童孺廝隸皆曰：‘吾家先生至也。’不復稱其姓字。遇人，無貴、賤、賢、不肖，一接以誠。故賢者悅其德，不賢者喜其真”（同上，《百源學案》）。程顥（明道）為晉城令，“視民如子，民以事至縣者，必告之以孝弟忠信。鄉皆有校，暇時親至，召父老而與之語；童兒所讀書，親為正句讀。教者不善，則為易置”（同上，《明道學案》）。張載（子厚）為雲巖令，“以敦本善俗為先。月吉，具酒食，召父老高年者，親與勸酬為禮，使人知養老事長之義，因問民所苦。每鄉長受事至，輒諄諄與語，令歸諭其里閭。故教命出，雖僻壤，婦人孺子畢與聞，俗用丕變”（同上，《橫渠學案》）劉安世（器之）“在家杜門屏跡，不妄交遊，人罕見其面。然田夫野叟、市井細民，以謂若過南京不見劉待制，如過泗州不見大聖。及公歿，耆老士庶、婦人女子，持熏劑、誦佛經而哭公者，日數千人”（同上，《元城學案》）。這些先生都是當代理學大家，他們無論居官在家，都能化民成俗休戚與共，所以才能有功名教，遺愛在人的。還誰敢說宋代的理學家，和□時的大眾教育不生關係？但是，他們為甚麼不能拯救北宋於危亡呢，這卻因為：

一、當時為君權時代，政治力量操之宰輔，他們至多不過是些諫院講官，無法旋轉乾坤，左右宸斷。

二、他們雖能敷演經籍，教化士民，但所授者多係明心見性之理。

至於直接有利於國計、民生、軍功、武事等明體致用之學,則甚少。

三、門戶之見甚深,不能通力合作。互相水火的結果,反使奸人趁機□黨。

南宋理學,朱熹最為大家。不過他遭逢國勢偏安(高宗遷都臨安)、奸臣當道(韓侂胄弄權誤國),一生立朝□只四十餘日,所以不但其道未行,反遭林栗等人劾以"本無學術,徒竊張載、程頤緒餘,謂之道學,其偽不可掩"(同上,《晦翁學案》),諫議大夫姚愈、選人余嘉等甚至說他"與權臣趙汝愚、劉光祖輩結為死黨,窺伺神器",請求把他斬首,結果弄得他的學生或則"屏伏邱壑,更名他師,過門不入",或則"變易衣冠,狎遊市肆,以自別其非黨"(同上),連理學都教不成了。

可是朱熹畢竟還為教界做了幾件大事,如排斥佛老、定立學規、注釋《詩》《書》,至今為人稱道,□□錄其白鹿洞書院教條云:

> 父子有親,君臣有義,夫婦有別,長幼有序,朋友有信。
>
> 右五教之目。堯舜使契為司徒,敬敷五教,即此是也。學者,學此而已。而其所以學之之序,亦有五焉,其別如左:
>
> 博學之,審問之,慎思之,明辨之,篤行之。
>
> 右為學之序。學問思辨四者,所以窮理也。若夫篤行之事,則自修身以至處事接物,亦各有要,其別如左:
>
> 言忠信,行篤敬,懲忿窒慾,遷善改過。
>
> 右修身之要。
>
> 正其誼不謀其利,明其道不計其功。
>
> 右處事之要。
>
> 己所不欲,勿施於人。行有不得,反求諸己。
>
> 右接物之要。

這便是封建社會(君權時代)的倫理教育,公民教育,與社會教育。自然,這裏面也缺少彊國利民、明體致用的因素,不□□想在當□做一個完善的人,便□□受這樣的教育,其性□是非常普遍,其□□像是絕無差等的。有宋末年雖少功臣名將,為國家建立赫赫之功,然至危□之時,卻多氣節之士(如張世傑、文天祥、陸秀夫等的死節死□),便是這個緣故。以下再看元朝。

　　元自太祖鐵木真崛起沙漠,平金滅夏,至世祖忽必烈問鼎中原,拓疆歐□,武功可謂極□。惟以係出胡虜,子女玉帛,馬牛羊之外,不更注意他事。後以廷臣□談,□亦選儒生,立學校,遵奉孔教。而夷考其制度與辦法,最多不過摭拾宋代唾餘而已。且元人妄自尊大,強分屬民為蒙古、色目(被征服的胡族,如大食人、夏人等)、漢人,南人(最後降元的長江流域居民)四階級,待遇上處處使蒙人佔先,漢人吃苦。政治地位、社會階級既不平等,教育機會自亦無法望其均等,因此民眾教育遂亦無法談起了。茲特摘錄其教育情形如下:

　　　　元世祖中統二年,以許衡為國子祭酒,以儒人楊庸為教授,以東平府評議官王鏞兼太常少卿,特詔立諸路提舉學校官,以王萬慶、敬鉉等三十人充之。至元元年,選儒士編修國史,譯寫經書,起館舍,給俸以贍之。(以上《元史》本紀)至元六年,立國子學。七年,命侍臣子弟十有一人入學,以長者四人從許衡,童子七人從王恂。又命生員八十人入學,為定式。八年,立京師蒙古國子學,命於隨朝蒙古、漢人百官及宿衛官員,選子弟俊秀者入學,並令好學者兼習算學。以《通鑑節要》用蒙古語言譯寫教之。二十四年,設國子監,立國學,以周砥等十人為祭酒等官。凡廟學規制,條具以聞。於是立國學監官祭酒一員,司業二員,監丞一員,學官博士二員,助教四員,生員百二十人,蒙古、漢人各半。時遷都北城,更立國子學於國城東而定其制,博士通掌學事,分教三齋。生員講授經旨,究正音訓,上嚴教導之術,下考肄習之業。助教掌學事而專守一齋,正録申明規矩,督習課業。凡讀書,必先《孝經》《小學》《論語》《孟子》《大學》《中庸》,次及《詩》《書》《禮記》《周禮》《春秋》《易》。博士、助教親授句讀、音訓,正録、伴讀以其次傳習之。講說則依所讀之序,正録、伴讀亦以此而傳習之。次日,抽籤分諸生復說其功課,對屬詩章、經解。史評則博士出題,生員具藁,先呈助教,俟博士既定,始録附課簿,以憑考核。仁宗延祐二年,以所設生員百人,蒙古五十人,色目二十人,漢人三十人,而百官子弟之就學者,常不下二三百人,宜增其廩餼。乃減去庶民子弟一百一十四員,聽陪堂學業,於見貢生員一百名外,量增五十名,蒙古二十人,漢人三十人。其生員紙劄筆墨止給三十人,歲凡二次給之。(《續文獻通考》卷四十七)

學校尊國子,漢人□教□,《詩》《書》□課本,這些都是元人模仿漢宋的地方。只有文字□□□□,□人學額獨□兩□,算是元代教育獨特的情形。八十年後,太祖朱元璋代立,這種不平等不徹底的教育制度,才告取消。

在中國歷史上,明太祖朱元璋,是以平民得為天子的第二人(此前為漢高祖劉邦)。他驅除韃虜,恢復中華,奪取天下於胡兒手中,且在戎馬倥傯、□□未□之際,即知敦崇儒術、提□教育,故尤為難能可貴。例如:□□□他□攻張士誠,至鎮江時,即"謁孔子廟,遣使告諭父老勸農桑"(《明史·本紀》)。十九年克諸暨,便"命寧越知府王宗顯立郡

42

學"。二十年破陳友諒,遂"置儒學提舉司,以宋濂為提舉,遣子標受經學"。即帝位後則命"有司以禮聘致賢士,學校毋事虛文"(洪武元年),使"諸王子受經於博士孔克仁,令功臣子弟入學"(洪武二年),"設孔、孟、顏三氏學於曲阜,修孔子廟"(洪武七年),"詔天下立社學"(洪武八年),"命天下學校師生日給廩膳"(洪武十三年),"頒五經四書於北方學校"(洪武十四年),"命天下學校歲貢士於京師"(洪武十六年),對□學校教育,差不多每年俱有設施。□□有屬民眾教育之功令部分,則以洪武二十八年"諭戶部編民百戶為里,婚姻、死喪、疾病、患難,里中富者助財,貧者助力,春秋耕穫,通力合作,以教民睦",及"詔諸土司,皆立儒學"等上命為最著。所以史官說他"考禮定樂,昭揭經義,尊崇正學,加恩勝國,澄清吏治,修人紀,崇風教",真是一些兒不錯的。其後建文在位不久,□□忙於□□、英、武、神、熹諸□,則寵信宦寺(如王振、劉瑾、曹吉祥、魏忠賢等),立廠設獄(有西廠、內廠、東廠、錦衣衛獄等),杖□朝臣,凌辱斯文。最著者,如武宗正德二年杖給事中艾洪、呂翀、劉菭及南京給事中戴銑、御史薄彥徽等二十一人於闕下,御史王良臣於午門,御史王時中荷校於都察院。三年,得匿名文書於御道,跪群臣奉天門外詰之,下三百餘人於錦衣衛獄。十四年,以諫巡幸,下兵都郎中黃鞏六人於錦衣衛獄,跪修撰舒芬百有七人於午門五日,並杖之於闕下。下寺正周敘、行人司副余廷瓚等三十三人於錦衣衛獄。不但承□□遑,反使廷臣□恥,衣冠蕩然。至傳崇禎,遂至邊無可用之□,廷無□諫之臣,□憑流賊李自成打進北京,皇帝自縊以殉社稷。崇禎本非亡國之君,徒以承熹宗之敝,積非已深,無法自拔,始令堂堂天子逼殺於流賊之手,也是開歷史上新紀元的□□,說起來可惜得很。

綜觀有明一代的教育,因為太祖的積極提倡,雖因後嗣無□推行□受影響,然而科舉納入正軌(每三年一次,考試辦法,愈發完備),學校遍□中國。以及心學大家王守仁(陽明)、治世能臣張居正(江陵)、氣節之士史可法、經學巨子顧炎武(亭林)等的輩出,一般老百姓不甘受滿人的虐待,聽憑"揚州十日"、"嘉定三屠",也要保我明□衣冠,□□□□奮鬥的精神,都還傑出的不可泯然的人物和事跡,而明代教育的成就也就在這裏。

(未完)

(此部分原載於《湘西民教》第九期,署名"魏紫銘")

虎年說虎

按東漢(25——220)以前,還沒有"十二相屬"(也叫"十二生肖")之說,古代的術數家,只是拿十二種動物,來記"十二地支"的,所謂子鼠,丑牛,寅虎,卯兔,辰龍,巳蛇,午馬,未羊,申猴,酉雞,戌狗,亥豬(語見《論衡》的《物勢》《言毒》)者是也。後來的人才以人生在某年即肖某物,稱為他的"屬性"的。知子年生的肖鼠,丑年生的肖牛,就分說他們"屬鼠""屬牛"啦。古代人民,特別是我們的太古、上古,草昧初開,圖騰拜物,人獸雜居,弱肉強食,因而產生了陰陽五行,相生相剋的說法,其實滿不是那門子事。

東漢的王充(27—約97,字仲任)就反對這種謬論。他說:"五行之氣相賊害,含血之蟲相勝服,其驗何在?寅,木也,其禽虎也。戌,土也,其禽犬也。丑、未,亦土也,丑禽牛,未禽羊也。木勝土,故犬與牛羊為虎所服。亥,水也,其禽豕也。巳,火也,其禽蛇也。子亦水也,其禽鼠也。午亦火也,其禽馬也。水勝火,故豕食蛇;火為水所害,故馬食鼠屎而腹脹。曰:審如論者之言,含血之蟲,亦有不相勝之效。午,馬也。子,鼠也。酉,雞也。卯,兔也。水勝火,鼠何不逐馬?金勝木,雞何不啄兔?亥,豕也。未,羊也。丑,牛也。土勝水,牛羊何不殺豕?巳,蛇也。申,猴也。火勝金,蛇何不食獼猴?午,馬也。子,鼠也。酉,雞也。卯,兔也。水勝火,鼠何不逐馬?金勝木,雞何不啄兔?亥,豕也。未,羊也。丑,牛也。土勝水,牛羊何不殺豕?巳,蛇也。申,猴也。火勝金,蛇何不食獼猴?土不勝金,猴何故畏犬?"(《論衡·物勢》)這說的很有道理,五行並不相生克。十二屬自然一樣,這是人為的麼?

王充接著說:"東方,木也,其星倉龍也;西方,金也,其星白虎也;南方,火也,其星朱鳥也;北方,水也,其星玄武也。北方,水也,其星玄武也。降生四獸之體,含血之蟲,以四獸為長。四獸含五行之氣最較著,案龍虎交不相賊,鳥龜會不相害。以四獸驗之,以十二辰之禽效之,五行之蟲以氣性相刻,則尤不相應。"(以上所言並見《論衡·物勢》中)他因之又說:"凡萬物相刻賊,含血之蟲則相服,至於相啖食者,自以齒牙頓利,筋力優劣,動作巧便,氣勢勇桀。若人之在世,勢不與適,力不均等,自相勝服。以力相服,則以刃相賊矣。夫人以刃相賊,猶物以齒角爪牙相觸刺也。力強角利,勢烈牙長,則能勝;氣微爪短,(誅)膽小距頓則服畏也。人有勇怯,故戰有勝負,勝者未必受金氣,負者未必得木精也。"(同上)看來達爾文 Darwin(1809—1882,英國博物學家,進化論的創始人)十八世紀中的"物競天擇,適者生存"的道理,遠在我國一世紀王充的書裏,已經露其端倪了,早了一千多年。

我們則是一面否定"五行相克,屬性有礙"的否定論情況,來繼承我國哲學文學的優良傳統下,以物起興,借題發揮的。我們說,"虎"字見於中國文字之中,那可是源遠流長了。從甲骨文、鐘鼎文之虎,小篆之虎,到散見於先秦典籍中的字句上的,無論作為名、狀哪品詞用的,都是頌美、褒意的為多,如:

《書·牧誓序》:"虎賁(勇士稱也)三百人。"

《詩·泮水》"矯矯虎臣",喻威武也。

《禮·師氏》"居虎門之左",畫虎門外以示勇猛。

《易·乾卦·文言》"雲從龍,風從虎,聖人作而萬物覩",龍虎並稱。

諸如成語中的"虎踞龍盤"（諸葛亮說建業：鍾山為龍盤，石頭城為虎踞）、"龍行虎步"（說舊日帝王的行走），以及"龍吟滄海，虎嘯山林""神龍萬變海天小，猛虎一聲山月高"等，都是佳句，為虎生色不少。我們想借用的正是這些字眼，此類名句。

與此相反不夠美好的文字如："虎視眈眈"（狠狠地盯著，就要動手攫取什麼的樣子）、"虎頭蛇尾"（與狗行狼心並列，是有始有終的貶詞）、"虎口餘生"（比喻經歷過極大的危險，幸而保存下來的生命）、"狐假虎威"（狗仗人勢的小人與之同義），以及"畫虎不成反類犬"（不度德，不量力地癡心妄想，終必丟人現眼的意思）一類雖帶"虎"字，卻有問題的言行，我們卻要大力地克服，永遠地避免。

總之，"虎年話虎"，我們要對中央"虎拜稽首"，頂禮政策的神明。我們雖然已經年邁，還要"龍騰虎躍"地不服老，"虎虎有生氣"地戰鬥前進！

祝同志們：虎年勝利！

丙寅年春王正月於古城蓮池之旁老人大學

談談古典文學的學和用

甚麼是古典文學? 先說"古典"一詞:古,故也,"前言往行";典,冊也,"高文典冊";顧名思義即知道古典文學是古代的文學以及它的發生、發展及其作家作品的歷史情況。再明確些說,就可以認為是,從先秦(約當公元前十世紀,已有書契的商代,中國奴隸制後期)到清末(十九世紀,封建制度的結束)這三千年來的詩歌、散文、詞曲、小說、戲劇及其作者的情況。因此看起來好像浩如煙海,其實概括一下也很簡單:一個韻文系統(以《三百篇》為首的)、一個散文系統(以《尚書》為首的),最後是綜合性的藝術(如小說、戲曲)。如果再就其內容而言,不過是一個"載道"(宣示正大的道理散文多是),一個"言志"(抒寫獨到的觀感詩歌多是)。或者是合二而一,更加全面的東西(如小說、戲劇)者是。

跟著需要解決的一個問題是:學習它幹什麼? 有人說:沒有古就沒有今,古和今是先後聯接的,繼承發展麼,數典不能忘祖,這話當然是對的。然而只從這一方面來說,還不能算是完全正確,因為過去的東西,舊日的典章制度、文學創作,到底是陳腐的,而且有許多糟粕。看這樣的作品,會是"非徒無益而又害之"的。所以我們必須取其精華,去其糟粕,不徒一味地不加分析地去迷戀骸骨,食古不化。毛澤東同志不是早就說過嗎? 要"去粗取精,去偽存真,由表及裏,由此及彼",始克有濟。舊日研究它們的人,有"史料資料整理史論""評議論"兩派,後者說前者煩瑣,舍本求末,前者則說後者空虛,望文生義。我們的態度卻是"義理、辭章、考據"三者並重的,不能妄生軒輊。

怎麼用它呢？推陳出新，古為今用，這是大家都知道的對待古典文學的態度與方法。但，什麼是新？怎樣才夠得上說是派了用場？恐怕有的人還沒有譜兒，那就請人們精讀毛澤東同志的詩詞和五卷《毛選》好了。在這裏面，無論韻文、散文，人們都會從中找到典範的。例如，我們考釋了毛澤東同志著作中的成語、典故，一下子便發現了一百五十多條見之於經、史、子、集中的文句。再如，毛澤東同志著作中所引述的古籍作品，也輕易地發現《列子》中的"愚公移山"、《詩》中的"伐木"、《論語》中的"樊遲請學稼"，《左傳》中的"曹劌論戰"，韓昌黎集中的"伯夷頌"，柳柳州的"黔之驢"，《水滸》中的"三打祝家莊"和《西遊記》中的孫悟空等等，可以說是滿目琳琅，各有千秋，囊括遠古與近古了。

這些便是我們對於本題"古典文學的學與用"的綱領。

自然，學也好，用也好，只是綱領性的教條式的提醒一下那是遠遠不夠的。因為單憑感性的認識，沒有上升到理性的境界，很容易似是而非，一知半解。我們從學習的心理上來探索就知道，沒有趣味的伴起，就不會有博大精微一類的驚人成就的。此以知之為物，是從所謂"需要"出發的，非此不可的，"實用"的，"達(通也)觀"的固然不可缺少，而"樂觀"的境界，則是從"享受"立足的，欣賞不已，其味無窮，"性靈"的，"樂觀"的，可以意會不可言傳啦。換句話說，知乃求"真"，樂已入"美"，油油然，洋洋乎，愛"真"入"美"，無"美"不"真"，二者無法分割，差異在於初級階段與最高階段的感受不同，心理狀態到底有異"止於至善"才是目的。

這好象是在空談哲理了，讓我們分門別類地從古典文學的思想性、藝術性和科學性三方面，以交相為用的許多歷史事例來論證它，以期落實，以為殷鑒。先說思想性的：以歷代的散文為主證

(雖然詩歌並不排斥"載道",也有它的思想性,可是到底以"言志"抒情為主,如同散文也未嘗不言志和抒情,而究竟以"載道"為主一樣),散文的學術性強,尤其是先秦的議論文、宋代的語錄文,可以這樣說吧。質直而論,先秦諸子的儒、墨、名、法、道,宋明理學的程(二程,顥、頤)朱(熹)陸(九淵)王(安石)是這回事嗎?否則修齊、治平、天下為公(先秦)、"道學一旦廢,乾坤其毀焉"(宋明)如何解釋呢?

"文章經國之大業,不朽之盛事","泰上立德,其次立功,其次立言",把著作(以散文為代表)說得這般堂皇擴大功用無窮,我們豈可小覷!譬如《尚書》——中國第一部"道事"的歷史散文集,儘管它的文字詰屈聱牙,可是無害其為周秦以前記載奴隸制度典章文物的專著。儘管它有今文、古文,疑真疑假之論,可是終究是二帝(堯、舜)三王(禹、湯、文武)最早的政治記載。即令《虞書》《夏書》有問題,而自《商書·盤庚》以後的《周書》則大體可信。我們一味地疑古,一味地鄙棄是不對頭的,錯誤的。顧頡剛(這一派的代表人物,文見《古史辨》)的晚年,不是專攻《尚書》了嗎?今文學派的"疑古玄同"先生,不是照舊姓錢了嗎?"體例",別的不要講,就說那"典(範也,常用大法)謨(謀也,嘉謀良猷)訓(導也示也,遵循訓令使行其政)誥(告也,告誡臣民之文)命(令也,發佈命令任人行事)誓(戒言,多為發佈征討時的宣言)",不是我國最早的公文程式嗎?"下行文",提名道姓,語氣生硬,板著面孔訓人絕沒有迴旋的餘地。但是,典章制度之中,也未嘗沒有像"元首明哉,股肱良哉,庶事康哉"(《益稷》)這樣的歌辭,"詩言志,歌永言,聲依永,律和聲"這樣的"詩理",以及"民為邦本,本固邦寧"(《五子之歌》)這樣的"吏","治人惟求舊,器非求舊,惟新"(《商書》)、"天無於水監(照視),當於民監"(《酒誥》這樣的"格言"。可見歷史唯物主義,以及"兩點論"方法的重要了。

50

談到這裏我們不能不介紹一下周公旦這樣的人物。他事實上是姬發死後周室的最高統治者,攝了近七年的政,定了許多制度,更重要的是他整理了過去的文獻,也寫了《周禮》《周書》一類的"官書",在中國文化史上同樣是個了不起的人物,所以連孔子都佩服他的"才藝",而有久矣失不復夢見之歎(《論語》)。所以他是大奴隸主,甚至曾經是"共主"(天子),當然沒問題,卻也不能不實事求是地肯定他在這方面的貢獻(如《洪範》"五福先言富",據說《周易》的"爻辭"也是他作的)。其次再談孔子,除了政治地位不及周公旦以外,但在整理文獻,特別是教育方面,那成就可就大得多了;刪《詩》《書》,定禮樂,筆削《春秋》,有弟子三千,身通古藝者七十二人(見《史記·孔子世家》)。因而他的"有教無類""循循善誘",四科分設,詩禮傳家,都是空前的教育措施(分見《論語》之中)。僅就他那作為哲學中心思想的"仁"吧,"泛愛眾而親仁","仁者人也"(同上),那影響是多麼深遠!墨子的"兼愛"實際上是跟孔子異曲同工的。不寧唯是,"天下一致而百慮,同歸而殊塗",修、齊、治、平,也都不過是想要天下太平,讓老百姓過好日子麼?包括老子的"清靜無為","小國寡民"在內,孟子的"五畝之宅樹之以桑",在生產財富及其分配果實上不是基本上也差不多嗎?它如墨子"非攻",孟子也"反戰",墨子"兼愛",孟子也講"仁義"等,都是值得認真思考的問題。譬如:道德是有階級性的,因時代之不同,而有是、非、善、惡,也就是肯定、否定的標準的,這個我們承認,但它是否也可以"抽象繼承"呢?例如我們今天不同樣在講求人道主義、愛國主義以及睦鄰友好協定的信義嗎?這精神文明,就說是民族性的吧,有沒有繼承發展之處?

恐怕對於歷史人物,首先也要還他一個歷史上的本來面目,否則說長道短,古人有知也不會安眠於地下。對於作品的體例來講,當然要看它們繼承的歷史情況。道德的本身也是一樣,不能夠孤立著看待它,不是嗎？過去忠君,現在愛黨,過去講朋友有信,現在一樣講外交上的信義。就以孝道而論,共產黨也沒有說兒子可以不照看老子,不過"三年之喪"的一套必須廢除罷了。還有"三年無改於父之道"好像是迂執了些,但如果是老革命老幹部一生愛黨愛人民,那麼三年不改還嫌少了呢。再說孝養吧,"色難"也是有道理的,"至於犬馬皆能有養,不敬何以別乎？"(《論語·學而》)尊師愛生亦猶是也,師嚴道尊何嘗不可以講,只要他使學生愛人民,五講四美,講求精神文明,我看嚴一點兒還是必要的,現在的大學也號召"教師既教書又教人"麼。

至於談到"藝術性",我們認為這是個"感染力"的問題,引起了"共鳴"與否的問題,也就是達到了"真、善、美"三者有沒有切實結合起來的問題。如果寫的東西是抄襲、模擬的,沒有"修辭立其誠",忠實地反映了客觀的存在;也沒有"惟陳言之務去",只是冒酸氣的陳辭濫調,使人一見生厭的"假大空"的玩藝兒,那又能怪誰不理睬呢？古今中外都是這樣的,與此相反,如可以"興、觀、群、怨"的《詩》,"好色不淫,怨悱不亂"的《騷》,以及子長之文,孟堅的賦,西漢的樂府,唐人李白的《古風》、杜甫的《三吏》《三別》,宋代以蘇軾為首的"詞",元朝以關漢卿、馬志遠為代表的小令、套令及其戲曲,明清的小說《西遊記》《水滸傳》《紅樓夢》等等作家及其作品,能說不是膾炙人口歎為觀止的大家奇文嗎？我們號稱五千年文明古國的歷史之美,以及炎黃子孫一貫的優良品質戰鬥精神,未嘗不是依靠這些才能夠得到充分的反映與繼承發展的。

總之,我們學習古典文學,首先是知道它的發生發展的歷史情況,數典不能忘祖,溫故可以知新,頌其詩、讀其書,不知其人可乎？所以又必須和歷代的作家及其作品的介紹與分析結合起來,才可能獲得比較完整比較有體系的東西。不是講求社會主義精神文明嗎？不是應該以"五、四、三"為綱領，教學、做下工夫嗎？那就讓我們從學好用好古典文學為起點吧。

一九八六年九月　河北大學

人民的心聲　革命的史詩
——讀《曼晴詩選》有感

　　大作飛來驚吾廬，洋洋灑灑落玉珠。風神俊逸今勝昔，清新為言必己出。人民心聲此真是，革命史詩誰敢誣？信口信腕抒靈感，說人說事好畫圖。無縫天衣誇淡雅，有聲萬籟似鼙鼓。漁歌唱罷撥棹去，嫋嫋餘音亙千古！

　　我是喜歡讀新詩的，但洋八股之類，從來不敢問津。我也喜歡哼幾句舊詩，可是雕琢堆砌，自慚不能工整。曼晴同志是我在抗日戰爭時期就知道的一位民間詩人，作品樸實無華，這是當日的印象。解放至今，獲識於石家莊，始知曼晴同志溫溫恭人，果然淳厚，遂訂為“文字之交”。昨日，收到了他近日出版的《詩選》，從第一部“饑荒年代”、第二部“抗戰時期”到第三部“建國以來”的詩，共計大小篇章八十三首，琳琅滿目，氣象萬千。莊讀數過，感受實深。題為《人民的心聲　革命的史詩》，便是對他的作品的總評，已不止是前此的“樸實無華”啦。

　　這是真的，不脫胎於民歌，只靠洋腔洋調撐場面的詩，是反映不出來民族精神與愛國主義的。因為，人民的詩人，必須生活、戰鬥於人民之中，和人民同呼吸共命運的。否則缺乏物性，沒有靈魂，寫不出來代表人民的詩歌。我們的老詩人曼晴同志，恰恰是生在人民長在人民，植根於人民淵源於人民的，那就不只是生活熟悉感受親切的問題了，而是所謂“象憂亦憂，象喜亦喜”的一而二、二而一者的流亞。所以代表人民，為人民立言，是有其充分的資格的。即如他體現於《莊稼人靠誰》中的句子："年頭兒一年壞一年,打出的糧食不值錢。洋貨貴,生活難,一家大小怎麼辦?"《討乞》結局的"老婆今年七十七,沿著大街去討乞。冒著鵝毛雪,腳踏層層霜,手抱空瓢淚汪汪",和《饑荒》中間一段的"他被巡警帶走的時候,槍托子頓著腿,粗繩子縛著臂,臉上身上塗滿了血,一步一步地挪著,消失在煙霧茫茫的黃昏裏",不都是耳濡目擊,同情悲憤,代為控訴的血淚之言嗎?於是詩人的政治思想性何在,也就不問可知了。"《詩》言志""修辭立其誠",古今一理,曼晴同志已得其真髓矣。

再從語言藝術上看,這些詩句不也正是老百姓能夠看懂聽懂的民歌形式的大白話嗎?昔人云白居易詩"老嫗能讀",恐怕也無過於此吧。同時,它還是非常之形象生動的,如《劫後》對於兵災以後農村淒涼荒敗的景象,說:"牆壁上留下了無數的槍道,鋤兒,犁頭,半埋在土裏了。蜘蛛在破窗上結成密網,炕洞子裏卻發出蟋蟀的歌唱。"我認為這種素描的筆法,比"古詩"裏的"兔從狗竇入,雉從梁上飛,中庭生旅谷,井上生旅葵"更深刻,更沉痛。因為後者還有人出場,大生物襯托,這兒只剩下蜘蛛、蟋蟀和陳跡、靜物了,而且不止是一家如此的。

與此相同,作者描寫"動"的情況時,也是繪影繪聲十分嚇人的。如他在《車間》中烘染大機器房裏機器滾動的形象是:"巨輪瘋狂的卷著旋風,鋼滾錯出騷亂的叫喊,誰敢放鬆這貪婪的怪物,不小心,就有生命的危險。"接著又說:"橫綾條交織著分隔號條,大鋼板疊著小鋼板,到處都陰森森的,黑洞洞的,露裂著獰惡的黑臉。"請看,話雖不多,字眼也不生澀,只這淡淡的幾筆,不就把那怪物的機器,黑臉的車間,尤其是吃人的工廠,交待得嚇煞人了嗎?機器和廠房,正是資本家賴以剝削工農子弟的工具場所。言外之意,豈不等於代表工人與資本家作鬥爭,因而投向此輩以鋒利的匕首嗎?

曼晴同志抗戰時期所作的詩,的確像他自己講的:"那些詩歌,在當時——對敵鬥爭，鼓舞士氣，爭取人心，堅持持久戰，是起過一些作用的。"像《區長》那首長詩（計廿三節，共四百八十六字），一環扣著一環，從一開始就怵目驚心，使人不敢喘息，如同電影一樣，一幕幕地發展情況，突出人物，交待節目，取得結局。不但故事完整，而且文字犀利，語言貼切，音調鏗鏘，堪稱傑作。因為他確實起到了宣傳鼓動的作用，大幅度地增加人民同仇敵愾的心理了。例如在"荒井部隊"包圍了整個村莊，搜索革命幹部"區長"以後的那一段詩句："荒井把洋刀一揮，四個日本兵托著槍，'呀'的一聲刺過來，刺刀光挨進四個青年的胸膛。'且慢！'從人群裏跳出一個人，'不要殺他們，我是區長！'曠場，像打了一個閃電，立刻通亮！日本兵，收回了槍，荒井搖晃了幾搖晃。"煞那間，政治思想上的愛國的英雄主義不就閃爍出來了嗎？"誠既勇兮又以武，終剛強兮不可淩"（《楚辭·國殤》），中國人民的偉大的氣概，具在於此。

長詩的藝術特色，還在於它充分地發展了《三百篇》短章相承，三言五語即為一節的優良傳統，而且是交叉使用，異常之玲瓏剔透的。譬如："荒井，提著洋刀，披著大氅"，"幾隻洋狗，在他身邊，伸著舌頭老長"，不是活畫出一個兇神惡煞的鬼子形象嗎？甚至連日本式的中國話，都使用得很典型："你們誰窩藏著八路？說出來，大大的良民，皇軍的有賞"，"不說，叫你們統統地死亡"，真是傳神極了。自然，最值得稱頌的卻是作者在結尾時運用了革命的現實主義與革命的浪漫主義相結合的手法，長了自己的威風（曙光在前），滅了敵人的銳氣（陷於人民戰爭的汪洋大海裏）。詩文道："原來的區長，淹沒在人群裏了，所有的人都變成了區長"，"烏雲吹過，天已經大亮，東方升起了通紅的太陽"。

可與《區長》相媲美的對敵鬥爭之詩還有《母親》。這位母親不同於中國歷史上任何有名的媽媽，如："擇鄰"的孟軻之母、"畫荻"的歐陽修之母等,因為她們只不過是封建時期教子成名的賢母。也不同於高爾基筆下的十月革命前俄羅斯青年工人戰士巴維爾的母親,因為她也不過是跟國內的敵人做不拿武器的鬥爭。曼晴同志歌頌的母親,卻是直面入侵的日寇,掩護抗戰的幹部,而且不止一次地取得勝利的無私無畏的廣大人民的母親。她是空前的,偉大的,莊嚴神聖的。怎見得?有詩為證(凡八節,節四句):詩的前三節說,母親有四個兒子都到前方抗戰去啦(本來就是光榮的軍屬),但她並不孤寂,一批批的幹部戰士,都喜歡住在"媽媽"的家,她也像對待兒子一樣的給他們縫連洗涮。這還只是平日的情況,事情發生了:"一個冬天的早晨,敵人突然包圍了村子,一位沒有來得及轉移的同志,便躲藏在她家。"(四節)敵人在村子裏搜來搜去,最後搜到了她家。她厲聲地指著敵人的鼻子:"你們為什麼抓我的兒子呀?"(五節)"他是我的長髮,你們不能抓走他!母親高聲的喊'兒子','兒子'也含著眼淚叫'媽媽'。"(六節)母親終於把"兒子"攔住,"別在這裏了,快回去吃飯吧!""兒子"回到母親房裏,激動的連聲叫"媽媽。"(七節)

情節雖然這樣的簡單,它這裏面卻蘊藏著雷霆萬鈞的力量——正義的全民的反侵略戰爭,才是使著母親敢於鬥爭敢於勝利的力量源泉,其結果必然會是"在多少戰士的心裏,深情地懷念著這位媽媽"(八節)。因而我們的抗戰勝利了,我們的母親偉大了。我看,這才算是具備了真善美的藝術生活境界哩。它如《紡棉花》的"楞——楞——紡棉花,紡了棉花給誰呀?——誰也不給,紡了綫兒去賣啦!賣了錢,買針呀,買布呀,男女一齊抗戰呵!"《打野場》的"打,打,打野場,打了豆子打棒棒。快快打,快快藏,提防鬼子來搶糧。"則是歌詠戰鬥生產的。就是說,詩人的詩,無論長篇短篇,都是"檄文""戰歌"。有的好似長江大河一瀉千里,有的短小精悍剔透玲瓏。用詩人自己的話說就是:"用鋒利的筆觸,蘸著自己的血汗寫成的。"使人"激動地讀著,喜悅地讀著,那真誠的語言,那戰鬥的語言,每一句都震動我的心"
"閃閃發光","都披上武裝"。《詩傳單》在此中是最纖小也最鋒利的,
如《槍》:"在戰場上,它是你忠實的夥伴啊,它會伴隨著你的心意,打
倒你前面的敵人,保衛自己。愛護你的槍吧,它將伴著你,到最後
勝利。"

我們更加讚賞曼晴同志創作的《遊擊》《捕捉》一類的描寫軍事行
動的故事性很強的詩。因為它們不只章法錯落,渾然一體,寫得有聲
有色,而且語言凝練,別具匠心,令人擊節不已。如《遊擊》說:"薄明
的夜,冷清的夜。遊擊小隊悄悄地從村子裏出來,雞不叫,狗不吠,一
點動靜也沒有,就像魚兒一樣,潛伏在一條深深的山溝裏。戰士們抱
著槍,順著山坡躺下來,就地休息……啟明星,像盞明燈,從東方升起。
偵察兵跑過來,報告隊長:'鬼子過河了!'戰士們像彈簧般的跳起來。
東方已經發白,手榴彈從村邊響起。"聽到看到敘述戰場、戰爭的文章
多了,還不曾碰著過這樣的詩。歌唱"遊擊小隊"的"守如處女,脫如
狡兔",動中有靜,活靈活現。因為只用幾筆輕描淡寫就把景色、地點、
時間和人物,全點染起來了。

《捕捉》——反掃蕩插曲的成就,與《遊擊》幾乎相同,不過在章節
安排上沒有明顯標識的三階段而已,它的主人是二梆子(副角叫王大
夯)。自然景色也點綴得美,如開篇的"西北風,吹著高粱葉,嘩嘩的
響。秋蟲,在豆棵裏,不停的唱"、"禾田,像綠色的海洋,在夜風裏,掀
起波浪";人物的形象也塑造得鮮明:"二梆子,伏在路旁的犁溝裏,順
著禾壟,瞅著前方"、"前方,大路上,一大隊人馬奔竄著,像一條驚慌的
蟒。蟒蛇過去了,他想打一陣駁殼槍;忽然從斜後面,飛來了一道電
光"、"他又伏下了,像一尾魚潛伏在水底,頭枕在蔓草上"、"一小隊人
馬,又閃過去了。他把耳朵緊貼在地皮上,再聽不見聲響"、"他心裏
想:'壞了,都讓他們過去了!'一陣心慌"、"他站起來,提著大砍刀,順

著壟溝跑到大路上。大路上,一個黑影子,在前面跟蹌"、"他心裏一亮,身子輕爽,悄悄地追上去,像飛的一樣"、"從腦後,他攫住那個人的槍。再一刀背,敲在那個傢伙的腦袋上"、"那傢伙,身子雖然倒下了,但那枝槍啊,依然不放"、"又一個黑影,出現了,他心裏一涼"、"'誰?''我!'他聽出是王大夯"、"來吧!這裏有一個鬼子,一枝槍"。

詩中兩個人物的活動,一明一暗,好像舊俠義小說中的"夜行人"一樣。而二梆子的身手矯捷藝高膽大之處,也活畫是位英雄。但卻是抗日戰爭裏的人民英雄,而非"綠林豪傑"。可謂推陳出新,靈活運用,取其精華棄其糟粕了。

在建國以後的詩中,我最喜愛《真正的人——悼張志新烈士》裏的這幾段話:"只要是真理,你就抱住不放;即便火燒眉毛,刀子擱在脖子上"、"你把那些畫皮,視若糞土;你把那些'權威',從不當作偶像"、"你生如海燕,永遠戰鬥在暴風雨的海洋;你死若隕星,也要把長空劃出一道亮光"、"你的鮮血,紅得像火一樣的玫瑰,你的眼睛,亮得像燦爛的晨星一樣"、"你那浩然的正氣,已化為人間長虹;你那純潔的靈魂,已昇華成萬道霞光"。這些頌語,非張志新烈士擔當不起。

楚聲堂皇大江邊

——中國屈學專家魏際昌教授談《九歌》

"《九歌》詩樂響鈞天,偉哉屈子又翩躚"。

璇宮飯店一間客房,銀絲滿頭的河北大學中文系教授魏際昌正在吟詩。他是專程來武漢觀看歌舞詩樂《九歌》的。魏老今年七十七歲,是中國屈原學會籌備委員會副主任,河北省文學語言學會會長。他在屈學專家評歌舞詩樂《九歌》的座談會上表示,要向武漢歌舞劇院的藝術家鞠躬致謝。感謝他們承先輩之志,繼往開來,將屈原的古詩《九歌》,有聲有色地搬上現代舞臺。

魏老一九三七年畢業於北京大學研究院。七七事變前,曾有幸在課堂上聆聽聞一多先生講屈賦。聞先生曾提出,要以屈子為主,把《九歌》搬上舞臺。然而,一場彌漫於中華的戰火,使聞先生未竟全功。先生的遺願,多年來魏老都感到言猶在耳。他對記者說:"愛國之情不能丟,民族之情不能丟。尊屈是自然而然的"。只要是宣傳屈原的作品,他都盡心相幫。兩年前,魏老曾與全國屈學專家共赴秭歸考查。到樂平里,爬女嬃廟、謁屈子祠。自武漢的《九歌》開始構思到現在,他始終與《九歌》的總導演保持書信往來,交流學術意見。

魏老說,自古以來,詩樂舞三者一體,古詩《九歌》亦如此。現代人要還原《九歌》,把一組譜子完全失傳、動作也無從考證的古詩搬上舞臺,談何容易。除聞一多先生有此夙願,他人鮮為問津。"沒想到二十世紀八十年代,在楚國故土上,竟有人這樣做了,真是可賀可喜!"

　　對編導者一些大膽的加工、改作、昇華、濃縮,魏老認為是可行的。把《東君》提到第一位,當年聞一多先生也這樣做過。對"二湘",編導者徑直認為他們是洞庭水系的男女兩個水神,癡情的配偶之神,真是生花之筆。如同命《雲中君》為雨虹,《山鬼》為巫山神女,《國殤》裏安排了一個"未亡人"一樣,都是敢於突破而又順理成章的傑作,令人耳目一新。同時,對歌舞詩樂《九歌》的音樂、舞臺背景、舞蹈設計,也認為是有美皆備,無麗不臻的。

　　魏老也提出了值得商榷的地方。他坦率地對某些譯文與原作在意境上的差距,對個別場段、人物的處理,都提出他的不同看法。如《大司命》應以什麼樣的形象出現在觀眾眼前;《河伯》沒有扮以角色,舞臺上缺乏生動立體之感;《東皇太一》的祭主是由一漂亮的女巫扮為好,還是用一寬袍大油、雄糾糾的漢子為好等,這些意見對歌舞詩樂《九歌》的進一步完美加工都是很可貴的。

　　　　　　　　　　　　　　　　本報記者　郭麗玲

　　　　　　　　　(注:此係《長江日報》一則採訪)

"中國屈原學會"第三屆年會閉幕詞

主席、省地市校領導同志、與會各同志：

"中國屈原學會"學術討論會及第三屆年會閉幕了，請允許我代表學會感謝你們的熱情支持與合作，使大會開得非常的成功。首先是岳陽地委、汨羅市委、湖南社聯、湖南大學的經費上的資助，場所上的提供，膳食上的安排，與工作人員的派出，已令參加大會的同志們各得其所，有賓至如歸之感。特別是伙食房師傅、汽車司機和秘書處工作等同志的辛勤勞動，無微不至的關懷，楮墨難宣，只有熱烈鼓掌以表示深深的謝意！我們認為這次大會表現出了以下的精神和成果：

一、安定團結，協作到底，不分地域，和樂融融。如對於大會秘書長的謙讓，各地會員聽任分組就餐、討論、乘車等。

二、自由討論，發言踴躍，氣氛熱烈，親密無間，在學術觀點、研究方法等問題上，老年與老年，中年與老年，中年與中年間均有交鋒對立的表現。

三、面對現實，古為今用，開拓境界，反對保守，交流信息，多尋管道。如毛慶同志關於古代文藝心理學的建立，道德哲學的廣泛宣傳即是。

四、向外發展，走"國際路線"，個人與集體的研究相輔相成，如黃中模同志與日本學者溝通往來，交換著作，辦《團結報》《楚辭》等專欄，以與臺灣學者探討問題等等。

五、鼓吹中年會員敢於抵觸"權威"，大膽提出看法，表現了青出於藍的精神，積有成效。如北大博士生徐志嘯之談《東皇太一》等，材料翔實,語言犀利,由微觀之剖析篇目到宏觀之否定舊論,持之有故,言之成理。

六、認識到觀察歷史文物,研究先楚文化兩結合的重要性。如屈子祠,雖經充實整修,仍嫌簡陋(只列為省保護單位,即其一例),龍舟競賽改為體育項目,喧賓奪主,已失紀念屈子之歷史意義。

七、由張中一、龔建昌兩同志負責與岳陽《雲夢》社合作改組出版定名為《屈子學報》的刊物,以為報導我會研究成果和交流信息的園地。

八、哲學的終點美學的起點,我們認為只有零碎打的研究不足以達成願望,必須做成體系的"屈學"和思想性、藝術性、科學性的綜合探索,始克有濟。

存在的問題是:

一、學會事先沒有定立"專題",致使討論不能集中精力,成果不大。

二、學會年會間的時間過長(兩年一屆),中間缺少區域性的自由結合的研究活動。

總結得不全面,也可能有錯誤,請批評。

最後祝同志們一路順風,路途愉快!

燕趙詩協第二屆常務理事擴大會開幕詞

同志們：

河北省燕趙詩詞協會成立至今已經整整兩年了，仰仗省委省政府的領導和支援，我們才得以維繫下來做點兒工作，這是首先應該表示由衷地感謝與誠摯的敬意的。尤其是本會三位名譽會長文珊書記、尹哲、劉秉彥二老的相繼指導從中玉成，實在使我們感同身受念念不忘。

其次，也應該清楚地說明：本會的工作人員都是義務兼職，連勞務費也沒有的，可是活兒一大攤子相當的繁重，從日常工作的事務、收發、聯繫、交流、文書、撰稿、建立詩詞隊伍、發展會員、辦理刊授班、評獎，以及出版季刊的選稿、編排、校對等，無不需要有經驗不憚煩的同志來承辦，可是葉蓬兼秘書長偕同馮建勳、劉素芬兩位副秘書長，卻把它完成得很出色，任勞任怨、樂此不疲，這就值得稱道、學習了，那內在的動力呢？不用說，都是詩人，都有一顆金子般的心。

此外，我們這個協會之所以能夠從無到有從小到大地一直發展下來，應該和同人們的順乎潮流，應時而作，樸實虛心精誠團結特別是與愛黨愛國無私的奉獻精神分不開的。譬如在今年春夏之交，發生了從學潮到反革命暴亂，我們就能夠立場堅定，不受干擾，旗幟鮮明地反對資產階級自由化，這一點可以告慰於出席本屆擴大會議的各地區代表同志的。

下面想談幾個問題，與同志們一同商榷：

一、詩言志，歌永言。詞者意內言外，詩之餘也。賦之為言鋪，鋪采摛文，體物寫志。儘管稱謂的形式不一，其唱給人聽，寫給人看的社會性,則是並無二致。所以,只顧自己陶醉,如通俗指陳的"無人賞自家拍掌,唱得千山響"的做法是不足為訓的。因為他們的藝術價值,定立於聽者、讀者的評估上,必須顧及客觀的影響。

天下沒有不講功利的事,創作也是一樣,不是為無產階級服務的,便是替資產階級說話的,只是兩家,不容間位。"逃墨必歸於楊",什麼"自然主義"、"朦朧詩派"以及"意識流"之類都是"花槍架子"、"障眼法"。我們不故弄玄虛,是堂堂正正的無產階級文藝戰士、詩人,歌頌勞動人民,繼承優良傳統,要"掃黃",也要批判《河殤》和民族虛無主義的東西。

在文學低谷、史學虛無、哲學迷途的許多年月以後,我們實在應該拿起筆來再加振奮,反映現實,從事"二為",像昔日革命前輩們"四海翻騰雲水怒,九州震盪風雷激"、"豪氣貫日月,英風動大地"(見陳毅《洪海詩社開徵引》)的戰鬥精神以臨"四化"的大業,就更棒了。當然,這不是說又在提倡什麼標語口號,也不是反對寫景記遊,往來酬答,以及抒發個人思緒的詩作,取法乎上僅得乎中,我們不過在樹風尚找標杆的道路上有此感受而已,毛主席和陳毅元帥的詩詞俱在,同志們可以對比參驗。

二、我們並不排斥新詩,恰恰相反,除掉在形式上它和古典詩詞略有差別,產生的時代也比較晚以外,可以說是同功一體的,我們在座許多詩人如韋野、浪波、葉蓬、劉章諸位,不都是先新後古雙管齊下的作者嗎?他們寫出來的詩歌一樣清新,同樣可以唱誦。詩文皆為時而作,只要它是反映現實言之有物的,抒發性靈不是無痛呻吟的,思想性、藝術性、科學性並行不悖的,就會使人欣賞樂於傳誦。不過,名不正則言不順,言不順則事不成,中華詩詞學會既是以古典詩詞的創作研究為主的學會,便不該旁出別鶩自行干擾因而分散了精力,勿亂了步驟,相反猶可以相成,實乃辯證的統一,何況古詩與新詩還不處於矛盾的境地呢！同志們在這一點上，是應該明確起來態度一致的。

三、古典詩詞是講求格律的，"不以六律不能正五音"麼。但不一定是鐵板一塊，絲毫也變動不得。記得 30 年代初，周樹人先生就同喜歡創作詩詞的青年們說，"詩須有形式，要易記、易懂、易唱、動聽，但格式不要太嚴，要有韻，但不必依舊韻，只要順口就好"。這當然不等於說，押了韻能上口的就是詩，內容決定形式，更重要的，還要聽聽作者說的唱的是些什麼事物，按照我們今天的話，就是思想要健康，語言要明確，"《國風》好色而不淫，《小雅》怨悱而不亂"，《三百篇》一言以蔽之曰"思無邪"麼。因為"溫柔敦厚"乃《詩》之道，"興觀群怨"為《詩》之用，亙古如斯，並無二理，愛恨分明，旗幟鮮明，五講四美三熱愛，我們不也是天天不離口嗎？

四、這一次常委擴大會議還有一個課題：重陽登高封龍山。他不是一般的登山玩水。古代詩人在金秋燦爛、物阜年豐的重九，都有這個傳統的活動。記云："登高作賦，可以為大夫"，孔子登東山而小魯，登泰山而小天下。蓋秋高氣爽景色宜人之際，登高可以望遠，從而心曠神怡熱愛山河。特別是騷人墨客，靈感一到可以引吭嘯歌，揮灑天地，何樂而不為？聽說封龍山怪石嶙峋，古跡非一，漢武唐宗，或設書院，或為征伐，均曾涉足，使人流連。既蒙地方招致主人熱情，便也激發了雅趣，有意一試，如能譜寫，吟唱出來的傑作名篇，豈非也是一大收穫。而且此舉也不止於發思古之幽情，王維詩云："遙知兄弟登高處，遍插茱萸少一人。"許多僑胞漂流國外，金甌不全，臺胞未歸，登高一望亦所以遠懷。

一九八九年十月七日

魏際昌同志代表河北省燕趙詩詞協會籌備組
所作的工作報告

各位領導、代表同志：

燕趙詩詞協會籌備組委託我代表籌備組全體工作同志，向大會報告本會成立的籌備過程，爰作如下的發言：

一、河北省燕趙詩詞協會的發起及其籌備經過：

今年端午節(五月卅一日)我們和劉章、布依哈林、王玉祥、趙品光、薄浪等同志，代表河北省在北京參加了中華詩詞學會成立大會。目覩盛況，感受深切，更進一步地認識到中華詩詞源遠流長及其今日光耀寰瀛的歷史新義，深感我省毗聯首都近水樓臺，還沒有省級詩詞機構參與活動，未免美中不足。回省以後，由我以中華詩詞學會常務理事的名義向省委書記邢崇智同志說明原委，又補上了書面報告，荷蒙崇智和文珊同志批轉省委宣傳部部長劉榮惠同志與副部長周申明同志商定掛靠省文聯開展工作。遂由省文聯負責同志浪波、白海珍、劉泉洲等出面聯繫，於暑假之初(七月上旬)偕同河北大學統戰部長黎明同志專程到了石家莊省文聯，先與白海珍等同志取得聯繫通過安排，在省委會議室開了第一次會，有省委統戰部副部長池蒲泉、統戰部辦公室范玉芬、省委宣傳部文藝處馮思德、徐亞平、省社聯學會工作處孫浩等同志還有我和黎明同志參加，由我帶去了中華詩詞學會的有關文件、刊物及詩集，並簡單扼要地匯報了大會成立的情況，與會者一致表示支援,認為應該著手籌備。第二次會在八月下旬,省文聯白海珍、葉蓬、省統戰部辦公室范玉芬、省委宣傳部文藝處梁秀辰等同志專程到了保定,會同河北大學黨委、副校長汪培棟、宣傳部長郭正清、黎明和我,在河北大學東院辦公樓開會,共同研究決定了:①會名為"河北省燕趙詩詞協會"。②公推魏際昌任籌備組組長,浪波、劉章、葉蓬為副組長,以專責成。③初步商定本會成立日期為重九(十月卅一日)登高節日。④其它有關人事推選,經費增益,工作安排,擬定簡章等項事宜。第三次會我趁去湖北開會道出石家莊之便,在省文聯與波浪、白海珍、劉泉洲、葉蓬、馮建勳、劉素芬等同志開碰頭會,決定將成立會日期改在十一月廿至廿五日之間,並比較具體地研究了機構人選,增益經費,編印簡報等項有關事宜。今天,河北省燕趙詩詞協會成立大會勝利地開幕了,首先應該感謝省委省政府省人大省政協領導同志的大力支持;和省文聯浪波等同志的積極籌備,尤其是中華詩詞學會常務副會長周一萍、秘書長汪普慶兩位同志的惠然肯來親臨指導,實為本會增光。請允許我代表籌備組全體同志表示衷心的感謝。

二、談談我對"中華詩詞"的一點粗淺的看法,請各位領導和代表同志指正

宇宙即是一個變動的實體,沒有離開空間的時間,也沒有離開時間的空間。從這一自然的規律上講,作為人類的上層建築意識形態之一的文學,包括詩歌在內,也不會自始至終一成不變。如從遠古的謠諺繼續發展下來的《詩》《騷》《樂府》、"唐詩""宋詞""元曲""明清民歌",以及"五四"運動至今的"白話新詩",都是發抒真實情感反映時代精神的產物。所以,認為今不如昔,代降而卑,賦必兩漢,詩必盛唐者,全是錯誤的看法,具體到"中華詩詞",則更是既有繼承(指其優良

傳統而言），又有發展（日新月異反映現實），充分地具備改革、開拓、為社會主義精神文明的建設服務的。

首先應該明確的是："中華詩詞"，不只是使用漢語漢字的作品，而應該包括五十六個民族的歌詞韻語在內。儘管有的比重不大，尚有待於發掘、整理。因為我們既是一個多民族的國家，便須名符其實地有著使用多種語言，表達各民族生活特色的詩歌，形式自然也應該是多樣的不拘一格的。我們說的中華詩詞，有其嶄新的含義，它既不同於古代的各種詩詞如《三百篇》《楚辭》、"漢賦""唐詩""宋詞""元曲""明清民歌"等，也與當代的新詩如五四運動初期的歐美十四行、稍後的蘇聯馬雅柯夫斯基的塔式疊句和東洋式的俳語等有差別，而有其獨特的創制的色彩與風格。

再從"中華詩詞"的功用上說，以詩會友、同道共樂，就可以團結安定國內外的炎黃子孫華裔僑胞，也能夠有助於發展國際間的和平共處互不侵犯、相互尊重領土主權的完整，並且更進一步地謀求經濟合作、互助互利、以有易無的偉大的創舉，自上而下，由內而外，以貫徹我們的改革開放搞活經濟的國策。

總之，"詩歌合為時而作"，我們反對抄襲摹擬"邯鄲學步"。"惟古於文必己出""出辭氣，斯遠鄙倍矣！"就是說，我們反對抱殘守缺迷戀骸骨的陳辭濫調，而主張因時變易、情真意切、語言生動、趣味橫生沒有模式的創作（既不崇古，也不媚外），必須是"義理"（正確的思想，就是"善"）、"辭章"（有文筆的藝術性，就是它所表示的魅力，所謂"美"）、"考據"（真實可靠，經過調查研究的事物，也就是它的科學性）三者並重的。換句話說，就是"真、善、美"的統一。因為，心靈不美的人語言決不會真，於是行為也就難期其善了，特別是詩人的歌辭。"詩言志，歌永言，聲依永，律和聲"（《尚書·舜典》），"修辭立其誠"，誠於中必形於外，它和音樂是分不開的，甚至可以說，它和舞蹈也是一體的。"嗟歎之不足,故永歌之,永歌之不足,不知手之舞之足之蹈之也"(《詩大傳》),維、蒙、回、藏、苗等民族,直到現在還是歌樂舞三者一體表演的嘛,更不要說自有《三百篇》以來發展到今天的音樂歌舞了,數典不能忘祖,溫故可以知新,豈可等閒視之!

三、最後讓我也吟詩一首祝賀我省之燕趙詩詞協會成立,
題曰《頌我河北,懷古樂今》:

冀州自古多豪傑,高歌慷慨壯山河!唐堯之世人擊壤,作息由我帝利薄。孤竹二子賦采薇,恥食周粟特清哦。風蕭水寒易縣境,秦王落魄稱荊軻。范陽浪仙祭己詩,酒脯歲歲有交割。漢卿大都為泰斗,鏗鏘小令萬民樂。最是當代抗敵曲,太行戰士舞婆娑。為時而作良可喜,剿襲摹擬必除破。信手信口抒性靈,曰真曰趣誰不悅?中華詩詞昭日月,拱衛畿輔也嵯峨!

讀《〈大系〉編輯工作信息》抒懷

　　河北大學中文系古典文學教授魏際昌先生從保定寄來了長信,記敘了他閱讀《信息》以後的隨想,摘錄如下:

　　"……'桐城'難說'謬種','選學'也非'妖孽',廣西的朱琦、王拯,江蘇的魯一目不都是'桐城派'嗎? 但他們的詩文,如朱的《怡志堂詩集》中《感事》等作、魯的《通甫詩存》中《重有感》、王的抗英英雄葛雲飛等的傳記,都是血淚交進、具有民族氣節的作品。

　　"關於林紓,其《春覺齋論文》可說是承襲了姚鼐的陽剛陰柔之美及'神理、氣味、格律、聲色'之說,並更加細緻深入地剖析了'桐城'文論,至其所譯歐美小說如《茶花女》《塊肉餘生記》等數十種,無論從藝術手法、寫作態度等任何方面講,全是一絕。

　　"'金無足赤,人無完人',沒有'兩點論'的精神,就是主觀判斷、以偏概全。'文選'從《昭明文選》到《唐文粹》《文苑英華》甚而至於'桐城派'的《古文辭類纂》都是自成體系,也未嘗不是偏重藝術性的'辭章'之學,然而內容決定形式,基本上依時而作各有歷史階段的情況是可以看出來的。……桐城諸家義法昭然,'言有物,言有序',誰個不講? 而'文章在韓歐之間,學行繼程朱之後',則是清初的統治思想使然。曾國藩時已有變易,'經世致用'講求洋務了。且曾幕之張裕釗、薛福成、黎庶昌、吳汝綸等人,在文教、外交工作上表現得都很出色。張、吳兩人在保定主辦蓮池書院,日本即派留學生來。吳且為京師大學堂最早的總教習,並曾奉命去日考察,影響實在在不小,嚴復、林紓即是吳的學生呢。

"《孽海花》的女主人公也是一樣。她雖是妓女，卻是狀元夫人，曾在德國與宮廷后妃抗禮，更主要的是庚子亂中，曾對北京有所保全。'賽二爺'不過是陪伴瓦德西的姘頭而已，說不上賣國求榮、喪失民族氣節，而滿朝文武大臣又幹了些什麼呢？劉半農先生肯寫《賽金花本事》，這在當時是難能可貴的，惜乎其未完成。

"經學家往往都是'革新家'，遠的不說，就以顧（絳）、江（永）、戴（震）、段（玉裁）直至二王（念孫、引之）、俞樾、章太炎而論，顧之抗清與章之排滿幾乎後先一致，此事絕非偶然。再說康梁及譚，康之《新學偽經考》《孔子改制考》、譚之《仁學》，何莫非熔經鑄史、別有見地之作？梁則更不要講了，先為'保皇派'，後辦《新民報》，連後來的郭沫若、胡適之都受他的影響。那末，不弄清他們的關係和文字，怎麼能交待下去？'誦其詩，讀其書，不知其人可乎？'自章以下，誰個都有自傳，找尋其師承及其在文學、哲學上的造詣，表而出之，恐怕也非一朝一夕之事，深挖細找便費工夫，'獺祭'羅列，何得謂'系'？所以'急就章'恐怕不行，沒有橫向聯繫，發現其內在的傾向，就更不行。

"中國的筆記文學，從唐宋以來可以說是洋洋大觀了。因為在這裏邊，人物、故事、有關文史哲的遺聞、資料美不勝收。儘管它們是殘叢小語，道聽塗說，實不害其為零金碎玉。我們應該不止是'史料'的積累者，還要'史論'。孔子的《春秋》及其刪定的《詩》《書》即是雙管齊下的。近代作者何獨不然？阿英的《鴉片戰爭文學集》《晚清文學叢鈔》確是獨立綿薄，難免缺漏。我們不妨以此為藍本，繼續拾遺補闕，搜求前進。且既已分類，理論、詩文、戲曲、小說兼而有之，那就對號入座，分進合擊，以觀厥成。我認為像中國史學會主編的《中國近代史資料叢刊》之類,可篩選參用。

"今之專家、教授多矣,非必能受'盡言"者,上所述,聊以解嘲。
……"

(原載於上海書店《〈中國近代文學大系〉編輯工作信息》)

提點兒拾遺補缺的意見

河北大學魏際昌教授 2 月 10 日來信,說對本刊 31 號任訪秋教授的文章,"提點兒拾遺補闕的意見"。摘録如下:

"……中國的'選學'由來尚矣。從蕭統的《昭明文選》之'賽中葉之詞林,酌前修之筆海'(李善語),不是已為後人所矜式了嗎?宋代之《文苑英華》繼之,自南梁末年至李唐一代,詩文愈多,分類亦繁,蓋太宗之季,由李昉等人所緝補者。只選集散文的,當以稍後的真德秀為最早。《左傳》《國語》以迄唐末之作,俱被精選,類分辭令、議論、敘事等項,復有北宋文的續集,實開姚之《類纂》的先聲。

"桐城派的《古文辭類纂》及其續集,還有《經史百家雜鈔》,可以作為中國古代散文的總結,承前啟後洋洋大觀。姚鼐、王先謙、曾國藩諸人,義法鮮明,文從字順,無論從藝術手法、理論造詣任何方面去看,都有其派系特點,影響也大。即以反對白話文急先鋒之壓陣大將林紓而言,他一方面是古文大師,一方面也是西洋文學的率先譯述者,《春覺齋論文》頭頭是道細緻深入,一百多部外國名著又何嘗不介紹得筆酣墨飽淋漓盡致,也全盤否定桐城派的散文。……

"'經世致用'非曾國藩而始,這完全是倫理道德、人生哲學使之然耳。咸、同之際,清人統治已近兩個世紀,洪楊起事自會被認為'犯上作亂',豈有不面對現實,練兵主政之理。首創了地方武裝湘軍,而李鴻章的淮軍繼之,方伯聯帥又可以自辟幕府。黎庶昌、張裕釗、薛福成、吳汝綸等人遂得運籌帷幄,相得益彰,既騰之於口,又筆之於書,於是'天下文章在曾幕'矣。這類文章我們也應給予一定地位。……"

（原載於上海書店《〈中國近代文學大系〉編輯工作信息》）

銀貴金賤

銀子為甚麼貴,金子為甚麼這樣的賤? 差不多到了對折的樣子了。這個緣故,就是外國來制中國死命的步驟。中國的金融權,向來是操之外國人的手裏,聽他們發落。他們說大就大,說小就小,我們沒有法子去干預他。自從同外國有了金濟的關係,到了那還債的時候,金價就漲了,銀價就跌了下去。因此這種地方,不知吃了多少暗虧,中國人尚在夢裏,真是可憐呀! 歐洲的戰爭停止以後,他們因為金多銀少,就想法向國外吸收現銀,這其中另有一番用意。沒有幾多的時候,我國市面上現金是充滿的了。沒有知識的人,都以為這是絕妙的機會,可以多買一些兒,裝裝架子。有的人特地借了債、當了當,去買那個便宜貨,拿銀的去換金的。從前那種小戶人家,以為金戒指是闊綽的,現在是非有金釧不可啦。不曉得目前似乎覺得便宜,到底還是自己喫虧。現在的市面上,卻是忽然銀跟奇緊了,周折也不靈了,百物的價錢,也就都騰貴起來了。那豈不是就是自己吃虧的地方嗎? 如果再不覺悟,到了那現銀缺乏、紙幣跌價的時候,那就有些兒不妙了,銀貴金賤這種事情,關係國家的存亡,卻是很密切的,我們可不可不知道的。

(本文原載於《官話注音字母報》第 86 期,1920 年,署名"魏子銘")

《河北省公路史》撰寫舉例

寫在前面

看了一下所有的材料,粗淺地以為關於寫作態度及其方式方法的,鄭(昌淦)、安(作璋)兩位教授已經說得夠了,用不到再補充什麼。特別是那《目錄》,簡直是綱舉目張,清晰詳盡,只剩下填充資料予以排比的問題了。如果這些都算務虛或者宏觀的話,我倒覺得在撰寫的路子上太窄了些。

研究公路,首先離不開地理,"有土此有財,有財此有用"。那麼,事關國計民生的經濟地理,如果一絲兒也不提,豈不等於空中樓閣、無的放矢!交通的功用即在於"物盡其用,貨暢其流",使之繁榮昌盛麼。這樣,自然地理,河海山嶽,雨量氣溫等等的地方情況,就不能不精確地掌握了。因為它們是直接影響物資生產與運輸的。

復次,公路之於運輸只是交通的一個方面,與之相輔而行的還有:鐵道、水上和空中,恐怕也不該毫不提及。即以我國的古代交通而論,從來都是大陸、水上比翼齊飛的,汽車、汽船,同樣通行了近六十年。因此,一花獨放,只談公路的今昔興廢,那就不止是文章的缺陷了。

河北為歷代軍事、政治必爭之地,它的歸宿,往往影響著國家的盛衰。加之名勝古跡觸處皆是,遊觀懷戀勢所必然。因之,熟知地理形勢、開拓供應路綫,都非常之必要,這兩方面,好像注意的也差。如此種種,才促使我試作"舉例"十二項,藉以拋磚引玉,非敢曰有所知,聊供參考云爾。

一、交通和國家人民的關係及其類別

交通,乃各種運輸和郵電通信的總稱。具體地講,即是人和物的持運輸送,語言、文字、符號、圖像等的傳遞播送。其通路因位置所在可以分為四類,曰:陸上、水上、空中、電氣。水陸交通,遠古即有,空中、電氣,近代始成立。陸運又分公路、鐵路二種,水運則比陸上廣泛,以其海、洋、江、湖,無所不至也。如亦細加分別,可有內陸、沿海、遠洋的不同。蓋陸上僅限於綫的交通,而水上則係面的活動了。再加上空中的航運,便成功了立體的交通。至於電氣方面的:有綫的電報、電話為綫的,無綫的電報、電話為以太(Ether)的交通,波動無涯,更不待言。

人類的經濟活動,是無法跟交通分開的。而交通的研究,和自然地理更有不可須臾離也的密切關係。例如,就水路來說,海流、潮流、風位、風速,不獨在往古依靠人力的舟、船時代不可忽視,即是汽力、電力業已使用於艦艇的今日,同樣關係重大,必須熟知氣象學及其它有關航運的知識。再就陸路而言吧,架橋須避沼澤地帶,越山應擇最低的峰嶺,已是人所共知的自然條件了。

政治和交通,也是一樣。道路之於國家,好像血脈必須周流人體,直係不可缺少的武器。一個政府,如果想要鞏固它的統治,必須發展其文化,統一其政令,充實其物資,此則非完成其交通網而莫辦。此外,遇有戰事,需要集中軍隊、補充給養、加速行動,藉以取得勝利時,更不能不依靠這個交通網了。

1. 陸路交通使用的工具：

①步進者：

a、人力的，用人之肩、腳荷運，交通不便之山地多有之，一般稱曰"挑夫"。

b、物力的，此以獸類為主，馬、牛、驢、騾以外，還有駱駝（後者使用於沙漠地帶）。

②滑進者：

a、舟船：行於水上，最初為獨木舟，進而為帆船，又進而為汽船。

b、橇：古代泥行時所用的工具。

《史記·夏本紀》："泥行乘橇。"又寒冷地區冬季在冰雪上用狗、馬、馴鹿拖拉滑行的交通工具，東北人叫它作"扒犁"。

③持進者：

這指的是車。最初以人為推挽，後用馬、牛、騾之屬。今則多使用汽力、電力矣。即火車、電車、汽車是也。

④飛進者：

最初使用的為圓形氣球，由於駕駛困難，其後改用氣船，近則多為飛機，並有可升降於水上者。（從軍用而民用，自歐美傳入中國。）

我國幅員廣大，地形複雜，上述各類工具，除汽球、汽艇外，均在交叉使用。對此，我們河北省也不例外。

二、從歷史上看我國陸上運輸的情況

可以認為，我們的祖先遠在奴隸社會就把野生的牛、馬，馴養成為耕田駕車、從事生產、運輸的工具，這不是很簡單的事。特別是後來又把馬、車作為戰爭的武裝力量（天子萬乘，諸侯千乘，大夫百乘，戰士站在車上使用矛、戈、弓、箭一類的武器，對敵作戰）就更是一大發明了。

現在讓我們單純從交通運輸方面探索一下它們發生發展的歷史情況，先說說代表的字辭：

1.“騶”，古時掌馬之官，也管駕車。《左成十八年傳》：“程鄭為乘馬御，六騶屬焉。”孔穎達疏：“騶，主駕之官也。”

“駕”，繫馬於車。《詩·小雅·采薇》：“戎車既駕，四牡業業。”《禮記·曲禮》上：“君車將駕，則僕執策立於馬前。”

“駟”，古代一車四馬。《詩·鄭風·清人》：“駟介旁旁。”鄭玄箋：“駟，四馬也。”

以上係馬與車的關係。

2.“馳”，車馬疾行。《左昭十七年傳》：“嗇夫馳，庶人走。”杜預注：“車馬曰馳，步曰走。”

“驅”，策馬前進。《詩·唐風·山有樞》：“子有車馬，弗馳弗驅。”孔穎達疏：“策馬謂之驅。”

“馳傳”，駕乘傳車急行。《史記·孟嘗君列傳》：“即使人馳傳逐之。”就是開急行車追趕的意思。

“馳道”，秦代專供帝王。《史記·秦始皇本紀》：“二十七年，治馳道。”《漢書·賈山傳》：“秦為馳道於天下，東窮燕齊，南極吳楚，江湖之上，濱海之觀畢至。道廣五十步，三丈而樹。”這可以說是我國古代大規模的道路建設。

以上，車馬和道路。

3.“駏”，古代驛站專用的車。《左文十六年傳》：“楚子乘駏會師於臨品。”杜預注：“駏，傳車也。”朱俊聲《說文通訓定聲》履部注：“車曰駏，曰傳，馬曰驛，曰遽。”

“驛”，古時供應遞送公文的人或來往官員暫住或換馬的處所。“驛馬”，即驛站供應的馬。《史記·汲黯鄭當時列傳》：“常置驛馬長安諸郊。”“驛使”即傳遞公文的人。《後漢書·東平憲王蒼傳》：“自是朝廷每有疑政,輒驛使諮詢。""驛騎",乘馬傳送公文的人。《漢書·丙吉傳》:"嘗出,適見驛騎持赤白囊,邊郡發犇命書馳來至。馭吏因隨驛騎至公車刺取。"

以上係驛站及其人員工作的情況。

據此可知:我國古時交通大道,即為傳車,而且遠在周代即已開始,並在戰國時已有郵驛,大抵以車馬為主要工具。至漢各地更為完備:有傳舍,供歇宿;通路上每三十里置驛一所,供停留;此外,又有郵亭供傳遞文書,還設有督郵之官。至唐並於水路設水驛,驛有驛田,設驛長以司之,置備車、馬、船,派定當役驛夫。宋則每十里二十里即設郵鋪,有鋪卒傳遞文書;大路上還設有馬遞鋪。元之驛傳稱曰"戰赤",組織規模極大,能供歐亞兩洲交通。迨及明代,各地俱設驛站,並有水驛、馬驛和遞運所之分;又置急遞鋪遞送公文。驛站亦備人夫、馬騾、車船,且措辦廩給口糧,供備來往傳遞文書人員及過境官員使用,由所在地州、縣編派站戶支應,或隨糧派充夫役,或隨田編派馬匹、車船。清廢遞運所,仍置驛站,派有驛丞,主管鋪遞,但改差役為雇役。清末舉辦郵局,其它遂廢。

"馳道"的近代名稱為公路(老百姓一度呼之為"官道"),這已是有了汽車運輸以後的事。我國的公路,根據其使用任務、性質和交通量,約可分為四個等級:

①一級的:是具有重要政治、經濟和國防意義,專供汽車快速行使的高級公路,所謂"國道"的主要幹綫(瀝青路面,較為寬闊)。

②二、三級的:是聯接省(自治區)與省(自治區)間,及其中的重要城市的幹綫公路,舊稱"省道"者是(規格不一,間有沙土路面)。

③四級的:是溝通縣、社、隊,直接為農業及小手工業運輸服務的支綫公路(路面一般為沙土的,而且較仄)。

我省因特殊的地理條件:四面接聯首都北京及大工業城市天津,

主要幹綫較多。然而山嶽地帶以及邊遠之區，開拓公路似尚不足。卑之無甚高論，即今是四級的沙土面支綫吧，也要尚有待於努力。

三、古代的交通與今日的運輸，我省若何

司馬遷《史記·河渠書》引《夏書》曰："陸行載車，水行載舟，泥行蹈毳（字亦作橇，音蹺。孟康曰：橇形如箕，適行泥上），山行即橋（橋，直轅車也，音曰，拘五切），以別九州，隨山浚川，任土作貢，通九道，陂九澤（陂，彼為切，音碑，池也。顏師古云：'通九州之道，及障遏其澤也'）。"這些雖是傳說，已足證明我們的祖先，早在三代之季，就已經適應著自然環境創造出來不可缺少的交通工具了。尤其是那居於首位的"舟"和"車"，劉熙《釋名·釋車》云："車，古者曰車，聲如居。言行所以居人也。今曰車，車舍也，行者所處若車舍也。"又《釋船》云："船，循也。循水而行也。又曰舟，言周流也。"從實到名，可見二者的存在，由來已久。班固《漢書·地理志》也說麼："昔在黃帝，作舟、車以濟不通，旁行天下。"顏師古曰："旁行，謂四出而行之。"因此，我們才說，時至今日，雖然水、旱兩路已經電氣化，空中有了飛機，地下也有了鐵道，可是數典不能忘祖：車、船還是車、船，只要認真對待它們的改進，以及水道、陸路的建設情況也就夠了。

河北省水陸交通都很便利，人民政府努力使城鄉物資交流，構成了一個貫穿山地和平原、城市和鄉村的交通運輸網：以縱貫的京漢、津浦，和橫貫的京山、京包、石德五條鐵路為主幹，加上以北京、天津、張家口、保定、石家莊為中心的省內外許多公路，和大清、南運河等幾條大河。在這些幹綫兩側，開闢了縱橫交錯的車馬運輸綫和山地運輸綫與之相銜接。這樣便幫助了省內許多土產打開了銷路，達到了繁榮經

濟的目的。對於我們的首都北京和北方最大工業基地天津來講，還起到了拱衛保護，以及輸送原料集散工業產品的作用。另外是通過塘沽、秦皇島等港口跟沿海的商港大連、上海、廣東等地，國外的商港香港(英屬)、長崎、大阪(日本)與歐亞各國，有了物產交換，貿易來往，更加為世界的貿易市場提供了方便，做出了貢獻。(空中的運輸，無論是國內的國際的，還未計算在內。)

四、曾經是冀州之一直隸，今為河北的省區輪廓

我省古為冀州之一部分(古九州之一。今河北、山西二省，及河南黃河以北、遼寧遼河以西，均其地也，故云)，所以簡稱冀省。滿清統治時期，以其直屬於朝廷，曾喚做直隸省。後因其地在黃河之北，又改曰河北。解放後，中央人民政府將舊察哈爾省的察南察北兩專區，和舊熱河省沽源、囤坊、平泉以北以西的承德地區劃歸本省，合計面積約十七萬八千平方公里，人口五千五百萬，轄石家莊、保定、唐山、承德、廊坊、滄州、邢臺、邯鄲、廊坊十個市，省會設石家莊。

我省北部西部地勢多山，萬里長城沿著燕山和軍都山脈建築，是我國古代勞動人民的偉大創作，世界的巨大工程之一。山脈環抱著平原，好像一道高聳的影壁。西面的太行山脈，是山西高原的邊緣。海河是我省的最大的河流，上流分為白河、永定河(舊稱為無定河)、大清河、子牙河、南運河五支，都發源於西北鄰近的高原，穿越山嶺，流過平原，在天津合流後，東注渤海。桑乾河源出楊方口，東向流入華北平原，是永定河的上流(運河分南北兩段，天津以北謂之北運河，以南入山東境內的叫做南運河，合稱大運河)。舟楫之利不多，北部西部尤是。因之陸上交通，惟有倚靠公路了，而窮鄉僻壤的山嶽地帶，人力獸力的運輸，不可避免地仍居於主導地位。即是通都

大邑之間，所謂高速公路，因為工具、器材，尤其是技術人員的缺乏，發展亦須有待。

五、地區自然地理參考情況之一：承德

承德地區舊稱熱河，位在燕山山脈以北，西遼河以南，和遼寧、張家口地區、內蒙古自治區相鄰接，地勢西北高而東南低，一級級地向遼東灣低降下去。中間山嶺起伏，努魯兒虎山和松嶺等山脈，都作西南東北方向排列著。遼河、大凌河、灤河等水道縱橫境內，河谷內部及附近各地形成了零星的平原和局部的盆地。總之境內山地多，丘陵次之，平原最少。

氣候除去南部的燕山山地外，完全屬於草原性，夏熱而冬寒，長城一帶較為溫暖，冬季還可種植小麥，雨量由東南向西北逐漸減少，全年平均大概在二百至五百毫米之間。承德靠近南境，氣候寒暑差別不大，所以清代最高統治者取作避暑享樂的勝地，當然真山真水風景優美，也是它的主要條件。

這個地區平原既少又屬草原性氣象，高原山谷都是牧草青青，適宜畜牧。所以畜牧業在經濟中佔的比重最大，羊毛有大宗的輸出，先前境內都劃為牧地。近來經過人們的艱苦努力，農墾的推廣已大為進步。現在南部各地，都已農重於牧，中部以北也成為農、牧並重了。所產高粱、小米，是本地民食的大宗。東南近海雨多，還可種植稻米。

礦產是這個地區的重要富源，種類繁多，它是我國現時產銀最多的一個地區，產地有灤平、平原、隆化等處，煤礦以朝陽的北票為最有名，是國內大煤礦之一。此外，赤峰、嚴泉、凌源等地也有煤田分佈。遼河和灤河流域都產砂金。凌源東南有零星石油田，灤平、朝陽又發

現了鐵礦,因此重工業亦在發展。存在的問題,還是交通不便,運輸跟不上去。

六、地區自然地理參考情況之二:張家口

張家口地區舊係察哈爾省,界於熱河地區及綏遠省之間,北接內蒙古自治區,南連山西省的東北部,人煙稀少,蒙、漢兩族雜居,地區專署設張家口市。

本地區中部還有長城東西橫亙,將地形分為南北兩部,南部介於裏外長城之間,周圍是一千公尺以上的高地;南面的恒山小五臺山,高到三千公尺左右。中間分佈著四百公尺以至一千公尺的低矮丘陵地帶,自西傾斜向東。因有桑乾河及其支流洋河流經這裏,所以叫做“桑乾盆地”。長城以北是一片高出一千公尺的高原,廣漠平坦,景色單調,只有無數小鹽湖點綴其間。盆地黃土肥沃。

氣候也因地勢關係,南北迥然不同:南部比較溫和濕潤,年雨量約在三百五十毫米左右;一到長城以北就降低在二百毫米上下,冬季也很寒冷。因之水系也分成兩種不同流域:南部屬外流的海河水系,白河的上源黑河、桑乾河和它的支流洋河都源出這裏,流入華北平原。北部河流都很短促,下游多瀦成湖泊,概屬內陸流域。

本地區的自然條件不佳,土壤和氣候對於農業生產的限制性都很大。經過人力的奮鬥,近年開墾的範圍逐漸擴張到北部。桑乾盆地環境較優,成為主要的農區所在,出產小麥、小米、高粱等穀物。北部農民多採取輪種和休閒的方法,藉以戰勝惡劣的氣候、土壤等情況,主要的產品是蕎麥、馬鈴薯、高粱和蘑菇。

畜牧是這個地區農民的主要副業,北部尤為發達。出產的名馬,有“口馬”之稱。羊的產量也多,皮毛有大宗輸出。礦產的豐富,幾乎

可與山西媲美,特別是煤礦,分佈在宣化、懷來一帶。宣化龍關的鐵礦在華北也是首屈一指的。新式工業在張家口、宣化等處有造紙、化工、酒精工廠,手工業則以毛織和制皮為盛。

交通方面則省級、縣級的幹綫公路雖有,許多地方仍以畜力(主要是騾子,間有駱駝)為主。

七、介紹我省的幾個重要城市的面貌

往昔,北京、天津,俱在河北(直隸)省境內,解放後把它們劃了出去:一個是首都,一個是大工業城市,各有自己的分區屬縣,我們就不直接介紹了。現在省內的重要城市計有:

①石家莊。現在的省會所在地。古稱石邑,漢置石邑縣於此。地當井陘之口,向為要道,西連山西省的太原市,俗名枕頭,為京漢、石太、石德等鐵路的交會點。同時,河北省的公路亦以此為中心向各方輻射。是以交通異常發達,使之成了省的核心和重要工業城市。

②張家口市。前為察哈爾省省會,現為地區專署的駐地。位於京包鐵路和地區公路交通的中心,是漢、蒙民族物資交流的市場。工商業亦比解放前發展數十倍,市政建設煥然一新。市西有賜兒山,風景異常佳麗,且曾是抗日戰爭的勝地。

③唐山市。在豐潤縣東南五十里,灤縣西南百一十里,為兩縣分界處。本名廣東村,鎮北四里有唐山,又名鳳凰山,有石城,相傳唐太宗李世民東征時所築。位於京山鐵路綫上,亦為海濱公路的中心,南、北、西面俱通。附近有著名的開灤煤礦,及發電廠、機器廠、瓷廠、磚窰等設備,鋼鐵、水泥、紡織工業也盛,是華北著名的工礦城市。一九七六年秋遭受了毀滅性的地震,全市幾成廢墟,人口傷亡亦重,近已積漸興復。

④保定市。宋置保塞軍,升為保州,政和間賜名清苑郡,元為保定路,明改保定府。今曰保定市,舊係河北省省會,位於京廣鐵路和大清河的交點上,附近一帶的農產品多在此集散,紡織業及造紙業亦甚發達。市內蓮池書院,乃明清學者講學之所,院內亭臺池塘修建甚美,古碑亦多。

⑤秦皇島市。在臨榆縣西南廿五里,又入海一里。世傳秦始皇以求仙出遊,駐蹕於此。《撫寧縣誌》則謂秦皇宜作秦王,唐太宗征高麗曾駐蹕於此,從其在藩邸之稱也。積沙成片,實為突出海中之半島。昔僅一村,俗呼澡堂子。西與金山嘴遙對,海岸成弓形,廣闊可避風,為天然之良港,以入冬不凍之故,凡商貨及行旅之出入,大沽冰合後輒取道於此,故其貿易至冬日特盛。清光緒二十四年,闢為商埠,京山鐵路經此已達山海關,亦有公路通灤東各縣,現為開灤煤的輸出口岸。玻璃工業亦發達。西南的北戴河海濱,風景秀麗,為中外人民夏季的避暑之地。

⑥宣化市。在遼為歸化州,金曰宣化州,又改宣德州,元升為宣寧府,改宣德府,又改順寧府,明置總兵鎮此,稱宣府鎮。清改置宣化府,屬直隸省,民國廢,故治後為宣化縣,今為宣化市。位於張家口市南,瀕桑乾河支流洋河左岸,京包鐵路經過本市。附近的宣化盆地,農牧業都很發達,丘陵、平原和谷地的貨物,統以此為集散中心。東南的雞鳴山產煤,由下花園有支路通礦山,專為運煤而設,亦有公路四出。北面的煙筒山產鐵,是全國聞名的龍煙鐵礦所在地,市內工業也很發達。

就說這幾個吧,然而星羅棋佈已經遍及省內各地了,鐵路而外,如果沒有公路協助運輸,怎麼可以物盡其用、貨暢其流呢?有的地方還不免於使用人力、畜力。

八、河北省的山地、平原,並及燕山、太行山

我省北部西部高山峻嶺甚多,對於交通來說,自然是橫生障礙的。語云"山性使人塞",一點兒也不錯。因為山之高度愈增,則阻礙交通愈甚。其連結而成山脈者,直如矗立天地間的自然牆壁,交通必被斷絕,能認為它對於人民的影響不大嗎?不便聚居,無法發展為城市,也會使文化程度低落的,有些山區正是這樣。

但從另一方面看,只要不是禿山,還叢生著牧草灌木,也可以牧養家畜,繁息牛馬羊群,我們的張北,就是"口馬"的產生地麼。還有可能蘊產著大量的礦源。遇到戰爭的年月也有險可守。如燕山山脈、太行山脈,在抗日戰爭時期,都曾做過我們的根據地,"打鬼子鬧革命"搞得如火如荼的。而且,有的地方風景優美(如盤山),還可以作為旅遊的勝地呢。

平原確實適於農田耕作,發展成為市鎮城市,以其便於交通運輸,有無相通(包括交換文化思想在內)之故。總之,陸地之中,惟平地與人民生活的關係最為巨大,自然經濟方面觀之,尤其如是。農業發達,穀物充足,生產力富,衣食足,然後知榮辱,一國之文明往往由此煥發。除非碰到大的天災人禍暫時蒙受損害以外,其餘是無關宏旨的。

"兩山之間必有川",應該與山嶽平原相提並論的,便是河流了,此因它不止能夠有利於交通運輸,而且可以興修水利灌溉農田。我省的河流雖少(又多乾涸),可是東濱渤海,既有遠洋交通之利,富饒魚鹽海產之富,原是得天獨厚的。何況,山嶽河海的存在,又和氣候之寒燠,雨量之多寡有關。所以,我們雖然是在講公路交通,可類此的自然條件地理情況,卻也不能不交待清楚。下面讓我們重點地介紹一下我省

的燕山、太行山。

燕山,在河北省薊縣東南。自西山一帶迤邐東來,高千仞,陡絕不可攀,延袤數百里,歷玉田、豐潤直抵海岸。因召公封於薊,國號燕而得名。蘇軾詩:"燕山如長蛇,千里限夷漢。"蓋古之華夷分界也。按《國策·燕策》,蘇秦曰:"燕東有朝鮮、遼東,北有林胡、樓煩,西有雲中、九原,南有嘑沱、易水,地方二千里,南有碣石雁門之饒,北有粟棗之利,此天府也。"是今之河北中部以北,遼寧及朝鮮北部,皆其地也。

太行山,山西汾河以東,碣石以西,長城黃河之間諸山為太行山脈。《括地志》:"太行連亙河北諸水,凡數千里,始於懷而終於幽,為天下之脊。"按太行山《列子》謂之大形,《淮南子》謂之五行山,《隋書·地理志》謂之母山,《寰宇記》謂之皇母山,或名女媧山。《朱子語錄》:"太行山一千里,河北諸州皆旋其趾。潞州、上黨,過河便見太行在半天,如黑雲然。"《述征記》:"太行首始河內,北至幽州。"

兩山俱有礦產,卻是缺少森林,均曾經為抗日的遊擊戰根據地,以其有險可守也。

九、河流溯源舉例——我省的灤河

灤河源出獨石口外東北一百餘里巴延屯圖古爾山(山為興安正幹,自張家口向東至獨石口外為大山,折而西北過上都城,入於圍場之海喇堪,與大興安嶺相連屬。出泉處較興安山梁尤為特出,山陽山陰樹木茂密與它山異,信為名山。山陽為民人居址,山陰皆察哈爾、蒙古遊牧地),四泉湧出,名都爾本諾爾,涓流曲折,伏而復現,西北經訥克里和洛有小水自東注之。又北經哈丹和碩之西,噶爾都思臺之水,自東注之。又曲折西北流至茂罕和碩,三道河自東來匯之,河流始暢。又西北流,復有二小水,一自布林噶蘇臺,一自克爾哈達,先後來注之。八十里經察罕格爾(俗名西涼亭)、烏蘭河屯至上都店(入多倫諾爾界)。又北流十餘里,經淖海和碩折而東北二百五十餘里,經博洛河屯,至庫爾圖、巴爾噶遜河屯,喀喇烏蘇自東注之。又三十餘里至上都河屯(上都即元開平府,灤水經其城南,故名上都河),察罕諾爾自此注之。又六十餘里,經都什巴延珠爾克山,至察罕鄂博東克,伊繃河自東北來匯之(河出興安山梁之陽南流,伊克霍爾、昆巴罕霍爾、昆伊札爾三水自東注之,西與海笛臺合而為一,入於上都河),河水倍暢。折而東南流十八里至磴口,額爾德尼布拉克自西注之(其水經多諾爾之北)。又十二里,至大河口,圖爾根伊札爾河自東北來匯之(其水亦出興安山梁之陽,逶迤西南流,錫喇札拜自北入之。又西南流,摩霍爾伊札爾自東南入之,匯注於此)。又南流七里,沙岱布拉克自西注之。又折而西南流二里,霍洛圖布拉克自東注之。又九里,海拉蘇臺河自西注之。又一里,搜集布拉克自東注之。又南流一里,渾齊布拉克亦自東注之。又十里,察罕郭勒自西注之。又十一里,什巴爾臺河自東北注之(其水出伊克空鄂洛鄂博西,為木蘭圍場西界)。又折而西復折而南八里,克籌布拉克自西注之。又十七里,經雁北灘、布林噶蘇臺,哈丹和碩河自西注之。又十七里經半壁山,又南經大廟灣,折而東復折而西南五十八里,頭道河自西注之。又二里,羅密塔子亦自西注之。轉而東南流三十二里至木廠,又折而東流二十四里經韭菜梁,又九十五里經小遼東至瓜地,摩霍爾阿爾善所出之湯泉自南注之。又二十七里,經西屯,庫爾奇勒河(俗名小灤河)自北來匯之,自此遂名灤河。又二十七里至郭家屯,折而南流四十六里至大對山。又折而東復折而南,屈曲行八十餘里至興隆莊。南流五十九里,經五道河折而西南流四十九里至張博灣,興州河自西北來匯之(其源出沙爾呼山,西經土城子,東南流曲注於此)。折而東流七十餘里,經喀喇河屯,繞行宮東流,伊遜河自北來匯之(其水發源圍場內,西流經博洛河屯,與伊瑪圖河合,西南流屈折注此)。東南流三十四里至石門(入熱河廳界)。又四十七里經鳳皇嶺,固都爾呼河自東北來匯之。水至此益大,折而南流四十三里,白河自西注之。又三十三里,老牛河自東北注之。又三十三里至滴水崖南二河自東注之。又十里,柳河自西注之。又六里,車河自西注之。又三十餘里至門子哨(入遷安縣界),黃花川自西注之。又三十二里,清河自東注之。又九里,豹河自東北注之。折而西流二十里,經灤河灘,又南流折而東復折而西,經楊柳峪,又東南流二十一里入潘家口,折而東,又折而西十里,經走馬哨,又二十四里至澈河橋,澈河自西注之。又曲折東南流七十餘里至白布店,恒河自西北注之。又折而東流十餘里至煤峪口,長河自東北注之。又七十三里過平崖子,清河自東北注之。折而南流二十餘里至峽口,蛤螺河自東注之。又二十九里過遷安縣,西經黃臺山,又二十三里折而東,三里河自東注之(其河與二道泉合)。又南流二十餘里經孤竹城(入盧龍縣界)。又三十五里至合河口,青龍河自東北來匯之(其源出特步克,入桃林口,復有一水自泠口來會之,經永平府城西,過虎頭石入於灤)。河流至此,勢益寬大。又十一里繞雪峰寺,又二十一里,過武山,西橫河自西注之。又三里至偏涼汀(入灤州界)。又東南流五十六里過定流河(入樂亭縣界)。又三十六里至老河口(灤河故道,今涸)。又西南流二十至小河崖,清河自西北注之。又七里至石家坨,灤自此分支(名高密河,常涸,大雨時仍分流達海),折而西南流五十餘里,至新橋口入於海。自河源至此約二千餘里。(《水經注·灤河》戴震注)

這條水道的敘列有以下幾個特點:

①它是糾正酈道元《水經注·濡水》的誤謬的。清高宗弘曆說:"考水源而不親履其地,晰其支派脈絡分合之由,雖博綜載籍,稽諸故

老之流傳，不能參互而訂其踏。曩或以熱河為濡水之源，余固心疑之而未暇深考。夫濡水即灤河，自多倫諾爾之北而來，其源甚遠。又折而東南數百里乃歷喀喇河屯。又東南流數十里至鳳凰嶺，熱河乃南注會之，不應其源反出於此。蓋濡自有源而熱河又別有源，是不容紊。"（《御制熱河考》）。

②從河源到入海約二千餘里的水道，無不手批目覩，考證精詳。計注或匯入灤河的大小河流共四十二條，而且流域里數清楚繞山傍嶺、穿州過縣，為數亦有數十。水名地名復多用滿蒙語音，是其特點。但只及水道，不談流域中之風光史跡，使人有乾巴巴的感覺，更重要的在於無法按圖索驥求知其物產情況和旅遊的所在。因為從古到今搞交通事業的人，有幾個不講國計民生，而單純追根溯源地去過考證癖呢？我們到底不是清高宗。

③公路幹綫支綫的調查研究，亦應如此精詳：長度、里數、路基、路面、橋樑、涵洞、車站、養路隊、修理所、儲存庫，以及沿途的自然景象、物產情況、風俗習慣等等，均須交代清楚，做到心中有數。工作起來方能得心應手，事事方便，成效顯著。

十、我省的農工業生產和礦產的現狀

班固《漢書·食貨志》云："《洪範》八政：一曰食，二曰貨。食謂農殖嘉穀可食之物。（師古曰：殖，生也。嘉，善也。）貨謂布帛可衣，及金刀龜貝，所以分財布利，通有無也。（師古曰：金謂五色之金也。黃者曰金，白者曰銀，赤者曰銅，青者曰鉛，黑者曰鐵。刀謂錢幣也。龜以卜占，貝以表飾，故皆為寶貨也。）"二者民生之本。國以民為本，民以食為天麼，戀遷有無。以羨餘補不足，才是通貨之道。可見自古以來，這財政經濟上的物資生產及其分配便是生命攸關的事。那麼，直接與貨物運輸商品集散有關係的交通工作,豈可等閒視之?物適其用,貨暢其流,繁榮昌盛,共樂堯天。因之,我們應該首先瞭解一下我省的工農業物資生產的情況。

先說農業經濟作物。我省主要的糧食產品有:高粱、小米、玉米、小麥、燕麥、稻米。其他經濟作物有:棉、麻、花生、芝麻、大豆、煙草、蘑菇等。水果有:梨、杏、桃、棗、栗子、葡萄、蘋果等。此外還有作為農家副業的畜牧、山貨、藥材等。我省西北部張家口、承德兩地區,是發展畜牧業的理想地帶,而且已經具有了一定的基礎。張家口是一個大馬市,所產的"口馬"遐邇著名。水產也是我省的一宗財富。漁業以秦皇島為中心,產品以黃魚、鯰魚、刀魚、銅鑼魚、對蝦,鱭子魚、八帶魚等為主,運銷唐山京津各地。冀中的白洋淀,每年亦產魚蝦很多,供應人民食用。冀東的沿海是鹽的大生產區,蘆臺、滄縣一帶,鹽田綿延近五十萬畝,年產食鹽近二十五萬噸,稱長蘆鹽,為全國第一。

其次關於礦產的:礦產在平原和各山地接連地區,埋藏豐富,就中以煤產特別著名,幾乎在燕山、太行山等丘陵地帶,都有煤田。最大的礦即是開灤,計有五個礦廠,都設在唐山市附近。又我省西南端的峰峰煤礦,建築在華北山麓,也是華北有名的大礦。另外還有良鄉、井陘、門頭溝、下花園、宣化等處的煤。鐵礦則以宣化、龍煙、灤縣、司家營、臨榆、撫寧間雞冠山的較為著稱,其中首推龍煙鐵礦,分龐家堡、辛窯子、三岔口三個礦區,總計蘊藏量達二億噸,僅次於鞍山而為全國第二大鐵礦。近年來,任丘附近還發現了大油田,正在開發。

現代化的工業,除京津兩個中心外,在張家口、唐山、石家莊、宣化等都市都發展得很快。例如棉紡織雖集中在天津,石家莊、保定、唐山也很發達。唐山鋼鐵廠有著新式的重工業設備,這裏還有水泥、化工、機器等廠和磚窯。在秦皇島又建立了著名的玻璃業。張家口的酒精、植物油，宣化的造紙，張北的酒廠等，也生產得不錯。還有興濟的草帽辮，磁縣的陶瓷器，曲陽的石雕，泊鎮的火柴、竹貨，固安、安次的柳編、高陽布，和張家口一帶的皮張、氈毯、氈帽等，都是著名的手工業。

據我們不完全的調查，存在的問題還是交通工具供應不足，技術人員（如司機、機械修理工）缺少，致使僻在山鄉的農產品和水果之類，小手工業商品如木石器作之類，滯留原生產地不能暢銷，所以影響了經濟的發展。

十一、自古以來就是軍事、政治上的必爭之地

我省北部西部俱有火山，而且東臨渤海、南面大河，形勢險要，自古以來即為軍事必爭之地。如傳說中的黃帝大戰蚩尤，即在今之涿縣附近。而逃國四奔諫阻周師伐商之伯夷、叔齊，其國度孤竹，也在東北部朝陽至盧龍一帶等處。厥後戰國時期，燕都薊、易，趙京邯鄲，在河北早已平分秋色。尤其是趙武靈王胡服騎射，滅了中山（今之平山等地）以後，說明了當時的武裝部隊，已改車戰為騎戰，而北地產馬，騎射已為當時的"機械化"裝備，更不待言。逮至秦始皇統一天下，在山地上築起長城，使我省北部更多一道防禦工事，迫令胡人不敢南下。可是直到西漢武帝為止，中國北方最強大的敵人，未嘗不是匈奴，雖然幾次大舉邊塞討伐，亦互有勝負，不能徹底削弱。其後東漢，不是依舊有厚幣和親（遣嫁公主）的事嗎？魏武帝曹操算是不錯的了，既能贖回蔡文姬，又曾揮鞭烏桓（東胡）、駐馬碣石（今山海關附近），完全囊括了幽、冀兩地（在河北省境內的有薊縣、范陽、燕、右北平、上谷、代、趙、巨鹿、安平、渤海、河間、清河、中

94

山等郡縣)

可是,降及西晉,又不行啦。懷愍被俘,元帝南遷,河北大地前後為石勒(羯)、慕容氏(鮮卑)所據。隋、唐重告統一,而天寶之際,安祿山復以胡兒佔有范陽、平盧(在今河北省北部承德地區,及中部東部保定、滄州等地區)作亂,趕走了唐玄宗李隆基。五代之時,石敬瑭把燕雲十六州(幽、薊等河北省東北地區)送給了契丹,歷北宋至元初,華北地區,遂長時期地不得歸入統一的版圖,並在北宋末了又演了一回二帝(徽、欽)北狩的悲劇。話再說回來,元人的遠征歐亞,清人的入主中原,又何嘗不是以河北為其跳板呢?因此種種,即從歷代的戰爭情況上看,也不能不說我省是處在重要的地位了。

再從近代的歷史上講,無論清人的入主,還是敵寇的入侵,又何莫非先把東北的榆關摘掉,塘沽的口岸佔領,然後才使京津不戰而屈的?英法聯軍,庚子之亂,以及日寇的染指中華,恐怕也都走的是這條老路。不過日寇還多了一個長城口外作戰,成立冀東偽政權等威脅平津存在的手段,從而促使華北更快的"特殊化",於是整個中國也因之危亡變色。這倒是確實的,如果被外國人掌握了平津,拿下了河北,就等於大勢已去,牽動全身,此後不是屈膝便須逃難的。

孔子說為政必須"足食,足兵,民信之"(《論語》),雖然他曾經對衛靈公講"軍旅之事,未之學也"(同上)。孟軻說對敵人作戰應該"天時、地利、人和"具備,雖然他詛咒"善戰者服上刑"(《孟子》)。可見,兵備不可缺少,地利非常重要,而我們的河北省,就無怪自古以來就是軍事必爭之地了。

十二、旅遊的熱綫理宜暢通

我省東濱渤海、西倚太行、北有燕山、南瀕大河,為燕趙古國,遼、金、元、明、清五朝故都的所在,江山如畫,風景宜人,名勝古跡,觸處皆是,允稱考古之名所,旅遊之盛地。屈指算來,自北而南,其最著者計有:

①承德離宮,為清帝避暑的山莊,有內外八廟,古香古色,金碧輝煌。

②八達嶺長城,地臨南口居庸關,是世界上有數的古代建築,地勢險要。

③海濱秦皇島,地近山海關,不止是夏季避暑勝地,且係歷代戰爭中的軍事重鎮。

④首都北京有以故宮為首的庵、觀、廟、宇(如雍和宮、白塔寺、隆福寺等)及三海。

⑤京郊風物,頤和園,香山碧雲寺,西山八大處,都麗、幽靜兼備。

⑥明陵之群,共十三陵,萬曆之墓已掘開,有地下宮殿之稱。

⑦盧溝橋,橫跨永定河,鎖鑰京南,咽喉重地,亦為軍事必爭的所在。

⑧清東西陵,分在遵化縣馬蘭峪和易縣永寧山下,離北京俱為一百二十五公里。

⑨戰國中山王墓,在平山縣境內,已發掘、出土大批青銅器和其它玉制文物。

⑩獨樂寺,位於薊縣城西門內,相傳建於唐代。寺內觀音閣是我國現存年代最早的木結構高層樓閣建築,閣內的十一面觀音高達十六米,為國內最大的泥塑之一。

⑪盤山革命烈士陵園,盤山乃抗日戰爭時冀東老根據地,形勢險要,風景宜人。陵園位於山麓,古柏森森,面對許多烈士磚墓,使人肅然起敬。

⑫正定隆興寺,寺內亦有獨木佛像,及銅蓮佛相三尊。觀音相嫵

媚動人,前所未見。唐、宋碑和石造佛相亦不少。殿閣巍峨,已為明代重建者了。

⑬保定古城,不只有蓮池書院這樣自明、清以來即為講學勝地的園林(如王守仁、章學誠、吳汝綸等人均曾在此落腳);且有保定二師抗爭軍閥對日秘密作戰之革命舊地。

⑭趙縣安濟橋,即趙州石橋,乃唐代張嘉貞和眾多的能工巧匠所建造,號曰"敞肩拱"的大石橋,跨度大,弧形平扁,凡拱圈二十八道,名馳中外。

諸如此類不勝枚舉,如能妥為供應,善於宣傳,分別打開了旅遊的熱綫,既可促使國人愛戀大好河山,欣賞古代建築藝術,又可導引外人參觀遊覽,藉以增光華夏,博取經濟收益,豈不美哉!

現在舉"明十三陵"為例,詳細介紹情況如下:

明朝十三陵,位於北京西北郊昌平縣十公里處,是馳名中外的名勝古跡之一。自公元 1409 年開始修建長陵(成祖朱棣的墓)至 1644 年明朝滅亡,十三陵的營造工程歷經二百餘年,從未間斷過。陵區面積共達四十平方公里。東、西、北三面群山聳立,如拱似屏,氣勢磅礡,雄偉壯觀。南面蟒山、虎山,分列左右,像是天然的門戶,曾有人形容它們是守衛陵園的"青龍、白虎"。陵區的大宮門,正好建在兩山之間,宮門內是片寬闊的盆地,溫榆河從西北蜿蜒流來。一座座山峰下翠柏成蔭,隱約可見朱牆黃瓦,那就是十三陵的所在。當年這裹是神聖不可侵犯的皇家禁區,而今這裹一年四季,中外遊人絡繹不絕,成為遊覽參觀的勝地。

按明太祖朱元璋死後葬在南京紫金山,名曰"孝陵"。從成祖朱棣開始,才建陵於北京,號曰"長陵"。以次為朱棣之子仁宗朱高熾的"獻陵",其孫宣宗朱瞻基的"景陵",以次為英宗朱祁鎮的"裕陵",憲宗朱見深的"茂陵",孝宗朱祐樘的"泰陵",武宗朱厚照的"康陵",世宗朱厚熜的"永陵",穆宗朱載垕的"昭陵",神宗朱翊鈞的"定陵",光宗朱常洛的"慶陵",熹宗朱由校的"德陵"和思宗朱由檢的"思陵"。就中"長陵"的建造最宏偉,"獻陵"最簡陋,"景陵"次之,"定陵"則已發崛啟封為"地下宮殿"了。

小　結

　　我們寫文章,不但要講求內容充實("充實之謂美")、結構謹嚴("不以規矩,不能成方圓")、思想明確("修辭立其誠","辭,達而已矣"),而且需要藝術性強,生動形象("言之無文,行而不遠")。因為只有這樣,才能使讀者感受深刻,引起共鳴,完成宣傳的目的。編著公路史也不例外,如果平鋪直敘,羅列排比,單只注意講說一些統計數字、圖表章則、工具設備、人事制度之類的"資料彙編",又有誰會高興去流覽它呢? 古人做學問是"義理、辭章、考據"三者並重的(清人戴震、姚鼐語),用今天的話說,就是思想性、科學性、藝術性缺一不可的,真、善、美三位一體(以真為前提)麼。文史之作,尤應如是。

　　此以既謂之史,便有個源流確切,從發生到發展的古往今來的情況,瞭解清楚了,以備批判繼承,古為今用。即以中國古代的史學大師司馬遷(子長)、班固(孟堅)而論,便是這方面的典範:子長鎔經鑄史,根據先秦典籍創作了第一部紀傳體史書:十二本紀、三十世家、七十列傳、十表、八書的《史記》;孟堅接著也截取了子長自漢高祖劉邦至漢武帝劉徹的一段成文,踵事增華,別有會心地寫出了《漢書》這樣的斷代史。別的且不說它,兩書中跟咱們公路史有關的《河渠書》(史)、《溝洫志》《地理志》(漢)和《平准書》(史)、《食貨志》(漢),就可以談到推陳出新、古為今用的話了。何況從公路的發展史上看,也不是沒有政治性、思想性的問題的。除已見於前面的例證者外,再如各條幹綫上的擴建、增修、維護、破壞,有政治經濟上的需要,也有軍事戰爭上的原因,興廢以時,般般可考,實在是大有文章可作。而運用之妙,存乎一心,靜待同志們的傑作出籠啦。

　　浪費了大家的時間,謝謝!

八二年春節後十日
保定河大初稿

中國特色社會主義

鄧小平同志是中國社會主義開放和現代化建設的總設計師,他著重實踐,著重群眾,最關注廣大人民的利益和願望,有繼承有發展地開闢了社會主義新道路,開拓了馬克思主義的新境界,對建設有中國特色的社會主義理論做出了歷史性的重大貢獻,讓我們試談以下兩項的粗淺的知識。

一、什麼是有中國特色的社會主義

1. 在社會主義發展道路上:他必須走自己的路。不把書本當教條、不照搬外國模式、以馬克思主義為指導、以實踐作為檢驗真理的唯一標準,解放思想,實事求是。

2. 在社會主義發展階段問題上:是說我國還處在社會主義初級階段,強調它是上百年的很長的歷史階段,制定一切方針政策都必須以這個基本國情為依據,不能脫離實際,超越階段。

3. 在社會主義的根本問題上:指出社會主義的本質,是解放和發展生產力,消滅階級剝削,消除兩極分化,最終達到共同富裕,必須要把發展生產力和經濟建設為中心,科學技術是第一生產力。

4. 在社會主義發展動力的問題上:必須強調改革也是一場革命,也是解放生產力,是中國現代化的必由之路,僵化停滯是沒有出路的。經濟體制改革的目標是堅持公有制和按勞分配為主體,其他經濟成分和分配方式為補充的基礎上,建立和完善社會主義市場經濟體制。政治體制則是以共產黨領導的多黨合作和政治協商制度為主要內容，發展社會主義民主政治與之相適應。以有理想、有道德、有文化、有紀律為目標，建設社會主義精神文明。

5. 在建設社會主義的外部條件上：認為和平與發展是當代世界兩大主題，必須堅持獨立自主的外交政策，為我國現代化建設爭取有利的國際環境，強調對外開放是改革和建設必不可少的，應當吸收和利用世界各國所創造的一切先進文明成果，封閉只能導致落後。

6. 在社會主義建設的政治保證問題上：必須堅持社會主義道路，堅持人民民主專政，堅持中國共產黨領導，堅持馬克思列寧主義毛澤東思想，四項基本原則是立國之本，是改革開放和現代化建設健康發展的保證。

7. 在社會主義建設的戰略步驟上：在實現上提出了三步走，在成長過程中，要抓住時機，爭取快上，每隔幾年上一個臺階。

8. 在社會主義的領導力量和依靠力量上：領導核心是工人階級先鋒隊的共產黨。要不斷改善和加強對各方面工作的領導和自身建設。

9. 在祖國統一的問題上：提出"一個國家，兩種制度"的創造性構想，在一個中國的前提下，國家的主體堅持社會主義制度，香港、澳門、臺灣保持原有的資本主義制度，長期不變，以推進祖國和平統一大業的完成。

二、建立社會主義市場經濟體制

1. 不是誰的主觀意志而是歷史的選擇。

2. 不是簡單的名詞變更而是理論的突破。

舊說：市場經濟是資本主義特有的東西，計劃經濟才是社會主義經濟的基本特徵。十一屆三中全會以來，隨著改革的深入，逐步擺脫了這種觀念。鄧小平同志當年鄭重指出：計劃經濟不等於社會主義，資本主義也有計劃，市場經濟也不等於資本主義，社會主義也有市場。計劃和市場都是經濟手段，計劃多一點還是市場多一點，不是社會主義與資本主義的本質區別。

他也認為改革開放十多年來，市場範圍逐步擴大，大多數商品的價格已經放開，計劃管理的範圍顯著縮小，市場對經濟調節的作用大大增強。實踐表明：市場發揮比較充分的地方，經濟活力就比較強，發展態勢也比較好。我國經濟要優化結構，提高效益，加快發展參與國際競爭，就必須繼續強化市場經濟的作用。

江澤民總書記補充說：我們要建立的社會主義市場經濟體制，就是要使市場在社會主義國家宏觀調控下，對資源配置起基礎性作用，使經濟活動遵循價值規律的要求，適應供求關係的變化，通過價格杠杆和競爭機制的功能，把資源配置到較好的環節中去，並給企業以壓力和動力，實現優勝劣汰。運用市場對各種經濟信號反應比較靈敏的優點，促進生產和需求的及時調節，同時也要看到市場有其自身的弱點和消極方面，必須加強和改善國家對經濟的宏觀調控。

他繼續說：社會主義市場經濟體制是同社會主義基本制度結合在一起的。在所有制結構上，以公有制包括全民所有制和集體所有制經濟為主體，個體經濟、私營經濟、外資經濟為補充，多種經濟成分長期共同發展，不同經濟成分還可以自顧實行多種形式的聯合經營。國有企業、集體企業和其他企業都進入市場，通過公平競爭發揮國有企業的主導作用。在分配制度上，以按勞分配為主體其他分配方式為補充、兼顧效率的公平，運用包括市場在內的各種調節手段，既鼓勵先進，促進效率，合理拉開收入差距，又防止兩極化，逐步實現共同富裕。在宏觀調控上，我們社會主義國家能夠把人民的當前利益與長遠利益、局部利益與整體利益結合起來，更好地發揮計劃和市場兩種手段的長處。

　　江澤民同志接著指出：建立和完善市場經濟體制是一個長期發展的過程，是一個艱巨複雜的社會系統工程，既要有持久的努力，又要有緊迫感，既要堅定方向，又要從實際出發，區別不同情況，積極推進。要大膽探索，敢於實驗，及時總結經驗，促進體制轉換的健康進行。建立市場經濟體制，涉及到我國經濟基礎和上層建築的許多領域，需要有一系列相應的體制改革和政策調整，必須抓緊制定總體規劃，去逐步實施。

談臺灣問題

臺灣是中國不可分割的一部分，但在近百年史上：

1. 1895 年 4 月 17 日，日本帝國主義以戰爭的手段逼迫腐敗的清朝政府簽訂了喪權辱國的"馬關條約"，強行攫取了臺灣與澎湖列島，使臺灣同胞在日本殖民統治下生活了半個世紀之久，中國人民永遠不會忘記這屈辱的一頁。

2. 五十年前中國人民同世界人民一道戰勝了日本帝國主義。1945 年 4 月 25 日，臺灣與澎湖列島重歸中國版圖，臺灣同胞從此擺脫了殖民地的枷鎖。但是由於眾所周知的原因，1949 年以後，臺灣又與祖國大陸處於分離狀態。

因此，實現祖國的完全統一，促進中華民族的全面振興仍然是所有中國人的神聖使命和崇高目標。

1979 年 1 月全國人大常委會發表了《告臺灣同胞書》（按為葉劍英委員長所發佈）以來，我們制定了"和平統一，一國兩制"的基本方針和一系列對臺政策。而小平同志是中國改革開放的總工程師，提出了一系列具有鮮明時代特色的解決臺灣問題的方案，也是"一個國家，兩種制度"偉大構想者，創造者。他高瞻遠矚，實事求是地指出問題的核心是祖國的統一。凡是中華民族的子孫都希望中國統一，分裂是違背民族意志的。只有一個中國，臺灣是中國的一部分，不能允許有什麼"兩個中國"或"一中一臺"，堅決反對"臺灣獨立"。解決臺灣問題，無非有兩種方式，一種是和平的方式，一種是非和平的方式。

通過談判實行和平統一，同時我們不能承諾根本不使用武力。用什麼方式解決這完全是中國的內政,決不允許外國干涉。如果我們承諾了不使用武力,只能使和平統一成為不可能,只能導致最終用武力解決問題。

統一以後實行一國兩制,國家的主體,堅持社會主義制度,臺灣保持原有的制度。"不是我們吃掉你,也不是你吃掉我",統一後臺灣的社會經濟制度不變,生活方式不變,臺灣同外國的民間關係不變。臺灣作為特別行政區,有高度的自治權,擁有立法權和司法權(包括終審權),可以有自己的軍隊,黨政軍等系統都由自己管理。中央政府不派軍隊行政人員駐臺,而且在中央政府裏還要給臺灣單出名額。

十九年來,在"和平統一,一國兩制"基本方針指導下,經過海峽兩岸同胞、港澳同胞和海外僑胞的共同努力,兩岸人員往來以及科技、文化、學術、體育、經濟相互促進,各領域的交流蓬勃發展,兩岸經濟相互促進,互補互利局面正初步形成。

但是值得中國人警惕的是,近年來臺灣島內分離傾向有所發展,"臺獨活動"趨於猖獗,某些外國勢力進一步插手臺灣問題,干涉中國內政。這些活動不僅阻礙中國和平統一的進程,而且威脅著亞太地區的和平穩定和發展。

(一)堅持一個中國的原則,中國的主權和領土絕不允許分割。任何制造臺灣獨立的言論和行動都應堅決反對,主張"分裂分治""階段性兩個中國"等違背一個中國的原則都應堅決反對。

(二)以"中國臺北"的名義參加的亞太經濟活動是可行的,但我們堅決反對以"搞兩個中國""一中一臺"為目的的所謂"擴大國際生存空間"的活動。

(三)進行海峽兩岸和平談判是我們一貫的主張。在一個中國的前提下什麼問題都可以談,找到雙方都認為合適的辦法。(1992年即提出來啦。)

（四）努力實現和平統一，"中國人不打中國人"。我們不承諾放棄武力，決不是針對臺灣同胞，而是針對外國勢力干涉中國統一和"援臺灣獨立"的圖謀的。

（五）我們主張不以政治分歧去影響干擾兩岸經濟合作。

（六）中華各族兒女共同創造的五千年燦爛文化始終是維繫全體中國人的精神紐帶，也是實現和平統一的一個重要基礎，兩岸同胞要共同繼承和發揚中華文化的優秀傳統。

（七）兩千一百萬臺灣同胞都是我們的骨肉同胞，手足兄弟，要充分尊重他們的權益，關心他們並照顧解決他們的困難。

（八）我們歡迎臺灣的領導人以適當的身份來訪問，我們也願意接受臺灣方面的邀請，前往臺灣共商國是。中國人的事我們自己辦。

九〇年三八婦女節感言

一、千萬不要忘記過去——"講過去的歷史"

1. 三八國際勞動婦女節的由來、鬥爭和成果。中國反帝反封建，反蔣鬥爭的歷史。

2. 中國婦女解放鬥爭的艱苦和成績。從君權、族權、父權、夫權的壓迫下解放出來（翻身道路）。婦女求職平等權、男女平等均來之不易。中國在党的領導下，有今天更是多少先烈用鮮血築造成的。

二、正視現實，千萬不要忽視中國國情和世界大氣候

1. 中國還很窮、人口眾多、耕地少、技術差、資金短缺、兩億多文盲、上億人未脫貧。

2. 以萬里長征的精神、雷鋒精神拼搏，緊緊依靠党的領導，完成党交給的任務，克勤克儉。

3. 睜大眼睛，提高警惕，注視周圍的事物。看《櫻花夢》《海外遺恨》、89 年春交動亂。

4. 過幾年緊日子，過長期勤儉創業日子。以勤奮覺悟，教育後代，教育他們以中國傳統勤儉奮鬥的美德，砥礪自己，創造未來，為祖國富強繁榮，為共產主義未來多奉獻，為廣大工農服務，為人民服務終生。

"今日入城市，歸來淚沾巾。通身羅綺者，不是養蠶人。"——勿追

求高消費。

"鋤禾日當午,汗滴禾下土。誰知盤中餐,粒粒皆辛苦。"——時時注意節約,不浪費農民的勞動果實,廣大人民的生命資源——糧食。節約煤、水、電等動力資源。

5. 堅持四項基本原則,一個中心兩個基本點的党領導的設計藍圖,堅定個人崗位,完成和超額完成全崗位計劃。

現在中心問題是,科技為農業服務,為基礎工業建設服務。

努力拼博完成,超額完成 90 年代再翻兩翻的計劃。

目前是堅持治理整頓,加深改革,在党的領導下。

△黨中央加強改善工、青、婦工作的計劃。

△堅持改善多黨合作制。

三、創造未來,用智慧和汗水緊緊依靠党的領導,
創造美麗的有中國特色的社會主義未來——

①努力學習馬列主義,樹立共產主義理想和必勝決心——

為什麼(許多人認為)資本主義比我們強?

資本主義在二十世紀,就打了兩次大戰。美國發戰爭財,以不等價交換、國際憲兵的角色富了資本家。

上世紀買下法殖民地,俄阿拉斯加,葡、西(班牙)殖民地,1898 年美西戰爭佔了西班牙殖民地。

②社會主義是在帝國主義包圍中建立起來的,蘇聯才七十三年,中國才四十年,曲折反復,但終未出現資本主義復辟。蘇聯、東歐都不用了,主要是中國共產黨的正確偉大。

③任重道遠,當前和今後一個相當長的時間,應只講奉獻,不能光講享受(革命本是不以享受為目的的,而是以革命和人民利益為

目的)。

工人階級必須首先解放全人類才能最後解放自己,女工同志們責任重大呀!

毛主席在解放建國初時即說,全國解放,這不過是萬里長征的第一步。

學雷鋒,比貢獻,在萬里長征的征途上這佔半邊天的婦女同志,不要成為落伍者,更不要成為革命的叛徒,人民的敵人。

要實現這個要求,沒有其他途徑:只有學習,學習,再學習,樹立牢固的共產主義世界觀。拼搏,拼搏,再拼搏,以個人利益服從國家利益,以眼前利益服從長遠利益。

帝國主義是紙老虎,我們一不怕它,二不羨慕它,而是要學它我們需要的東西,建設我們偉大的祖國。

宏揚我們幾千年的優良傳統和優秀文化,加以革命和繼承,960 萬平方公里上的十億中國人民,再次覺悟打破迷信帝國主義的迷夢,闊步前進!

我們要為子孫後代,為全人類創造幸福的未來! 當前要切實學習雷鋒精神,像雷鋒那樣忠於黨,忠於人民;像雷鋒那樣只講貢獻,不索取額外報酬的高貴品質,湧現出千千萬萬雷鋒,我仿佛無往而不勝。

我雖然老了,但仍總蹣跚學步,緊跟同志們之後,決不能只吃社會主義!

請勿嫌棄我老朽,當作包袱!

頂起這半邊天!

《教學通訊》小序

二十世紀乃信息的時代,風馳電掣,無遠弗屆。雖然信息不是事物的本身,而是表徵事物並由之發出的消息、情報、指令、資料和信號。然而信息是表徵事物狀態的普遍形式,自然界與人類社會的都在內。

"通訊"之義,即在傳遞消息,交流情況,以有易無,取長補短。因為世界業已進入信息時代,科學昌明、日新月異、光速電信、電子計算,瞬息萬里,超能勝天。不允許我們再閉目塞聽,老牛破車地蹣跚而行了。誰願意貽笑大方、甘居人後呢?

"教學"尤其如是:係尊庠序、國子,大、中、小學,今兼電大、函授業餘,多種形式。昔講循循諄諄善誘博約,今則捕捉一切客觀事物的反應,凡是有關的形態、結構、特徵,都需要分別以聲音、語言、文字、圖像、表冊或動作表現出來。

請注意信息的傳遞、處理,請識別信息的轉換、分享,務必加工整理,概括歸納,使之精煉,使成體系;由感性認識上升到理性認識,自微觀境界跨越至宏觀境界。

編者精勤謙虛,方當創刊之始,囑為之序,謹贅數語如上,恕其泛泛。

魏際昌
甲子孟秋於保定河北大學

《泉河小吟》記言

"詩言志,歌永言","江山代有才人出,各領風騷數百年"。我們認為内容決定形式,只要是為情造文的韻語,信口信腕的"真言",不必泥於舊式的絕、律之作,都可以示人,問世。不是嗎?時有古今,文不相襲。周詩、楚賦、漢樂府,以至於唐、宋、元、明清的律、絕、新體、詞曲、套數、小令,幾乎全是因時變而各有千秋的,誰能整齊畫一地給以模式,使之雷同,以不變應萬變呢?

泉河賈翁,性喜吟詠,長於口頭文學。離休以後,常以佳作相示,而身謙其未諳格律等於"自由體",以為不足以語人也。余故謂之曰:"無傷也。""下里巴人"久而勝於"陽春白雪",以語言貴在清新,天籟婉轉,昔人所重,宮商雖未必盡合,尾韻叶亦可以鏗鏘,神而明之存乎其人耳。博覽諸作,小品為多,玲瓏乾淨,自成風趣,且亦不乏肝膽照人、懷古頌今之語,爰代名之為《泉河小吟》,並弁數言如是。

一九八七年中秋之夜於保定河北大學
紫庵,時年八十

111

《撫寧縣志》序

《說文》:"記,疏也。"徐鍇曰:"謂一一分別記之也。"顏師古注《漢書》云:"志者,記也,積紀其事也。"可見"志"與"紀""録",還有"書"同義。《史記》"八書"、《漢書》"十志",這些當然都是中央的具有全國性質的志書。天文、地理、人物、典章、制度、藝文等一切有關自然現象和社會情況的事,無不搜集齊全詳加載記,所以它實在具有歷史的價值。

但"志"可不即是"史",它只是"史"的組成部分。章實齋說:"史體縱看(按指事物發展成長的跡象而言),志體橫看(則是羅列排比某些事物的資料了)。"兩者相輔而成史書。自南宋以來,始有"地方志",它一般分為"紀"(編年的大事記)、"圖"(表冊之類,橫行斜上)、"志"(某類事物的專記)和"傳"(人物小傳),有的前加"概說",後載"附録"。

即謂之"志",便是文體的一種,不能不講求章法形式。首先是內容要求充實全面,信而可征,但是切忌"猥瑣繁碎",成為單純的"科史檔案"(章實齋語),使人厭於觀覽。至於修志的精神及其要點,章氏論之綦詳(具見《文史通義‧修志十議》),主要的是"簡、嚴、核、雅"四個字。總之,地方志(凡省、自治區、市縣三級)是資料也是文獻,係全國性史乘的基礎,亦應因時因地而作,各有特色。

撫寧從古地理上說:《禹貢》屬幽州,周在燕國,秦置遼西郡,漢設都尉,隋稱盧龍,唐始定名今縣。遼、金及元、明、清,沿襲未改。以其地臨山、海,咽喉長城內外,歷來為軍事必爭之地。秦始皇、魏武帝、隋煬帝、唐太宗等好大喜功有事關外或高麗(即今之朝鮮)的帝王,都曾親駐此區,指揮三軍,干擾人民。明清兩代的統治者為了爭奪天下的"拉鋸戰"就更不待細說了。

直到解放以前,混戰的北方軍閥,入侵的日本軍國主義者,只要攻取山海關,臨榆、撫寧便難免兵燹之苦。特別是漢奸殷汝耕在日寇指使下成立了"冀東防共自治政府"以後,真是水深火熱民不聊生,連過去向東北逃荒找碗飯吃的路子都被堵死了。而日偽統治者們,橫征暴斂,盤剝不已,抓壯丁、派勞工、變本加厲,老百姓饑寒交迫走投無路,只好起來反抗,戰鬥到底,因而犧牲的志士,慘死的華工何止萬千! 追思往事,沉痛萬分。

縣志自明萬曆以來即屢有修輯而終不完善,蓋時有古今換代非一:清人入主,辛亥革命,特別是中華人民共和國的成立,真是天翻地覆一切改觀,舊的縣志相形見絀,業已反映不了新時代的精神。撫寧縣委領導有鑑於此,直起急追,早在 1984 年即成立了縣地方志辦公室,羅致人才整理資料,從完成"專業志"和"鄉鎮志"入手,自下而上編修縣志,迄至今日卒告大成。

他們的編撰,是以馬列主義毛澤東思想為指導的,以歷史唯物主義的基本原理為方法的,調查研究,實事求是,先後設置了地理、經濟、政治、軍事、文化、社會、人物等七篇,而以"大事記"牽頭,地理、經濟兩篇為重點。"有人此有土,有土此有財,有財此有用"(《禮記·大學》)。綱舉目張,內容充實,都凡 100 餘萬字,洋洋大觀,洵為一縣之主要文獻,也有助於市、省地方志的修撰。

近見縣城面貌愈為清新,建設藍圖也很宏偉。南戴河旅遊區風景秀麗,樓臺掩映,已與北戴河連成一體。許多鄉鎮企業蓬勃發展,工農並重,村民年均收入有顯著提高,衣飾整潔,不吃粗糧,花樹芬芳,碧野一片,人們無不喜上眉梢,比起解放以前真是天壤之別了。撫今慨昔不免釋杖雀躍,是為序。

戊辰初秋八十一歲鄉人魏際昌於保定河北大學

《東京夢華之館論稿》序言

沈水華鍾彥教授逝世之明年,其夫人孫叔容女士貽我以書曰:"子鍾彥之老友也,相知甚深,河南大學將編印其遺文以問世,煩為序言如何?"乃敬曰:"諾。"

爰念三十年代初,鍾彥與予俱以學文受知於吉林雙陽高亨晉生先生,先生獨許鍾彥為"雋才可以大成"於東北大學,鍾彥亦潛心經史不自寬假。

九一八後,走避日寇,吾人又相將入關攻讀中國文學於北京大學。此中名流學者浸多,胡(適)、錢(玄同)、周(作人)、馬(裕藻)諸師,嘉惠益深,鍾彥遂識為學之道,愈有抱負。

本科卒業,在我繼續學習中國文學史於北大研究院時,鍾彥以學冠儕友、班輩居前,已任教於遷至北平之東北大學非一歲矣。人以為榮,而鍾彥戚戚於東北之淪喪也。

鍾彥遂於聲韻訓詁之學,而以之津梁典籍識其大者,並不飣餖文物拘拘於箋注之為。如說孔子未曾刪《詩》、辯《史記》亦非"官書",論證精闢,別有見地,非只踵事增華而已。

其論詩之創作以"情意"為主,認為格律不宜過嚴,否則束縛思想不便抒發,因之主張以平聲十四部之"詞韻"代替舊為三十部之"詩韻",甚至將"侵""覃"二部分別並人"真""寒"二部,使之成為十二部,以寬其用。法良意美,解放之至。

同道之中,鍾彥更有"絕學"動人聽聞,則律絕近體古詩之朗誦是也:聲調鏗鏘,頓挫有方,使人心領神會,恍如面對作者,誠哉乎其為

"誦"也，彼"唱"（詩）者又何與焉！

　　大抵鍾彥之文以樸實說理勝，而熔經鑄史，古為今用，有的放矢，意在革新，微觀昇華於宏觀，義理與考據偕行，其特色具在《論稿》之中，可按驗也，難於備言。

　　尤足為吾人所矜式者，是鍾彥之學行也：坎坷半生，履險如夷；澹泊寧靜，不慕榮利；而殫力於教學、科研工作，樂此不疲。循循善誘，溫恭遇人，以故蜚聲中州，桃李芳菲，使人緬懷不已也。

己巳初秋於保定河北大學之紫庵

《當代楚辭研究論綱》序

認識當代《當代楚辭研究論綱》的作者周建忠同志，還是兩年前在汨羅會上開始的，那時也只覺得他出言有章、不循故常、引人注目而已。逮及今茲之貴陽匯中（1990 年 5 月 28 日至 6 月 1 日），莊讀其大著"前言"與會議論文《當代楚辭學漫議》以後，始驚歎作者對於屈學研究之精勤老到無私奉獻，實屬難能可貴。

因為作者是通過充分調查研究的工夫，對比、分析、演繹、綜合了古今中外的屈賦專家，特別是近今的中青年研究者，所以直指其人、直書其事、直論其文的月旦軒輊、臧否褒貶，比比皆是，不一而足。這種"敢為天下先"的戰鬥精神，即是非同小可值得學習的。換句話說，並非"述而不作"、單純獺祭式的資料排比，惟其如此，才能富有成果，具備參考的價值。

"雙百"是根植於"雙為"之上的，"屈原學會"的宗旨在於學習、繼承屈子的愛國思想，以及他的出神入化絢麗多彩的辭賦的。因此，有損於屈子偉大形象的話，我們不說；未著眼於屈賦之美的文章，我們也不作；更不要講否定屈原存在的人了。所以，黃中模同志"保衛屈原"的諸般專著是正大的，必須予以宣揚的。

學問之道多方，但自漢以來直至清之乾嘉學派，便是"義理"（思想性）、"辭章"（藝術性）、"考據"（科學性）三者並重的，"文以載道"，也可以說後兩者是為第一位的"義理"服務的。語言乃思想的外殼，皮之不存，毛將焉附？閱讀古籍的時候更不例外，文字都沒弄清楚，怎麼能夠認識作品的本來面目？去偽存真、由表及裏麼。

　　我們說:"名不正則言不順,言不順則事不成。"故孔子主張"正名",孟子一生"好辯"(反對"詖""邪""淫""遁"之辭),荀子更敷衍"名者,實之賓也"之道,甚而至於老、莊、韓非莫不皆然。兩漢繼之,已有《爾雅》《說文》《釋名》等類文字訓詁的專書。蓋"訓,順也。詁,故也",多識前言往行,才能溫故知新、繼往開來呢。

　　於是趙逵夫同志的求索、辨正,拈著題目做文章,有所開拓有所發現的手法,便不得以餖釘名物支離破碎的小道觀之了:"行遠必自邇,登高必自卑",這才真是"識小""識大"的基本功,由"微觀"以達"宏觀"的正途哪。沒有看過戴東原(震)的《原善》和《孟子字義疏證》嗎?熔經鑄史,相容並包,號稱文字訓詁學的典型著作,豈得謂之"小成"?

　　過去,我們研究古代文化,查證依據的多為筆之於書的編簡,有時也參驗之以流傳下來的古物,如盤、盂、鼎、甂、兵戈之類,但終嫌其量小,規模不大,解決不了什麼問題。如能像近今從曾侯乙墓發掘出來的有關楚地文化的大批文物,那才令人歡欣鼓舞、認為可以取得博證的。我們會裏的張中一同志,應該算是這一方面的代表,他專心致志、不避辛勞,到處挖掘採集如汨羅、秭歸等地的地下的文物,所以他有獨特的發言權。

　　例如他說,在秭歸沒有發現任何戰國時期的文物,很難證明屈原是出生在這裏的。相反,汨羅的此類地下遺物則相當的豐富,足可說明此公晚年生活在這兒的時間不短,幾至十有二年。這些結語我們信服也好、不信服也好,可是他言之鑿鑿、滿有把握,這就跟胡亂猜想、信口雌黃的話不一樣了。他發表的文章很多,獨到的見解不少,值得重視。

　　哲學的終點方是美學的起點,我們從來就認為,美,大也,與善同義,充實之謂美,充實而有光輝之謂大。所以,作為學人,須具有美的情操、以創造和追求美的世界為第一要義。可以斷言,心靈不美的人

118

是不會有美的語言與美的行為的,"誠於中必形於外"麼。因而對於慣以美人香草自況的屈子,我們只覺得他香花自奉、竟體芬芳,而且剛健婀娜,極具陽剛之美的,仿佛佛家之觀世音菩薩一般。

誰也不會固陋到抱殘守缺、迷戀骸骨,反對多學科地從各個角度來研究屈原及其賦篇。我們只覺得個別同志那種寬泛無邊、滿天飛式的研究方法,精力太不集中,難得有什麼成果,不如毛慶同志從心理學出發來剖析鑽研屈子之美,是洞中肯綮,大有裨益於美的教育、美的傳統的。忠貞不二,其誰能及?生死以之,自我完善,我們對於屈子始終具有這種感受。

不久以前,由於資產階級自由化的"精英"們跳蕩叫囂,反對四項基本原則,把學術界鬧得烏煙瘴氣,致令文學低谷、史學虛無、哲學迷途。我們的學會卻是立場堅定旗幟鮮明地為黨為人民走社會主義的道路,既不崇洋也不泥古,守正不阿,我行我素,每屆年會都有繼長增高精進不已的收穫。前面談到的幾位同志、特別是《當代楚辭研究論綱》的作者周建忠同志的成就及其表現,是值得我們引為欣慰感到自豪的。

最後請結之以韻語:後浪催前浪,代代有才人。同敬屈子美,傳世其忠貞。仰止我學會,"雙為"冠古今。郁郁乎文哉,"四化"論精神。

庚午年端午節於貴陽之中國屈原學會第四屆年會上,時年八十有三

《保定詩詞楹聯會刊》小序

物質不滅，新生再生，精神世界尤其如是：有的不朽，有的轉化，但它必須是依附於客觀事物的存在變化的，作為反映客觀現實的文學作品即如詩文吧，豈能脫離這一發展規律？古人便經常說：詩合為時而作，文實應"運"而生。"江山代有人才出，各領風騷數百年"。

我們的《保定詩詞楹聯會刊》何能外是？"學會"是由"詩社"蛻變而來的；《會刊》也是由《社刊》發展變化的；會員絕大多數是老成員，但他們的作品卻不都是"老一套"：即是說，具有"兩為"的精神，堅持四項基本原則，反對資產階級自由化，儘管他們在寫作的手法上是"抒發性情，信口信腕"的。

亞運會勝利的東風正強，同道們愛祖國、愛人民的思想更旺：開拓境界，樹立新風，窮幽攬翠，曰趣曰真，努力耕耘於這一塊小園地中，如能香發丹桂，菊有黃華，也應該算是對於文化古城的一點兒"奉獻"吧。

庚午深秋大有之年於保定河北大學之紫庵

酒的文化
——代序

"為此春酒，以介眉壽。"（《詩·豳風·七月》）

中國自有書契以來即見"酒"字，甲骨作 ，金文作 ，都是陶器酒罐的形狀，不必另加 旁，讀作 yǒu。《詩》《書》多言"旨酒"（即美酒），如："我有旨酒"（《小雅·鹿鳴》），"旨酒思柔"（《桑扈》）、"爾酒既旨"（《頍弁》）、"旨酒欣欣"（《大雅·鳧鷖》）、"君子有酒旨且多"（《小雅·魚麗》）；也常說"醉"字，如："不醉無歸"（《小雅·湛露》）、"既醉以酒"（《大雅·既醉》）。這是因為：酩酊，醉也，為酒所酣曰醉，酣乃酒樂，醉解曰醒（諸字書的引申義，不是沒有根據的），例如描繪"醉態"最早最美的文字也在《詩》裏頭：

賓之初筵，溫溫其恭。其未醉止，威儀反反，曰既醉止，威儀幡幡，舍其坐遷，屢舞仙仙。其未醉止，威儀抑抑，曰既醉止，威儀怭怭，是曰既醉，不知其秩。賓既醉止，載號載呶，亂我籩豆，屢舞僛僛，是曰既醉，不知其郵，側弁之俄，屢舞傞傞。既醉而出，並受其福，醉而不出，是謂伐德，飲酒孔嘉，維其令儀。

凡此飲酒，或醉或否，既立之監，或佐之史。彼醉不臧，不醉反恥，式勿從謂，無俾大怠，匪言勿言，匪由勿語，由醉之言，俾出童羖，三爵不識，矧敢多又。

（《小雅·賓之初筵》）

　　這是一首貴族統治階級內部舉行盛大宴會的長詩(都凡五章,章十四句,這裏只録其四)。鐘鼓伐磬,音樂鏗鏘,佳餚美酒,富麗堂皇,場面是夠宏偉的,氣氛也夠熱烈的,所以入座之初,大家循規蹈矩、濟濟蹌蹌,一派彬彬的形象,可是酒過三巡菜上五味之後,便有人信口信腕沒了遮攔,亂說亂動不成體統了。詩的妙處正在於作者用白描的手法(勾勒鋪陳,直敘其事)、對比的形式(醒前醉後,形象分明),復涵泳之以諷喻批判的精神反復詠唱,繪景繪聲詩中有畫,真、善、美的境界兼備,故曰難能可貴。

　　按"酒"之為用,其大無朋,國無古今,民無中外,在政治、經濟、軍事、外交,以及文化生活等方面,什麼地方能夠缺離了它? 即以我國舊日的"五禮"而論,吉、凶、軍、賓、嘉,沒有它的幫襯,可以完成任務嗎?自然,它也是一個"怪物",運用不好同樣要禍國殃民危及天下的。在中國歷史的長河中,這種事例是不少的:《夏書·胤征》之對羲和,便是因為羲和"湎淫酒荒""廢時亂日",胤始受命征之;《周書·泰誓》之於商受,也是由於紂王"沉湎冒色,敢行暴虐",武王才去征伐他。對於國家領導人物來說,真該是"殷鑒不遠,在夏后之世",亦使周人而哀殷人了! "禹惡旨酒",周有《酒誥》,可為佐證。

　　"水則載舟,水則覆舟",辯證法兩點論麼,酒又何嘗不是? 具體到個人的飲食生活上講,則孔仲尼的"唯酒無量不及亂"、"鄉人飲酒,杖者出斯出矣"(《論語·鄉黨》),可為規範。所以,酒的誘導、激發、催化、轉移、烘托、裝飾、捍衛等社會作用,對於古今的知識分子普遍而巨大。由於他們的敏感多方,推十合一,演繹歸納,調查研究,解決問題,自誠、正、修、齊以治國平天下,詩詞、歌賦並及琴棋書畫,無乎不在,分別闡發。因只在文史方面,尤其是在藝術上,那成就可以認為是輝煌燦爛、絢麗多彩的,為五千年的文明古國樹立了豐碑的。

因為,這個"萬能"的酒,服用了它,可以促使演說家口若懸河,舌燦蓮花;書畫家筆走龍蛇,畫入丹青;文學家出言有章,倚馬可待;政治家功侔伊呂,造福邦家;忠臣烈士殺身成仁,捨生取義;自然科學家改天換地,創造發明。特別是詩人,可以說和它結下了不解之緣,"詩酒"並稱。作為周秦詩歌總集的《三百篇》,前面已經介紹過了,下此排比,代有才人。屈原自稱:"眾人皆醉我獨醒"(《楚辭·漁父》);蘇武答李陵:"我有一樽酒,欲以贈遠人"(《別詩》);蔡邕《樊惠渠歌》:"為酒為醴,烝彼祖靈";宋子侯《董嬌饒》:"歸來酌美酒,挾瑟上高堂";蘇伯玉妻《盤中詩》:"羊肉千斤酒擺斛,令君馬肥麥與粟";陸機《短歌行》:"置酒高堂,悲歌臨觴";陶淵明《飲酒》:"酒中有深味","君當恕醉人";顏延之《五君詠》:"沉睡似埋照,遇此類駝峰";尤其是李白的《將進酒》:"但願長醉不願醒","唯有飲者留其名",《贈內》:"三百六十日,日日如醉泥";蘇軾的《飲酒》:"我觀人世間,無如醉中真",《讀淵明傳》:"一山黃菊平生事,無酒令人意缺然"。此類萬千,不能遍舉,而其詩不離酒、酒亦助詩的神情,則是觸處可見並無二致的。

賈榮昌君,農民企業家也。隱於畎畝之中,欲對國家有更大的貢獻:繁榮經濟,張大酒德,乃出而開工廠,釀成"古遂醉"名酒,蜚聲中外,屢獲金牌,陶朱事業,端木生涯,其志已酬。為了宏揚祖國酒的傳統文化,又特於辛未春節發起"古遂醉酒"嵌字聯徵集評獎活動,以申雅意。而應徵者風起雲湧,蔚為大觀,可以覘知此酒的潛在勢力深中人心了!岳文強、韓克定兩君復為之精選成書,詳加評注,滿目琳琅,畫龍點睛,其味無窮,皆實學也。是為記。

辛未春日,八十四叟魏際昌
濡筆於河北大學之紫庵

編者的話

一

《詩》《書》並言:"詩言志","詩者,志之所之",就是說:詩的本意在於表達作者的思想感情,"誠於中必形於外"麽。但又不能毫無忌憚,信口開河。"《小雅》怨悱而不亂",不這樣違悖"溫柔敦厚"的"詩道"了。所以接著又訓之以"持",加以控制,掌握原則。我們總不能夠讚美敵人,毀傷自家吧。本會同人,無論少長,都很懂這個道理,因而敢向讀者保證:所選的篇章不會犯思想上的錯誤的,"文責自負(編者也不例外)","以文會友"。文字這東西,是具有其社會性的,交流思想,寫出來是給人家看的,"心有靈犀一點通"。在認識或感受上,自然有其共性;同時也不排除其個性的存在,"夫物之不齊,物之情也"麽。

二

"誦其詩,讀其書,不知其人可乎?"本會同人有老幹部、老教師,也有各行各業的工作人員;論年齡有七八十歲的離退休者,也有不及四十歲的在職人員;講學歷則有大學研究院畢業的,也有自學成才的。不論出身如何,但有一點是可以肯定的:沒有一位是專業詩人(都不過是業餘作者)。他們吟詠只是出於愛好,送來作品不過是想互相觀摩,以求砥礪,不敢奢求"藏諸名山,傳諸其人"的,因為他們知道"雖小道必有可觀者焉,致遠恐泥"。李白、杜甫、蘇軾、黃山谷,固然難望其項背,也不願妄自菲薄說附庸風雅。何況時有古今,人分邪正,價值觀念匪一,生活情況各異。"公說公有理,婆說婆有理"的陳言,到底嫌其主觀含混,不足為訓。

三

內容決定形式,形式也回饋內容,兩者互為表裏,相得益彰。在這一方面我們也是有充分認識的,故而所選諸篇體裁具備。先說詩歌:古、新並行,律、絕齊全,還有竹枝詞,漢俳與小賦濫觴其中。事實是近體多於古風,五言多於七言(間有四言、排律)。詞則牌子不多:菩薩蠻、西江月、清平樂、滿江紅、憶秦娥、浪淘沙等常見。曲子唯有小令、套數而已。中年教學科研、主編報刊文藝諸人,格律謹嚴,辭彙典雅,信手拈來,常冠儕輩。可見"文章本天成,妙手偶得之"的不我欺罔了。老幹部、老教師則詩風樸實,手法自然,有創作之新氣象,不泥守於一格,大可加以玩味,已近於天籟。

四

我們是真、善、美的一元論者,按照古典詩歌發展的跡象來看,毛澤東同志的"去粗取精,去偽存真"的精神說:這"美,大也,與善同義。充實之謂美,充實而有光輝之謂大"的美學邏輯,確是辯證的統一。我們的選集儘管不免於掛一漏萬難飫讀者,但藝術標準卻是嚴肅認真,從不苟簡的。譬如,關於"詞"的《說文》:"詞者,意內而言外也。"這"意內",便是它的"志","言外"自是它的"永言"了。所以"詞"有"詩餘"之稱，又有"倚聲"之論。比起詩來，它更清新，便於彈唱。可是我們寧取東坡的"大江東去"，不愛耆卿的"楊柳岸，曉風殘月"。從作品的影響觀之，豪邁之氣畢竟優於靡靡之音，此"廉頗老矣，尚能飯否"（辛棄疾）之逾於"尋尋覓覓，冷冷清清，淒淒慘慘戚戚"（李清照）也。

五

漢司馬遷周遊名山大川，看了歷史古跡以後，歸而文益遒勁。我們也有很多老同志因工作之便瞻仰了祖國河山（還有飛臨國外名城的），他們寫景如畫，感受親切，記述真實，出言有章，可以說是本會同人中的一大特色。與此同時，也有一些足跡未出河北的作者，生活環境狹小，視野不夠開闊，於是反映到詩詞裏的，就未免於空洞、貧乏和重複了（如對於保定的蓮池、附近的狼牙山、白洋淀的景色和身邊的瑣事等），人云亦云，不見新意，而篇章未按詞譜，聲韻有失古今猶其小焉者了。我們的態度是：不以辭害意，內容決定形式。用韻可以自由："平水""中原"甚至"新韻"都可以（也有用北京"十三道大轍"的）。好在我們是在"習作"麼，對於工農作者或比較年青的人，尤應作如是觀。

六

作品編排的次第，則是按照作者姓名第一個字頭的中文拼音字母順序而定的（除了幾位老作家以外）。作者有被選錄二十多題近三十首的，也有只是一題一首的。其內容浮泛沒有新意，或韻腳不叶、字涉筆誤的篇章，我們不能不予以刪改，"對事不對人"，"君子之愛人也以德"。知我罪我其無辭焉。

　　至於對聯,則小巧玲瓏者多,缺點在於使用陳言成語過多,醒人心目動人聽聞者少(也有對仗不夠工整的)。別看他是"雕蟲小技",可是用場甚多,影響也大,可以說已經逾越了銘語、格言的境界,而向包羅萬象紛馳眼底的大千世界進軍了。易學難工,我們也知道,工力還差。望博雅君子有以教之,是為記。

　　八十四叟魏際昌草於河北大學之紫庵,時在辛未初冬 12 月 5 日

《成人高考必讀》序

在中國悠久的歷史長河中,成人教育可以說是源遠流長了:從春秋末年孔子自"作之君,作之師"人王即是教主的奴隸統治者手中取得了教權、文權開始,那以顏淵、卜商、季路、冉求、端木賜等為代表的"三千弟子,七十二賢"很少不是成人的,而老夫子四科設教,德行為首,刪《詩》定《禮》,整理文獻,射御書數,文武合一的教育遂已形成。最難得的是雖出人才,不施壟斷,只取束脩,不索高酬。下逮戰國,孟軻繼興,教育英才,不及童蒙;"成德達才,時雨化之",更非成人莫辦。而子與好辯,橫議爭鳴,杜絕"詖、淫、邪、遁"之詞,常作"民貴、君輕"之語,包括相與的學生萬章、公孫丑等人在內,也可以說明問題,以資佐證。

且並時稍後之蘇秦、張儀(係出鬼谷子)、屈原(宋玉、景差為徒)、荀卿(祇有韓非、李斯著稱),是無論縱橫家、辭賦家,還是法家,其所及門者均為成人,亦屬毫無疑義。自然,這不單純是從年齡上衡人:"聞道有先後,術業有專攻","物以類聚,人以群分,君子行必就士"麼。觀於下此之"漢學師承",唐人之"詩文分派",宋代之"學院講學",明清藝文之"各立門戶",師弟間非必有"傳道、授業、解惑"的關係。望風懷想慕名私淑者亦得以會友成系,是則尤非成年成學之人難與溝通攀比了。此又豈止中國為然,古代希臘的三哲蘇格拉底、柏拉圖、亞理士多德的繼承關係,他們都是半師半友,成人成名之後才彪炳於世的。(蘇主張"美德即知識",知識的對象即"善"。蘇無著作,多由其徒柏拉圖祖述,柏有《理想國》,他認為善的理念是一切知識和真理,與蘇氏之見後先輝映,亞理士多德則係柏氏的學生,他說思維依賴於感覺,認

識的對象是外在的事物,理性的知識最高貴,比他的先生柏氏更近了一步)

至於利用業餘時間對成人進行教育的成人教育學校,則是遲至十七世紀末年的英國人才有的(1798 年他們設校於諾丁漢)。其它資本主義國家在十九世紀中葉以後跟著也紛紛設立,其形式計有:補習學校、職工學校、民眾大學等類,上課時間多為星期日、假日和夜間。另外,還有一種函授學校是不受時空的限制,可以自由運用的。我國是自從廢除科舉興辦學校以來,陸續在學制中規定設立各種業餘學校,對成人系統地進行教育,並大力發展其它各種成人教育機構。此因我國地大物博人多,只依靠國家設置的大專院校培養人才不敷應用,解放至今充分發揮了"兩條腿走路"的精神,廣加設施,多方培訓,如:文化宮、廣播臺、電視臺、群眾教育館均想方設法地參預了成人教育,收效甚宏。

河北大學係河北省唯一的綜合性大學,圖書儀器豐富充實,教師隊伍異常強大。自離休政策貫徹之後,很多老教授、老幹部離職修養了,他們為了發揮餘光餘熱繼續老有所為,共同辦起了"成人高考輔導班",幾年以來,卓有成效。主其事者總結經驗,便利社會成人高考進修,特由張海林同志主編《成人高考必讀》一書以饗讀者。

編者諸章既脫稿,行將付印,囑為之序,乃略述"成人教育"發生成長的淵源,和編者主編此書的意圖如上。

辛未初冬寫於保定河北大學之老幹部處

《中學生古文觀止》序言

在中國的歷史長河中,能夠反映出來古代文明的燦爛輝煌,洋洋灑灑傳之無窮的,正是文章,散文尤其出色。曹丕說"文章經國之大業,不朽之盛事"(《典論·論文》),這話是有道理的。

文者物象之本,字者孳乳浸多,漢字漢語,形聲並重、奇偶相生,出言有章、音韻天成,是具備特異的功能的。孔子曰:"一貫三為王","牛羊之字以形舉也"(俱見《說文解字》中),復益之以"重言""雙聲""疊韻"的妙用,真是戞戞獨造,美在玄奧了。

古人為文,嚴肅認真,孔子講求"正名"(《論語》言"名不正則言不順,言不順則事不成"),墨子言有"三表"(《墨子》言"本之以聖王之事,原之以百姓耳目之實,用之於百姓人民之利"),孟子"好辯"(反對詖、淫、邪、遁之辭),莊子"寓言十九,諔詭可觀"(餘為"重言""卮言",詳《莊子》),荀子"制名以指實"(《荀子》言"名者,實之賓",又言"約定俗成"),持有之故,各有千秋。

我們說:美,大也,與善同義,充實之謂美,充實而有光輝之謂大,內容決定形式,形式亦灼爍內容。包羅萬象無麗不臻的文章,豈有不適應以相得益彰水乳交融的文體之理,如車之兩輪鳥之雙翼,並駕齊飛合二而一根本無法分開的。從體裁上講,於是產生了傳記、論說、序跋、書簡、語錄等類。

自然,這些文體都是應運而生、因時變易的,究其實質,不外是記事與論說兩大類。而遠古的最高統治者,往往使左史記言,右史記事,所以記敘文發生較早,體裁多樣。舉凡紀、傳、志、狀、碑、序、銘等文體,都屬此類。於是千百年來為研究奴隸、封建以及資本主義社會的政治、經濟、思想、文化、生活提供了寶貴的資料,同時在寫作技巧上也為後代留下了可資借鑒的豐富的經驗。

論說之文,我們定立於春秋戰國之間,尤其是戰國,處士橫議,百家爭鳴,來自底層的知識分子講求"知言、善辯",析理破的,淩厲無前,至於傾動人主,縱橫天下,就不止是文章上的事了。騰之於口,筆之於書,經世致用,影響巨大。

批判繼承,古為今用,這不正是學習古代散文(取其精華)嗎? 在這一方面,毛澤東同志給我們樹立了不朽的典範,他主張"政治和藝術的統一","內容和形式的統一",我們披瀝了《毛選》,研究了他的論文,覺得他的確是可以矜式的。

毛澤東同志鎔經鑄史、活學活用:由此及彼,由表及裏,去粗取精,去偽存真了的。即以論說文所發展的體裁而言,"論""說""序""跋"以外,還有"談話""談判""通知""通報""宣言""聲明""訓令""書簡""檔""總結"這些應用文的形式;而其內容則是軍事、政治、經濟、文學、教育、歷史和哲學無所不包的。逐字逐句、每篇每章,都是為人民的利益革命的利益服務的,所以在寫作手法上都是有的放矢、發而必中,章法謹嚴、有條不紊的,語言曉暢、深入淺出的,立場堅定、愛恨分明的。看問題正確,講道理清楚,思想性、戰鬥性特別強烈,感染力、鼓動力無比巨大,可以說是論說文中的金聲玉振,我們學習的曠古典範了。

一九九二年五一節於保定河北大學之紫庵

131

蔣拙犁先生詩詞集序

詩友高陽蔣翁拙犁,謙謙君子,至性格天,而復光風霽月、肝膽照人,予已恨其相識過晚,未能多受教益。他年逾古稀始編次其大半生詩作,舉以相示,並命為序。予莊讀其全集以後,不禁喟然歎曰:"詩言志,歌詠言",誠於中必形於外,詩如其人,文如其人;關於為詩之道,結集之故,將翁自己在《說詩》之中,"序言"之內,早已言之綦詳,深得此中三昧,又奚待予之重贅?

雖然,作為一個已窺其全貌,感受極深的讀者,畢竟是客觀存在,也不能不"克盡厥職",撮其大要,聊盡宣傳與介紹的責任。實事求是麼,交流反映麼,"心有靈犀一點通"麼,遂亦概論其特色如次。

一

作者忠貞自持,奉獻為本。弱冠之時遭逢國家多難,日寇入侵,即奮起投軍,保家衛國。如第一卷《焦琴集》之《抗日歌》云"抗日來當兵,又同師友逢。寧為戰死鬼,不做磕頭蟲",這簡直就是"誓言",義烈之氣上通於天了。此後他也真是出生入死地、不怕犧牲地戰鬥下去的:從一九三八年春起在白洋淀等地抗擊倭賊,歷任部隊的宣傳員,大隊組織幹事、黨委委員、分隊副政委等職,反映到作品中的有《打東安敵據點》"刀光彈雨擒敵下,月照槍林任鬼啼",《截擊敵運糧船隊》"長堤躍虎撲敵偽,短刀穿狼倒舶舟",及《胡辛莊突圍戰》《虎穴鋤奸》,白刃相接,浴血殺敵,非泛泛者所可比擬。

二

按照詩詞結集的慣例上說,其作品前用標題後加注釋,藉以表明原委,弄清出處,實在算不了什麼,可是拙犁的章法,獨具匠心,每卷之首各有定名繫事編年,使人耳目一新,急需聯讀以窺全貌,魅力昭然,不容小覷。而其精萃之處,尤在於以"附白"代替"小注"。其長篇巨制者如《題張蓬舟著〈薛濤詩箋〉》七律加"附白"都凡五百五十餘字,而《薛濤三詠》加"附白"已近千言(九五三十字)猶以為未足,又附以《關於薛濤卒年的再推敲》(五百七十餘字),真是洋洋大觀,逕可以作為"詩話"了。其較短小者如"宋太祖故里"等亦佳。

古人(清之戴震)為文講求義理(思想性)、辭章(藝術性)、考據(科學性)三者並重,今觀蔣翁之作,實已盡之,所謂"真善美"之詩文。自學成才者而能有此,豈不羞煞古代文學之教授、專家! 語云:"美,大也,與善同義;充實之謂美,充實而有光輝之謂大。"信夫,可以印證與蔣氏諸作!

三

蔣翁愛恨分明,敢想敢愛敢恨,而語言清新自然,不拘格調。詩詞集中名作甚多,名句亦夥。如受"四人幫"迫害時,雖在囹圄之中猶有"強項之語"說:"疾風暴雨未低眉,昏夜何能辨是非? 只有圄中吟俚句,向陽強項打不回。"(《題圖圄吟》)在這一卷中他痛斥了林彪一伙的叛黨叛國:"怙惡民賊稱帝急,提前加快'五七一'","誰驚夜半金陵夢,折戟沉沙火煨屍"(《皇帝夢》)。鄙視他們為"可憐蟲"說:"盜名欺世氣何橫,剝筍不值半個銅","小丑跳樑終自斃,千秋遺臭可憐蟲"。

133

特別是對於禍首江青的憎惡真可以說是深惡痛絕了,《丙辰詩抄》《新好了歌》云:"世人都喊揪得好,江青稱帝白想了。黃袍還未及加身,魔鬼畫皮撕下了","陰謀暴亂望成功,未響一槍繳械了"!注解詞復補曰"八億公堂、揪上'四人幫',剝去偽裝,全是人面狼",真是罵得痛快淋漓。

四

拙犁出身於農民家庭,對於農民的情感是極其深厚的,同情他們的受壓迫和起來反抗,情真語切。所以此類詩作同樣膾炙人口,特別顯得生動灑脫,例如:一九三一年春即有之《農民進城謠》:"惡政凶如虎,農民找縣府。晨發市口前,肩扛刀義斧",與"官吏逃如鼠","泥腿踏公堂,豪紳魂無主"等句,是多麼地素樸真摯呀,這是在歌頌"農民造反"嘛。另一方面也可以從他的樂於耕種、熟悉田園生活中看得出來。如《焦琴集》之"十五學耘田,晨除暮灌園"(《學耘田》),《十五年集》的《到山莊》:"一到山莊如到家,老鄉爭挽往屋拉。火盆圍坐說驅鬼,更將今昔話桑麻",使人如見其事,如聞其聲;其白淀澱《漁村晚景》對於水鄉的人民生活尤其刻畫入微,令人神往,因為這是作者生活過、戰鬥過的熱土故鄉麼。

五

內容決定形式,形式也生輝內容,合二為一,不可分割,所謂相得益彰者是。拙犁諸作咳唾珠玉,大小由之,無往而不利,蓋其信口信腕表裏如一有以致之。予則特別欣賞他的"組詩"(三、五首,多者二十)合起來看,主題鮮明,分開去說,各道一端,濃淡咸宜,聚腋成裘,真夠

134

傑作。最著者如卷五《丙辰詩抄》中之《定風波(粉碎四人幫)》直到《望海潮(說夢)》凡詞六首，"春秋"之筆可是精雕細鏤，直把林、江勾結，兩團伙一脈相承的叛逆形象、醜惡歷史鞭撻歸結得巨細靡遺，合盤托出。"文革"以來，三中全會落實政策至今，我還沒有看到過老詩人、老幹部中有這樣等於"本事詩"的創作。後此文《兩年半集》中的《保定二師'七·六'烈士殉難五十周年祭八詠》的正面歌頌與之同工。

六

與之作鮮明對比的恰恰又是作者敬愛的革命元勳開國諸大老的組詩，如繼之而來的以懷念毛主席、悼念周總理為首的《巳午詩存》他說："天地玄黃，忽報導，太陽邃落。神州泣，聲傳宇宙，全球靜默！"（《滿江紅》）他說："淚灑詩箋痕未泯，打疊重惹哭元勳。"（《題巳午詩存》）"人民總理愛人民"（《憶周總理到安國視察》）。"周公決策南昌起義""開創建軍基業""打出新世界"（《永遇樂》建軍五十周年）。對於朱德、賀龍、陳毅三帥和葉挺將軍、董老必武也都緬懷他們的豐功偉績，各有專章論述。說朱總："毛朱共指，進軍全國，蔣家王朝覆滅。"說陳帥："搖挺葵葩常向日，每逢鬼域總豎眉。"說董老："九秋賦歸詩卷在，一生革命見忠貞。"俱是真情實感發人深思之作。

七

最後，我們應該談談《伴芳集》了，顧名思義即知其為作者悼念革命的伴侶、相濡以沫的患難夫妻的血淚交迸的"組詩"的，《哭秀芳二十首》之序言有云："秀芳仙逝使我墜入極端悲痛之中，強顏對兒女，轉身難自持。夜難成寐，枕泣常濕。回首半個世紀同甘苦、共休戚，歷歷在目,抱痛援筆,含淚染紙,斷續三月,哭成此詩。"讀之已經使人酸鼻了。再遍覽全作,如泣如訴,瀝血嘔心,方今之夫婦雖令其生離死別,那得有此? 如十九、二十兩首之結語云:"無情最是天公佬,長恨斬襧無盡期"、"但願天公生惻隱,垂虹予我做天梯"。哀哀欲絕,恨不同死。拙犁老年喪偶之痛,同為暮年的詩友是會一掬同情之淚的:"國之本在家,家之本在身"、"君子之道造端乎夫婦"、"及其至也察乎天地"。古有明言,今可參考。

八

綜合起來講,拙犁之詩集自卷一之《焦琴集》"弱冠抗敵"至卷十《晚情集》之"終老筆耕"止,可以認為是他自家的"詩傳"或"言行録"啦。因為它分階段交割,有重點地報導,使人委婉稽留一覩為快,蓋其博大精深、有美皆備的情操,和深入淺出、無麗不臻的創作有以致之。譬如他善於比興、以物方人,筆下生花,引人入勝,極諳"六義"之旨,而不自矜式等於天籟。若非作者之生活充實和廣泛愛好,曷得有此? 相信知音者是會受用不盡的。分析既畢,殿之以辭曰:"泰上三不朽,德言允為首。流水環高山,智仁必廝守。藝術倚天栽,萬物皆我有。浩氣沖雲漢,美哉拙犁叟。"

八十六叟魏際昌執筆於河北大學之紫庵

《屈子傳》序

　　山東龍口市文聯副主席曹堯德先生，博雅君子也。余嘗獲讀其所著《孟子傳》《孫子傳》及《孔子傳》（此書與人合著），第覺其鎔經鑄史，出言有章，功力深厚，左右逢源，非泛泛者所可比擬。尤其是以章回小說的形式，用飄逸清新的筆法，使人物栩栩如生，故事歷歷如畫，令人有石破天驚、拍案叫絕之感，奇哉妙哉！寫“聖賢”大傳而能有此，實不數數見也。此殆脫胎於史遷之“世家”“列傳”而復大而化之者歟？

　　今先生又將出版其第四部巨著《屈子傳》矣，而丐余為序。未睹原稿，自是難題，然而由此及彼，舉一反三，亦可以思過半矣。例如：必復出以豐富多彩之說部筆法；以時繫人，以人繫事，突出重點，繁簡適當之“年譜”定已具備；名言選譯、嘉惠後學之“附錄”亦必再現（還有圖表）。因而與之單話屈原之神思。

　　巫風云：“昔楚國南郢之邑、沅湘之間，其俗信鬼而好祠（祠，一作祀，《九歌》前言）。”按“靈”又訓“神”，《說文》云：“天神，引出萬物者也。”《周禮·大宗伯》則稱：“昊天、上帝、日月星辰、司中、司命、風師、雨師，皆天神也。”《漢書·郊祀志》亦云：“《洪範》八政，三曰祀。祀者，所以昭孝事祖，通神明也，旁及四夷，莫不修之。”“是以聖王為之典禮，民之粗爽不貳，齊肅精明者，神或降之。在男曰覡（《說文》：能齊肅神明也）。又鬼之靈者亦曰神。”《史記·五帝紀》：“依鬼神以制義。”《呂覽·順民》：“使上帝鬼神傷民之命。”高誘注曰：“天神曰神，人神曰鬼。”這樣的話，孔子說得更早：“鬼神之為德，其盛矣乎！”“敬

137

鬼神而遠之。"（《論語》）既然鬼神聯稱，等於同義，"禱爾於上下神祇"，"祭如在，祭神如神在"。這些孔子常說的話，直到戰國時期南國的屈原，不但依舊存在，還要變本加厲地從敬神上、靈巫上下工夫，也就可以理解了。擬人誇飾，神靈合一，通天徹地，逍遙六合，實在是古之傷心人別有懷抱的，非只字面上的絢麗而已。

此外，屈原也常用"靈魂"的字樣："羌靈魂之欲歸兮，何須臾而忘反"（《九章·哀郢》），"何靈魂之信直兮，人之心不與吾心同"（《抽思》）。他也單用"魂"字，好像"靈魂"出殼一樣。如："夜耿耿而不寐兮，魂縈縈而至曙"（《遠遊》），"昔余夢登天兮，魂中道而無杭"（《惜誦》），"惟郢路之遼遠兮，魂一夕而九逝"，"願徑逝而未得兮，魂識路之營營"（《抽思》）。我們的古人說："陽之精氣曰神，陰之精氣曰靈。"（《大戴禮》）《說文》："魂，陽氣也，魄，陰神也。"《禮記·檀弓》："魂氣則無不之也。"《九歌·國殤》："子魂魄兮為鬼雄。"於是不能不叫我們認為他這"魂"也可以單獨活動的了。屈原有時還"形"、"神"並舉，以"神"代"魂"。《遠遊》云："神倏乎而不反兮，形枯槁而獨留"，"質銷鑠以汋約兮，神要眇以淫放"，都是"魂靈"，遠逝"身體"獨留的意思。《老子》云："神得一以靈"（三十九章），"以道蒞天下，其鬼不神，非其鬼不神，其神不傷人"（四十二章），可與屈原的話參互著看。

莊周的"物化"：蝴蝶、莊周，栩栩然，遽遽然，夢醒互化，一而二，二而一；與其鯤、鵬互化之道：無小大，無終始，無死生，無差別，逍遙物外，任天而遊的精神，又何莫不是上下齊一、人鬼不二呢？但，屈原的"神思"及"巫象"則遍現於《九歌》《九章》及《離騷》之中，千變萬化，意境開朗，出神入化，心情玄妙。

因此種種，我們大可以說：

（1）巫師遠在殷周之時即已興有，其根源來自奴隸統治者尊天崇鬼假人以為。降至春秋,雖由史、卜代以筮、蓍(蒿屬,《易》以為數。《說文》:"筮,《易》卦用也。"《廣韻》:"龜曰卜,蓍曰筮。巫咸作筮,筮決也。"而南國之楚不止沿襲,甚至變本加厲,此屈原之所以有《九歌》之作也。

(2)屈原之"靈"卻是天人合一借題發揮的。不止"神靈""靈巫""靈氛""靈瑣",還有"靈修"以代君,"靈均"以自謂的。而且"靈"的本身還具有"靈魂"的作用,它可以"遺世獨立"單一活動,好像今之宗教家所謂Soul,死後都不泯滅的。與老子的"鬼神",莊子的"物化"又自不同。

最為重要的一點,是屈原的"裝神、弄鬼"別有深意:"思君念國,憂心罔極","屈原執理忠貞而被讒邪,憂心煩亂不知所訴,乃作《離騷》","復作《九章》,援天引聖以自證明"(《楚辭》王逸注引),"凡百君子,莫不慕其清高,嘉其文采,哀其不遇,而潛其志焉"(同上),"怨誹而不亂"(司馬遷語)。

總之,屈原雖采巫風,卻非巫師(如聞一多等人所云);雖亦卜筮,卻不泥執(甚至與之抗衡,棄置不顧);雖談鬼神,別有用心(神人共通,未嘗單獨崇拜);雖稱靈魂,獨立不倚(形神分離自有看法,前所罕見)。就是說,他的宇宙觀與人生觀是開拓的、突破的、超人的、浪漫的,既不同於老、莊,也與孟、荀有異,純乎其為屈原的。這種思想反映到辭賦上尤其如是。"依《詩》取興,引類譬諭,故善鳥香草以紀忠貞,惡禽臭物以比讒佞,靈修美人以媲於君,宓妃佚女以譬賢臣,虯龍鸞鳳以托君子,飄風雲霓以為小人。"(亦劉向、王逸語)這種說法雖然還不夠明確,卻基本上提出了問題:

(1)主題思想:忠貞。愛國愛民盡己之謂忠,潔身自好守正不阿之謂貞,嚴格地說,兩者是互為表裏不可分割的。

(2)肯定人物:善鳥香草、靈修美人、宓妃佚女、虯龍鸞鳳(君、賢臣、君子)。

(3)否定對象:惡禽臭物(讒佞),飄風雲霓(小人)。

然而"依《詩》取興、引類譬喻"的話,卻是值得商榷的。《三百篇》中的草、木、蟲、魚、鳥、獸,確實只是起一個比(以此物比它物,如《衛風·相鼠》:"相鼠有皮,人而無儀。")興(先言它物以引起所詠之詞,如《周南·關雎》:"關關雎鳩,在河之洲,窈窕淑女,君子好逑。")的作用。這裏的美人香草惡禽臭物,其本身便是代表人物的,有的甚至得到充分的描寫,如《橘頌》從"后皇嘉樹,橘徠服兮"開篇,直至"行比伯夷,置以為像兮"的結語,可以說作者賦予了"物性以人性",也就是以"物德"為"人德"來自我寫照的,最末一句已經點了題麼:忠貞不二,清如夷、齊(寧可餓死,恥食周粟)。

他的愛國思想,尤以體現於《國殤》中的為最強烈、最有代表性。它托跡於追悼陣亡將士,可是如火如荼地描寫了車戰的場面,殺敵致果為國捐軀的英雄們,殊死格鬥,浩氣長存:"帶長劍兮挾秦弓,首身離兮心不懲;誠既勇兮又以武,終剛強兮不可凌;身既死兮神以靈,子魂魄兮為鬼雄!"真是驚天地而泣鬼神的絕唱,"豈余身之憚殃兮,恐皇輿之敗績"(《離騷》)。神的實驗,特別是此中關於"靈"與"魂、魄"的認定,王逸注曰:"言國殤既死之後,精神強壯,魂魄武毅,長為百鬼之雄傑也。"洪興祖引《左傳》補注曰:"人生始化曰魄,既生魂,陽曰魂,用物精多則魂魄強。"孔穎達疏云:"人秉五常以生,感陰陽以靈,有身體之質名之曰形,有噓吸之動謂之為氣,氣之靈者曰魄。既生魄矣,其內自有陽也,氣之神者曰魂。魂魄神靈之名,本從形氣而有,附形之靈,附氣之神為魂。附形之靈者,謂初生之時,耳目心識,手足運動,啼呼為聲,此則魄之靈也(按今人謂之"本能");附氣之神者,謂精神性識漸有所知,此則附氣之神也(按今人謂之"後天習慣",由學而能);魄在於前,魂在於後,魄識少而神識多。人之生也,魄盛魂強,及其死也,形銷氣滅。聖人緣生以事死,改生之魂曰神,改生之魄曰鬼,合鬼與神,教之至也。魂附於氣,氣又附形,形強則氣強,形弱則氣弱,魂以氣強,魄以形強。"《淮南子》曰:"天氣為魂,地氣為魄。"高誘注云:"魂,人陽神;魄,人陰神也。"這說得不為無理,但屈原對於靈魂的"主觀能動性":認為它是激發的、超凡的、獨立存在的妙用,沒有點染出來。

如同對於鬼的看法一樣,屈原不但不否定它存在,反而把它打扮得漂漂亮亮,惹人愛憐。如"若有人兮山之阿,被薜荔兮帶女蘿;既含睇兮又宜笑,子慕予兮善窈窕。"注曰:"山鬼仿佛若人見於山之阿,薜荔兔絲皆無根緣物而生,山鬼亦淹忽無形,故衣之以為飾也。體含妙容,美目盼然,又好口齒而宜笑也。"五臣云:"山鬼美貌,既宜含視,又宜發笑。"補曰:"山鬼無形,其情狀難知,故含睇宜笑以喻誇美,乘豹從狸以譬猛烈,辛夷杜蘅以況芬芳,不一而足也。"按:美人媲君,《詩》有先例:"彼美人兮,西方之人兮"(《邶風·簡兮》),這是頌美文王的。"手如柔荑,膚如凝脂,領如蝤蠐,齒如瓠犀,螓首蛾眉,巧笑倩兮,美目盼兮"(《衛風·碩人》),這都是刻畫莊姜之美的,與虛擬的山鬼有異。倒是喜歡"齊諧志怪"的莊周,他那"藐姑射之山,有神人居焉,肌膚若冰雪,綽約若處子,不食五穀,吸風飲露,乘雲氣,御飛龍,而遊乎四海之外"(《莊子·逍遙遊》)的"神人"與此同類,都是抒發其超凡的心靈,自樂其美妙的形象的。蓋"神者,申也,引出萬物者也"(《說文》),"人所歸為鬼,從人象鬼頭,鬼陰氣,賊害從厶"(同上)。其實"田"的大頭,乃是古代舞人的面具(今之跳舞也有戴假面的麼,尤其是跳神,如藏僧的驅魔)。"鄉人儺,朝服而立於阼階"(《論語·鄉黨》)。按"儺",字亦作"禓",強鬼也,必驅除之,自孔子時而已然,不用說,扮演者應戴面具或塗鬼臉)。《荊楚歲時記》云:"正月一日,是三元之日也,春秋謂之端月。雞鳴而起,先於庭前爆竹以辟山臊(臊,《御覽》作魈)惡鬼。"按《神異經》云:"西方山中有人焉,其長尺餘,一足,性不畏人,犯之,則令人寒熱,名曰山臊,以竹著火中烞熚有聲,而山臊驚憚。《元黃經》所謂'山獚鬼'也。"是則"山鬼"既醜而惡也,屈原卻把它美化起來,說"山中人兮芳杜若,思公子兮徒離憂",豈非別具慧心,奇文壽世。所以我們應該透視作者心靈深處的"忠貞"之美,念念不忘"君、國"。其它篇章裏的"美人"都屬此類:

惟草木之零落兮,恐美人之遲暮。(《離騷》)王逸曰:"美人謂懷王也。"

結微情以陳詞兮,矯以遺夫美人。(《九章·抽思》)王逸曰:"結續妙思作辭賦也。舉與懷王使覽照也。"

思美人兮,攬涕而佇眙。(《九章·思美人》)王逸曰:"言思念懷王,至於佇立悲哀,涕淚交流也。"

與美人抽怨兮,並日夜而無正。(同上)王逸曰:"為君陳道,拔恨意也,君性不端,晝夜謬也。"

可見"美人"與"靈修"同義,都指楚君而言(特別是懷王)。有時亦泛稱"萬民"和自己。如"滿堂兮美人,忽獨與余兮目成。"(《九歌·少司命》)王逸曰:"言萬民眾多,美人並會,盈滿於堂,而司命獨與我睊而相視,成為親親也。""子交手兮東行,送美人兮南浦。"(《河伯》)王逸曰:"子謂河伯也,言屈原與河伯別,子宜東行,還於九河之居,我亦欲歸也。美人,屈原自謂。願河伯送己南至江之涯,歸楚國也。"

憂國的人沒有不憂民的。屈原雖是楚國貴族統治階級裏的成員,一樣關心人民的疾苦。如《離騷》云:"怨靈修之浩蕩兮,終不察夫民心。"王逸曰："言己所怨恨於懷王者,以其用心浩蕩驕傲、放恣無有思慮,終不省察萬民善惡之心,故朱紫相亂,國將傾危也。""民心各有所樂兮,余獨好修以為常。"王逸曰："言萬民秉天命而生,各有所樂,我獨好修正直以為常行也。""皇天無私阿兮,覽民德焉錯輔。"王逸曰："言皇天神明無所私阿,觀萬民之中有道德者因置以為君,使賢能輔佐以成其志。""瞻前而顧後兮,相觀民之計極。"王逸曰："前謂禹湯,後謂桀紂,觀湯武之所以興,桀紂之所以亡,足以觀察萬民忠佞之謀,窮其真偽。"(以上所引並見《離騷》)屈原的敬天法祖、重視民心,以及對於懷王如怨如訴的心情於此可見。

《離騷》曰："紛吾既有此內美兮,又重之以修能。"王逸、洪興祖引五臣注云："內美謂忠貞,修能言己之生,內含天地之美氣,又重有絕遠之能與眾異也。"又曰："余固知謇謇之為患兮,忍而不能舍也。"王逸曰："謇謇,忠貞貌也。言謇謇諫君之過,必為身患,然中心不能自止而不言也。"屈原是忠心耿耿,忠不離口的,"所陳忠信之道,甚著明也"(王逸《九章》引言)。

　　所作忠而言之兮,指蒼天以為正。(《惜誦》)王逸曰："言己所陳忠信之道,先慮於心。合於仁義,乃敢為君言之也。"

　　竭忠誠以事君兮,反離群而贅疣。(同上)王逸曰："群,眾也。贅疣,過也。言己竭盡忠信以事君,反得罪謫也。"

　　忠君其莫我忠兮,忽忘身之賤貧。(同上)今按:言己憂國念君,忽忘身之賤貧。以忠信事君可質於明神。

　　忠不必用兮,賢不必以。(《涉江》)今按:以,亦用也。

　　忠湛湛而願進兮,妒被離而鄣之。(《哀郢》)今按:言己體性重厚而欲願進,讒人妒害之。

按"忠",信也,正也,盡己之謂;而"貞",則潔也,亦正也。《易·乾卦·文言》曰:貞者,事之於也。故屈原亦必以"貞臣"自居:

國富強而法立兮(楚以熾盛,無盜賊),屬貞臣而日娭(嬉也,委政忠良而遊息也)。(《惜往日》)

民好惡其不同兮,惟此黨人其獨異。(《離騷》)洪興祖曰:"黨,朋黨,謂椒、蘭之徒也。"

世並舉而好朋兮,夫何煢獨而不予聽?惟此黨人之不諒兮,恐嫉妒而折之。(同上)洪興祖曰:"言不尚忠信之人,共嫉妒我正直,必欲折挫而敗毀之也。"

夫惟黨人鄙固兮,羌不知余之所臧。(《九章·懷沙》)今按:鄙固,狹陋。臧,善也。

是非混淆,黑白不分,這是屈原最為憤恨的。他說:"變白以為黑兮,倒上以為下(世以濁為清,常人以愚為賢也)","同糅玉石兮,一概而相量(賢愚雜廁,玉石不分)"。他甚至罵道:"邑犬之群吠兮,吠所怪也","非俊疑傑兮,固庸態也"(德高者不合於眾,行異者不合於俗,故為犬之所吠,眾人之所訕也)。蓋屈原自謂:"眾不知余之異采"(眾人不知我有異藝之文采也),"莫知余之所有"(國民眾多,非明君則不知我之能也)。"重仁襲義兮,謹厚以為豐"(言眾人雖不知己,猶復重累仁德及興禮義,修行謹善以自廣大也。以上所引並見《九章·懷沙》)。這可真是"離群索居""光榮的孤立"了。法堯舜湯武,斥夏桀商紂,講道德,說仁義,尊天地,敬鬼神,再聯繫到家庭出身,又綻露出來屈原的大一統思想了。其所繼承非只"江漢文化"(所謂"南國"的菁華),也未嘗不蘊蓄著"齊魯文化"(擴及黃河的,也概稱為"中原"的政教)。如同他的文章(辭賦)一樣受有《詩》《書》的影響,不過"推陳出新"自成體系,不歌而誦,蔚為奇觀。

如此絮絮不能自已,而堯德先生卻"唯唯"首肯,並云"個中許多精神已包孕於所作之《屈子傳》中矣",遂以為序。

乙亥之春贅言於河北大學之紫庵
時年八十有八

跋王重三論文後

冀州吳占良先生,博雅君子也。家學淵源,敏而好古,對於後期之桐城古文學派及其作者,尤多資料,一日持所藏清代末年蓮池書院王重三院長之論文《獸草》等三篇相遺,曰:"請能為之跋。"

語云"奇文共欣賞,疑義相與析"。三文古香古色,有本有源,是值得我們探索一番的。

一曰《獸草》,這從命題上看即很別致,蓋融會貫通於《三百篇》比興之義,亦孔子"不學《詩》,無以言",《國風》"好色不淫",《小雅》"怨悱不亂"的"吾其為東周"之正統思想。這從桐城派的"義法"言之,亦只能深文周納晦澀言之,時勢使之然耳。

二曰《非天之降才爾殊也》,這"天",我們說是"自然本質",沒什麼善惡之分,嬰兒餓了要吃,就哭,夫人而能之,這是自然本質,所謂原始的"本能"。所以陷溺其心者然也,則是後天的習慣,"學"而後能之,既有富歲凶歲,人自然要適應環境(多賴多暴是一樣的)。桐城派學行程朱,既從統治思想而來誰敢違抗(儘管"漢學"可以相容並包),重三先生為院長豈不知之。這也是清代的規章制度,曾國藩派他做蓮池書院院長的政令嘛,所以念念不忘、言之鑿鑿。

三曰《吾從周》。"周監於二代,郁郁乎文哉",政治文化,哪有不繼承發展的?曾國藩之搞洋務已經是健康發展了的:洋務大炮,時務學堂,未嘗不是古為今用、洋為中用的具體措施麼。孔子當年西行不到秦,所以稱將出關的老子為"龍";南行到楚,一被非笑於《鳳兮》之歌,再被扼制於子西之阻楚昭封地,只有捲起鋪蓋回家鄉去找"狂狷"

之士,興於"詩",立於"禮",成於"樂"了。所以我們說曾氏及其幕僚能"經世致用",在一定程度上有所建樹,還真不簡單呢!就說到這裏吧。

燕趙老叟紫庵魏際昌於河北大學,時年八十有九

毛主席著作語文析論

六四年國慶節

第一部分　毛主席著作中的古典文學章句分類集釋

編　例

一、把散見於主席著作(四卷《毛選》和三十七首詩詞)中的古文句子(特別是成語、典故之類),擇其有出處者加以考釋,借便查閱(也帶著解決一下"古為今用"的問題)。

二、暫按韻文、散文(經、史、子、集)的舊說法排列一下。各條內容的順序為原文出處、譯文(或注釋)、《毛選》(或主席詩詞)和體會,一共四項。

一、韻文部分

(一)《詩經》

1.《齊風·雞鳴》:雞既鳴矣,朝既盈矣。匪雞則鳴,蒼蠅之聲。

譯文:雞已經叫了,上朝的人恐怕都到齊了。不是雞叫,是討厭的蒼蠅薨薨的聲音。

《小雅·青蠅》:營營青蠅,止於樊。豈弟君子,無信讒言!

注釋:朱熹曰:"營營,往來飛聲,亂人聽也。樊,藩也。"

按:此以污穢的青蠅,比擬專搞誣陷、害人肥己的敗類。

主席詩《冬雲》:梅花歡喜漫天雪,凍死蒼蠅未足奇。

詞《滿江紅》:小小寰球,有幾個蒼蠅碰壁,嗡嗡叫,幾聲淒厲,幾聲抽泣。

體會:蒼蠅從古以來就是使人厭惡的東西,不過它在《詩經》裏頭至多不過是擾人清睡、亂人聽聞而已。這裏主席不但拿它比作害人的"老修",並且把它們當年那種"薨薨營營"的聲勢,貶抑成為淒厲的抽泣,甚至叫它們碰壁,讓他們凍死,這便無論從修辭謀篇任何方面講,都變化得前無古人了。

2.《小雅·伐木》:嚶其鳴矣,求其友聲。

譯文:直聲叫喚的鳥,是在用它的聲音去尋找同伴的。

《毛選》:我們中國人民,是處在歷史上災難最深重的時候,是需要人們援助最迫切的時候。《詩經》上說的:"嚶其鳴矣,求其友聲。"我們正是處在這種時候。(第二卷六五一頁)。

體會:主席引用這兩句詩的意思,在於生動地說明全世界無產者和被壓迫的人民應該聲應氣求地聯合起來,互相支持,互相援助,以打退德、意、日法西斯強盜的侵略,當時中國更為需要。

3.《小雅·巷伯》:取彼譖人,投畀豺虎。

譯文:把那個專門說人家壞話的人,拿去喂狼!

《毛選》:宜由政府下令,喚起全國人民討汪,有不奉行者罪其官吏。務絕汪黨,投畀豺虎!(同上七一五頁)

體會:漢奸賣國賊,人人得而誅之,主席單引"投畀"之句,是在表示深惡痛絕的意思的。

4.《旱麓》:鳶飛戾天,魚躍於淵。

注釋:就是"海闊從魚躍,天高任鳥飛"的成語所自。

主席詞《沁園春·長沙》:鷹擊長空,魚翔淺底,萬類霜天競自由。

體會:主席這裏也是以物喻人,強調奮鬥,嚮往自由天地之意。

5.《大雅·烝民》:既明且哲,以保其身。

譯文:把聰明才智,都用來作為保存個人一切私利的手段。

《毛選》:明哲保身,但求無過。(第二卷三四七頁)

體會:這是主席教導我們說:"我"字當頭,不考慮國家人民利益的自由主義思想,必須根絕。

6.《周頌·敬之》:予其懲而毖後患。

注釋:"懲"是警戒,"毖"是謹慎,連接起來說,是接受經驗教訓之意。

《毛選》:我們反對主觀主義、宗派主義、黨八股,有兩條宗旨,是必須注意的。第一是"懲前毖後",第二是"治病救人"。(第三卷八二九頁)。

體會:這裏是主席把這句詩簡化以後,運用到自我修養和相互批評的革命精神上面去了。

(二)詩詞

1. 蘇軾《蘇東坡集》

《念奴嬌》:一樽還酹江月。

注釋:用酒澆地表示祭告江月的意思。

主席詞《菩薩蠻》:"把酒酹滔滔,心潮逐浪高。"(把酒灑在滔滔的大江之中,心情也波浪似地高了起來。)

體會:憑弔古人,撫今慨昔,更重要的是肯定了當前成就,所以透著高興。

【體會(擬):一九二七年一月四日至二月五日,毛主席在湖南作農運考察。《菩薩蠻》詞編年為一九二七年春。漢口、長沙的紳士階級有反對農運的議論,山雨欲來風滿樓,毛主席感慨以至心潮澎湃,極感沉重。】

2. 范成大《石湖詩鈔》

《親鄰召集強往便歸》: 樂天漸老欲謀歡,大似蒸沙不作團。

注釋:"樂天",唐代詩人白居易的字。"謀歡",找"好朋友"。可是總談不攏,如同沙子做不成饃一樣。

《毛選》: 敵人一向看不起我們,……他們得來的結論是一盤散沙,據此以為中國不值一打。(第二卷四九四頁)

體會:這兒是主席非笑日寇的狂妄,鼓舞我們的士氣,認為一定可以抗戰勝利。

3. 元詞人薩都剌《念奴嬌·登石頭城》:石頭城上,望天低吳楚,眼空無物。指點六朝形勝地,惟有青山如壁。

注釋:"石頭城",即今南京。作者說:"這個地方空有六朝名勝之稱,現在能夠看見的,只剩下青山了。"

《毛選》: 這樣李宗仁在石頭城上所看見的東西,就只剩下了"天低吳楚,眼空無物"。(第四卷一四二二頁)

體會:主席在這裏是說一九四九年初全國解放的前夕,李宗仁代蔣介石當"替罪羊"的狼狽相,說他什麼家也當不了,不過是傀儡一個。

二、散文部分

(一)群經

1.《尚書》

(1)《**商書·盤庚上**》:若火之燎於原,不可向邇。

譯文:野地裏燒起來的荒火,是越來越大的。

《**毛選**》:這裏用得著中國的一句老話:"星星之火,可以燎原。"這就是說,現在雖只有一點小的力量,但是它的發展會是很快的。(第一卷一〇三頁)

體會:從無到有,從小到大,這是新生事物發展的規律。主席用它來鼓舞人們對於革命必將勝利的信心,同時也提示給我們以科學地分析問題認識問題的方法。

(2)《**周書·泰誓**》:乃一德一心,立定厥功,惟克永世。

譯文:大家協力同心地來搞成功這個事業,叫它永遠存在。

《**毛選**》:共產黨一心一德,忠實執行自己的宣言。(第二卷三三二頁)

體會:要講目標相同行動一致的話,惟有共產黨人才能夠辦得到,而且我們說了就算數,絕不馬虎。

155

（3）《周書·洪範》：臣無有作威作福玉食。

譯文：我沒有掌握生殺予奪的大權和享受最高的物質待遇。

《毛選》：他們在農村中把持許多黨和政府以及民眾團體的組織，作威作福，欺壓人民，歪曲黨的政策，使這些組織脫離群眾，使土地改革不能徹底。（第四卷一二五二頁）

體會：主席告誡我們，要徹底清除黨、政、民眾團體中的特權觀念，否則革命一定會遭受嚴重的損失的。

2.《周易》

（1）《大過》：過涉滅頂，凶。

譯文：過河的時候淹死了，這是兇險的卦象。

《毛選》：動員了全國的老百姓，就造成了陷敵於滅頂之災的汪洋大海。（第二卷四七〇頁）

體會：這是主席在講：必須全民皆兵舉國抗戰，才能夠給入侵的敵人以致命的打擊，從而取得最後的勝利。

（2）《繫辭上》：方以類聚，物以群分，吉凶生矣。

譯文：什麼樣的人找什麼樣的朋友，這一類的東西不同於那一類的東西；就在這種情況裏頭，發生了吉凶禍福之事。

《毛選》：我們常常覺得這一類（物以類聚）國民黨人的嘴裏，是什麼東西也放得出來的。果不其然，於今又放了一通好傢伙。（第三卷九〇八頁）

體會："物以類聚"這句成語，可能就是由"方以類聚，物以群分"這樣的兩句文言變化出來的。因為，跟它一樣，我們還有"人以群分"的說法。這是斥責國民黨反動派臭味相投地跟托派搞到一起，來誣衊中國共產黨。

3.《禮記》

（1）《祭義》：推而放之東海而準，推而放之西海而準，推而放之南海而準，推而放之北海而準。《詩》曰：“自西自東，自南自北，無思不服。”此之謂也。

譯文：把它擱到哪裏都是正確的。《詩經》上有幾句話說得好：“從西邊到東邊，從南邊到北邊，沒有一個地方不適合的”，就是這個意思。

《毛選》：馬克思、恩格斯、列寧、斯大林的理論，是放之四海而皆準的理論，不應當把他們的理論當作教條來看待，而應當看作行動的指南。（第二卷五二一頁）

體會：這是主席把馬克思主義的普遍真理和中國革命具體實踐結合起來的毛澤東思想的運用，就是說創造性地發展了馬克思主義。“放之四海而皆準的理論”，一句話就把見於《祭義》中的四十九個字囊括無餘，真是少而精得驚人。

（2）《雜記下》：張而不弛，文武不能也；弛而不張，文武不為也；一張一弛，文武之道也。

注釋：弓上了弦，叫做“張”，鬆了弦叫做“弛”。一味地緊張或是一味地鬆懈都不是辦法。必須有緊有鬆，所謂“勞逸結合”才最合理。

《毛選》：你們的缺點是把弓弦拉得太緊了，拉得太緊，弓弦就會斷。古人說“文武之道，一張一弛”，現在“弛”一下，同志們會清醒起來。（第四卷一三二〇頁）

體會：主席節引《禮記》這兩句話，意在說明做工作應該“勞逸結合，善於休整”，以便總結經驗，繼續前進，否則會接不上氣兒的。

(3)《檀弓》：予惟不食嗟來之食，以至於斯也。

譯文：我就是因為絕不吃低聲下氣乞取來的食物，才餓到這個樣子的。

《毛選》：美國人在北京、在天津、在上海，都灑了些救濟糧，看一看什麼人願意彎腰拾起來。太公釣魚，願者上鉤，嗟來之食吃下去，肚子要痛的。（第四卷四九九頁）

體會：主席在這裏是用諷刺的筆法譏笑美帝國主義者企圖借小恩小惠、假仁假義來欺騙中國人民。可是中國人民是有骨氣的，寧願站著死，不肯跪著生，一定會跟他鬥爭到底的。另一方面也是在警告國民黨反動派，叫他們不要貪小便宜，拿國家的領土主權去送禮、去做交易。

(4)《樂記》：武王克殷反商，未及下車而封黃帝之後於薊。

注釋："未及下車"是匆匆忙忙迫不及待的意思。"薊"即今河北省宛平縣。

《毛選》：有許多人下車伊始就哇喇哇喇地發議論，提意見，這也批評那也指責，其實這種人十個有九個要失敗。（第三卷七九一頁）

體會：沒有調查研究，就沒有發言權，這是主席在教育剛到一個新地方的領導幹部的，必須先當學生，後當先生。

(5)《中庸》：凡事預則立，不預則廢。

譯文：無論做什麼事情，如果事先就計劃好，便能操辦成功，否則會白費氣力的。

《毛選》：凡事預則立，不預則廢。沒有事先的計劃與準備，就不能獲得戰爭的勝利。（第二卷四八四頁）

體會：不打無準備的仗。這主要教導我們做工作要心中有數，早些計劃好,如果盲目行動起來,就會招致失敗。

4.《春秋左氏傳》

(1)《僖廿八年》:險阻艱難,備嘗之矣!

譯文:受盡了艱難困苦。

《毛選》:路上遇著了說不盡的艱難險阻。(第一卷一四五頁)

體會:主席是說紅軍在長征中戰勝了種種困難。

(2)《襄十一年》:《書》曰:"居安思危,思則有備,有備無患。"

譯文:就是在太平年間,也應該是時常警惕著會出亂子的。能夠這樣,就是真個發生了危急的事情,也不必去擔心了。

《毛選》:一般地說來,與其失之過遲,不如失之過早。因為後者的損失較之前者為小,而其利益則是有備無患,根本上立於不敗之地。(第一卷一九五頁)

體會:這裏也是主席強調先有準備,並且經常防備著,才能夠對抗國民黨反動派的"圍剿",並且不斷地取得勝利。

(3)《宣十五年》:我無爾詐,爾無我虞。

譯文:我不欺騙你,你也用不著防備我。

《毛選》:團結是要真正的團結,爾詐我虞是不行的。(第二卷三三四頁)。

體會:團結須是雙方開誠佈公,你總那麼欺騙,我總那麼顧慮,是說不上團結的。

(4)《成十六年》:甚囂,且塵上矣。

譯文:叫嚷得很厲害,而且塵土也飛揚起來了。

159

《毛選》:所謂和戰問題,竟鬧得甚囂塵上。(第二卷五六一頁)

體會:這是主席正面揭發國民黨反動派的對日投降活動的。

(5)《僖廿八年》:莫余毒也已!

譯文:這回他不能再禍害我了。

《毛選》:不論他們如何得勢,如何興高采烈,以為天下"莫予毒也",然而他們的命運是最後一定要受到全國人民的制裁的。(同上五六二頁)

體會:此處是主席尖銳地揭穿蔣(介石)、汪(精衛)二賊合流投敵的賣國行為的。

(6)《桓十二年》:為城下之盟而還。

譯文:一直敗退到城邊下,被敵人把投降書逼到手才完事。

《毛選》:誘脅中國訂立城下之盟,以達其滅亡中國之目的。(第二卷五七二頁)

體會:主席又指出日本帝國主義的誘降陰謀,以之警告國民黨反動派,督飭他們必須抗戰到底。

(7)《宣十五年》:川澤納汙,山藪藏疾。

注釋:江河裏容納得了髒水,山林裏滯聚著疫癘瘴氣,是這兩句話的原意。後世應用轉變,訓為"藏垢納污"成語,便成為了令人有厭惡感覺的想像了。

《毛選》:黨八股是藏垢納污的東西,是主觀主義和宗派主義的一種表現形式,他是害人的,不利於革命的,我們必須肅清它。(第三卷八二八頁)

體會:主席用"藏垢納污"這個成語來對此指斥黨八股的醜惡害

人,教導我們必須徹底清除它。

(8)《莊十年》:夫戰,勇氣也。一鼓作氣,再而衰,三而竭。彼竭我盈,故克之。

譯文:作戰,全憑士兵的勇氣。這種勁頭一開始最猛,再就差勁了,最後就一點兒勁也沒有了。敵人已經泄了氣,我們卻正勁頭大,就打勝仗。

《毛選》:希特勒已到再衰三竭之時,他對斯大林格勒、高加索兩處的進攻已經失敗。(同上八八八頁)

體會:這是主席指出軸心國家的頭子希特勒已成強弩之末,無能為也已。藉以更加鼓舞我們對日抗戰的信心。

(9)《哀廿五年》:是食言多矣,能無肥乎?

注釋:這種說了話不上數的人,是最沒有腦筋的,還能不越吃越胖嗎?也是貶斥損人利己之輩的。

《毛選》:不但食言而肥,而且派遣四五十萬軍隊包圍邊區,實行軍事封鎖和經濟封鎖,必欲置邊區人民和八路軍後方留守機關於死地而後快!(第三卷九二二頁)

體會:國民黨反動派在抗日戰爭時期為了遂行其獨裁賣國的罪惡陰謀,竟然分出一大部分兵力包圍邊區,所以主席揭露他們是食言而肥,背信棄義,最後必然滅亡,不要被他們一時囂張的表面現象所蒙混。

(10)《僖十五年》:張脈僨興,外強中乾。

譯文:表面上很剛強,骨子裏卻虛弱得很。

《毛選》:美帝國主義是外強中乾的,我們要有清醒的頭腦,這裏包

括不相信帝國主義的好話,和不害怕帝國主義的恐嚇。(第四卷一三二頁)

體會:美帝從來就是"外強中乾"的紙老虎。主席在這裏告誡我們說,一方面不要怕它,一方面又要加強防範、不受欺騙。

(11)《隱三年》:驕奢淫佚,所自邪也。

譯文:驕縱奢靡淫欲放蕩之類,都是下流胚子的行為。

《毛選》:中國買辦地主階級必須維持其向全國人民實行壓迫剝削的自由,和他們目前的驕奢淫逸的生活水平。中國勞動人民則必須維持其被人壓迫剝削的自由,和他們目前的饑寒交迫的生活水準。這是戰犯求和的終極目的。(同上一三八九頁)

體會:這是主席從階級利益的角度,來判定國民黨反動派戰敗求和的目的。換句話說就是,這些吸血鬼們還在幻想繼續去維持他們那種腐敗糜爛的生活的。這如何容得? 所以必須將革命進行到底,完全打垮他們那個反動賣國的政府,不獲全勝決不收兵。除惡務盡嘛,否則老百姓翻不了身。

(12)《隱四年》:眾叛親離,難以濟矣。

譯文:不但遭到了人民的反對,連最親信的人都離棄而去,這還能成什麼大事。

《毛選》:現在國民黨反動政府發動內戰的政策,也已自食其果,眾叛親離,以至不能維持的地步。(同上一三九三頁)

體會:這依舊是主席指陳國民黨反動派大勢已去,覆滅在即的狼狽情況的。

(13)《閔元年》:不去慶父,魯難未已。

譯文:如果不把慶父這個禍害除掉,魯國人民是不會安生的。

《毛選》:慶父不死,魯難未已,戰犯不除,國無寧日。(同上一四四八頁)

體會:慶父是春秋時代魯國的搗亂分子,他專門殺害國君,擾亂百姓,所以當時有這樣兩句流行話。主席拿它來比第三次國內革命戰爭時期的國民黨戰犯,旨在說明這些禍國殃民的壞蛋,必須徹底清除,人民才會有好日子過。

(14)《僖廿二年》:宋公及楚人戰於泓。宋人既成列,楚人未既濟。司馬曰:"彼眾我寡,及其未既濟也,請擊之。"公曰:"不可。"既濟而未成列,又以告。公曰:"未可。"既陣而後擊之,宋師敗績,公傷股,門官殲焉。

注釋:宋襄公為了爭霸,跟楚國在今河南省柘城縣這個地方開兵打仗。襄公不肯聽帶兵官半渡擊敵和不等對方擺好陣勢即衝殺過去的建議,說這個不是仁義之師所應該幹的,結果吃了大敗仗,不但自己左右的人都被殺掉,連自己也受了重傷,一時傳為笑柄。

《毛選》:我們不是宋襄公,不要那種蠢豬式的仁義道德。(第二卷四頁)

體會:主席主張"兵不厭詐",對敵作戰應該儘量出其不意,制造對方的錯覺,以期取得勝利,並引宋襄公昔日"不擒二毛,不鼓不成列"的一套愚蠢辦法,作為反面教材。

5.《國語》

《周語》:為晉休戚,不皆本也。

譯文:不忘根本,隨著國家的盛衰安危的情況而表示自己的思想感情。

《毛選》:空前強大的社會主義的蘇聯,它和中國歷來是休戚相關的。(第二卷四四六頁)

體會:成語"休戚相關"就是從這裏變化而來的。主席這裏是用它來說明抗日戰爭時期,蘇聯曾經大力支援我們,可以算作是同甘苦共患難的國家。

6.《戰國策》

(1)《魏策》:君之楚,將奚為北面?

譯文:你既然是要去楚國,為什麼朝北面走路呢?

《毛選》:要勝利又忽視政治動員,叫做南其轅而北其轍。(第二卷四七〇頁)

體會:背道而馳,目的和行為相反,就叫做南轅北轍。主席認為口稱抗日而不肯動員人民,還希望勝利的國民黨反動派,即是此類。

(2)《楚策》:亡羊而補牢,未為遲也。

譯文:丟了羊以後再去修圈,也不能算晚。

《毛選》:"亡羊補牢猶未為晚",這是他們性命交關的大問題,我們不得不盡最後的忠告。(第二卷七七〇頁)

體會:這是主席在抗日戰爭中期,及時勸告國民黨政府,要立刻糾正反共反人民的錯誤行為,以免自討苦吃。

(3)《趙策》:太后盛氣而揖之。

注釋:盛氣,極不高興的臉色,要發脾氣的樣子。

《毛選》:所謂領導權,不是要一天到晚當口號去喊,也不是盛氣淩人地要人家服從我們,而是以黨的正確政策和自己的模範工作,說服

和教育黨外人士,使他們願意接受我們的建議。(第二卷七三六頁)

體會:主席說黨的正確領導態度,是以身作則說服教育,而不是盛氣凌人自以為是。

(4)《燕策》:蚌方出曝而鷸啄其肉,蚌合而拑其喙,兩者不肯相舍,漁者得而並擒之。

注釋:這是"鷸蚌相爭,漁翁得利"這一成語的由來。

《毛選》:你們不應該打邊區,你們不可以打邊區。鷸蚌相爭,漁翁得利;螳螂捕蟬,黃雀在後,這兩個故事是有道理的。(第三卷九〇七頁)

體會:主席這裏是在教育國民黨政府說,在抗日戰爭當中他們不積極抗敵,反而想要進攻邊區,這只能危害中華民族,便宜日本帝國主義。

(5)《楚策》:雁從東方來,更羸以虛發而下之。

注釋:帶傷的雁,聽到弓聲想要高飛,瘡發而隕。"驚弓之鳥"的成語就是從這兒來的。

《毛選》:除某幾個部隊,例如三十五軍、六十二軍、九十四軍中的若干個別的師,在依靠工事保守時尚有較強的戰鬥力外,攻擊精神都是很差的,都已成驚弓之鳥,尤其你們入關後更是如此。(第四卷一三六七頁)

體會:主席引用這個成語,意在說明,平津戰役發動以前,國民黨軍已經被偉大的人民解放軍打得魂飛魄散、毫無鬥志,很快就會被消滅掉的。

(6)《魏策》:此所謂四分五裂之道也。

譯文:這是一個到處受敵四分五裂的危險道路。

《毛選》:國民黨在軍事上、政治上、經濟上、文化宣傳上的一切殘餘力量,卻已經陷於不可挽救的四分五裂、土崩瓦解的狀態。(第四卷一四一一頁)

體會:仍是主席在分析報導國民黨反動派業已面臨總崩潰前夕的種種情況,藉以鼓舞中國人民加速取得勝利、解放的步伐的。

(二)史書

1.《史記》

(1)《商君列傳》:行之十年,秦民大悅,道不拾遺。

注釋:道不拾遺,沒有人肯去拾別人丟在路上的東西。

《毛選》:有些地方真是道不拾遺,夜不閉戶。(第一卷二三頁)

體會:主席強調這種情況的意思,在於指出農民運動一起來,不僅能夠打倒地主惡霸,而且可以移風易俗。

(2)《項羽本紀》:先即制人,後則為人所制。

譯文:先機主動,就可以制伏敵人。後發被動,便要吃敗仗。

《毛選》:楚漢成皋之戰、新漢崑陽之戰、袁曹官渡之戰、吳魏赤壁之戰、吳蜀彝陵之戰、秦晉淝水之戰等等有名的大戰,都是雙方強弱不同,弱者先讓一步,後發制人,因而戰勝的。(同上一九八頁)

體會:這裏主席把"後發制於人"的說法創造性地轉化為"後發制人",即是"以退為進,轉弱為強"從而戰勝敵人的積極意義啦。已經不止是在詞義上把表示被動不利的意思,一變而為主動有為,與原文相反的內容而已。從舉例上看,簡直是新的戰略應用了。

（3）《項羽本紀》：楚戰士無不以一當十。

注釋："以一當十"，戰士作戰時所表現出來的一個人能抵擋十個的英勇氣概。

《毛選》：以一當十，以十當百，是戰略的方法，是對整個戰爭、整個敵我對比而言。（第一卷二一九頁）

體會：這就是主席的戰略上要蔑視敵人，"以一當十，以少勝多"，戰術上要重視敵人，"集中優勢兵力一舉殲滅"的軍事學的具體運用。

（4）《項羽本紀》：彼可取而代也。

注釋：這是項羽要幹掉秦始皇由他來做的話。

《毛選》：長自己的銳氣，滅敵人的威風，才能孤立反動派，戰而勝之或取而代之，在野獸的面前不可以表示絲毫的懦怯。（第四卷一〇七八頁）

體會：主席說我們對敵鬥爭應該英勇堅定，不能存在任何幻想。在完全打垮他們以前，提高警惕性，對他們採取分化孤立的辦法，還是必要的，因為這樣可以促使他們早日崩潰。

（5）《始皇本紀》：舉措必當，莫不如畫。

注釋："舉措必當"，所有的做法都非常妥當之意。

《毛選》：敵軍調動忙亂，舉措失當，兩軍優劣之勢，也就不同於前了。（第一卷二〇九頁）

體會："舉措失當"即由"舉措必當"變化而來。

（6）《孔子世家》：孔子以詩、書、禮、樂教，弟子蓋三千焉，身通六藝者七十有二人。

注釋:詩書禮樂,都是維護封建統治的剝削階級的本領,他的學生再多也是製造此類奴才的。

《毛選》:孔子辦學校的時候他的學生也不少,賢人七十弟子三千,可謂盛矣! 但是他的學生比起延安來就少得多,而且不喜歡什麼生產運動。(第二卷五五六頁)

體會:封建社會的聖人孔子,教給學生的是一套封建文化。主席在這裏批判了他,並且把重點擺在四體不勤,五穀不分,脫離生產勞動的教育態度上。

(7)《**孔子世家**》:使孔子為次乘,招搖市過之。

注釋:"次乘",陪坐。招搖,聲勢。"招搖過市"即公開誇示之意。

《毛選》:若夫暗藏之汪精衛,則招搖過市,竊據要津,匿影藏行,深入社會。貪官污吏實為其黨徒,磨擦專家皆屬其部下。(同上七一五頁)

體會:主席使用此語,所以疾惡國民黨內暗藏的通敵分子,他們即是以蔣介石為首的投降派。值得注意的是,為了簡潔生動,主席巧妙地安排了幾句對仗的文言,我們應該認真體會一下。

(8)《**淮陰侯列傳**》:秋毫無所害。

注釋:任何東西都不沾染。

《毛選》:脫離人民的無紀律狀態,改變為建設在自覺原則上的秋毫無犯的紀律。(第二卷三六六頁)

體會:這是主席說給國民黨政府聽的,要想真正抗日,須是徹底改革現行的行政制度和軍事措施。這一句話,只是其中的一點。可恨的是,國民政府照舊頑固!

(9)《淮陰侯列傳》:愚者千慮,必有一得。

譯文:不夠聰明的人,雖然不會算計,可是只要不停地思索,也會有所收穫。

《毛選》:我們的東西只當做引玉之磚,千慮之一得。(同上六五五頁)

體會:這是主席的謙詞。謙虛使人進步。

(10)《淮陰侯列傳》:秦失其鹿,天下共逐之,於是高材疾足者先得焉。

注釋:"高材疾足者先得",最有才幹和行動迅速的人先拿了去。

《毛選》:但是這種新的"剿共"事業,不是已經有人捷足先登、奮勇擔負起來了嗎? 這個人就是汪精衛。(同上六七五頁)

體會:主席在說汪精衛已經成了投敵反共的急先鋒,促使國人警惕他的漢奸行為。

(11)《魏其武安侯列傳》:魏其者,沾沾自喜耳!

注釋:"沾沾自喜",愛惜羽毛,自己覺著不錯。

《毛選》:沾沾自喜於一得之功和一孔之見。(第一卷二八○頁)

體會:主席也是拿這句話來說滿足於小有所獲之人。

(12)《汲鄭列傳》:今天下垂足而立,側目而視矣!

注釋:疊足斜視,敢怒而不敢言。

《毛選》:使通國之人垂足而立、側目而視者,無過於此輩窮凶極惡之特務人員。(第二卷七一八頁)

體會:主席指斥國民黨特務橫行霸道,使人望而生畏的情況。

(13)《酷吏列傳》:孤立行一意而已。

譯文:什麼也不管它,只顧自己幹自己的。

《毛選》:不顧廣大人民和一切民主黨派的要求,一意孤行地召開一個由國民黨反人民集團一手包辦的所謂國民大會。(第三卷一〇六八頁)

體會:"一意孤行"一語,應該是由《酷吏列傳》中的趙禹的行徑抽繹出來的。主席這裏是用它來刻畫與斥責國民黨獨裁反動賣國政府的醜態的。

(14)《春申君列傳》:人民不聊生,族類離散,流亡為僕妾者,盈海內矣!

譯文:黃歇對秦昭王說:"人民已經無法生活,弄得舉家逃亡,妻離子散,不得不賣身給人做奴婢的情況,普天到處都是。"

《毛選》:我們是艱苦奮鬥,軍民兼顧,如蔣介石統治區的上面貪污腐化,下面民不聊生,完全相反。在這種情況下,我們是一定要勝利的。(第四卷一一八五頁)

體會:在這兒主席是用對比的筆法指示我們必勝,蔣匪必敗的道理的。因為我們軍民兼顧,他們民不聊生。

(15)《伍子胥傳》:伍子胥曰:"為我謝申包胥曰:吾日暮途遠,吾故倒行而逆施之。"

譯文:申包胥指責伍子胥報父兄之仇,不該連楚平王的屍身都加以鞭打。子胥回答說:"替我向申包胥解釋一下,我這是因為急不暇擇,報仇心切,你拿一般的道理來約束我,是沒有用的。"

《毛選》:蔣介石日暮途窮,欲以開國大打延安兩項辦法打擊我黨加強自己,其實將適得其反。(同上一二一七頁)

體會:主席以此形容蔣介石反動集團業已面臨滅亡,枉自掙扎。

2.《漢書》

(1)《司馬遷傳》:而事乃有大謬不然者。

注釋:"大謬不然",完全相反的意思。

《毛選》:從表面看,似乎既稱紅軍就可以不要黨代表了,實在大謬不然。(第一卷六六頁)

體會:主席在這裏是說,軍隊必須突出政治,由党來指揮槍桿子,然後才能夠完成革命的任務,奪取到政權。

(2)《高祖本記》:今置將不善,一敗塗地。

注釋:"一敗塗地",失敗到底了。

《毛選》:為什麼文化"圍剿"也一敗塗地?這還不可以深長思之麼?而共產主義者的魯迅卻正在這一"圍剿"中,成了中國文化革命的偉人。(第二卷六九五頁)

體會:主席說,國民黨反動派在第二次國內革命戰爭時期的文化圍攻,也完蛋了,魯迅就是勝利者。

(3)《賈誼傳》:前車覆,後車戒。

注釋:前面走的車翻了,後邊的車就可以小心起來。

《毛選》:阿比西尼亞的覆轍,前車可鑒。(同上三三三頁)

體會:主席以第二次世界大戰前期消極抵抗意大利法西斯侵略,國家卒被佔領的阿比西尼亞為例,警告蔣介石:假抗日、真反共的後果,也會同樣滅亡的。

（4）《河間獻王傳》：修學好古，實事求是。

注釋："實事求是"，即是認真辦事。

《毛選》：無實事求是之意，有嘩眾取寵之心。（第三卷八○一頁）

體會：主席說："實事"就是客觀存在著的一切事物，"是"就是客觀事物的內部聯繫，即規律性。"求"就是我們去研究。這就說解得精妙絕倫前無古人了。

（5）《藝文志》：茍以之嘩眾取寵。

注釋：誇誇其談地表現自己。

《毛選》：詞句見前。

體會：主席在指摘對待理論不是認真鑽研，講求實踐，只曉得坐而論道，向群眾顯示自己淵博的人們。

（6）《藝文志》：相反而皆相成也。

注釋：雖然是彼此對立的，但在一定條件之下，有時也可以互相聯結的，因為它們還具有同一性，是辯證的關係。

《毛選》：我們中國人常說"相反相成"，就是說相反的東西有同一性。這句話是辯證法的，是違反形而上學的。（第一卷三二一頁）

體會：從主席這個解釋裏，證明了"辯證法"是我國原本就有的東西，不過由於地主資產階級的長期歪曲，沒有叫它煥發出來普遍應用罷了。

（7）《藝文志》：小說家者流，蓋出於稗官，街談巷語道聽塗說者之所造。

注釋："街談巷語"，鄉里雜談傳說之意。

《毛選》：我初到長沙時，會到各方面的人，聽到許多的街談巷議。

（第一卷一頁）

體會：主席使用這句話，意在指出第一次國內革命戰爭時期，湖南城鄉中層以上的社會人士，對於農民運動攻擊的種種。

3.《後漢書》

（1）《**班超傳**》：不入虎穴，不得虎子。

譯文：不進老虎洞，捉不到老虎崽。

《**毛選**》：中國有一句老話：“不入虎穴，焉得虎子。”這句話對於人們的實踐就是真理，對於認識論也是真理。（第一卷二七七頁）

體會：主席用這句話來說明實踐和認識的無法分開關係，同時也指出是有勇氣有決心的人，才能夠認真貫徹切實掌握的。

（2）《**朱浮傳**》：凡舉事無為親厚者所痛，而為見仇者所快。

譯文：作起事來，可別淨讓自己的人痛心，當前的仇敵快意。

《**毛選**》：劉秀的一位將軍叫朱浮的寫給漁陽太守彭寵的一封信，那信上說：“凡舉事無為親厚者所痛，而為見仇者所快。”朱浮這句話提出了一個明確的政治原則，我們千萬不可忘記。（第二卷五八〇頁）

體會：為了加強說服力，主席有時也引古證今，如同這裏的“親痛仇快”即是。自然，很重要的是借此告誡國民黨反動派，不要再認賊作父、自相殘殺了。

（3）《**馬援傳**》：井底蛙耳，而妄自尊大。

譯文：一個坐井觀天的井底之蛙，還要自己覺著了不起。

《**毛選**》：我們的許多同志喜歡對黨外人員妄自尊大，看人家不起，藐視人家，而不願尊重人家，不願瞭解人家長處，這就是宗派主義的作風。（第三卷八二七頁）

體會:這是主席教導我們要虛心學習,不可夜郎自大,否則,搞不好團結,有礙於統戰工作,不利於革命事業。因為,只戰不統和只統不戰,都不是正確的態度。何況還存在著門戶之見!

(4)《孔融傳》:以今度之,想當然耳。

譯文:換現在的情況推測,當時就是應該這樣的。

《毛選》:不願作系統的周密的調查和研究,反之根據一知半解,根據"想當然",就在那裏發號施令,這種主觀主義的作風不是還在許多同志中間存在著嗎?(第三卷七九八頁)

體會:這是主席深刻地批判了那種遇事不從實際情況出發,專憑主觀判斷去處理的幹部的。因為,他們缺少了調查研究實事求是的精神,結果會把工作搞壞了的。

4.《三國志》

(1)《蜀志·趙雲傳》:裴松之注引:"偃旗息鼓。"

譯文:放倒了旗,停止了鼓聲。

《毛選》:這個思想上的反動同盟軍稍稍一進攻,所謂新學就偃旗息鼓宣告退卻,失去了靈魂,而只剩下它的軀殼了。(第二卷六九〇頁)

體會:主席引用此語,意在說明中國資產階級的軟弱無力、不堪一擊。改良主義思想的新學,正是這樣的。

(2)《魏志·曹髦傳》:裴松之注引:"司馬昭之心,路人所知也。"

譯文:司馬昭想要奪取曹家天下的事,連老百姓都知道的。

《毛選》:假統一之名,行獨霸之實,棄團結之義,肇分裂之端,司馬昭之心,固已路人皆知矣。(第二卷七一〇頁)

體會:主席用這兩句話來徹底揭發蔣介石、汪精衛兩賊,在抗日戰爭後期互相勾結、親日反共的賣國的行為,說這已是盡人皆知的事了。

(3)《魏志·陳琳傳》:諺有"掩目捕雀",夫微物尚不可欺以得志,況國之大事,其可以詐立乎?

注釋:"掩目捕雀",遮上眼睛抓麻雀,怎麼能夠抓到手呢?

《毛選》:"閉塞眼睛捉麻雀","瞎子摸象粗枝大葉",誇誇其談滿足於一知半解。(第三卷七九七頁)

體會:這是主席譏諷不注意調查研究,看不到事物的本質和真相,反而言之鑿鑿自以為是的人的。

5.《晉書》

(1)《杜預傳》:今兵威已振,勢如破竹,數節之後,皆迎刃而解,無復著手處也。

譯文:現在我軍的聲勢已經非常之大,如同拿刀破竹子一樣,劈過幾個竹節以後,便開裂到底,不用再費氣力了。

《毛選》:捉住了這個主要矛盾,一切問題就迎刃而解了。(第一卷二九七頁)

體會:此處是毛主席借喻問題解決的順利的,但必須是在找到主要矛盾以後。

(2)《石勒載記》:勒所過路,皆堅壁清野,采掠無所獲,軍眾大饑,士眾相食。

注釋:"堅壁清野",牆高溝深,防守得很堅固,野地無人,一切都收藏起來了。

《毛選》:在對抗敵人的工作中,地方戒嚴和可能程度的堅壁清野

兩事重要的。(第二卷四二〇頁)

體會:一面隱藏固守,一面帶走一切可以被敵人食用的東西。這個辦法,是主席關於人民戰爭思想的重要的組成部分。

(3)《阮籍傳》:當其得意,忽忘形骸。

譯文:在他特別高興的時候,竟至忘掉自己是個什麼樣子啦。

《毛選》:遊擊戰爭的領導者們,不可在自己的戰略進攻中得意忘形,輕視敵人。(第二卷四二三頁)

體會:這是主席告誡我們,作戰應該經常保持"勝不驕敗不餒"的氣概,如果因為"遊擊""運動"得手,便驕妄起來,就會為敵所乘,再吃敗仗。

(4)《庾翼傳》:此輩宜束之高閣,俟天下太平,然後議其任耳。

注釋:"束之高閣",擱在一旁,不去理它。

《毛選》:這樣我可始終立於主動,一切敵人的"挑戰書"、旁人的"激將法"都將束之高閣,置之不理,絲毫不為其所動。(第二卷四九八頁)

體會:堅定態度,不上圈套。一挑不動,百挑不搖,這樣才能夠掌握主動,對敵取勝。而"挑戰書""激將法"一類的說法,應該是主席活用中國章回小說《水滸》《三國》中有關戰爭名詞的例證。

6.《隋書》

《李鍔傳》:連篇累牘,不出月露之形。積案盈箱,唯是風雲之狀。

注釋:"連篇累牘",一篇接著一篇的。

《毛選》:日本帝國主義不敢向中國共產黨說出半句誘降的話,對於國民黨則敢於連篇累牘呶呶不休勸其降順。國民黨只在共產黨和

人民面前還有一股兇氣,在日本面前則一點也凶不起來了。(第三卷九二三頁)

體會:這是主席說日寇當年很看不起國民黨反動派,說打它就打它,要讓它投降,就誘惑它,對共產黨則一點兒也不敢。可以反證共產黨抗敵立場的堅定,反之,國民黨反動派則只會欺壓人民而已。

7.《唐書》

《五行志》:咸通時童謠曰:"頭無片瓦,地有殘灰。"

注釋:"頭無片瓦",沒有住處的意思。

《毛選》:確實是上無片瓦,下無插針之地,他們有什麼不進農會?(第一卷二二頁)

體會:貧苦農民一無所有,所以對革命最為積極。

8.《新唐書》

(1)《李義府傳》:時號義府笑中刀。

注釋:"笑中刀",笑面虎,笑裏藏刀,暗中使壞。

《毛選》:世界上多少人被張伯倫及其夥伴的甜蜜演說所蒙蔽,而不知道他們笑裏藏刀的可怕。(第二卷五八五頁)

體會:第二次世界大戰初期,英國首相張伯倫鼓吹所謂"綏靖主義",向德、意、日法西斯集團妥協退讓,藉以促成他們進攻蘇聯,犧牲波、捷等國的局勢。主席之言正是指斥他的。

(2)《李思謙傳》:要須明目張膽,以報天子。

注釋:"明目張膽",公開表示,無所畏懼。

《毛選》:對於戰犯問題所表示的態度,是一種吞吞吐吐,不敢明目

張膽地提出反對。(第四卷一四二二頁)

體會:主席說國民黨反動派的頭子們,不敢正面承擔反人民的戰爭責任,接受戰犯的罪名。

9.《宋史》

《岳飛傳》:陣而後戰,兵法之常,運用之妙,存乎一心。

譯文:擺好陣勢以後,再向敵人出擊,這是行軍打仗的正常辦法。可是根據實際情況,如何去靈活掌握,這就要看指揮作戰的人隨機應變了。

《毛選》:古人所謂"運用之妙,存乎一心",這個"妙",我們叫做"靈活性",這是聰明的指揮員的出產品。(第二卷九八九頁)

體會:這是主席在講兵法,既有繼承又有發展,也是古為今用的一個例證。

10.《資治通鑒》

(1)**《唐紀》**:兼聽則明,偏信則暗。

譯文:聽取各方面的意見,就會明達事體,偏信少數人的話,就要有所蒙蔽,看不到事物的全貌了。

《毛選》:唐朝人魏徵說過:"兼聽則明,偏信則暗",也懂得片面性不好。(第一卷三○一頁)

體會:主席借這兩句話來告誡我們,處理問題、瞭解情況要多聽多看,多走群眾路綫,以免流於主觀片面。

(2)**《唐紀》**:李林甫為相,凡才望功業出己右,及為上所厚,勢位將逼己者,必百計去之。尤忌文學之士,或陽與之善,啖以甘言,而陰陷之。世謂李林甫口有蜜腹有劍。

注釋:"口有蜜腹有劍",嘴上說得好,骨子裏淨想害人。

《毛選》:李林甫是唐朝的宰相,是一個有名的被稱為"口蜜腹劍"的人。現在這些所謂"朋友",是"口蜜腹劍"的朋友。這些是誰呢?就是那些口稱同情中國的帝國主義者。(第二卷六五一頁)

體會:以李林甫的奸險手法來比當代的帝國主義者,這就不止是將古比今,而是將中比外了。由此可見"天下老鴉一般黑",不論古今中外,這些剝削人民危害國家的傢伙,他們的惡毒都是如出一轍的,這是它的剝削階級的本質嘛。

(三)諸子

1.《論語》

(1)《雍也》:文質彬彬,然後君子。

注釋:"文質彬彬",斯文雅致的意思。

《毛選》:革命不是請客吃飯,不是做文章,不是繪畫繡花,不能那樣雅致,那樣從容不迫,文質彬彬,那樣溫良恭儉讓。(第一卷十八頁)

體會:主席說,如果以此類慢條絲理、毫不帶勁兒的態度來要求革命,簡直等於是反對革命。

(2)《學而》:夫子溫良恭儉讓以得之。

注釋:"溫良恭儉讓",從從容容,客客氣氣。

《毛選》:文見上條。

體會:都是違反現實、要求失當、不能勇敢鬥爭之意。

(3)《陽貨》:飽食終日,無所用心,難矣哉!

譯文:吃飽了飯整天閑著,什麼事情都不幹,這可太不像話了。

《毛選》:我們並不反對準備,但反對長期準備論,反對文恬武嬉、飽食終日的亡國現象。(第一卷二四七頁)

體會:此乃主席斥責那些借準備抗日為名,實際上是在推行不抵抗主義的國民黨反動派的,這矛頭自然是指向一貫投機取巧賣國投降的蔣介石這個人民公敵的。

(4)《陽貨》:道聽而塗說,德之棄也。

注釋:"道聽塗說",到處傳播馬路消息。

《毛選》:東張西望,道聽塗說,決然得不到什麼完全的知識。(第三卷七九〇)

體會:知識來源於實踐,它要靠調查研究,深入群眾,從而切實找出了事物發展的客觀規律,才能算是學到了手,"入乎耳出乎口"的浮誇淺見之流,何足以語此!

(5)《述而》:默而識之,學而不厭,誨人不倦,何有於我哉!

注釋:"學而不厭,侮人不倦",勤學苦練,盡心竭力地去幫助別人。

《毛選》:學習的敵人是自己的滿足,要認真學習一點東西,必須從不自滿開始,對自己學而不厭,對人家誨而不倦,我們應取這種態度。(第二卷五二三頁)

體會:主席引用孔子說過的這兩句話,來教導我們要虛心學習和耐心地幫助別人。

(6)《子路》:言必信,行必果。

譯文:說了話就算數,做起來要堅決。

《毛選》:共產黨的"言必信,行必果",十五年來全國人民早已承認。(第一卷二三九頁)

體會:以蔣介石為首的國民黨反動派,慣於背信棄義,不實踐自己的諾言,所以主席特用共產黨正確而又偉大的政治態度來做鮮明的對比。

(7)《子路》:欲速則不達。

注釋:不能脫離實際脫離條件地單純追求速度,這樣一定會失敗的。

《毛選》:"欲速則不達",這不是說不要速度,而是說不要犯盲動主義,盲動主義是必然要失敗的。(第三卷一〇一一頁)

體會:這是主席教導我們:不能機械地理解這句話,一切都應該從實際情況出發,否則單憑主觀願望急於求成,結果反而會失敗。

(8)《季氏》:吾恐季孫之憂,不在顓臾,而在蕭牆之內矣。

注釋:"蕭牆",住宅的內牆。

《毛選》:"吾恐季孫之憂,不在顓臾,而在蕭牆之內",反動派必然是搬起石頭打他們自己的腳,那時我們就愛莫能助了。(第二卷第七七六頁)

體會:國民黨反動派在抗日戰爭的後期,不抗戰而反共,所以主席借用此語警告他們。因為抗日救國的共產黨是代表廣大的人民的利益的,反共就是反人民,這樣幹下去,如何會有好下場!就是說,國民黨反動派的覆滅前途已經注定。

(9)《學而》:子曰:"學而時習之,不亦說乎!"

注釋:及時學習,立刻應用是'學而時習之'的一般的解釋。

《毛選》:我幼年沒有進過馬克思列寧主義的學校,學的是"子曰:學而時習之,不亦說乎"的一套。這種學習的内容雖然陳舊了,但是對我也有好處,因為我識字便是從這裏學來的。(第三卷八二〇頁)

體會:懂得了像《論語》這樣的舊《四書》,其好處只在於認識了一些漢字,可見主席對於他們的批判精神。那麼,挾"經書"以自是的老知識分子,學習到這裏以後,可以"知所止矣"。原封不動地拿來應用,就是傳播封建主義的毒素。

(10)《公冶長》:季文子三思而後行,子聞之曰:"再,斯可矣。"

注釋:"再思",重行思考,再加忖度。

《毛選》:孔夫子提倡"再思",韓愈也說"行成於思",那是古代的事情。現在的事情問題很複雜,甚至想三四回還不夠。(第三卷八四五頁)

體會:無論做什麼事情,多動腦筋思考一下總是有好處的。要向人民負責,考慮成熟了才會少出毛病,少犯錯誤。

(11)《公冶長》:敏而好學,不恥下問。

注釋:"不恥下問":不怕向人請教。

《毛選》:我們切不可強不知以為知,要"不恥下問",要善於傾聽下面幹部的意見,先做學生再做先生,先向下面幹部請教,然後下命令。(第四卷一四四二頁)

體會:主席使用的這句話,意在引導我們要眼睛向下,虛心向群眾學習,才能夠不斷進步做好工作,是從領導幹部的角度上來看待"從群眾來到群眾中去"的精神的。

（12）《里仁》：一則以喜，一則以懼。

譯文：又高興，又擔心。

《毛選》：國民黨人亦感到了這個變化，他們在這一形勢面前，一則以喜，一則以懼。（第三卷九一八頁）

體會：抗日戰爭勝利前夕，國民黨反動派的確懷著這樣複雜的心情。一方面是果然等到了即將到來的日本投降，可以不費氣力就撤回南京，搶劫抗戰勝利的果實了。可是，一方面又擔心世界法西斯國家一齊垮臺以後，這個代表買辦封建法西斯獨裁的政府，也會"兔子尾巴不長"了。

（13）《為政》：人而無信，不知其可也。

譯文：不守信用的人，還能算什麼好角色。

《毛選》：《語》曰："人而無信，不知其可。"蔣氏及其一派必須深切注意。（第一卷二三九頁）

體會："西安事變"以後，蔣介石剛剛離開西安重獲釋放，就想反悔業已答應實行的抗日救國六條件（停止進攻邊區，以國共為首的各黨各派聯合起來的共同抗日等等），故主席乃有此言。

（14）《季氏》：邦分崩離析，而不能守也。

譯文：國家已經四分五裂，無法維持了。

《毛選》：這個敵人的基礎是虛弱的，它的内部已分崩離析，它脫離人民，它有無法解脫的經濟危機。因此，它是能夠被戰勝的。（第四卷一三六一頁）

體會：這裏是主席在分析和揭示美帝國主義的弱點，說它們必敗，我們必勝，藉以鼓舞革命幹部中國人民反帝愛國鬥爭必勝的信心。

(15)《子罕》:子在川上曰:"逝者知斯夫,不舍晝夜。"

譯文:孔子在川流不息的河水上頭(可能是行舟)說,這已過去的了的東西,都是這樣的,不分黑天白日地一時一刻也不停止。

詩詞《游泳》:不管風吹浪打,勝似閒庭信步,今日得寬餘。子在川上曰:逝者如斯夫。

體會:這是主席在五六年六月橫渡長江以後一首游泳詩中的幾句話。它們充分體現著主席當時雖置身於驚濤駭浪之中,卻偏能暢觀祖國山河之美,輕鬆愉快地戰勝險惡的自然環境。言外之意,還有不休息便不能充沛精力,而休息正是為了再接再厲地投入革命的搏鬥。這便不簡單啦,"無限風光在險峰",他老人家正是這樣領著中國人民化險為夷戰無不勝地走過來的。比起孔丘昔日面對水流只能旁觀的悵惘情緒,可就天地不同了。

2.《孟子》

(1)《萬章下》:不能五十里,不達於天子,附於諸侯,曰附庸。

注釋:"附庸",古代附屬於地方諸侯的小國。

《毛選》:地主階級和買辦階級完全是國際資產階級的附庸。(第一卷三頁)

體會:"附庸"在政治、經濟和軍事上都不能獨立自主,主席在這裏是用它來比擬倚靠國際資產階級才能過活的中國剝削階級、地主買辦資產階級的。

(2)《滕文公上》:為富不仁矣,為仁不富矣。

譯文:一心要發財致富的人,絕不會不去剝削人民的。與此相反,真能關懷人民疾苦的人,也一定做不成富翁。

《毛選》:罵土豪劣紳叫"為富不仁"。(同上五頁)

體會:因為他們的心腸最狠毒,他們的財產都是用最殘忍的手段從勞動人民那裏榨取來的。

(3)《滕文公上》:今滕絕長補短,將五十里也,猶可以為善國。

注釋:"絕長補短",長短互相補救之意。

《毛選》:外來幹部和本地幹部都各有長處也各有短處,必須互相取長補短,才能有進步。(第三卷八二四頁)

體會:此乃主席教導我們要學習別人的優點,彌補自己的缺點,藉以搞好團結、搞好工作,特別是外來的和本地的幹部有了矛盾的時候。

(4)《盡心上》:君子引而不發,躍如也。中道而立,能者從之。

注釋:"引而不發躍如也",擺開拉滿弓搭上箭的架勢,先不真的發射。

《毛選》:無須別人過早地代庖丟菩薩,共產黨對於這些東西的宣傳政策,應當是"引而不發,躍如也"。(第一卷三十五頁)

體會:群眾運動只需要我們去宣傳鼓勵交待政策,讓他們自己起來革命,買辦代替是不對頭的。

(5)《盡心下》:春秋無義戰,彼善於此則有之矣。

注釋:"春秋無義戰",春秋時代的各國諸侯,為了爭奪土地,人民互相殘殺,沒有一個稱得上是正義的戰爭的。

《毛選》:古人說"春秋無義戰",於今帝國主義則更無義戰。(同上一五六頁)

體會:人民為了反抗侵略爭取民族獨立的革命的戰爭,才是正義的戰爭。帝國主義所發動的侵略戰爭,則是不義的了。

(6)《離婁上》:為淵驅魚者,獺也;為叢驅爵者,鸇也;為湯武驅民者,桀與紂也。

注釋:給江河趕來魚類的,是水獺;給叢林追集鳥雀的,是鸇鷹。

《毛選》:關門主義的策略,是孤家寡人的策略。關門主義為淵驅魚,為叢驅雀。(同上一五○頁)

體會:主席用這個成語,比喻關門主義者把可以團結起來的共同抗日的人,都趕向敵偽方面去了,這種錯誤是極其嚴重的。

(7)《梁惠王下》:簞食壺漿以迎王師,豈有他哉? 避水火也。

譯文:擔茶送飯的來歡迎能夠解除人民痛苦的大軍,除了打算脫離災難,還有什麼別的目的呢?

《毛選》:這幾天的電訊指明,這些少數民族是怎樣的簞食壺漿以迎紅軍。

體會:只把"王師"這個賓語,變做了"紅軍",便完全改換了原文的語意。這是主席推陳出新活用古典文學的又一範例。

(8)《梁惠王上》:不違農時,穀不可勝食也。

譯文:按著季節徵調人力,不叫它妨礙農業生產,打出來的糧食,就可以吃不完的。

《毛選》:不違農時,節省工業生產的成本,提高勞動生產率。(第四卷一三五頁)

體會:這裏主席是在講精簡節約勤儉建國的道理。

(9)《梁惠王下》:如水益深,如火益熱,亦運而已矣。

譯文:好像叫人覺得水越來越深,火越來越大了一樣,那就只好躲開了。

《毛選》:總之,南京國民黨反動政府在其發動的賣國的內政外交的基本政策的基礎之上,所舉行的國內戰爭,已陷全國人民於水深火熱之中,南京國民黨反動政府決不能逃脫自己應負的全部責任。(第四卷一三九二頁)

體會:"水""火"是比喻"虐政"和"災難"的,國民黨反動政府在其末日到來的前夕,更加肆無忌憚地壓迫人民、剝削人民,所以主席用水火形象地說明它。

(10)《梁惠王上》:施仁政於民。

譯文:給人民辦些好事,關懷他們的疾苦。

《毛選》:"你們不仁",正是這樣。我們對於反動派和反動階級的反動行為,決不施仁政。(第四卷一四八一頁)

體會:專政就是對敵人鎮壓,只准他老老實實,不准他亂說亂動,所以根本談不上什麼仁慈不仁慈。這是主席從國家的性質說起,彰明較著地講解人民民主專政的精神和政策的。

(11)《梁惠王下》:國人皆曰"可殺",然後察之,見可殺焉,然後殺之,故曰:國人殺之也。

注釋:"國人皆曰可殺",全國人民都說應該殺掉。

《毛選》:查汪逆收集黨徒,附敵叛國,訂立賣國條約,為虎作倀,故國人皆曰可殺。(第二卷七一五頁)

體會:漢奸汪精衛一九三九年投降日寇,組織賣國政府,所以主席一再撰文聲討。

(12)《告子下》:今吾子以鄰國為壑。

譯文:現在你卻損人利己,把鄰國當成洩洪的所在。

《毛選》:誰要是對別人的困難不管,別人要調他們所的幹部都不給,或以壞人送人,以鄰為壑,全不為別部別地別人想一想,這樣的人,就叫做本位主義者,這就是完全失掉了共產主義精神。(第三卷八二五一六頁)

體會:主席運用這句話,深刻地揭露了那些只顧自己,不管別人,只關懷本單位,不照顧全域,沒有一點兒共產主義風格的人們。

(13)《告子上》:心之官則思,思則得之,不思則不得也。

譯文:腦筋就是管思想的,必須充分使用它,否則什麼也認識不到手的。

《毛選》:腦筋這個機器的作用,是專門思想的。孟子說:"心之官則思。"他對腦筋的作用下了正確的定義。(第三卷九五二頁)

體會:主席借用這些話教導我們在工作和學習中,要學會開動這個機器,以期深思熟慮,真個認識問題的實質。這樣在處理解決的時候,便可以少犯或不犯錯誤了。

(14)《告子下》:先生之志則大矣,先生之號則不可。

譯文:你的這個願望是夠廣大的,可惜的是,你打算提出來說服人家的道理,還有問題。

《毛選》:這些朋友們的心是好的,他們也是愛國志士。但是先生之志則大矣,先生的看法則不對,照了做去一定碰壁。(第二卷四五八頁)

體會:這是主席活用了孟子的語氣來批評抗日速勝論者的錯誤想法的。

(15)《公孫丑上》:無敵於天下者,天吏也。

譯文:這種所向披靡無人敢擋的形勢,是順應時代符合人民的結果。

《毛選》:只要我們全體英勇善戰的八路軍、新四軍,人人個個不但會打戰,會做群眾工作,又會生產,我們就不怕任何困難,就會是孟子說過的"無敵於天下"。(第三卷九三二頁)

體會:這是主席利用"無敵於天下"這段話,來鼓勵邊區同志們,要把奮勇殺敵、努力生產、積極組織群眾、戰勝經濟困難這些有關抗日戰爭的軍隊、政治、經濟措施切實結合起來,奮鬥到底,藉以贏得人民大革命的全部勝利的。

3.《管子》

《戒》:無羽而飛者,聲也。注:"出言門庭,千里必應,故曰:無翼而飛。"

注釋:話雖然沒長翅膀,可是能夠飛傳出去。所謂"道旁說話草棵也聽"者是。

《毛選》:打到帝國主義、打倒軍閥、打倒貪官污吏、打倒土豪劣紳,這幾個政治口號,真是不羽而飛。(第一卷三十六頁)

體會:這是主席變通原義,用來比喻普及政治宣傳工作,可以既迅速又深入的意思。

4.《老子》

(1)《五十九章》:是謂深根固柢。

注釋:基礎特別鞏固。

《毛選》:農民若不用很大的力量,決不能推翻幾千年根深蒂固的地主權力。(第一卷十八頁)

體會:主席這裏是在讚美和鼓吹轟轟烈烈的農民運動的。

（2）《三十六章》：將欲奪之，必固與之。

譯文：想要把它奪到手，必須暫時放棄一下。

《毛選》：關於喪失土地的問題，常有這樣的情形，就是只有喪失才能不喪失。這是"將欲取之，必先與之"的原則。（第一卷七三二頁）

體會：有條件的暫時喪失，無害於自己的發展壯大，以退為進就是辯證地看問題的方法。

（3）《四十七章》：不出戶，知天下。

譯文：坐在房子裏就可以知道天下大事。

《毛選》："秀才不出門，全知天下事"，在技術不發達的古代，只是一句空話。（第一卷二七六頁）

體會：沒有足夠的科學工具，又不使用調查研究的方法，就說是能夠認識客觀事物，這是胡言亂語。

（4）《八十章》：鄰國相望，雞犬之聲相聞，民至老死不相往來。

譯文：雖然近到可以彼此聽得見雞叫狗咬的聲音，也始終不通來往。

《毛選》：黨委各委員之間，要把彼此知道的情況互相通知互相交流，這對於取得共同的語言是很重要的。有些人不是這樣，而是像老子說的"雞犬之聲相聞，老死不相往來"，結果彼此之間，就缺乏共同的語言。（第四卷一四四二頁）

體會：主席精簡地引用《老子》這兩句話，意在更加有力地批評那些既不交流經驗，也不交換情況，只曉得閉門造車自搞一套的黨委同志們的。

(5)《**七十四章**》:民不畏死,奈何以死懼之。

譯文:老百姓是不怕死的,為什麼還要拿死來嚇唬他們呢?

《**毛選**》:中國人死都不怕,還怕困難嗎?老子說過:"民不畏死,奈何以死懼之。"(第四卷一五〇〇頁)

體會:這是主席用以回擊美帝的封鎖政策的。話雖不多,而中國人民至大至剛的戰鬥精神,便被非常充分地體現出來了。

5.《**莊子**》

(1)《**逍遙遊**》:庖人雖不治庖,尸祝不越樽俎而代之。

譯文:專管祭祀犧牲的人,雖然沒有準備好用品,管祭儀的人,也不會越出工作範圍替他代辦的。

《**毛選**》:菩薩要農民自己去丟,烈女祠、節孝坊要農民自己去摧毀,別人代庖是不對的。(第一卷三五頁)

體會:主席在這裏教導我們,做工作要走群眾路綫。領導只該發動,不能包辦代替。

(2)《**達生**》:夫畏途者,十殺一人,則父子兄弟相戒也。

注釋:害怕旅途不平安的人,叫做"畏途"。

《**毛選**》:敵人視為畏途,主要地也在於這一點。(同上二二一頁)

體會:日寇非常懼怕我們的大部隊跟遊擊隊配合起來作戰,所以主席特意使用"畏途"這個詞語來形容它。

(3)《**天運**》:推舟於路,勞而無功。

譯文:旱地行舟,這是枉費力氣的事。

《**毛選**》:他的這一企圖,必然徒勞無功。(第二卷七七八頁)

體會:蔣介石在抗日戰爭的後期,妄想唯我獨尊以持續法西斯統治,故主席予以斥責。(這句話裏面的無功,應作得不到任何收益來解,並無功績概念。)

6.《孫子》

(1)《軍爭篇》:以近待遠,以逸待勞。

譯文:以逸待勞,用休整好了的部隊,反擊喘息未定的敵人。

《毛選》:紅軍雖弱,卻養精蓄銳,以逸待勞。(第一卷二〇三頁)

體會:按"佚""逸"古今字。這裏是主席引用《孫子兵法》來指示"誘敵深入"、"以逸待勞"才能夠轉劣勢為優勢的戰術的應用。

(2)《軍爭篇》:故善用兵者,避其銳氣,擊其惰歸,此治氣者也。

譯文:所以最會指揮作戰的人,都是避開來勢兇猛的敵人,先不跟他們交鋒,等到敵人泄了勁頭,打算回去的時候再動手狠狠地揍,這叫做掌握士氣。

《毛選》:孫子說的"避其銳氣,擊其惰歸",就是指使敵疲勞、沮喪,以求減殺其優勢。(同上)

體會:這是主席在講說"穩紮穩打,以退為進"的戰術,因為這樣一來,既可以使敵之優勢轉為劣勢,又益發地增大了我方的有利因素。

(3)《謀攻篇》:知己知彼,百戰不殆。

譯注:摸清楚了敵人的情況,再掌握好自己這方面優勢、劣勢的所在,就可以越打越有辦法。

《毛選》:中國古代大軍事學家孫武兵書上,"知己知彼,百戰不殆"這句話是包括學習和使用這兩個階段說的。包括從認識客觀實際中的發展規律,並按照這些規律去決定自己的行動、克服當前敵人而

說的。我們不要看輕這句話。(第一卷一七五頁)

體會:這是主席在教導我們,在進行一種工作或某種鬥爭的過程中,都應該認識客觀現實的發展規律,並且充分掌握它運用它,藉以爭取勝利,不獨作戰為然。

7.《韓非子》

(1)《難一》:戰陣之間,不厭詐偽。

譯文:跟敵人交鋒對壘的時候,可以儘量造成他們的錯覺,以期取得勝利。

《毛選》:常用各種欺騙敵人的方法,常能有效地陷敵於判斷錯誤和行動錯誤的苦境,因而喪失其優勢和主動,"兵不厭詐"就是指的這件事情。(第二卷四八一頁)

體會:善於用兵打仗的人,都須是奇策迭出多使詭計的,一本老直賬反爾是吃不開的。"陷敵於錯誤",這就是主席最精當的概括。

(2)《定法》:循名而責實。

譯文:按照定規了的名義和任務,來考核工作的成果。

《毛選》:我們現在雖有中華民國之名,而無中華民國之實。"循名責實",這就是今天的工作。(同上六七○頁)

體會:在國民黨的獨裁統治下,舊中華民國有名無實,並不能為廣大人民謀利益、造幸福,所以主席提出此論。

8.《呂氏春秋》

(1)《義賞》:竭澤而漁,豈不獲得,而明年無魚。

譯文:弄乾了湖水去捉魚,那還有得不到手的?可是明年就不用再想吃了。

《毛選》：另外的錯誤觀點就是不顧人民困難，只顧政府和軍隊的需要，竭澤而漁，誅求無已，這是國民黨的思想，我們絕不能繼承。（第三卷八九六頁）

體會：革命是為了人民的，違背廣大人民利益的事絕不能做。就是說徵收軍政用度吧，也不可以不管人民的困難只求滿足需要。主席"竭澤而漁"這話，真比方得深刻。

（2）《盡數》：流水不腐，戶樞不蠹，動也。

譯文：流水不臭，門軸不生蟲，是因為它們常動的原故。

《毛選》：我們同志的思想，我們黨的工作，也會沾染灰塵的，也應該打掃和洗滌。"流水不腐，戶樞不蠹"，是說它們在不停的運動中抵抗了微生物或其他生物的侵蝕。（第三卷一〇九七頁）

體會：主席引用這句話，教導我們要在革命工作和日常生活中，經常進行批評和自我批評。只有這樣，才會不斷地克服缺點，糾正錯誤，使著思想進步，工作提高效率。而"運動"一語，則無論從哲學根源上還是政治意義上看，就更是馬克思主義的典範解釋了。

9.《說苑》

《正諫》：螳螂委身曲附，欲取蟬，不顧知黃雀在其傍也。

譯文：螳螂擺好了架式正想要吃掉蟬，它可沒有想到旁邊的黃雀，也在打它的主意呢。

《毛選》：你們不應該打邊區，你們不可以打邊區。"'鷸蚌相爭，漁人得利'、'螳螂捕蟬，黃雀在後'，這兩個故事，是有道理的。"（第三卷八六〇頁）

體會：主席使用這兩個典故來警告國民黨反動派。因為他們當時不但不積極抗日,反而集中兵力進攻邊區,這乃是一種危害人民利益的倒行逆施,不能不予以揭露、鬥爭,促其反省。

10.《水經注》

《河水》:山見水中若柱然,故曰砥柱也。

注釋:山峰現在江水當中像一個大石頭柱子矗立著,所以把它喚作砥柱。中流砥柱的意思,是在這樣的現象上,使人們覺著,這個石柱深固得並不被中流沖走得了它,它是顯示得非常堅強的。

《毛選》:共產黨領導的武力和民眾已成了抗日戰爭中的中流砥柱。(第三卷八〇六頁)

體會:毛主席在這裏鄭重地宣告給全國人民,唯有中國共產黨領導的人民武裝才是最堅決最徹底的抗日力量。

11.《淮南子》

(1)《說林訓》:夫所以養而害所養,譬猶削足而適履,殺頭而便冠。

注釋:"削足而適履",穿的鞋不合式,卻要用刀去砍削兩隻腳。

《毛選》:蘇聯的規律和條令,包含著蘇聯內戰和蘇聯紅軍的特殊性。如果我們一模一樣地抄了來用,不允許任何的變更,也同樣是削足適履,要打敗仗。(第一卷一六五頁)

體會:這裏是主席在告誡我們學習外國的或是別人的經驗時,要從實際出發,不能生搬硬套,否則一定會犯錯誤。

(2)《兵略訓》:善者之動也,神出而鬼行。

譯文:有紀律有訓練的部隊,他們調動起來是出沒無常特別靈活的。

《毛選》:正是因為自己弱小,才利於在敵人後方神出鬼沒地活動,敵人無奈他何。(第二卷四〇二頁)。

體會:主席是說,遊擊隊反倒可以利用它的這個弱小的特點,機動靈活地對於敵人突然襲擊,事畢遠遁。

(3)《天文訓》:昔者共工與顓頊爭為帝,怒而觸不周之山,天柱折,地維絕。

譯文:上古的時候,共工同顓頊爭奪皇帝之位,共工便用腦袋撞了不周山,把擎天的柱子撞斷了,維繫平地的力量也壞了。

主席詞《漁家傲》:喚起工農千百萬,同心幹,不周山下紅旗亂。自注:"共工是勝利的英雄,看來是沒有死。"

體會:這說明著主席不但在自己的著作中也引用神話傳說,而且還別開生面地因而不襲另加注釋。

12.《鶡冠子》

《天則》:一葉蔽目,不見泰山。

譯文:只用樹葉遮上眼睛,便會看不見泰山。

《毛選》:或則拿一時一地的強弱現象代替了全體中的強弱現象,一葉障目不見泰山而自以為是。(第二卷四四八頁)

體會:主席特用這句話來比喻那些只著眼於當前的表面現象,卻看不清楚主流和本質何在的人們。

(四)雜集

1.《文選》

(1)《報任少卿書》:人固有一死,或重於泰山,或輕於鴻毛。

譯文：人誰也避免不了死亡的，但是有死得比泰山還重大，也有死得連一根鴻毛都談不上的。

《毛選》：人總是要死的，但死的意義有不同，中國古時候有個文學家叫做司馬遷的說過："人固有一死，或重於泰山，或輕於鴻毛。"（第三卷一○○三頁）

體會：主席運用這幾句話來說明，必須是為了革命事業而犧牲的人，才是最有價值的。

（2）《後出師表》：鞠躬盡瘁，死而後已。

譯文：忠心耿耿，除死方休。

《毛選》：一切共產黨員，一切革命家，一切革命的文藝工作者，都應該學魯迅的榜樣，做無產階級和人民大眾的"牛"，鞠躬盡瘁，死而後已。（第三卷八七八頁）

體會：這兩句話本來是蜀漢諸葛亮對他的後主劉禪表示忠誠到底的，主席這裏卻是把它活用了一番，轉落在為人民服務要全心全意的新義上面了。

（3）《陳情表》：煢煢子立，形影相弔。

譯文：孤苦零丁，沒人理睬。

《毛選》：總之是沒有人去理他，使得他"煢煢子立，形影相弔"，沒有什麼可做了，只好挾起皮包走路。（第四卷一五○○頁）

體會：主席把李密描寫家庭情況的兩句話，用來形容司徒雷登在南京解放以後坐冷板凳的狼狽相，不但詞句現成，也分外令人覺得生動有力。

(4)《陳情表》:但以劉日薄西山,氣息奄奄,人命危淺,朝不慮夕。

譯文:奄奄一息,風燭殘年,已經不知道什麼時候就會一口氣上不來了。

《毛選》:資本主義的思想體系和社會制度已有一部分進了博物館(在蘇聯),其餘部分也已"日落西山,氣息奄奄,人命危淺,朝不慮夕",快進博物館了。(第二卷六七九頁)

體會:也是李密當年刻畫他祖母老病危殆、性命交關的情況的。主席在這裏則是借用它來指明資本主義的一套,已經到了"壽終正寢"的時代。

2.《陶淵明集》

(1)《五柳先生傳》:好讀書,不求甚解。

譯文:喜歡看書,但是不一定都要求看得懂。

《毛選》:現在我們很多同志還保存著一種粗枝大葉不求甚解的作風。(第三卷七八九頁)

體會:主席這裏是在教導我們無論學習還是工作,都必須是嚴肅認真地對待,才會取得成效。

(2)《桃花源記》:阡陌交通,雞犬相聞。其中往來耕作,悉如外人。

譯文:田地間的溝渠都縱橫交錯著,彼此聽得見雞叫狗咬的聲音。這裏來往耕作的情況,全跟外面的一樣。

詞《登廬山》:陶令不知何處去,桃花源裏可耕田?

體會:當年打算找到"桃花源"去安居樂業的陶潛,不知道哪裏去了。他應該曉得,現在的中國已經是到處可以安居樂業的好地方了。

3.《昌黎文集》

（1）《平淮西碑》：將臣相臣，文恬武嬉，習熟見聞，以為當然。

注釋："文恬武嬉"，貪圖安逸，不把國家大事放在心上。

《毛選》：反對文恬武嬉、飽食終日的亡國現象。（第一卷二四七頁）

體會：主席在斥責那些國民黨反動派，說他們以準備為名，實際上是不想抗日。

（2）《進學解》：業精於勤，荒於嬉；行成於思，毀於隨。

注釋："行成於思"，遇事須是反復思考以後，才能夠解決得好。

《毛選》：孔夫子提倡"再思"，韓愈也說"行成於思"，那是古代的事情。現在的事情問題很複雜，有些事情甚至想三四回還不夠。（第三卷八四五頁）

體會：主席對於孔子和韓愈的思想雖然都大加批判，可是這裏對於他們主張開動腦筋善用思想的說法，卻還是加以引用了的。

（3）《與孟尚書書》：百孔千瘡，隨亂隨失。

注釋："百孔千瘡"，糜爛不堪的樣子。

《毛選》：國民黨在取得滬寧等地、接通海洋和收繳敵械、收編偽軍之後，較之過去加強了它的地位，但是仍然百孔千瘡，內部矛盾甚多，困難甚大。（第四卷一一五二頁）

體會：這是主席看問題運用辯證方法的範例之一。就是說，不要看國民黨反動派在抗日戰爭勝利以後，因為佔據有利的物質條件好像暫時強大了，可是從其反動腐朽的本質上說，依舊是注定了要失敗的。

(4)《伯夷頌》:伯夷者,窮天地亘萬世而不顧者也,昭乎日月不足為明,崒乎泰山不足為高,巍乎天地不足為容也!

注釋:這些都是韓愈頌揚伯夷清高無比的話,不但誇飾得過火,而且也有借題發揮之處,因為作者完全是站在封建統治階級的立場講話的,所以不足為訓。

《毛選》:唐朝的韓愈寫過《伯夷頌》,頌的是一個對自己國家的人民不負責任、開小差逃跑、又反對武王領導的當時的人民解放戰爭、頗有些"民主個人主義"思想的伯夷,那是頌錯了。(第四卷一四九九頁)

體會:主席的目的是用伯夷來諷刺當代的"民主個人主義者",叫他們照照鏡子,不要再對美帝存有發善心的糊塗思想啦!

(5)《應科目時與人書》:熟視之,若無覩也。

譯文:直眉瞪眼地瞧著,好像不曾看見人一樣。

《毛選》:如果我們身為中國共產黨員卻對中國問題熟視無覩,只能記誦馬克思主義書本上的個別的結論和個別的原理,那末我們在理論戰綫上的成績就未免太壞了。(第三卷八一六頁)

體會:這是主席在教導我們說,理論是從實踐中得來的,尤其是馬列主義經典著作中的普通真理,必須與中國革命的具體經驗現實結合起來,才能夠有利於革命工作,否則完全陷入本本主義與教條主義的泥坑中去了。

4.《柳河東集》

《三戒·黔之驢》:驢一鳴,虎大駭,遠遁,以為且噬己也,甚恐。然往來視之,覺無異能者;益習其聲,又近出前後,終不敢搏。稍近,益狃,蕩倚沖冒。驢不勝怒,蹄之。虎因喜,計之曰:"技止此耳!"因跳踉大㘗,斷其喉,盡其肉,乃去。

譯文:運進貴州的這頭驢子,有一天嘶叫起來,把老虎嚇壞,以為驢子要咬它,跑得遠遠的,不敢沾邊兒。後來覺得這頭驢子沒有什麼了不起,同時也聽慣了驢子的聲音,於是又走攏了來,越近越熟識。便試驗著衝撞衝撞,只惹得驢性大發,用蹄子踢了起來。老虎這才放了心說:"原來只有這麼一點兒本領。"立刻咬斷了驢的咽喉,吃光了驢子的肉才走開。

《毛選》:柳宗元曾經描寫過的"黔驢之技",也是一個很好的教訓。一個龐然大物的驢子跑進貴州去了,貴州的小老虎見了很有些害怕。但到後來,大驢子還是被小老虎吃掉了。(第三卷八八三至八八四頁)

體會:這是主席把入侵中國的日本帝國主義者比做"黔驢",說它雖然貌似強大可是實際上辦法不多,終究會被代表人民堅決抗擊的八路軍消滅掉的。長了自己的威風,滅了敵人的銳氣,也未嘗不是主席的革命的樂觀主義精神的充分體現。

5.《論語朱注》

《學而》:曾子曰:"吾日三省吾身。"句下云:"有則改之,無則加勉。"

譯文:做錯了的就立刻糾正,沒有錯的要加以鞏固。

《毛選》:不懼怕批評和自我批評,實行"知無不言,言無不盡"、"言者無罪,聞者足戒"、"有則改之,無則加勉"這些中國人民的有益的格言,正是抵抗各種政治灰塵和政治微生物侵蝕我們同志的思想和我們黨的肌體的唯一有效的方法。(第三卷一〇九七頁)

體會:主席用這句成語來促使我們歡迎檢查,不怕批評,借使思想進步,工作效率提高。

6.《中庸朱注》

《十三章》:故君子以人治人,改而止。句下云:"即以其人之道,還治其人之身。"

注釋:就拿他曾經整治別人的方法來整治他。

《毛選》:宋朝的哲學家朱熹,寫了許多書,說了許多話,大家都忘記了,但有一句話還沒有忘記:"即以其人之道,還治其人之身。"我們就是這樣做的,即以帝國主義及其走狗蔣介石反動派之道,還治帝國主義及其走狗蔣介石反動派之身。如此而已,豈有他哉!(第四卷一〇九三頁)

體會:主席的意思是說,要以無產階級專政來對待國民黨反動派一黨專政的反動派政權。

7.《蘇東坡集》

(1)《前赤壁賦》:寄蜉蝣於天地,渺滄海之一粟。

譯文:蘇軾說人生在世,好像一個蜉蝣小蟲寄生於天地之間,他那分量也如同一粒粟米跟無邊的大海相比一樣,非常的渺小。

《毛選》:其次,怎樣去動員?靠口說,靠傳單佈告,靠報紙書冊,靠戲劇電影,靠學校,靠民眾團體,靠幹部人員。現在國民黨統治地區有的一些,滄海一粟,而且方法不合民眾口味,神氣和民眾隔膜,必須切實地改一改。(第二卷四七一頁)

體會:人民群眾才是最偉大的抗戰力量,不把人民動員起來一同對敵,如何談得上勝利,但是國統區的宣傳動員工作卻非常之差。

（2）《念奴嬌》：一樽還酹江月

注釋：用酒澆地表示祭告江月的意思。

主席詞《菩薩蠻》：把酒酹滔滔，心潮逐浪高。（把酒灑在滔滔的大江之中，心情也波浪似地高了起來。）

體會：一九二七年一月四日至二月五日，毛主席在湖南作農運考察，《菩薩蠻》詞編年為一九二七年春。漢口、長沙的紳士階級有反對農運的議論，山雨欲來風滿樓，毛主席感慨以之，心潮澎湃，極感沉重。

8.《元典章·廿二》

《戶部·倉庫》：即日正是青黃不接之際。

譯文：目前正是新糧食還未成熟，舊糧食已經用光的時候。

《毛選》：片面抗戰已無力持久，全面抗戰還沒有到來，這是一個青黃不接的危機嚴重的過渡期。（第一卷三七九頁）

體會：國民黨的所謂抗日，在一開始就處處被動十足地一副挨打的架勢。上海、太原，敗退以後，已經一片驚慌，步驟紊亂，故主席有此言。

9.《通典》

《兵典》：聲言擊東，其實擊西。

譯文：虛張聲勢地要在敵人的東面攻打，其實卻是出擊他的西邊的。

《毛選》："聲東擊西是造成敵人錯覺之一法。"（第二卷四八一頁）

體會：兵不厭詐，這也是主席對於兵法的新的運用與解釋。

10.《水滸傳》

（1）**"林沖棒打洪教頭"（第九回）**：洪教頭喝一聲"來來來"，便使棒蓋將入來，林沖往後一退⋯⋯

解說：這是第九回下半回裏的一段描寫，最後是洪教頭"撇下棒撲地倒了"。

《毛選》：《水滸傳》上的洪教頭在柴進家中要打林沖，連喚幾個"來""來""來"，結果是退讓的林沖看出洪教頭的破綻，一腳踢翻了洪教頭。（第一卷一九七頁）

體會：主席在講戰略戰術時，主張弱者先退一步，實行所謂的蓄勢反攻、以退為進的辦法。

（2）**"宋公明一打祝家莊"（第四十七回下半）至"宋公明三打祝家莊"（第五十回下半）**

《毛選》：《水滸傳》上宋江三打祝家莊，兩次都因情況不明，方法不對，打了敗仗。後來改變方法，從調查情形入手，於是熟悉了盤陀路，拆散了李家莊、扈家莊和祝家莊的聯盟，並且佈置了藏在敵人營盤裏的伏兵，用了和外國故事中所說木馬計相像的方法，第三次就打了勝仗。《水滸傳》上有很多唯物辯證法的事例，這個三打祝家莊，算是最好的一個。（第一卷三〇一頁）

解說：從第四十七回下半至第五十回下半，共有近七回的小說都是圍繞著宋江打祝家莊這個主題的。主席只簡單明了地用了一百多個字，就指出了宋江的反敗為勝是由於他的能夠從調查研究入手，摸清楚情況，轉化了矛盾，並且打了個內外夾攻，就是說，充分地運用了唯物辯證法的結果，實在值得我們繼續探索，深刻領會。

（3）"**景陽岡武松打虎**"（第三十三回下半）

《毛選》：在野獸面前，不可以表示絲毫的怯懦，我們要學景陽岡上的武松。在武松看來，景陽岡上的老虎，刺激它也是那樣，不刺激它也是那樣，總之是要吃人的。或者把老虎打死，或者被老虎吃掉，二者必居其一。（第四卷一四七八頁）

解說：這是主席把國內外階級敵人比做會吃人的老虎，只有消滅了他們才能夠安生，不該存在任何的幻想，刺激與否，更談不上了，反正他們是要害人的。

11.《西遊記》

（1）"**孫行者一調芭蕉扇**"（第五十九回）：行者……搖身一變，變作一個蟭蟟蟲兒，……嚶的一翅，飛在茶沫之下。那羅剎渴極，接過茶，兩三氣都喝了。行者已到他肚腹之內。

《毛選》：何以對付敵人的龐大機構呢？那就有孫行者對付鐵扇公主為例。鐵扇公主雖然是一個厲害的妖精，孫行者卻化為一個小蟲鑽進鐵扇公主的心臟裏去把她戰敗了。（第三卷八八三頁）

解說：毛主席教導抗日的軍政幹部們，要以精悍堅實對付敵人的臃腫龐大，才能取得最後的勝利。主席曾經不止一次地把勇敢善戰抗日到底的八路軍、新四軍比做神通廣大專能降妖捉怪的孫大聖，相反地卻把貌似強大入侵中國的日寇比做妖精。這裏頭也包含著信賴自己藐視敵人的深意。關於孫悟空與芭蕉扇的故事，主席在《念奴嬌·崑崙》詞中又自注說"夏日登岷山遠望，群山飛舞，一片皆白"，老百姓說當年孫行者過此，都是火焰山，就是借芭蕉扇滅了火，所以變白了。

（2）"**尸魔三戲唐三藏，聖僧恨逐美猴王**"（第廿七回）：行者道：

"師父錯怪了我也！這廝分明是個妖精,他實有心害你。我倒打死他,替你除了害,你卻不認得,反信了那呆子讒言冷語,屢次逐我。"

主席詩《和郭沫若同志》:一從大地起風雷,便有精生白骨堆。僧是愚氓猶可訓,妖為鬼蜮必成災。金猴奮起千鈞棒,玉宇澄清萬里埃。今日歡呼孫大聖,只緣妖霧又重來。

體會:《孫悟空三打白骨精》,主席這裏是從題目到內容都是活用《西遊記》的神話故事的,而把現代修正主義者比作欺人善變的"白骨精",用孫悟空來象徵敢於鬥爭敢於勝利的真正的馬克思列寧主義者,也是寓意深遠的。

12.《冷齋夜話》

宋詩人潘大臨《寄謝元逸書》:滿城風雨近重陽。

譯文:到處寒風冷雨,已是深秋的氣候了。

《毛選》:即使是很革命的人吧,受了那班"糟得很"派的滿城風雨的議論的壓迫,他閉眼一想鄉村的情況,也就氣餒起來,沒有法子否認這"糟"字。(第一卷十六七頁)

體會:借用形容氣象的成語,來擬說哄傳的語言,分外顯得動人。

13.《五燈會元》

(1)**匹馬單槍,則請相見**。

譯文:如果能夠匹馬單槍地一個人來,就可以相見。

《毛選》:一個則依靠單兵獨馬去同強大的敵人打硬仗。(第一卷八九頁)

體會:這是毛主席批判抗戰初期的關門主義者,藉以反襯抗日統一戰綫的重要。

（2）**曹翰征胡則**："翰渡江入廬山寺,和尚緣德談坐如常。翰曰:'汝不聞殺人不眨眼將軍乎?'德熟視曰:'汝安知有不懼生死和尚邪?'"

注釋:殺人不眨眼的曹翰,竟撞上了根本不怕死的和尚。

《**毛選**》:以蔣介石等人為首的中國反動派,自一九二七年四月十二日反革命政變至現在的二十多年的漫長歲月中,難道還沒有證明他們是一夥滿身鮮血的殺人不眨眼的劊子手嗎? 難道還沒有證明他們是一夥職業的帝國主義走狗和賣國賊嗎? (第四卷一三〇九頁)

體會:在這裏主席給蔣匪幫的凶狼面目、奴才本質,下了最確切最形象的按語。

14.《**南村輟耕録**》

寒號蟲自鳴曰:"得過且過。"

譯注:寒號蟲在寒天呼叫道"得過且過"。(這是循聲賦義的)

《**毛選**》:敷衍了事,得過且過。(第二卷三四八頁)

體會:毛主席在批評那些辦事不認真,馬馬虎虎混日子的人。

15.《**酉陽雜俎**》

狽前足絕短,每行常駕於狼腿上,狽失狼則不能動,故世言事乖者稱狼狽。

注釋:狼的兩條前腿長,後兩條腿短,狽則是前兩條腿短,後兩條腿長,所以狼沒有狽就走不好,狽沒有狼也走不好。

《**毛選**》:估計到某種時機,敵之勸降手段又將出現,某些亡國論者又將蠕蠕而動,而且難免勾結某些國際成分(英、美、法內部都有這種人,特別是英國的上層分子),狼狽為奸。

體會:毛主席預言國民黨反動派會和帝國主義勾結起來準備投降日寇的,要不斷地警惕著。

16.《歷代名畫記》

能握雙管,一時齊下。

譯文:有時同用兩隻筆,左右開弓地書寫作畫。

《毛選》:如此雙管齊下,就有可能克服大地主大資產階級的投降危險,並爭取時局的好轉的前途。(第二卷七〇六頁)

體會:這是在說能夠同時成功地做兩件事。

17.《唐詩紀事》

活剝張昌齡,生吞郭正一。

注釋:張、郭是初唐的兩個以才華著稱的詩人,這是在說有些作者生搬硬套兩人的程式。

《毛選》:一切外國的東西,如同我們對於食物一樣,必須經過自己的口腔咀嚼和胃腸運動,送進唾液胃液腸液,把它分解為精華和糟粕兩部分,然後排泄其糟粕,吸收其精華,才能對我們的身體有益,決不能生吞活剝地毫無批判地吸收。(第二卷七〇〇頁)

體會:主席以消化系統吸收營養的生理工作過程為例,來講說批判繼承的道理,生動具體,最容易領會。

18.《唐宋詩醇》

(蘇軾詩)洵乎獨立千古,非一代一人之詩也,而陳師道顧謂其初學劉禹錫,晚學李太白,毋乃一知半解歟!

譯文:蘇軾的詩句獨具風格,古今無二,陳師道竟說他是先學劉禹錫,後學李白的,這簡直是淺見。

《**毛選**》:我自己對於中國事情和國際事情依然還只是一知半解。

體會:這是毛主席的謙辭,他老人家特別強調學習,要當群眾的小學生。

第二部分　毛主席著作中所引述古籍作品注析

編　例

一、這裏選輯的材料,都是主席在自己的詩文中批判和引用過的古典文學作品。

二、按照時代的先後把它們排列了一下次第,並且適當地加以注釋(間亦補充有關資料)。

一、《愚公移山》部分
——從《愚公移山》出發,學習運用"神話""傳說"

1. 選取教材
《毛選·愚公移山》

中國古代有個寓言,叫做"愚公移山"。說的是古代有一位老人,住在華北,名叫北山愚公。他的家門南面有兩座大山擋住他家的出路,一座叫做太行山,一座叫做王屋山,愚公下決心率領他的兒子們要用鋤頭挖去這兩座大山。有個老頭子名叫智叟的看了發笑,說是你們這樣幹未免太愚蠢了,你們父子數人要挖掉這樣兩座大山是完全不可能的。愚公回答說:我死了以後有我的兒子,兒子死了,又有孫子,子子孫孫是沒有窮盡的。這兩座山雖然很高，卻是不會再增高了，挖一點就會少一點，為什麼挖不平呢？愚公批駁了智叟的錯誤思想，毫不動搖，每天挖山不止。這件事感動了上帝，他就派了兩個神仙下凡，把兩座山背走了。

現在也有兩座壓在中國人民頭上的大山，一座叫做帝國主義，一座叫做封建主義。中國共產黨早就下了決心，要挖掉這兩座山。我們一定要堅持下去，一定要不斷地工作，我們也會感動上帝的。這個上帝不是別人，就是全中國的人民大眾。全國人民大眾一齊起來和我們一道挖這兩座山，有什麼挖不平呢？（第三卷一一○二頁）

2. 對照古文
愚公移山（《列子·湯問》）

太行①、王屋②二山，方七百里，高萬仞③，本在冀州④之南，河陽⑤之北。

北山愚公者，年且九十，面山而居。懲⑥山北之塞，出入

---

① 太行：就是太行山，在山西、河北兩省交界的北方。
② 王屋：王屋山，在今山西省陽城縣西南。
③ 仞：八尺。
④ 冀州：現在河北、山西、河南、黃河以北和遼寧、遼河以西的地方，古稱冀州。
⑤ 河陽：在今河南省孟縣。
⑥ 懲：苦於。

之迂①也。聚室②而謀曰："吾與汝畢力③平險,指通豫南④,達於漢陰⑤,可乎?"雜然⑥相許。其妻獻疑⑦曰:"以君之力,曾⑧不能損魁父⑨之丘,如太行、王屋何? 且焉置土石?"雜曰:"投諸渤海之尾,隱土⑩之北。"遂率子孫荷擔⑪者三夫,叩⑫石墾壤,箕畚⑬運於渤海之尾。鄰人京城氏之孀⑭妻有遺男,始齔⑮,跳往助之。寒暑易節⑯,始一反焉。

　　河曲智叟笑而止之曰:"甚矣,汝之不惠⑰。以殘年餘力,曾不能毀山之一毛,其如土石何?"北山愚公長息⑱曰:"汝心之固⑲,固不可徹⑳,曾不若孀妻弱子。雖我之死,有子

---

① 迂:繞腳。
② 聚室:召集全家的人。
③ 畢力:竭盡全力。
④ 豫南:河南省的南部。
⑤ 漢陰:漢水南邊。
⑥ 雜然:紛紛地。
⑦ 獻疑:提出問題。
⑧ 曾:還。
⑨ 魁父:河南省開封市內的小山。
⑩ 隱土:古代地名。
⑪ 荷擔:挑擔子。
⑫ 叩:鑿打。
⑬ 箕畚:用土筐運輸。
⑭ 孀:寡婦。
⑮ 齔:七八歲剛換乳牙。
⑯ 寒暑易節:冬夏換季。
⑰ 不惠:不聰明。
⑱ 長息:大聲歎氣。
⑲ 固:頑固。
⑳ 徹:通達。

存焉;子又生孫,孫又生子;子又有子,子又有孫;子子孫孫無窮匱①也,而山不加增,何苦而不平?"河曲智叟亡以應。

　操蛇之神②聞之,懼其不已③也,告之於帝。帝④感其誠,命夸娥氏⑤二子負二山,一厝⑥朔東⑦,一厝雍南⑧。自此,冀之南,漢之陰,無隴斷⑨焉。

翻譯

太行王屋這兩座山,方圓七百多里,高達八萬尺,原在山西、河北兩省交界之處。

山北面的愚公已經九十歲了,家就住在山的對過。苦於山巔阻礙,出入繞腳,就召集全家人商議說:"咱們發點兒狠,把它鏟掉,叫人暢通河南,直達漢水邊上,你們看好不好。"大家當即表示贊同。愚公老妻懷疑地說:"你老人家也是風燭殘年,連魁父一樣的北山都動不了,還說太行、王屋嗎?而且往哪兒傾倒土石呀?"大家聽了,一齊說:"把它們送到渤海邊上隱土北面。"遂即帶著能夠挑擔子的兒孫三個人,鑿石平地,一筐筐地挑送到渤海北邊。街坊寡婦京城氏的小兒子

---

① 窮匱:窮盡。
② 操蛇之神:山神。
③ 已:停止。
④ 帝:天帝。
⑤ 夸娥氏:大力神。
⑥ 厝:放置。
⑦ 朔東:山西北部的自治區一帶北方。
⑧ 雍南:陝西甘肅。
⑨ 隴斷:障礙。

才七八歲也跳跳躂躂地前來幫忙。由冬到夏,須隔一個季節才能往返一次。

住在河灣子的智叟,笑著勸說愚公:“怎麼這樣糊塗,那你剩下的一點時光,連山的一毛之地都損傷不了,能把土石怎麼樣呢?”愚公聽了,長歎一聲說:“你這才算是頑固到底呢,連寡婦孤兒都比不上。要知道,我死之後,還有我的兒子。兒子又生孫子,孫子又生兒子。這樣子孫相傳,永無窮盡。可是山卻不會再增加了,還有什麼怕它平不了的?”弄得這位住在河灣子的智叟無話答對了。

“山神”知道以後,怕他們不停地毀壞,便向“天帝”打了報告。“天帝”為他們的堅決意志所感動,立刻叫“大力神”的兩個兒子背走這兩座大山。一個擱在山西北部內蒙古一帶北方,一個放在陝西、甘肅兩省交界之處。從此以後,從黃河北到漢水南,便通行無阻啦。

評析

接著讓我們介紹一下毛澤東同志運用神話傳說的事例,譬如《愚公移山》之作。

“愚公移山”的故事出於《列子·湯問》篇,毛澤東同志活用了它作了史無前例的散文。毛澤東同志的這篇文章在繼承運用中國文學遺產上,有幾個特色:

第一,直接使用古代寓言成語,作了文章的題目。

第二,通過重點翻譯的手法,簡單扼要地敘述了故事的內容。

第三,將古比今,為運用神話文學創造了範例。

我們都知道,毛澤東同志寫文章,無論是講說革命理論,宣示路綫政策還是指揮戰鬥辦法,都是根據客觀現實,先抓活的思想,從而有的放矢,昇華概括得斐然成章的。就是說,發言權來自調查研究,其目的在於解決問題,所以絕無按照抽象問題去做空詞議論的事體。題目產生於內容,言論淵源於實踐。因此,除非別有會心另起爐灶,就不大容易採用古代成語特別是像《愚公移山》這樣的神話傳說,作指導當前革命鬥爭的題目了。

這篇文章是一九四五年六月抗日戰爭勝利前夕,毛澤東同志在中國共產黨第七次全國代表大會上的閉幕詞。當時蘇聯紅軍業已攻入柏林,德國法西斯強盜已最後失敗。在東方,最後戰勝日本帝國主義的時機已經成熟,形勢的成敗對中國革命是極其有利的。但是問題卻在於美國霸權者,它正在支持蔣介石打內戰,企圖在抗日戰爭勝利後代替日本帝國主義統治中國人民,把中國變成美國的附屬國。何況當時日寇還沒有最後被打敗,國內外的反動勢力就已經蠢蠢欲動。因此,這個鬥爭肯定會是艱巨的長期的。毛澤東同志引用這個中國古代的寓言是為了形象地鼓舞起來全黨同志領導中國人民堅持戰鬥的決心與爭取勝利的信心的。

毛澤東同志徵引典故的最大特色,是他不止於像使用"葉公好龍"(劉向《新序·雜事第五》)這樣形象的成語,從正面去諷刺蔣介石等人在二七年北伐戰爭初期革命軍解放江西、兩廣、兩湖時,極力喊"喚起民眾"實際上卻害怕農民起來革命(第一卷四四頁)的醜態,還在於他能夠大而化之把過去的人物形象、故事情節,落實運用到當前的革命鬥爭任務上去,真正做到了以古喻今,鑒往知來,反應時代精神,歌頌英雄人物的鼓勵宣傳的目的。因而也就典範地向我們顯示了革命的現實主義和革命的浪漫主義相結合的藝術手法,具有無與倫比的優越性。毛澤東同志在《愚公移山》裏處理"愚公移山"這個見於《列子·湯問》的古代傳說的精神,正是這樣的。主席把它拿來作了簡要的譯述以後,立刻說了這樣一段話:

現在也有兩座壓在中國人民頭上的大山,一座叫做帝國主義,一座叫做封建主義。中國共產黨早就下了決心要挖掉這兩座山。我們一定要堅持下去,一定要不斷的工作,我們也會感動上帝的,這個上帝不是別人,就是全中國的人民大眾。全國人民大眾一齊起來和我們一起挖這兩座山,有什麼挖不平呢?(第三卷一一○二頁)

這還不是毛澤東同志把中國歷史上原本就不斷出現的敢於鬥爭敢於勝利的所謂移山倒海的先鋒人物,革命行動,變成著落在中國共產黨的身上,並且而又象徵地以帝國主義和封建主義比做了太行、王屋兩座大山,既有繼承又有發展的創作手法嗎?尤其曠絕百代的是,毛澤東同志將幾千年來一再遭受壓迫剝削與侮辱損害的廣大人民群眾,推尊為"上帝",不但叫這個擬人的至高無上的"大神"重返人間,同時還徑直叫它百千億萬化到老百姓身上去,鬧了一個大翻個兒,這哪裏是簡單的事體?

所以,我們從這篇文章裏,首先可以體會到毛澤東同志是完全相信革命的人民大眾的。他們才是歷史的創造者,他們不可戰勝,他們會依靠自己的鬥爭打破身上的枷鎖,也會依靠自己的雙手創造幸福的生活。這就是無論什麼時候,毛澤東同志制定任何政策,總是堅定的依靠人民,放手發動群眾的根本立腳點。

其次是我們也能夠認識到毛澤東同志完全信賴戰無不勝的馬克思列寧主義的科學真理的所在。列寧在《帝國主義是資本主義的最高階段》一文裏早就說過,帝國主義是壟斷、寄生、腐朽、垂死的資本主義,是資本主義發展的最後階段。因而它就必然是無產階級革命的前夜,最後導致帝國主義死亡的前夜。好啦,既有社會發展的理論根據,又有人民創造的物質力量,那麼,結果豈有不是大山挖倒、人民翻身之理?第三次國內革命勝利的結果,中華人民共和國的巍然存在,不就是鐵一樣的事實嗎?毛澤東同志對於革命事業勝利的能夠前知,以及他老人家始終一貫的革命的樂觀主義,也即植根於此。

《愚公移山》這篇文章的思想和精神,對於鼓舞我國人民克服社會主義革命和建設的困難,也起過極大的作用。當前我們學習這篇文章,更有其偉大的現實意義。因為我們的社會主義革命還沒有徹底完成,霸權主義者還嚴重地威脅著我國的安全和社會主義的建設。身在中國,胸懷全球,前程遠大,任務艱巨的我們,尤其應該高舉毛澤東的思想紅旗,鼓足幹勁,力爭上游,繼續發揮"愚公移山"的精神。

下面讓我們也對毛澤東同志的重點翻譯和扼要介紹寓言內容說幾句話。因為,這裏邊既包含著"去粗取精"的精神,也運用了"一分為二"的方法。就從正面人物愚公談起吧。按照寓言原文看,愚公的幹勁再足,決心再大,查其用意,還不是為了解決一家一戶的交通問題嗎?恐怕只能說在客觀上也符合其他人民的利益的。可見,毛澤東同志採取的單單是他這敢於向自然作鬥爭,而且堅持到底的一點。"愚公批判了智叟的錯誤思想,毫不動搖,每天挖山不止",這便是毛澤東同志的按語。還有,寓言裏講的是"搬山","山神"由於怕把兩座大山毀掉,這才報告"上帝"挪了地方的。因此,我們不僅要問:它們在冀州、河陽的時候阻塞了愚公的出路,難道說搬到朔北、雍南以後,就不障礙別人了嗎?所以這是一種以鄰國為丘壑的損人利己的辦法。毛澤東同志是不會批准的。因為,毛澤東同志在自己的文章裏,強調了"挖"字嘛。"全國人民一齊起來和我們一道挖這座山,有什麼挖不平呢?"這就是毛澤東同志的結論。由此種種,可以熟知毛澤東同志強調"愚公不愚""智叟不智"，那裏是"搬"，這裏是"挖"的深意了。

說到這裏，我們還可以為毛澤東同志這種偉大的無產階級世界革命的精神，找到另外一個佐證。毛澤東同志《崑崙》的《念奴嬌》詞，這是大家都知道的。他對這個"橫空出世……攪得周天寒徹，夏天消溶，江河橫溢，人或為魚鱉"的"崑崙"，是什麼態度呢？毛澤東同志絲毫也沒有把它搬到別處礙人的想法，反而為了"不要這高，不要這多雪"，而"倚天抽寶劍"地"把汝裁為三截"，也就是廢物利用地把壞事變成好事地徹底改造了它利用了它。特別是把它改造好了以後的安排："一截遺歐，一截贈美，一截還東國。太平世界，環球同此涼熱"的胸襟，試想想吧，這是什麼樣的氣魄？驚天動地，震古鑠今，恐怕像這一類的狀詞，都不足形容它的豪邁啦。所以，我們千萬不可忽視《愚公移山》裏頭的"背走"與"挖掉"，字有萬鈞，毫釐千里，毛澤東同志不是隨便用用的。

其次，"以物起興，以此物比彼物"的創作手法，原本也是我國幾千年來的優秀傳統。遠在《詩經》《周易》等書編輯成卷的時候，便大行其道了。抽象比興，誰不知道通過某些已知的常見的為人們容易瞭解的事物，最有利於說明抽象的道理呢？只是像毛澤東同志這樣指揮若定、斐然成章的大手筆，還是前所罕見的。

毛澤東同志還充分運用了《西遊記》裏的神話人物"孫悟空"。他說：

鐵扇公主雖然是一個厲害的妖精，孫行者卻化為一個小蟲鑽進鐵扇公主的心臟裏，去把她戰敗了。（第三卷八八三頁）

　　這段小說的故事情節,在《西遊記》第五十九回《孫悟空一調芭蕉扇》中。《西遊記》雖是一部談魔說怪的書,但是孫悟空卻是這裏面最有光輝的正面人物。他神通廣大,專能"降妖捉怪"。毛澤東同志曾經把勇敢善良抗日到底的八路軍、新四軍比做孫悟空。反之,也曾把入侵中國貌似強大最後終於被打垮的日本帝國主義者比作"妖精"。這一比擬的本身,就包含著相信自己、藐視敵人的深遠意義的,但也並非妄自誇大盲目樂觀之類。因為毛澤東同志處處教導我們在戰略上要重視他們的,須是先機主動肆應無窮地去對付他們。例如這裏所說的"以我之精悍堅實對敵之臃腫龐大",才可以制服了它,戰無不勝就是。關於孫悟空制服鐵扇公主的故事,毛澤東同志在《念奴嬌·崑崙》詞中也提到過。他在"飛起玉龍三百萬"下注釋說:"夏日登岷山,遠望群山飛舞,一片皆白。老百姓說,當年孫行者過此,都是火焰山,就是他借了芭蕉扇,扇滅了火,所以變白了。"也是毛澤東同志特別推崇來自民間的神話傳說,並且靈活掌握,使為我用之一證。倒是在《孫悟空三打白骨精》的詩歌裏,毛澤東同志是從題目到內容全體使用了孫行者降妖捉怪的神話的。他在這裏把霸權主義者比作"白骨精",而把堅持鬥爭必然勝利的馬克思列寧主義者,比作"孫悟空"。詩為七律:

　　　　一從大地起風雷,便有精生白骨堆。僧是愚氓猶可訓,
　　妖為鬼蜮必成災。金猴奮起千鈞棒,玉宇澄清萬里埃。今日
　　歡呼孫大聖,只緣妖霧又重來。

　　詩有雷霆萬鈞之力,如同戰無不勝的馬克思列寧主義一樣,足使披著革命外衣的霸權主義者原形畢露,喪魂奪魄。而"歡呼大聖,杜滅妖霧,金箍棒下,玉宇澄清"的話,又是多麼地振奮人心呀!愛恨分明,

有我無敵,堅持鬥爭,嚮往勝利,真是革命的現實主義與革命浪漫主義高度結晶的範例。

我們說過馬克思主義經典作家都是巧用比喻的大師,在他們的著作中,有著各種各樣的比喻,他們通過它們使著自己的觀點、論證、雄辯機智地顯示出來。即以馬克思主義的創始者馬克思本人為例,馬克思曾經把革命比作"歷史的火車頭",把"暴力"比作誕生新社會制度的"產婆"。尤其是可以和毛澤東同志先後輝映的是,馬克思也使用神話寓言來解說現實問題。馬克思曾說德國政府當日無視女童工慘被剝削的情況和他們極端貧苦的生活狀況,等於戴起波西亞斯追尋巨魔的隱身帽子不去追尋巨魔,卻把它緊緊地遮住耳目一邊否認巨魔的存在(《資本論》初版序)。實在不該採取這種掩耳盜鈴欺騙自己的態度。

可見,毛澤東同志在這一方面不但繼承發展了中國神話傳說擬人的優良傳統,同時也跟革命的導師馬克思活用神魔渲染語文的說服力量是若合符節的。何況毛澤東同志還能夠把它們演繹成章,有詩有文的整體比興了呢? 這對於那些特別熱心"造神"的民主資產階級用最漂亮的思想外衣,裝扮起來的"神"的觀念(列寧的話),藉以麻痺人民和工人的最卑劣最危險的行為來說,應該又是一個革命的與反動的極其鮮明的分野。

但是正因為經典作家的這樣善於借用神話傳說解決當前的革命問題,他們也就最先進最正確地把神話傳說的性質給我們交待清楚了。馬克思說:

> 任何神話都是用想像和借助想像以征服自然支配自然的力,把自然力加以形象化,因而,隨著這些自然力之實際上被支配,神話也就消失了。(《政治經濟學批判導論》)

這無異於說,純憑想像產生出來的神話,只有當它們通過鬥爭,講求實踐,取得成功,變為真事以後,才是可信的。可是,到這時候,作為征服自然、支配自然的此類想像,也就不再具有"魅力"了。例如,我們創造發明了飛機、飛船、手雷、擲彈筒,對於孫悟空的"筋斗雲"、廣成子(《封神榜》)的"翻天印",便不再覺得那麼神秘了。所以,引用神話傳說的目的,歸根到底還是在於促進革命的人民有所發現,有所發明,有所創造,有所前進。如果只是唯心的、主觀的、個人主義的胡亂思維一陣,停止於觀念滿足的境界,那便大錯特錯了。毛澤東同志不是也說麼:

> 神話中的許多變化,例如《山海經》中所說的"夸父追日"、《淮南子》中所說的"羿射九日"、《西遊記》中所說的孫悟空"七十二變"和《聊齋志異》中的許多鬼狐變人的故事等,這種神話中所說的矛盾的互相變化,乃是無數複雜的現實矛盾的互相變化對於人們所引起的一種幼稚的、想像的、主觀幻想的變化,並不是具體的矛盾所表現出來的具體的變化。
>
> 這種神話中的(還有童話中的)千變萬化的故事,雖然因為它們想像出人們征服自然力等等,而能夠吸引人們的喜歡,並且最好的神話具有"永久的魅力"(馬克思),但神話並不是根據具體的矛盾之一定的條件而構成的,所以它們並不是現實之科學的反映。這就是說,神話或童話中矛盾構成的諸方面,並不是具體的同一性,只是幻想的同一性。科學地反映現實變化的同一性的,就是馬克思主義的辯證法。
>
> (第一卷三九頁)

由此可見,反映於愚公移山這一神話傳說中的人物情節,並不是現實之科學反應,只有等到毛澤東同志把這種幻想變化發展,成為黨和人民一道會徹底挖掉壓在頭上的帝國主義、封建主義這兩座大山,而尊人民為上帝,這才具有現實的與浪漫的辯證意義。

3. 補充資料
葉公好龍(劉向《新序·雜事五》)

子張①見魯哀公②,七日而哀公不禮,托僕夫而去曰:"臣聞君好士,故不遠千里之外,犯霜露,冒塵垢,百舍③重趼④,不敢休息以見君,七日而君不禮,君之好士也,有似葉公子高之好龍也。葉公子高好龍,鉤以寫龍,鑿以寫龍,屋室雕文以寫龍,於是夫龍聞而下之,窺頭於牖,拖尾於堂,葉公見之,棄而還走,失其魂魄,五色無主,是葉公非好龍也,好夫似龍而非龍者也。今臣聞君好士,不遠千里之外以見君,七日不禮,君非好士也,好夫似士而非士者也。詩曰:'中心藏之,何日忘之。'敢托而去。"

---

① 子張:孔子弟子顓孫師。
② 魯哀公:名將,定公之子。
③ 百舍:換上百個旅店,奔赴而來,不敢休息。
④ 重趼:趼同繭。走長途腳下磨成厚繭。

夸父追日(《山海經·海外北經》)

夸父與日逐走,入日,渴欲得飲,飲於河渭,河渭不足,北飲大澤,未至,道渴而死。

羿射九日(《淮南子》)

堯之時,十日並出,焦禾稼,殺草木,而民無所食。猰㺄、鑿齒、九嬰、大風、封豨、修蛇皆為民害。堯乃使羿誅鑿齒於疇華之野,殺九嬰於凶水之上,繳大風於青丘之澤,上射十日而下殺猰㺄,斷修蛇於洞庭,禽封豨於桑林,萬民皆喜。

二、《詩經·伐木》部分

以物起興、古為今用的事例,毛澤東同志在活用《詩經》的文字中也體現得極為精當,如引自《伐木》等章的章句:

我們中國人民是處在歷史上災難最深重的時候,是需要人們援助最迫切的時候。《詩經》上說的"嚶其鳴矣,求其友聲",我們正是處在這種時候。(第二卷六五一頁)

223

　　毛澤東同志在自己的著作裏直接提到《詩經》並且跟著就引用了它的詩句的地方只有這一處,句出《小雅·伐木》第一章詩中(詩共六章,章各六句),全章詩是這樣的:

　　　　伐木丁丁,鳥鳴嚶嚶。出自幽谷,遷於喬木。嚶其鳴矣,
　　求其友聲。相彼鳥矣,猶求友聲。矧伊人矣,不求友生? 神
　　之聽之,終和且平。

　　這本是一首宴會朋友的樂歌,大意是這樣的:棲居於深谷叢林中的野鳥,被進山伐木人叮叮噹噹的伐木聲所驚擾。為了尋覓安全飛遷到了另外的高木之山上,可是擔心還不曾離開的同類受害,聲喚它們也作速出來。以鳥比人,意境都美。

　　毛澤東同志在這裏卻是摘取了其中最有代表性的兩句,藉以生動地說明我們在抗日戰爭初期迫切需要這種援助,全世界無產者和被壓迫人們應該聲應乞求地聯合起來,共同反抗法西斯強盜的侵略,否則大家得不到安生的。

　　當然《斯大林是中國人民的朋友》這篇文章的重點,是要教育當時抗日的中國人民要分清敵我莫去上當,指出唯有以斯大林為代表的蘇聯人民才是中國人民解放事業的忠實的朋友。因為"他們是拿真正的同情給我們的,他們是把我們當兄弟看待的"。

　　應該承認,直到現在這種比方尤其是這個教導,對我們說來還是非常具有現實意義的。一手搖橄欖枝,一手丟炸彈的不依舊是霸權主義者嗎? 好話說絕,壞事幹盡,儘管它們已經日暮途窮,但是它們的侵略本性與投降實質根本不會改變的。所以我們必須牢記毛澤東同志的教言加強戰鬥行為。

像體現於《詩經》裏頭這樣的比興手法,毛澤東同志在自己的著作中採用甚多,但是沒有一處不是經過翻新加以熔鑄了的。讓我們就舉"蒼蠅"為例,先說見於《詩經》中的兩章:

《齊風‧雞鳴》:雞既鳴矣,朝既盈矣。匪雞則鳴,蒼蠅之聲。

譯文:雞已經叫了,朝會的人恐怕都到齊了。不是雞叫,是討厭的蒼蠅薨薨的聲音。

《小雅‧青蠅》:營營青蠅,止於樊。豈弟君子,無信讒言!

譯文:又飛又鳴的青蠅,已經落到籬笆上了。耳朵軟的人哪,你可別輕信壞話!

毛澤東詩詞:

《冬雲》:梅花歡喜漫天雪,凍死蒼蠅未足奇。

《滿江紅》:小小寰球,有幾個蒼蠅碰壁。嗡嗡叫,幾聲淒厲,幾聲抽泣。

要掃除一切害人蟲,全無敵。

因而不襲,入而不染。從上面列引的詩詞中我們立刻就可以對比出來毛澤東同志這種匠心獨運淩越前人的偉大氣魄。如果多說幾句的話就是,蒼蠅自古以來就是使人討厭的東西,只看它在《詩經》裏的聲勢,也就不簡單啦。任憑它薨薨飛鳴聲音都大似雞叫了,而且不止於侵入藩籬,甚至要擾人清睡,還拿它一點辦法也沒有。到毛澤東同志手裏發展了比做讒言的說法,徑直用它象徵害人的老修,不必細講。值得我們特別學習的地方,乃在於毛澤東同志把蒼蠅當年那種任意飛鳴干擾損害的聲勢,一下子就貶抑成為碰壁以後的淒厲的抽泣,最後還有凍死它,掃除它,這便不是什麼修辭謀篇形式技巧方面的事了。因為藐視鄙視霸權主義者老修,敢於鬥爭敢於勝利的精神,都從此中體現出來了。

有人說,毛澤東同志的著作特別是詩詞部分,簡直可以作為中國人民革命的史詩來讀。這話我們完全同意,因為,通過它們的確真實地反映了中國人民戰鬥前進的生活,塑造了頂天立地繼往開來的中國巨人形象,從而以無與倫比的熾熱熱情歌頌了中國革命事業的空前勝利。"少而精"(發表出來的只三十七條),"麗以則"(具有獨特的風格與色彩),在詩歌這一文學創作上,給我們樹立了前所未有的典範。

不是嗎?毛澤東同志的詩詞也"載道",但載的是馬列主義毛澤東思想之道;也"言志",而言的是救中國、救人民、救世界的志;也"抒情",惟抒的是無產階級人民大眾之情;也"記事",卻記的是革命鬥爭勝利前進的事。從這裏面,除了使人受到鼓舞、大增志氣、大長見聞以外,便是可以學習把革命的現實主義和革命的浪漫主義密切結合起來的藝術手法了。為什麼會是這樣的呢?讓我們舉例說明如下:

毛澤東同志的詩詞採用的是舊體,多用文言。誰都知道,這些東西是以體現個人情調、舞弄綺靡辭句作為最大的功能的。"詩窮然後工","嗟歎之不足,故詠歌之","自從建安來,綺麗不足珍","爭一字之奇,鬥一句之巧",古典文學發展的歷史存在著這種情況。可是毛澤東同志運用它們的結果,只叫人覺得這是在繼承民族形式,活用古典語言革命內容，無往不利，信手拈來，相得益彰，充分發揮了施工在我，材料由人，從成品上看問題的精神。

先舉毛澤東同志寫戰爭的詩詞為例。從它所反映的精神實質上講，可以說，"戰爭"和"勝利"這兩個概念有著等於同義詞的意義。從"井岡山"直到"人民解放軍佔領南京"，沒有那一首的主題思想不是這樣的。"黃洋界上炮聲隆，報導敵軍宵遁"（《井岡山》），"紅旗越過汀江，直下龍巖上杭"（《蔣桂戰爭》），"命令昨頒，十萬工農下吉安"（《廣昌路上》），"今日向何方，直指武夷山下"（《元旦》），"席捲江西，直搗湘和鄂"（《從汀州向長沙》），"二十萬軍重入贛，風煙滾滾來天半"（《反第一次大圍剿》），"橫掃千軍如卷席。有人泣，為營步步嗟何及"（《反第二次大圍剿》），"百萬雄師過大江，天翻地覆慨而慷，宜將剩勇追窮寇"（《人民解放軍佔領南京》），有一首例外的嗎？沒有。而且我們不能忘記這些輝煌的戰果，都是以小敵大、以弱敵強，一步步一年年打出來的。

這是因為我們打的是永不倒下永不褪色的"紅旗"，我們憑的是戰無不勝攻無不克的"天兵"。"風展紅旗如畫"（《元旦》），"風卷紅旗過大關"（《廣昌路上》），"六月天兵征腐惡"（《從汀州向長沙》），"天兵怒氣衝霄漢"（《第一次大圍剿》）。試問這樣的英雄氣概這樣的巨大威力，在中國的舊詩詞裏向哪裏去找呢？漢代有赤幟王自稱"天兵"，雖然是古已有之的名物，但他們原來代表的東西卻遠不是那麼一回了。從一詞之微也可以看出來主席古為今用的博大之處的。

三、"樊遲請學稼"部分

1. 選取教材
青年運動的方向(《毛選》)

全國各地,遠至海外的華僑中間,大批的革命青年都來延安求學。今天到會的人,大多數來自千里萬里之外,不論姓張姓李、是男是女、作工務農,大家都是一條心。這還不算全國的模範嗎?延安的青年們不但本身團結,而且和工農群眾相結合,這一點更加是全國的模範。延安的青年們幹了些什麼呢?他們在學習革命的理論,研究抗日救國的道理和方法。他們在實行生產運動,開發了千畝萬畝的荒地。

開荒種地這件事,連孔夫子也沒有做過。孔子辦學校的時候,他的學生也不少,"賢人七十、弟子三千",可謂盛矣。但是他的學生比起延安來就少得多,而且不喜歡什麼生產運動。他的學生向他請教如何耕田,他就說:"不知道,我不如農民。"又問如何種菜,他又說:"不知道,我不如種菜的。"中國古代在聖人那裏讀書的青年們,不但沒有學過革命的理論,而且不實行勞動。

現在全國廣大地方的學校,革命理論不多,生產運動也不講。只有我們延安和各敵後抗日根據地的青年們根本不同,他們真是抗日救國的先鋒,因為他們的政治方向是正確的,工作方法也是正確的。所以我說,延安的青年運動是全

國青年運動的模範。(第二卷五五六頁,1939 年 5 月 4 日)

2. 對照古文

樊遲請學莊稼(《論語・子路》)

　　樊遲①請學稼②,子曰:"吾不如老農。"請學為圃③。曰:
"吾不如老圃。"樊遲出。子曰:"小人④哉,樊須也! 上好禮,
則民莫敢不敬;上好義,則民莫敢不服;上好信,則民莫敢不
用情⑤。夫如是,則四方之民繈⑥負其子而至矣,焉用稼?"

譯文

　　樊遲請求孔子教給他種田,孔子說我不是農民,又請教教給他種
菜,孔子也說我不如種菜人。樊遲走後,孔子訓斥他說,樊須真是小人
見識,上面講憲法,老百姓就誰也不敢不敬畏,上面注重義氣,老百姓
也就不敢不服從,上面提倡信用,老百姓更加會真誠樸實。這樣一來
各處的老百姓就背著孩子找上來了,還用自己耕稼作什麼?

---

① 　樊遲:孔子弟子,名須。
② 　稼:種植穀物。
③ 　圃:種菜。
④ 　小人:勞動人民。
⑤ 　情:真實。
⑥ 　繈:背嬰兒的巾兜。

3. 參證(剝削主義之引申者)
有為神農之言者許行(《孟子·滕文公上》)

曰:"百工之事,固不可耕且為也。"

"然則治天下獨可耕且為與? 有大人之事,有小人之事。且一人之身,而百工之所為備。如必自為而後用之,是率天下而路也。故曰:或勞心,或勞力;勞心者治人,勞力者治於人;治於人者食人,治人者食於人:天下之通義也。"(這是孟軻藉口社會分工,使人民安於被剝削。)

焦循曰:孟子言百工各為其事,尚不可得耕且兼之。人君自天子以下,當治天下政事,此反可耕且為邪? 欲以窮許行之非滕君不親耕也。孟子謂五帝以來,有禮義上下之事,不可復若三皇之道也,言許子不知禮者也。人道自有大人之事,謂人君行教化也。小人之事,謂農工商也。勞心,君也。勞力,民也。君施教以治理之,民竭力治公田以奉養其上,天下通義,所常行者也。【後缺】

評析

【前缺】

解釋最為全面,從立國之本的綱常倫理,到有關個人視聽言行的清規戒律都做了統一的安排。他叫我們認識到孔子之"禮"的確是封建社會的等級制度和相伴而來的宗法道德的一個整體的稱謂,因此我們也就知道為什麼在經濟上政治上已經打垮了地主階級的此刻,還不能就算徹底消滅了它,必須再接再厲地連根拔掉殘存的封建意識才成。

4. 批判

自從人類社會劃分為階級以及出現了國家以後,道德就隨之成為階級的道德,變成統治階級奴役和危害被統治者之強有力的工具,像封建社會裏頭作為"五常"的仁義禮智信這樣的道德概念,明明是從生於君臣、父子、夫婦、昆弟、朋友這個所謂"五倫"的。誰不曉得"父子有親,君臣有義,夫婦有別,長幼有序,朋友有信"的一套呢?現在卻偏偏還有劉節與周谷城之流,認為可以超越歷史條件和階級關係去講究繼承,真是豈有此理!列寧說:"我們摒棄從超人類和超階級的概念中援引出來的德性。我們說這是欺騙,這是為了地主和資本家的利益來愚弄和禁錮工農頭腦的伎倆。我們說,我們的德性完全服從於無產階級階級鬥爭的利益,我們的德性是從無產階級階級鬥爭利益中引申出來的。"(《論馬克思恩格斯主義和馬克思主義》中的《青年團的任務》四四二頁)

5. 入題

主席說:"中國古代在聖人那裏讀書的青年們,不但沒有學過革命的理論,而且不實行勞動。"(《毛選》第二卷五五六頁)我們通過上面一系列的介紹與分析,知道孔子教給學生的都是些什麼東西了,果然沒有革命的理論,否則就不成其為封建社會的聖人啦。即說"不實行勞動"這件事吧,便是從根本上抬高士子、輕視農人的一種表現,也就是勞心者治人、勞力者治於人的剝削的政治思想。樊遲請求孔子教給他耕種,孔子說不如農夫,自己不知道還不要緊,問題卻嚴重在樊遲出去以後孔子貶斥他為"小人"的一段話中。"小人"在《論語》和別的經傳中是和"君子"對稱的一個名詞。"君子"的涵義既是"道德之稱"(《白虎通‧號篇》),"人之成名"(《禮記‧哀公問》),不用說,"小人"必定與此相反了。劉寶楠《論語正義‧為政》"小人比而不周",《正義》認為:它有"微賤""無德"二義,我們根據《周書‧無逸》"知稼穡之艱難,則知小人之依",以及《孟子‧滕文公上》"有大人之事(治天下),有小人之事(農耕)"的講法,可以徑直地指出孔子是在輕視勞動人民的。

6. 再論

特別是跟著"小人"的貶斥以後,那一段驅使老百姓不敢不來供備役使生產糧食的話,不是堅定地站在封建統治階級立場去發揮"禮""義"與"信"的管制作用嗎?雖然說得堂皇,一樣露了馬腳,叫人看清楚了孔子的道德實質。原本是為了嚴"上""民"之分,從而不耕而食、不勞而獲的。斯大林說:"我們的偉大導師列寧說過:'不勞動者不得食。'列寧的話是什麼意思?是反對什麼人的呢?就是要反對那些剝削者,反對那些不勞而獲的人,即反對那些強迫他人做工,靠剝削他人來發財致富的人。此外還要反對什麼人呢?還要反對那些好吃懶做,想靠他人來享福的人。"(《列寧主義問題:在第一次全蘇聯集體農莊突擊隊員代表大會上的演說》五五六頁)好啦,斯大林的這一段話,正好拿來跟孔子當年對樊遲的一段,認真研究比較一番。

誰是歷史的主人?勞動人民。因為自古以來社會上所有的物資財富,都是他們手腦並用朝乾夕惕地生產和創造出來的。照道理說,生產者本來就應該是消費者,可是狡獪的統治階級,從大奴隸主到大地主,卻捏造出來"天命",還藉口"社會分工",硬要廣大的農奴與農民,胼手胝足、流血流汗地去滿足他們的物質需要,一直驕奢淫逸,致使別人活不下去的時候,那就只有聽憑被壓迫者起來造反了。一部社會發展史之所以是一部階級鬥爭史,其根源便在於此。主席批判孔子沒有做過"開荒種地"的事,說他的學生再多也比不上延安,還"學不到革命的理論"。這些話看似平常,實際上是給了世人當頭一棒。找典型,反封建,叫我們特別注意,脫離勞動的教育是剝削階級的教育。因為他導致腦力勞動和體力勞動分家,使著掌握文化知識的人變成了精神貴族,長久不勞而食地依附於統治階級,為他們的危害人民的政權效勞。與此相反,廣大勞動群眾也就因此長久地被剝奪了文化教育的權利,弄得人們目不識丁,聽受宰割。這就不止是封建社會裏頭的大地主和農民們的情況,在資本主義社會裏資本家對待工農大眾亦復如是。

偉大的革命導師列寧和我們的主席都經常徹底揭露資產階級知識分子此類理論的虛偽性,說他們是企圖混淆歪曲人民群眾與個人在歷史上的作用,說他們想盡辦法來譭謗勞動人民,好像從古至今的勞動人民在文化上和精神上都沒有什麼貢獻似的。在另一方面他們卻千方百計地把歷史歸結為"挑選出來的個人的活動",顛倒是非,捏造黑白,這怎麼能夠允許呢?他們這種思想反映到道德標準上的時候,就更荒謬了。在封建社會裏頭是"君君、臣臣、父父、子子"一套的宗法觀念,所謂"刑不上大夫,禮不下庶人",只要是個封建貴族,那便有得享受,有得享福,什麼全是與眾不同,必須特殊化的。在資本主義社會中,他是同樣的不堪。用馬克思恩格斯的話來說,就是資產階級"使人與人之間除了赤條條的利害關係之外,除了冷酷無情的現金交易之外,再也找不出什麼別的聯繫了。他把人的資格變成了交換價值"

(《共產黨宣言》)。

因此,我們可以斷言,資產階級的道德原則是追求個人利益和獸性的私欲。"每個人都是為自己,只有上帝才為大家","自己的襯衫最貼身",這是西洋的俗話。"人不為己,天誅地滅","爹有媽有,不如懷揣自有",這是中國的舊言。可是,不管他是哪國人說的,都可作為最常用的資產階級的實際道德準則,則是並無二致的。這就是說極端的個人主義和追逐利潤的精神貫穿著資本主義社會的一切關係,它是資產階級道德最重要的組成因素。在資本主義社會裏,金錢的數目成為人最重要的品質,"有錢的王八做上席","有錢可使鬼推磨",人的價值不是決定於他個人的能力品質才幹等等,而是決定於他們的財富,金錢能夠把任何缺陷變為美德,所謂"一俊遮十醜"者是。金錢也能將一個人的美德變成缺陷,因為他可以造謠、誹謗、歪曲事實,只要通過收買利誘,甚至能夠使在肉體上和人格上有問題的人,消失掉原來的醜態,被賦予一些與他原來所具有的缺點恰好相反的東西。譬如一個愚蠢虛偽而又兇狠的人,如果他很富有,那麼,在資本主義社會的階級條件下,他仍然可以得到榮譽和別人的尊敬。

我們都知道,教育是為政治服務的。它的思想內容和從而建立起來的制度總是為了維護他所從屬的那個階級的利益的。這就是孔子為什麼要以六藝教學,並且嚴格地劃分"君子""小人"的道理了。為封建統治階級培養安邦定國的人才,自然不會重視勞動生產的。如同當代美國的杜威一樣,雖然也談勞動教育,但那是為了麻醉無產階級,叫他們安心於資本家的剝削的,不過是體現"實用主義"教育思想的一個著數罷了。因為,他根本不主張資本家同樣從事勞動生產的。就說凱洛夫的教育學吧,形式繁瑣還是小了,並不一般地對勞動生產,卻大有問題。因為他強調科學技術的重要性,既未讓政治掛帥,也不倡導半工半讀。一句話,只專不紅,加深了知識分子腦力勞動跟體力勞動分家的情況,所以蘇聯衛星上了天,可是出了修正主義。

唯有我們的主席,從勞動創造世界、歷史基於勞動人民的這一根本觀念出發,遠在抗日戰爭時期,就這樣繼往開來、鑒古知今地批判了孔子,揭示出勞動生產對於當代青年的極端重要性,以為後此的今日,培養德智體全面發展的接班人打下了基礎。特別是消滅腦力勞動與體力勞動的差別,階級鬥爭知識與生產勞動知識須是相提並論的道理,主席講得更為懇切。例如主席諄諄告誡,我們要厚今薄古,莫再崇拜偶像說:

> 我幼年沒有進過馬克思列寧主義的學校,學的是"子曰:學而時習之,不亦說乎"一套,這種學習的內容雖然陳舊了,但是對我也有好處,因為我識字便是從這裏學來的。(《毛選》第三卷六二〇頁)

我們都知道,"子曰:學而時習之"是《論語》的開宗明義第一章,而《論語》位居群書之首,是記載孔丘言行的專書。主席告訴我們讀了此類內容陳舊的經傳,其好處只在於多認識了些漢字。試想想吧,這是一種什麼樣的革命精神!活用語言,多麼偉大!

當然,跟著我們也應該說明,主席對待問題的辦法永遠是一分為二的。只要看清楚它的主要矛盾,又要找出來它可以轉化的所有,用主席的話說,就是"不破不立、去粗取精"了。主席對於孔子和《論語》的態度也是一樣。以孔子為首的久經歷代封建王朝御用過的儒家思想是必須批判掉的,但是鑒於《論語》中的某些文章因為他們比較精煉,為人熟悉,就未嘗不可斷章取義地拿來使用了。例如"欲速則不達"(《子路》),這一句話本來是孔子告誡正在執政的卜商,不要在政治上貪求速度,否則反而不成功的意思,主席卻用它來批判"盲動主義"說:

"欲速則不達",這不是說不要速,而是說不要犯盲動主義,盲動主義是必然要失敗的。(《毛選》第三卷一〇一一頁)

這個解釋比起原意來已經不完全相同了。因為主席是在教導我們不能機械地理解這句話,一切都應該從實際情況出發。如果脫離客觀條件去單純追求速度,結果一定會失敗。如《子罕》中的"子在川上曰逝者如斯夫",使用在《游泳》詞裏:

萬里長江橫渡,極目楚天舒。不管風吹浪打,勝似閒庭信步,今日得寬餘。子在川上曰:逝者如斯夫!

《論語》原文還有"不舍晝夜"字在後,是孔子面對江河,感歎逝水年華,川流不息,無晝無夜,一刻它也不停留的意思。孟子解釋作"盈科而後漸,放乎四海,有本者如是"(《離婁下》),已經有所引申。但是,不管怎麼說,也無法掩蓋孔子當時的悵惘情緒。主席這裏就大不相同了,比起孔子來,孔子不過是只在水邊上浩歎,主席卻是在風吹浪打的萬里長江中橫渡。孔子因為患得患失,這才覩物生心,藉以自況,主席則為了人民,為了革命,只知前進,唯有搏鬥,沒有一絲一毫的失意之感。更偉大的是主席,連在休息的時候也忘不了鍛煉體魄,從難從嚴,始終貫徹著"無限風光在險峰"的精神。杜甫說"爾曹身與名俱滅,不廢江河萬古流"(《戲為六絕句》之二,見《杜工部詩集》卷十二),

我們認為這兩句詩才足以寫照主席採用"子在川上"的至意的。"信步"間不但戰勝了風濤險惡的自然環境，"起宏圖"還叫這個"天塹"真就變成"通途"，主席是這樣地"在川上"，也就是這樣地對待"逝者"的。

主席不止一次地教導我們說，要學習古人語言中有生命的東西、有生氣的東西，我們還沒有充分地利用它。這是什麼緣故呢？因為所謂古人語言雖然大部分已經成了書面文言(否則根本保存不下來)，可是按斯大林的說法，它卻是"千百年來社會歷史全部進程和基礎所產生的"(《馬克思主義與語言學問題》)。他又說："語言的發展不是用消滅現存的語言和創造新的語言的方法，而是用擴大和改進現存語言基本要素的方法。"(同上)那麼像我們主席這種"截取舊文，賦以新義"的方法，不正符合語言的發展規律嗎？也就是說，除非我們不想豐富現成的語言，否則非從流傳下來的語言文字去擴大改進不可。無論是語法、詞彙、成語、音韻，任何一種基本要素，全是它，所恃以繼長增高的根本。

毛澤東同志運用古代文言詞句時，是把它們當做建築材料來驅遣的，主席擇用文言詞句的範圍非常廣泛，遍及經、史、子、集，小說、戲曲。這裏列舉出來的，不過是見於《論語》中的一部分，但是已經使我們覺得它們被納入文章以後無一不是清新流利別有天地的了。

當然，主席在運用這些詞彙的時候，不見得都像我們這樣一個個地去對照它們的出處。因為儘管它們的根源具在古老的書籍中，可是久經人們使用以後早已經把它們變成了喜聞樂見的成語和常用詞句了。所以，只要我們在採擇之際，注意語法修辭不叫它們在這上面產生問題，便能讓它們如同新熔鑄出來的工具一樣，光彩煥然，無往不利。譬如主席引用過的"文質彬彬"，本來是用以形容"君子"的風度的。但是，它在老早以前就已經脫離母體成為人們在口頭上書面上讚美書生"文雅"的成語了。主席在《湖南農民運動考察報告》裏不過另派了用場,稍加以潤飾,便突出了它在革命的現代著作裏所表現的戰鬥性。

　　語言文字的本身雖然沒有階級性,可是因為掌控它的人不一樣,從而表現出來的思想感情也就不能相同了。何況經久流傳於封建時代的書面語言,大部分是統治階級御用的官書。所以,如果對它們不除舊佈新加工改造一番,很難叫它們順理成章地為今天的革命文學服務的。常用詞句無論古典的或是現代的,在它們形成書面語言以後,都可以說是千錘百煉的成語與短句,只要認真追溯起來,它們全會有各自的出處。因為集字成句,集句成章,語言文字,篇章形式,原是作為工具來表達思想感情的。這就是說,它們只是一種素材,要充分認識它們的作用與涵義,恐怕非找到它們從生的母體,原始篇章的所在,上下前後地聯繫起來讀解不可。那麼,我們何嘗不可以利用它們這個生就的特點,化整為零、斷章取義地變化起來,使之聽用於新作呢? 主席正是按照它們這個發生發展的規律辦到的,給我們做了古為今用的範例。

四、《曹劇論戰》部分
——對於《曹劇論戰》的繼承與發展,戰無不勝的中國軍事學說

1. 選取教材
《毛選·戰略退卻》

　　戰略退卻,是劣勢軍隊處在優勢軍隊進攻面前,因為顧

到不能迅速地擊破其進攻,為了保存軍力,待機破敵,而採取的一個有計劃的戰略步驟。可是,軍事冒險主義者則堅決反對此種步驟,他們的主張是所謂禦敵於國門之外。(主題)

誰人不知,兩個拳師放對,聰明的拳師往往退讓一步,而蠢人則其勢洶洶,辟頭就使出全副本領,結果卻往往被退讓者打倒。《水滸傳》上的洪教頭,在柴進家中要打林沖,連喚幾個"來""來""來",結果是退讓的林沖看出洪教頭的破綻,一腳踢翻了洪教頭。(旁征)

[立綱]春秋時候,魯與齊戰,魯莊公起初不待齊軍疲倦就要出戰,後來被曹劌阻止了,採取了敵疲我打的方針,打勝了齊軍,造成了中國戰史中弱軍戰勝強軍的有名的戰例。(引文見下頁)(簡括)

當時的情況是弱國抵抗強國。文中指出了戰前的政治準備——取信於民,敘述了利於轉入反攻的陣地——長勺,敘述了開始反攻的時機——彼竭我盈之時,敘述了追擊開始的時機——轍亂旗靡之時,雖然是一個不大的戰役,卻同時是說的戰略防禦的原則。中國戰史中合此原則而取勝的案例是非常之多的。(增例)

楚漢成皋之戰,新漢昆陽之戰,袁曹官渡之戰,吳魏赤壁之戰,吳蜀彝陵之戰,秦晉淝水之戰等等有名的大戰,都是雙方強弱不同,弱者先讓一步後發制人因而戰勝的。(點睛)

(第一卷一九七——一九八頁)

2. 對照古文

曹劌①論戰(《左傳·莊公十年》)

　　十年春,齊師伐我②。公將戰。曹劌請見。其鄉人曰:"肉食者③謀之,又何間④焉?"劌曰:"肉食者鄙⑤,未能遠謀。"乃入見。問:"何以戰?"公曰:"衣食所安,弗敢專也,必以分人。"對曰:"小惠未徧,民弗從也。"公曰:"犧牲玉帛⑥,弗敢加也,必以信。"對曰:"小信未孚⑦,神弗福也。"公曰:"小大之獄⑧,雖不能察,必以情。"對曰:"忠之屬也。可以一戰,戰則請從。"

　　公與之乘。戰於長勺⑨。公將鼓之⑩。劌曰:"未可。"齊人三鼓。劌曰:"可矣。"齊師敗績⑪。公將馳之⑫。劌曰:

---

　①　劌:音 guì,一說曹劌即曹沫。
　②　齊師伐我:齊桓公小白的兵來侵犯魯國,以泄魯莊公前此擁立他的老兄公子糾的舊念。
　③　肉食者:有權位的人。
　④　間:參與。
　⑤　鄙:沒有見識。
　⑥　犧牲玉帛:祭祀用的牛羊貨幣。
　⑦　孚:老實,叫人信得過。
　⑧　獄:訴訟。
　⑨　長勺:魯地,今山東省境內。
　⑩　鼓之:擊鼓進攻。
　⑪　敗績:大吃敗仗。
　⑫　馳之:追逐敵軍。

"未可。"下視其轍①,登軾②而望之,曰:"可矣。"遂逐齊師。

　　既克③,公問其故。對曰:"夫戰,勇氣也。一鼓作氣,再而衰,三而竭④。彼竭我盈⑤,故克之。夫大國,難測也,懼有伏⑥焉。吾視其轍亂,望其旗靡⑦,故逐之。"

　　"曹劌論戰"這個題目是後人根據這段文字的主要人物和主要內容擬定的,不是《左傳》原題。

譯文【後缺】

評析

　　前人有言,一部二十四史就是一部"相砍書",槍桿子底下出政權,自古以來只有"征略",誰見"禪讓"?因為歷史證明,無論哪一個階級想要奪取和鞏固國家政權,不憑藉武力是根本談不上的。這從兵書戰策(如孫吳兵法之類)的大行其道也可以說明問題。毛澤東同志繼承文化遺產,推陳出新,對於這方面的運用,當然更加出色。他經常援引《孫子兵法》於軍事著作之中,如《軍爭篇》說:"故善用兵者,避其銳

---

① 轍:車壓的輪跡。
② 軾:車前橫木。
③ 克:打了勝仗。
④ 竭:衰盡。
⑤ 盈:旺盛。
⑥ 伏:埋伏。
⑦ 靡:拔倒。

氣,擊其惰歸,此治氣者也。"毛澤東同志用現代的軍事學說加以解釋道:"就是指的使敵疲勞沮喪以求減殺其優勢。"(第一卷二○三頁)毛澤東同志選擇《曹劌論戰》的故事,不正是使敵優勢減殺以後"擊其惰歸"的最佳例證麼?

但是毛澤東同志的"古為今用"之處,卻在於根據當前的實際情況,調查研究中獲得的活材料,再把此類富有原則性的說法切實掌握,從而靈活地發揮運用,叫它更足以解決問題,有利於革命事業的。

"長勺之戰",這個戰役雖然不大,但是從戰爭的性質上說,它卻是個以弱敵強反抗入侵的正義的戰爭。再從領導階層上看,魯莊公不止平時能夠關心人民疾苦,戰時還能夠虛心聽取"野人"的意見,所以獲得了勝利。作為文中的主人公曹劌,就更不待言了。他有膽有識,敢於鬥爭,來自鄉野,奔赴國難,卒使強敵敗走,肉食者餒氣,不能不認為是在一定程度上,打擊了統治階級的上層,維護了魯國人民的利益的。

毛澤東同志引用這個歷史戰爭故事的目的,是在第二次國內革命戰爭時期教育那些只想孤注一擲地"禦敵於國門之外"的軍事冒險主義者的。因為,這樣不看清楚敵我優勢劣勢的所在,從而設法誘敵深入待機反擊的蠢行,是會被人家打翻的。這從文章裏頭莊公聽了曹劌的勸阻,"採取了敵疲我打的方針,打勝了齊軍"的那一段話,也可以看得出來。毛澤東同志的結語是:"造成了中國戰史中弱軍戰勝強軍的有名的戰例"嘛。

毛澤東同志把這篇不到三百字的小文章,分作了下例的三個部分:

①戰前的政治準備:取信於民。

②利於轉入反攻的陣地:長勺。

③追擊開始的時機:轍亂旗靡之時。

　　毛澤東同志說，這些措施跟佈署，都是講的"戰略防禦"的原則。並且跟著還說："中國戰史中合此原則而取勝的實例非常之多。"如"楚漢成皋之戰"等六個大戰役，就都是這樣後發制人因而戰勝的。故事的整個情況如下：

　　魯莊公十年的春天，齊國發兵進攻魯國。莊公正在準備迎戰的時候，曹劌打算面見莊公獻議。曹劌的鄉鄰們說："自有當官的人管，何用你去參預?"曹劌說："有權位的眼光短淺，辦不了大事。"到底求見了莊公。他問莊公："倚靠什麼條件打仗呢?"莊公說："像吃的穿的這些日用必需品，我沒有只管自己享用，都是拿來分給別人的。"曹劌說："這不過是左右親近的人得到點兒小恩惠，不會普及到老百姓身上，他們不能因此就完全聽你的指揮。"莊公說："用牛羊財物祭神的時候說老實話，不敢以少報多，以壞報好。"曹劌說："這也只是小的誠意，還不能算是大心願，神不一定就賜福保佑的。"莊公說："大大小小的訴訟案件，雖然不能一一調查清楚，但在判決的時候，完全秉公辦理。"曹劌這才說："此乃盡心竭力給人民辦事的表現，可以靠這個打它一仗，我願意同你一道去。"

　　莊公便同曹劌一同出發，在長勺這個地方跟齊兵對敵起來。一開始莊公就想要擊鼓進軍，曹劌說："不行!"等待齊兵擂過了三通鼓，曹劌說："行了。"一下子就把齊兵打得大敗。莊公又打算提兵追逐，曹劌說："不行。"他從車上下來，先察看了齊兵的車印兒，再登上車頭的扶手，遠望一番，才說："行了。"一下子就把齊兵趕出國境。

　　打了勝仗以後，莊公問曹劌這個戰役獲勝的原因。曹劌說："打仗全靠著三軍的勇氣。擂第一鼓時，勁頭來了。第二次時衰落下去，到了第三次便完全泄了氣。他們已經泄了氣，我們卻勁頭正足，所以一下子就打敗了他們。但是大國行軍是很難猜測的，我擔心他們會有埋伏。經過觀察以後，看到他們的車轍已亂，軍旗也放倒了，知道這是真正的敗逃,所以才決定驅逐的。"

按《國語·魯語上》也有類似的記載。韋昭曰:"長勺魯地。曹劌魯人也。莊公魯桓公之子莊公同也。初齊襄公立,其政無常。鮑叔牙曰:'君使民慢,亂將作矣!'奉公子小白奔莒。魯莊八年,齊無知殺襄公。管夷吾、召忽奉公子糾來奔魯。九年夏,莊公伐齊,納子糾。小白自莒先入,與莊公戰於乾時,莊公敗績。故十年齊伐魯,戰於長勺也。"

儘管毛澤東同志肯定了歷史上的這個小戰役,可不等於說像魯莊公這樣的人物,也就什麼問題都沒有了。如同毛澤東同志跟著就列舉的其它六個大戰役一樣,只是著眼於軍旅之事的,他認為他們當日那些戰略戰術上的具體措施,都可以做為我們今天的參考與借鑒。

下面首先讓我們參考一下毛澤東同志所說的中國歷史上其它此類六大戰役中的"楚漢成皋之戰"等四個戰役的概況,以資對照:

1. 楚漢成皋之戰

滎陽成皋(今河南滎陽縣和陝西潼關)是當時軍事必奪之地。尤其是作為長安鎖鑰的虎牢(也叫做武關),劉、項雙方曾經在這裏拉鋸了四、五年。從用兵的情況上看,劉邦的實力遠不如項羽,他經常被打得一塌糊塗,連父親和老婆孩子都作了俘虜。可是就因為他能夠採納別人的意見,經常"高壘深塹"不跟項羽決戰,最後不但長期佔領了這一地帶,而且伺機反攻,終於把項羽這個一意孤行的"長勝將軍",消滅在烏江岸上了。

2. 新漢昆陽之戰

王莽派遣王邑、王尋兩個親信大臣(一為司空、一為司徒,都是王

家近支),帶領著號稱百萬大軍(還有長人巨無霸,和虎、豹、犀、象等猛
獸助威)到昆陽(今河南葉縣),企圖消滅以劉秀為首的漢軍,結果因
為志得氣驕又長圍於堅城之下,被敢想敢幹蓄勢以發的劉秀打得全軍
覆沒:王尋被殺,王邑僅以身免。新莽的統治力量從此也就一蹶不振,
沒有多久便垮了臺。

3. 袁曹官渡之戰

袁紹併吞了公孫瓚以後,佔領的土地已居今日黃河以北的絕大部
分,比起僅有淮北河南山東西部的曹操來,實力確實要大上好幾倍。
但在兩軍對官渡(在今中牟縣—河南省中部的黃河邊上)之時,袁紹既
力排眾議輕舉妄動地打算一舉而擊敗曹操,又偏聽偏信(蠢材郭圖、審
配)資敵與殘害了自己的謀士(許攸與田豐、沮授等)。曹操呢? 則一
壁輕騎奇襲,集思廣益,化敵為友。不要說自己人的高見要言聽計從
了(如荀彧、荀攸),連來自敵軍的參謀(如許攸)都是倒履相迎採納獻
議的。結果自然應該是紹軍的"驚擾大潰","袁紹的幅巾乘馬"而逃
了。跟著曹操就統一了北方。

4. 孫曹赤壁之戰

有趣的是,毛澤東同志不但說了曹操在官渡之勝,也舉出了曹操
在赤壁(今湖北省嘉魚縣的長江邊上)之敗。因為,這除了證明孫、劉
聯合抗戰以少勝多地燒走了北軍的八十三萬人馬,同時也未嘗不為
"驕兵必敗"作了有力的實例。儘管是同一個人,當他旁若無人不可一
世的時候"旌旗南指,劉琮束手,今治水軍八十萬眾,方將與孫權會獵"
的語言本身,已足以說明必敗。而以孫權、周瑜、魯肅為代表的江南軍

敢於鬥爭敢於勝利的精神也就躍然紙上了。

提起戰爭來,許多人都知道它分正義的和非正義的兩種。凡是反對強暴、反抗侵略、為多數人民爭生存求解放的戰爭,都是正義的戰爭。與此相反,凡是鎮壓起義、殘殺人民、維護少數反動統治階級利益的戰爭,都是非正義的戰爭,也就是奴役人民的戰爭。要想徹底消滅這個殘害人類的怪物,卻只有"以戰止戰"的一個辦法。"兵來將擋,水來土掩",不這樣也是不行的。毛澤東同志說得好:

> 戰爭這個人類互相殘殺的怪物,人類社會的發展終究要把它消滅的,而且就在不遠的將來會要把它消滅的。但是,消滅它的方法只有一個,就是用戰爭反對戰爭,用民族革命戰爭反對民族反革命戰爭,用階級革命戰爭反對階級反革命戰爭。(第一卷一六七頁)

既然這樣,儘量保存自己,消滅敵人的戰略戰術,就非常重要了。而毛澤東同志一面痛惡戰爭的殘忍,一面又不能不講求消滅戰爭的辦法的"一分為二"的辯證態度,也就令人一看便知,特別是體現在抗日戰爭這個用民族革命戰爭反對民族反革命戰爭的戰役上的。

比類合誼、由此及彼、去粗取精,昇華概括。如果我們學習毛澤東同志著作,特別是帶著如何才能教好古典文學使之切實能夠古為今用的問題,去向毛澤東同志著作請教的時候,恐怕不把毛澤東同志通過自己的作品所具體體現出來的這些精神與手法,熟讀深思,揣摩到手,是不會解決問題完成任務的。自然更為重要的是:我們必須根據毛澤東同志提示在這裏的戰略戰術,懂得"文武合一"的教育的革命性,對立"軍旅之事,未之學也"(孔子語)的戰鬥性,以及解決了當日"反圍剿"的軍事問題,為爾後的以弱敵強轉敗為勝創建了永遠具有現實意義的原則性。一句話,引古論今,以今為主,有所發現,重在發明的精神,應該是我們取之不盡用之不竭的源泉的。

五、《伯夷頌》部分
——毛澤東同志說,韓愈的《伯夷頌》是頌錯了! 為什麼呢?

1. 選取教材
別了,司徒雷登(《毛選》)

我們中國人是有骨氣的,許多曾經是自由主義者或民主個人主義者的人們,在美國帝國主義者及其走狗國民黨反動派面前站起來了。聞一多拍案而起,橫眉怒對國民黨的手槍,寧可倒下去,不願屈服。朱自清一身重病,寧可餓死,不領美國的"救濟糧"。唐朝的韓愈寫過《伯夷頌》,頌的是一個對自己國家的人民不負責任、開小差逃跑、又反對武王領導的當時的人民解放戰爭、頗有些"民主個人主義"思想的伯夷,那是頌錯了。我們應當寫聞一多頌,寫朱自清頌,他們表現了我們民族的英雄氣概。

[補充材料]

魯迅的骨頭是最硬的,他沒有絲毫的奴顏和媚骨,這是殖民地半殖民地人民最可寶貴的性格。(《毛選》第二卷《新民主主義論》)

《毛選》四卷《丟掉幻想,準備鬥爭》

有一部分知識分子還要看一看,他們想,國民黨是不好的,共產黨也不見得好,看一看再說。其中有些人口頭上說擁護,骨子裏是看,正是這些人,他們對美國存著幻想,他們不願意將當權的美國帝國主義分子和不當權的美國人民加以區別,他們容易被美國帝國主義分子的某些甜言蜜語所欺騙,似乎不經過嚴重的長期的鬥爭,這些帝國主義分子也會和人民的中國講平等、講互利。他們的頭腦中還殘留著許多反動的即反人民的思想,但他們不是國民黨反動派,他們是人民中國的中間派,或右派。他們就是艾奇遜所說的"民主個人主義"的擁護者。艾奇遜們的欺騙做法在中國還有一層薄薄的社會基礎。(《毛選》第四卷《丟掉幻想,準備鬥爭》)

帝國主義給中國造成了數百萬區別於舊式文人或士大夫的新式的大小知識分子。對於這些人,帝國主義及其走狗中國的反動政府只能控制其中的一部分人。到了後來,只能控制其中的極少數人,例如胡適、傅斯年、錢穆之類,其他都不能控制了。他們走到了它的反面,學生、教員、教授、技師、工程師、醫生、科學家、文學家、藝術家、公務人員,都造反了,或者不願意再跟國民黨走了。(同上)

2. 對照古文

伯夷頌(《韓昌黎全集》卷十二《雜著》)

士之特立獨行,適於義而已,不顧人之是非,皆豪傑之士信道篤①而自知明者也。一家非之,力行而不惑②者寡矣;至於一國一州非之,力行而不惑者,蓋天下一人而已矣;

---

① 篤:牢固,結實。
② 惑:懷疑,迷亂。

若至於舉世非之,力行而不惑者,則千百年乃一人而已耳。若伯夷者,窮天地、亙①萬世而不顧者也。昭乎日月不足為明,崒②乎泰山不足為高,巍③乎天地不足為容④也。

　當殷之亡、周之興,微子,賢也,抱祭器而去之;武王、周公,聖也,從天下之賢士,與天下之諸侯而往攻之,未嘗聞有非之者也。彼伯夷、叔齊者,乃獨以為不可。殷既滅矣,天下宗周,彼二子乃獨恥食其粟⑤,餓死而不顧。繇是而言,夫豈有求而為哉? 通道篤而自知明也。

　今世之所謂士者,一凡人譽之,則自以為有餘;一凡人沮之,則自以為不足。彼獨非聖人而自是如此。夫聖人,乃萬世之標準也。余故曰:若伯夷者,特立獨行、窮天地、亙萬世而不顧者也。雖然,微二子,亂臣賊子接跡於後世矣。

評析

　"頌"是一種對人表示揄揚、讚美,使之流傳的古典文學形式。最初以歌詞、韻文為主,後來使用散文,所以它的文字和內容一般是要求"少而精"的。換句話說,也就是文字須簡潔,重點要突出。韓愈的《伯夷頌》在這些方面好像問題不大,篇幅不長,只有三百一十五個字,主要的是肯定伯夷的"特立獨行"的。不過,只要我們一認真分析它的思想內容,便不那麼簡單了。

---

① 亙:直通,徧反。
② 崒:危高,峰巔。
③ 巍:高大。
④ 容:包含,承受。
⑤ 粟:穀實,糧食。

首先需要搞清楚的，還是伯夷這個人。因為不這樣就無法評價韓愈對於伯夷的稱頌，到底是不是正確。

提起伯夷來，真是"高山點燈名頭大"了。從孔、孟到莊周，以及爾後的文學家、史學家們，寫文章論列他介紹他的便不知道究竟有多少了。司馬遷在《史記》裏不就曾經給他作過傳，還把它擺在"列傳"的第一位嗎？過去讚美他的人，主要是說他"仁""義""寬恕""清高"，到了韓愈就把他推崇得更是天上難找地下難尋啦。"窮天地亘萬世"的"特立獨行"嘛。所謂"□名"的"烈士"嘛，連司馬遷都曾經因為孔子評價夷齊為"不降志，不辱身"，尤其是"不念舊惡"的"逸民"使著兩人得以名垂不朽而欣幸嘛。可是毛澤東同志怎麼說的呢？毛澤東同志說伯夷是，一個對自己國家的人民不負責任，開小差逃跑，又反對武王領導的當時的人民解放戰爭的人。這是毛澤東同志對於伯夷的批判，可以說同過去人們的看法是完全對立著的。本來麼，只是為了自己的名聲，這兩弟兄便一個藉口"父命"，一個不願意"佔先"，雙雙地逃離國家去逍遙自在，怎麼能夠算是了不起呢？要從人民的利益出發來看待問題麼。因之像伯夷那樣的"辭讓"之名，不但是要不得的，不足為訓的，而且是犯了錯誤的，必須糾正的。

再說"叩馬阻兵"一事，就更令人莫名其妙了。按舊日人們非議奴隸社會的壞帝王時，往往是"桀""紂"並稱（從孟子以後，已經這樣了），拿他們作典型的代表的。"夏桀"在這裏我們不去管他了，至於這位"紂王"，只要打開《尚書》細看《周書》裏頭的三篇《泰誓》、一篇《牧誓》，再用《史記·殷本紀》關於"帝辛"的一段記載作補充，就可以一目了然了。這個傢伙已經殘暴淫靡到何種地步！

宮室臺榭，大興土木；聚斂錢糧，窮極奢靡；酒池肉林，長夜飲食；狗馬聲色，淫亂無常。尤其令人痛恨的是，他任意殺害人民，重刑臣下。例如,為了驗視孕婦胎中嬰兒是男是女,竟至剖腹剔取。為了威脅諫阻他的無道行為的臣工,竟至實行炮烙的辦法,把人活活烤死。而且經常抄斬人們的家族,用大臣的肉作醬(九侯),也挖了比干的心,曬了鄂侯的肉乾。

像這樣吃人的"野獸",還不該早日把他除掉嗎? 所以孟子才說:"武王一怒而安天下。""聞誅一夫紂矣,未聞弒君也。"可是伯夷當年是怎樣的呢? 伯夷是只能非其君不事地隱居起來,不許武王動手,以待天下之清的。那麼,這不是坐視老百姓受罪,等於縱容壞蛋逞兇嗎? 不用說,這又是伯夷的陰沈木腦袋,"君雖不君,臣不可以不臣"的名分觀念,在那裏作祟的結果。於是毛澤東同志從而肯定武王領導人民起義的積極行動,並且批判韓愈"頌錯了"。"民主個人主義的伯夷",說他捧的"特立獨行",不過是反對暴動起義,叫人做奴才順民的東西。毛澤東同志的文章,則是處處從人民的利益革命的利益出發,鼓吹繼承與發揚中華民族伐罪吊民抗暴戰鬥的優良傳統,藉以面對當時的三大敵人,打倒他們消滅他們的。說到這裏,讓我們再引證一段話來說明毛澤東同志的善於找典型,從整體裏突出個體,又使個體復歸於整體的手法:

> 魯迅是中國文化革命的主將。他不但是偉大的文學家,而且是偉大的思想家和偉大的革命家。魯迅的骨頭是最硬的,他沒有絲毫的奴顏媚骨,這是殖民地半殖民地人民最可寶貴的性格。魯迅是在文化戰線上代表全民族的大多數,向著敵人衝鋒陷陣的最正確、最勇敢、最堅決、最忠實、最熱忱的空前的民族英雄。魯迅的方向就是中華民族新文化的方向。(《毛選》第二卷六九一頁)

這一段早在一九四〇年抗日戰爭初期就發表了的"魯迅頌"怎麼樣?

①不是從個性說起又歸本於共性嗎?

②不是讚美魯迅就等於讚美中華民族嗎?

③不是長自己的威風滅敵人的銳氣嗎?

④不是千變不離其宗萬變不離其理地在宣傳革命思想為人民服務嗎?

試把毛澤東同志筆下的魯迅和韓愈筆下的伯夷比上一比,究竟哪一個高大哪一個完美? 哪一個真實哪一個親切呢? 哪一個最有說服力? 哪一個最值得學習呢? 這些問題只要我們仔細分析一下,立刻都可以獲得解決的。

結語

這是毛澤東同志批判歷史人物於古典作品之中,否定著者思想於本人文章之內的一段具有代表性的文字。凡是毛澤東同志說過的關於批判繼承的精神與做法,如不破不立,古為今用,以及舉一反三、既少且精等等,都在這裏得到體現了。毛澤東同志只用了九十六字便直接間接地批判倒了包括孔、孟、史遷在內的許多歷史上有名的人物,和否定了跟他們有關係的或者竟是自己寫作的著名文章。這是多麼大的氣力呀!

但這可不等於說毛澤東同志把這些人的其他言語也一口吐棄了。因為毛澤東同志看待問題,從來都是"一分為二"的。就以韓愈本身寫作的詩文而言,曾被毛澤東同志採用在著作裏面的便有七八條之多,他們是:

韓愈原句	毛澤東同志變化使用了的
蚍蜉撼大樹,可笑不自量。(《調張籍》)	蚍蜉撼樹談何易!(《滿江紅‧和郭沫若同志》)
將臣相臣,文恬武嬉。(《平淮西碑》)	反對文恬武嬉,飽食終日的亡國現象。(《毛選》第一卷二四七頁)
行成於思,毀於隨。(《進學解》)	韓愈也說"行成於思"。(《毛選》第三卷八四五頁)
巧匠旁觀,縮手袖間。(《祭柳子厚文》)	他的政策是袖手旁觀,等待勝利。(《毛選》第四卷一一二三頁)
百孔千瘡,隨亂隨失。(《與孟尚書書》)	但是仍然百孔千瘡,內部矛盾甚多,困難甚大。(《毛選》第四卷一一五二頁)
所謂千載一時不可逢之嘉會。(《潮州刺史謝上表》)	本應實現和平統一千載難逢之時機。(《毛選》第四卷一四二一頁)
熟視之若無覩也。(《應科目時與人書》)	卻對中國問題熟視無覩。(《毛選》第三卷八一六頁)

　　當然,韓愈的這些文句,都是毛澤東同志根據語言文字乃是表達思想反映事物的工具與材料的這一原理,斷章截取的後加變化另派用場了的。如果完全按照韓文原句來說解,那便錯了。

六、《黔之驢》部分
——"小老虎"吃掉了龐然大物的"黔驢",我們必須 "滅敵人的銳氣,長自己的威風!"

　　在對敵鬥爭中,柳宗元(773-819)的《黔驢之技》(《三

253

戒》之一)也是一個必須借鑒的故事。毛澤東同志說:它"是一個很好的教訓:一個龐大的驢子跑進貴州去了,貴州的小老虎見了很有些害怕。但到後來,大驢子還是被小老虎吃掉了。我們八路軍、新四軍是孫行者和小老虎,是很有辦法對付這個'日本妖精'或'日本驢子'的。目前我們須得變一變,把我們的身體變得小些,但是變得更加扎實些,我們就會變成無敵的了。"(第三卷八八二——八八四頁孫行者和鐵扇公主的故事,見後面)。

這段文章所反映出來的辯證唯物精神,更顯得非常之明確。因為它是從"敵強我弱"這一特點出發來看待問題的。毛澤東同志詳細地分析說:"日本雖強,但兵力不足;中國雖弱,但地大、人多、兵多";"敵以少兵臨大國,就只能佔領一部分大城市、大道和某些平地;敵以少兵臨多兵,便處於多兵的包圍中。"還有,"敵兵雖少乃是強兵,我兵雖多乃是弱兵",因此從戰略戰術上看,不但應以多兵打少兵,從外綫打內綫,並須採取速戰速決的方針。(以上所引並見第二卷四七四—四七五頁中)

現在讓我們先看看柳宗元的《黔之驢》是怎麼回事。它的譯文是:

黔中沒有驢子。有一個喜歡多事的人,用船運進了一頭,可是沒有什麼可以使用它的地方,便把它擱在山底下去了。老虎看見它的樣子很大,認為這可能是個了不起的東西,藏在樹林裏偷偷地看它,漸漸也出來接近,但是依舊小心得很,摸不到它的底細。

過了幾天,驢子一叫,把老虎嚇壞了,跑得遠遠的,以為驢子將要咬自己了,害怕得很。接著,往來觀察,覺得它也沒有什麼特別的本領似的,對於驢子的叫也越發聽慣了,更加靠近它的左右前後,但是到底不敢跟它搏鬥。後來非常熟識了,便試驗著衝撞冒犯它,惹得驢子大發脾氣,踢起腿來。老虎因此高興了,心下說:"原來只有這麼點子本事。"於是跳躍起來,大肆咆哮,咬斷了驢子的咽喉,吃光了它的肉,才走開。

柳宗元說他最討厭那些不根據自己的實際情況辦事,但靠表面(外界)的條件去耍威風的人。這裏的貴州驢子,便是由於"出技以怒強"(《三戒序》),暴露了自己的弱點而喪失掉性命的。本是在諷刺虛有其表並無真正本領的士大夫的。不過他係出以惋惜的口吻,感傷的情調,認為假如"驢子"能夠矜持一些,不在強敵面前暴露自己的無能,還可以混下去。結果,適得其反,落了小悲劇的下場,這才惹起他的注意了。

毛澤東同志在這裏卻是取其積極的一面的,把抗日戰爭中堅決抵抗日寇入侵的八路軍、新四軍,比做敢於鬥爭、敢於勝利、調查研究、謀定後動的"小老虎",而把橫衝直撞、外強中乾的日本帝國主義者,比做必被打敗必被消滅的"妖精"或"驢子",實在是非同小可的事。因為,在柳宗元的作品裏,那同情的一面是被吃掉的"驢子",雖然他也非止一次地描繪了"老虎"的調查研究工夫。毛澤東同志則是反其意而行之地肯定著"老虎"、鄙視著"驢子",這就不止是藝術手法上的問題啦。

從中國人民革命的利益出發,要堅決地打勝這場外禦其侮的抗日戰爭,只有也只能是像毛澤東同志這樣"長自己的威風,滅敵人的銳氣"的做法，才會給中國人民的解放事業創立第一步的條件的。而柳宗元呢？不過是站在士大夫階級的立場，自相矛盾地表示著既疾惡"出技以怒強"又同情他們的悲劇結局，甚至打算叫此類華而不實的人，裝模作樣地鬼混下去，借以免禍。這不是一種除惡不盡的因循態度嗎？

第一，我們常常愛讀毛澤東同志的"批判繼承，古為今用"，可是並不真正去分析、研究他是如何通過自己的著作千變萬化地在創造範例。譬如這裏採用《黔之驢》的方式、方法，便又是獨具一格的：首先它是偕同神話小說《西遊記》中"《孫悟空三調芭蕉扇》"降服了妖精羅剎女的故事，來為緊縮機構適應抗戰的新形勢這一主題服務的，並且把重點擱在怎樣才能夠擊敗外強中乾驢子一般的日寇上面，特點是形象生動，醒人心目。

第二，儘管肯定了柳宗元的這個比喻，說它"是個很好的教訓"，可是只特別精煉地用了四句話概括了它的主要內容，便轉入正文了。從取捨之中也就滿可以看出來什麼是毛澤東同志吸收的精華，和什麼是他剔除的糟粕啦。如前所述，這應該是毛澤東同志"反意而行"的變例，把作者引以為戒的事，靈活運用了一番：被看重的倒是那只滿有辦法的"小老虎"，龐然大物的"驢子"則徑直頒賜給敵人，叫他們注定了要被摧毀。這就自然無所用其"悲夫"了。越是優秀的文學遺產，越應該嚴肅認真地分析批判。因為，唯有這樣才能夠符合取精用宏的目的呢。

七、《三打祝家莊》部分
—— 毛澤東同志是如何看待《水滸》的：一分為二，取其精華

1. 選用教材
矛盾論：矛盾的特殊性（《毛選》）

不瞭解矛盾各方的特點，這就叫做片面地看問題，或者叫做只看見局部，不看見全體，只看見樹木，不看見森林。這樣，是不能找出解決矛盾的方法的，是不能完成革命任務的，是不能做好所任工作的，是不能正確地發展黨內的思想鬥爭的。孫子論軍事說："知彼知己，百戰不殆。"他說的是作戰的雙方。唐朝人魏徵說過："兼聽則明，偏信則暗。"也懂得片面性不對。可是我們的同志看問題，往往帶片面性，這樣的人就往往碰釘子。《水滸傳》上宋江三打祝家莊，兩次都因情況不明，方法不對，打了敗仗。後來改變方法，從調查情形入手，於是熟悉了盤陀路，拆散了李家莊、扈家莊和祝家莊的聯盟，並且佈置了藏在敵人營盤裏的伏兵，用了和外國故事中所說木馬計相像的方法，第三次就打了勝仗。《水滸傳》上有很多唯物辯證法的事例，這個三打祝家莊，算是最好的一個。列寧說："要真正地認識對象，就必須把握和研究它的一切方面、一切聯繫和'媒介'。我們決不會完全地作到這一點，可是要求全面性，將使我們防止錯誤，防止僵化。"我們應該記得他的話。（第一卷三○一頁）

補充材料:有關"木馬計"的資料
《特洛伊的陷落》《伊利亞特的故事》

但特洛伊城卻仍然攻不下來。後來有一個名叫厄派俄斯的人,受雅典娜指示,出了一條計策,才把那城攻下。那計策是:希臘人燒毀自己的營帳,坐船離開,假裝撤退回國,卻留下一個極大的木馬,裏面藏著許多最勇猛的將領,特洛伊人把這木馬拖進城去,以為戰爭已經結束,便在當天夜晚舉行宴會,大吃大喝。希臘將軍們從木馬中跳出來,打開城門,希臘的大軍便一擁而入,攻下了特洛伊。

〔(希)荷馬著。(英)丘爾契改寫。水建馥譯。中國青年出版社〕

評析

毛澤東同志說:"《水滸傳》這部書,好就好在投降。做反面教材,使人民都知道投降派。《水滸》只反貪官,不反皇帝。屏晁蓋於一百○八人之外。宋江投降,搞修正主義,把'聚義廳'該為'忠義堂',讓人招安了。宋江同高俅的鬥爭,是地主階級內部這一派反對那一派的鬥爭。宋江投降了,就去打方臘。"魯迅也說:"一部《水滸》,說得很分明,因為不反對天子,所以大軍一到,便受招安,替國家打別的強盜——不'替天行道'的強盜去了。終於是奴才。"(《三閑集·流氓的變遷》)我們認為,從《洪太尉誤走妖魔》到《徽

258

宗帝夢遊梁山泊》的百二十本的全書來講，這種基調定得
是正確的，無可非議的，因為我們分析在前面九章的諸多情
況，已經可以作為充分的佐證了。但這不等於說，《水滸》
就毫不足取，一點正確的東西都沒有啦，一分為二。譬如，
毛澤東同志又說："這部書有很多唯物辯證法"值得我們參
考，魯迅也同意《水滸》為四大奇書之一，以為人民愛好的
說法即是。下面就讓我們詳細介紹一下毛澤東同志肯定
《水滸》的其人其事，特別是關於戰略戰術方面的。他在說
明保存軍力、待機破敵時，一開始就引用了《水滸傳》第九
回下半回《林沖棒打洪教頭》說："誰人不知，兩個拳師放
對，聰明的拳師往往退讓一步，而蠢人則其勢洶洶，劈頭就
使出全副本領，結果卻往往被退讓者打倒。《水滸傳》上的
洪教頭，在柴進家中要打林沖，連喚幾個來、來、來，結果是
退讓的林沖看出洪教頭的破綻，一腳踢翻了洪教頭。"(第
一卷二〇二頁)

毛澤東同志為了論證"堡壘最容易從內部攻破"和只是片面性看
待問題不能解決矛盾的道理，又重點地舉《水滸傳》"三打祝家莊"，從
失敗到成功的過程(也就是裏應外合，和由"片面"轉化為"全面"的結
果)作事例，藉以說明儘管像《水滸傳》這樣大部頭的章回小說，也可
以生動具體地解釋抽象的哲學理論。"取譬天成，探驪取珠"，一段故
事解決一個問題，有所發現，有所發明。我們大可以說，毛澤東同志，
在古為今用推陳出新上，取其精華卻其糟粕上，一句話，在唯物辯證法
的運用上，在這裏為我們樹立了光輝的榜樣了。即如《三打祝家莊》，
先從手法上說：按從第四十七回下半回"宋公明一打祝家莊"起，到第
五十回"吳學究雙掌連環計，宋公明三打祝家莊"止，共是三回半書，不

下三萬字的文章,都是以宋江打祝家莊作為主要的故事情節的,真稱得起是花團錦簇,著著引人入勝,令讀者們發生"歎觀止矣"的思想感情的。

可是毛澤東同志卻拋開這些不去多談,只利用《水滸傳》是人們喜聞樂見的英雄小說,多數人熟悉它的故事情節的特殊條件,尤其是像"三打祝家莊"這樣膾炙人口的章回,單刀直入地指出宋江轉敗為勝徹底打垮"地主武裝"的主要原因。第一,廣泛地調查研究了敵情地形,重新佈署戰略戰術。第二,拆散了祝、李、扈三莊的聯合戰綫,集中兵力對付祝家。第三,打入敵人內部,裏應外合地來一個致命性的夾攻。

看到例證,經過分析,這個道理就容易懂得了。沒有調查研究就沒有發言權。不摸清事物存在的客觀情況,及其變化發展的自然規律,就掌握不了他,解決不了矛盾。主觀主義害死人,片面性的錯誤必須得到改正。這便是毛澤東同志通過《矛盾論》告誡我們"研究問題忌帶主觀性、片面性和表面性"的極為重要的一條真理。

毛澤東同志還說,事物過程中的各個矛盾,任何時候都不會處於絕對均衡的狀態。其中總有主要次要、第一第二之分。主要矛盾才是決定事物性質的矛盾。《水滸傳》中的祝、李、扈三莊,雖然同是地主武裝,聯合著在對立梁山,但是打起"填平水泊禽晁蓋,踏破梁山捉宋江"的白旗的,卻是祝家莊。於是分化他們,個個擊破,特別是孤立祝家莊這個主要敵人,集中優勢兵力來殲滅它,便非常必要了。

堡壘最容易從內部攻破,外因因內因而起變化。何況梁山本身又具有著無與倫比的外力。所以宋江一採取打進去拉出來削弱了敵人增大了自家的策略,也就是部分地轉移矛盾變換形勢的辦法以後,其結果自然會是對立的統一,消滅掉以祝朝奉為首的地主武裝啦。戰爭是流血的革命,最尖銳的階級鬥爭方式,所以除非不打算徹底消滅敵人解決政治問題,否則頂頂需要講求合於辯證法的戰略戰術的。

三個武裝地主的頭子,在這一仗打下來以後,有了三種不同的結局:祝家莊被斬草除根了,扈成逃亡在外了,李應歸順了梁山。作為農民起義軍首領的宋江,他的不可救藥的傾向,便是此類大批容納封建地主、沒落貴族,以及政府軍官一事。因為他使著梁山後來分為堅決革命(以李逵為首的絕大多數革命群眾)和妥協投降(主要的是梁山的領導集團)兩派,最後是投降派佔了上風,接受了招安,消滅了自家(還饒上了王慶、田虎和方臘),追源溯本,自然是宋江的地主階級本質在作祟。

為了論證毛澤東同志曾經指出的除了"三打祝家莊"以外,《水滸傳》上還有"很多唯物辯證法的事例",讓我們再從個別人物的英雄行為中找出一件來。就說武松為兄復仇殺死惡霸西門慶這段故事吧。武松是一個以為人精細(長於調查研究)而又敢於鬥爭敢於勝利(專能解決主要矛盾)著稱的好漢,出差以前因為發現了兄嫂間存在著問題,已經左叮嚀右安排地放心不下了。回來以後,哥哥果然亡故,於是立即展開了一系列的調查研究活動。從偵詢潘氏、逼問何九叔到找尋鄆哥作證,不止叫案情本身水落石出,還準備齊全了人證物證,照手續辦事,一直告到當官。縣官受賄不准,這才轉入自家直接處理的階段。

武大是死在合謀的王婆、潘氏、西門慶手中的。這裏頭西門慶是罪之魁惡之首。武松既然打算替自己被侮辱與被損害至死的哥哥復仇,這就把自家跟西門慶擺在誓不兩立的敵我矛盾之中了。因此,儘管他在表面上好像是出於手足之情的,其實也未嘗不可以說就是階級的仇恨。你看他遍約四鄰,祭兄殺嫂,斬除惡霸,自首公堂,哪個不佩服？誰人不稱快！連各級地方官都為他這種指揮若定八面威風的英雄氣概所震動了：從輕發落，刺配了事。(故事情節詳見《水滸傳》第二十四回《王婆貪賄說風情，鄆哥不忿鬧茶肆》，第二十五回《王婆計啜西門慶，淫婦藥鳩武大郎》和二十六回《偷骨殖何九叔送喪，供人頭武二郎設祭》中)。

自然，另一方面也說明了這樣一個問題。從山中的猛虎到民間的大蟲，這些吃人的野獸，在腐朽透頂的封建王朝裏，不但無力剷除，恐怕還蓄意豢養，必須像武松這樣路見不平敢於鬥爭的英雄好漢出頭，才能夠一一殺卻為民除害。這部書的思想性戰鬥性，尤其是體現於英雄人物身上的對立強暴解決矛盾的主要手段，也就在這裏了。即如武松這個人物，毛澤東同志在自己的著作裏便曾經正面地肯定了他，說：

> 我們要學景陽崗上的武松，在武松看來，景陽崗上的老
> 虎刺激它也那樣不刺激它也那樣，總之是要吃人的。或者把
> 老虎打死，或者被老虎吃掉，二者必居其一。(第四卷一四七
> 八頁)

我們聽過多少曲藝演員說唱"武松打虎"，也看過多少戲劇演員表演"武松打虎"，可是欣賞的結果，只是覺得故事誇張得好，形象刻畫得妙，野獸鬥不過人，武松到底英勇，從來也沒有見過像毛澤東同志這樣安排處理的：以"虎"為帝國主義者走狗、國內外反動派的代稱，認為打虎將武松即是人民的化身。說在"野獸"面前絲毫也懦怯不得，因為"吃人"(投降賣國搞顛覆活動)，是它的本性(反動的階級本性)，不打死它(使用專政鎮壓的手段徹底打垮他們)，我們便要受害。這是敵我矛盾不可兩立的問題，還談刺激不刺激有什麼用

呢？於是人人都應該像武松那樣對待老虎的富有說服力的結論，便出來了。

這裏毛澤東同志只借用《景陽崗武松打虎》(《水滸傳》第二十三回的後半回)的題目，來敷說必須對敵專政的道理。至於這段書本身的故事情節完全沒有去管它(比引用"三打祝家莊"時來得還簡當)。真是單刀直入打破框框的藝術手法，並且符合"少而精"、"啟發式"的教育精神。因為，我們知道像"苛政猛於虎"這樣的古代散文(見於《禮記·檀弓》)是毛澤東同志非常之熟悉的。而毛澤東同志更知道像"武松打虎"這樣的英雄故事，也是廣大人民比較熟悉的。那麼，既有繼承又有發展地把它們拿來靈活運用一番，使之形象生動地來為政治宣傳的革命事業服務，不是極其有益的麼？這許多富有創作性的寫作手法，自然應該成為我們學習的典範。

第三部分　毛主席著作中的文章形式

小　言

馬克思主義經典作家,從來就都是以極其嚴肅認真的態度從事寫作的。所謂"政治和藝術的統一,內容和形式的統一"者是。毛澤東同志更是這樣:有的放矢,發而必中,為革命而作,為人民而作。所以立場堅定,愛恨分明,看問題正確,講道理清楚,思想性、戰鬥性特別強烈,感染力、鼓動力無比巨大。

其次是:章法謹嚴,有條不紊,語言通俗,深入淺出,經常選用廣大人民喜聞樂見的詞句和形式,因此就不止是字眼兒用得恰當,而且顯得生動活潑,多種多樣:有時形象地擬說理論,有時幽默地使用反語,因時事而異,推陳出新。但是,不管如何變化,他的目的只有一個,那就是搞好革命的宣傳工作,領導革命事業的勝利完成。

總之,毛澤東同志的散文,既是書寫語言在實際運動中表現出來的有力的工具,也就是反映毛澤東思想的具體的優美的創作。為了便於學習,爰有此編,特從文章形式入手,分類標目,不相雜廁,只重點地結合內容,共計以下十二章。

一、"命題""體例"和"章法"(以論說文及哀悼文為例)

1. 命題

毛澤東同志的散文都是革命經驗的總結,高度概括的理論,最富於科學性與藝術性的。這些情況就是從文章的命題上也可以看得出來。

過去的知識分子寫文章，尤其是寫講道理發議論一類的"說理文"，往往是老生常談，從抽象到抽象的。如《師說》（韓愈文）、《留侯論》（蘇軾文），雖然也有固定的事和人，單從題目上看，我們到底不知道作者想要發揮的是什麼樣的內容。

他們的辦法就更妙啦：先定立題目，然後按著題目去冥思苦想。偶有所得也不過是主觀片面經不起反復推敲的東西。"公說公有理，婆說婆有理"，大家都持之有故而已。

毛澤東同志便不這樣了。沒有調查研究就不發言，首先要求的是掌握大批資料，運用馬列主義觀點，面對人民利益，為當前革命的政治服務。所以一見題目，就曉得它的主要內容了。因為題目是後出來的"畫龍點睛"之物。下面就分別看看它的標題形式：

除了極少數的文章如《矛盾論》《組織起來》和《學習和時局》等等只分三五個字作題目以外，他一般是喜歡用"長題"的，常常多到二十幾個字。如《為爭取千百萬群眾進入抗日民族統一戰線而鬥爭》（21字）、《論軍隊生產自給兼論整風和生產兩大運動的重要性》（22字）和《中共中央關於暫時放棄延安和保衛陝甘寧邊區的兩個文件》（25字）之類，即是。

我們說毛澤東同志的散文一看題目就會知道它的主要內容，從這裏舉的一些例子已經足以反映出來。而且還不止此，如果再進一步地加以分析，又會曉得他的著作的"題"如其"文"，同樣是變化多端，引人入勝的。

即從文章的體例方面看，他繼承發展了像"論""序""跋""談話""談判""通知""通報""宣言""聲明""訓令""電報"以及"總結""文件"這些舊日"論說文"特別是"應用文"的形式，來充分發揚體現了革命的宣傳的功能。因為它們是:軍事、政治、經濟、文學、教育和哲學、歷史等部門的題材,無所不包的。而且我們必須切實認識到這裏有:

(1)戰鬥意識表現得特別突出的:

這主要是一些揭發、質詢、批判、反擊的文章。如:《反對投降活動》《揭破遠東幕尼黑的陰謀》《質問國民黨》《評赫爾利政策的危險》《蔣介石在挑動內戰》等,都是直接對立其人其事的。

(2)充滿著革命的樂觀主義的:

信心足、辦法多、敢想敢幹、敢於正視現實,站得高、看得遠、敢打敢拼、敢於爭取勝利。如《星星之火,可以燎原》《中國的紅色政權為什麼可以存在》《為動員一切力量爭取抗戰勝利而鬥爭》《中國共產黨在民族戰爭中的地位》《迎接中國革命的新高潮》等,即充分體現著這種精神。

(3)等於"口號""標語",可以當作"格言"用的:

目的明確、態度堅決、文字簡練、意義重大的題目,全是屬於此類的。如:《反對自由主義》《必須制裁反動派》《愚公移山》《為人民服務》《組織起來》《關心群眾生活注意工作方法》等是。

(4)表揚同志、藐視敵人、愛憎異常之分明的:

分清敵我、有愛有憎,這是革命的首要問題,然而表現它的手法卻是非止一個的。《斯大林是中國人民的朋友》這是開門見山地給予了最高的評價的。《紀念白求恩》則用追思的口吻,來肯定一個人物的。而給《福斯特同志的電報》又是表示關懷的文電了。至於《赫爾利和蔣介石的雙簧已經破產了》《蔣介石政府已處在全民的包圍中》，只要一看見便知道它是怎麼回事啦。

(5)提出問題、交待任務、制定方針政策的：

這方面的標題就多得很了。因為，它們盡係用以解決革命的實際問題的。例如，從第一卷《中國革命戰爭的戰略問題》起到他單獨發表的《關於正確處理人民內部矛盾的問題》止，帶有"問題"字樣的題目，便不下十幾個。有了"問題"，自然也就有了"任務"，從而需要正確解決它們的"方針"、"政策"就必須產生啦。如《中國共產黨在抗日時期的任務》《反對日本進攻的方針辦法和前途》以及《論反對日本帝國主義的策略》等類即是。

(6)儘管在講哲學思想，可是提法無比鮮明準確的：

哲學也是科學，不能把它弄得玄妙莫測。因此，談說"知"和"行"的關係的，就以"行"為根本，徑直叫他做《實踐論》，講求事物的對立統一法則的，就以"矛盾"為主導，稱之為《矛盾論》，請看這是多麼形象化的提法呀，而毛澤東同志活用"以子之矛陷子之盾"(《韓非子·說難》)的故事，和"天行健，君子以自強不息"(《周易·乾卦》)的老話之處，也可以想見。

(7)看似一句話，卻是文章題，不拘形式直說其事的：

這種形式雖然中國也有，如清代科舉取士的八股文題，那是任取經書中的一句文辭叫人去作的。但這是"帖括"，不足為訓。恐怕見於《列寧全集》中的《我們的大臣們在想些什麼?》《民粹主義空想計劃的典型》一類的標題，是毛澤東同志直接取法的所在。因為它們和《必須注意經濟工作》《遊擊區也能多進行生產》《國民黨進攻的真相》一樣，都是直接敘說急待解決的某種事物的。

(8)子母標題、綱舉目張、使人更加了然的:

在文章裏分段落、加小標題,是常見的(雖然在古典散文中不多見),寫大題目時,立刻分列出來小題,卻是列寧和毛澤東同志的創舉。列寧的《我們究竟拒絕什麼遺產?》下,就依次列出了《遺產代表者之一》《民粹派加到遺產上的東西》等五個小題。毛澤東同志採取這種標題形式的時候也很多。例如:《統一戰綫中的獨立自主問題》下,曾分別舉出了《幫助和讓步應該是積極的不應該是消極的》《民族鬥爭和階級鬥爭的一致性》《一切經過統一戰綫是不對的》這三個小標題。

總之,毛澤東同志所以如此這般從事種種標題手法的目的只有一個,那就是千方百計地叫人一見題目就認識到文章的重要,於是非讀不可,非做不可,以有利於革命事業的進展與成功。因之,這就遠非過去統治階級御用文人們的艱深晦澀出題難人,而又不切實際拘於程式者所能比擬的了。

2. 體例

我們知道,毛澤東同志的著作是"以立意為宗,不以能文為本"(蕭統語)的。然而言之不文,行之不遠,在言以足志,文以足言的規律下面,如果不把體現於毛澤東同志著作中的精神實質、方法、法則切實掌握到手,怎麼能夠談到有所提高有所前進呢? 這就是說,無論是從學深學透毛澤東思想,還是領略領會毛澤東同志的文風,任何角度去看,都應該認認真真地由內容到形式地下一番苦工夫,才可以解決問題。

譬如單就"命題"一項而言,就有如同我們介紹到上面的那麼豐富的內容。設若我們連文章內部的組織形式、謀篇佈局的所在也鑽研一下,就會發現更多更為前人所無的精華。先談談他是如何通過"論"這一文體來講說抽象的哲學思想的,讓我們就舉兩篇最主要的哲學論著《實踐論》和《矛盾論》來作為例證。因為它們是在剖析、指示世界觀和認識論的根本法則的。

劉勰說:"論也者,彌綸群言而研精一理者也。"(《文心雕龍·論說》)翻譯過來就是:"聯結起來許多有道理的話,來說清楚某一種主要的理論的,叫做"論"。除了劉勰所說的"理"是引申六經的"義理",不是我們今天馬列主義的道理以外,看來這個辦法毛澤東同志是採用了的。"兩論"確實做到了引經據典、析理精微的地步。

《實踐論》一上來就指出:馬克思以前的人沒有懂得"認識對生產和階級鬥爭的依存關係",並舉列寧"實踐高於認識"的話藉以論證我們的哲學是為無產階級服務的,"真理的標準只能是社會實踐"等等道理。同時也就介紹了概念的產生由感性到理性的必不可少的過程,以及認識世界的目的在於改造世界而歸結於知行統一觀。

這篇文章的特點有六:

(1)先破後立而絕大部分的文字是用在立上的。(2)能近取譬,比喻的事例又非常之生動。(3)引用成語、古今的都有,極為貼切。(4)聯繫實際批判了某些人的錯誤思想。(5)創造出來許多等於定義的結語。(6)重點突出、前後呼應、有起有落、一氣可成的章法,既修辭又謀篇,從理論到行動,這文章的本身就無一不是體現著實踐的精神的。例如下面的這些話:

在階級社會中,每個人都在一定的階級地位中生活,各種思想無不打上階級的烙印。(第一卷二七二頁)

人們經過失敗之後,也就從失敗取得教訓,改正自己的思想使之適合於外界的規律性,人們就能變失敗為勝利,所謂"失敗者成功之母","吃一塹長一智"就是這個道理。(第一卷二七三頁)

《三國演義》上所謂"眉頭一皺,計上心來",我們普通說話所謂"讓我想一想"就是人在腦子中運用概念以作判斷和推理的工夫。(第一卷二七四頁)

世上最可笑的是那些"知識裏手",有了道聽塗說的一知半解,便自封為天下第一,足見其不自量而已(第一卷二七六頁)。

中國人有一句老話:"不入虎穴,焉得虎子。"這句話對於人們的實踐是真理,對於認識論也是真理。離開實踐的認識是不可能的。(第一卷二七七頁)

一切頑固黨的思想都有這樣的特徵。他們的思想離開了社會的實踐,他們不能站在社會車輪的前頭充任嚮導的工作,他們只知跟在車子後面怨恨車子走得太快了,企圖把它向後拉,開倒車。(第一卷二八三頁)

實踐,認識,再實踐,再認識,這種形式,循環往復以至無窮,而實踐和認識之每一循環的內容,都比較地進到了高一級的程度。這就是辯證唯物論的全部認識論,這就是辯證唯物論的知行統一觀。(第一卷二八五頁)

等於定義的結語,非常生動的比喻,錯誤思想的批判,以及引用貼切的成語等等特點,不是在這裏邊都有了嗎? 把這些先破後立的文字,突出重點參差錯落地組織起來,還能不是一篇極為精采而又解決了哲學上大問題的說理文章嗎? 此中的許多文句,已經被廣大人民背得爛熟、做得出色,就足以說明問題。

《矛盾論》的章法跟《實踐論》的又不相同了。《實踐論》渾然一體,前後呼應,題目下面只有一個加注的小標題。《矛盾論》卻化整為零,分進合擊,逐段使用小標題。《實踐論》先破後立,層層分析,最後提綱挈領地給了等於目錄的結語。《矛盾論》則既有引言,又有結論,中間各章都可以相對地獨立去讀解。《實踐論》只重點地引用列寧的話以為參證。如"實踐高於認識"的幾句文字。《矛盾論》就不止每章都有列寧的話(也有恩格斯的文句),而且是用它們作為綱領以解決問題的。《實踐論》比較抽象地借用了《三國演義》的一句成語。《矛盾論》非常明確地徵引了《水滸傳》尤其是《三打祝家莊》的故事,來說明它存在著辯證法。諸如此類全足以證明毛澤東同志行文的因事制宜,手法多變。

例如《矛盾論》在開宗明義的第一句話裏就正面指出:"事物的矛盾法則,即對立統一的法則,是唯物辯證法的最根本的法則。"緊接著又舉列寧"辯證法是研究對象的本質自身中的矛盾"一語為證,說矛盾是辯證法的"本質"也叫做"核心"即是。此後便把以下各段文章的小題《兩種宇宙觀》《矛盾的普遍性》等,依其主次排列出來,先使人有一個全面認識問題的概念,引人渴望得到解決地去逐一學習下面各個章節。即舉《兩種宇宙觀》為例吧,他從人類認識史中所存在著的形而上學和辯證法的兩種見解出發來對比說明道:"所謂形而上學的庸俗進化論的宇宙觀,就是用孤立的、靜止的和片面的觀點去看世界"(《毛選》第一卷二八九頁)。"和形而上學的宇宙觀相反,唯物辯證法的宇宙觀主張從事物的內部,從一事物對它事物的關係去研究事物的發展,把它看做是事物內部的必然的自己的運動。"(同上)

毛澤東同志在《矛盾的普遍性》這一章裏論矛盾的普遍性或絕對性時說:"這個問題有兩方面的意義。其一是說,矛盾存在於一切事物的發展過程中;其二是說,每一事物的發展過程中存在著自始至終為矛盾運動(二九三頁),也取恩格斯"運動本身就是矛盾"和列寧"承認(發現)自然界(精神和社會兩者也在內)的一切現象和過程都含有互相矛盾、互相排斥、互相對立的趨向"的話,作為論證的根據。並且設為問答的口吻說:"這些意見是對的嗎? 是對的。一切事物中包含的矛盾方面的相互依賴和相互鬥爭,決定一切事物的生命,推動一切事物的發展。沒有什麼事物是不包含矛盾的。沒有矛盾就沒有世界。"(《毛選》第一卷二九三頁)

這些章法,可以說都是《實踐論》中所少見的。至於聯繫實際:(1)批判錯誤思想,(2)創造顛撲不破的定義,(3)以及靈活生動地賦予新意地使用成語等等,就不止是這兩個姊妹篇的共通情況了。它們是所以形成毛澤東同志論著的許多特色嘛。儘管如此,我們還是要舉出兩句來藉以互相參證。其中一個是解釋"新陳代謝"的。毛澤東同志說,它"是宇宙間普遍的永遠不可抵抗的規律。依事物本身的性質和條件,經過不同的飛躍形式,一事物轉化為它事物,就是新陳代謝的過程。任何事物的內部都有其新舊兩個方面的矛盾,形成為一系列的曲折的鬥爭。鬥爭的結果,新的方面由小變大,上升為支配的東西;舊的方面則由大交小,變成逐步歸於滅亡的東西。而一當新的方面對於舊的方面取得支配的地位的時候,舊事物的性質就變化為新事物的性質"(三一一頁)。

按我們過去只知道"新陳代謝"是生物學上的一個專用術語,用來從現象上去解釋生物細胞的新舊交替的。有誰曾經透過現象深入本質,認識到過句話是在概括地說明著生物由量變到質變的飛躍轉化呢? 更不要說一下子就體會到它是"宇宙間普遍的永遠不可抵抗的規律"了。另一句關於"相反相成"的說法也是同樣的卓越。他說:"我們中國人常說'相反相成',就是說相反的東西有同一性。這句話是辯證法的,是違反形而上學的。'相反'就是說兩個矛盾方面的互相排斥或互相鬥爭。'相成'就是說在一定條件之下兩個矛盾方面互相聯結起來,獲得了同一性。而鬥爭性即寓於同一性之中,沒有鬥爭性就沒有同一性。在同一性中存在著鬥爭性,在特殊性中存在著普遍性,在個性中存在著共性。拿列寧的話來說,叫做'在相對的東西裏面有著絕對的東西'"。(三二一頁)

好啦,自從班固一千五百多年前在《漢書·藝文志》中說過這句話以後,可有一個人像毛澤東同志這樣地解釋過?那麼這就不止是我們視而不見習焉不察的問題了,歸根結底恐怕還是大家不曾懂得它的內在的涵義的原故。這就等於說,無論是像"相反相成"這樣中國封建社會歷史學家創造出來的詞彙,還是"新陳代謝"一類的現代生物學家翻譯過來的術語,在過去我們只能算是似是而非地使用著。直等它們到毛澤東同志的手裏,才如同新發於硎似地叫我們知道它們原來是給矛盾的發展與共性在高度概括著說明問題的。可見繼承遺產也罷,鑽研現代科學也罷,如果不把馬列主義毛澤東思想學到手,就連一句涵義深遠的成語都會解釋錯誤的。豈可不知其嚴重性?

3. 章法

在毛澤東同志著作裏有沒有像劉勰所說的"不淚之悼"(《文心雕龍·哀悼》)一類的文章呢?我們的回答是:"有的"。不過他的哀悼文字在體裁形式思想感情上都和古人大不相同罷了。譬如《紀念白求恩》,它從題目上就有了交易,既不說"哀",也不講"悼",只用"紀念"二字;內部結構更為簡易:不溢美,不藻飾,夾敘夾議的散文四段;可是事實上它卻體現了對於死者不同泛泛地悲痛,和非同小可的論定。當然這種悲痛的情調,是同志式的無產階級友愛的;這種紀念的思想,是馬克思列寧主義的基於國際共產主義精神的。尤其重要的是,文章的主題乃在號召我們認真學習白求恩大夫不朽的高貴品質的。文章分段列舉著說:

(1)白求恩同志是加拿大共產黨員,五十多歲了,為了幫助中國的抗日戰爭,受加拿大共產黨和美國共產黨的派遣,不遠萬里,來到中國。

(2)白求恩同志毫不利己專門利人的精神,表現在他對工作的極端的負責任,對同志對人民的極端的熱忱。每個共產黨員都要學習他。

(3)白求恩同志是個醫生,他以醫療為職業,對技術精益求精,在整個八路軍醫務系統中,他的醫術是很高明的。

(4)我和白求恩同志只見過一面。後來他給我來過許多信。可是因為忙,僅回過他一封信,還不知他收到沒有。對於他的死,我是很悲痛的。

(《毛選》第二卷六五三——六五四頁)

對死者的身份、工作、道德品質,以及作者的追思悼念,都重點地擺在這裏了。然而如果單純是為了肯定死者使之不朽,還不能算盡文章的能事,必須知道這是(1)以國際共產主義精神來破除狹隘的國家民族觀念的;(2)以對人民對工作極端的熱忱負責來教育那些對同志對工作冷冷清清拈輕怕事的人;(3)以堅持醫療崗位,工作技術精益求精,來促進見異思遷鄙薄技術的人改正錯誤。總之一句話,要我們大家認真學習白求恩同志"毫無自私自利之心的精神"藉以變成一個"大有利於人民的人"。紀念逝者,以勵來茲,這才是文章的主要目的。

實際上也是一篇哀悼文章的《為人民服務》,在寫作手法上就更不平凡了。因為它不但沒有從題目上面表現出來,就是在文章裏也很少正面使用悼念的字樣,然而它卻的確是毛澤東同志為追悼張思德同志而作的講演辭。像"張思德同志是為人民利益而死的,他的死是比泰山還要重的。"(《毛選》第三卷一〇〇三頁)這樣的話,不止騰之於口而且筆之於書。所以我們不能認為它是別類的文字。

《為人民服務》和前面介紹過的《紀念白求恩》在行文結構上有三點不同:

(1)它沒有談張思德同志的身份、工作等方面的具體情況。反爾藉著追悼死者,教育我們要不怕批評勇於改正缺點,在困難的時候要看到成績和光明,提高我們鬥爭的勇氣。

(2)要把給人民做過有益工作的死者的追悼會,普遍開好,使它成為制度,藉以團結起整個人民。

(3)更重要的是,提出了對於"死"的看法,教導我們學習張思德同志,也去爭取為人民利益而死的重於泰山的"死"。

這已經牽涉到革命的勁頭和人生態度的問題了。文章雖然是在抗日戰爭時期的三十年前寫的,直到今天恐怕還依舊具有現實教育的意義哩。它不是我們應該反復學習的嗎?念茲在茲,時刻不忘革命,處處想著人民,而且是充滿著戰鬥的勇氣和勝利的信心的,這便是毛澤東思想的精神以及它體現於文字中的特殊風格。

我們知道,毛澤東同志辦事、行文、論人,根據的都是辯證法,因時地、條件的不同而有所變易的。如果說《紀念白求恩》和《為人民服務》這兩篇哀悼文字章法上的差異是跟這兩位逝者生前的社會地位、革命貢獻、生活情況的不一樣有關係的話,那麼,我們從《最偉大的友誼》,他為了痛悼斯大林同志逝世所作的哀悼專文裏頭,就更足以發現問題說明問題了。化悲痛為力量,寓歌頌於哀悼,它才是毛澤東同志哀悼文的代表作呢。

這個友誼不是個人間的,是非比等閒的,是以馬克思列寧主義的革命理論、革命行動和革命風格建立起來的中、蘇兩黨鞏固的兄弟般的友誼,是共同肩負著聯合全世界無產者、解放全世界人民、實現世界共產主義責任的最偉大的友誼。而首先代表兩黨兩國貫徹這個路綫鞏固這種友誼的是斯大林和毛澤東同志。因之,我們就會知道毛澤東同志使用這個題目來作為哀悼斯大林逝世的深刻意義了。唯有斯大林才當得起這樣的悼念的,也唯有毛澤東同志才寫得出這樣的哀辭。

斯大林是什麼人?毛澤東同志在文章一開頭給了一個最高的評價。他說他是"當代最偉大的天才,世界共產主義運動偉大的導師,不朽的列寧的戰友。"(《新華月報》五三年四月份十四頁)可是這位人類了不得的巨星殞落了!和我們永別了!怎麼不能叫人感到無可比擬的深沈的悲痛呢?所以他接著又說:"現在我們失去了偉大的導師和最真摯的朋友——斯大林同志,這是多麼的不幸呵!這個不幸所給予我們的悲痛是不能夠用言語來形容的。"(同上)

然而單只哀痛是無補於斯大林的逝世的,必須"把悲痛化為力量",繼續肩負起死者遺留給我們的尚未完成的世界共產主義革命的大業,其具體的措施就是:(1)更要加強中、蘇兩黨兩國間的兄弟般的友誼,使之牢不可破;(2)更要加緊學習馬克思列寧主義以及斯大林的學說,並且創造性地發展它們。這些話在今天,就更加覺得語重心長,使人悲痛萬分了。

至於文章裏面分段列舉了斯大林生前在理論的活動上和在實際

的活動上所給予的當代的貢獻,說他"代表了我們整個的新時代",說他的業績和他的思想"掌握了全世界的廣大人民群眾,而且業已變成了無敵的力量",這種力量將引導我們從勝利走向勝利,說他"全面地劃時代地發展了馬克思列寧主義的理論,把馬克思主義的發展推到"新的階段",他的"一切著作都是馬克思主義的不朽的文獻"。說他"從列寧逝世以來就一直是世界共產主義運動的中心人物",說"三十年來他的學說和蘇聯社會主義建設的榜樣推動了世界的大踏步的前進"等等,就不止是為了論定他的不朽啦,對於我們來說,還具有應該永志不忘和學習取法的教育意義哩。(當然也要結合著《論無產階級專政的歷史經驗》來看)

說到這裏,我們對於毛澤東同志的哀悼類文章可以有一個初步的認識了:(1)一掃舊日悲痛切切滿紙悲傷的情調,沒有從任何個人思想感情出發看問題的東西;(2)須是給人民做過好事的死者才具有被追悼的條件,論定或簡概他們生前光榮的事蹟,主要地是為了教育我們取法、學習,內容因人而異,形式多所變化,實事求是,不拘一格,連擬定題目都是如此這般的。"墓誌銘"、"神道碑"一類的封建性的諛詞,在這兒連半句也找不到的。

二、"序言"和"跋"及"談話"

"序"是前言,"跋"乃後語。《爾雅序郭氏疏》說:"敘陳此經之旨。"如《尚書》有《書序》,《詩經》有大小《序》,即是濫觴。按"序"與"敘"通,陳說以次的意思。又《篇海》云:"足後為跋,故書文字後曰跋。"也有叫做"後序""後題"的,是漢唐以後方才倡行的文體。總之,無論寫在卷頭的"序",還是放到後邊的"跋",都不過是為了介紹評述一部著作或一篇文章的內容的（包括版本考訂和編寫經過在內）。至於作者，則有的即是原著的本人，有的是其他的讀者。而贈送行人的"序文"和專人傳記的"書後"，又是它們的別體變例了。

毛澤東同志的《農村調查》的"序言"和"跋"，在文章的體例上是"序""跋"雙用的。對於《農村調查》這個文件，是說了又說，講了又講的。可是它們的內容卻不是什麼評價考訂的文字，而是通過兩篇文章來交待政治指示辦法的。在抗日戰爭時候，如何正確地對待抗日民族統一戰綫？怎麼樣才能夠搞好農村社會的調查研究工作，以有利於抗日戰爭的勝利前進？並且在行文是有著具體的分工的。"序"講辦法，"跋"說政策，聯結起來便非常全面地解決了這個時期的農村問題，也就是抗日戰爭中根據地的政治方向和鬥爭任務啦。

"序言"教育我們要"眼睛向下"，"多開調查會"，虛心學習老農，使著理論和實際切實聯繫起來，藉以搞好農村的革命工作。"跋"則反復講說抗日戰爭時期統一戰綫的精神：它既不是"一切聯合，否認鬥爭"，也不是"一切鬥爭，否認聯合"，而是聯合一切反對日本帝國主義的社會階層，去和日本帝國主義者這個業已侵入中國大陸企圖奴役中國人民的最主要的敵人作你死我活的戰爭的。所以"右傾機會主義"和"左傾冒險主義"都是一點兒也來不得的。這在中國革命的鬥爭史中，已經充分獲得了經驗教訓，不能再陷覆轍。

那麼，像這樣聯合使用"序""跋"，反復交待政策的手法，豈不是毛澤東同志靈活使用文章體裁，使形式為內容服務的一個創例嗎？這在過去是少見的。

還有，即令像"談話""談判""通知""通報""宣言""聲明"這一類的新體裁，在古代散文裏正面找不到的一些形式與稱謂，毛澤東同志也都把它們運用得機動靈活，無往不利。就先說"談話"吧，它是包括

"對話""面談""談論"和"漫談"的種種方式在內的。條件是須有固定的對方，一人或多人；特點是意見交流得直接，使人感受親切。辦法一般的用口頭，也有採用書面的。其實，追溯起來，這種形式，未嘗不可以說是我們發展了古人"問答式""語錄體"的結果。《論語》《孟子》不就是很顯然的前例麼？孔子、孟子和弟子對人的"問答"，記載下來便成了"語錄"。所不同的，只是毛澤東同志發表的幾篇"談話"，在內容和形式方面都有許多變易。

他發表的"談話"都是借著回答別人提出來的問題：闡明主張，表示態度，宣傳政策，擴大影響的。這個不消細說但在文章的形式上卻的確是各有不同的。如《和英國記者貝特蘭的談話》在問答之中曾經根據內容的性質，分別定立了小題目：(1)《中國共產黨和抗日戰爭》；(2)《抗日戰爭的情況和教訓》；(3)《在抗日戰爭的八路軍》；(4)《在抗日戰爭中的投降主義》一共四個(《毛選》第二卷三六三——三七六頁)，是以表示中國共產黨抗日到底和反對投降主義為主題的。《關於國際新形式對"新華日報"記者的談話》就不一樣了。在總題目上標明了主要的內容不再另用小題，內容也集中在蘇德互不侵犯協定的訂立，和我們應該持有的態度上(同上五六九——五七四頁)。

《和"中央社""掃蕩報""新民報"三記者的談話》(同上五七七——五八二頁)乃是根據記者們事先寫在紙上的三個問題，和當場補充的請問來逐一作答的。因為面對的是蔣管區的報社記者，所以特別強調了"無為親痛仇快"的三大政治口號：(1)"堅持抗戰，反對投降"；(2)"堅持團結，反對分裂"；(3)"堅持進步，反對倒退"。而《和美國記者安娜·路易斯·斯特朗的談話》(《毛選》第四卷一一八九——一一九四頁)，又因為日本投降以後，美國支持蔣介石反動派打內戰，和實行以原子彈訛詐世界人民的政策，便特別提出了至今還在振奮人心鼓舞鬥志的"一切反動派都是紙老虎"作為發言的主要內容。

唯有也叫做"談話"的《為皖南事變發表的命令和說話》《對晉綏日報編輯人員的談話》是別具一格的。它們沒有對話的情況,不採取問答的形式,只由發言人用"獨白"的手法說明問題指示辦法的。如前者是以中共中央革命軍事委員會所發佈的命令做為先行,而繼之以中共中央軍事委員會發言人的說明,用這兩部分文字來反擊國民黨在抗日戰爭中期一手造成的皖南反共事變的。不過,"命令"的內容在於:重派部隊領導,整飭、團結內部,協同軍民繼續抗日。"談話"的內容則是:列舉事實,揭發罪行,警告他們莫再"胡鬧",以免自絕於人民的。後者又自不同,從頭到尾是以講說如何辦報作為主題的。例如,辦報的主要目的是"教育群眾,讓群眾知道自己的利益",並且"團結起來,為自己的利益而奮鬥",和叫他們徹底認識黨的方針政策等等,但是,為了"教育群眾"首先"要向群眾學習",否則是完成不了任務的。(以上所引分見《毛選》第二、四卷七六九——七七五和一三一七——一三二〇中)。指示,對於必須走群眾路綫的黨的政策來說,就更重要了。比起前幾篇來,還不能不說是"談話"的變例。

三、關於"講話"的

"講話"不但和"談話"不同,它跟"演說"也有一定的差別。"談話"是極少數的賓主雙方,通過對談的方式,有問有答而以答者為主的情況,前邊已經說明白了。"演說"從字面上看,好像同"講話"的涵義沒有什麼兩樣。而且從命題上看,都以"在"字開頭,全是用講演的辦法在會議上表示主講者的態度與意見的。如《在陝甘寧邊區參議會的演說》《在延安文藝座談會上的講話》《在晉綏幹部會議上的講話》和《在新政治協商會議籌備會上的講話》,小有不同之處,只是後三者帶個"上"字,而前一題省去了而已。

但是,如果再從文章的結構和內容上看,我們便會發現不這麼簡單了。比起黨組織和行政部門來,邊區參議會乃是一個備諮詢的只有建議權的機構。雖然這裏也有黨員參議員,畢竟應該以非党參議員為主,團結好他們,叫他們充分發揮出抗日救國的熱力,以有利於最後取得勝利。這就是毛澤東同志為什麼在稱謂上要把"各位參議員先生"擺到頭裏,從而特別強調"打倒日本帝國主義,建設新民主主義的中國"是當日唯一的目的的道理了。不是嗎? 招呼黨員參議員"克服自己的關門主義和宗派主義同黨外人士實行民主合作",不也是為了達成這個目的嗎? 因之,以演說參議會成立的意義開始,而殿之以慰勞與祝賀,便非常之精當啦。

"講話"呢,也有用像"諸位代表先生"這樣的稱謂開始的,同時文章也不長,在組織結構上跟《在陝甘寧邊區參議會的演說》也幾乎一樣,這說的就是《在新政治協商會議籌備會上的講話》的形式。我們體會這可能是因為兩者都是民意代表機關,應以"參議員"或"代表"做主體。而即席演說與講話,特別是關於大政方針的,又必須主題鮮明,重點突出,使人一下子便領會到會議的精神實質。譬如新的政協等籌備會的任務乃在於"迅速召開新的政治協商會議,成立民主聯合政府",就是此文的開宗明義。而在題目上叫做"講話"也可能因為這是建國大事由毛澤東同志直接領導的關係。

其它兩篇"講話","在延安文藝座談會上"的,和"在晉綏幹部會議上"的,便採用的是同一章法了。稱謂都是"同志們",並且各有"引言"(或"小引")在前,然後分章講述,一個問題一個問題地解決,末了還做出"結語"來。不用說,這在指示方向交待政策的作用上,是更顯得諄諄不已耳提而面令之的。也不能不這樣,因為它們一個是關於文藝為工農兵服務的方向的,一個是關於新民主主義革命的總路綫和總政策的。而略有略的必要(如《在新政治協商會議籌備會上的講話》),詳有詳的好處(如這兩篇"講話",不算頭尾,各有五段文章),真所謂因事而異,繁簡咸宜呢。

四、關於"談判"的

　　"談判""講話"對於"談話"來說,儘管在名詞上只有一字之差,但在實際的做法以及它們體現於文章裏頭的規格與結構卻大不相同了。先說"談判",它是指著用商量的方式,解決對立雙方的軍政大事的,乃是一種非常尖銳的鬥爭。毛澤東同志講給我們的主要精神是:"敵人在戰場上得不到的東西,永遠不用想在談判桌上可以得到"。因之,它反映在文件上面時,也一樣地需要明快謹嚴,寸步不讓。《關於重慶談判》雖然不是談判文件的本身,可是把這種針鋒相對主動鬥爭的精神就體現得很突出。毛澤東同志說,"和談"是為了"有利於擊破國民黨的內戰陰謀,取得國內外廣大中間分子的同情",自然並不等於不準備去打。誰都知道蔣介石是靠不住的,只有消滅他的進攻,他才能夠"舒服"。下面讓我們節錄兩段《會談紀要》來看看"談判"文字的嚴正性。

　　關於軍隊國家化問題,中共方面提出:政府應公平合理地整編全國軍隊,確定分期實施計劃,並重劃軍區,確實征補制度,以謀軍令之統一。

關於解放區地方政府問題,中共方面提出:政府應承認解放區各級民選政府的合法地位。政府方面表示:解放區名詞在日本投降以後,應成為過去,全國政令必須統一。

(《毛選》第四卷——六三頁注釋)

這便是《雙十協定》的文字榜樣,不但語氣鄭重而且條目清晰。當時國共雙方爭執的要點也躍然紙上了。如果再結合著《國民黨進攻的真相》《以自衛戰爭粉碎蔣介石的進攻》和《蔣介石政府已處在人民包圍中》去看問題,便知道毛澤東同志爭取主動,料敵如神,正義在我們這一邊,於是越打越有理,直到全國解放,新中國成立這一系列的老謀深算是怎樣地驚天動地震撼寰瀛啦。得道者多助,為人民作戰嘛。

五、關於"聲明"的

"聲明"這個文體是為公開表示政治態度而派用場的。它因行使對象的不同以變換其性質。用在人民內部時,往往是擺事實、講道理、想方設法幫動解決問題的。如果是敵我之間的,則揭露醜惡、聲討罪行的口誅筆伐,在所難免。對方要是別的國家呢? 又起著外交鬥爭的作用了。《毛選》裏《關於蔣介石聲明的聲明》(第一卷二三七——二三九頁)是屬於第一類的,《中共中央毛澤東主席關於時局的說明》(第四卷一三九一—— 一三九三頁)是屬於第二類的,而《中國人民解放軍總部發言人為英國軍艦的暴行發來的聲明》(第四卷一四六三—— 一四六五頁)則是屬於第三類的。

毛澤東同志發表的這些聲明,雖然在標題的寫法上各不相同,有時不具名,有時連身份都講出來,有時只說發言人,但有一件事是可以理解的,都是以黨和軍政最高負責人的身份為發言人來發佈的。由此可見:"聲明"這個東西,不是隨便什麼人全可以作的,影響巨大、非同小可。例如《關於蔣介石聲明的聲明》,是毛澤東同志在"七七事變"以前,為了促使蔣介石正視抗日救亡的重要性,確守信義,實施他被張(學良)、楊(虎城)扣留西安時業已口頭允諾的"改組國民黨與國民政府"、"停止剿共、聯合紅軍抗日"等六項條件而發表的有關國家民族生死存亡大計的重要文件。

《中共中央毛澤東主席關於時局的聲明》就更關係重大了。它是聲討以蔣介石為首的國民黨反動賣國政府的檄文和摧毀這個窮凶極惡、人人髮指可是業已眾叛親離、指日滅亡的匪幫的通告。所以在文章的一開始就用"自一九四六年七月南京國民黨反動政府在美國帝國主義的幫助之下,違背人民意志、撕毀停戰協定和政治協商會議的決議,發動全國規模的反革命的國內戰爭"作為主文。以後又歷數其召集偽國大、頒佈偽憲法、選舉偽總統、出賣大批的國家權利給美國以及對解放區進行了殘酷的進攻等等罪行。

與此同時,自然也就要宣示我們自從日本投降以來,如何防止國內戰爭、實行國內和平的種種,只是由於對方的肆意破壞、猖狂進攻,才不能不奮起攻擊、堅決戰鬥並且克服了困難、取得了勝利的情況了。但其目的還在於揭穿蔣介石屢敗以後,為了取得喘息的時間,捲土重來的和談陰謀的。我們說和談可以,然而必須以懲辦戰犯、廢除偽憲法、改編反動軍隊等八項條件做基礎,否則無法結束戰爭、實現和平、減少人民痛苦的。這些條件肯定是蔣介石所不能接受的。因為這等於叫他和他的匪幫不存在了。於是騙局再一次公開暴露於全國人民面前,我們也就越打越有理啦。

凡此種種,都是毛澤東同志的妙用。劉彥和說:"震雷始於曜電,出師先乎威聲。故觀電而懼雷壯,聽聲而俱兵威。兵先乎聲,其來已久。"(《文心雕龍‧檄移》)這"聲"是什麼?就是文字宣傳的威力。具體到戰爭上時,古謂之"檄文",現在叫做"宣言""聲明"。它們的基本精神是:"振此威風,暴彼昏亂","或述此休明,或敍彼奇虐"(同上)。總之,一句話,是要求通過它們取得"先聲奪人"的效果的。毛澤東同志這裏正是取法於古、活用到今,發展了所謂"檄者,皦也,宣露於外,皦然明白"(劉彥和語)的。並且把"指天時、審人事、算強弱、角權勢"(同上)這樣的作法,也一一反映到文字中間了。

　　《中共發言人關於和平條約必須包括懲辦日本戰犯和國民黨戰犯的聲明》可以說是它的姊妹篇。在這篇文章裏,毛澤東同志著重闡述了逮捕法辦中日戰爭罪犯的政治立場,並且針鋒相對地反擊了國民黨反動派所謂和談不能有"先決條件",以及所謂中共發言人的態度似乎不夠"鄭重",而且是"節外生枝"的一類遁詞。像這樣的話,簡直是力有千鈞,當者披靡的:"在一月二十八日那種時候,我們還把國民黨反動賣國政府說成是一個政府,在這點上說來,我們的態度確乎不夠鄭重"(《毛選》第四卷一四〇三頁)。因為無論從地點、機關、人事任何方面看這個"政府"業已等於不存在了。

　　當時,這真是叫國民黨反動派啼笑皆非的大塊文章,也可以說是字字行行都是誅心之論。再看文章的結語吧:"此外,該發言人還說了許多廢話,這些廢話是騙不了任何人的,我們認為沒有答覆的必要。南京或廣州或奉化或上海的假定的象徵的國民黨反動賣國'政府'的先生們,如果你們以為我們的這篇聲明的態度又有些不夠鄭重的話,那末,請原諒,我們對你們只能取這種態度"(同上一四〇六頁)。請看,這是多麼深刻的鄙視口吻,視若無物,認為他們已經不成東西了。

《中國人民解放軍總部發言人為英國軍艦暴行發表的聲明》是專為斥責英國戰爭販子邱吉爾的狂妄態度的。它的特點是在題目上就明召大號地標出了英帝的罪行,並於文章一開始便單刀直入地揪出了將被斥責的對象,先提事實(邱吉爾在英國下院要求英國政府派兩艘航空母艦去遠東對我們扣留他們的紫石英號軍艦實行武力的報復),後加責問(邱吉爾先生,你'報復'什麼?明明是你們的軍艦同國民黨的軍艦一道闖入中國人民解放軍的邊區,並且傷亡了我們二百五十名忠勇的戰士嘛!),帶便也非笑了艾德禮的"撒謊"。

我們都知道英帝是美帝的幫兇,邱吉爾又是當時世界上有名的戰爭販子,而且我們還在剛剛解放了北半部中國的時候,毛澤東同志就這樣義正辭嚴寸步不讓地同他們展開了正面的鬥爭,已經說明著反帝到底的偉大的精神是無乎不在的。因為這裏還蘊育得有中國人民獨立自主,不會承認反動政府過去所簽定的任何損害自己領土主權的條約的內容。毛澤東同志不是說了嗎:艾德禮首相的話也是錯誤的,他說英國有權開動軍艦進入中國的長江(舊在"南京"或"辛丑"條約中有過這種屈辱的規定的)。長江是中國的內河,你們英國有什麼權利將軍艦開進來?"舊日的皇曆看不得"啦。

說到這裏,關於"聲明"和"宣言"在使用性質方面的一點區別,我們大體上可以清楚了。兩者雖然都是公開表示政治態度向對方展開尖銳鬥爭的,但"聲明"須有發言人,而且往往是關於特定事件的。"宣言"則用機構的名義,不只給敵人看,也給自己的人提出戰鬥的任務,因之,它們的章法語氣便也各有各的特點。例如"聲明"比較著重事件經過的敘述,務使真相大白,唇槍舌劍的口吻勢不可免。"宣言"就已經不是論爭,偏於表明決心、指示具體的戰鬥方略的文字,應具有平實明確、雷打不動的精神。

六、關於"發刊詞"的

"發刊詞"顧名思義就可以知道它是為某一種新創辦的報刊預作說明的文字,其內容不外發刊的緣起、宗旨以及任務要求等。因此我們盡可以說,它是新出報刊的嚮導、靈魂,極富於宣傳教育性。除非瞭解情況,掌握政策的領導人或主辦人是沒有資格寫它的。它跟先已有了作品,然後由讀者去撰寫介紹的"前言"(序)、"後語"(跋)不同。這裏須是從無到有、從未成到已成、照著早經確定的方針、政策辦事的。在文體上講,也是近百年來才大行其道的,因為前此根本就沒有報紙、雜誌這種東西。

在《毛選》裏我們看到了兩篇這樣的文章,一長一短。那長篇大論的是《共產黨人發刊詞》,那短小精悍的是《中國工人發刊詞》,都是毛澤東同志在抗日戰爭前期寫的。論起內容來自然要以《共產黨人發刊詞》重要得多,因為《共產黨人》是中央當時新辦的黨內刊物,按照他的話說:它是"為了建設一個全國範圍的廣大群眾性的思想上、政治上、組織上完全鞏固的布爾塞維克化的中國共產黨"的。"說明進行這件偉大的工程,不是一般黨報所能勝任的,必須有專門的黨報,這就是《共產黨人》出版的原因。"(第二卷五九三——五九四頁)

當日《共產黨人》所擔負的任務的確是既光榮而又艱巨的,因為這個時期抗日民族統一戰綫發生了投降、分裂和倒退的三個危險。業已變成全國性大黨的中國共產黨有責任也有能力去克服這些危險,而她的宣傳戰鬥的主要陣地正是這個刊物。所以毛澤東同志在這裏根據黨發展的歷史經驗,鄭重地指出:"統一戰綫""武裝鬥爭""党的建設"

這三個戰勝敵人的法寶,叫我們更進一步認識它們、掌握它們,藉以領導革命取得最後的勝利。

把這三個法寶再明確解釋一下就是:(1)對待中國資產階級的態度須是又聯合又鬥爭的。(2)離開了武裝鬥爭,什麼都會化為烏有。(3)而党的建設必須以馬克思主義與中國革命具體實踐結合起來的毛澤東思想作指導,始克有濟。至於三者相互的關係,則他在文章的結尾時說得好:

"十八年的經驗告訴我們,統一戰綫和武裝鬥爭是戰勝敵人的兩個基本武器。統一戰綫是實行武裝鬥爭的統一戰綫,而黨的組織則是掌握統一戰綫和武裝鬥爭這兩個武器以實行對敵衝鋒陷陣的英勇戰士。"(同上六〇四頁)那麼,這三個法寶就是在反帝反霸的此際,不照舊光芒萬丈地,有其現實的指導意義嗎?

《中國工人發刊詞》也是先交待任務的。毛澤東同志說:"團結自己和團結人民,反對帝國主義和封建主義,為建立新民主主義的新中國而奮鬥,這就是中國工人階級的當前的任務。《中國工人》的出版,就是為了這一個任務"(第二卷七二一頁)。這一篇跟前一篇不同的地方是它在如何辦好刊物上給了許多說明與指示。如:

> 《中國工人》將以通俗的言語解釋許多道理給工人群眾聽,報導工人階級抗日鬥爭的實踐情況。總結其經驗,為完成自己的任務而努力"(同上七二一——七二二頁)。並且說:"《中國工人》應該成為教育工人、訓練工人幹部的學校,讀《中國工人》的人就是這個學校的學生"(七二二頁)。

"學校"與"學生"的稱謂是這樣地容易取得。只要有了好的課本,能夠用心讀它就算,也是一種打破常規、否定資產階級教育觀點的革命態度,因為毛澤東同志這裏著重的是"有知識、有能力、不務空名、會幹實事"(同上)的工人幹部。而"希望這個報紙好好地辦下去,多載些生動的文字,切忌死板、老套、令人看不懂、沒味道、不起勁"(同上)的關於理想的報紙文字的要求,就不止是辦報必須這樣了。寫什麼文字都應該以此為法則的。毛澤東同志在後來《反對黨八股》裏所提到的"老八股"、"洋教條"以及"空話連篇"、"語言無味"之類,不就是它的引申議論嗎?

七、關於"書簡"的

古人往往使用書簡交換意見、探討問題、發抒感情、表示態度,因為它最方便,能暢所欲言。特別是至親好友、師弟之間的,真實懇摯無可比擬。所以我們研究歷史人物的時候,經常把此類文字作為足以代表他們思想感情的資料。例如《諫逐客書》《報任安書》《答李翊書》之類,即是大家比較熟悉的。毛澤東同志發表的書信很少。現在我們知道的只有三篇:《給徐特立同志的一封信》(《學理論》六四年四期"學習資料")、《敦促杜聿明等投降書》(《毛選》第四卷一三七四——一三七五頁)、《關於詩的一封信》(《詩刊》五七年創刊號)。然而這也就足以作為當代書簡的典範了。因為在精神實質上,它們跟舊書簡大不相同。這三封信恰恰有著三種不同性質的內容:一封是給自己的先生祝壽的,一封是勸使敵人投降的,一封是跟同志們研究詩的問題的,情調不同,風格迥異。如今先說給徐老的一封。徐老是毛澤東同志在湖南第一師範讀書時的先生,年歲雖然大了,可是革命的朝氣蓬勃,一直帶頭前進。毛澤東同志不是在信的一開始就崇敬地說,無論過去、現在和將來,徐老都是自己的先生嗎？這原因之一是徐老在革命低潮的時候參加中國共產黨，而且態度積極，不怕困難，虛心學習，心口如一，"處處表現自己就是服從黨與革命的紀律之模範"，又是數十年如一日的。這原因之二是徐老的"革命第一、工作第一、他人第一"以及"揀難事做"勇於負責的精神。毛澤東同志說這些地方都是自己和全黨同志的佩服與學習的。

從古到今，我們幾曾見過這樣的祝壽信："願您健康，願您長壽，願您成為一切革命黨人與全體人民的模範"，一切從革命的利益出發來看待自己先生的表現，用對比的手法突出地顯揚了徐老的偉大。從這裏不但可以充分認識到徐老許多為我們必須學習的美德，而毛澤東同志論定人物實事求是的精神、樹立模範虛心學習的態度也就洋溢於字裏行間了。那麼，通過書簡真實確切地表達自己意願的這個優良傳統，不是為毛澤東同志繼承著尤其是發展著了嗎？勸使敵人投降的一封也是一樣。

曉之以利害，動之以大義，這是古今中外勸降書的一條通則（當然，這所謂"利害""大義"是具有階級性的，而且是因人因事因時因地有所不同的）。因之，在手法上也就多半是威迫利誘、恫嚇懷柔的一套了。毛澤東同志的《敦促杜聿明等投降書》便不一樣，以講形勢擺情況為主，一上來就告訴他們"已經到了山窮水盡的地步"，不要存在"突圍"的幻想。同時指出："立即下令全軍放下武器，停止抵抗"才是他們的"唯一生路"。前前後後都給他們舉出具體的事例來，既不誇飾，也不恫嚇。這是什麼緣故呢？我們認為這是因為對於這些國民黨頑固派、直接指揮軍事的戰犯們講說革命的道理，暫時還是起不了作用的，莫如乾脆把實際情況擺給他們，叫他們自己投降。

這樣做並不是對杜聿明等有什麼"厚愛"。"交槍不殺，寬待俘虜"，這是黨的政策。如果他們能夠投降，不是可以減少殺傷損害嗎？起碼對那些隨軍家屬、閒雜人員、還有戰地的老百姓還是有好處的。何況這種書信在客觀上又起著先聲奪人可以進一步地渙散其軍心，瓦解敵人鬥志的作用。從淮海戰役的結局上看：邱（清泉）死，李（彌）逃，杜（韋明）被俘，果然被打得全軍覆沒，也足以證明這封書信所代表的威力了。"勿謂言之不預也"，說了你們不聽，那就只好怪你們自己。值得我們特別思考的是這裏頭沒有絲毫恫嚇利誘的口氣，完全廢除了封建地主資產新級在這一類文字中所慣用的一套。

《關於詩的一封信》就更細緻啦。在不到二百字的一封短信裏，不但解決了詩的形式問題："以新詩為主體，舊詩可以寫一些"，而且特別提出不宜在青年中提倡舊詩的道理，教導我們如何用"一分為二"的觀點去對待事物。同時內容決定形式以及批判繼承。古為今用的這些有關創作的原則，也都得到答案了：靈活掌握、推陳出新無往而不利。至於肯定了《詩刊》的出版，鼓舞了作者心情之處自不待言。極為重要的一點是：從"惠書早已收列，遲復為歉"開始，直到"這些話僅供你們參考"為止，全篇充滿著虛懷若谷的精神。莊讀一過，使人惟有敬愛：少而精，啟發式，違此其又何求？

八、關於"報告"的

"報告"是為了反映情況，請示辦法，以免出問題、犯錯誤、影響革命工作方面的文字，一般是寫給上級看的。毛澤東同志說報告是"為了及時反映情況"，"內容要扼要，文字要簡練，要提出問題或爭論之所在"（《毛選》第四卷一二六三頁），足以說明這個文體的手法和目的都是什麼了。但党和行政的幹部，既然做為人民的勤務員，於是他們面向廣大群眾(包括職工在內)公開傳達文件、交待政策、規定任務、指示辦法的時候,縱令在口頭陳述,也得叫做"報告"的,何況這樣的"報告"往往是事先寫好的書面文字呢?例如《湖南農民運動考察報告》就是毛澤東同志寫給當時那些黨內黨外責難農民運動過火的人們看的,《報告》從"農民問題的嚴重性"說起,以下分成:"組織起來""打倒土豪劣紳""一切權力歸農會""'糟'得很和'好'得很""所謂過分的問題""所謂痞子運動""革命先鋒"以及"十四件大事"等八個問題陳述,論證確鑿,鐵案如山。特別是此中的"十四件大事",毛澤東同志已經把農民反封建運動表現在政治經濟上、文化宣傳上以及轉移社會風氣上的一系列的革命的措施,都全面深入而又典型地作了反映。這就不止足以堵塞住當時黨內的右傾機會主義者和國民黨右派的悠悠之口了,方今之日,在許多關於農民運動的原則問題上,也一樣具有指導的意義的。

此外,值得我們注意的是,有些"報告"儘管在題目上沒有標出"報告"的字樣來,而事實上它們不止是大會上的口頭"報告",同時還有書面文字寫給我們看的。如《中國共產黨在抗日戰爭時期的任務》(三七年五月在延安召開的中國共產黨全國代表會議上的報告),《目前我們的形勢和我們的任務》(四七年十二月二十五日在陝北米脂縣揚宗溝會議上的報告)等等即是。內容決定形式,如果我們單純從沒有標出"報告"字樣的形式去看問題,那便差之毫釐、謬之千里了。這幾乎可以這樣說:凡是毛澤東同志向廣大人民群眾公開宣示有關國內國際的重大問題的文件,無論是口頭作的、書面作的、或是兩者具備的,都帶有"報告"的性質。

九、關於"佈告"的

"佈告"是政府為了推行某種特定事項公開向人民宣傳如何辦理的一種文體,通常也叫做"告示"。它的特點是簡明扼要、語氣堅定、綱舉目張、等於法令。在舊日多用文言,間有四六排聯的句子。毛澤東同志在這裏則文白兩用,程式無大變動,取義於人民熟悉、傳播方便而已。如抗日戰爭和初期陝甘寧邊區政府和第八路軍後方留守處聯合出的佈告,即是以"為佈告事"做開始語,下面特別強調團結抗戰、反對破壞活動。中間在"不得不實行取締,合亟明白佈告如次"的承轉下,分別開列了四條有關制止破壞、杜絕奸宄的具體規定。最後以"一律遵照,不得違背,切切此布"的慣語作結。(《毛選》第二卷三九一——三九三頁)我們便知這是有所對立、有所防範、保護革命利益、堅持抗戰到底的文件。這種精神在《中國人民解放軍佈告》裏頭,就更體現得明顯了。

這個佈告,是以"國民黨業已拒絕接受和平條件、堅持其反民族反人民的罪惡立場,全國人民希望解放軍迅速消滅國民黨反動派"為主文,接著也是以"茲特宣佈約法八章,願與我全體人民共同遵守之"作轉折語,從而一一予以列舉。總的說來,凡是屬於人民的權利的,都受到了保護(如一、二、四、七、八各條)。反之,對於官僚資本、戰爭罪犯的財產,則一律予以沒收(如三條),藉以分化敵人,減少對抗,加速解放戰爭的勝利。(第四卷一四五九——一四六一頁)。它的結語同樣是:"切勿輕信謠言、自相驚擾,切切此布。"不同之處只在於這裏由毛澤東同志和朱德總司令署名,而那一篇沒有。可能因為前者還在共同抗戰之際,主要的矛盾為日本帝國主義者,而後者則已經壁壘分明,誓不兩立啦。

毛澤東同志的佈告文字雖然在程式上跟過去歷史上某些傳統的無大差距,但在內容上卻有著本質的不同。就是說毛澤東同志這裏是為人民請命、代人民立言的,它為廣大人民所熱烈擁護與徹底遵行,於是它的結果自然也就是勝利、成功和前進的。那封建地主資產階級政權的文告呢? 恰恰相反,它們是以管制人民、危害人民、鎮壓人民為目的的,縱令他們在文辭上極盡花言巧語威迫利誘之能事,其結果也必定會遭到冷漠規避、陽奉陰違的對待,以無用失敗而告終。

總之,既謂之"佈告",便是貼出去,從機關門口到大街小巷,讓人民群眾能夠圍覽、可以立觀的東西。這樣,不但長篇大論不行,道理說得不透徹、條文定得不具體也都不行,更不用講存心欺騙違反人民意志的內容了。可是,反動政府的文告,限於他們剝削人民與人民為敵的本質,是無法做到實事求是、反映人民要求的境地的。因而正確的思想性,堅強的戰鬥性,以及合乎客觀發展規律的科學性,也就根本談不上了。還是內容決定形式,具體到佈告這一類文字,同樣是毛澤東同志的為不可及。如果我們單純從文章程式上去看問題,便又錯了。

十、關於"方針"的

"方針"是現代漢語的一個新名詞,它是由"指南針"這個指物的專用名詞變化而來的。因為"指南針"所指的方向是正確的,後來就把指導事業前進的確定方向叫做"方針"。"方針"往往跟"政策"連在一起講。"政策"是指著在一個特定的歷史時期內的行動路綫以及為實行這一路綫所必須採取的鬥爭形式與組織形式而言的。"方針""政策"都是根據革命運動發展的客觀情況做出來的規定,故此兩者相輔而行。但把它們形諸文字作為一種文件,卻還是毛澤東同志首先加以運用的。

且說"方針"

毛澤東同志講說:"方針"的文字大體上有這樣幾種:(1)沒有標出"方針"字樣的,(2)和別的問題連在一起的,(3)單獨運用的。關於第一類的,我們不想多談。因為從廣義上的"方針""政策"上看,可以說毛澤東同志的散文是言言方針、字字政策的,從階段革命的角度去分析,即是指導事業前進的方向。屬於第二類的有:《反對日本進攻的方針辦法和前途》(《毛選》第二卷三二九——三三七頁)。《抗日戰爭勝利後的時局和我們的方針》(第四卷一一二三—— 一一三六頁)。第三類的則比第二類的多些。如:《一九四六年解放區工作的方針》(同上一一七一—— 一一七五頁)、《關於西北戰場的作戰方針》(同上一二二一—— 一二二二頁)、《解放戰爭第二年的戰略方針》(一二二九—— 一二三四頁)等都是,總數不少於六篇。

我們認為這裏舉出來的第三類應該算是方針文字的主體。因為它們的針對性、戰鬥性與科學性特別的突出,而在組織形式上又一般是條列的、次第的、互相聯繫的、可是分別輕重緩急的,所以不但沒有時間多講理論,就是經過充分調查研究得出來的定案也必須用最精確極了當的文字指示下去,然後才能有利於局面的開展、勝券的左操。如:《一九四六年解放區工作的方針》把(1)粉碎新的進攻,(2)開展高樹勳運動和練兵等項依次擺在前三條,而減租生產等列在後面即是。

像《關於西北戰場的作戰方針》等文字就更直接了當啦。連"小帽子"和另外的"尾語"都省去,條列到底。開口便指出敵情:"敵現已相當疲勞,尚未十分疲勞;敵糧已相當困難,尚未極端困難"。跟著就指示"'蘑菇'戰術,將敵人磨得精疲力竭,然後消滅之"。只用六條問事便解決了西北戰場的作戰問題,真是曠代罕見的"少而精"文字了。其它如《解放戰爭第二年的戰略方針》《關於遼沈戰役的作戰方針》(一三三七——一三四二頁)、《關於淮海戰役的作戰方針》(一三五五——一三五七頁)、《關於平津戰役的作戰方針》(一三六七——一三七一頁),雖因對象、地點、條件不同而異其內容,可是它們的形式和精神卻是一致的。

交待政策的文字,便不這麼簡單了。必須掰開揉碎地反復解說,否則無法使人認識它的精神實質啦。不信就讓我們打開《毛選》從《我們的經濟政策》(第一卷一二五——一二九頁)、《論政策》(第二卷七五九——七六六頁)、《一個極其重要的政策》(第三卷八八一——八八四頁)到《關於工商業政策》(第四卷一二八三——一二八四頁)去仔細看看,哪一篇不是這樣呢? 關於什麼叫做"政策"以及必須把它交待清楚的道理,毛澤東同志有過這樣一段說明:

> 政策是革命政黨一切實際行動的出發點,並且表現於行動的過程和歸宿。一個革命政黨的任何行動都是實行政策,不是實行正確的政策就是實行錯誤的政策,不是自覺地就是盲目地實行某種政策。所謂經驗,就是實行政策的過程和歸宿。政策必須在人民實踐中才能確明其正確與否,才能確定其正確和錯誤的程度。但是,人民的實踐,特別是革命政黨和革命群眾的實踐,沒有不同這種或那種政策相聯繫的。因此,在每一行動之前,必須向黨員和群眾講明我們按情況規定的政策。否則,黨員和群眾就會脫離我們政策的領導而盲目行動,執行錯誤的政策。(《關於工商業政策》一二八

四頁)。

只解釋"政策"本身的性質和它與執行者的關係就作了這樣一大
段文章,豈不可見? 何況它又是偏於談論抽象的道理的! 再舉一例:
《關於目前黨的政策中的幾個重要問題》(第四卷一二六七——一二
七三頁),不但把(1)黨內對錯誤傾向的、(2)土地改革和群眾運動的、
(3)關於政權的、(4)和在革命統一戰綫中領導者和被領導者的關係
等四個問題分節闡述,還對其中牽涉面比較廣、存在問題比較多的"土
地改革和群眾運動"細分條目、詳加解釋,如"必須將貧雇農的利益和
貧農團的帶頭作用放在第一位"等十二項即是。

說到這裏,我們似乎可以這樣地打個比方了,政策是刀,方針是
刃,對敵作戰沒有刀是打不成功的,但是如果刀上的刃不鋒利,同樣不
能夠劈殺到底,它們體現在文字裏頭時,自然地就要有厚重與輕快、原
則與具體的不同了。

十一、關於"問題"的

"什麼叫問題?"毛澤東同志說:"問題就是事物的矛盾,哪裏有
沒有解決的矛盾,哪裏就有問題。既有問題,你總得贊成一方面、反
對另一方面,你就得把問題提出來。"(《毛選》第三卷八四〇頁)但
是怎樣提法呢? 特別是形諸文字的時候,如果不講求一下方式方
法,恐怕就擺得不清楚、講得不深入,不利於問題的解決了。毛澤東
同志繼續告訴我們說:"提問題也要用分析,不然對著模糊雜亂的一
大堆事物的現象,你就不能知道問題矛盾的所在。"也就是說"問題
的面貌還不明晰,還不能做綜合工作,也就不能好好地解決問題"

(同上)。暴露事物,有的放矢,調查研究,分析問題,這雖然指的是認識問題,發現問題,以及解決問題的過程,事實上也未嘗不可以說:行文佈局的道理與此同功。

　　矛盾即是運動、即是事物、即是過程、即是思想。毛澤東同志的著作既是反映毛澤東思想的經典,就應該解釋作沒有一篇沒有一處不是提出問題解決問題的。那麼,這裏又單獨談說問題性質的文章作什麼呢? 我們的答案是:儘管這些情況是帶有普遍性的,但為毛澤東同志所特別標出為題目的文章如《中國革命戰爭的戰略問題》(《毛選》第一卷一六三——二六三頁)、《抗日遊擊戰爭的戰略問題》(第二卷三九五——四二八頁)、《戰爭和戰略問題》(五二九——五四四頁)、《抗日根據地的政權問題》(七三五——七三八頁)、《目前抗日統一戰綫中的策略問題》(七三九——七四七頁)、《抗日時期的經濟問題和財政問題》(第三卷八九三——八九九頁)、《關於領導方法的若干問題》(八九九頁——九〇九頁)、《關於民族資產階級和開明紳士問題》(第四卷一二八五—— 一二八八頁)、《新解放區農村工作的策略問題》(一三二七—— 一三二八頁)和《如何正確處理人民內部的矛盾問題》等篇都是問題比較大又相當特殊的,非有專題交待難於求得解決,因而動手寫來也就自成章法了。

　　譬如這些文章的共同特點是:從題目上看就醒人心目,提得明確,而且往往一開篇就單刀直入地抓住主要矛盾予以鮮明的解說。例如《中國革命戰爭的戰略問題》一上來就先研究中國革命戰爭的規律,說:"不論做什麼事,不懂得那件事的情形,它的性質、它和它以外的事情的關聯,就不知道那件事的規律,就不知道如何去做,就不能做好那件事"(第一卷一六三—— 一六四頁)。《抗日根據地的政權問題》的第一條即指出:"目前是國民黨反共頑固派極力反對我們在華北、華中等地建立抗日民主政權,而我們則必須建立這種政權、並已經可能在各主要的抗日根據地內建立這種政權的時候"（七三五頁）。《關於領導方法的若干問題》也是一樣：把"我們共產黨人無論進行何項工作，有兩個方法是必須採用的，一個是一般和個別的結合，二是領導和群眾相結合"（八九九頁）的話擺在最前面。同時我們也就可以看出來，這些頂頭即上的重大問題，又往往是具有普遍性與代表性的。

　　"問題"文章的另一個特點是：一個一個地擺，一點一點地破，集零為整，分進合擊，最後來它個總解決。它們體現於文體的組織結構時，即是分章節、有次第、綱舉目張、層層深入。典型的作品，如《中國革命戰爭的戰略問題》《抗日遊擊戰爭的戰略問題》以及《戰爭和戰略問題》都是這樣的。就是說，這些文章一方面是洋洋大觀、有條不紊，一方面又是渾然一體、後先呼應的，既可以獨立成篇，更能夠匯為巨制。例如《中國革命戰爭的戰略問題》，共分"如何研究戰爭""中國共產黨和中國革命戰爭""中國革命戰爭的特點""'圍剿'和'反圍剿'""中國內戰的主要形式和戰略防禦"等五章（其下又分細節）。《戰爭和戰略問題》共分"中國的特點和革命戰爭""中國國民黨的戰爭史""中國共產黨的戰爭史""國內戰爭和民族戰爭中黨的軍事戰略的轉變""抗日遊擊戰爭的戰略地位"和"注意研究軍事問題"等六節，即是。

　　自然，也有問題比較單一、牽涉面不必太廣的"問題"文章，如《抗日戰爭時期的經濟問題和財政問題》《關於民族資產階級和開明士紳問題》《新解放區農村工作的策略問題》等篇，就可以一氣呵成，用不到細分章節啦。不過，它們開門見山使著問題突出的精神，以及針對性強一下子就取得解決的手法，卻還是一致的。

十二、關於"總結"的

　　"總"是"概括""集合","結"有"終了""結束"之意,把兩字連綴起來作為一種新的散文體裁名稱使用時,是指著那些通過實踐解決了問題、取得了經驗的事物重以文字反映出來的書面語言而言。它的特點是具有階段性、專題性與結論性。因此,在文章的結構方面,往往是一開始就提出主要的"斷語"來,以後的話則分條列舉也好、渾同敘述也好,都不能離開這個主要的"斷語"。例如《關於打退第二次反共高潮的總結》,一開頭便指出:"這一次的反共高潮已經過去了,繼之而來的是國際國內的新環境中繼續抗戰的局面。"接著就在下面列舉了"民族矛盾是基本矛盾"等八條經驗,而把重點擺在爭取中間派、孤立頑固派、以鬥爭求團結、一切為了取得抗戰勝利而奮鬥上面(見《毛選》第二卷七八一——七八六頁)。《三個月總結》一上來就說:"我們是能夠戰勝蔣介石的,七、八、九三個月的作戰業已證明此項斷語是正確的。"以下便用深入的情況分析、精確的數字統計、豐富的經驗介紹來更進一步地論證蔣介石必敗、我們必勝的道理。如第二條指出:"除了政治上經濟上的基本矛盾,蔣介石無法克服,為我必勝蔣必敗的原因之外,在軍事上蔣軍戰綫太廣,與其兵力不足之間業已發生了尖銳的矛盾。此種矛盾必然要成為我勝蔣敗的直接原因。"第五條"三個月被我殲滅的二十五旅中,計湯恩伯(原為李默庵)七個旅,薛岳兩個旅,顧祝同(原為劉峙)七個旅,胡宗南兩個旅,閻錫山四個旅,王耀武兩個旅,杜聿明一個旅"等一共十九條(具見《毛選》第四卷一二〇三——一二〇八頁)。諸如此類不都是著重經驗介紹、一切以文章開頭的斷語為依歸的嗎? 至於散見於其他論說文體內的"總結起來說"的那樣的"總結"，雖然也是各篇文章的小結或結論，卻不能當做總結的文體來看的。

不用說，這一新生的散文體裁又是毛澤東同志創造出來的。如果說他也是有所矜式的話，則列寧文集中的一些"總結"應該是他取法的所在。

第四部分　學習毛主席著作自語文概念上的體認

這七篇東西可以說是《考釋》《分析》《體例》三者綜合使用的成果。在整理資料的程式上講,也應該是"分進合擊"以後的一種小結。它的重點,還是擺在學習主席語言文字,以及藝術手法方面的。當然,也就更加偏於體會和認識了。

一、怎樣學習主席著作
——用中學,學中用

我們已經在工作和學習之中,甚至包括日常生活在內,脫離不開主席著作了,如同日光、空氣和水是人類須臾不可短少的三種自然物質要素一樣,儘管我們不一定每時每刻地都意識到這一點。這就是說,只要自己認真分析一下便會察覺到,無論講話、寫東西,還是看文件、讀報刊,不跟主席說過的道理、提出的個例或是使用著的詞句發生關係的恐怕不多。此乃我們生存鬥爭在毛澤東時代潛移默化於毛澤東思想的必然結果。這也因為毛主席正就是這一時代的人,而且他正是創造著文化,締造了新中國,領導了我們革命的人,所以有了這樣效果。

例如,具體到口頭上常用的一些詞句,不要說像"學習""工作""鍛煉""改造""進步""落後""座談""講話""碰頭""聯繫""首長""幹部""組織""行政"之類的與前不同、賦有新義的詞張口就有了,即如"為人民服務""抓主要矛盾""掌握客觀規律""壞事可以變成好事"
"沒有調查研究沒有發言權""不打無準備之仗,不打無把握之仗""虛
心使人進步,驕傲使人落後"這樣的句子,都成為人們心領神會經常使
用的語言了。

特別是工人階級,他們使用這些詞句的時候,就不止於說說了事,
而是真正能夠領會它們的精神實質,把它們當做行為的指南的。這
是因為工人階級具有最強烈的革命要求,迫切地需要用理論來武裝
自己,體現於主席著作中的毛澤東思想又正是馬克思列寧主義在當
代的最高發展、戰無不勝的犀利武器。那麼一經學習到手,還沒有不
實際應用的道理。所以,他們騰之於口記得爛熟之日,也就是得心應
手躬行實踐之時,學用結合,立竿見影,誰也沒有他們來得快、搞得
好的。

他們說:"大海航行沒有舵手不行,要幹革命非學《毛選》不可!"
又說:"月亮離了太陽就不能發光,禾苗離開雨水就要枯黃,不學好
毛主席思想睜著眼睛也要迷失方向。"這實在是再恰當也沒有的比
方。因為歷史經驗證明,凡是我們讀主席的書、聽主席的話、照著主
席的指示辦事的時候,革命事業就一定勝利成功,並且繼續燦爛輝
煌地前進著;反之,如果我們違背了主席提出的路綫方針政策而
去另搞一套,其結果也一定會是挫折失敗倒退,給人民帶來巨大的
災害,這是多少年來屢試不爽的事實,甚至為世界各國馬克思列寧
主義者所公認了的。

但是,主席著作的內容浩如煙海,舉凡政治、經濟、軍事、哲學、史
學、文學,無所不包;理論、方法、綱領、條例、策略、路綫無所不有,真可
以說是供用無產階級革命事業的百科全書,引導全世界人民走幸福之
路的萬有文庫了。我們當從哪裏學起呢? 抓些什麼主要物事才最解
決問題呢? 細想起來,這也不難,因為許多學習主席著作的積極分子

特別是解放軍的指揮員們已經提供給我們不少的經驗啦,暫先抽象地歸納一下,他們應該是:

(1)學習主席最堅定的無產階級和最徹底的革命精神,藉以提高覺悟,增強階級鬥爭觀念,從而堅決進行階級鬥爭。

(2)學習主席的辯證唯物主義和歷史唯物主義的觀點與方法,據以掌握生產規律工作規律,不斷革新生產技術、改進工作方法。

(3)領會自力更生發憤圖強的精神,繼承勤儉樸素艱苦奮鬥的傳統,樹立全心全意為人民服務的革命人生觀,發揚共產主義的高尚風格。

(4)推動理論宣傳,改造客觀世界,轉移社會風氣,形成偉大變革,苟日新,日日新,又日新地永遠勝利前進。

總之,就是從主席著作中抓要領,抓實質,抓鬥爭經驗,抓普遍真理。因為,主席著作是中國人民長期革命鬥爭經驗的結晶,如果找不到它的立場、觀點、方法的所在,也就難於瞭解主席著作的精神實質、掌握它的革命實踐的偉大意義了。所以我們必須下苦功夫逐字逐句地仔細閱讀,反復思考,認真領會,然後才能夠把毛澤東思想學到手,從而有利於革命建設的大業呢。

二、人民語言生動活潑
——主席教導我們要向廣大人民學習語言

我們都知道,語言是由於勞動而決定其產生的需要和創造的可能的。也就是說,它與人的生產勞動直接聯繫著,反映生產中的改變最為直接,簡直是立刻發生的。所以勞動人民的語言既生動活潑又能表現實際生活。我們的語言,無論是口頭上的還是書面上的,不是想反映勞動人民的思想感情和要求的嗎？那麼，不運用勞動人民喜聞樂見的成分，就是說，勞動人民豐富精煉的語言，如同人們經常念叨的"大眾化""通俗化"的形式，怎麼可以達成這個任務呢？主席說：

> 第一要向人民群眾學習語言。人民的語言是很豐富的，生動活潑的，表現實際生活的。我們很多人沒有學習好語言，所以我們在寫文章做演講時，沒有幾句生動活潑實際有力的話，只有死板的幾條筋，像癟三一樣，瘦的難看，不像一個健康的人。

語言既是社會活動交流思想藉以達到互相瞭解的工具，而我們在侈談為人民服務例如做宣傳鼓勵的時候卻不使用人民的語言，豈不是一堆大笑話？因為你對人家說了些"生造出來的和人民的語言相對立的不三不四的詞句"（第三卷八五二頁），人家無法懂得嘛。主席說："語言不懂就是說，對於人民群眾的豐富的生動的語言缺乏充分的知識。"（同上）至於主席所講到的語彙，則斯大林給我們解釋得最為清楚。斯大林說：

> 詞彙反映著語言發展的狀態：詞彙越豐富、越紛繁，語言也就越豐富、越發展。但是，詞彙本身還不成為語言，它只是構成語言的建築材料。（《馬克思主義與語言學問題》）

這裏斯大林雖然是就語言本身的發展情況來說明問題的，可是它未嘗不可以把它具體到掌握語言者的身上。因而，主席所說的"乾癟"就正是斯大林所謂的"豐富"的反面了。人民群眾的語言乃是豐富的

305

語言源泉,取之不盡用之不竭的材料寶庫,不向這裏頭去汲取去挖掘,怎麼能夠替人民群眾辦事? 沒有共同的語言啊! 至於主席自己,那就不止於給我們提出了理論,而且隨時都在實踐著,譬如主席講說"大眾化"的一段話:

> 許多同志愛說"大眾化",但是什麼叫做"大眾化"呢?就是我們的文藝工作者的思想感情和工農兵大眾的思想感情打成一片,而要打成一片,就應當認真學習群眾的語言。如果連群眾的語言都有許多不懂,還講什麼文藝創造呢? 英雄無用武之地,就是說,你的一套大道理,群眾不賞識。在群眾面前把你的資格擺得越老,越像個"英雄",越要出賣這一套,群眾就越不買你的賬。(第三卷八五二——八五三頁)

通俗文藝在晚清之際就已經有所表現,雖然那至多不過是些改良主義維新派的通俗演義、文明鼓詞或是章回小說之類。五四運動以後,名家輩出,自中國革命文學主將魯迅以下,鼓吹創作反帝反封建的大眾文藝,強調深入民間、走向十字街頭去搞通俗作品的作者,無論在理論方面還是創作方面,都各有所成就。特別是抗日戰爭時期,愛國作家同仇敵愾,舒舍予、趙景深、張天翼等,紛紛採用傳統形式(即鼓詞演義、折子戲之類)撰寫救亡圖存的宣傳作品。

直到主席的《在延安文藝座談會上的講話》發表出來,大家才開始有了清新的概念、明確的認識:把必須"化性起偽",和工農兵的思想感情打成一片,並且努力學習他們的語言這些帶有根本性質的看法作法領會到手。因為主席指示得明白,否則"爾為爾,我為我",根本不買你的賬,還談什麼"大眾化""通俗化"! 這樣多少年來糾纏不清的重要問題,主席只用非常淺近的十幾句話就交待完畢講解明白,其文字的本身就是"大眾化"、"通俗化"的典範嘛!

主席行文深入淺出,無論什麼重大的問題,複雜的情況,深奧的道理,他都能夠應用通俗的語言常用的詞彙把他們講解明白交代清楚,使著廣大人民群眾能夠懂得容易接受。例如主席報導第一次國內革命戰爭初期政治口號傳遍湖南農村的情況說:

> 打倒帝國主義,打倒軍閥,打倒貪官污吏,打倒土豪劣紳,這幾個政治口號,真是不翼而飛,飛到無數鄉村的青年壯年老頭子小孩子婦女們的面前,一直鑽進他們的腦子裏去,又從他們的腦子裏流到了他們的嘴上。比如有一群小孩子在那裏玩吧,如果你看見一個小孩子對著另一個小孩子鼓眼蹬腳揚手動氣時,你就立刻可以聽到一種尖銳的聲音,那便是:"打倒帝國主義!"(《湖南農民運動考察報告》,第一卷三六頁)

這裏面哪有一個艱深的字眼兒、難懂的句子?可是革命氣氛籠罩鄉村,戰鬥精神深入民間的情況卻已經躍然紙上了。那末,拿這樣的文章給工農兵看或者甚至讀給不識字的老百姓聽,恐怕領會不了他的意思的人,沒有多少。這話也不是我們隨便說說的,就在同一篇著作裏就有主席自己提出來的結論:

> 我在鄉里也曾向農民宣傳破除迷信。我的話是:"信八字望走好運,信風水望墳山貫氣。今年幾個月光景,土豪劣紳貪官污吏一齊倒臺了。難道這幾個月以前土豪劣紳貪官污吏還大家走好運,大家墳山都貫氣,這幾個月忽然大家走

壞運,墳山也一齊不貫氣了嗎？土豪劣紳形容你們農會的話是:'巧得很囉,如今是委員世界呀,你看,屙尿都碰了委員。'的確不錯,城裏、鄉里、工會、農會、國民黨、共產黨無一不有執行委員,確實是委員世界。但這也是八字墳山出的嗎？巧得很！鄉下窮光蛋八字忽然都好了！墳山也忽然都貫氣了！神明嗎？那是很可敬的。但是不要農民會,只要關聖帝君、觀音大士,能夠打倒土豪劣紳嗎？那些帝君、大士們也可憐,敬了幾百年,一個土豪劣紳不曾替你們打倒！現在你們想減租,我請問你們有什麼法子？信神呀,還是信農民會?"我這些話,說得農民都笑起來。(同上三五頁)

用農民自身的利害論證抽象的道理,舉眼前人人皆知的事例來做具體的說明,這樣的入情入理同心同德的宣傳,還有個不叫農民心悅誠服報之以"笑"的麼？就從語言的角度看吧,那一句不是家鄉話本地腔叫人聽得耳熟呢？如果主席不是在思想感情上和他們打成了一片並且學習與掌握了他們的語言,絕不會拿出來這樣的文字的。也不止是農民做破除迷信的宣傳時才用這樣通俗易懂的語言,就是和國內革命的頭子蔣介石進行你死我活勢不兩立的鬥爭之日,同樣使用著此類輕刀快馬可以家喻戶曉的語文。例如抗日戰爭勝利後,蔣介石又在發動第二次國內革命戰爭的時候,主席向他展開了針鋒相對的鬥爭,便有像下面這樣的文章:

蔣介石對於人民是寸權必奪,寸利必得。我們呢？我們的方針是針鋒相對,寸土必爭。我們是按照蔣介石的辦法辦事。蔣介石總是要強迫人民接受戰爭,他左手拿著刀,右手也拿著刀。我們就按照他的辦法,也拿起刀來。這是經過調

查研究以後才找到的辦法。這個調查研究很重要,看到人家
手裏拿著東西了,我們就要調查一下,他手裏拿的是什麼?
是刀。刀有什麼用處?可以殺人。他要拿刀殺誰?要殺人
民。調查了這幾件事,再調查一下:中國人民也有手,也可以
拿刀,沒有刀可以打一把。中國人民經過長期的調查研究,
發現了這個真理。軍閥、地主、土豪劣紳、帝國主義,手裏都
拿著刀,要殺人。人民懂得了,就照樣辦理。(《毛選》第四
卷一一二六————一一二七頁)

我們跟以蔣介石為首的國民黨反動派,本來始終是一場真刀真槍
真殺真砍的生死存亡的鬥爭,特別是在一九四五年日本投降、蔣介石
同美帝國主義打得火熱的時候,已經實逼處此別無他途可循了。可是
主席說來明白淺易動人聽聞,就是幾筆素描,便把蔣介石一副窮凶極
惡的形態點化得淋漓盡致,令人於痛恨之餘,知道非將革命進行到底
不可。同時也把我們自己以牙還牙、以眼還眼、至大至剛、威而不猛的
英雄神情體現得堂堂正正,足以激發鬥志堅定勝利的信心。試問,前
此有誰能使一篇具有重大政治意義的文章感染人、通俗化到這種地步
呢?如果我們再從主席信手信腕地採用方言成語和俗諺這些方面去
看,就更知道主席把人民的語言文學的語言結合得如何地美妙自
然了:

擯在農會的門外,好像無家可歸的樣子,鄉里話叫做"打
零"。(第一卷一六頁)
這是好得很,完全沒有什麼"糟",完全不是什麼"糟得
很"。(同上一七頁)
的確的,農民在鄉里頗有一點子"亂來"。(同上一八頁)

土豪劣紳的小姐少奶奶的牙牀上,也可以踏上去滾一滾,動不動捉人戴高帽子遊鄉,"劣紳!今天認得我們!"(同上一八頁)

尤其痛恨下級農民協會辦事人,說他們都是些"痞子"。(同上一九頁)

他們用繩子捆綁了劣紳,給他戴上高帽子,牽著遊鄉(湘潭、湘鄉叫遊團,醴陵叫遊壘)。(同上)

"什麼農民協會,砍腦殼會,莫害人!"富農中態度惡劣的這樣說。(同上二〇頁)

明明都寫在"紅綠告示"(標語)上面。"農民萬歲,這些人也算作萬歲嗎?"富農表示很大的惶惑。(同上二一頁)

獨自皺著眉頭在那裏想:"農民協會果然立得起來嗎?""三民主義果然興得起來嗎?"他們的結論是:"怕未必!"他們以為這全決於天意:"辦農民會,曉得天意順不順咧?"(同上)

幾乎沒有那一只"角暗裏"的農民沒有起來。(同上二四頁)

多要寫個"休息字",寫明從此終止破壞農會名譽的言論行動了事。(同上二六頁)

湯峻巖說:"殺兩個叫化子開張!"這兩個叫化子就是這樣一命嗚呼了。(同上二八頁)

他們應付的話是:"不探(管)閒事!"農民們相與議論,談到都團總,則憤然說:"那班東西麼,不作用了!"(同上二九——三〇頁)

農民勢力極盛的縣,農民協會說話是"飛靈的"。(同上三一頁)

　　從前祠堂裏"打屁股""沉潭""活埋"等殘酷的肉刑和死刑,再也不敢拿出來了。(同上三三頁)

　　只有兩個小菩薩名"包公老爺"者,被一個老年農民搶去了,他說:"莫造孽!"(同上三四頁)

　　一個紳士模樣的人在路上碰了一個農民,那紳士擺格不肯讓路,那農民便憤然說:"土豪劣紳! 曉得三民主義嗎?"(同上三六頁)

　　有一種"強告化"又叫"流民"者,平素非常之凶,現在亦只得屈服於農會之下。(同上三九頁)

　　地主不修時,農會卻很和氣地對地主說道:"好! 你們不修,你們出穀吧,斗穀一工!"地主為斗穀一工劃不來,趕快自己修。因此,許多不好的塘壩變成了好塘壩。(同上四三頁)

　　以上,只從《湖南農民運動考察報告》一篇文章裏就找出來近二十條方言結合口語的例子,特別是像"痞子""砍腦殼""角暗裏""不探閒事""不作用""飛靈的""莫造孽""擺格"和"劃不來"這樣的湖南地方話用在報導湖南農民革命運動的實際生活裏,真是傳神繪聲動人之至。記得蘇聯的語言文學巨匠高爾基曾經反對以方言俗語攪亂文學語言,說是為了語言的豐富準確和優美需要精選口語材料,把高爾基的這種主張拿到我們主席著作裏加以印證,便知道我們主席不止於精選了口語材料,而且更進一步地表現了納入方言俗語於文學語言的卓越成就了。對於俗語諺語也是一樣:

　　辦事不認真,無一定計劃,無一定方向,敷衍了事,得過且過,做一天和尚撞一天鐘,這是第九種。(第二卷三一八頁)

這是根據敵人戰爭的退步性野蠻性而來的,"在劫難逃",於是形成了絕對的敵對。(同上四一七頁)

如果避免了戰略的決戰,"留得青山在,不愁沒柴燒",雖然喪失若干土地,還有廣大的迴旋餘地。(同上四六九頁)

首先是英法反動派的這種"不干涉"政策,乃是"坐山觀虎鬥"的政策,是完全損人利己的帝國主義的政策。(同上五四七頁)

中國有一句老話:"有飯大家吃。"這是很有道理的。(同上六五五頁)

如果我們連黨八股也打倒了,那就算對於主觀主義和宗派主義最後地"將一軍",弄得這兩個怪物原形畢露,"老鼠過街,人人喊打",這兩個怪物也就容易消滅了。(第三卷八三一頁)

我們有些同志歡喜寫長文章,但是沒有什麼內容,真是"懶婆娘的裹腳,又長又臭"。(同上八三五頁)

俗話說:"到什麼時候唱什麼歌。"又說:"看菜吃飯,量體裁衣。"我們無論做什麼事都要看情形辦理,文章和演說也是這樣。(同上)

我們要教育人民認識真理,要動員人民起來為解放自己而鬥爭,就需要這種戰鬥的風格。用鈍刀子割肉,是半天也割不出血來的。(第四卷一三二一頁)

按照邏輯,艾奇遜的結論應該是,照著中國某些思想糊塗的知識分子的想法或說法,"放下屠刀,立地成佛","強盜收心做好人",給人民的中國以平等和互利的待遇,再也不要做搗亂工作了。但是不,艾奇遜說,還是要搗亂的,並且確定地要搗亂。(同上一四九〇頁)

不論"俗話"還是"諺語",都是這樣地生動明確幫助我們解說了比較抽象的問題,這是什麼緣故呢? 原來就是因為它們來自廣大的人民的豐富的生活與鬥爭的經驗,所以既概括形象而又生動活潑,能夠取譬相成以少勝多。這種手法本是文學作者的優良傳統,特別是中國的先輩,從奴隸主的官書裏就是這樣的。主席發展了它,使之與通俗文字水乳交融相得益彰,這是我們必須深刻地體會和精心鑽研的地方。

三、"建築材料"靈活掌握
——主席運用古代文言詞彙的範例

"我們還要學習古人言語中有生命的東西","古人語言中的許多還有生命的東西,我們就沒有充分合理地運用"。這是主席教導我們除了人民群眾的語言和外國的語言以外,還應該認真學習的第三種語言,所謂古人語言,當然絕大部分已經成了書面文言。為什麼這樣的語言還能有必須充分利用的"有生命""有生氣"的東西呢? 關於這一點,斯大林給我們解決了問題,斯大林說:"語言是千百年來社會歷史全部進程和基礎歷史全部進程所產生的。"那麼,經過人民積累創造了幾百代方才豐富如今的語言,只要我們不以割裂社會發展情況的態度來對待歷史,便無法不去講求掌握它和運用它的辦法了。何況斯大林又說道:"語言的發展不是用消滅現存的語言和創造新的語言的方法,而是用擴大和改進現存語言基本要素的方法來實現的。"這不是講得很清楚嗎? 除非我們不想發展語言,否則非從現存的語言基本要素(按指文字語法詞彙成語之類)去"擴大"和"改進"不可。這不就是我們主席所說的"合理利用"嗎？

主席擇用文言詞彙的範圍非常廣泛,涉及經史子集小說戲曲,但在它們被納入文章以後,沒有一個不使人感到清新的。這是什麼緣故呢？主席自己說得好："古人說:運用之妙,存乎一心,這個'妙'我們叫做靈活性。"(第二卷四八四頁)因此我們知道,原來是主席根據語言發展規律從而靈活運用的結果。

主席選用的文言詞彙有二言四言八言的,也間有三五言的和長短的,而以四言的為主。論其性質有成語典故文句和古諺,而以文句成語較多。例如:

"附庸":地主階級和買辦階級完全是國際資產階級的附庸。(第一卷三頁)

按古代附屬於地方諸侯的小國叫做附庸。《孟子·萬章下》:"不能五十里,不達於天子,附於諸侯,曰附庸。"附庸在政治、軍事和經濟上都不能獨立自主,主席在這裏是用它來比擬依靠國際資產階級生活的中國地主和買辦們的。

"不自量":有了道聽塗說的一知半解,便自封為"老子天下第一",適足見其不自量而已。(第一卷二七六頁)

不能正確地估計自己的力量,一味胡吹亂噴是"不自量"。《左隱十一年傳》"不度德,不量力",韓愈《調張籍》詩"蚍蜉撼大樹,可笑不自量",都是譏笑那些狂妄自大不知量力而行的人們的。

　　"一心一德"：共產黨人一心一德,忠實執行自己的諾言。
（第二卷三三二頁）

　　《尚書·泰誓》"乃一德一心,立定厥功,惟克永世"是其出處。
"一心一德"用今天的話說就是大家鬥爭的目標思想行動一致的意思。
當然,只有具備無產階級高度的組織紀律性的共產黨人,才夠得上談
這個的。

　　"樹倒猢猻散"：帝國主義戰爭現時已到發生大變化的前
　夜,一切依靠帝國主義過活的寄生蟲,不論如何蠢動於一時,
　他們的後臺總是靠不住的,一旦樹倒猢猻散,全域就改觀了。
（第二卷七七三頁）

　　南宋厲德新有《樹倒猢猻散賦》（事見《說郛》）,是作者譏諷當時
的文人馬詠趨炎附勢於漢奸宰相秦檜的無恥行為的一篇韻文。主席
援引此語,意在隱喻依靠美帝國主義的國民黨反動派,說他們終究會
完蛋的。

　　"嚶其鳴矣,求其友聲"：我們中國人民是處在歷史上災
　難最深重的時候,是需要人們援助最迫切的時候。《詩經》上
　說的"嚶其鳴矣,求其友聲",我們正在這種時候。（同上六
　五一頁）

　　詩句出於《小雅·伐木》,主席用它生動形象地號召全世界無產者
和一切被壓迫民族要聲應氣求地聯合起來,共同對抗帝國主義者、各
國反動派的侵略和迫害,中國更是首當其衝地需要支援。

"葉公好龍"：嘴裏天天說"喚起民眾"，民眾起來了又害怕得要死，這和葉公好龍有什麼兩樣！（第一卷四四頁）

劉向《新序》："葉公子高好龍，鉤以寫龍，鑿以寫龍，屋室雕文以寫龍。於是夫龍聞而下之，窺頭於牖，拖尾於堂，葉公見之，棄而還走，失其魂魄，五色無主。是葉公非好龍也，好夫似龍而非龍者也。"主席使用這個典故，深刻地揭露了大革命時期蔣介石之流，打著革命的旗號實際上是假革命的醜態。

只從上面的幾條例證，我們就可以初步地認識到主席是在怎樣地驅遣著這些幾千年來流傳不朽的書面語言為革命的現代著作服務了。靈活準確形象生動，這樣的成就簡直可以說是前無古人的。自然，主席在這用這些詞彙時，不見得（也不必要）都像我們這樣一個個地去對照原文的出處。因為，儘管它們的根源具在古老的書籍之中，可是經主席使用以後，早已經把古語變成了喜聞樂見的"成語"和"常用詞彙"了。所以，只要我們在採擇之際，注意語法修辭不叫它們在這上面發生問題，便能讓它們如同新熔鑄出來的工具一樣，光彩煥然無往不利。譬如，本來出自《論》《孟》的"文質彬彬"（《雍也》）、"為富不仁"（《滕文公上》）就是老早以前已經脫離"母體"成為人們在口頭上書面上形容書生"文雅"財主"刻薄"的成語。主席在《湖南農民運動考察報告》裏，不過另派了用場（第一卷一八頁），更突出了戰鬥性（五頁）。

語言文字的本身雖然沒有階級性，可是因為掌握它的人不一樣，從而表現出來的思想情感也就不能相同了，何況經久流傳於封建時代的書面語言，大部分是統治階級御用的官書。所以如果不除舊佈新加工改造一番，很難叫它們順理成章地出現於今天的字裏行間。

常用詞彙，無論古典的或是現代的，在它形成書面語言以後，都可以說是千錘百煉的成語或短句。如果認真追溯起來，它們全有各自的出處。因為，集字成句，集句成章，語言文字篇章形式原有作為工具來表現思想情感的。這就是說，所謂詞彙不過是一種素材，要充分認識它們的作用與含義，恐怕非找到它們的母體，原始篇章的所在，上下前後地聯繫起來理解不可。那麼，我們何嘗不可以利用它們這個生就的特點，化整為零斷章取義地變化起來，叫它們不但毫無障礙而且加強表現力量地聽用於新作呢？所以，"斷章取義"，在聽人家講話看人家文章的時候固然不可以，可是對於運用文言詞彙來說，卻非這樣不行。我們主席就是按照它們這個發生發展的規律辦事的。例如：

1. "張冠李戴"的

帽子本來是給人戴的，只要合式誰戴都好。詞彙也是一樣，如果挪用以後基本上沒有變動它的含義，那就可以讓它滿天飛舞的。譬如前面說過的"附庸"，原是古代不能達於天子、附屬於地方諸侯的小國稱謂，但是因為它的立國性質，在政治、軍事、經濟上不能獨立自主的情況，跟解放以前投靠帝國主義的地主買辦階級政權一樣，所以毛主席就很現成地把它拿來"頒賜"給國民黨反動派所代表的這兩個階級了。古今一理，恰如其分，不又是一條必須學習的手法嗎？

2. "改頭換面"的

語言文字重在簡練，而簡練又首先要看打算表達的東西是否交代清楚了。如果囫圇混沌地沒有說出個所以然來,那就不叫做"少而精",反而是"乾癟得很,空洞無物"了。因而詞彙本身的昇華概括情況對於文章的精減緊縮,其關係不但非常直接而且影響也是相當之大的。譬如"代庖"一詞,乃是"越俎代庖"的簡語,而"越俎代庖"的出處,又是"庖人雖不治庖,尸祝不越樽俎而代之矣"(《莊子·逍遙遊》),從兩句話十六個字精減為四言短語已經夠出色啦,後來再改頭換面精益求精地把它鍛煉成只剩兩個字的常用詞還不失掉原義,豈不更加驚人!主席便用它在《湖南農民運動考察報告》中說菩薩等物要農民自己去丟棄摧毀,"別人代庖是不對的"(第一卷三五頁)。試問,這對於說明要相信人民自己會革命,只要運動領導得好,而包辦代替是不走群眾路綫的錯誤搞法的這一問題,效果如何?

3. "移花接木"的

這是說把人們比較熟悉、字句也相當優美,不過指陳的對象有了問題的古文,部分地加以改造,使為今用之意。例如主席在《蘇聯利益和人民利益一致》一文裏把《孟子·梁惠王下》的"簞食壺漿,以迎王師"改造為"簞食壺漿以迎紅軍"(第二卷五六四頁)即是。在這兩句文言裏,除了把指陳事物的主人公"王師"改為"紅軍"以外,其餘什麼都不變動,所以我們叫它作"移花接木",而這一移接的結果卻是大不相同了:立即把為封建統治者服務的文字轉化成熱烈歡迎人民子弟兵的好話了。事半功倍又很顯得自然,何樂而不為!

4. "大刀闊斧"的

是說精心熔鑄以刪繁就簡的意思。有的古典著作文句重複,顛來倒去了一陣還是表現的同一個意思,這就不如把它歸納一下集中起來,既可以使著表意更形象更鮮明,而且也符合"少而精"的精神。當然,這依舊不是說古文的本身應該刪改,單單強調古不如今的意思,而是企圖指出主席如何"化腐朽為神奇"地在使用這樣的篇章。例如《禮記·祭義》有這樣的一段話:

> 曾子曰:"夫孝,置之而塞乎天地,溥之而橫乎四海,施諸後世而無朝夕,推而放諸東海而準,推而放諸西海而準,推而放諸南海而準,推而放諸北海而準。(四句一模一樣)《詩》云:'自西自東,自南自北,無思不服。'此之謂也。"

疊牀架屋地說了半天不過是"孝"為"至行",可以準繩天下之意。主席大刀闊斧地把它改作為"馬克思、恩格斯、列寧、斯大林的理論,是放之四海而皆準的理論"(《中國共產黨在民族戰爭中的地位》第二卷五二一頁)。以馬列主義的普遍真理來對立封建道德的極則,這一點不消細說,"是放之四海而皆準的理論"的一句話就抵得原書"友孝"以下的十二句七十一字。可以琢磨一下這是多麼大的氣力!

5. "用其反意"的

理以事立,事在人為,自古以來既然沒有一成不變的事也就不可能有原封不動之理,這是宇宙間萬事萬物運動發展的客觀規律,何況人力還可以勝天!語言文字既是人類社會的交際工具,隨著人類的需要作如實的反映,就更脫離不了這個法則了。因此,即是曾經在某一時期作為相對真理的書面語言,經過人們反復不斷地實踐認識以後,也難免要增減損益甚至另起爐灶的。在主席的著作裏就有不少這樣的事例。譬如"後發制人"原是《史記·項羽本紀》《漢書·項籍傳》"後則為人所制""後發制於人"的縮寫句,意思是說後下手的遭殃,打被動仗一定要吃虧的,此乃兵家所忌。可是主席卻反其意而行之,在《中國革命戰爭的戰略問題》裏說:"楚漢成皋之戰、新漢昆陽之戰、袁曹官渡之戰、吳魏赤壁之戰、吳蜀彝陵之戰、秦晉淝水之戰等等有名的大戰,都是雙方強弱不同,弱者先讓一步,後發制人,因而戰勝的。"(第一卷二〇三頁)這裏主席的"先讓一步",等到彼竭我盈的時機一舉而戰勝之的戰略,不但使著"後發制人"的成語由表示被動不利的意思轉變為以退為進制勝敵人的積極意義而已,更重要的是他創造性地發展了以弱敵強以少勝多的革命軍事戰術。

6. "改弦更張"的

雖然使用這一典故,可是說法並不沿襲老的一套。例如"對牛彈琴"這句話本來是由《弘明集》中所記載的古代音樂家公明儀"為牛彈青角之操""牛伏食如故"的故事概括而來的,意思是在說,不是琴調本身不夠高雅,不過愚蠢的畜生不懂音樂罷了。後來人們就用它來諷刺不可理喻冥頑不靈的語言對象,實在是一句貶斥人的成語。可是主席怎麼解釋它呢?主席說:"'對牛彈琴'這句話含有譏笑對象的意思。如果我們除去這個意思,放進尊重對象的意思進去,那就只剩下譏笑彈琴者這個意思了。為什麼不看對象亂彈一頓呢?"(《反對老八股》,第三卷八三七頁)取捨不同別有會心,從而不看對象空發議論所謂"亂彈琴"的新語,便成了現代漢語中的常用詞。

中國古代第一部詩歌總集《詩經》,是以四言體為主的。其後楚辭、漢賦雖有增字,仍雜四言。而且有些五七言的句子,必往往是四言加冠詞、轉折連詞或是語助詞的變體。何況即從散文發展的歷史情況來看,《周易》《尚書》都有不少的四言文句呢？到了魏晉六朝駢體盛行,四六排聯更不消說。因此,如果算起四言成語和典故的老根兒來,真稱得起是"其所從來遠矣"！這原因可能是,表達一個完整的意思的句子,小於四言的太短促,長於四言的又拖拉,尤其是文言的書面語言,就誦讀的簡便、形體的精煉上講,多言不如四言。所以,從古到今開口四六句的語言形式便很自然地流傳下來了。

主席在他的著作裏使用四言的文言短語獨多,未嘗不可以拿這種道理來解釋它們是富有生命力的遺產,不由得我們不繼承。例如主席自己有時還在文章之中說上幾句四言短文呢！《陝甘寧邊區政府第八路軍後方留守處佈告》一開始就有這樣的話:"為佈告事:自盧溝橋事變以來,我全國愛國同胞,堅決抗戰。前綫將士,犧牲流血。各黨各派,精誠團結。各界人民,協力救亡。這是中華民族的光明大道,抗日勝利的堅強保障。"(第二卷三九一頁)這是主席指陳一九三七年抗日戰爭剛一開始時,全國人民奮勇抗戰的大好形勢的。雖然只有六七句四言短語,可是因為它們和雜言文句結合得好,反爾使人覺得頓挫有力,充分地體現出來作者歡欣鼓舞的心情了。也有連用這種句子表示憎恨敵人的殘暴的。《中國人民解放軍宣言》說:"在一切蔣介石統治區域,貪污遍地,特務橫行,捐稅繁重,物價上漲,經濟破產,百業蕭條,徵兵徵糧,怨聲載道。"(第四卷一二三七頁)這些四言句多係成語,聯綴起來極為簡淨,而蔣統區民不聊生的情況已囊括無餘。還有比這更屬害的,《中共中央毛澤東主席關於時局的聲明》聲討蔣匪軍的兇狠時說:"匪軍所至,殺戮人民,姦淫婦女,焚毀村莊,掠奪財物,無所不用其極。"(同上一三九一頁)這簡直是在宣佈他們的罪狀了。傳檄天下,大張撻伐,這原本是咱們先民的成規。"佈告""聲明""宣言"都是古代"露布"的傳統,它們共同的特點是需要愛恨分明詞意愷切。因為對敵鬥爭既然已經尖銳到非用武器批評便解決不了問題的時候,那就只有更進一步地通過文字宣傳的作用才能夠長自己的威風滅敵人的銳氣,從而師出有名,堂堂正正地取得最後的勝利。《尚書·泰誓》不就是有前例可循的麼?武王說:"今商王受,狎侮五常,荒怠弗敬,自絕於天,結怨於民。"雖然這些說法今天看起來早已不足為訓,必須從頭批判,可是這種聲討的辦法揭露以商王受為首的敵人集團,四言短語歷數他們"作威殺戮,毒痡四海。崇信奸回,放黜師保,屏棄典刑"的方式,卻未嘗不可以辯證地取法的。主席這裏就是一方面運用了中國古代此類文告的形式,一方面更新內容、變化詞意地使之很好地為今天的革命文件服務。有許多文言的書面成語,言簡意賅,在現代漢語中急切還找不到適當的詞語,尤其是四言一類的。我們從主席在著作裏大量使用它的這個事實,也可以得到啟示。

總之,主席運用文言詞彙的手法可以說是千變萬化、震古鑠今的。如果我們認真發掘深挖細找起來,一定不止於上面這幾條。但是,不管怎麼說,他對古典語言的態度,恐怕除了把它當作一種素材叱咤而驅遣之,使之合於今用,更加有利於革命的宣傳鼓動工作以外,就再也沒有別的目的了。還是那句老話頭,既然古漢語應該為現代漢語服務,現代漢語又應該為當前的政治服務,那就不但可以而且必須按照語言文字發生發展的規律,及其作為表達思想發抒情感的工具的特點,想盡辦法去變化它使用它了。

所以,儘管我們過去學習了許多語言學的原理,早已知道語言不是上層建築,不因社會經濟基礎的變更而發生根本變化,以及它是全民的不是某一階級獨家創造私自掌握的東西等等。可是如果我們不

去精讀主席著作,細細體會他是怎樣地掌握它運用它的話,起碼下列的三個道理不會像現在這樣認識得透徹:

①語言構造不應該看作是某一個時代的產物。

②基本詞彙在許多世紀的過程中,不發生什麼重大的變化。

③在語言的發展中,找不到任何"飛躍",或是"爆發"的現象。

實踐,認識,再實踐,再認識,我們越是知道了語言的性質,特別是書面語言古典詞彙作為建築材料的特點,就越應該像主席似的積極地翻新它變化它,藉以豐富我們語言的內容、瑰麗我們創作的篇章,這才是無乎不在的革命的辯證唯物主義精神。

四、楚材晉用,借鑒增輝
——主席引用外國文學的諸般情況

如果我們要研究毛澤東同志在怎樣學習外國文化的,恐怕首先不能不談談馬克思列寧主義,這個根本就是從外國傳進來的無產階級革命的真理,正如毛澤東同志自己說過的:"中國人找到馬克思主義是經過俄國人介紹的。"(第四卷一四七五頁)更不用講馬克思主義的創始人馬克思是德國人,他的學說原本傳播在西歐一帶了。不過跟著我們也就應該知道,即令是這個放之四海而皆準的普遍真理,毛澤東同志對它也是創造性地發展了的,所謂以馬克思主義之"矢"射中國革命之"的",把普遍真理和我們的具體經驗切實結合起來,現在叫做毛澤東思想的便是。既然我們的革命是世界無產階級社會主義革命的一部分,那麼當代中國的新文化也必然會是世界無產階級社會主義新文化的一部分。因而像對待中國古代文化似的,也不能不儘量吸收進步的外國文化以為發展中國新文化的借鏡,否則不足以符合這個具有世界意義的要求了。

記得在二十世紀四十年代,也就是九一八事變以後,七七抗戰以前的時期裏,國內一些資產階級文人放著日寇入侵的民族危機不去理睬,卻在胡說什麼中國文化需要"全盤西化",就是舍己從人不分良莠地把外國資產階級的東西全部搬用過來,以之代替中國業已"陳腐"了的"不作用"了的古老文化。其實這不過是閹割了自己的文化發展歷史、完全喪失了民族自信心的地地道道的洋奴思想,它跟另一派文人所主張的中國本位文化論調,即抱殘守缺,強調"國粹",排斥一切外來影響的家奴思想可以說是一丘之貉的貨色。因為他們所反映的正是半封建半殖民地的奴才思想,都是想要使著中國人陷於"萬劫不遠"的死地的。所以毛澤東同志才說,排外主義固然錯誤,盲目搬用更不足取。如同對於中國古代文化一樣,既不一概排斥,也不盲目搬用,而是批判地接受它們,以利於推進中國新文化。中國應該大量地吸收外國的進步文化以為自己文化食糧的原料麼。如果毛澤東同志不是充分地掌握了中國革命的情況,完全清楚了民族文化的特點,以及認真研究西洋的歷史甚而至於有關社會科學的知識以後,決不會得出這樣正確的結論的。

毛澤東同志在自己的著作裏直接引用外國人言論和作品的地方不多,包括馬克思主義的經典著作在內。這自然是毛澤東同志融合貫通把他們發展推進以後的必然結果。他在介紹它們的時候,往往是抽象概括及撮其要旨而言,很少旁徵博引地去作繁瑣的考據。毛澤東同志是這樣論列馬克思的。說馬克思不但參加了革命的實際運動而且進行了革命的理論創造,是代表了"人類最高智慧"的。說馬克思從資本主義最單純的因素商品開始,周密地研究了資本主義社會的經濟構造;他並且普遍地研究了自然歷史和無產階級革命,創造了辯證唯物論、歷史唯物論與無產階級革命的理論。這正像跟馬克思並肩作戰的老戰友恩格斯在馬克思逝世以後論定馬克思的話說:"馬克思發現了人類歷史的發展規律。"(《卡爾·馬克思》一七頁)"馬克思比我們一切人都站得高些,看得遠些,觀察得多些和快些。""馬克思是個天才,假如沒有他,我們的理論,遠不會有現在這個樣子。所以這個理論用他的名字命名是公正的。"(《費爾巴哈與德國古典哲學的終結》四六頁)我們也大可以說:毛澤東同志和恩格斯頌揚馬克思的這些話,具體到毛澤東同志自己以及由他和他的戰友們集體創造出來的毛澤東思想時,完全可以適用的。因為二十多年前《蘇共中央的賀電》(《爭取持久和平,爭取人民民主》一期六頁)裏頭就有過實質上與之相通的文字。電文說毛澤東同志:

(1)是與中國共產黨爭取中國人民的自由和獨立的英勇鬥爭,緊密地聯繫在一起的。中國人民在這一鬥爭中獲得了偉大的歷史性的勝利,建立了中華人民共和國。人民民主的中國,在共產黨的領導下,走上了國際舞臺,並成了和平民主陣營中的強大的力量。

(2)在反對國內反動勢力及帝國主義壓迫的殘酷鬥爭的艱苦的年代裏,和在現在的中央人民政府的崗位上,過去和現在您都盡一切力量來為人民服務,為爭取勞動人民的事業的勝利和社會主義而鬥爭。

(3)您英明地把馬克思列寧主義理論與中國反帝國主義革命的人民民主中國的建設結合起來。您創造性地發展著馬克思列寧主義學說,是中蘇兩國人民友誼永恆的旗手。

對於列寧許多有關無產階級革命的理論,毛澤東同志都有所發揚與光大的具體情況,這裏不去細說了。我們只舉毛澤東同志介紹列寧如何寫傳單一事為例,藉以覘知毛澤東同志要我們向列寧學習的至意。毛澤東同志說,列寧寫傳單時,切實結合工人運動的情況,聽取直接參加者的意見,正面揭露廠主虐待工人的事實,說明工人應該為自身的利益而奮鬥,最後並提出來相應的政治要求,這樣就完成了宣傳鼓動的任務,取得了廣大工人的信賴。"寫一個傳單要和熟悉情況的同志商量。列寧就是依據這樣的調查和研究來寫文章和做工作的。""我們是贊成列寧的麼? 如果是的話,就得依照列寧的精神去工作。"(第三卷八四三頁)

為了熟悉情況要注意調查研究。走群眾路綫的目的在於眼睛向下虛心學習,這樣才能談得上是正確的工作方法與態度。因為列寧當日對於那些瞧不起群眾只曉得按照書本知識去教訓人的幹部是鄙棄的。正如斯大林曾經介紹過的:"列寧總是不倦地教誨說:要向群眾學習,要理解群眾的行動。要細心研究群眾鬥爭的實際經驗。"(《論列寧》二四頁)用毛澤東同志常講的話就是:群眾的智慧是無窮的,要不恥下問。"三個臭皮匠,抵得一個諸葛亮。"這是中國人民自古以來就總結成功了的一條大家出主意想辦法可以解決問題的成語式的經驗,毛澤東同志也沿用了它。

這是毛澤東同志為了說明理論和實踐的關係而直接援引的斯大林的說法,從語氣之間我們也可以體會出來毛澤東同志對於斯大林是極為敬愛的。儘管斯大林晚年犯了一些錯誤(如在肅反運動,防止法西斯入侵等問題上),毛澤東同志還是認為他是列寧真正的繼承人,偉大的馬克思主義者。因為毛澤東同志說,在列寧逝世以後,正是斯大林保衛住了列寧主義遺產,反對掉了列寧主義的敵人的。毛澤東同志的結論是斯大林"表達了人民的意願,不愧為傑出的馬克思列寧主義的戰士"(《再論無產階級專政的歷史經驗》)。

毛澤東同志在自己的著作裏引用外國文學作品的地方雖然非常

之少,可是只要拿來應用就特別的醒人心目發人深省。例如他為了說
明不要上敵人偽善的當,必須跟他們鬥爭到底的道理,曾經舉古代希
臘"農夫與蛇"的一段寓言作為比喻說:

> 一個農夫在冬天看見一條蛇。他很可憐它,便拿來放在
> 自己的胸口上。那蛇受了暖氣就蘇醒了,等到回復了它的天
> 性,便把它的恩人咬了一口,使他受了致命的傷。農夫臨死
> 的時候說:"我憐惜惡人應該受這個惡報!"外國和中國的毒
> 蛇們希望中國人民還像這個農夫一樣地死去,希望中國共產
> 黨中國一切革命民主派都像這個農夫一樣地懷著有對於毒
> 蛇的好心腸。(第四卷一三八二頁)

毛澤東同志最後明白宣示說:"中國人民決不憐惜蛇一樣的惡
人。"這是中國人民經過近百年來的血的經驗教訓中所得出的一條最
為正確的結論。那麼,還有比這個更貼切的事例嗎?
特別是關於蘇聯的革命文學的。毛澤東同志除了把列寧的黨性
文學發展為中國的"為工農兵的文學"以及體現於《在延安文藝座談
會上的講話》裏頭的一系列的革命文藝主張以外,也曾經以蘇聯著名
作家法捷耶夫的小說《毀滅》為例,說明革命的文學作品對於世界可以
發生極大的影響說:

> 法捷耶夫的《毀滅》,只寫了一支很小的遊擊隊,他並沒
> 有想去投合舊世界讀者的口味,但是卻產生了全世界的影
> 響,至少在中國,像大家所知道的,產生了很大的影響。(第
> 三卷八七八頁)

　　愈是新的題材新的人物新的境界,愈能夠促使人民群眾的喜愛,反之黨八股老一套的東西,就自然會是遭受唾棄的了。因為,這裏邊首先關涉著一個階級情感的問題,藝術手法則是起著配合的作用的,即以諷刺而論,對付敵人和對付自己人的便大不相同。抽象些說,就是前者必須儘量辛辣,懷有一種深惡痛絕的心情;後者一定止於冷雋,洋溢著說服幫助的熱勁兒。馬克思當日諷刺拿破侖第三的筆法就最足以代表前者。

　　馬克思連拿破侖第三的稱號都改用醜惡的"波拿巴"名字。馬克思說波拿巴的一夥人不過是個流氓集團。他們種種的無恥行為從綁架盜竊到黃袍加身,都是旨在犧牲勞動人民來供他們的揮霍淫樂的。"波拿巴在公眾面前大談秩序、宗教、家庭、財產這些官腔的話,可是在背後卻依賴惡棍與盜賊的秘密團結,依賴無秩序賣淫與竊賊的團結——波拿巴當做一個原作家來看,就是如此"。"正是因為波拿巴是一個浪人,是一個國王模樣的流氓無產者,所以他比無賴的資產階級有一個長處,就是它能夠採用卑下的手段來進行鬥爭。"(《拿破侖第三政變記》八七頁——九六頁)

　　這裏馬克思對於這位流氓皇帝不僅在鄙視的情感下把他和他的集團作了階級分析,而且運用了生花的筆法盡情揭露與描繪了他們的醜行,譬如下面的一段:

　　　　波拿巴每夜與時髦的男女流氓舉行狂宴。一到午夜,當豐富的酒放鬆了他們的舌根並燃起他們的幻想時,就決定明天舉行政變,拔出劍來,酒杯相碰,把議員拋出窗外,黃袍在波拿巴肩上。(同上一二五頁)

　　看,這不是一副活靈活現的群魔亂舞畫圖麼,不怪恩格斯說它是一部天才的著作,而且是天下無雙的:"馬克思把這幅圖畫描繪得如此的精巧,使得後來的每一次新的發現,都只是重新證明這幅畫是何等忠實地反映了現實"(序文)確實是這樣的,明察秋毫,前無古人,一針見血,足垂千古。因為,直到今天我們讀起它來,還有如見其人如聞其聲的感覺嘛。寫一個反動政變的歷史事物竟也出現了創造上的最高境界最大光輝,不是馬克思的筆鋒飽蘸著無產階級的感情,曷克臻此!

　　即如,關於革命詩歌的,過去的領導,無產階級革命的大師們,馬克思、恩格斯和列寧,至多是批判詩人(如馬克思對於希臘羅馬的作者)翻譯作品(如恩格斯的《勃來伊牧師》《吉德曼老爺》)以及推薦歌曲(如列寧給予歐仁·鮑狄埃所作的《國際歌》以最高的評價),很少自己動手創作用這一文藝宣傳的方式來直接為革命事業服務的。唯有毛澤東同志,不止於運用舊體詩詞這個中國傳統的民族的藝術表現形式,而且賦予了以全新的戰鬥的歌頌工農兵的為無產階級革命事業服務的內容。這就更足以說明,哪怕是具體到文藝藝術的部門工作,主席在學習外國的成就上說,也是後來居上堪稱革命導師中的多面手的。

　　毛澤東同志的詩詞真正是中國詩人的"新生"、革命人民的"號角",而且是最強大的戰鬥威力最優美的藝術魅力最高度地結合起來的作品。這主要是由於他是偉大的革命領袖,有著極為豐富的革命鬥爭經驗,和無與倫比的馬克思列寧主義理論修養,精湛淵廣的文學造詣所致。總之,正像我們曾經在別人的篇章裏詳細分析介紹過的一樣,毛澤東同志的詩詞代表著十億人民的心願,閃爍著具有世界意義的光輝,是我們學習創作革命詩篇,特別是借鑒外來精華發展民族傳統的典範。下面我們只舉一例稍事對比。

　　恩格斯譯自丹麥文的《基德曼老爺》是一首重疊十闋的反封建地

主的好詩,它從這個地主基德曼老爺早上起牀在屋裏穿著打槍說起(一、二兩闋),中經他到南吉爾郡去開會加稅,每把犁要繳納裸麥七斗、每四口豬要交出肥豬一口這樣的從耕具到農業付產品的苛捐,一直到引起農民的憤怒反抗(四、五兩闋)、要求清償和把他包圍起來一拳打死,農民得獲自由解放為止(後五闋),僅僅一日的功夫就交待了這個地主由極盛時期到流血毀滅的一生,最後還特別渲染了農民鬥爭勝利以後的自由天地:

> (十)他躺在那裏,基德曼老爺血流滿地;可是犁耙自由地在黑土地上走來走去,豬也自由地到森林裏尋吃東西,南吉爾郡人真喜歡啊!(《馬恩全集》第十三卷第一部三一——三二頁)

遠在恩格斯那時,歐洲的小農業國家丹麥裏就有這樣反映農民和地主當權派展開面對面的生死鬥爭還取得了最後勝利的詩,也就很不簡單了。所以恩格斯才等於肯定地翻譯了它。但是我們總覺得詩的結局是富於浪漫氣息的(因為有丹麥當時的歷史可以證明)。不如毛澤東同志《到韶山》的中國兩聯:"紅旗卷起農奴戟,黑手高懸霸主鞭。為有犧牲多壯志,敢教日月換新天"的氣勢來得磅礴,情景來得真切,雖然毛澤東同志這裏用的是概括手法,以數語代替千語地在歌頌人民革命,我們總覺得它最能夠激勵士氣鼓舞人心,促使廣大人民更加昂首闊步地向著社會主義建設事業邁進。因為,"喜看稻菽千重浪,遍地英雄下夕煙"的結論,是千真萬確地令人信服的革命成果麼。

八三年十二月十日於河北大學

五、要站穩立場,須愛恨分明
——體現於主席著作中的階級思想

主席體現在著作中的無產階級立場是極為明確也是最為堅定的。這從《毛澤東選集》開宗明義第一章《中國社會各階級的分析》裏頭的幾句"破題":"誰是我們的敵人?誰是我們的朋友?這個問題是革命的首要問題。"(第一卷三頁)就可以知其梗概了。主席這種確切分析階級關係的立場,說"在階級社會中,每一個人都在一定的階級地位中生活"(同上二八二頁)的理論,正是繼承和發展了列寧主張的"馬克思學說中的主要點是階級關係"(《列寧文選》兩卷集二卷五九二頁)與馬克思恩格斯在《共產黨宣言》時老早已經提示過的"一切階級鬥爭都是政治的鬥爭"(四三頁)的革命精神的結果。

馬克思主義的觀點和方法,從根本上說就是階級鬥爭的觀點和階級分析的方法,它是無產階級政黨進行革命鬥爭的重要武器。主席運用了它,不但史無前例地對中國社會各階級作了深刻的分析,解決了中國革命許多帶有根本性質的問題,而且給我們黨在民主革命時期以及現在的社會主義革命中的政策,奠定了堅實的理論基礎。因為只有弄清楚革命的對象,才能夠明確革命的任務,定立戰鬥的策略;只有看準了朋友,才能夠建立起來同盟軍,增厚革命的力量。這是有關明確革命性質、認清革命方向、集中革命力量、完成革命任務的大事。主席卻通過他的光輝的著作,無乎不在地給我們指點了出來,這不又是馬克思主義與中國革命具體實踐相結合的典範嗎?

人類生活在原始社會的時候,本來沒有什麼階級的,大家打漁打獵靠著最簡單的勞動吃飯。後來由於生產力的發展和經濟條件的變化，才出現了階級。按照恩格斯的說法就是："隨著勞動的新分工，而出現了社會分為各階級的新的劃分。"記得我們的孟夫子也曾經指出過（雖然他是站在維護封建奴隸統治階級利益的立場說話的）："或勞心，或勞力。勞心者治人，勞力者治於人。治於人者食人，治人者食於人。"使著腦力勞動和體力勞動分了家，出現了前者剝削後者的局面。所以恩格斯又說：

> 文明的基礎既是一個階級剝削另一個階級。那麼，它的全部發展便是在經常的矛盾中進行的。生產領域裏每前進一步，同時也就意味著被壓迫階級即大多數人的生活狀況後退一步。對一個階級的利益，必然是對別一個階級的災難。一個階級的任何新的解放，必然是對別一個階級的新的壓迫。（《家庭私有制和國家的起源》一五七頁）

由此可見，一部社會發展史也就是一部階級鬥爭史，階級鬥爭正是促進社會發展的根本動力。而階級的實質呢？除了一個集團佔有另一個集團的勞動，統治另一個集團的權力以外，不會再是別的。所以主席也說："階級鬥爭，一些階級勝利了，一些階級消滅了，這就是歷史，這就是幾千年的文明史。"（第四卷一四九一頁）主席在他領導中國迄今四十多年中，就是根據著馬克思主義的這個根本的觀點和方法，針對著每一個革命的緊要關頭，及時制定各個時期的路綫、方針、政策和戰略，正確地領導全黨全國人民不斷地取得革命與建設的勝利。

主席體現於著作中的無產階級立場，不但是最明確最堅定的，而且是深中人心無乎不在的。這從學習主席著作的積極分子、出身於貧農和勞動人民的解放軍指戰員廖初江、豐福生、黃祖示等都熱愛主席著作,就足以說明問題。他們感到"毛主席的書是替勞動人民說話的","毛主席的話句句說到了自己的心裏","對毛主席的著作一讀就愛,越讀越愛,放都放不下"。因而他們決心"幹一輩子革命,學一輩子毛主席著作"。(以上所引具見《解放軍報》六四年六月六日"社論")階級情感彼此交流,革命精神相互煥發,可以說正是主席通過著作反映了勞動人民的思想感情,最忠實地代表了他們共同革命的利益的必然結果。

主席經常教導我們說,鬧革命要站穩階級立場,懂得階級和階級鬥爭,認識階級鬥爭的發展規律,學會運用階級分析的方法,去正確觀察和處理一切革命的實際問題,而主席自己就正是這樣反復實踐和總結著的。我們都知道,明確而堅定的階級立場是階級分析的首要前提。因為,階級立場支配著人們的思想言論和行為。人們立足於哪個階級便會用哪個階級的思想觀點分析問題解決問題,這是絕無方法把它們分割開來的。既然階級分析貫串著政治、經濟、文化、思想的所有領域,那麼,鮮明的正確的階級立場,無產階級立場,就是非常必要的了。馬克思主義的階級分析方法是無產階級的方法,無產階級是最先進、最革命的階級,它大公無私具有遠見,它的世界觀是辯證唯物主義、歷史唯物主義,它使我們客觀地正確地認識事物,從而堅決地勝利地改造著世界。還是舉《中國各社會各階級的分析》為例,主席是這樣分析中國資產階級民主革命時期的主要革命對象地主階級和買辦階級的:"在經濟落後的半殖民地的中國,地主階級和買辦階級全是國際資產階級的附庸,其生存和發展,是附屬於帝國主義的。這些階級代表中國最落後的和最反動的生產關係,阻礙中國生產力的發展。他們和中國革命的目的完全不相容。特別是大地主階級和大買辦階級,他們始終站在帝國主義一邊,是極端的反革命派。"(第一卷三頁)不經過長期的革命經驗的積累和充分的調查研究的工夫,這個正確的結論是得不出來的。

主席對於中國的小資產階級就分析得更為精闢了。他根據經濟地位、思想情況和政治傾向把他們分為左中右三類說:右翼是有餘錢剩米的,他們的發財觀念極重,總想爬上中產階級的地位。這種人膽子小,怕官,也有點怕革命,在小資產階級中佔少數。處於中間地位的,在經濟上大體可以自給,他們也想發財,可是起早散晚地注意職業的結果,只夠維持生活。因之罵壓迫和剝削他們的帝國主義軍閥地主為"洋鬼子""搶錢司令"與"為富不仁"以事反對了。但對革命運動是採取中立態度的,理由僅在於懷疑它未必成功。這一部分人數甚多,大概佔小資產階級的一半。那左翼呢? 主席就精雕細刻得更加出色了。主席說:

> 這一部分人好些大概原先是所謂殷實人家,漸漸變得僅僅可以保住,漸漸變得生活下降了。他們每逢年終結賬一次,就吃驚一次,說:"咳,又虧了!"這種人因為他們過去過著好日子,後來逐年下降,負債漸多,漸次過著淒涼的日子,"瞻念前途,不寒而慄"。這種人在精神上感覺的痛苦很大,因為他們有一個從前和現在相反的比較。這種人在革命運動中頗要緊,是一個數量不小的群眾,是小資產階級的左翼。(第一卷六頁)

主席把他們分析完了以後說:這三部分人平時對於革命的態度雖然各有不同,可是一到戰時,特別是可以看得見勝利的曙光時,不但左派中派可以參加革命,即是右派因為大勢所趨也會附合革命的。為了革命,為了階級鬥爭,這就是階級分析的目的,和無產階級制定戰略策略的原則的依據。此外，我們還應該特別學習的便是主席的精練完整準確有力地站穩階級立場，表達思想感情的筆法了。

中國舊日本來是小資產階級的汪洋大海，這個階級又是可上可下的動搖於社會主義和資本主義中間的一個階級。如果不團結好了它，把它爭取過來，會對革命事業發生極大的不利（甚至能夠叫它無法成功）。經過主席這樣作了科學的鑒定以後，我們做工作搞運動才可以眼明手亮的。即如此中的農民，主席就說他們是中國工人的前身，工業市場的主體，又說他們是中國軍隊的來源，民主政治的主要力量。因之，他們自然也就是中國文化運動的主要對象了。特別是佔農村人口百分之七十左右的貧農（包括過去的雇農和佃農），主席給他們的評價就更高，所寄予的熱情也最深厚，說他們是鬥爭土豪劣紳的先鋒，打倒封建勢力的元勳。那些見於《湖南農民運動考察報告》中的論述，簡直是最優美的頌詞和革命的最強音了。但說貧農領導下的農會吧，那威力真是橫掃一切的。主席說：

> 在農會威力之下，土豪劣紳們頭等的跑到上海，二等的跑到漢口，三等的跑到長沙，四等的跑到縣城，五等以下土豪劣紳崽子則在鄉里向農會投降。
> "我出十塊錢，請你們准我進農民協會。"小劣紳說。
> "嘻！誰要你的臭錢！"農民這樣回答。（第一卷一六頁）

這回農村造反的結果，地主階級的威風普遍地打下來，土豪劣紳把持的鄉政機關，自然跟了倒塌，都總團總躲起不敢出面，一切地方上的事都推到農民協會去辦。他們應付的話是："不探（管）閒事！"農民們相與議論,談到都團總,則憤然說:"那班東西麽,不作用了!"再加上抗租、減息、分糧、罰款、搬菩薩、打祠堂以及給劣紳戴高帽子遊鄉(罪惡特大的還要槍斃)等等一系列懲治地主階級破除封建迷信的暴力行為,真可以說是把幾千年來傳襲不變的地主威風搞得掃地以盡了。還不止此:

> 從禹湯文武起吧,一直到清朝皇帝,民國總統,我想沒有哪一個朝代的統治者有現在農民協會這樣肅清盜匪的威力。什麼盜匪,在農會勢盛地方,連影子都不見了。巧得很,許多地方,連偷小菜的小偷都沒有了。(第一卷四一頁)

這裏頌揚得可真夠高了,然而主席所依據的都是通過調查得來的事實。更重要的是這些話,給了大革命時期正在熱火朝天地反封建的農民們以積極的支持和鼓舞。對於當日誣衊農民運動是"痞子運動"的反動派來說,主席又是一個立場堅定同他們展開尖銳鬥爭的無產階級革命領袖。這就明白了為什麼我們直到今天還被他那充塞天地的英雄氣概所感染著。一條依靠貧下中農的階級路綫不僅在土地改革和合作化的時候是正確的必要的,即是現在我們正在農村中進行的社會主義改造與社會主義建設,不把它貫串到底,恐怕也不會成功。如果再多說幾句,就是因為作為農村中的無產階級半無產階級的貧下中農,是一切剝削階級和剝削制度的對頭,是社會主義道路集體經濟的最積極的擁護者,革命性最強又最聽黨的話。

主席著作,即毛澤東思想體現到書面上的革命理論與文學語言,是無時無地不在反映著堅定的階級立場、科學的階級分析以及熾熱的階級感情的。因為也只有這樣完美的文件才能夠擔當起來引導中國

人民和世界人民從勝利走向勝利的最偉大的革命任務。《中國社會各
階級的分析》跟《湖南農民運動考察報告》兩篇不過是講分析、誇農民
的代表作而已，何況在別的地方，還有比這等概論性質的說法分外尖
銳、更加直接的東西呢？我們指的就是人民公敵蔣介石及其買辦封建
法西斯獨裁政治的被鬥爭和被消滅。主席說："以蔣介石等人為首的
中國反動派，自一九二七年四月十二日反革命政變到現在的二十多年
的漫長歲月中，難道還沒有證明他們是一夥滿身鮮血的殺人不眨眼的
劊子手嗎？難道還沒有證明他們是一夥職業的帝國主義走狗和賣國
賊嗎？"（第四卷一三八○頁）這便是主席給以蔣介石為首的國民黨反
動派所下的結論。因為這個反動派的階級成分經濟基礎和政權性質
早已為主席分析清楚了。主席說：

　　蔣宋孔陳四大家族，在他們當權的二十年中，已經集中
了價值達一百萬萬至二百萬萬美元的巨大財產，壟斷了全
國的經濟命脈。這個壟斷資本，和國家政權結合在一起，成
為國家壟斷資本主義。這個壟斷資本主義，同外國帝國主
義、本國地主階級和舊式富農密切地結合著，成為買辦的封
建的國家壟斷資本主義，這就是蔣介石反動政權的經濟基
礎。這個國家壟斷資本主義，不但壓迫工人農民，而且壓迫
城市小資產階級，損害中等資產階級。這個國家壟斷資本
主義，在抗日戰爭期間和日本投降以後，達到了最高峰，它
替新民主主義革命準備了充分的物質條件。這個資本，在
中國的通俗名稱，叫做官僚資本。這個資產階級，叫做官僚
資產階級，即是中國的大資產階級。（《目前形勢和我們的
任務》）

好啦,三大敵人和受他們迫害的階級都明擺在這裏了。如果不把革命進行到底,堅決徹底乾淨全部地殲滅掉這些壞蛋,人民怎麼能夠翻身,中國領土主權的獨立和完整怎麼能夠保衛住呢？所以,別看主席在分析問題時是這樣的客觀冷靜,在擺事實講道理時是這樣的不動聲色,可實際上卻等於是宣佈他們罪狀的檄文,吹奏最後進軍的號角。因為歷史證明,主席這話說了還不到一年,我們就百萬雄師下江南,佔領了國民黨的都城,覆滅蔣家王朝了。

只是,主席為什麼又說國民政府是個賣國政府呢？這也有許多原因的:第一是由於他們一貫投靠帝國主義出賣領土主權,特別是在九一八事變以後七七抗戰以前這個時期裏,他們採取所謂"不抵抗主義",眼睜睜地送掉了東北四省和察北冀東一大片土地。這還不算,就是全面抗戰已經起來、硝煙迷漫、炮火連天之際,他們也是不斷地和日寇勾搭隨時準備投降當漢奸(汪精衛到底成了日寇的"兒皇帝")。後來蔣介石躲在峨嵋山上,叫日寇如入無人之境似的一直進軍到貴州,卻無恥地說是在"以空間換取時間",勝利終會到來。逮及八一五日寇果然投降時,他們為了劫取勝利果實,繼續維持反人民的獨裁政權,又把國家的主權向美帝國主義出賣了個徹底,從天空到海洋,從地上到地下,都在"最惠國待遇"的幌子下一骨腦兒送給人家了。因此主席才美蔣聯稱,說後者是前者的附庸,說所謂"援助",所謂"調解",不過是為美國出錢出物、蔣介石出力出兵、"用中國人打中國人"的老辦法作掩護,藉以遂行其變中國為美國的殖民地、永遠奴役中國人民、霸佔中國土地的侵略目的。最後,我們主席根據"一切反動派都是紙老虎"和"搗亂、失敗、再搗亂、再失敗,直至滅亡"這樣的馬克思主義定律,給這主奴一群下了判決書:

　　蔣介石和他的支持者美國反動派也都是紙老虎。提起美國帝國主義,人們似乎覺得它是強大得不得了的,中國的反動派正在拿美國的"強大"來嚇唬中國人民。但是美國反動派也將要同一切歷史上的反動派一樣,被證明為並沒有什麼力量。(第四卷一一九三頁)

　　美國的海陸空軍已經在中國參加了戰爭。青島、上海和臺灣有美國的海軍基地,北平、天津、唐山、秦皇島、青島、上海、南京都駐過美國的軍隊。美國的空軍控制了全中國,並從空中拍攝了全中國戰略要地的軍用地圖。在北平附近的安平鎮,在長春附近的九臺,在唐山,在膠東半島,美國的軍隊或軍事人員曾經和人民解放軍接觸過,被人民解放軍俘虜過多次。陳納德航空隊曾經廣泛地參戰。美國的空軍除替蔣介石運兵外,又炸沉了起義的重慶號巡洋艦。所有這些,都是直接參戰的行動,只是還沒有公開宣佈作戰,並且規模還不算大,而以大規模地出錢出槍出顧問人員幫助蔣介石打內戰為主要的侵略方式。(同上一四九六頁)

　　狼狽為奸的美蔣就是這樣使用五十九億一千四百餘萬的美元殺死了幾百萬中國人的。它在中國革命史上,可以說是一筆前所未有的最大的血債。此類"友誼"之賬,經過主席一指點一揭發一清算一總結,已經是誰人不知哪個不曉了,還打什麼掩護呢? 因而中國人民給予他們的回答就必然是叫他們舒舒服服地消滅在中國大陸上了。

六、學習主席的文風
——政治和藝術的統一,內容和形式的統一

所謂文風,基本上指的是文章的風格。因為,由於作者的思想情感、文章修養有差別,更重要的是立場觀點方法不一樣,從而體現到作品裏頭的事物面貌,也就各有不同。文如其人,誠於中必形於外。例如,統治階級御用文人寫出來的東西,就絕大多數是幫忙幫閒的,它們的內容虛偽、空洞、浮靡、晦澀,令人一見生厭。反之,革命的進步的階級代言人,他們那些表現人民利益反映時代精神的作品,就真實、正大、生動、曉暢,使人喜聞樂見。自然,這並不等於說,同一個階級的作者,他們的風神筆調就必須一個路數的。上面講過,藝術表現的手法,原本就是多式多樣的,何況還有一個民族形式在判別著!

文風既是書面語言在實際運動中表現出來的一種現象,所以馬克思主義經典作家們從來就都是以極其嚴肅認真的態度從事寫作的。他們著作的內容既是博大精深顛撲不破的真理,他們的文筆也是生動形象最富有感染力的。例如馬克思主義的創始人馬克思和恩格斯在青壯年時期共同草擬的《共產黨宣言》,從問世(寫於一八四七年十二月,公佈於一八四八年二月)到現在已經一百一十七年了,可是我們讀起它來,依舊覺得是朝氣蓬勃,非常之新鮮的。就是說,《宣言》裏所揭示的基本原理,不但沒有"過時",而且在字裏行間處處洋溢著馬克思、恩格斯的才華和熱情,好像是兩個親切而熟知我們時代的人在昨天才寫出來的。這就不單純是立場堅定理論成熟的問題了。

《宣言》的第一章先後闡述了階級鬥爭的學說,揭示了生產關係要適合生產力發展的這一社會發展的普遍規律,論證了資本主義社會滅亡的必然性,分析了無產階級的產生發展和成熟過程,指出了無產階級和資產階級利益的對抗性,以及無產階級所擔負的世界革命的歷史使命——資產階級的掘墓人和新社會的建設者。第二章則分別說明了黨的性質和特點及其與無產階級利益的一致性,還有無產階級革命以及專政的理想,並且強調了馬克思主義的特點——理論和實踐的統一性,揭露和駁斥了資產階級反動派對共產黨人的各種誹謗。第三章乃是批判流行當時的一些非科學的社會主義流派,這裏運用的就是階級分析的方法。第四章也就是最後一章,特別交待清楚了:共產黨人既須為著工人階級的當前利益而奮鬥,同時也要堅持著運動的未來。在不同的國家不同的具體條件下,共產黨人應該採取不同的策略。時間、地點等條件變了,策略應該隨之改變。共產黨人必須和一切可能的同盟者結成統一戰綫,來反對當前的共同敵人。《宣言》在接近結束的時候,用震天價響烈火一樣的語言向全世界莊嚴而勇敢地宣稱:

　　共產黨人認為隱瞞自己的觀點和意圖是可鄙的事情。他們公開宣佈:他們的目的,只有用暴力推翻全部現存的社會制度才能達到。讓那些統治階級在共產主義革命面前顫抖吧。無產者在這個革命中失去的只是自己頸上的鎖鏈,而他們所獲得的卻是整個世界。

《宣言》最後用充滿無產階級國際主義精神的戰鬥口號高呼:"全世界無產者,聯合起來!"由此可見,《宣言》之得以成為至今不朽的全世界無產階級革命的光輝旗幟與戰鬥綱領,固然是因為它具有高度的科學性和革命性。但是,我們未嘗不可以認為與之相輔而行的富有宣傳鼓動力量的文字,也是功在至上的。列寧不就說過嗎? "這部著作極其透徹鮮明地敘述了新的世界觀,敘述了包括社會生活在內的徹底的唯物主義,敘述了辯證法這一最全面深刻的發展學說,敘述了關於階級鬥爭,關於共產主義新社會的創造者無產階級所肩負的世界歷史革命使命的學說。"(《列寧全集》二十一卷三〇頁《卡爾·馬克思》)把這些創造性的前無古人的無產階級世界革命大道理講說明白已經不是簡單的事體了,何況還能夠這樣地講求筆法! 從此以後,馬克思主義經典著作的文風,具有最徹底的革命意識,最強烈的戰鬥精神和最富於說服教育力量的書面語言,便由這兩位大師首先建樹了規範,給予了榜樣。

列寧不就是繼之而來的另一位導師嗎? 發展了馬克思主義的普遍真理,成功為和俄國革命具體經驗結合起來的列寧主義的列寧,他那幾十卷文集就是這種書面語言的結晶。別的先不去說,只講關於文學藝術理論方面的,列寧的文學黨性原則的學說,便是對於馬克思、恩格斯前此定立的基礎與上層建築和文學藝術階級傾向性理論的一個極大的發展。《黨的組織和党的文學》這一經典著作,論證了無產階級文學與無產階級革命總的事業的關係,闡述了無產階級文學的性質、任務和發展方向,為無產階級文學的發展奠定了堅固的理論基礎,直到今天還對我們具有巨大的指導作用。

列寧說:"文學事業應當成為無產階級總的事業的一部分",它"必須貫徹無產階級的鬥爭的精神",為"千千萬萬勞動人民,為這些國家的精華,國家的力量,國家的未來服務"。"因為藝術是屬於人民的。它必須在廣大的勞動群眾的底層,有其最深厚的根基。它必須為這些群眾所瞭解和愛好"。(《論文學與藝術》)這就是列寧給我們提出來的文學藝術的階級性、人民性和戰鬥性,也就是作為政治傾向性的黨性原則的核心。列寧正是從這樣的觀點出發,跟當時形形色色的資產階級反動思想進行了尖銳的鬥爭,打垮了他們"絕對自由"的謬論和說我們"單一化""貧乏化"的污蔑。

例如,列寧對於那些脫離生活鬥爭、脫離人民群眾,"經常鑽在故紙堆裏看不見實際生活"的所謂名作家,是深惡痛絕的。列寧說他們打著"向現實生活學習"的幌子,寫身邊"小事情"的荒唐行為,因為他們專門搜集生活裏頭的"荒唐事",也就是色情奢靡腐化墮落的資產階級生活,加以"繪聲繪色的描述",從而毒害人們的心靈,瓦解革命的鬥志,所以非根絕它們不可。與此相反,對於那些到"關係到人民群眾最根本利益的,最深刻要求的現實生活的革命激流"中去的作家,和他們"結合群眾的感情、思想和意志"所創作的充滿著"無產階級鬥爭的精神"的作品,總是給予很高的評價。

列寧這些繼往開來顛撲不破的真理,連同他的清新流利豐富多彩的語言,到了我們主席手裏,就越發地形成了體系得到了充實。主席提出了文藝為工農兵服務為社會主義事業服務的方向,確定了百家爭鳴百花齊放,推陳出新反對八股的文藝方針,創造了革命的現實主義和革命的浪漫主義相結合的創作方法。一句話,不但貫徹而且發展了文學藝術黨性原則的根本途徑,同時也在語言政策上明確了向人民學習、向古人學習和向外國人學習的三個方向,尤其是生動活潑作為材料寶庫的人民語言,真是取之不盡用之不竭的源泉。主席所作的書面語言之所以能夠通俗簡易出色地動人,就是因為他通過革命的實踐切實吸取了這方面的營養。

主席在談到文風的時候是把它和黨風學風聯繫起來看的。主席說:"我們要完成打倒敵人的任務,必須完成這個整頓黨內作風的任務。學風和文風也都是黨的作風,都是黨風。"(第三卷八一四頁)可見文風對於革命事業的重要。主席又把壞的文風叫做"黨八股",說它們是"藏垢納污的東西,是主觀主義和宗派主義的一種表現形式。它是害人的,不利於革命的,我們必須肅清它"。(同上八二九頁)另外還特意寫了專文《反對黨八股》來教導我們要正視這種壞文風的危害性。主席給它定了八條罪狀,它們是:

(1)空話連篇,言之無物。

(2)裝腔作勢,藉以嚇人。

(3)無的放矢,不看對象。

(4)語言無味,像個癟三。

(5)甲乙丙丁,開中藥鋪。

(6)不負責任,到處害人。

(7)流毒全黨,妨害革命。

(8)傳播出去,禍國殃民。

主席說:"黨八股也是一種洋八股",它在"我們黨內已經有了一個長久的歷史",遠在五四運動時期就存在著的。但它是"生動活潑的,前進的,革命的"、"五四運動本來性質的反動",它的思想根源、階級根源是小資產階級革命分子的"狂熱性"和"片面性","要使革命精神獲得發展必須徹底拋棄它,採取生動活潑新鮮有力的馬克思列寧主義的文風"。(以上所引並見第三卷八三一——八四一頁)這篇文章是主席在四二年整風期間寫的,可是很久以後甚至全國解放已經五六年的時候,還有許多人常犯這個毛病。因為主席給《中國農村的社會主義高潮》裏頭《合作社的政治工作》一文的按語裏說過這樣的話:

我們的許多同志,在寫文章的時候,十分愛好黨八股,不生動不形象,使人看了頭痛。也不講究文法和修辭,愛好一種半文言半白話的體裁,有時廢話連篇,有時又儘量簡古,好像他們是立志要讓讀者受苦似的。那一年能使我們少看一點令人頭痛的黨八股呢?

這不就說明問題了嗎?也可見改變文風的不易了。時至今日,離主席前後兩次說話的時期又過了十年,二十多年,試問我們寫出來的東西果真符合主席所提出來的要求沒有?恐怕敢於正面答覆的人,說是上面指出的八樣壞處早已徹底糾正,恐怕不多。何況接著主席為了徹底粉碎右派分子向党倡狂進攻,又在五七年二月寫出來辨別文學藝術上香花和毒草的六項標準於《關於正確處理人民內部矛盾的問題》一文中呢。這個事實就證明著"妨害革命"、"禍國殃民"的壞東西還是有所發展終至流毒的。那六條是:

(1)有利於團結全國各族人民,而不是分裂人民。

(2)有利於社會主義改造和社會主義建設,而不是不利於社會主義改造和社會主義建設。

(3)有利於鞏固人民民主專政,而不是破壞或者削弱這個專政。

(4)有利於鞏固民主集中制,而不是破壞或者削弱這種領導。

(5)有利於鞏固共產黨的領導,而不是擺脫或者削弱這種領導。

(6)有利於社會主義的國際團結和全世界愛好和平人民的國際團結,而不是有損於這些團結。

　　這六條標準一出來,就好似紅日當空,逼照得妖魔鬼怪無所逃形,從而無產階級人民大眾也就有了"護法"。就是說,右派被打垮,工農兵的文藝更加興旺起來。自然,這並不等於認為當年右派所犯的罪行只是基於意識形態上的、文藝思想上的,如同我們現在防修反修,談及政治上思想上的問題時,仍須以六條問事一樣,不過是專就這一方面立論的結果罷了。至於主席自己體現於著作裏的文風,其恢宏遠到博大精微之處一時也說不盡,這裏只能就人所共知的犖犖大端加以概述。

　　首先是,主席的著作包括詩詞在內,都是有的放矢發而必中的,為革命而作、為人民而作的文字,所以立場堅定愛恨分明,看問題正確,講道理清楚,思想性戰鬥性特別強烈,感染力鼓動力無比巨大。

　　其次是,章法謹嚴有條不紊,語言通俗深入淺出,經常選用廣大人民喜聞樂見的詞句和形式,因此它就不止是字眼兒用得恰當,而且顯得生動活潑,方法多種多樣,有時形象地擬說理論,有時幽默地使用反語,因事而異,推陳出新。

　　這就是作為反映毛澤東思想的書面語言的大致情況,具體例證業已分見其它各篇,此地不再徵引。當然,更重要的還是我們通過文風去切實掌握與革命、戰鬥、勝利、前進、幸福的現在和更美好的未來具有同等意義的主席著作的精神實質,才能夠徹底改造自己因而大力改造世界的。最後,我們應該說,如果古人常談的"文章經國之大業,不朽之盛事",或者像"太上立德,其次立言,其次立功"所謂"三不朽"的這些話還有一些道理,也可以古為今用的時候,我們認為唯有主席的著作才足以充當。自然,誰都知道,我們今天所稱頌的"大業""盛事"以及"德""言"和"功"的內容,就是說,為空前的偉大的無產階級革命事業而奮鬥而成功的一切,已經跟舊時代的那些封建主義的東西,是完全不相同的。雖然主席的著作是以革命為宗、不以能言為本的。

七、認真體會統一戰綫的作用
——學習主席的政治藝術(團結戰鬥)

單絲不綫,孤樹不林,鬧革命求解放不是單打獨鬥的事,也不是少數人搞得成功的。眾志成城,眾擎乃舉,於是尋找朋友增厚力量便非常重要了。"全世界無產者聯合起來!"馬克思、恩格斯,這兩位無產階級革命的導師,不是在一百多年前就喊出了這樣的口號嗎?這個辦法還是極其合乎辯證唯物主義的。因為,我們每多一個朋友增厚一分力量,便等於給敵人減少一個朋友去掉一分力量,它是相與消長、彼此對立的,事關革命的成敗,這筆賬實在不能不細算。

自然,接著我們就必須講清楚,所謂聯合,不但是以階級鬥爭為綱的,而且還是有條件的,在一定前提之下的。就是說,無產階級的同盟軍儘管有農民、小業主,有時甚至是開明士紳和民族資產階級等等,但都必須是在無產階級領導這個主要條件之下的。此外便是在特定的歷史時期有著共同的敵人和主要奮鬥目標的時候,才好談起。例如抗日戰爭開始以後的民族統一戰綫(包括各黨各派各階層的愛國分子在內),以消滅日寇救亡圖存為共同的政治目的即是。

統一戰綫的另一要點在於,它既不是"一切鬥爭否認聯合",也不是"一切聯合否認鬥爭"(主席的話,見《農村調查》的序言和跋)。我們仍以抗日民族統一戰綫為例。無產階級在抗日這一問題上固然應該聯合一切反對日本帝國主義的社會階層,同他們擬定共同綱領建立統一戰綫,但是如果發現他們違背共同綱領,存在著投降敵人或反共反人民的動搖性反動性時,卻不能不作不同程度不同形式的鬥爭。又聯合又鬥爭,當日主席把它叫做"綜合聯合和鬥爭的兩重性的政策"。(同上)

　　從中國革命史上看,第一次國內革命戰爭初期的國共合作出師北伐,可以說是最早的聯合戰綫了。但是因為陳獨秀的右傾機會主義,放棄了無產階級領導的原則,一切依附於人,結果招致了蔣介石的背叛。"四一二"大屠殺,使著革命事業功敗垂成。抗日戰爭時期民族統一戰綫,是主席親自領導制定和掌握的,終令日本帝國主義無條件投降。建國前夕,以團結四友打倒三敵為階級路綫的協商政策,仍是發展與壯大了的統一戰綫。直到人民政府成立進入社會主義的今天,它還在發揮著它的應有的作用。所以人們經常說的,統一戰綫和黨的組織、人民武裝一起,是主席領導中國人民革命成功的三件法寶,實在是話不虛傳。

　　統一路綫還有一個眾所周知的組織精神,就是說,它雖然是以國家的民族的內部階級情況奮鬥目標為其建立的基礎統戰的形式,可是我們千萬不能忘記它從一開始便具有世界的意義、國際的關係。因為誰都曉得,民族獨立和維護國家領土主權的完整無法與反帝反侵略的國際爭鬥分開,何況我們革命的終極目的又是解放全世界人民呢?"全世界無產者聯合起來",這就已經不是一個國家幾個民族的事了,天下窮人是一家。以此為根本再擴大一步,叫它同世界各國被壓迫的人民和民族聯合起來,大家共同反對帝國主義各國反動派,藉以爭取世界和平、民族解放、人民民主與社會主義革命的完全勝利。這不就是我們今天揭示出來而且正在信守與推進的國際共產主義運動總路綫嗎?

　　還在抗日戰爭時期主席提出民族統一戰綫之際,國際統一戰綫的重要性即由主席強調著了,主席說:

目前共產黨人在全世界的任務是動員各國人民組織國際統一戰綫,為著反對法西斯而鬥爭,為著保衛蘇聯、保衛中國、保衛一切民族的自由和獨立而鬥爭。在目前時期,一切力量須集中於反對法西斯奴役。(第三卷八○七頁)

以共產黨人為主導,動員組織各國人民來反對共同的敵人德意日法西斯,這不僅僅是民族統一戰綫的擴大,而且也是他的分工了。因為主席接著指出"堅持抗日民族統一戰綫,堅持國共合作,驅逐日寇出國,即是援助正在蘇聯境內和希特勒法西斯強盜作英勇抵抗的蘇聯,和堅決反抗任何來自大資產階級中的反動分子的反蘇反共的活動,也是通過國內的階級鬥爭來支持盟友的積極表現,而其最大的目的即在於跟世界上一切反對軸心國家統治者的人民一道,消滅掉這些法西斯強盜(同上)。甚至直到第二次世界大戰已經勝利結束以後很久,主席為了反對帝國主義的新的侵略,還在論述當日世界革命統一戰綫的偉大作用說:"假如沒有蘇聯共產黨,沒有蘇聯,沒有蘇聯領導的西方和東方的反對帝國主義的革命統一戰綫,還能說想戰勝法西斯德意日及其走狗們嗎?"(第四卷一三六○頁)

"前事不忘,後事之師",今天的國際共產主義運動總路綫的確定與貫徹,未嘗不可以說是二十世紀五十年代的革命統一戰綫的充實與提高了。國際共產主義運動總路綫的盟友不止是一個社會主義國家,而且是以中國為首的許多社會主義國家了。它的敵人也不止是以美帝為首的帝國主義和各國反動派,而且還有以蘇共為首的現代修正主義及教條主義了。最使人頭腦清醒的是,當時世界革命統一戰綫的組織者與領導者蘇聯共產黨,及曾經是統戰成員國之一的美利堅合眾國,現在都成了我們的主要敵人;反之,那時還不曾趕走國內外的敵人,取得政權,成立中華人民共和國的中國共產黨,現在卻是撐起世界革命的紅旗,領導世界人民逐步實現無產階級世界革命的完全勝利,建立一個沒有帝國主義,沒有資本主義,沒有剝削制度的新世界的真正的馬克思列寧主義的大黨大國了。

"批判繼承，古為今用"，毛澤東同志體現於散文著作中的幾個範例

一九八四年元月

一、從《愚公移山》出發,學習運用"神話""傳說"

　　"愚公移山"的故事出於《列子·湯問篇》,毛澤東同志活用了它作了史無前例的散文。這篇文章在繼承運用中國文學遺產上,有以下幾個特色:

　　　　第一、直接使用古代寓言的成語,作了文章的題目。
　　　　第二、通過重點翻譯的手法,簡單扼要地敘述了故事的內容。
　　　　第三、將古比今,為運用神話文學創造了範例。

　　我們都知道,毛澤東同志的文章無論是講說革命理論、宣示路綫政策,還是指導鬥爭辦法,都是根據客觀現實,先抓活的思想,從而有的放矢、昇華概括得斐然成章的。就是說,發言權來自調查研究,其目的在於解決問題。所以絕無按照抽象命題去做空洞議論的事體。題目產生於內容,言論淵源於實踐嘛。因此,除非別有會心另起爐灶,就不大容易採用古代成語特別是像"愚公移山"這樣的神話傳說,作指導革命鬥爭的題目了。

　　這篇文章是一九四五年六月抗日晚爭勝利前夕,毛澤東同志在中國共產黨第七次全國代表大會上的閉幕詞。當時蘇聯紅軍業已攻入柏林,德國法西斯強盜已最後失敗。在東方,最後戰勝日本軍國主義的時機已經成熟,形勢的發展對中國革命是極為有利的。但是,問題卻在於美國霸權主義者也正在支持蔣介石打內戰,企圖在抗日戰爭勝利後,代替日本軍國主義者統治中國人民,把中國變成美國附屬國。當時日寇還沒有最後被打敗,國內外的反動勢力就已經蠢蠢思動,因此,這個鬥爭肯定會是艱巨的長期的,毛澤東同志引用這個中國古代的寓言,即是為了形象地鼓舞起來全黨同志領導中國人民堅持戰鬥的決心,與爭取勝利的信心的。

毛澤東同志徵引典故的最大特色,是他不止於像使用"葉公好龍"(劉向《新序》雜事第五)這樣形象的成語,從正面去諷刺蔣介石等人在二七年北伐戰爭初期革命軍解放江西、兩廣、兩湖時,口裏喊"喚起民眾",實際上卻害怕農民起來革命(第一卷四四頁)的醜態,還在於他能夠大而化之地把過去的人物形象、故事情節,運用到當時的革命鬥爭任務上去,真正做到了以古喻今、鑒往知來、反映時代精神、歌頌英雄人物的鼓動宣傳的目的。因而也就典範地向我們顯示了革命的現實主義和革命的浪漫主義相結合的藝術手法,具有無與倫比的優越性。毛澤東同志在《愚公移山》裏處理"愚公移山"這個古代傳說的故事,正是這樣的。把它拿來作了簡要的譯述以後,立刻說了這樣一段話:

> 現在也有兩座壓在中國人民頭上的大山:一座叫做帝國主義,一座叫做封建主義。中國共產黨早就下了決心要挖掉這兩座山。我們一定要堅持下去,一定要不斷地工作。我們也會感動上帝,這個上帝不是別人,就是全中國人民大眾。全國人民大眾一齊起來和我們一道挖這兩座山,有什麼挖不平呢?(第三卷一一〇二頁)

這還不是毛澤東同志把中國歷史上原本就不斷出現的敢於鬥爭敢於勝利的所謂移山傾海的先鋒人物、革命行動變化著落在中國共產黨的身上,並且形象而又生動地把帝國主義和封建主義比做了太行、王屋兩座大山,既有繼承又有發展的創作手法嗎? 尤其曠絕前代的是:毛澤東同志將幾千年來一貫遭受壓迫剝削與污辱損害的廣大人民群眾,推尊為"上帝",不但叫這個擬人的至高無上的"大神"重返人間,同時還徑直叫它百千億萬化到老百姓身上去,鬧了一個大翻個兒,這那裏是簡單的事體!

所以,我們從這篇文章裏,首先可以體會到毛澤東同志是完全相信革命的人民大眾的。①他們才是歷史的創造者,②他們不可戰勝,③他們會依靠自己的鬥爭打破身上的枷鎖,④也會依靠自己的雙手創造幸福的生活。這就是毛澤東同志無論什麼時候、制定任何政策,總是堅定地依靠人民、放手發動群眾的根本立腳點。

其次是,我們也能夠認識到毛澤東同志完全信賴戰無不勝的馬克思列寧主義的科學真理的所在。列寧在《帝國主義是資本主義最高階段》一文裏早就說過,帝國主義是壟斷、寄生、腐朽、垂死的資本主義,是資本主義發展的最後階段。因而它就必然是無產階級革命的前夜。好啦,既有社會發展的理論根據,又有人民創造的物質力量,那麼,結果豈有不是大山挖倒,人民翻身之理? 第三次革命戰爭勝利的結果,中華人民共和國的巍然存在,不就是鐵一樣的事實嗎? 毛澤東同志對於革命事業勝利的能夠前知,以及他老人家始終一貫的革命的樂觀主義,也植根於此。

《愚公移山》這篇文章的思想和精神,對於鼓舞我國人民克服社會主義革命和建設的困難,也起過極大的作用。當前我們學習這篇文章,更有其偉大的現實意義。因為,我們的社會主義革命還沒有徹底完成,霸權主義者還嚴重地威脅我國的安全和社會主義建設。身在中國,胸懷全球,前程遠大,任務艱巨的我們,尤其應該高舉毛澤東思想的紅旗,鼓足幹勁,力爭上游,繼續發揚"愚公移山"的精神。

下面讓我們也對毛澤東同志的重點翻譯和扼要介紹寓言內容說幾句話。因為這裏邊既包含著"去粗取精"的精神，也運用了"一分為二"的方法。就從正面人物愚公談起吧。按照寓言原文看，愚公的幹勁再足，決心再大，查其用意，不過是為了解決一家一戶的交通問題，恐怕只能說在客觀上也符合其他人民的利益的。可見毛澤東同志採取的，單單是他這敢於向自然作鬥爭，而且堅持到底的一點：愚公批駁了智叟的錯誤思想，毫不動搖，每天挖山不止。這便是毛澤東同志的按語。還有，寓言裏講的是"搬山"，"山神"由於怕把兩座大山毀掉，這才報告"上帝"挪了地方的。因此，我們不僅要問：它們在冀州、河陽的時候阻塞了愚公的出路，難道說搬到朔北、雍南以後，就不障礙別人了嗎？所以這是一種以鄰國為丘壑的損人利己的辦法。毛澤東同志是不會批准的。因為，毛澤東同志在自己的文章裏，強調了"挖"字嘛。"全國人民一齊起來和我們一道挖這座山，有什麼挖不平呢？"這就是毛澤東同志的結論。由此種種，可以熟知毛澤東同志強調"愚公不愚""智叟不智"，那裏是"搬"這裏是"挖"的深意了。

說到這裏，我們還可以為毛澤東同志這種偉大的無產階級世界革命的精神，找到另外一個佐證。毛澤東同志《崑崙》的《念奴嬌》詞，這是大家都知道的。他對這個"橫空出世"、冬天"攪得周天寒徹，夏日消溶，江河橫溢，人或為魚鱉"的"崑崙"，是什麼態度呢？毛澤東同志絲毫也沒有把它搬到別處礙人的想法，反而為了"不要這高，不要這多雪"，而"倚天抽寶劍"地"把它截為三截"，也就是廢物利用地把壞事變成好事地徹底改造了它利用了它。特別是把它改造好了以後的安排："一截遺歐，一截贈美，一截還東國。太平世界，環球同此涼熱"的胸襟，試想想吧，這是什麼樣的氣魄。驚天動地，震古鑠今。恐怕像這一類的狀詞，都不足形容它的豪邁啦。所以，我們千萬不可忽視《愚公移山》裏頭的"背走"與"挖掉"字有萬鈞,毫釐千里。毛澤東同志不是隨便用用的。

其次,"以物起興,以此物比彼物"的創作手法,原本也是我國幾千年來的優秀傳統。遠在《詩經》《周易》等書編輯成卷的時候,便大行其道了。抽象比興,誰不知道通過某些已知的常見的為人們容易瞭解的事物,最有利於說明抽象的道理呢?只是像毛澤東同志這樣指揮若定、斐然成章的大手筆,還是前所罕見的。

毛澤東同志也充分運用了《西遊記》裏的神話人物孫悟空。他說:

鐵扇公主雖然是個厲害的妖精,孫行者卻化為一個小蟲鑽進鐵扇公主的心臟裏,去把它戰敗了。(第三卷八八三頁)

這段小說的故事情節,詳見《西遊記》第五十九回《孫行者一調芭蕉扇》中。《西遊記》雖是一部談魔說怪的小說,但是孫悟空卻是這裏面最有光輝的正面人物。他神通廣大,專能"降妖捉怪"。毛澤東同志曾經把勇敢善戰抗日到底的八路軍、新四軍,比做孫悟空。反之,也曾把入侵中國貌似強大最後必被打垮的日本帝國主義比做"妖精"。這一比擬的本身,就包含著相信自己、藐視敵人的深遠意義的,但也並非妄自尊大盲目樂觀之類。因為毛澤東同志處處教導我們在戰略上要重視他們的。須是先機主動肆應無窮地去對付他們,例如這裏所說的以我之精悍堅實對敵之臃腫龐大才可以制伏了他。戰無不勝,就是。關於孫悟空治服鐵扇公主的故事,毛澤東同志在《念奴嬌·崑崙》詞中也提到過。他在"飛起玉龍三百萬"下注釋說:

夏日登岷山,遠望群山飛舞,一片皆白。老百姓說當年

孫行者過此都是火焰山，就是他借了芭蕉扇撲滅了火，所以
變白了。

也足為毛澤東同志特別推重來自民間的神話傳說，並且靈活掌握
使為我用之一證。倒是在《孫悟空三打白骨精》的詩歌裏，毛澤東同志
是從題目到內容整體使用了孫行者“降妖捉怪”的神話的。他在這裏
是把霸權主義者比做“白骨精”，而把堅持門爭必須勝利的馬克思列寧
主義者，比做孫悟空的。詩為七律：

　　一從大地起風雷，便有精生白骨堆。
　　僧是愚氓猶可訓，妖為鬼蜮必成災。
　　金猴奮起千鈞棒，玉宇澄清萬里埃。
　　今日歡呼孫大聖，只緣妖霧又重來。

詩有雷霆萬鈞之力，如同戰無不勝的馬克思列寧主義一樣，足使
披著革命外衣的霸權主義者原形畢露，喪魂奪魄。而“歡呼大聖，掃滅
妖霧，金箍棒下，玉宇澄清”的話，又是多麼地振奮人心呀！愛恨分明，
有我無敵，堅持門爭，嚮往勝利，真是革命的現實主義與革命的浪漫主
義高度結晶的範例。

我們說過，馬克思主義經典作家是巧用比喻的大師。在他們的著
作中，有著各種各樣的比喻。他們通過它們使著自己的觀點、論證，雄
辯機智地顯示出來。即以馬克思主義的創始者馬克思本人為例，馬克
思曾經把革命比做“歷史的火車頭”，把“暴力”比做誕生新社會制度
的“產婆”，尤其是可以和毛澤東同志先後輝映的是，馬克思也使用神
話寓言來解說現實問題。馬克思曾說德國政府當日無視女工、童工，
慘被剝削的情況和他們極端貧苦的生活狀態，等於戴起波西亞斯追尋

巨魔的"隱身帽子",不去追尋巨魔,卻把它緊緊地遮著耳目以便否認巨魔的存在(《資本論》初版序),實在不該採取這種掩耳盜鈴欺騙自己的態度。

可見,毛澤東同志在這一方面不但繼承發揚了中國神話傳說擬人說事的優良傳統,同時也跟革命的導師馬克思活用神魔渲染語文的說服力量是若合符節的。何況毛澤東同志還能夠把它們演繹成章,有詩有文地整體比興了呢? 這對於那些特別熱心"造神"的民主資產階級,用最漂亮的思想外衣,裝扮起來的"神"的觀念(列寧的話),藉以麻痺人民和工人的最卑劣最危險的行為來說,應該又是一個革命的與反動的極其鮮明的分野。

但是,正因為經典作家們這樣善於借用神話傳說解決當前的革命問題,他們也就最先進最正確地把神話傳說的性質給我們交待清楚了。馬克思說:

> 任何神話,都是用想像和借助想像以征服自然力支配自然力,把自然力加以形象化;因而隨著這些自然力之實際上被支配,神話也就消失了。(《政治經濟學批判導論》)

這無異於說,純憑想像產生出來的神話,只有當它們通過鬥爭、講求實踐、取得成功,變為真事以後,才是可信的。可是,到這時候作為征服自然支配自然的此類想像,也就不再具有"魅力"了。例如,我們創造發明了飛機、飛船、手雷、擲彈筒,對於孫悟空的"筋斗雲"、廣成子(《封神傳》)的"翻天印",便不再覺得那麼神秘了。所以,引用神話傳說的目的,歸納到底還在於促使革命的人民,有所發現、有所發明,有所創造、有所前進。如果只是唯心的、主觀的、個人主義的、胡亂思想一陣,停止於觀念滿足的境界,那便大錯特錯了。毛澤東同志不是也

359

說麼:

神話中的許多變化,例如《山海經》中所說的"夸父追日",《淮南子》中所說的"羿射九日",《西遊記》中所說的孫悟空"七十二變"和《聊齋志異》中的許多鬼狐變人的故事等等,這種神話中所說的矛盾的互相變化,乃是無數複雜的現實矛盾的互相變化對於人們所引起的一種幼稚的、想像的、主觀幻想的變化,並不是具體的矛盾所表現出來的具體的變化。

這種神話中的(還有童話中的)千變萬化的故事,雖然因為它們想像出人們征服自然力等等,而能夠吸引人們的喜歡,並且最好的神話具有"永久的魅力"(馬克思),但神話並不是根據具體的矛盾之一定的條件而構成的,所以它們並不是現實之科學的反映。這就是說,神話或童話中矛盾構成的諸方面,並不是具體的同一性,只是幻想的同一性。科學地反映現實變化的同一性的,就是馬克思主義的辯證法。

(第一卷三九頁)

由此可見,反映於《愚公移山》這一神話傳說中的人物情節,並不是現實之科學反映。只有等到毛澤東同志把這種幻想變化發展成為黨和人民一道會徹底挖掉壓在頭上的帝國主義封建主義兩座大山而尊人民為"上帝",這才具有現實的浪漫的辯證意義。

二、對於《曹劌論戰》的繼承與發展,戰無不勝的
中國軍事學說

　　前人有言,一部二十四史就是一部"相砍書",槍桿子底下出政權,
自古以來只有"征略",誰見"禪讓"?因為歷史證明,無論哪一個階級
想要奪取和鞏固國家政權,不憑藉武力是根本談不上的。這從兵書戰
策(如孫吳兵法之類)的大行其道也可以說明問題。毛澤東同志繼承
文化遺產,推陳出新,對於這方面的運用,當然更加出色。他經常援引
《孫子兵法》於軍事著作之中,如《軍爭篇》說:"故善用兵者,避其銳
氣,擊其惰歸,此治氣者也。"毛澤東同志用現代的軍事學說加以解釋
道:"就是指的使敵疲勞沮喪以求減殺其優勢。"(第一卷二○三頁)毛
澤東同志選擇《曹劌論戰》的故事,不正是使敵優勢減殺以後"擊其惰
歸"的最佳例證麼?

　　但是毛澤東同志的"古為今用"之處,卻在於根據當前的實際情
況,調查研究中獲得的活材料,再把此類富有原則性的說法切實掌握,
從而靈活地發揮運用,叫它更足以解決問題,有利於革命事業的。

　　"長勺之戰",這個戰役雖然不大,但是從戰爭的性質上說,它卻
是個以弱敵強反抗入侵的正義的戰爭。再從領導階層上看,魯莊公
不止平時能夠關心人民疾苦,戰時還能夠虛心聽取"野人"的意見,
所以獲得了勝利。作為文中的主人公曹劌,就更不待言了。他有膽
有識,敢於鬥爭,來自鄉野,奔赴國難,卒使強敵敗走,肉食者餒氣,
不能不認為是在一定程度上打擊了統治階級的上層,維護了魯國人

民的利益的。

毛澤東同志引用這個歷史戰爭故事的目的,是在第二次國內革命戰爭時期教育那些只想孤注一擲地"禦敵於國門之外"的軍事冒險主義者的。因為,這樣不看清楚敵我優勢劣勢的所在,從而設法誘敵深入待機反擊的蠢行,是會被人家打翻的。這從文章裏頭莊公聽了曹劌的勸阻,"採取了敵疲我打的方針,打勝了齊軍"的那一段話,也可以看得出來。毛澤東同志的結語是:"造成了中國戰史中弱軍戰勝強軍的有名的戰例"嘛。

毛澤東同志把這篇不到三百字的小文章,分作了下例的三個部分:

(1)戰前的政治準備:取信於民。
(2)利於轉入反攻的陣地:長勺。
(3)追擊開始的時機:轍亂旗靡之時。

毛澤東同志說,這些措施跟佈署,都是講的"戰略防禦"的原則。並且跟著還說:"中國戰史中合此原則而取勝的實例非常之多。"如"楚漢成皋之戰"等六個大戰役,就都是這樣後發制人因而戰勝的。故事的整個情況如下:

魯莊公十年的春天,齊國發兵進攻魯國。莊公正在準備迎戰的時候,曹劌打算面見莊公獻議。曹劌的鄉鄰們說:"自有當官的人管,何用你去參預?"曹劌說:"有權位的眼光短淺,辦不了大事。"到底求見了莊公。他問莊公:"倚靠什麼條件打仗呢?"莊公說:"像吃的穿的這些日用必需品,我沒有只管自己享用,都是拿來分給別人的。"曹劌說:"這不過是左右親近的人得到點兒小恩惠,不會普及到老百姓身上,他們不能因此就完全聽你的指揮。"莊公說:"用牛羊財物祭神的時候說老實話,不敢以少報多,以壞報好。"曹劌說:"這也只是小的誠意,還不能算是大心願,神不一定就賜福保佑的。"莊公說:"大大小小的訴訟案件,雖然不能一一調查清楚,但在判決的時候,完全秉公辦理。"曹劌這才說:"此乃盡心竭力給人民辦事的表現,可以靠這個打它一仗,我願意同你一道去。"

莊公便同曹劌一同出發,在長勺這個地方跟齊兵對敵起來。一開始莊公就想要擊鼓進軍,曹劌說:"不行!"等待齊兵擂過了三通鼓,曹劌說:"行了。"一下子就把齊兵打得大敗。莊公又打算提兵追逐,曹劌說:"不行。"他從車上下來,先察看了齊兵的車印兒,再登上車頭的扶手,遠望一番,才說:"行了。"一下子就把齊兵趕出國境。

打了勝仗以後,莊公問曹劌這個戰役獲勝的原因。曹劌說:"打仗全靠著三軍的勇氣。擂第一鼓時,勁頭來了。第二次時衰落下去,到了第三次便完全泄了氣。他們已經泄了氣,我們卻勁頭正足,所以一下子就打敗了他們。但是大國行軍是很難猜測的,我擔心他們會有埋伏。經過觀察以後,看到他們的車轍已亂,軍旗也放倒了,知道這是真正的敗逃,所以才決定驅逐的。"

按《國語·魯語上》也有類似的記載。韋昭曰:"長勺魯地。曹劌魯人也。莊公魯桓公之子莊公同也。初齊襄公立,其政無常。鮑叔牙曰:'君使民慢,亂將作矣!'奉公子小白奔莒。魯莊八年,齊無知殺襄公。管夷吾、召忽奉公子糾來奔魯。九年夏,莊公伐齊,納子糾。小白自莒先入,與莊公戰於乾時,莊公敗績。故十年齊伐魯,戰於長勺也。"

　　儘管毛澤東同志肯定了歷史上的這個小戰役,可不等於說像魯莊公這樣的人物,也就什麼問題都沒有了。如同毛澤東同志跟著就列舉的其它六個大戰役一樣,只是著眼於軍旅之事的,他認為他們當日那些戰略戰術上的具體措施,都可以做為我們今天的參考與借鑒。

　　下面首先讓我們參考一下毛澤東同志所說的中國歷史上其它此類六大戰役中的"楚漢成皋之戰"等四個戰役的概況,以資對照:

1. 楚漢成皋之戰

　　滎陽成皋(今河南滎陽縣和陝西潼關)是當時軍事必奪之地。尤其是作為長安鎖鑰的虎牢(也叫做武關),劉、項雙方曾經在這裏拉鋸了四、五年。從用兵的情況上看,劉邦的實力遠不如項羽,他經常被打得一塌糊塗,連父親和老婆孩子都作了俘虜。可是就因為他能夠採納別人的意見,經常"高壘深塹"不跟項羽決戰,最後不但長期佔領了這一地帶,而且伺機反攻,終於把項羽這個一意孤行的"長勝將軍",消滅在烏江岸上了。

2. 新漢昆陽之戰

　　王莽派遣王邑、王尋兩個親信大臣(一為司空、一為司徒,都是王家近支),帶領著號稱百萬大軍(還有長人巨無霸,和虎、豹、犀、象等猛獸助威)到昆陽(今河南葉縣),企圖消滅以劉秀為首的漢軍,結果因為志得氣驕又長圍於堅城之下,被敢想敢幹蓄勢以發的劉秀打得全軍覆沒：王尋被殺，王邑僅以身免。新莽的統治力量從此也就一蹶不振，沒有多久便垮了臺。

3. 袁曹官渡之戰

袁紹併吞了公孫瓚以後，佔領的土地已居今日黃河以北的絕大部分，比起僅有淮北河南山東西部的曹操來，實力確實要大上好幾倍。但在兩軍對官渡（在今中牟縣—河南省中部的黃河邊上）之時，袁紹既力排眾議輕舉妄動地打算一舉而擊敗曹操，又偏聽偏信（蠢材郭圖、審配）資敵與殘害了自己的謀士（許攸與田豐、沮授等）。曹操呢？則一壁輕騎奇襲，集思廣益，化敵為友。不要說自己人的高見要言聽計從了（如荀彧、荀攸），連來自敵軍的參謀（如許攸）都是倒屣相迎採納獻議的。結果自然應該是紹軍的"驚擾大潰"，"袁紹的幅巾乘馬"而逃了。跟著曹操就統一了北方。

4. 孫曹赤壁之戰

有趣的是，毛澤東同志不但說了曹操在官渡之勝，也舉出了曹操在赤壁（今湖北省嘉魚縣的長江邊上）之敗。因為，這除了證明孫、劉聯合抗戰以少勝多地燒走了北軍的八十三萬人馬，同時也未嘗不為"驕兵必敗"作了有力的實例。儘管是同一個人，當他旁若無人不可一世的時候"旌旗南指，劉琮束手，今治水軍八十萬眾，方將與孫權會獵"的語言本身，已足以說明必敗。而以孫權、周瑜、魯肅為代表的江南軍敢於鬥爭敢於勝利的精神也就躍然紙上了。提起戰爭來，許多人都知道它分正義的和非正義的兩種。凡是反對強暴、反抗侵略、為多數人民爭生存求解放的戰爭，都是正義的戰爭。與此相反，凡是鎮壓起義、殘殺人民、維護少數反動統治階級利益的戰爭,都是非正義的戰爭,也就是奴役人民的戰爭。要想徹底消滅這個殘害人類的怪物,卻只有"以戰止戰"的一個辦法。"兵來將擋,水來土掩",不這樣也是不行的。毛澤東同志說得好:

> 戰爭這個人類互相殘殺的怪物,人類社會的發展終究要把它消滅的,而且就在不遠的將來會要把它消滅的。但是,消滅它的方法只有一個,就是用戰爭反對戰爭,用民族革命戰爭反對民族反革命戰爭,用階級革命戰爭反對階級反革命戰爭。(第一卷一六七頁)

既然這樣,儘量保存自己,消滅敵人的戰略戰術,就非常重要了。而毛澤東同志一面痛惡戰爭的殘忍,一面又不能不講求消滅戰爭的辦法的"一分為二"的辯證態度,也就令人一看便知,特別是體現在抗日戰爭這個用民族革命戰爭反對民族反革命戰爭的戰役上的。

比類合誼、由此及彼、去粗取精,昇華概括。如果我們學習毛澤東同志著作,特別是帶著如何才能教好古典文學使之切實能夠古為今用的問題,去向毛澤東同志著作請教的時候,恐怕不把毛澤東同志通過自己的作品所具體體現出來的這些精神與手法,熟讀深思,揣摩到手,是不會解決問題完成任務的。自然更為重要的是:我們必須根據毛澤東同志提示在這裏的戰略戰術,懂得"文武合一"的教育的革命性,對立"軍旅之事,未之學也"(孔子語)的戰鬥性,以及解決了當日"反圍剿"的軍事問題,為爾後的以弱敵強轉敗為勝創建了永遠具有現實意義的原則性,一句話,引古論今,以今為主,有所發現,重在發明的精神,應該是我們取之不盡用之不竭的源泉的。

三、韓愈的《伯夷頌》是頌錯了！毛澤東同志說，
為什麼呢？

"頌"是一種對人表示揄揚、讚美，使之流傳的古典文學形式。最初以歌詞、韻文為主，後來使用散文，所以它的文字和內容一般是要求"少而精"的。換句話說，也就是文字須簡潔，重點要突出。韓愈的《伯夷頌》在這些方面好像問題不大，篇幅不長，只有三百一十五個字，主要的是肯定伯夷的"特立獨行"的。不過，只要我們一認真分析它的思想內容，便不那麼簡單了。

首先需要搞清楚的，還是伯夷這個人。因為不這樣就無法評價韓愈對於伯夷的稱頌，到底是不是正確。

提起伯夷來，真是"高山點燈名頭大"了。從孔、孟到莊周，以及爾後的文學家、史學家們，寫文章論列他介紹他的便不知道究竟有多少了。司馬遷在《史記》裏不就曾經給他作過傳，還把它擺在"列傳"的第一位嗎？過去讚美他的人，主要是說他"仁""義""寬恕""清高"，到了韓愈就把他推崇得更是天上難找地下難尋啦。"窮天地亙萬世"的"特立獨行"嘛。所謂"□名"的"烈士"嘛，連司馬遷都曾經因為孔子評價夷、齊為"不降志，不辱身"，尤其是"不念舊惡"的"逸民"使著兩人得以名垂不朽而欣幸嘛。可是毛澤東同志怎麼說的呢？毛澤東同志說伯夷是一個對自己國家的人民不負責任，開小差逃跑，又反對武王領導的當時的人民解放戰爭的人。這是毛澤東同志對於伯夷的批判，可以說同過去人們的看法是完全對立著的。本來麼，只是為了自己的名聲,這兩弟兄便一個藉口"父命",一個不願意"佔先",雙雙地逃離國家去逍遙自在,怎麼能夠算是了不起呢? 要從人民的利益出發來看待問題麼。因之像伯夷那樣的"辭讓"之名,不但是要不得的,不足為訓的,而且是犯了錯誤的,必須糾正的。

再說"叩馬阻兵"一事,就更令人莫名其妙了。按舊日人們非議奴隸社會的壞帝王時,往往是"桀""紂"並稱(從孟子以後,已經這樣了),拿他們作典型的代表的。"夏桀"在這裏我們不去管他了,至於這位"紂王",只要打開《尚書》細看《周書》裏頭的三篇《泰誓》、一篇《牧誓》,再用《史記·殷本紀》關於"帝辛"的一段記載作補充,就可以一目了然了。這個傢伙已經殘暴淫靡到何種地步!

宮室臺榭,大興土木;聚斂錢糧,窮極奢靡;酒池肉林,長夜飲食;狗馬聲色,淫亂無常。尤其令人痛恨的是他任意殺害人民,重刑臣下。例如,為了驗視孕婦胎中嬰兒是男是女,竟至剖腹剔取。為了威脅諫阻他的無道行為的臣工,竟至實行炮烙的辦法,把人活活烤死。而且經常抄斬人們的家族,用大臣的肉作醬(九侯),也挖了比干的心,曬了鄂侯的肉乾。

像這樣吃人的"野獸",還不該早日把他除掉嗎? 所以孟子才說:"武王一怒而安天下。""聞誅一夫紂矣,未聞弑君也。"可是伯夷當年是怎樣的呢? 伯夷是只能非其君不事地隱居起來,不許武王動手,以待天下之清的。那麼,這不是坐視老百姓受罪,等於縱容壞蛋逞兇嗎? 不用說,這又是伯夷的陰沈木腦袋,"君雖不君,臣不可以不臣"的名分觀念,在那裏作祟的結果。於是毛澤東同志從而肯定武王領導人民起義的積極行動,並且批判韓愈"頌錯了"。"民主個人主義的伯夷",說他捧的"特立獨行",不過是反對暴動起義,叫人做奴才順民的東西。毛澤東同志的文章,則是處處從人民的利益革命的利益出發,鼓吹繼承與發揚中華民族伐罪吊民抗暴戰鬥的優良傳統,藉以面對當時的三大敵人，打倒他們消滅他們的。說到這裏，讓我們再引證一段話來說明毛澤東同志的善於找典型，從整體裏突出個體，又使個體復歸於整體的手法：

> 魯迅是中國文化革命的主將。他不但是偉大的文學家，而且是偉大的思想家和偉大的革命家。魯迅的骨頭是最硬的，他沒有絲毫的奴顏媚骨，這是殖民地半殖民地人民最可寶貴的性格。魯迅是在文化戰線上代表全民族的大多數，向著敵人衝鋒陷陣的最正確、最勇敢、最堅決、最忠實、最熱忱的空前的民族英雄。魯迅的方向就是中華民族新文化的方向。(《毛選》第二卷六九一頁)

這一段早在一九四〇年抗日戰爭初期就發表了的"魯迅頌"怎麼樣？

①不是從個性說起又歸本於共性嗎？

②不是讚美魯迅就等於讚美中華民族嗎？

③不是長自己的威風滅敵人的銳氣嗎？

④不是千變不離其宗萬變不離其理地在宣傳革命思想為人民服務嗎？

試把毛澤東同志筆下的魯迅和韓愈筆下的伯夷比上一比，究竟哪一個高大哪一個完美？哪一個真實哪一個親切呢？哪一個最有說服力？哪一個最值得學習呢？這些問題只要我們仔細分析一下，立刻都可以獲得解決的。

結語

　　這是毛澤東同志批判歷史人物於古典作品之中,否定著者思想於本人文章之內的一段具有代表性的文字。凡是毛澤東同志說過的關於批判繼承的精神與做法,如不破不立,古為今用,以及舉一反三、既少且精等等,都在這裏得到體現了。毛澤東同志只用了九十六字便直接間接地批判倒了包括孔、孟、史遷在內的許多歷史上有名的人物,和否定了跟他們有關係的或者竟是自己寫作的著名文章。這是多麼大的氣力呀!

四、毛澤東同志是如何看待《水滸》的

——一分為二取其精華

毛澤東同志說："《水滸傳》這部書，好就好在投降。做反面教材，使人民都知道投降派。《水滸》只反貪官，不反皇帝。屏晁蓋於一百〇八人之外。宋江投降，搞修正主義，把'聚義廳'該為'忠義堂'，讓人招安了。宋江同高俅的鬥爭，是地主階級內部這一派反對那一派的鬥爭。宋江投降了，就去打方臘。"魯迅也說："一部《水滸》，說得很分明，因為不反對天子，所以大軍一到，便受招安，替國家打別的強盜——不'替天行道'的強盜去了。終於是奴才。"（《三閑集·流氓的變遷》）我們認為，從《洪太尉誤走妖魔》到《徽宗帝夢遊梁山泊》的百二十本的全書來講，這種基調定得是正確的，無可非議的，因為我們分析在前面九章的諸多情況，已經可以作為充分的佐證了。但這不等於說，《水滸》就毫不足取，一點正確的東西都沒有啦，一分為二。譬如，毛澤東同志又說："這部書有很多唯物辯證法"值得我們參考，魯迅也同意《水滸》為四大奇書之一，以為人民愛好的說法即是。下面就讓我們詳細介紹一下毛澤東同志肯定《水滸》的其人其事，特別是關於戰略戰術方面的。他在說明保存軍力、待機破敵時，一開始就引用了《水滸傳》第九回下半回《林沖棒打洪教頭》說："誰人不知，兩個拳師放對，聰明的拳師往往退讓一步，而蠢人則其勢洶洶，辟頭就使出全副本領，結果卻往往被退讓者打倒。《水滸傳》上的洪教頭，在柴進家中要打林沖，連喚幾個來、來、來，結

果是退讓的林沖看出洪教頭的破綻,一腳踢翻了洪教頭。"(《毛選》第一卷二〇二頁)

毛澤東同志為了論證"堡壘最容易從內部攻破"和只是片面性看待問題不能解決矛盾的道理,又重點地舉《水滸傳》"三打祝家莊",從失敗到成功的過程(也就是裏應外合,和由"片面"轉化為"全面"的結果)作事例,藉以說明儘管像《水滸傳》這樣大部頭的章回小說,也可以生動具體地解釋抽象的哲學理論。"取譬天成,探驪取珠",一段故事解決一個問題,有所發現,有所發明。我們大可以說,毛澤東同志,在古為今用推陳出新上,取其精華卻其糟粕上,一句話,在唯物辯證法的運用上,在這裏為我們樹立了光輝的榜樣了。即如《三打祝家莊》,先從手法上說:按從第四十七回下半回"宋公明一打祝家莊"起,到第五十回"吳學究雙掌連環計,宋公明三打祝家莊"止,共是三回半書,不下三萬字的文章,都是以宋江打祝家莊作為主要的故事情節的,真稱得起是花團錦簇,著著引人入勝,令讀者們發生"歎觀止矣"的思想感情的。

可是毛澤東同志卻拋開這些不去多談,只利用《水滸傳》是人們喜聞樂見的英雄小說,多數人熟悉它的故事情節的特殊條件,尤其是像"三打祝家莊"這樣膾炙人口的章回,單刀直入地指出宋江轉敗為勝徹底打垮"地主武裝"的主要原因。第一:廣泛地調查研究了敵情地形,重新佈署戰略戰術。第二:拆散了祝、李、扈三莊的聯合戰綫,集中兵力對付祝家。第三:打入敵人內部,裏應外合地來一個致命性的夾攻。

看到例證,經過分析,這個道理就容易懂得了。沒有調查研究就沒有發言權。不摸清事物存在的客觀情況,及其變化發展的自然規律,就掌握不了他,解決不了矛盾。主觀主義害死人,片面性的錯誤必須得到改正。這便是毛澤東同志通過《矛盾論》告誡我們"研究問題忌帶主觀性、片面性和表面性"的極為重要的一條真理。

毛澤東同志還說，事物過程中的各個矛盾，任何時候都不會處於絕對均衡的狀態。其中總有主要次要、第一第二之分。主要矛盾才是決定事物性質的矛盾。《水滸傳》中的祝、李、扈三莊，雖然同是地主武裝，聯合著在對立梁山，但是打起"填平水泊禽晁蓋，踏破梁山捉宋江"的白旗的，卻是祝家莊。於是分化他們，個個擊破，特別是孤立祝家莊這個主要敵人，集中優勢兵力來殲滅它，便非常必要了。

堡壘最容易從內部攻破，外因因內因而起變化。何況梁山本身又具有著無與倫比的外力。所以宋江一採取打進去拉出來削弱了敵人增大了自家的策略，也就是部分地轉移矛盾變換形勢的辦法以後，其結果自然會是對立的統一，消滅掉以祝朝奉為首的地主武裝啦。戰爭是流血的革命，最尖銳的階級鬥爭方式，所以除非不打算徹底消滅敵人解決政治問題，否則頂頂需要講求合於辯證法的戰略戰術的。

三個武裝地主的頭子，在這一仗打下來以後，有了三種不同的結局：祝家莊被斬草除根了，扈成逃亡在外了，李應歸順了梁山。作為農民起義軍首領的宋江，他的不可救藥的傾向，便是此類大批容納封建地主、沒落貴族，以及政府軍官一事。因為他使著梁山後來分為堅決革命（以李逵為首的絕大多數革命群眾）和妥協投降（主要的是梁山的領導集團）兩派，最後是投降派佔了上風，接受了招安，消滅了自家（還饒上了王慶、田虎和方臘），追源溯本，自然是宋江的地主階級本質在作祟。

為了論證毛澤東同志曾經指出的除了"三打祝家莊"以外，《水滸傳》上還有"很多唯物辯證法的事例"，讓我們再從個別人物的英雄行為中找出一件來。就說武松為兄復仇殺死惡霸西門慶這段故事吧。

武松是一個以為人精細(長於調查研究)而又敢於鬥爭敢於勝利(專能解決主要矛盾)著稱的好漢,出差以前因為發現了兄嫂間存在著問題,已經左叮嚀右安排地放心不下了。回來以後,哥哥果然亡故,於是立即展開了一系列的調查研究活動。從偵詢潘氏、逼問何九叔到找尋鄆哥作證,不止叫案情本身水落石出,還準備齊全了人證物證,照手續辦事,一直告到當官。縣官受賄不准,這才轉入自家直接處理的階段。

武大是死在合謀的王婆、潘氏、西門慶手中的。這裏頭西門慶是罪之魁惡之首。武松既然打算替自己被侮辱與被損害至死的哥哥復仇,這就把自家跟西門慶擺在誓不兩立的敵我矛盾之中了。因此,儘管他在表面上好像是出於手足之情的,其實也未嘗不可以說就是階級的仇恨。你看他遍約四鄰,祭兄殺嫂,斬除惡霸,自首公堂,哪個不佩服?誰人不稱快!連各級地方官都為他這種指揮若定八面威風的英雄氣概所震動了:從輕發落,刺配了事。(故事情節詳見《水滸傳》第二十四回《王婆貪賄說風情,鄆哥不忿鬧茶肆》,第二十五回《王婆計啜西門慶,淫婦藥鴆武大郎》和二十六回《偷骨殖何九叔送喪,供人頭武二郎設祭》中)。

自然,另一方面也說明了這樣一個問題。從山中的猛虎到民間的大蟲,這些吃人的野獸,在腐朽透頂的封建王朝裏,不但無力剷除,恐怕還蓄意豢養,必須像武松這樣路見不平敢於鬥爭的英雄好漢出頭,才能夠一一殺卻為民除害。這部書的思想性戰鬥性,尤其是體現於英雄人物身上的對立強暴解決矛盾的主要手段,也就在這裏了。即如武松這個人物,毛澤東同志在自己的著作裏便曾經正面地肯定了他,說:

> 我們要學景陽崗上的武松,在武松看來,景陽崗上的老

虎刺激它也那樣不刺激它也那樣,總之是要吃人的。或者把
老虎打死,或者被老虎吃掉,二者必居其一。(第四卷一四七
八頁)

我們聽過多少曲藝演員說唱"武松打虎",也看過多少戲劇演員
表演"武松打虎",可是欣賞的結果,只是覺得故事誇張得好,形象刻
畫得妙,野獸鬥不過人,武松到底英勇,從來也沒有見過像毛澤東同
志這樣安排處理的:以"虎"為帝國主義者走狗、國內外反動派的代
稱,認為打虎將武松即是人民的化身。說在"野獸"面前絲毫也懦怯
不得,因為"吃人"(投降賣國搞顛覆活動),是它的本性(反動的階
級本性),不打死它(使用專政鎮壓的手段徹底打垮他們),我們便要
受害。這是敵我矛盾不可兩立的問題,還談刺激不刺激有什麼用
呢?於是人人都應該像武松那樣對待老虎的富有說服力的結論,便
出來了。

這裏毛澤東同志只借用《景陽崗武松打虎》(《水滸傳》第二十三
回的後半回)的題目,來敷說必須對敵專政的道理。至於這段書本身
的故事情節完全沒有去管它(比引用"三打祝家莊"時來得還簡當)。
真是單刀直入打破框框的藝術手法,並且符合"少而精"、"啟發式"的
教育精神。因為,我們知道像"苛政猛於虎"這樣的古代散文(見於
《禮記·檀弓》)是毛澤東同志非常之熟悉的。而毛澤東同志更知道
像"武松打虎"這樣的英雄故事,也是廣大人民比較熟悉的。那麼,既
有繼承又有發展地把它們拿來靈活運用一番,使之形象生動地來為政
治宣傳的革命事業服務,不是極其有益的麼?這許多富有創作性的寫
作手法,自然應該成為我們學習的典範。

學習毛澤東思想,清除形形色色的個人主義

一九八三年十二月

一、什麼是資產階級的人道主義和人性論？
無產階級怎樣對待它？

"人道主義"這個口號，是十四世紀到十六世紀歐洲文藝復興時期資產階級先進的思想家，為了擺脫經院哲學和教會思想的束縛，反對封建統治，提倡關懷人、尊重人和個性解放而提出的，它在資產階級的初興與上升時期，代表著進步的傾向，起過積極的作用，但是到了資本主義的沒落時期，就同地主資產階級的"人性論"一樣，都成為資產階級在思想領域內宣揚階級調和、反對階級鬥爭、反對無產階級革命的武器。

總之，人道主義是一個社會道德的範疇，它所反映的乃是人和人之間的道德關係，在人類歷史上從來也沒有過什麼永恆的超越一切時間和空間的道德。道德既是人們的社會意識的一種形式，正像一切其它的社會意識形式(如哲學、宗教、法律、藝術)一樣，歸根到底是受社會發展的一定歷史時期的一定社會經濟制度的制約的。

在反對資本主義的時代裏，產生了新的人道主義，即無產階級的、社會主義的人道主義，這是馬克思、列寧和毛澤東同志的真正的全人類的無產階級的人道主義。它的目的是把各民族的勞動人民，從資本家的鐵蹄下解放出來，這種新型的人道主義在勝利了的社會主義國家中華人民共和國，和其它的人民民主國家裏正在實現，特別是我們的國家，從五四年以來就通過"潘查希拉"和平共處五項原則，睦鄰友好、互不侵犯，還無私的不取任何報償的去援助第三世界的國家、人民，這不正是社會主義的國際主義,也就是具有實際措施的人道主義嗎?因為我們的最高理想最後目的即在於徹底消滅人對人的壓迫與剝削的,而社會主義人道主義的千變不離其宗萬變不離其理的人的利益,違此其又何求?

馬克思和恩格斯早就說過:"只有在革命中,勞動人民才能擺脫一切舊的卑劣的東西",才能建立新的社會。中國社會主義革命的經驗,完全證實了馬克思主義創始人的這個預見,在為中國的社會主義而鬥爭的過程中,中國的革命者擺脫了舊社會的許多偏見,甚或是極端錯誤的東西,這樣,新社會新的精神面貌始得積漸形成。假如千百萬人的意識沒有根本的改變,新中國的社會主義建設,怎麼會勝利地完成呢?正是由於這些人有了新的世界觀,新的道德修養,並對周圍的環境與事物抱著新的態度,才會獲此業績的。但也無庸諱言,三十多年來,在我們國家裏,也還殘存著資產階級思想和封建主義私有制的心理。

就是說,有些人的行動,仍然按照舊的資產階級地主老財的辦法:給予國家的計劃既壞又少,伸手要的又好又多,對公共財富則採取非社會主義的態度:浪費,漠不關心,藐視法律及公共秩序。這種殘餘還表現在:欺騙共產黨和政府機關,掩蓋和歪曲真理,破壞國家紀律,對批評者實行報復和迫害。狹隘的國家民族觀念、個人主義、官僚主義、生活放蕩、流氓行為等等,不一而足。人們在生產意識中之所以殘存這些歪風邪氣不正派的行為,乃是由於人們的經濟地位,落後於人們的社會存在。要想徹底清除他們,必須用社會主義精神教育人們,要培養人們具備社會主義的勞動態度,進一步發展和鞏固社會主義制度的物質基礎。

人性即人的本性,有了人就開始有了屬性,人性當然是有的,誰也不能否認。但是應該記住,只有具體的人性,而沒有抽象的人性。在原始共產主義社會裏,人類還沒有劃分階級,那時候,人類確實是有共同的人性的。當社會產生了階級以後,就再也沒有不同階級的人所共同的抽象的人性,而只有各個階級的具體的人性了。所以毛澤東同志說:"在階級社會裏就是只有帶著階級性的人性,而沒有什麼超階級的人性。"

說到人,就是說在一定時間和空間中的具體的人,而決不能是在時間空間以外的抽象的人。人是一個現實的實體,是一定環境中存在著的人。倘若把人置於時間和空間之外,和把人完全抽象化地談抽象的人性,那就是錯誤的,是違背馬克思主義的。我們可以清楚地看到,當馬克思主義講到人,是講的社會中的人,馬克思並沒有把人看作是孤立的個別的生物。當講到人,我們首先必須區別開人的生理和人的社會關係。從生理方面來看,基本上人是沒有階級性的,但他是自然科學家生理學家研究的對象,不是文學藝術描寫的對象。文學藝術描寫的對象是社會中的人,從社會方面來看,階級社會中的人具有階級性,文學藝術描寫人的思想感情。人的思想由人的物質生活條件所決定。在階級社會裏,不同階級的人的物質生活條件是不同的,因而他們的思想感情也是完全不同的。在階級社會裏,這個階級的人性是不同於另一個階級的人性的。當不再存在階級的時候,當共產主義實現的時候,當人剝削人的現象被完全消滅的時候,才可能有不帶階級性人類共同的人性。

有人把階級性跟人性對立起來,他們說階級不是人,其實,階級正是許多人,階級是許多人所組成的各個集團,他們在一定社會歷史的生產體系中的地位不同,對生產資料的關係不同,在社會勞動組織中的作用不同,因而,他們獲得財富的方式,以及他們享用的社會財富多少也不同,階級性就是這些集團中的人性。人性同階級性之間的關係就是共同和個體的辯證關係。共性存在於個性之中,個性是共性的具體表現,我們馬克思主義者,並不否定人性。事實上,在階級社會裏,資產階級有資產階級自己的人性,無產階級有無產階級自己的人性。資產階級拼命宣揚自己階級的人性,企圖消滅戰勝無產階級的人性。而無產階級也傳播自己階級的人性,以便戰勝和消滅資產階級及其它一切剝削階級的人性。無產階級人性是最美好的人性,它是最先進的勞動者的人性,而勞動跟人的本質有著密切的關係,無產階級的人性將成為全人類共同的人性,無產階級從來就是公開坦率地宣傳自己階級的最好的人性的,而資產階級恰恰相反,他們竭力掩蓋自己的醜惡的人性,因而他們常把這種人性論說成是居於一切階級之上。事實上,這種超階級的人性不過是資產階級的人性而已,那些受資產階級影響的人,尤其是中產階級和小資產階級的一些人,追隨這種資產階級的蠱惑人心的謬論,也說有超階級的、抽象的人性論存在著。

有人企圖以自然的美為證,來給超階級的人性作辯護,這是徒勞的。因為所謂自然的美,不過是景物的美和人的美。風景的美,即指江山、草木……這些都屬於自然界的,風景不是人,當然沒有階級性,也沒有什麼人性。至於人的美:臉龐和身材,這完全是由人的生理構造所決定的,因而這也沒有階級性,不能說出身於資產階級的姑娘都是醜的,或者相反。物質方面的調養和勞動工作的條件,也會影響到人的外形的構造,但這是另外的問題了。

自然的美具有客觀的性質,它不屬於人們主觀願望的領域。因此,以自然美來為人性論做例證是站不住腳的,雖說美有其客觀性,但反映到文學藝術中,那要看各個作家的世界觀人生觀和創作方法了。觸景生情,人愁景也愁!藝術的美是自然的美,通過藝術家的三棱鏡的對應,因此,它與沒有階級性的自然的美是不同的,藝術的美是帶有階級性的。再如,人相愛,也是有著許多理由或是條件的,就以愛美色而言,對愛美色的觀點歷代就是不同的:從前認為拖著長辮是美,而現在認為短髮是美燙髮是美,從前認為穿耳帶環為美,現在卻認為不是了。資產階級認為城市的姑娘長得窈窕白嫩是美,認為農村的姑娘被太陽曬得黝黑是醜而不是美,而農民恰恰相反,認為農村姑娘是健美而城市姑娘的苗條纖弱倒是病態了。魯迅說得好:賈府的焦大,絕不會愛林妹妹麼。

"人性論"乃是剝削階級關於人的本性,性情的根源的學說,它否認人的階級性,而主張人類有一種所謂超階級的永恆不變的抽象人性,這是徹頭徹尾地地道道的地主資產階級的世界觀,是一切反動統治階級慣用的騙人的鬼話。毛澤東同志說:有沒有人性這種東西?當然有的。但是只有具體的人性,沒有抽象的人性。在階級社會裏就是只有帶著階級性的人性,而沒有什麼超階級的人性。我們主張無產階級的人性,人民大眾的人性,而地主階級資產階級則主張地主階級資產階級的人性,不過他們口頭上不這樣說,卻說成為唯一的人性。

至於所謂"人類之愛",自從人類分化成為階級以後,就沒有過這種統一的愛。過去的一切統治階級喜歡提倡這個東西,許多所謂聖人賢人也喜歡提倡這個東西,但是無論誰都沒有真正實行過。因為它在階級社會裏是不可能實行的,真正的人類之愛是會有的,那是在全世界消滅了階級以後,階級使社會分化為許多對立體,階級消滅後,那時就有了整個的人類之愛,但是現在還沒有。我們不能愛敵人,不能愛社會的醜惡現象,我們的目的是消滅這些東西。(《在延安文藝座談會上的講話》)

二、精讀《毛選》,聯繫實際,徹底清除輕視勞動、 惟利是圖一類的資產階級思想

誰是歷史的主人？工人、農民、腦力勞動的知識分子,因為自古以來,社會上所有的物質財富、精神文明,都是他們習勞習苦手腦並用地生產和創造出來的。照道理來講,生產者與創造者,本來就應該是消費者和享受者,可是狡猾的統治階級,從大奴隸主、大地主、大資產家,卻捏造出來什麼"天命",藉口於"社會分工"還有"個人的利益"等等無形的枷鎖,來迫使廣大的勞動人民,胼手胝足、流血流汗地去滿足他們的物質上的需要,一直驕奢淫逸到使別人活不下去爬來造反的時候為止。一部社會發展史之所以即是一部階級鬥爭史,其根源即在於此。

具體到教育工作上也是一樣,我們特別注意脫離勞動的教育是剝削階級的教育。斯大林同志說:"我們的偉大導師列寧說過:'不勞動者不得食!'列寧的話是什麼意思？是反對什麼人的呢？就是要反對那些剝削者,反對那些不勞而獲的人,即反對那些強迫他人做工,靠剝削他人來發家致富的人。此外,還要反對那些好吃懶做,想靠他人來享福的人。"(《列寧主義問題:在第一次全蘇聯集體農莊突擊隊員代表大會上的演說》)這還不足以發人深思嗎？而且剝削階級的教育,又會導致腦力勞動和體力勞動分家,使著掌握文化知識的人變成精神貴族,長久不勞而食地依附於統治階級,為他們的危害人民的政權服務效勞。與此相反,廣大勞動群眾也就因

此長久地被剝奪了文化教育的權利，弄得人們目不識丁聽受宰割的。

列寧和毛澤東同志，都經常徹底揭露資產階級知識分子此類理論的虛偽性欺騙性，說他們一貫企圖混淆歪曲人民群眾與個人在歷史上的作用，說他們想盡辦法來誣謗勞動人民，好像從古至今的勞動人民在文化上和精神上都沒有什麼貢獻似的。在另一方面，他們卻千方百計地把歷史歸結為"挑選出來的個人的活動"，顛倒是非，捏造黑白，這怎麼能夠允許呢！這種思想反映到道德標準上的時候就更荒謬了。在封建社會裏頭是"君君、臣臣、父父、子子"一套的宗法觀念，所謂"刑不上大夫，禮不下庶人"，只要是個封建貴族那便有得享福有得威福，"天王聖明臣罪當誅"，誰敢說個"不"字？在資本主義社會中也是同樣地不堪！用馬克思、恩格斯的話來說，就是資產階級使人與人之間，除了赤條條的利害關係之外，除了冷酷無情的現金交易之外，再也找不到什麼別的聯繫了。它把人的資格變成了交換價值（《共產黨宣言》）。

因此，我們可以斷言，資產階級的道德原則是追求個人利益和獸性的私欲的。"每個人都是為自己，只有'上帝'才為大家！""自己的襯衫最貼身"這是西洋的俗話，"人不為己，天誅地滅！""爹有媽有，不如懷揣自有"，這是中國的舊詞，不管它是哪國人說的，都可作為最常用的資產階級的實際道德準則，則是並無二致的。這就是說，極端的個人主義和追逐利潤的精神貫穿著資本主義社會的一切關係，它是資產階級道德最重要的組成因素。在資本主義社會裏，金錢的數目成為人最重要的品質。"世路無奇錢作馬"，"有錢可使鬼推磨"。人的能量價值，不是決定於他個人的品質才幹能力等等，而是取決於他們的財富，金錢能夠把任何缺陷變為美德，所謂"一俊遮十醜"者是。金錢也能將一個人的美德變成缺陷。因為它可以造謠誹謗歪曲事實,只要通過收買利誘。甚至能夠使在肉體上人格上有問題的人,消失掉原來的醜態,被賦予一些與他原來所具有的缺點恰恰相反的東西。譬如一個愚蠢虛偽而又兇狠的人,如果他很富有,那麼,在資本主義社會的階級條件下,他們仍然可以得到榮譽和別人的尊敬。

我們都知道,教育是為政治服務的。它的思想內容和從而建立起來的制度,總是為了維護它所從屬的那個階級的利益的。在中國的奴隸社會末期和整個的封建社會裏,孔子不就是以"六藝"教學,反對勞動生產的代表人物嗎?說"吾不如老圃,吾不知老農",還罵欲學農業的學生樊須為"小人";說只要奴隸主和封建統治階級嚴上下之分,講君子、小人之別,以"禮"、"義"和"信"相號召,老百姓自然會紛紛而來供備役使生產糧食的(原文見《論語·子路》)。說得儘管堂皇,其實是讓統治階級不耕而食不勞而獲的,如同當代美國的教育家杜威一樣,雖然也談勞動教育,但那是為了麻痹無產階級,叫他們安心於資本家的剝削,不過是體現"實用主義"教育思想的一個"招數"而已,因為他根本不主張資本家也同樣從事勞動生產的。

惟有我們的毛澤東同志,從勞動創造世界、歷史屬於勞動人民的這一根本觀念出發,遠在抗日戰爭時期,就繼往開來、鑒古知今地批判孔子說:"中國古代在聖人那裏讀書的青年們,不但沒有學過革命的理論,而且不實行勞動。"(《毛選》第二卷《青年運動的方向》)毛澤東同志因而揭示給我們勞動生產對於當代青年的極端重要性,為此後的今日培養德智體全面發展的接班人打下了基礎。

自從人類社會化分為階級以及出現了國家以後,道德就是隨之成為階級的道德,變成統治階級奴役和危害被統治者之強有力的工具了,也可以說是"天羅地網"般無所逃避的精神枷鎖吧。像中國封建社會裏作為"五常"的"仁、義、禮、智、信"這樣的道德概念,明明是叢生於"君臣、父子、夫婦、昆弟、朋友"這個所謂"五倫"的社會關係的。誰不知道"父子有親,君臣有義,夫婦有別,長幼有序,朋友有信"(《孟子·滕文公》)的一套呢? 在西洋的資本主義社會裏,則強調什麼"自由主義,個人第一,平等與博愛",這其實還不是腐朽沒落的損人利己的行為,或是停止在口頭上的"喜歌兒",是在公開地欺騙麼? 列寧說:"我們擯棄一切超人類和超階級的概念中援引出來的德性。我們說,這是欺騙! 這是為了地主資本家利益來愚弄和禁錮工農頭腦的伎倆! 我們說,我們的德性,完全服從於無產階級階級鬥爭的利益! 我們的德性,是從無產階級鬥爭的利益中引申出來的!"(《論馬克思恩格斯及馬克思主義》中的《青年團任務》) 據此種種,無論從勞動、生產、道德、教育,還是金錢、分配、自由、平等任何方面看待問題,我們都應該服膺馬克思、列寧的分析與毛澤東同志的批判的,因為我們這裏是無產階級專政的社會主義國家,對於一個公民或是工作人員來講,這是起碼的要求,堅持四項基本原則麼,違此其又何求? "向錢看",貪圖享受,"要自由",個人膨脹一類的把個人和社會集體與全民對立起來的想法和做法是絕對錯誤的。

自　　傳

自　傳

魏際昌　第一期
華大政治研究所第十二組
一九四九、十、廿五

　　1908 年的春天，我出生於吉林省城內的一個等於中農的家庭裏。我們的原籍本來是河北省撫寧縣，可是到了我祖父開始了"闖關東"，於是我們在河北和吉林兩地都落了戶。祖父是個滿清秀才，也教私館，也做"佐雜"。父親是個店伙出身的小公務員，賦性忠厚，自幼失學。母親卻是粗通文字，受過舊式的教育，極能勤儉持家。我們弟兄姊妹一共五人，我排行在第二。

　　我們家裏的宗法觀念相當的濃厚，這是因為我祖父是個學究先生，我母親也頗重"三從四德"的緣故。

　　一四年，我受小學教育於吉林省立模範兩等小學校。這是一個辦理得比較完善的小學，因此我的啟蒙教育應該算是不錯。此外我還在學校教育的剩餘時間裏，從祖父習讀詩書，這便是我後來研究國學和舊文學的根源的所在。

　　二一年，我從高小卒業，因為家中經濟困難，沒有能力升入普通的中學，遂於秋季考入官費的吉林省立第一師範學校。讀了三年，此校忽然奉命改為三三制（原為五年舊制師範），只好在初中部分結束以後，找點兒職業，因而做了半年小學教員（其時年僅十六歲），直到此校後期師範開始招生的時侯，我才再考入了它的文科。

這一時期,我應該特別指出的,便是我在"北伐"到了北京的時候,也在吉林參加了中國國民黨,這是因為我的反日、反軍閥、反封建的愛國熱情使然,這只要看我當時的活動於學生會,堅決打賣國賊(以吉林教育廳長劉某為首的士紳賣國集團,他們勾結日本帝國主義者出賣吉敦鐵路鋪設權)和揭換青天白日旗(打擊奉系軍閥傾向國民革命)等一類的愛國運動,便見端倪(後來還是因為汪、蔣分裂國民黨組派,我也宣告脫黨)。

二八年夏,我從後期師範畢業,照着我的家庭經濟狀況來看,不能繼續升入大學讀書,而且立刻應該尋覓職業以供家庭生活。不意這時吉林一部分進步的教育文化人士,取得了地方當局的許可,創辦了吉林省立大學。近水樓台,絕處逢生,對於我這樣的窮學生,簡直等於"續命湯"。於是我又得在說動長兄贊助的情況下,考入了此校的教育系,而半工半讀地學習□□(這個時候我的反日帝、反軍閥、反封建的思潮愈益高漲,除了主持吉大學生會、領導了吉林學聯會來更進一步地做愛國工作以外,甚至在幻想着"家庭革命"(反包辦婚姻)與"社會革命"(代某省營的工廠□□)。

三一年秋,"九一八"事變,奉系軍閥在不抵抗主義的勢態下,放棄了□□的東北,我因吉大停辦和相當的被日本人注意的雙層關係下,不得不投向祖國的懷抱,遂在北平考入了國立北京大學中國文學系,來繼續完成我的高等教育。

這個時候,我的思想是對於南京政府的"一面交涉,一面抵抗"的對日政策感覺失望,雖然也參加了東北人士所組織的抗日愛國團體如"行健學會"、"北強學社"等等,卻都是出於消極的被動的□□。"洗耳不聞天下事,埋頭且讀古人書",因為我的精力,已經都用到讀書上面去了(從準備抗日論,不先把自己的基礎搞好,是談不到愛國或抗日的,這種看法堅定的佔據了我的頭腦,影響了我的行動)。

　　三五年春,我和我現在的愛人結了婚(這是家庭並不同意的婚姻,雖然我母親也參加了婚禮)。是年秋,我從北大也畢了業,為了生活,自然不能不教一點書(在國立東北中山中學做兼任國文教員)。可是我還是考入了北大研究院,來繼續我的文學研究(《袁中郎評傳》《桐城古文學派小史》便是我這一時期的作品)。

　　三七年秋,"七七"事變爆發,這時我乃是妻嬌(廿一歲)子幼(才十個月)、被迫失業(北大南遷,中山中學認為我的思想不穩,把我解聘)的可憐人兒,如果稍有溫情或苟免的心理,便不會再走開北平的(我的經濟力也不成)。可是一看到日寇的坦克開入市區,我便感覺著怒髮上指,而不可須臾留了。因於八月一日平津火車剛剛開通的時候,即毅然決然地離平南下。

　　到了南京,受訓於偽軍委會第六部主辦的青年戰地服務訓練班(學員多為平津流亡的大、中學生)凡半年,輾轉播遷於皖、贛、湘、鄂等地。結業後,被派往第一戰區河南禹縣、中牟一帶作民運指導工作。以受阨於各地縣長,三九年秋辭返武漢,另入偽教育部當時主辦的社教督導員訓練班受訓,重圖做我教育文化的本等工作,一月期滿,果得分發湖南。

　　從三九年到四三年,這是我在湖南做教育文化工作最為順利的時期。其主要的原因是我以"勤苦耐勞,負責守法"而受知於湘教育廳長朱經農先生,乃得以異鄉之士先後為湖南省立民眾教育館館長三年、湖南省立第八中學校長一年、湖南省教育廳督學兼嶽麓中學校長一年。出入於苗蠻之區,施教乎山嶽之內,這是我平生感覺得最為勝任愉快的事(這個時候我的妻子也從淪陷區遠遠地找到了湖南)。

　　不幸的是,四三年秋,當我兼課廣東省立文理學院中文系的時候,日寇第四次的進攻長沙,一直蹂躪了湘、粵、黔、桂,於是把我也趕了一個"雁兒不下蛋",跑到了貴陽,鬧到失業了事。

這五年中，我沒有甚麼教育工作以外的政治活動，只有在做省立民眾教育館館長的第二年（四一年）曾例被調訓於重慶偽中央訓練團黨政訓練班第十期，又被動的重行登記了國民黨黨籍，入了偽三青團，但也只做了一年的偽三青團湖南永順分團的兼任幹事，無其他活動（倒是在這幾年中我作了一本《隨園先生年譜》，也許值得一提）。

四三年冬，我再度入渝。其初未有工作，四四年春，值國立西北醫學院負責人侯宗濂來渝延聘教授，始得同行赴陝，擔任此校的國文教授兼秘書職務，以醫藥我未之學，故留此鬱鬱糊口。一共度了一年半的時間。

四五年夏，國立北平大學各院校知勝利遠景已近，發起復校運動，醫學院派我為代表，因三度到渝，向偽教部請願。未幾，日寇投降，吉林在渝鄉長以偽吉林省政府業已成立，偽東北□□教育接收機構亦開始組織，推薦我為這兩個機構的接收專員，我因可以藉此早日回返東北從事建設工作，遂俱慨允。

四五年至四六年，這是使我一方面歡欣又一方面沮喪的心理生活上極端矛盾的時期，因為抗戰勝利，衣錦還鄉，這本是我以往幻想著的幸福事件，居然實現，這安得不令我歡欣！而目睹接收大員"五子登科"，貪污腐化，甚至平瀋之間，飛來飛去，並不能真的接收機構，服務桑梓，這又是使我精神沮喪，一切痛恨的事情。因此□演成了我和直屬的接收大員正面衝突，因而被迫離職的一幕——

四六年夏，偽吉林省政府主席梁華盛在吉長一帶結黨營私，魚肉人民，對於地方人士之參加接管機關工作者尤所嫉恨，我以忍無可忍，不禁也意氣起來，和他爭鬥一番，結果被他逐出吉林。

四六年秋至四八年夏，這是我和梁某鬧翻，轉往瀋陽東北中正大學中文系專任教授，隔離行政工作的時期。每日篇簡相對，教學合一，倒也心安理得（這兩年中我草成了《孔門弟子學行考》）。

　　四八年夏,此校和其他的東北院校因為犯了"恐懼病"(恐懼共產黨的"摧毀")而先後遷來北京,我因為生活關係,也不能隨以俱來。不料此校後來因為董事會和教授會發生了意見相左、負責無人的情況,等於中途停辦,弄得千餘學生食住無着,流落燕市,最後並浴血於"七五慘案"中,遭受了國民黨匪幫的屠殺與迫害。大義所在,不忍坐視,我乃以一舊先生的資格,來為他們奔走衣食,稍為安撫。亦不料竟以此而見惡於東北各院校當局(他們相約不來聘我,長大雖然給了一個聘書,也教我無法到校),遭受失業之苦。此時我母病家貧,又無職業,在客觀條件上,已經不允許我擇職待價。會舊友焦實齋君約我入華北總部為秘書,遂漫應之,做一些有關教育文化性質的工作。

　　四九年春,北平解放,我再以華北總部秘書資格,參加北平聯合辦事處政治文化組,在葉劍英主任領導之下,協助解放軍做接管北平教育文化機關的工作,五月事畢,由此處兼秘書主任艾大炎同志函丐來所,改造思想。

　　以上種種,便是我四十年來生活的概況。總結起來講,那便是我在十八歲以前(從小學到初中的時候)因為家庭環境的關係,養成了"望色承歡,顯親揚名"的賢孫孝子式的念頭和行為。這當然是一種殘餘的封建意識、宗法觀念。廿五歲以前(從後期師範到大學的時候)雖然也曾經參加過"國民革命"反抗了日本帝國主義和奉系軍閥,然而至多也不過是小資產階級意識下的革命行動者。這是因為我說得、寫得、書也讀得還好,因而充分地暴露出了出風頭、好表現的自高自大的根性。卅歲以前(從北大研究院到"七七事變"),因【後闕】

自　傳

（1955 年寫於天津師院）

我於一九零九年舊曆二月二十二日生於吉林省城。但是我的祖籍卻是河北省撫寧縣(村名榮莊,地距榆關四十里)。

父親是一個賦性忠厚幼年失學的商店店員(先為點心鋪的學徒,後為雜貨店的副理,改了民國才轉業為機關小職員),十七歲時因為不見容於叔伯兄弟就從家裏隻身逃往關外謀生,後來在吉林落的戶。母親是受過短期師範教育的家庭婦女,人極知道勤儉。

祖父倒是個秀才,也有些老書底兒,只是一腦門子封建觀念享受思想。所以,他在關東雖然教過家舘當過差事,但都自己花費掉了,並沒有給我們留下半點產業。

因此,我所秉承於這個家庭的不過是"孝子賢孫"的教育,"光宗耀祖"的思想。這一方面是從幼年起祖父就教我讀四書五經,藉以紹續他的"家學"的緣故。一方面也是慣受人氣的父親和"恨家不起"的母親,叫我努力向上的結果。——自一九一四年春我進幼稚園直到一九二一年畢業於吉林省立模範兩等小學校時止,我的思想情況都是這樣的。

按照當日我們家庭的經濟情況,我在小學畢業以後本來沒有力量再升中學的(我的哥哥和弟弟便都是小學卒業就到商店做了學徒的),無奈我自己總覺得是個"可造之材",祖父、父母也有讓我通過中學當個職員、教員的想法。特別是母親,慪我不過,到底硬著頭皮向舅父

（他是吉林市的中產階級）借了永大洋（當地的票子）四十元，把我送進吉林省立第一師範學校的"試習班"（本科的預備班。因為這兒供給食宿、學費較少）。這是一九二一年秋的事。明年改了新學制（三三制，初中三年算一段，後期三年算一段），我才勉強地讀到初中卒業（這個時候父親失業，多賴做店員的哥哥供給）。——一九二二年春到二五年秋。

這個時期家庭連續發生事故：先是祖父死了。接著父親因受人騙賠了一筆官款。最後哥哥遭受排擠也被"算了"下來。因之八口之家沒有辦法再在省城生活下去了，便依了母親的主意，於一九二五年秋搬到九臺鄉下（這兒有她的一個乾親姓葉，給我們找了間半草房，租了塊菜地）。

自己寒假回家的時候，看到前所未有的艱難情況——拾柴火、撿莊稼、吃水飯……頓時喪盡了"雄心"，打擊了情緒，除了盼著初中畢業以後找個小事情來貼補一下家庭之外，已經沒有任何奢望了（如繼續升入後期師範之類）。然而到手工作談何容易！後來由母親出馬找舅父，托門子，費盡九牛二虎之力才在吉林白山書院當了幾個月的代理小學教員（時間大概是二五年暑假後）。談到這裏，有交待一番此際吉林社會環境的必要。

吉林這個時期的統治者是奉系軍閥。從地方政治到經濟特權，都是奉天人掌握著——他們肯於讓出來的只有教育工作，還是因為它太清苦太麻煩的緣故。所以，擠來擠去，沒有一定社會關係的當地知識分子就只好望洋興歎了。直到現在我都記得人們說："船廠（吉林舊名）的飯食全叫這些人搶去了！"

我個人也是一樣，從七八歲住在商埠地（新開門外，日華雜居）的時候，就遭到過日本人的毒打（因為和他們的孩子共同玩耍）。又因為他們要擴充居留範圍，硬趕著我們搬了家。故爾一直地就恨得牙癢癢的。後來知道,奉天人是跟他們勾結在一起來害吉林人的,奉天籍的小孩子也往往地闊吃闊穿,會欺侮人。這下子更連個工作都幹不長,追源溯本,奉天人一怨恨起來了。

雖然如此,我在這個時期除了死讀書以外,並未參加過任何有關政治性的活動。其情因為吉林地處邊陲,文化落後,再加上奉系軍閥的封建統治,可以說是一九一九年五四運動的新的革命思潮還未曾波及到這兒。第一師範又是乙個死氣沉沉、封建氣息相當濃厚的學校,學生(多半是各縣地主家庭的子弟)心心念念的只是畢業之後如何回去當上乙個教員。那末,原來在家庭裏就飫聞封建教育的我,會有什麼兩樣的思想情況呢!(證明人:吉林敦化印刷廠魏澤長,他是我的弟弟。)

長期的工作找不到,升學又沒有錢,這對我的前途來說,仿佛已經是陷入絕境了。適逢是年(二五年)冬底,第一師範後期部招生的廣告出來啦。同時說:"為了補助貧寒學生,還有半工半讀的辦法。"這樣我便又怦然心動,先偷偷地考上了它,再把幾個月代理教員期間所積攢下來的幾十塊永大洋交了學費,來上一個"造成事實",念一年算一年的做法,這才使著問題得到初步的解決。

就是這三年(一九二六——二八)後期師範的學習,變化了我這個頭腦冬烘的書生——首先是拼命唸書,把工讀生爭取到手(因為它必須是品學兼優而又家境貧寒的學生才有資格),不要說了。最重要的是這個時期看了一些新書如《語絲》《創造》《吶喊》《彷徨》……認識了幾位先生如傅貴雲(校長)、高晉生(國大老師)、胡體乾(社會學教員)等所謂吉林教育界的名流。參加了社會活動(學生會工作及愛國運動)和入了國民黨。

當然,絕不能說我在初中的時候連一點兒新作品也沒有看到過(後二年的國文課本中就選得有),但是成本的閱讀、大批的瀏覽,確是後期的事。因為時代的變遷，風氣的轉移，已經使我對於線裝的經義、"之乎者也"的文章感生厭倦了。也就是說，我的資產階級民主革命的思想這時有了萌蘗了。

其次是吉林第一師範的舊先生頭腦頑固食古不化者多。像後期時代傅貴雲等的出身北大、清華和留學美國因而充分地具有新的業務基礎（也就是資產階級的科學知識）的教師也很少見。現在卻一一地相互接觸了，正是青年的我，還有個不油然起敬立刻頂禮的麼？

前面談過，吉林人的對頭是日本帝國主義者和奉系軍閥，我自己的看法也是一樣。不過彼時還只是心中恨恨而已，並沒有什麼具體鬥爭的行動。現在知道了，空口恨怨是無濟於事的，參加社會活動才能表現出力量來。因之便從一九二七年起分別參加了校內的學生會工作和校際的愛國運動，如："反對吉敦路延長"，"打倒賣國賊劉芳圃（吉林教育廳長，勾結日本人修築吉會路）"，"五卅慘案示威遊行"與"易幟運動"等。真可以說是搞得如火如荼，忘食廢寢。就中單談"易幟"：

所謂易幟是把奉系軍閥照舊懸掛著的五色旗換為國民黨政府的"青天白日滿地紅旗"，乃是當日吉林學生（法專、一師、女師、一中、女中、五中、文光、毓文，共是八個學校的）傾向"中央政府"對立地方統治的一種極為天真的愛國行為（後來才知道有國民黨分子在暗中策動）。經過情況是這樣的：

一九二八年秋的某一天晚上，各校的學生會代表（一師的代表是趙誠義，後來曉得他就是國民黨員）回來傳達吉林學生會的決議，叫大家秘密製造"國民政府"的新旗，須要連夜趕出，以為翌日遊行示威之用。並應即時選出糾察員、糾察隊長和大隊指揮來從事保衛防閒、籌備組織等工作。於是第一師範的隊長指揮便落在我的頭上了。

第二日清晨我們真就人手一旗（卷而不舒）地排好大隊奔向各校

的集合地點"吉林省議會"來。結果是學生們挾持了各"法團"的代表（農、工、商、教育、律師、各會的會長和省議會的副議長等），沖出了省議會的大門（因為學生到齊之後門被軍警封閉），一路上裹入市民、扯掉商店鋪戶的五色旗，插上"青天白日滿地紅旗"，標語口號填溢全市地鬧進了奉系軍閥之一的張作相的督辦公署。

當時張作相赫然大怒，說我們"簡直是在造反"，下令逮捕了我們的代表，並叫衛隊武裝趕散了群眾。我於逃出轅門之後立刻感到可恥與悲哀，記得是流著眼淚回家的。

這之後，班（我們班數二十九，但是後期文科的第一班）上的同學張治安（國民黨黨員）對我說："'革命'是不能夠沮喪的，只憑個人血氣之勇也不成功。我借給你一本書（按即單行本的《三民主義》）看，如果覺得有點兒意思，咱們再談。"我讀了以後才知道"孫文學說"是怎麼回事，他所領導的"中國國民黨"乃是一個革命的政黨。過了些日子，張治安曉得我心動了，又對我說："你知道在我們這城裏就有國民黨的地下組織麼？願不願意跟它碰碰頭？我可以帶你前去。"從此便接上線了。

他們的組織叫做"中國國民黨吉林省黨務指導委員會"，地在吉林市通天街前的一家民房裏（記得門片是"三號"，大家都以此暗語呼之）。共有委員張惠民、劉耕一、朱昌華、朱一士（五中的美術先生，也在一師兼過課），秘書任重、侯某，幹事徐女士（朱晶華的老婆）等人。看他們中山裝穿得很冠冕，說起話來也是一口新的"革命"道理，又見房中懸著孫中山先生遺像，上面交叉著國民黨黨國旗，一時的情感是夠肅然的。接著便每周一次（星期六午後七時至九時）到這裏來聽"黨課"了。同學計有侯封祥、張麟生、張治安（以上一師）、宿玉蘭、曲紹卿（以上女中）、王芳春、王逢春（以上女師）和李萬隆（毓文）等十九個人。大概只有一個多月就因為寒假課忙停止"學習"了——大家這時也都先後履行了登記手續。我的黨證是在十一月才發下來的(介紹人是傅貴雲、張乃仁)。

後來,這個組織在新開門里魁星樓旁辦了一個機關報叫做《吉林新報》。他們曾叫我幫忙校對工作,因為正值寒假期間,我有空閑,便答應了。搞了一個多月,他們的關於易幟等反對地方當局的活動被張作相偵悉了,連"三號"帶報舘一齊查封,他們"逃之夭夭"了,我也只好躲避起來。但在聽說他們藉口易幟曾向南京請得活動費現洋一千多元私下分掉;彼此之間常鬧派系之爭並不"親愛精誠"一心革命時,便對他們失去信仰不再繫念了。尤其是看到朱晶華、任重等在"吉林省黨部"正式掛起招牌以後,又跟著張作相的爪牙軍法處長韓介生之流一同去做"委員",更覺得悔恨不迭,此輩實在太齷齪了。

今天回想起來,我所參加的國民黨既是一九二七年蔣介石、汪精衛背叛革命以後的東西,則無論自己當時的動機如何的善良(本想革命救國,打倒地方軍閥和日本帝國主義),活動如何的簡單(只被編入一師的區分部,還因為是在易幟之後不曾開會),最後又和它游離開了(沒有向偽省黨部履行過任何報到、登記的手續),然而從本質上看,也不能不說是遠在十七八歲的時候,就有過反動的組織關係了。(證明人:東北師範大學的教授孫常敘,他是我的一師同學。)

後期畢了業還是沒工作。這時母親便不高興了。她說,這都是我鬧"革命"鬧的。舅父也不理我了,他認為我已是一個"亂黨"。好在此際家庭因為哥哥搞稅差弄了幾個錢。父親跟著也找到個小事,能夠維持生活了。我便樂得趁機再吵升學——準備進入即將開辦在吉林省城的"吉林大學"。

"吉林大學"成立於一九二九年初。它是以李錫恩為首的"吉林教育界名流"為了培養吉林青年對抗奉系統治而創辦的一個富有地方色彩的學校,但是它一出現便充滿了妥協的氣氛。李本人就是張學良的德文秘書,不必說了。他還把個校長的名義送給了張作相,而自己只說是代行。這在當日是作為政治的姿態來解釋的。可是如果跟他的出身(地主家庭留德學生)以及九一八事變之後一系列的投靠蔣記政府的反動行為結合起來看,那就毫不稀奇了。

在這個大學裏,從一九二九年秋考入到一九三一年九一八事變止,我一共住了兩年。需要提出來談的事是:和胡體乾(副教授兼圖書館館長,開社會學的課)、傅貴雲(教育廳第二科科長,兼任講師,教文學科目)等更接近了。而更重要的是認識了李錫恩(雖然這個時候跟他還不夠熟)和他的"膀臂"文法學院院長董其政(地主家庭留美學生,我在他的眼中是個不安本分的青年)。這對我後來的生活影響很大。

這個學校共分文法、理工兩院,本科預科都有。我進的是教育系文學組。本來從一師後期時起,因為自己的功課不差,又得到先生們相當的青眼,那氣質就有些兒驕傲了。現在進了大學,又立刻被選做學生會的主席,還有個不越來越狂妄自大的? 因此,它首先表現於攻擊教授,不滿意於課程的設置:西洋史教授劉強(是個美國博士)講課用英文,內容又貧乏零碎。教育學教授王琦(也是個美國博士)只曉得抱著原文本頭用那不完整的國語來謅譯著說,弄得同學譁然,我更是當堂開炮沒有顧忌。結果是文法院長董其政、訓育主任劉迪康(曾為五中女師的校長,均被學生趕走),監臨之以校長李錫恩,"三堂會審"般地對我提出了警告:"再要搗蛋一定'開革'。"

學生會的主席我只做了一年。絕大多數的時間是用在校外開會上了——各校代表商量成立"吉林省學生會":審議章程、醞釀人選,因大家意見不一致,經常以無結果而散會。代表人名現在還記得的有:一師的張文海(吉林解放後的長春市人民政府秘書長)、女中的高景芝(聽說現在瀋陽婦女會做工作)。校內工作則由執行委員會的蕭輔仁

（此人已死）負責，我不過問。

因為經濟的關係，我在吉大依舊做著工讀學生：一面在胡體乾照顧之下，於每周一、三、五的晚上看守圖書館；一面在穆木天先生關懷之下，替他寫預科的國文講義（穆先生少□詩名，教我們的法文和新大學課，後因吉林電影院失火燒死百多觀眾，做輓聯諷刺地方當局，被迫離職。兩項收入每月可有永大洋十五元，足夠我的學費。

張作相並不到校辦公，李錫恩經常在外面奔走經費、籌建城西八百壠的新校舍。校內也沒有聽說有什麼反動組織，因為連個國民黨的區分部都不曾見。至於反動宣傳，則只有由國民黨官"省黨部委員"林常盛（兼任講師）每周二小時的"黨義"大課（他用的是周佛海著的《三民主義理論的體系》），同學們還多半拿它打哈哈，用心聽講的很少。

共產黨員這兒根本不曾見過（穆木天先生曾經還是進關以後才聽說的）。二年之間，因為思想問題，被開除了學籍的只有一個傅讐（傅貴雲的侄子，預二學生，接我的手做學生會主席），還是因為他在擬議學生會簡章時主張要"監督學校行政"而震怒了李、董的（這個人後來成了偽滿的地方教育科長）。

這個時候通過穆木天先生的幫助（他是吉林留日學生"愛國四天"——王希天、謝雨天、李助天之一，又很有文名，所以我們早就對他有了崇敬），我雖然又看了許多新書甚至包括蘇聯作家高爾基等的名著在內（也因為圖書館工作上的方便），但在思想上並沒有很大的的進步。記得當時穆先生對我說："你的小資產階級意識太濃了！"此語可為定評。因為出風頭、顯本領、看不起人、好高鶩遠一類的毛病在我是應有盡有的。

附帶陳明的是，因為鼓動易幟，被張作相後來械往南京的前國民黨地下委員朱一士回來了（大概是三四年末），看樣子好像已經跟正做省黨部委員的朱晶華等不是一事了。他在新開門裏女師對過開了一座"春雨書店",自己宣傳目的是在接近青年鼓吹革命。因之,我也偶爾地去看看他。舊先生、舊同志麼。此外並沒有政治上的勾當。可以說自從"三號"被封閉以後,我跟國民黨人的來往只有這個了。(證明人:人民大學講師孫家驤,師範大學教授穆木天。孫是我的吉大同學,但是關於國民黨的事,或者傅貴雲還記得。)

　　一九三一年的九一八事變,在我個人的生活史上,也可以說是新的一頁的被揭開。因為在這以前,中國的地方我頂遠到過長春(一師後期旅行時去了一次),而且始終不曾脫離了家庭的照看。但在日本軍隊進入吉林省城之後,我的生活環境和方式便不能夠不大大地改換一下了。——所謂吉林的名流李、董、胡、傅等人都跑了。曾為國民黨員的郭儀、愛國者蓋大華等人又親眼得見他們被殺頭了。加上將要按戶搜查"抗日分子"的消息越傳越屬害,自己為了要活命遂朝夕向父母哭告,父母鑒於情勢的嚴重,也就硬著心腸答應湊辦路費。這才得於三二年春轉道入關。

　　我去北平的目的是打算找事或者轉學。等到見了這個"故都"以後才知道找事困難轉學也不容易。沒有辦法只好住下來再說——東北大學的學生一到北平就可以在國立各院校借讀。吉林大學的人家不要,說是"教部"不曾立案,不曉得有這麼個學校(遼寧在平的青年找工作也容易,因為這個時候張學良正在"鎮守幽燕",北平的市長就是他的部下周大文)。

　　李、董、傅、胡、高等舊日的先生也都在這兒看到了。他們的意思都是:青年只該讀書,爭取考上學校為要。特別是李錫恩,常向我說:"能夠到關內的吉林學生太少了,你要努力備課,莫忘家鄉父老的期望。"在情感上顯然是比過去親切了。

　　一九三二年秋至七七事變的前夕,這是我轉學北大繼續讀書的五個年頭。再具體些說也就是自己脫離政治鑽入故紙堆中的一個懵懂時期。為什麼是這樣的呢？那道理很簡單：以蔣介石為首的投降賣國政府，通過張學良的"不抵抗主義"，汪精衛一面交涉一面抵抗的"假抵抗主義"，沒有多久就喪失了東北四省和冀東、察北的慘痛事實，已經使我對這個國家感到毫無希望了。既然考上了"金字招牌"的北大，聽到了國內"一流教授"的講學（如錢玄同、馬叙倫、劉文典、沈兼士、劉半農，以及胡適、周作人等），畢業之後又可以不愁工作了，那就"先奔業務"吧，別的還管它做什麼。而且自己剛到了需要搞對象的年齡，接著就和現在的愛人于月萍戀愛成功，大有"此間樂不思蜀也"的心理情況（她是我於一九三三年暑假冒險回吉林接出來的，後在北京師範大學念歷史系）。這都說明著那消極麻痹的小資產階級自私自利的個人主義思想，已經根深蒂固地浸入我的靈魂了。

　　因此種種，當時（大概是三三年）吉林人在北平成立的"北強學社"——一個以學術團體為名義的封建集團。主持人是劉剛中（第一師範初中教員養成班畢業、曾為吉林女中的訓育主任，這時是跟著東北的老反動派之一的梅佛光跑的東北黨務辦事處的委員）。參加者都是北平各院校的吉籍學生。只開過兩次會、出了不到三四期的刊物（刊名《北強月刊》，編輯先為侯封祥、崔殿魁，後是何壽昌。侯、何是北大學生，崔住清華研究院）。以及遼寧人以"團結禦侮復土還鄉"為口號的"行健學會""東北協會"（"行健"的主持人是卞宗孟，"東北協"是齊世英——這是東北有名的 CC 頭子，李錫恩進關以後便跟他拉扯上了。前者有刊物名《行健月刊》，後者為《黑白半月刊》）。我雖然都加入了，但可以保證說只是掛名的（特別是"行健"和"東北協"，全是礙於人情經過劉剛中的轉丐才加入的。因為將來還想做事，這些東北籍的"大人先生"們實在不敢開罪）。

　　再舉一事。我既然曾經是乙個國民黨，北平又有"東北黨務辦事處"的設立，照道理說我應該前往報到了。但是我並未理這個茬兒。

這主要的是我自己已經搞到了出路,不復把這些"黨老爺"們看在眼裏。雖然像劉剛中這樣的"熟人"表面上還不得不敷衍他。至於沒有"黨證"(九一八事變時,我在吉林把它埋掉了),"記不得號碼"(當時劉剛中催我登記的時候我就對他這樣推託過)等,當然都是飾詞。而且我還被國民黨北平市黨部的特務逮捕過。

大概是一九三四年秋,北平白色恐怖特別厲害的時候。有一天晚上,市黨部的特務到我們的宿舍北大東齋來逮捕人。被我們看到了,立刻包圍起來把他們打了一頓。以和我住在一室的同鄉張咸豐(武漢大學學生,暑假到平遊玩,借榻於同學杜紹甫處,因此同房)幹得最起勁。但在事後他溜走了。第二天清晨我便被捕,同時還有樊某董某等幾個同學。關了"禁閉"以後,特務們打著我的嘴巴問:"是不是共產黨?"我說:"我是國民黨。"他們說:"有誰能夠證明?"我說:"東北黨務辦事處的劉剛中委員。"他們又問:"既是國民黨,為什麼也跟'匪徒'一道打'同志'?"我說:"我不曾動手,人多想要上前解勸擠不過去。"他們說:"這都是鬼話,罰你向總理遺像跪一個小時的磚頭。"接著聽他們交頭接耳了一陣:"那個臉黑個兒大,這個不是。"事後據同學樊某講:他們原來是想抓張咸豐來。可是不知道名字,逼問了他,他才供出我來。當時燈光黑黝黝的,他們並未看到我也動了手。等到一看面貌不對,所以從輕發落。過了一天,我的愛人于月萍在外面找了李錫恩、劉剛中打電話作保(也通過了北大校長蔣夢麟),我便被放了出來。此後再也不敢多管閒事了,連群眾性的學生會都不參加,無論它是新學聯還是舊學聯的。(證明人:當時的同鄉同學孫家驤就知道。)

再說我和李錫恩間關係的變化:剛到北平時,不但是他,凡是吉林的舊先生對我都是很好的。後來,董其政南京去做"立法委員"了,胡體乾中山大學去做教授了,高亨跟著東北大學離開了北平,劉剛中也搞上了什麼黨代表,經常奔忙南方。所以終年留在"故都"的只有他和傅貴雲了。傅是看著他的眼色行事的先不要說,他待我態度卻越來越不像了,尤其是在我畢業本科的前後。這個時候,他已經高高在上地成了東北集團的重要人物之一——"東北青年教育救濟處"副主任,還兼著"國立東北中山中學"的校長,巴結他的人多了,對於我這個只能有求於他的舊學生自然會不感生興趣了。而最大的原因是他靠攏了齊世英,我跟曾是共青團員的于月萍戀愛、結婚,還和他認為思想有問題的于毅夫同志(現在中央統戰部的副部長)常來往。這具體到他是救濟處的主人,而我和于月萍卻得不到東北學生救濟金(連乙次也不曾得,因為它的首要條件是思想"正確")。他做"中山中"的校長,只給我乙個吃不飽也餓不死的兼任教員(第一年月薪四十元,第二年六十元),反之,許多他所並不認識的學生都按著學期拿到錢。侯封祥、王玉琳、岳希文、崔垂虹、吳景芳、傅瑤琴、崔殿魁等,全是他到北平以後才熟悉的同鄉,倒訓育員、專任教員地當了個"不亦樂乎"(崔殿魁甚至代替傅貴雲做過教務主任,孫家驤和我同年畢業,卻給了他個專任),最足以說明。所以,我之於一九三五年秋繼續考入"北大研究院"做研究生,想要更進一步地鑽研"學術"固然是個目的。而在結婚、生子之後事不趁心,錢不夠用,希望撈取那筆每年三百六十元的"研究費"來補助一下也是一個原因。可惜的是,學校因為知道我在"中山中學"兼得有課,並不發給這個。國民黨的文化教育機關,就是這樣捉弄青年的!

做研究生時的指導教師就是戰犯胡適。他給我選定了《桐城古文學派小史》作為論文的題目。二年之間(三五年秋至三七年秋),也曾跟閻崇璩、朱文長、徐芳等同學一起在他家裏開過幾次座談會。記得每次都有茶點招待,可以看出來他對學生的誘惑。但是坦白地說,當時我是很崇拜他的。不只聽他的文學史、哲學史的課。畢業的時候還經過孫震奇同學的拉攏,和他聚會了一次(先生在座的有羅庸、鄭奠,同學是徐芳、陶維多、常乃慰等，地點在雨華臺飯莊，餐後合攝了照片）。這都證明了我的資產階級唯心主義思想在北大的末期已經逐漸地形成了。雖然我在胡適的眼中並不是一個課程好的學生。

七七炮響，北平淪陷，我的"故都春夢"又被震醒。因為，無論如何，狹隘的國家民族意識還是有的。那就是說，絕不願意留在北平做"亡國奴"。所以，儘管當時妻幼子稚囊中無錢（只有五十元錢，由我和我的愛人于月萍分了），也咬緊牙關把他們扔在北平而於平津第一次通車時（七月三十日）逃往天津——一路上挨盤查、受侮辱，到了天津車站又被日寇扣留了半天等情況就不必細說了。——過了九日才擠在海輪"岳州號"的甲板上混到了煙臺。在這裏碰到了于毅夫同志，他住在"煙臺中學"，作接送平津流亡學生的工作。我問他："今後怎麼辦？南京可以去不？"他說："全民抗戰，青年有責。南京未嘗不可以去，我還打算到上海呢。"便於翌日派汽車送我們到濟南。在濟南高中停了些日子，由韓復榘發給大洋兩元、便衣、乘車證一張，把我們趕往南京（約有五百餘人）。到了下關，國民黨憲兵不准我們過江進城，說是"首都"已經疏散人口了。經我們一再解說，並向先來的同學通電話聯繫請他們來接，這才得以住進八埠塘側的一個中學內。記得當夜就挨了轟炸，附近死了許多老百姓。

此來，先本打算找找熟人求個小事，好寄些錢回北平養家。結果是人人擺手，個個推託，連早搬到這裏板橋鎮的"東北中山中學"都插不進去（我在北平是於七七前夕被分校主任石志洪——齊世英的妹夫，以"思想不穩"為名解了聘的）。於是只好死了這條心，跟著流亡同學一起想出路。但是等到 CC 頭子陳立夫（當時國民黨的"第六部"部長，聽說是"管理"青年和文教事務的）和大家見面的時候，他卻說："關於抗戰，'政府'現有通盤的計劃，學生不必過問。大家只該各回家鄉，聽候安排。"有人喊道："不是抗戰不分男女老幼麼？""無家可歸的東北、平津的學生怎麼辦?"乙陣"嘶""咂"的聲音趕走了這個傢伙。以後大家就自動地出發街頭巷尾和向城防部隊做抗敵宣傳工作了——貼牆報、作講演、表演小型話劇如《放下你的鞭子》等。國民黨一看"不是事",這才給我們設立了一個"青年戰地服務訓練班",屬偽軍委會第六部管(它跟"留日學生訓練班"是並行的)。

　　本班就設在紅紙廊偽"中央政治學校"的舊址(原校的人早已搬走了)。大概是九月初開辦的。班主任是陳立夫,但負實際責任的是副主任黃仲翔(黃埔出身,後為國民黨中委,四川省黨部主任委員)。組織按軍事性質分為大中小等隊(每小隊有隊員十餘人)。教官有軍事、政治兩種。功課一般是上午講堂下午操場。科目現在還記得的有"總理遺教"、"政治講話"、"社會教育"、"步兵操典"、"射擊教範"、"陣中要令"等。"社會教育"由偽教部民教司長陳禮江講授。汪精衛、陳立夫都來講過話,不外是:"國家至上,民族至上"、"軍事第一,勝利第一"一類的老調子。我的小隊番號想不起來了,同隊者則有劉樂薈、馮光華、冀犖泉、溫光三、雷動、張占魁、呂志尚、雷雄等人。軍事教官中隊長是戴明,政治教官為魏希文。小隊長選的是劉樂薈。

　　訓練只有一個多月京滬戰事便吃緊了。據說為了"保存實力避免無謂的犧牲起見",我們奉令調離南京前往蕪湖。帶隊官是大隊長李某,政治總教官雷希齡(此時已有五個中隊學員二百餘人)。到了蕪湖不久,又轉往南陵的牙山。因為後來南京失守,便又沿著皖南青陽、貴池、殷家匯、東流、至德之線,經過石門直趨江西的景德鎮——走法是女同學和體弱者坐船。男同學除了簡單的被包以外,還要帶一支大槍若干子彈。由有射擊訓練的人另攜中正式新槍子彈二百粒前後夾持大隊作為護衛。每日行軍六、七十里不等,到達景德鎮時已是十二月中旬了。短期宿營之際我參加了反革命小組織"復興社"。介紹人是同隊學員馮光華(吉林同鄉、師大出身,因有胃病軀幹細長面色灰白,還是個近視眼——戴著鏡子)。

八一三全民抗戰開始,我對國民黨政府又轉為信賴。這時的想法是:對敵作戰必須有個"中央政府"領導,何況現在已是國共合作一致抗日,所以才奔向江南來。京滬淪陷一直西逃以後,心中雖然有些沉重,但是聽信了國民黨的謊言:"抗戰乃是長期的奮鬥,不在一城一池的得失。何況咱們這是誘敵深入的內線作戰。"常向我講這些話的人除了教官便是這個馮光華——先本不認識他,因為同在一隊,敘起來是同鄉。他看到了我愛人的照片,又說是跟她同學,才慢慢地熟起來的。特別是當我在牙山患病的時候,他親加照拂。一想家的時候,他也百般的勸慰。因此便建立了"友情",上了他的大當。要到景德鎮時,他在路上經常地對我說:"要想復興中華民族必須擁護蔣委員長;要想對國家民族有貢獻必須參加革命的組織;就是想找工作也非如此不可。"有一次我回答他說:"我不是早已參加過國民黨了麼?"他說:"這個不算數,須是別的。"到了景德鎮他就正式提出來"復興社",叫我答應參加,並說:"這是班本部的決定,否則不大方便。"這我還能有什麼話說?便在一九三八年一月的某一天,和許多其他的學員(屬於馮光華這個小組的是王又鍔、張占魁、李德全、雷雄、雷動和我,別人我不知道了)在鎮上一個酒樓中履行了"登記"的手續。當時在場的"官長",副主任黃仲翔外,還有"政治主任"雷希齡,教官魏希文、黃超凡等。後來的活動倒很簡單:注意思想情況"不正常"的同學,設法"勸說"他們不到別的地方去。每當有公共集會的時候,要宣傳擁護蔣委員長、擁護"國民政府",和那些主張政治民主化、軍事分區負責的同學們展開論戰(既沒有特殊的訓練,也沒有其他的行為)。"因為此際,還是國共合作的。不過大家爭取知識分子罷了,不能公開地反對誰。"——這是馮光華向我們常說的話。我在他的授意下曾經"勸說"過同學高景芝和溫光三(現在改名劍鋒,是北京軍管會的秘書),並且正式跟葛佩琦(人民大學講師)、劉玉柱(聽說是河南開封的市委)等進步的同學作過辯論(上述的人,高景芝是同鄉,其餘的都是北大同學)。這種行徑,和我們這個小組到了漢口以後便停止渙散了。儘管如此,也不能減輕我的負擔的,因為它畢竟是反革命的行為,思想起來不禁惶汗。

一九三八年一月底我們經鄱陽、南昌、九江、搭汽船到了漢口,住在舊日界山崎街(另外那部分一直坐船沿江西上的同學,半個多月以前就到了)。班本部遂即宣佈行軍完結學員畢業。但是,都快過春節了,分派工作還沒有消息,弄得大家情緒急燥吵鬧不休。說什麼:"受訓的腦袋,跑路的腿,派什麼工作,活見鬼!"而某些進步同學便自動離開營地參加革命去了(我所知道的如前面提過的溫光三、高景芝和我的朋友顧麟生——現在改名顧盼,曾在東北新華分社工作——等人都是)。我自己也找了正在武昌主持"東北救亡總會"工作的于毅夫同志。他說:"既已受訓完了,應該給想辦法。而且戰地正在需人,還是等等為是。至於我這裏都是些窮辦法,解決不了你的問題(因為我總想找著有待遇的事好養活老婆孩子)。"加之聽說我的孩子和愛人都好(他的愛人杜貴紱剛從北平來此,她在南來以前曾和我的愛人住在一起),這才決心等了下去。

果然挨到舊曆的上元節前,我們八十多人被宣佈派往第一戰區(鄭州,司令長官是程潛)了。可是說明到了那裏還得受一個短期的訓練。帶隊官是教官褚柏思。我們到達鄭州正是上元節日,被戰區政訓處長李世璋"接收"以後,便住在一個縣立小學裏,也是許久不見下文。逮及短訓開始(每日下下操,聽聽政治課,教官都是司令部的人,內容跟"青戰班"的無大區別),分配工作(由李世璋親自問話,然後分往豫北、豫西各縣去作"民運指導員"——是擔任"發動人民積極參加抗戰"的工作的),已是四月天氣了。我去的地方是禹縣(待遇是月薪廿

411

元,由司令部匯發)。

禹縣位在許昌之北,交通也還方便。只是縣長王恒武為人陰鷙,到縣之後除了叫我跟他同桌吃飯,作為"客卿"以外,什麼事也不准參預——只有一次他為了顯示他的"縣防鞏固民力雄厚",帶著我和九位其他上級派來的人"出巡"了一番,因而曉得了他同各鄉鎮的土豪劣紳都勾結得不錯,弄得我沒有辦法,便向鄭州打報告請調。這其間只有閒逛的份兒。當地的慈幼院院長陳子敬,汲縣師範校長劉某,和湯恩伯部下的政治分隊長邊振芳(也是北大的學生)我都交了朋友。六月初"准我離職"的公文到了,我遂轉回漢口。

沒有多久,派往河南的同學跟我一樣,都陸續從各縣回來了。大家異口同聲地說:"把人分送出去就不管了,這個司令部真是豈有此理!""坐在縣衙門裏吃閒飯有什麼意思? 何況還要遭受白眼!"這等於告訴了人們,從抗戰初期起,國統區的戰地工作就是兒戲,安得不吃敗仗! 而他們如此地浪費知識分子的時間、精力,真不能不說是可惡到萬分了。所以在這之後,轉往解放區的人越發地多起來。連我這樣的落後分子,都常聽聽郭沫若、葉劍英、錢俊瑞的講演什麼的,則當時心情的苦悶可見一般了。後來因為我一再地向班本部要工作,才在八月底由馮光華的手裏交給一封進入偽教部"社會教育督導員訓練班"受訓的介紹信(其他同學則有被分發往江西的,有回衡山留守處"待命"的。我不願意再搞"戰地工作",要求派到教育機關去,才有此信)。證明人:人民大學講師葛佩琦。

"社教督導員訓練班"的主任還是陳立夫,不過照舊是由副主任負責主持的,這個人就是在南京給我們講過"社會教育"的陳禮江。而且他也不常到班,直接和學員碰頭的乃是教務主任甘豫源。學員只有六十餘人,絕大多數是從蔣管區各省市調訓來的民眾教育館館長。訓練時間一個月。課程是以"國民政府"社教法令、社教行政、社教原理為

主的教育科目。講師就是陳禮江、甘豫源等人。董渭川也仿佛在這裏
介紹過他的"教育館長工作經驗"（他是山東省的館長）。陳立夫自然
又做了政治講話："叫大家回去以後要配合政府抗戰的任務來辦理社
教。譬如踴躍服從兵役、積極參加生產一類的宣傳就要多做。而更要
緊的是擁護'國民政府'，服從蔣委員長。"（大意如此）結業之後，我跟
王泳、王又鍔（"青戰班"同學，"復興社"分子，也是黃仲翔保送來的）
一同被分發湖南。時為一九三八年九月。

　　湖南偽教育廳廳長朱經農是並不歡迎我們的。他說："工作性質
不明確，沒有規定待遇數目，無法安插。"我們蹲了旅館。直到王又鍔
再跑回漢口向偽教部"請示"明白之後，他才把我們擺在長沙北門外的
民教館去坐冷板凳。王又鍔不甘寂寞便自己跑掉了——王泳是個老
實人。我正害著嚴重的腳氣病不能走路，所以才停下來吃那每月四十
八元的"乾薪"。

　　這時湖南省的偽主席是張治中。他搞了一個什麼"抗日自衛團
部"，是監督指導各縣的壯丁的訓練的。想要派人出去視察一番，叫
民、財、建、教四偽廳都參加。因為我是偽教廳的"閑員"，朱經農就指
定了我去。跟著團部的一個姓谷的組長，還有偽民廳的董某、偽建廳
的姚某共同在長沙、湘潭、瀏陽、寧鄉、湘鄉等縣跑了一轉——只是看
看，打個報告。回來之後，張治中又下令要組織偽湖南省府"戰地政務
處"了（因為武漢淪陷、湘北吃緊）。處長派了夏維海（偽省府的主任
秘書）以外，還是要四偽廳出人。但這回須是科長級，於是朱經農派了
楊熙靖（四科科長，管社會教育的）叫我以科員的名義聽他的指揮（朱
經農所以一再派我工作，跟他初次找我談話時知道我是北大出身、並
和他的兒子朱文長在研究院同學有關）。碰巧的是，在長沙大火的前
夕，這位科長因為膽小帶著家眷逃往益陽，扔下一切不管了：如大火前
某些重要文件的保管（偽教廳此時已分別遷往寶慶、沅陵），大火後湘

北各縣教育的整理等,只好由我暫時"承乏"直接向朱經農辦事,這樣才博得了他的"賞識"和"提拔"。後來楊熙靖被追回來了,我便轉任了湖南省立民眾教育館館長。

舊館長段輔堯本是我在"督導員訓練班"受訓時的同學。他因為這個館奉令遷往湘西永順,不願意幹了。別的湘東南的"教育人士"也同樣討厭這個地方,這才到了我的手裏。雖是如此,在過去連個教員都當不成的我,居然能於戰時的湖南做了"小頭目",那心情自然是興高采烈"感恩圖報"的了。因而立即於三九年春趕到沅陵,並把館里各事整理,就遷到了永順。

這個館一共分為五部分:總務、教導、藝術、輔導,外加一個實驗區。館員在任合計二十餘人。永順僻在湘西,地方極為閉塞,開展工作非常的困難。幸賴請得了幾位和我一樣無家可歸的知識分子,大家把它當作了一個"事業",群策群力地共同搞了三年。還不能說都是反動的行為,例如借閱書報,簡單醫療,辦實驗區,開識字班,放映衛生影片,表演抗敵話劇,以及舉行湘西土物展覽、日寇暴行畫展等,都是頗受當地人民的歡迎的。具體到我個人,才有幾項應該特別交待的事:

三九年秋,我和"永順鄉村師範學校"校長丁超接受了桑植縣長岳德威、大庸縣長程為箴的邀請,到這兩個縣城講了"社會教育"。在大庸時並順便到了駐防此地的一個師長王育瑛的家裏(地在慈利、溪口)住了一宵。另外,因為我還兼著"湘西社教督導員",監發永、大、桑、龍四個"中山民校"的經費,此次也沿途看了它們一下。前後為時不到一月。

一九四〇年八月,我奉令前往重慶偽"中央訓練團黨政訓練班"第十期受訓一月。見過蔣介石,聽過各偽部長如孔祥熙、何應欽、丁維汾、翁文灝、陳果夫等的講話,並且重新集體地加入了國民黨,也登記了三青團。(除偽團長、偽教育長是蔣介石和王東原外,我們第二大隊的隊長是宋希濂——梁華盛是大隊副之一，訓育幹事是歐元懷。我的小隊番號和同隊學員都記不起了，偽湘教廳跟我同期的只有一個劉臥南。）回到湘西以後，於四一年春和八區事員仇碩夫、永順縣長徐樹人、永郡聯中校長李丙炎，還有一個永順團管區司令蔣某，共同成立了"通訊小組"——一兩個月不等的集會一次，大家輪流作東，隨便談談讀書情況。其次就是徐樹人、李丙炎和我照例被請做了"永順分團部"的兼任幹事。我因為經常在外面跑，接著又調往了保靖，並不曾與聞它的內部活動，只同那個"書記"張魂俠認識。

總之，永順這個城太小了。我既然也算個"機關首長"，當然和地方上的"官府"、"士紳"有些來往，常常被邀列席某些公共集會，但都不過是"應酬"性質的，沒有什麼特殊的關係。就拿□□專員說，我一共碰到了三個：蕭忠貞、王時、仇碩夫。只有后□□搞得還湊合（王時是當地人，對我的意見最大）。縣長徐樹人則是個老骨頭，最不容易相與。而國民黨書記長王海雲粗俗不堪，只有小學的程度，又為我所鄙視。倒是"鄉村師範校長"丁超、留法學生陳覺人，或因生活經驗豐富（丁是"曉莊師範"出身的先生，頗懂得陶行知先生的一套），或因賦性亢爽（陳雖是地主家庭成分，當日卻是個受人排斥、鬱鬱而居的人），彼此往來得多些。至於館內的同事，雖也前後有過二、三十人，而以總務主任吳壯達（現為廣東師範學院教授）、教導主任潘炳皋（現為河北師範學院教授）最為相知。可以調查。

一九四二年春，我轉職為"湖南省立第八中學校長"。這是一個新建校，只有初中學生兩班。舊校長余超原因為貪污懶散被學生趕走。保靖鄰近永順，我又屢有調換工作之請，朱經農才叫我到這裏來的。剛進校時，只是門可羅雀一片荒涼。經我書告舊生、招考新生、重聘先生、修繕房舍……只有兩個學期，可以說是又粗具規模了：學生安心讀書，先生熱心教學，自己也工作得挺起勁。可是問題發生在縣長田植干涉校政。如果不取他送的學生，不用他薦的教職員，他便暗中掣肘，處處加以破壞。最卑鄙的是，甚至教唆流氓（如被革書記宋大柄、兼任教員查庭階等，都是他的嘍囉）威脅搗蛋。並且聲言"出了問題，'縣府'不負任何責任"，公開地趕人走路。實在沒有辦法了，這才趁省督學文亞文來視學之便，跟著一同離開了保靖——交待是我的愛人于月萍替我辦的（她是一九四一年到的永順）。要不是他們"看不起女人"，和我托了花園縣長王子蘭（前永順縣的主任秘書）招呼了一下，就是她也不容易脫身的。朱經農還算不差，准我辭了職。他說："一個外省人，地方關係搞不好是無法再幹了的。"可是他絕不說田植錯。這時候才使我初步明白"廳長大人"的"居官妙訣"了：不論是非只重實力（或者說是專看"情勢"），不怪一任就是十年！本年冬季朱經農被調為偽中央大學的教育長，臨行之前他放了我一個省督學，說他"總算沒有辜負我跟他一回"。

繼任的偽廳長是王鳳喈。在他下面雖也依舊被派出去作季節視察、專案視察和私校立案視察，但總感到不得勁兒。這時候，"吉林大學"的舊先生羅敦厚忽然從長沙找到耒陽（當時偽省府的所在地）來，請我兼任他那個"嶽麓中學"校長，不好推卻。還沒有成行，"廣東省立文理學院"中文系教授的聘書也到了（這是"國立中山大學"法學院院長、我的老師胡體乾替我介紹的。知道他在坪石以後，曾向他要大學教書的機會）。好，"狡兔有三窟"，我一個也不丟：督學先不辭，校長決計兼，教授更是不能放棄。於是從四三年秋起，僕僕於粵漢線上，間月一次由廣東仙人廟的"文理學院"跑向長沙的"嶽麓中學"。此際真是又忙又高興。我的自高自大"無所不能"的個人英雄主義也就是這等養成的。

在"廣東省立文理學院"裏我只有兩個熟人：一是院秘書皮禹，乃是前於偽教部"社教督導員訓練班"受訓時的同學。一就是吳壯達，時為地理系的講師。我因為不懂廣東話,又經常地跑湖南,所以這裏的人們很少接觸——只曉得院長是黃希聲,系裏的羅教授乃北大同學。

"嶽麓中學"高初中都有(學生約三四百人),設在長沙嶽麓山下,先生有些是羅校長舊有的(如國文朱先生、羅先生是),有些是我新聘的(如體育周先生、訓育段先生、總務主任王泳等人)。教務主任就是我的愛人于月萍。這個學校的風氣雖然不好:舊校長要錢,商人子弟浮華。然而國民黨、三青團一類的壞分子卻沒有(這種情況跟"省立八中"一樣)。我對他們也很少作什麼"思想教育"(因為實際上還是羅校長管著事,我的愛人支配著課業)。他們對我不過有些"景仰"——什麼"教授"、"督學",自然是羅校長代我吹噓的結果。因此才能够相安無事。直到長沙淪陷,大家走散(也因為是戰區的關係,情況特殊)。

寫到這裏,因為要離開湖南了,該補充說明一下湘教育局的黨派情況:湖南的國民黨分"甲"(所謂鑽子)、"乙"(所謂鐾刀)兩派。後者是何鍵的勢力,自張治中入湘以後它已經式微了。前者是偽中央的勢力,我在這兒的時候正是它"當令"的時期。偽教育廳的主任秘書周調陽、第二科科長夏開權、第三科科長余先礦,都是這裏面的重要脚色。湖南教育界可以說被他們把持得鐵桶一般,朱經農就完全是聽他們的話,雖然偶爾也還可以任用個把外省人。王鳳喈接手以後幾乎立刻清一色了。舉個例說,督學劉臥南便因為是個"乙"派處處受排斥。至於我自己,則絲毫不跟他們發生關係(不管他們是那一派,不過一齊加以敷衍。因為當時我認為只是"吃的朱經農的飯")。還不止此,我敢保證自從離開永順之後,無論國民黨、三青團,全不曾再有過任何組織上的聯繫。這跟我離開漢口之後,"復興社"的關係馬上就斷了一樣。薛岳這個戰犯和騙子,幾年來一直在自己吹牛是"常勝將軍",有過"四次長沙大捷"。可是等到四四年春,日寇真個要突破粵漢、湘桂兩線的時候,他也是一籌莫展望影而逃了。國民黨的"抗日"自始至終就是這樣自欺欺人的。他們不要緊，我們卻倒霉了。從長沙倉促地逃出來，一路上馬不停蹄，通過湘潭、衡陽、桂林、柳州、獨山，一直到了貴陽。"拼命"的結果，雖然一家得到"再生"，但是那情緒卻實在夠頹廢了：幻滅了我的"苟安"生活，吃飯都要成問題了麼！國民黨這樣的糟，最終還不是去做"亡國奴"麼（可見我這時思想的落後）！沒有辦法，先顧眼前吧，這才聽任我的愛人轉回都勻教書，而我自己則隻身奔往重慶去找"飯碗"。（請向湖南教育廳瞭解）

到重慶，住在同鄉吳景芳的地板上，賴皮賴臉地也就跟著他吃飯（因為他這兒是"晃縣汞業管理處"的駐渝辦事處）。首先找尋的就是業已高升為偽教部次長的朱經農。可是他說："我該對得住你的在湖南都做過了。這裏人浮於事，愛莫能助！"到偽教部去登記吧，只給了兩塊大洋，別的什麼也不用想。後來跟部裏的偽訓育委員會副主任周彧文認識了（是同鄉于萬瑞介紹的。談起來都是吉林人，他又在女中教過我愛人的國文，所以就一見如故），才由於他的幫忙，到了"國立西北醫學院"。乃是四四年秋的事。

"西醫"地在漢中城外黃土坡。院長侯宗濂是國內有數的生理學家。在處人上也是一位好好先生。我被他聘，受任的是國文副教授兼秘書。但是因為人地生疏，對於醫學院的業務又外行，所以沒有做了什麼事。還能夠提一提的，有調和院長與學生間矛盾的時候（多一半是為了伙食費和教員的問題），有調解"德日學派"先生（院長自己、總務長翟之英、訓導長王雲明等人是）和"英美學派"先生（病理學教授李佩琳和內科教授張查理等人）間的私人意氣的時候（李佩琳對侯院長的意見最大，他們還是遼寧同鄉和小同學呢），而也人微言輕，起不了什麼作用。因此在四五年夏被派往重慶，代表學院向偽教部運動"復大"（"復員"北平時改為醫大）的時候，便有找機會脫離它的意思了。（證明人：西北醫學院院長侯宗濂）

　　八一五前夕,國民黨反動派蓄意要篡奪人民戰爭勝利的果實,因而紛紛地"派官遣將",準備到淪陷區"接收"。我自己這時當然也有鬧個一官半職的好回家鄉的打算。偽吉林省主席鄭道儒"發表"了以後,吉林同鄉在"重慶社會服務處"禮堂歡迎他,他說:"保證大家都能回去,都有工作,都有飯吃。"我聽了一時氣憤,上臺駁斥他說:"抗戰勝利,自然都有辦法,要你提什麼保證? 我們希望知道的是恢復'新吉林'的大政方針!"下來以後,有叫好的,有說"莽撞"了的。但鄭道儒乃是政學系的老官僚,他不但不怪罪我,反倒說我是個"敢說話有志氣的青年"。通過同鄉霍戰一的介紹(他們是南開老同學。霍跟我死去的大內兄是朋友),就用為"接收專員",並指定在教育廳。接著偽教部的"東北特派員"臧啟芳也出來了。周彧文對我說:"頭銜不怕多,大學方面更該招呼一下。"便又推薦我兼了一個"東北院校接收專員"。這樣我遂成了雙料的接收人員,而自以為是"飛黃騰達"(其實是罪孽深重)了。

　　一九四五年十一月中旬我們飛到了長春,住在滿炭大廈的偽"東北行管"宿舍裏。這時蘇聯紅軍還不曾撤退,戰犯熊式輝、張嘉璈等不准我們出去活動。大家不過偷偷地會會親友、逛逛大街、買點兒日本人的小物事而已。接著偽九省主席、委員們也來了,情形好了一些,鄭道儒便叫胡體乾在市內試辦一個"吉林中等教員冬季講習班",我也講了"社會教育"。可是不到一月,因為"張莘夫事件"(張等前往撫順接收煤礦被人民斬除),國民黨叫囂反蘇,我們又飛回北平了(這時我把借自接收員于文泉——後為偽教廳的事務員——的一顆匣槍、幾粒子彈存放在我內兄于勛治的家裏,後來聽說他怕檢查扔到井裏去了)。——還有一枝日本十四號的,是後來離開偽省府時才交回的。

　　再回來是乘火車走的。到了瀋陽,偽省主席鄭道儒藉口疾病辭職,由偽保安副司令長官梁華盛繼任。在"南滿鐵道官舍"禮堂的迎送會上,我代表吉林僞省府的職員說鄭:"信任地方人,有'政治家'的豐度。"說梁:"是勝利歸來的將軍,希望能給吉林人帶來幸福。"(大意如此)散會之後,鄭道儒特別告誡我:"要知道'軍人主席'的脾氣。"梁華盛傳見的時候,曉得我跟他在僞中訓團同期受訓,也"另眼看待"。於是我認爲雖然換了"主席",這個"小官"還是做定了。不想到了長春,梁華盛大宴百僚(請得有廖耀湘、鄭洞國等匪頭子參加)之際,我因爲酒吃多了,看到日本伎女載歌載舞的樣子,心裏又氣憤了。說他"下車伊始,就這般歌舞昇平,歡樂不休,使人失望"(這話本身還是反動的,意思是說他不一定接收得了)。他大爲惱怒,說我"目無'長官',冒犯了他的'尊嚴'",這是他"不能夠容忍的事",便把我趕出了僞省府。

這頭不著找那頭,僞省府既然玩兒完了,我就再回瀋陽去找臧啟芳。不料這個傢伙竟"陰損"非常,明知梁華盛和我是對頭,卻依舊派我爲"吉林接收組長",並且叫我到永吉去接僞滿"師道大學"。結果當然不成,梁華盛向僞廳長胡體乾說:"不逮捕他已經夠客氣了!工作不要想再在吉林省做。"於是我就只好停在長春。後來,臧啟芳又派我參加長春"學生復員輔導委員會",在姚彭齡"領導"之下去做復員救濟的工作,給人"幫閒",這種事情我自然不高興做。未幾高亨先生從四川東大回吉了,就介紹我到東大去做副教授。還沒等上課"私立東北中正大學"開辦,他兼了中文系主任,又叫我在這裏做教授。他說:"這個學校的董事長是杜聿明,連梁華盛都得聽他的話。咱們將來要在地方做事,非有這樣的'人物'支持不可。"因之從一九四六年秋起到四八年七月,我便在這個學校教書了。

以上,是我回東北接收的一幕"醜劇":投機取巧,努力鑽營,原本指望做起"官"來的。但是我這個"既不能令又不受命"的根性,使著自己不能一帆風順地爬了上去。而且也深深地嘗到了"人情冷暖世態炎涼"的味道。我和梁華盛的事情出來以後,連已經回到吉林做國民黨省黨部主任委員的李錫恩都責斥我"不識時務一味地任性"，幫助自然更談不上了。別的先生則胡體乾是具有"軟骨病"的，以後在梁華盛的手下也是有名的"受氣包兒"。霍戰一（時為偽長春市的參議會議長）口稱"吉林人要團結，要愛護後輩"，可是梁華盛的"高等顧問"卻到了手。這都說明著在封建主義和資產階級意識籠罩下的小集團，到了利害關係當頭的時候只有"各顧自己"不管他人死活的行徑，其他都是假的。而我這個雖未"五子登科"也染了滿身腥氣的反人民分子當時還未懂得！是誰之過？（證明人：廈門大學教授胡體乾）

"中正大學"教書的頭一年沒有什麼問題，高亨跟我處得好，傅貴雲也到校啦。可是四八年春一部分教授（如農學院長賈成章、經濟系主任石含璠和畜牧教授李靜涵等）和學生（以高興岳——現改名高森為首的學生會委員們和中文、經濟、法律三系的一些學生）反對秘書長余協中"營私肥己"和逃出"危城"主張遷校北平的事情起來以後，我也參加了進去，這使高、傅不滿意了（因為他們是袒護余協中的）。特別是當我被教授會推選為赴滬見董事長杜聿明（杜匪時在上海養病）的代表時——目的是"要錢、搬家"。高亨說我是"輕舉妄動"，幾乎有和我決裂之勢。但我還是去了。

代表本是賈成章和我兩個人。到了北平以後，賈托言怕暈船不走了，我只好一個人去。到了上海，杜匪招待食宿，見了教授會的書信他說："北平可以設分校，用款可找余秘書長，他知道來源。"為了催偽教部給學校立案、並打發我到南京去了一趟，結果沒有成功，他還很為掃興。又等了幾天飛機我便帶著三封信——給教授會、學生會和余協中的各一封。前二者大意是說"學校一定辦下去，北平可設分校，經費余秘書長有辦法"——回來了。余協中見了信說："'時局'這樣，我哪裏去找錢？簡直是開玩笑了！"（顯見得兩人是互相推諉誰也不負責的）但是，事實上學生、先生已經有很多人等在北平了。瀋陽既然停了課，梁華盛又調到了這裏做匪警備總司令我也不能不走了,便也把家搬了過來(我的愛人于月萍已在北平師大復學,只有母親和孩子先後上了路)。——證明人:山東大學教授高亨。

"中正大學"的學生到了北平以後,誰也不管:余協中閉門不出,偽北平市政府聽他們流浪。石含瑤、李靜涵、賈成章和我看不是事,才出頭給他們找房子,要口糧。後來賈作國民黨立法委員去了,李當了東大農學院長。石因家中事忙(愛人在美留學、小孩子三個)不能常出來,便由我一力承當起來了。這不單純是為了愛護青年,也希望學生不散,學校有頭緒,自己好有書教。再加上高興岳等一些比較熟的學生,有事就找,實在推託不開。就舉"七□□□□"

一九四八年七月五日,流入北平的東北學生因為偽"北平市參議會"對他們有了侮辱的言論,大家集合在西長安街該會的門首示威質問——把它的招牌塗改為"土豪劣紳會"。"中正大學"的學生也參加了。我聽到消息便趕往現場勸他們回去免得發生問題,但是學生不肯。後來因為事先約定須到偽社會局去給他們領面,又加上看見"東北臨時大學"校長陳克孚也在場便放心自己先走了。不料到吃晚飯的時候,因為學生轉往偽議長許惠東宅去清算便發生了慘案。——我於當晚七時被學生代表金某找到了和內細瓦廠他們的宿舍,知道先修班的同學死了一個,還有幾位受傷躺在醫院裏的。因為打算明天去探視死傷,外面又被軍警包圍,學生心慌遂留住在裏面。第二天早上,經過學生向"監守"的國民黨兵百般地解說,我才得帶了幾個學生出去探視。後來還參加了他們的送葬行列,向李匪宗仁請願懲凶的示威,和校內的死難學生追悼會等。也不是自己敢於鬥爭,只因為國民黨太殘暴了,學生何罪動輒槍殺!"不忍人之心人皆有之",此乃"良心"使然。

就是因為這些原因學生代表高興岳等才在舊曆中秋節日送給我

一面紀念紅旗還帶一簍水果。當時接受他們這些東西的時候心中也是百感交萃的！（證明人北京某區黨委高淼。東北錦州機械學校教員陳駟彤）

逃避解放重到北平的目的是為了繼續保持大學教書的工作（過去聽信了國民黨的共產黨不要知識分子的反動宣傳），因為東北各院校先後都搬到這兒了。可是"東大"農學院長李靜涵要聘我做國大教授兼秘書被崔九卿教務長攔住了；"長白師範學院"也只請了唐文播先生而對他敬謝不敏；"長春大學"應該沒問題了，通過陳克孚從羅雲平的手裏要了一個教授聘書，可是既不開課也不發薪。等到新校長我的吉大舊先生張翼軍和他的老朋友傅貴雲（被聘為大學院長）接辦以後，"中正大學"的學生他們倒接收過了。對於我卻不做任何的考慮——說羅前任的聘書是"起身炮"他們不能夠承認。後來才知道這些人們所以不謀而同地來排擠我就是因為我和"中正大學"的學生搞到一起了，太能夠掌握青年人不好"駕馭"了等等。也去求過戰犯胡適，胡適說："明年或須可以兼幾個鐘點的課，今年不成。""竹籃打水一場空"，母病家貧羈旅異地的我這時還不著急麼？因而找上了焦實齋。

焦實齋同我過去本不認識，在"中正大學"時彼此也不夠熟。他回到北平師大做總務長以後聽說我是反余（協中）的健將又頗得一部分"中正大學"學生的"擁護"，這才接近了的（他和余協中是對頭）。我最初本想通過他到師大教點兒書。但是他說："師大他也不想久搞，傅作義已要他成立一個高等教育委員會，藉以招呼北平各大學，頂好幫忙弄這個。"不料十一月左右軍情緊急，解放軍進了通縣、順義、密雲等地的北平外團據點。傅作義的秘書長鄭道儒又南下了，焦實齋被找去做了副秘書長，我也就成了他的辦公室秘書（給了個同少將待遇），並且立刻搬到城內辦事了。然在不到三個月的時間當中，搞的還是聯繫各大學的工作。如：每月召開座談會一次，交換學校情況，分配員生口糧,以及聽蔣介石的電報送反動教授上飛機等等。間或在焦實齋、劉瑤章(偽市長)、許惠東(偽議長)和國民黨市黨部代表一起作"匯報"時作作記錄。別的事情就沒有了。(匪華北剿總是一個軍事機構,掌管"機密大事"的另有參謀長辦公室、政治部。特別是傅作義自己的辦公室。我們這裏並不知道什麼。何況當時"和平""起義"的消息早已甚囂塵上了呢!)

一九四九年二月解放大軍進了北京城。"軍管會"為了便於接管起見設立了一個"北平聯合辦事處"。主任就是葉劍英元帥(委員為薄一波主任、戎子和副部長、徐冰副部長和陶鑄主席。傅作義方面的則是郭宗汾、周北峰、焦實齋等),因為焦實齋的關係我也參加進去作原職工作(這兒必須交待的是北京剛一解放,焦實齋就把一枝手槍送給了周北峰。又存一枝在我的手中。他說是"怕搜查")。但所經辦的不過是幫助焦實齋向錢俊瑞部長、田漢處長、馬彥祥處長等不時地接□提供一些有關文教機構的情況以便於接管而已(因為焦所負責的還是文教部門的交待)。六月初"聯辦"工作基本結束,秘書主任艾大炎便基於我自己要求學習的意見送我進了"華北大學政治研究所"。(證明人:政協全國委員會委員焦實齋)

念匪華北剿總乃是直接和人民解放軍為敵的軍事機關,我竟參加了它,縱令是為生活所迫;為期只有三月;搞的不過是"文教工作";最後也跟著傅作義起了義;並在"聯合辦事處"中有了一點點贖罪的表現。但在歷史上自己曾經有過正面的反黨、反人民、反革命的行為都是毫無疑問的。如果"逼視"不夠,豈止是政治覺悟太差,簡直是反動的根性使然了。

"華大"不到一年的學習(四九年六月至五○年二月)我表現得並不好:首先是自己歷史上的反革命小組織"復興社"和當前代焦實齋處理手槍的問題為了怕遭受處分而未敢交待,這就是不相信黨不相信人民政府的具體事實。其次是還想利用資產階級舊民主的選舉手法進入班委員會來顯示個人的"才能"，以隨行其自私自利的目的。它說明了我接受改造不夠徹底。最後，跟焦實齋、劉植源又結成了封建落後的小圈子，而且有時"包辦代替"了他們的理論學習（如代擬發言提綱、代草讀書報告等。但關於歷史問題的交待不在此內。因為這我只是給他們潤飾一下文字，別的未敢負責），這便不只是"溫情主義"了，提高到原則上說，等於幫助他們欺騙組織了。（劉植源先並不認識，焦實齋介紹我到他的醫院看過病。這回又一道學習——而且同組才熟起來）。同期學習的熟人極多，傅貴雲、陳克孚……都在。

　　結業以後我被分發到"西北藝術學院"教書（地在陝西長安南郊，院長是亞馬同志），然而三月到校七月便請假回來了。原因是這個學校的前身乃是"魯藝學院"，領導上對於生活的紀律、教學的思想，要求得都比較地嚴格。在舊大學教慣了書的剛經改造過的我，還弄不了（我開的是"文學概論"，自己雖然費盡力氣學生還有意見）。精神既不痛快，肺浸潤的舊症遂重發，只好辭職就醫了。

　　天津"一中"的校長王仁忱同志，是我愛人的同學。暑假之中他到北京公幹知道我從西北回來了，找我到一中教語文。因為名位觀念的作祟，本來不願意當中學教員。但因自己的身體才復原，于月萍又在天津工作。王校長為了鼓勵我也說："天津也有大學，將來不見得沒有機會。而且慢慢地鍛煉成為一個中等學校的領導幹部一樣的有前途有意義。"（大意如此）這才答應下來。到校之初，彼此處得還相得，漸漸的對他的作風感到不滿了，有時就在會上提出（這種專看領導的黑點，打擊領導威信的態度當然是極嚴重的錯誤），不過他也容忍了。後來抗美援朝運動起來，有些學生患"恐美病"。我為了安慰他們，便私下對他們說："不要緊，咱們的正規軍隊過江了"（我回北京時聽焦實齋講過。在火車上也側聞兩個穿軍裝的人這樣說），因而犯了歪曲國家政策的錯誤(因為敵人正是這樣叫囂著的)。於是王校長提了意見叫我們學生糾正,我竟認為是"小題大做"而耍了態度。可是接著問題就解決了。先是,"西北大學"的聘書到津,我曾向他請求離去,他不準走,我只好退聘。到了寒假負氣再辭(這個時候別的工作還沒有譜兒呢!),他倒準了,因之鬧個不歡而散。——不到一年換了兩個工作崗位,我的"任性而行"的"自由主義",真可以說是發展到了極點。

離開天津立刻跟"西北大學"重取聯繫,回電"歡迎",遂於一九五一年春二次襆被西去。——"西大"的一段自謂是"努力向上"的一個時期。因為大學教授到底又當上了,系主任傅庚生又是老朋友。所以就鑽研教材埋頭新課(開的是"蘇聯文學"和"現代名著選讀"兩科目),一心想把教學搞好。而且行政上每有號召也能主動響應絕不後人,如:春耕助工(幫助農民鏟麥)、工會文娛(參加排演話劇)、交出"代焦存的那一枝"手槍(是西北軍政委員會汪鋒同志號召的結果)、城固土改(我是受過縣委書記表揚的)、參加三、五反運動(曾為打虎隊員)都是有過一定程度的鬥爭的表現。只有"忠誠老實運動"沒有名實相符,因為又把"復興社"的反革命小組織關係隱瞞下來了!因此,儘管歷史上做了結論說是:"解放以後還知道努力學習新事物例如肯開新課等"(當時西北教育部派來領導運動的同志在組會上的話)也不能不深感愧怍了。

傅庚生和我的關係始終是好的,雖然在"忠誠老實運動"時因為彼此互相揭發歷史和缺點一度地造成誤會,但是跟著就"握手言歡"了——我於五二年暑假回天津的時候他和全系同人向我餞行。天津領導再度言調以後,他還來信只允"借調",可證。此外就是我在"西大"又有了溫情的小圈子,那人是財經學院會計系副教授劉世爵(資產階級家庭,在舊社會曾搞過稅務)和師範學院教育系副教授晁慶昌(地主家庭,留法,歷史倒是相當的復雜,是我院晁松亭先生的弟弟)。劉是河北同鄉,晁是北大華大同學。我們之間除了散步、聊天、偶爾聽個小戲、吃個小館以外,也還討論些問題,幫助幫助思想(如在"忠誠老實運動"時我和劉世爵便認真啟發晁慶昌交待問題來)。現在因為各在一方連信已不通。(證明人:西北大學教授傅庚生、劉世爵和秘書高揚)

一九五二秋年,天津領導上為了照顧我的愛人于月萍和我,重把我從西北調到我院來,那函件便是王仁忱主任親手辦的。照道理說我應該如何地感念黨的溫暖政府的寬厚,□得意忘形說是領導上使王仁忱主任藉此糾正錯誤,豈非荒謬已極! 到院以後又不知道系主任王振華排課有困難,而因為事不隨心和她耍了態度。尤其是開學前後,既聽信了程述之、薛綏之的挑撥離間,跟著一起製造分裂指摘系主任的兩攤("津沽"和"教師學院")思想,檢討完了,復在選民證問題上得到了李瑞熙、雷石榆的同情支持,認為系主任、韓文佑先生、黃綺先生等是"借題發揮"故意打擊。於是說怪話、發牢騷,始終對立,有意離職。仔細檢查起來,這就不只是自己不曾真個地認識清楚自己的醜惡的歷史而真是那種含有反動根性的特殊的自高自大的個人英雄主義和無組織無紀律的個人自由主義在驅使著自己這樣"蠻幹"——實在已經臨近了反革命的邊緣。如果再不回頭勢必遭到廣大人民的唾棄而墮入"萬劫不返"的深淵了!

附注:限於時間自傳所提到的只是一些關鍵問題。其餘的反動社會關係和到校以來所犯的錯誤等具見交待材料中,這裏面無暇重述了。

歷史思想自傳

（天津師範學院）

　　我於一九零九年農曆二月廿二日生於吉林省城。祖籍河北省撫寧縣。並無恆產，人口眾多。父親幼年失學，不識文字，當時是個點心店學徒。母親生長吉林，是他的繼配，出身於一個工人家庭（外祖父是機器匠，活了八十多歲）。生活賴教家館和有時也在衙門裏當小差事的祖父維持（他是個秀才）。因此，直到他晚年癱瘓逝世為止，乙直是我們家庭中最有權威的人——人人都怕他。

　　前母生有乙兄，比我大了七歲，他在我家祖父衰老、父親失業的時候，也不得不過早地出去做學徒（大約是十五歲時），以圖糊口。家中生計，除了母親為人縫紉，父親偶作零工而外，便賴舅父周濟了（舅父是吉林的儒醫，做過省會議員，家中有房產和荒地。這些都是他自己"積攢"起來的，與外祖父無干）。

　　一九一四年吉林女師招收保姆班學生，母親因欲自謀生活，以舅父之助，得以入班學習。為了照看我們（生我之次年又有了一個弟弟），也把我們送進了這個學校的"蒙養園"。不到一年，母親因祖母病亡，祖父臥病，終不得不半途而廢，於是我們便被送到吉林省立模範兩等小學校讀書。母親當日的打算是："自己完了，只好盡力去教養兒子了。"

　　祖父臥病之後，意欲傳其所學，在三個孫子之中單單挑上了我，這樣我便一面在小學裏上課，一面又在家裏讀詩書。七年小學完成之時,《四書》《五經》也通本了,我之飫聞封建主義教義,以及立志光宗耀祖顯親揚名,實基於此(以後往師範文科和大學中國文學系的原因也在於此)。

小學畢業,家庭經濟狀況仍未好轉,因而失學的悲劇又輪到了我弟弟的頭上,他在十五歲時也被送出學排字手藝。記得在搬行李的時候,我曾經放聲大哭,意思是:"弟弟如此年青,而且異常忠厚老實,出外學徒,難免要受欺侮,自己又無力援助。"所以悲從中來耳!(哥哥弟弟這樣過早地出去學徒,都是迫於祖父之命,父母無可奈何!)

還好,經過我的奮鬥,也緣於母親的支持,祖父到底允許我開學了。因之,我便得天獨厚地於一九二二年秋考入了吉林省立第一師範學校(因為這兒是官費)。先住了半年"試習班",後升入預科,衣物書籍等項,自然又是舅父資助的。

三年預科學習之中,家庭的變故紛至沓來。先是祖父死了;父親受騙賠了官款(他在充吉林煙酒公賣分局庶務員時,被局長王某敲詐,擠去了四百多元現款,家中當賣一空);哥哥也被永衡印書局開除(因為賦性耿直,遭人暗算)。弄得無力再在省城撐持下去,遂由母親提議下鄉生活。——於一九二四年春把家遷到了吉長路下九臺站後小屯中居住(投靠的是母親的一個乾親葉某)。寒暑假中,我也回去跟他們一起去拔豆根、砍毛柴、擔糞桶、拾莊稼地苦度光陰。

不幸的是,師範學校忽然改了三三制(三年初中,三年後期——前此的舊制只有五年),而且我於二五年冬完成初中階段學習以後,還得停學半年,才有後期可考。那末,怎麼辦呢?按照家庭的生活需要,當然是找個工作賺些薪資最為理想。但是,那裏有這樣便宜的事!當時的東北是在奉系軍閥統治之下的。軍政經濟機關,外省人休想染指。哪怕是乙個小職員,如果不去死力巴結,便根本沒有份兒(這從我父親賠"官款"、兄弟只能學徒,已可徵見)。偌大乙個吉林省,就只有教育界,大概是他們認為清苦,也不好搞,這才交給地方人辦了。但也多被縉紳先生霸佔罄盡,像我這樣乙個毫無後臺的初中畢業學生,可哪裏能夠輪得上！結果,又是母親出頭活動——通過舅父找的吉林縣教育局,才得在吉林省城白山書院小學代了一學期的課(言明半年以後升學,月薪當地永衡大洋廿七元)。

乙個十八歲的青年,做起小學教師來,當然不過是"孩子頭兒"而已。所以這半年的生活沒有什麼可以談的。倒是我們的家庭情況,因為父親進了省田賦局(當了計核員——打算盤合地畝的小職員);哥哥有了稅差(吉長路樺皮場站的分卡職員);我也有了收入,漸漸好轉起來。特別是哥哥分得了一批提成獎金,使著母親在吉林省城北關昌隆屯買了住宅,和一畝菜地,因而把家重搬回了市內。同時我之繼續升入後期師範讀書,也就有了條件。

可是,這時母親忽然變了卦,要給我娶媳婦,不同意再升學。她說:"白山書院不能做下去,我可以再去想辦法(我們父子的工作,多是她通過舅父和自己的女師學友關係找到手的),無論如何我等媳婦用(她與我嫂嫂婆媳不和)。"我乙看好說不行,便來了乙個"先斬後奏",不叫她知道就考上了一師後期,並把自己積攢下來的錢交上了學費。母親雖然發了脾氣,也無法挽回了。最後是她隔二片三地給我的弟弟娶了媳婦了事。時為一九二五年秋。

吉林是個地處邊陲文化落後的省份。吉林省立第一師範學校又是以封建保守自固範籬的傳統著稱的。所以五四運動儘管已經過了很久,而新文化的潮流卻直到我住後期的時侯才感染了一點兒。這主要地是由於此刻的校長教員多為北大師大出身的吉籍學生。他們回省以後,頗以"教育救國"革新地方相號召。留東留美的學生繼之,我們才算初步地改換了冬烘頭腦。這時影響我比較大的先生是傅貴雲、胡體乾、高晉生(亨)等人。

430

此外,在後期的三年學習中,有下列三事需要特別提出的:

①做了工讀學生。這項是家境貧寒而又品學兼優的學生才有資格請求。每學期雖只免收膳食補助費永大洋廿元,但它卻是個"榮譽稱號"。而且職務是在晚自習時看守圖書館,可以藉此博覽群書。所以我非常地喜歡這個工作,一直做了三年。

②參加了社會活動。我在初中時,因為自己年幼,不過是死啃書本而已,向來不參加什麼社會活動。偶爾被選了班長或是膳長,也只是奉行故事絕少建樹。但是到了後期,卻經常地參加學生會工作和愛國運動了。如"反對吉敦鐵路延長","打倒賣國賊劉芳圃"(當時的教育廳長),和一年一度的五五國恥紀念、五卅慘案遊行等。

③入了國民黨。一九二七年,在東北軍閥張作霖被炸身死後,吉林省城有了國民黨的地下活動。我因憎恨日本帝國主義者和奉系軍閥,誤以為國民黨可以統一中國趕走帝國主義,特別是讀過《三民主義》《五權憲法》一類的書籍以後(這是班上同學張治安慫恿我看的,他是個老國民黨了),對於孫中山先生非常地崇拜。適逢校長傅仲霖(貴雲)、教務主任張乃仁也先後參加進去,便在他們介紹之下,也於二八年秋完成了登記手續。這之後便:

一、學習了短時期的"黨義"。由國民黨吉林省黨務指導委員會的委員秘書朱晶華、朱一士、張惠民、任重等分別主講。地點即在該部所在地(吉林通天街前的乙家民房裏,門片三號)。時間大約是每周禮拜六午後六時至八時。聽者多係一師、女師、一中、女中、毓文等校的學生。記得多的時候到過二十餘人。只有乙個多月便結束。

二、搞過《吉林新報》的臨時校對。這個報是國民黨的機關報。我在二八年的寒假時,曾在社裏做過臨時校對(只供伙食,不給薪金,總編輯王某也是黨部的乙個委員)。開學後便離去,前後總共不到兩月,還不是天天到社。這個報後被吉林省主席張作相封閉,因為它抨擊他的爪牙頗不客氣。

三、跟著大家鬧過"易幟運動"。二八年秋末,吉林省城的教育界和青年學生,為了傾向統一反對地方割治,曾舉行了"易幟運動"——通過遊行示威,自動地打出"青天白日滿地紅旗"來,並把街上店鋪的"五色旗"扯掉。在這個運動之中,我是一師的糾查隊長。事後,多人被吉林主席張作相捕去,我也隱藏了許多日子。

四、一師的區分部。區分部的成員有傅貴雲、張乃仁、趙誠義、張治安、侯封祥、張麟生、牟鴻遠和我等人(張以下都是學生)。最初是每半月開會一次,內容不外討論如何吸收新黨員,和認真鑽研黨義之類。召集人是張乃仁、趙誠義,後來因為他們事忙,不大按期開會。張趙因易幟被捕,分部便無形解散。我個人也不談這個革命組織了。

前面說過,我的參加國民黨,是為了愛國愛鄉、反帝反封建的(那時沒有聽說吉林有什麼共產黨的組織活動)。但在"易幟"以後,目覩這個組織不堪一擊——地下委員門因為"三號"被封,立刻作鳥獸散,連入獄的人都不去管了。遂意冷心灰,又埋頭讀起書來。今天回想起來,我所參加的國民黨既然已是大革命失敗以後的東西,則儘管我的動機再善良,活動再單純,也不能自封是革命的行為了。

一九二九年暑假,我從一師後期畢業。看到文理科的同學,倚仗著他們各自的社會關係,有的教了中學(如侯封祥、張麟生、牟鴻遠),有的做了高小教師,獨有"品學兼優"的我,照舊無人問津,連舅父都為我"鬧革命"不再理睬了。這時母親拉長面孔,朝夕罵不絕聲,幸虧哥哥友愛,對我時加撫慰。值此無可奈何之際,吉林教界人士為了培養地方人才,對抗奉系淩侵勢力的吉林大學創辦成立了。胡體乾、傅貴雲兩師都鼓勵我投考它,並說:"這兒也有工讀的辦法。近水樓臺先得月,為什麼要失之交臂?"自己思忖了乙番:"也只好走此乙條路。母親呢?不去向她要費用,料想是不會阻攔的,反正是無事可做麼。既然

要錢不多,且努力考取,念乙年算乙年。"這樣,便在二九年九月進了吉林大學文法學院教育系(兼修文學組)。入學之後:

一、**首先是把工讀生爭取到手**:一面在晚自習時看守圖書館,一面在課餘之時寫石印講義,如此,每月約有永大洋十五元的工資,也就夠自己開支了。

二、**繼續做社會活動**:做了一年多吉大學生會的主席,和兩季吉林學生聯合會的召集人。搞的都是一些有關訂擬章程,爭取青年福利(如請求減輕學費,組織旅行參觀團之類)的事,不曾給學校當局做御用品。

三、**常向濫竽的教授開火**:吉林地在邊塞,好一點兒的先生不大肯到這兒來。如西洋史教授劉強、教育學教授王琦等,態度傲慢,滿口英語,除了大擺其美國博士資格,用原文書講課外,幾無切實學問。因此,我常在班上堂下跟他們展開論辯,也不過是質疑的意思。可是他們惱羞成怒了,紛紛向校方提出我"搗蛋",於是校長李錫恩、文法院長董其政、訓導主任劉迪康等,對我進行了三堂會審當面警告。要不是胡體乾、王甲第(曾是一師校長,這時是吉大的總務主任)兩先生為之緩頰,就被開除學籍了。

總之,我在吉大讀書的時候,並不是一個被校方喜歡的學生。這主要的是我從國文講師穆木天先生那裏得到了一點兒新的啟示。通過聽他的課和看他的名著譯本(如《豐饒的城塔什干》和《窄門》等),以及俄國著名作家果戈里、高爾基的一部分作品,對於反帝反封建的鬥爭,在理論上有了初步的認識。它首先體現於我的婚姻革命(反對家庭包辦,堅持自由戀愛)——這時我已經和我的愛人于月萍認識了,她正讀書於吉林女中)。而在九一八事變的前夕,也更仇恨了日本人。

一九三一年九一八事變爆發,我於目覩日本武裝部隊開進了吉林省城,和許多愛國知識分子,走的走,逃的逃,被逮捕被殺頭的恐怖情況之後,因為自己是一個大學生,又搞過學生會與愛國運動,當然也就凛乎其不可留也了。母親看我愁眉不展地日益消瘦,每天又東躲西藏地惹她擔心,為了放我逃命起見,這才勉強湊上了幾十元路費,叫我進關謀生。

三二年春輾轉到了北平以後,先已逃到這兒的先生李錫恩、董其政、胡體乾、傅貴雲等都碰頭了。結果是找工作沒機會,上學得自己考(不像遼寧的青年,和東北大學的學生。他們要工作有工作,要學校可以在北大、清華借讀,因為這個時候張學良等正盤踞在故都中)。沒有辦法,只好過著寄居會館,等於沿門托缽的流浪生活,一面還得竭力準備投考大學。

"蒼天不滅苦心人",在三二年暑假終於考取了北京大學中國文學系時,不禁自己這樣地慨歎了一番。既然進入了著名的大學,當時又有東北食堂供給伙食,因而便開始了"洗耳不聞天下事,埋頭且讀古人書"的書蠹生活。因為此刻的思想情況是:痛恨張學良的不抵抗,氣憤國民黨的不出兵,空喊乙回抗日救國有什麼用?不如先學乙點兒切實的本領吧。所以在這近五年的學習過程中,我的活動範圍非常之狹小,基本上不過是個同鄉的圈子而已。可以列舉的事實有:

一、**北強學社社員**。北強學社是個同鄉會性質的學術團體。社員幾乎全部是北平各大學中的吉籍學生。主持人劉剛中,雖然是個辦黨的,但我因為自二八年就脫離國民黨的組織,以後迄未再行登記的關係,跟他也只是泛泛的朋友。例如社中的月刊編輯,社務幹事,都是他的親信劉利鋒、侯封祥、崔殿魁、何壽昌等去充任。至於我則不過參加過兩次社員會,並領取一份月刊,同時也被他聯帶地介紹掛名於行健學會和東北協會(此二者都是遼寧人的勢力範圍)為會員而已。北強學社的壽命大概只有一年,便因劉剛中離開而無形解散。

二、**東北中山中學教員**。東北中山中學是國民黨為了收容流亡關内的東北青年學生而創辦的。它裏面的勢力是按著舊日的遼吉黑熱四省平分的。校長(李錫恩)、教務主任(傅仲霖)雖然都是吉林人,但教職員和學生卻是遼寧人多,力量大得無與倫比。而且李錫恩因為我於卅五年春跟他認為思想左傾的于月萍(她在東北參加過共青團)結了婚,又與他立於對立地位的今中共中央統戰部副部長于毅夫同志有了來往,只很勉強地給了我乙個兼任教員(月薪四十元)。後來還聽任北平分校的石志洪主任把我解聘(也是藉口於思想不穩)——正是九一八的前夕。

三、北大研究院的研究生。空在本科畢一回業,連個專任教員都找不上,如何維持生活?(這時我的愛人于月萍尚在師大讀書,我們又將於不久以後生下孩子。)聽說研究生會有每年三百六十元的補助費,於是又來打這個主意。結果考是考上了,然而因為在外面兼課是個有給職務者,照章不發補助費,因之竹籃打水又是一場空。須交代的是胡適做了我的導師,但我並不是他的"好學生"。

此外,應該補充的是,前在三四年暑假,因為跟著其他同學一起打了到北大東三宿舍捕人的特務,曾被北平市黨部的特務抓去,坐了兩天兩夜的拘留所,還被拷打凌辱了一頓,是北大校長蔣夢麟和北強學社社長劉剛中把我保出來的。從這以後,更是息交絕遊是事不問,當時搞得如火如荼的新舊學聯之爭,我就不曾廁身。

一九三七年七七事變,這時我是妻幼子稚,又在失業,無論不願再做亡國奴,或是須想辦法謀生,和九一八事變後在吉林的情況相似,都不能照舊蹲在北平了。於是不得不硬著頭皮拋離妻子,重走上了流亡的道路。——手裏有的只是大洋廿元,我們全部財產的一半(另外的廿元留給家裏過日子),當日真是茫茫天涯不知何處是歸宿啦!

南去的目的地,最初是南京,因為這兒還有幾個熟人。路線是經天津、飄海到煙臺,過濟南,轉徐州走的。可是到達地頭之後,南京已在疏散。早已搬來此地板橋鎮的東北中山中學對我仍是敬謝不敏。找工作既然全無希望,只好且同平津流亡大學生一起去向國民黨教育部請願——要求參加抗戰工作。可是新發表部長不久的陳立夫對我們說道:"抗戰自有政府主持,青年學生只該各歸家鄉,聽候分派學校繼續讀書。都聚集在業已疏散人口的首都,不是辦法!"東北華北的學生聽了都道:"我們無家可歸的人哩?"於是乙陣騷動便嚇走了這個壞蛋。

大概是國民黨政府怕出亂子,在九月中旬開辦了一個青年戰地服務訓練班,並且派人向我們說:"要想抗戰,便得先受訓練,因為你們不懂軍事。"這樣,幾百個大學生就都編了隊伍,穿上軍裝。我的番號記得是第二大隊第一中隊裏的第一小隊。

班本部就設在紅紙廊國民黨中央政治學校的舊址(該校業已西遷)。班主任由陳立夫兼而負實際責任的卻是黃仲翔,和大隊長李某。因為城內大學多已他遷,我們每日除了下操以外,也沒有什麼內堂可上——課堂的科目也不外是國民黨軍的"典"、"範"、"令"和政治教官的黨義時事講話之類。只有乙個陳禮江(偽教部的社教司長)講過幾次民眾教育。國民黨的頭子,則漢奸汪精衛、偽部長陳立夫到班做過"紀念周"。

我這時候的情緒是不夠好的:思念父母妻子,討厭這絲毫無實際的訓練。所以常發牢騷,也常請病假。對於那些教官們(不管軍事還是政治的),更是不大看得起。這時班裏同學搞了乙個戰鬥青年社,出了乙個《戰鬥青年》壁報,我便加入,投投稿,開開編輯會。後來有的同學說,這是個文藝團體,不大妥當。仔細乙打聽,才知道有民先的同志在裏面主持。但是當時想既是國共合作的全民抗戰,這有什麼關係?因而並未理會它。

南京淪陷的前乙個月,班上奉令西遷,到了蕪湖南陵停了乙下,跟

436

著又沿皖南、青陽、貴池等地轉趨贛北。我們日行不過數十里，都穿上草鞋，背了背包，還有乙桿大槍、少許子彈以防不虞。十二月底到了江西景德鎮短期宿營，就在這裏受了同隊學員馮光華的蠱惑加入了民族復興社——他先拉同鄉，又說我的愛人于月萍是他的師大同學（其實後來才知道我愛人在師大時根本不曾理他的）。在我行軍生病時又特別地照看我的生活。因此種種，我竟認為這個人不錯。但是到了景德鎮宿營時，他忽然叫我參加這個組織，說什麼"若要復興中華民族，打回老家去，必須有個政治團體，就是想做工作，也得有這個保障。它的要求很簡單：擁護蔣委員長抗戰到底"。說了又說，並且作著補充："這是隊裏的意思，如果不答應，將來對你很不好，別人想還想不到手呢！"這樣，我便上了個大當！

當日加入這個反動小組織的人很不少，大家談起來不過認為既是抗戰，則擁護國民政府、服從蔣委員長是應該的。共產黨不也公開宣稱"擁護抗戰到底的蔣委員長"麼？今天回想起來，這自然是乙種糊塗思想，沒有從政權和階級的實質去看問題。而我被它蠱惑的，尤其是怕結業以後又沒有工作，如此我的無人照看的妻兒便要在北平挨餓了——常在乙起聯繫的人有馮光華、雷雄、張占魁、李德全、雷動、王又鍔等。這裏面的張、李二人，我們還成了口盟的兄弟。至於活動，則除了有時在公開的場合和主張民主政治、攻擊國民政府的同學（主要的人物是葛佩琦、劉玉柱等，都是我的北大同學）展開論爭以外，便是婉勸那些不耐訓練有意離隊的同學要安定下來，相信國民黨會有辦法〔我就這樣解勸過班上同學溫光三（劍鋒）與高景芝〕。

卅八年乙月底，行軍到了漢口，班本部雖然宣佈了結業，可是遲遲不派工作。後來經大家乙再地鼓譟，才得於舊曆上元節日被送往了鄭州第乙戰區的政訓處（國民黨的司令長官是程潛，處長為李世璋）。結果是又受了乙個多月的短期訓練——不過是下操、挖防空壕、逃警報。

437

之後,也只由李世璋分配到豫北豫東西各縣做那"有職無權"的民運指導員(名義上是發動民眾參加抗戰的工作),月薪每人每月二十元,還得向政訓處具領。

我派往的地方是禹縣,這個縣長王桓武是有名的潑辣貨。他對我的態度非常之壞,除掉同桌開飯以外,什麼也不理你。自己實在感到無聊了,便常到遷校這兒的"汲縣師範"和"孤兒院"走走。校長劉某、院長陳子敬慢慢地都同我有了友情,後來他們共同勸我說:"跟王縣長搞不出什麼事業來,而且他這個人很陰險,不如走開!"因此,我便於陪王某出巡之次日(這也是他向我表示在地方上很有權威的意思),藉口回鄭州匯報離去了。

重到鄭州,要求再派工作,結局還是中牟的同樣差事。中牟的關縣長人倒好像頂和氣,只是白沙滾滾,吃飯都困難,每隔幾天縣長就要好意地送客。於是只好死了前方作戰地工作這條心,回歸武漢去向班本部想辦法了。這時回來的同學已經很多,大家都罵不絕聲地說:"受訓的腦袋,跑路的腿! 什麼工作,見他娘的鬼!"跟著轉入抗日根據地的人越來越多,我們對於熟識的朋友多半都是公開地歡送的(溫劍鋒、顧麟生等同學就是我親自送走的)。我自己則因為有室家之累,總想找個有給職務,所以就不曾走。

因為迫切地需要職業,先後找過:正在主持"東北救亡總會"工作的于毅夫同志。他說,他那裏都是毫無待遇的苦差事,解決不了我的問題,說轉移到此地的"東北青年教育救濟處"。他們說:"本處已在緊縮,非常時期毫無辦法。"最後還是鬧了一下班本部,才通過馮光華的手給了一封到國民黨教育部"社教督導員訓練班"受訓的介紹信。

"社教督導員訓練班"的主任又是偽部長陳立夫兼的,但實際負責的是副主任陳禮江(受陳指揮的是教務主任甘豫源)。調到這兒受訓的都是蔣管區各省市的民眾教育館館長。學習的科目有社教法規、社教行政、民眾教育原理等資產階級的教育理論。時間只有一個月，地點是江漢中學。結業之後，我和同期受訓的王泳、王又鍔被分發到長沙湖南省教育廳。

三八年秋，我們向湖南省國民黨教育廳廳長朱經農報了到。朱當時大不高興，說："廳裏沒有這一筆經費，教育部既不指定財源，怎麼隨便派人（其實只是每個人六十元月薪的事）？"雖然勉強留下，卻只把我們擱在北門外的市民教館中坐冷板凳。到了十月，才派我跟著一個什麼"自衛團總團部"的組長谷某，跑到瀏陽、寧鄉、醴陵、湘潭等縣視察了一陣地方武力（我是教育廳的代表，另外還有民、財、建三廳的）。這還是朱經農在知道我是他兒子朱文長的"北大研究院"同學之後。同來的王又鍔（也是"民族復興社"分子），因為不甘寂寞，就不辭而別了（我在離開漢口以後，便和這個反動組織完全斷絕聯繫，倒不是基於政治上的覺悟，而是看它不像個東西）。

回來以後，就聽說日寇南犯緊急，為了"焦土抗戰"，長沙要放大火。十一月末火起之前，張治中（當時的國民黨主席）在長沙成立了"戰地政務處"，處長夏維海（偽省府的主任秘書）。民、財、建、教四廳轉移邵陽之日，都派有人員參加進去工作。我又被朱經農指派為這個處裏教□□同中校科員（科長楊熙靖，系教廳的第四科科長，可是他因怕日本□□，後躲往益陽去了）。於是大火前後關於偽教廳的留守、善後等事項全落在我的頭上。朱經農認為我有這麼一點兒小小的"功勞"，乃於追回楊熙靖後不久，放我為"湖南省立民眾教育館"館長，並命我火速趕往沅陵接事（此館本在長沙火前遷往湘西。舊館長段輔堯，也在"社教督導訓練班"受過訓）。

三九年二月到了沅陵，便著手找職員，辦接收，同時又籌備更往西遷徙，奉命令設館於八區首縣永順。幸虧這裏不乏從湘東逃難來的大學生，自己又初領機關，一團高興，便在吳壯達、潘柄皋、陳石真、陳受

439

謙等人參加工作之下，在八區永順搞了三年文教拓荒事業：

一、巧佔萬壽宮為館址。開展了：①抗日宣傳（包括演話劇、放電影、教唱抗日歌曲、召開紀念大會等項）；②民眾教育（包括辦民眾識字班、兒童婦女夜校，以及實驗區、流動圖書館等項）；③衛生治療（如祛痘、防疫、衛生宣傳，簡單疾病治療等項）；和適時的④抗日書畫展覽；⑤湘西土產品展覽等工作。

二、⑥照看了八區保靖、龍山、大庸、桑植、古丈等縣的縣民教館；⑦代管了幾個中山民眾學校（永保龍桑每縣一個，經費由館代發）；⑧編刊了《湘西民教》；⑨建議和贊助了各縣教育科重視民眾的識字教育、抗日教育。

至於我個人，則在館長任中，另有下列的活動：

一、四〇年春，曾與"湖南省立永順鄉村簡易師範校長"丁超到桑植、大庸兩縣"講學"。我擔任的是"社會教育"，前後共約一個半月。

二、四〇年秋，被湘教廳派往國民黨"中央訓練團黨政訓練班"第十期受訓一月（內容不過是聽以蔣介石為首的國民黨政府各部部長如何應欽、孔祥熙、陳果夫等的講話）。並在這裏被迫集體加入了國民黨、三青團（可是在四二年春離開永順以後，便毫無聯繫了）。

三、四一年春，受八區專員仇碩夫的委託，帶領八區的運動員來到耒陽參加了"湖南全省運動會"，往返也有一月。

四、永順成立了"中央訓練團讀書通訊小組"。專員仇碩夫、永順縣長徐樹人、永郡聯中校長李丙炎、團管區司令蔣某和我都是這個小組的成員。但也不過是每月一次輪流作東，吃吃喝喝閒聊一陣而已（共集會不到五次）。

五、三青團在永順成立了分團部。書記張魂俠遍邀當地的機關頭兒充任兼任幹事，我也在內。然而因為這是一種敷衍面子的職事，我又經常出差，未嘗參與內部活動。

六、另外便是有時被請參加當地的公共集會，和所謂士紳陳覺人、符正平等間或來往。

一九四二年春，我被湘教廳調往保靖充當"湖南省立第八中學"校長。這是一個開辦才有一年的學校。前校長余超原因為貪污不負責任辦學，為學生所驅逐。我於到學校之初，即通告學生歸校，籌備招收新班。可以說是從修繕房屋、增聘教員做起，一年之中，已經有了初高中男女生四班，學生也能夠安心上課。只是因為地方惡勢力太大，以黨棍子田植為首的封建集團，早就希圖這個職位，所以經常橫生是非派人搗亂，目的無非是叫我幹不下去趕緊走路。延至四二年冬，自己也覺得再撐下去難免發生大的危險，於是趁省督學文亞文到校視察的機會隨同離去(否則連走出縣境都很困難)。並留下我的愛人于月萍候辦交待(她是一九四一年春從北京帶著孩子找到了永順的，這時是八中的歷史教員)。四三年春，朱經農准辭，並於他離湘時(前往重慶為偽"中央大學"教務長)派我為省督學。

省督學是個麻煩而又勞累的事。一年四季地經常在外做例行或是專案的視察，稍一不慎便出問題。加之新廳長王鳳喈和我不熟，每一接定棘手的案件就要擔心，於是決計不常幹它。適逢這時我和正在廣東"中山大學"任法學院長的胡體乾先生，在長沙辦"嶽麓中學"的羅敦厚先生，都有了關係。他們一位介紹我到"廣東省立文理學院"中文系做教授，一位拉我到長沙去代任"嶽麓中學"的校長，粵漢線湘潭通曲江的一段還有車，因之便都答應下來。間月往來於兩校之中。

"文理學院"的課很簡單，"文字聲韻學"和"中國文學史"，編了教材一念之事。"嶽麓中學"則有我的愛人代辦(她是教務主任兼會計主任)，學生也都認真讀書，滿以為都可以繼續下去了。不料四四年五月日寇南北夾攻，就要打通了粵漢路。其時恰值我在長沙，便於空氣萬分緊張之中，疏散學生，資遣了先生，封閉了校舍，安排了職員，最後我們夫婦才於炮聲隆隆中離開學校,逃向湘潭。

　這一路,經衡陽到桂林,轉柳州,入貴陽,歷盡千辛萬苦,越走越是心失望,認為抗戰勝利直同夢囈了。寄居貴陽之初,連住處都找不到,厚著臉皮擠在一個路上遇著的東北人劉肖良的家中。工作就更不要談啦,至秋初我的愛人才由她的同學王景佑邀去都勻"誠正中學"教書。(我自己則空在貴州教育廳登了一回記。)還是停了不幾個月,又被日寇的佯攻趕回重慶。——我先於十月到了這裏,又是硬借宿在同鄉吳景芳的樓上。每日以零賣衣物書籍為生。是年冬底方由國民黨教育部"訓育委員會"副主任周鬱文(他是我愛人在吉林女中讀書時的國文教員)介紹到陝西南鄭"國立西北醫學院"充任國文副教授兼秘書。

　西醫院長侯宗濂本是一位生理學家。他找我來的意思,是希望能夠替他了些雜務,和緩沖一下教授間德日派與英美派之爭,學生間的□籍與外籍的不和。這個任務太艱巨了,以一個業務外行又不是院長親信的人,哪裏承擔這一肩? 所以搞了不久心中就彷徨起來,討了一個恢復北平醫大請願代表的差事,便同教授毛鴻志奔向重慶。這事雖未成功,但因抗戰已告勝利,旅居重慶的東北人紛紛找接收的機會回家。因之我也通過同鄉霍戰一的關係(霍是我故去的大內兄于質彬的朋友),加入國民黨吉林省政府為接收專員(偽主席鄭道儒和霍是南開同學)。教育部的周鬱文,也給我弄了一個"東北院校接收專員"(特派員是臧啟芳),乃是叫我回吉林要辦大學教育的意思。

　在為道儒招待旅渝吉林人於"重慶社會服處"時,我本來衝撞他了。他說:"保證大家都能回家都有事做。"我說:"這是我們的權利,用不著誰來保證。"可是這個老官僚不但不怪我,反倒許我是"少年有為",叫我暫□胡體乾接收吉林教育廳。院校那邊則是先掛個名,以為將來廁身大學教育的張本。(此以回家辦教育乃是我的夙志)。

　　四五年十一月飛回了東北長春。因為解放軍很快地就解放了東北的大部分。國民黨不能夠接收，所以這個時候只是困居市內，會會親友，溜溜小攤而已。記得胡體乾到長春以後，曾辦了一個"中學教員冬季訓練班"，但也未到一月，便因國民黨和蘇聯駐軍鬧了意見而匆遽撤退。鄭道儒也借了患病堅辭偽主席職。所以我們於四六年一月再回東北的時候，已經是梁華盛來繼任了。

　　梁華盛本來是個淫穢貪污的軍人。他在瀋陽接事之初，查知我和他在國民黨"中央訓練團"同期受訓（他是當時的大隊副），頗有"垂青"使用之意。可是到了長春，我目覩他那種驕奢淫逸的行為（如挾日妓跳舞），把一切財經機關都交付他的私人掌管等，便不禁在酒席筵前譏諷了他幾句（自然也是借酒壯的膽），惹得他勃然大怒，立刻把我逐出偽吉林省府（我這時是秘書的名義），並宣稱不許我在吉林幹工作。

　　這樣，我就回到瀋陽去找臧啟芳。因為沒事做我不能生活，但是這個陰險的傢伙，明知梁華盛是我的對頭，卻單單派我為"吉林接收組長"回永吉去接偽滿的"師道大學"。這自然是會碰壁的。因之雖然托了胡體乾等向梁華盛試作通融，也不成功。我便流落在長春市內，幫幫在這兒搞青年救濟工作的姚彭令的忙（也是臧啟芳轉派的），給"長春市中學教員暑期講習班"教教語文課。當時真是無聊已極。

　　後來，我的舊先生高亨（晉生）隨"東北大學"復員回瀋陽，看到了我，一力介紹我為東大的國文副教授。還未開課，因為他接了東北"中正"大學中文系的主任，又請我轉任這裏的教授。一年半書教下來，本已安於這個生活了，可是四八年春解放軍解放了瀋陽附近的外國據點，國民黨的東北院校先後逃往北平。"中正大學"的一部分先生和學生也奔了這條路。我自己惑於國民黨的反動宣傳，說共產黨不要知識分子的話，也惶恐起來。適自主張遷校北平的教授會選我為面見董事長杜聿明的代表（另一位是賈成章），我便趁機離開瀋陽（也因為梁華盛這時調來瀋陽做警備總司令）。

杜匪聿明最初辦這個學校的目的,乃是為他自己豢養統治東北的儒□手。它的經費來源,也就是他搶收自東北的一部分物資。所以適他被林彪將軍打垮離開東北以後,這個學校事實上已經交由他的親信余協中負責了(余是他的秘書長,此校的文學院長)。我們為了要經費和遷校的問題找他,不會有什麼結果是可以想見的。——他果然又推到余協中的身上。可是余協中這時也早已轉移物資、置辦房產到北平去作富家翁了。學校的事情他聲明因為經費無著不再管了。因之補發經費,在北平辦分校的想頭,完全落空。業已流落在北平的先生學生便不能不自討生活了。特別是學生們,當時真是衣食無著,彷徨街口。

幾個比較關切青年學生的生活與學習的先生,石含璠(經濟教授)、李靜涵(畜牧學教授)、賈成章(農學院院長)和我,便為他們要糧食(向國民黨市政府社會局洽領),找宿舍(最後是學生們佔入了□廠某號的一座舊官僚家的大空院,由我們出面交涉借住),謀課(曾有暫先恢復補習性質的教學的擬議)。後來因為石的愛人赴美留學,家事無人照看,李轉任"東北大學"農學院長,賈也去做立法委,都沒有時間再管這個閒事,於是這個千金擔子就落在我一個人的肩上。自然,我之為學生奔走,也是打算"中正大學"的學生有了著落,自己好有書教。□□失業。不料事態越來越嚴重,不只這些被看成"思想不穩"的學生什麼校也不收留,而且他們還遭到北平地方惡勢力的歧視。最後於七月跟著其他的東北院校學生同因請願示威(向國民黨的市政府和參議會)而慘被槍殺多人。我這時激於義憤,無論事前的抗議(反對參議會侮辱東北學生)與勸告(告誡自己的學生要當心吃虧),事後的撫□(到醫院訪問)送葬,開追悼會,和向李匪宗仁示威,都完全是站在學生的一面的。

就是因為這些緣故,遷到北平的幾個東北院校,才不肯接聘我做□。——例如東大本來是李靜涵先生想要找我去作國文教授和秘書的,可□阻於當時的教務長崔九卿,長白師範學院因為有梁華盛的命令在前,院長永燕早就不敢考慮這件事;長春大學的新校長張令聞、文學院長傅貴雲、教務長史國雅,不是吉大的舊先生,便是一師的老同學,照說應該找我了,□□不成功!——他們只通過我的手接受了"中正大學"的學生,連學校欠我的兩個月生活費都不發給。(長大的舊校長羅雲平辭職前,我曾經通過"東北臨大"校長陳克孚的介紹,得了一張教授的聘書。可是因為這個學校尚未復課,不曾上班。張令聞等竟說這是羅某的"起身跑",不認賬。)但是有什麼辦法呢? 儘管我這時母病家貧子幼,愛人又在師大復學中。

同鄉的圈子裏既然想不出辦法,便同曾為"東北中正大學"籌備主任,現"北平師範學院"總務長焦實齋打起交道來。這個人我在進入中大以前不認識,在學校時也只是普通的同事而已。直到他因為和余協中意見不合,我們許多人更反對余某的專恣貪污之際,大家才熟了些。我找他的意思,是打算到師大兼點課。但是他對我說:"傅作義為了要跟當日平津大學院校建立聯繫,想要成立一個'高等教育委員會',找他負責,頂等著這個工作。"一看不成,又跑北大找胡適要鐘點,向唐蘭求幫助(唐代理北大的中文系主任)。像這樣地到處亂撞,都不過是為了生活,而無結果必歸徒然,那是不問可知的。

四八年十月焦實齋有回信了,說是"高等教育委員會"因為"時局緊張"的關係已經不能單獨設立。他叫我以秘書的名義,在"華北剿總"辦公,□管這些事物。當時自己明知道這不是一個好機關,可是為了吃飯,有什麼辦法,只好硬著頭皮答應下來。好在"和平起義"的消息已在甚囂塵上。

從十一月至四九年一月這三個月間,我所搞的主要工作就是代傅、焦兩人聯繫北大、師大、清華、燕京以及設校北平的東北各院校。其內容也不過瞭解一下師生員工的生活情況,定額分配一些物資食糧,以及跟焦實齋參加大約每兩三周一次的院校負責人座談會(也是以交換學校情況、解決生活問題為其主要內容的)。另外記得的是:年終分送麵粉給教授先生們,起義的前夕由傅作義請了一次客(探詢教授先生們關於"和"、"戰"的態度)等類事物工作,我也參加了。

一九四九年二月,傅作義正式起義,我又跟著焦實齋進了"北平聯合辦事處"(焦是傅方三委員之一,我是秘書),幫助進城以後的解放軍接管北平的文教機關(我們只負責介紹情況,作最初的聯繫工作)。這時候也跟老幹部們(如北京市長葉劍英將軍,財政部長薄一波同志,今統戰副部長徐冰同志,文教部留學司長艾大炎同志,以及今廣東省長陶鑄同志)吃小灶,坐汽車,參加晚會地享受人民勝利的果實,實在是非常地慚愧。——特別是在自己學習了一些革命的文件之後。

五月,聯辦的工作基本結束。我便自動地要求學習(因為不學習無法徹底改造自己,正確地參加革命工作),當由秘書主任艾大炎同志以長春大學教授身份送入"華北大學政治研究所"學習。在近十個月的學習中,我才極初步地認識了革命的道理,交待了自己的歷史,參加了京郊青龍橋的土改,而於五○年三月結業之後,被派往"西北藝術學院"任教,四月到校。

"西藝"是一個新形式的學校。老實說,我這個在舊學校搞慣了的知識分子對於這裏的生活是不大感到寧貼的。雖然院長亞馬同志,教務處長鍾紀同志等對我都很關切。更主要的是,這兒的課程如"文學概論"之類,不是我能夠勝任愉快的。情緒既不夠好,老病又告復發(肺侵潤症犯了),因□一學期,便請病假離職。

這時,我的愛人于月萍是天津市"女二中"的教務主任。領導上為了照顧她,便將我調到天津"市立一中"做高中語文教師。已經是大學教師的我,難免懷有這是降等的名位觀念,所以一開始便不是在安心工作著的。到了學期終,又因為跟校長王仁忱處得不合式(他說我自高自大,我道他官僚主義),請准離職,轉任"西北大學"中文系的教授。(時為五一年春二月)

我到西大是由於老同學傅庚生的介紹(他當日是這兒文學院的□人和中文系的主任)。從五一年春到五二年秋的這個時期,是我認真鑽研業務,積極參加社會活動,換句話說就是勞動熱情相當高漲的一個時期。具體些講,如:

①開新的課程。我本是搞古典文學的人,可是到西大以後為了從頭做起推陳出新起見,特硬下頭皮開了"現代名著選讀"和"蘇聯文學"一類的課。

②搞宣傳、文娛活動,和農事的季節勞動。這主要的是下鄉宣傳抗美援朝,在校參加話劇、京劇和曲藝的表演,以及春耕鏟麥秋收割麥一類的農事勞動。其他學術性質、革命紀念性質的活動,還在其次。

③城固土改,西安打虎。五一年秋我又自動報名到南鄭地區參加土改。在工作的當中,頗受城固縣委的表揚。回來以後,又在校內搞三反,被派入打虎隊工作了一個時期。

五二年夏,忠誠老實運動之後,我因趁暑假之便到天津來看我的愛人(她這時已由女二中調任為天津教師學院教務主任)。適逢"教師學院"和"津沽大學"並校改組為"天津師範學院"。我愛人又轉充這個學院的教務主任。領導上為了照顧她,再向"西大"調我——當時西大侯外廬校長本已決定調我愛人到西北任教,因為這兒堅持她是一個領導,都堅邀我來,我才不走的。

三年以來,表現的雖不夠好(例如和系主任王振華彼此意見甚深),自問對於黨和行政上的號召,以及首長們交下來的工作任務,很少不去積極完成的。只從教學方面舉一下例:

①開了三種性質不同的課："蘇聯文學"，"現代名著選讀"和"中國文學"。而且都是從頭到尾一人完成的（班次也有本科、專科、速成部的不同）。

②按期完成了講稿的編寫："蘇聯文學"、"中國文學史"、"古典文學讀本"各一部。另外還有參考材料"李白評傳"、"陶淵明的思想"等。

③率先舉行教學檢查，從事培養助教工作，和不遺餘力地批判胡風、胡適的思想。

儘管如此，總感覺系主任王振華同志時常揪著我的"歷史複雜"小辮子，不相信任。並在五三年選舉和今回的肅反運動中，有借題發揮打擊工作熱情之處，所以有意請求調轉工作崗位。除非這些問題能通過領導徹底說開之後——如她自己在肅反前後所檢查的官僚主義、主觀主義，尤其是宗派主義，對我是不是也有——才可安心工作。

雜　憶

長白孤孽歸去來兮録(一)

前　言

我是一個頂平凡的人，十五年來雖然也跟"睡獅猛醒"的大時代，在後方各省跑來跑去，可是並沒有碰出甚麼了不起的事功來，論理似乎不值得浪費筆墨效顰大人先生也作"録""記"這一套玩藝兒的，怎奈歸來以後，親朋故舊們往往以"這多年你是怎樣混過來的""祖國是怎麼把小鬼打垮的""後方的風俗人情如何"的問題來探詢，問者不憚其煩，答者不勝其擾，為了節省精力，給他們一個總答覆，我才手寫這篇東西。

這裏面沒有誇耀，也沒有欺罔，不過想著這個機會把我這一階段的生活做一番忠實的報導和檢討，給青年朋友們做一點兒人生上的參驗或啟示罷了，更沒有甚麼"藏諸名山傳諸後人"的意思，因為既非"偉人巨子"，也非"學者作家"的我根本的談不到。

至於題作"長白孤孽歸去來兮録"，這是因為：(一)我不是個東北人嗎？長白為東北名山，著此所以表明籍貫。(二)記得孟子說過："獨孤臣孽子，其操心也危，其慮患也深，故達。"我在後方雖然不曾顯達，可是完全憑著自家的工作，在硝煙彈雨舉目無親的場合裏掙飯吃，這還不算"孤孽"嗎？(三)"歸去來兮，田園將蕪胡不歸！"這是陶靖節(潛)先生的話，陶先生在黃老清談的西晉，自然容易來去自如，淡泊寧靜，我則遭逢"九一八"事變，家鄉淪喪，危亂難居，不能不避地就食，投

451

到祖國的懷抱,等到"八一五"抗戰勝利,東北光復,我又不能不樸被歸來,重返久違的故里,就是不拿去為"抗戰"來"建設"的大題目講,也和陶先生不大相同了。(四)至於所謂"錄"那不過是"有聞必錄,無感不書"的意思,體裁是和"隨筆"差不了多少的。

此外關於時期,我想從中華民國二十年"九一八"事變起到三十五年"九一八"十五周年止,共總記叙十五個整年,事之經絡脈絡,當然是以我個人的遭際觀感作綱紀的,即或有牽涉到"大人先生"們的地方,那也不是有意的"褒揚"或"貶損",現在不是"自由民主"的時代嗎?"知我罪我其無辭焉!"合并聲明。

一、入關前夕
(民國二十年"九一八"事變——廿一年五月)

1. 山雨欲來風滿樓——"九一八"事變的前奏曲

記得民國十九年中央委員吳鐵城先生到東北來視察的時候,曾在吉林大學(在吉林省城財神廟胡同舊址,現已無存),向我們(吉大學生)講話說:"不到東北,不知中國之大;不到東北,不知中國之危。"當時我們感覺到這兩句話說得非常之警闢,因為它是出諸中央大員之口,使著東北青年由此知道中央對於東北的認識,未嘗不相當的清楚,因為我們當地人士,早已知道東北和內地的不可分,及其潛在的一切危機了,所以我們吉林青年在國軍才底定燕京的時候,便廢寢忘食的研究三民主義參加秘密工作,在東北當局還沒有決定掛青天白日滿地紅的國旗時,我們便有轟轟烈烈的"易幟運動",在東北還是封建割據的時候,我們便敢打倒出賣吉敦鐵路敷設權的教育廳長及劣紳等(姑隱其名），此其意不過急欲東北脫離特殊局面而使之統一化、革命化以免來日的大難而已，又誰知力不從心轉年便遭侵凌哩！原來，本在"九一八"事變前一年，由於萬山事件（郝鵬盜賣國土）中村事件（據說偵察內蒙失踪南滿鐵路平行綫問題；吉海鐵路建設成功）的紛至沓來，我們已經知道日本強盜迫不及待了，可是假如當時東北當局隱忍自重隨機肆應，也須（許）不至於突然的便演成事變吧。

2. 晴天霹靂到吉垣——"九一八"事變時吉林省城的形形色色

中華民國二十年九月十九日早晨九點鐘，我正在吉林省城新開門裏散步的當兒，忽然碰到第一師範的學友韓君，他迎面走來，緊握著我的雙手說："紫銘，你知道嗎？瀋陽發生了變故，日本人昨天晚上把北大營和瀋陽城都佔領了！"接著又聽到旁人說："長春南嶺也起了衝突，我們的軍隊已經打散。"這對人們真是一個晴天霹靂！究竟是怎麼一回事呢？大禍真就臨頭了嗎！又過了一天，聽說駐防省城的三十四團也由官銀號送了大批給養，退到外縣去了。我跑到江邊省長公署一看，果然空寂異常，連一個崗位也找不到，街上的青天白日旗立刻也一面不見了，接著嗡嗡地從東面天空來了一架飛機，紅的綠的方塊傳單，蝴蝶般從天上翩躚的落下來。拾到一瞧，不過是一些"大日本皇軍膺懲 XX 軍閥……"似通不通的日本式中文，著名的是關東軍司合官本莊繁。接著日本軍隊果從長春開來，各機關各路口馬上佈滿了面帶口罩手橫步槍的倭兵，我大著胆子走到新開門外日本領事館（日軍司令部所在地）附近望了一望，見有幾尊鋼礮橫七豎八的擺在馬路兩邊，倭兵橫眉豎目的擺來擺去，也並不怎麼了不起，為甚麼我們便"白讓"了呢！心裏老是氣悶著。

3. 是誰不抵抗呢——關於"九一八"事變的幾種傳說

東北軍並不都是"沒種"的人，據說當時駐守瀋陽北大營的第七旅（旅長王以哲裝備訓練都好），在得到"不准抵抗立刻撤出"的命令時，士兵抱著槍桿跪在地下哭說："旅長，這一回我們要是不打，甚麼時候才能再回來呢？"弄得旅長也揮淚不止，而駐守長春的某營，雖然隊伍不多，卻認真的抵抗了一陣，也使倭兵小有損失。還有人說，東北當局曾獲中央密電："為了避免事態擴大，可以隱忍處理。"至於倭寇為甚麼偏選擇這個時候侵佔東北呢？據說這是幾種空前的良機引誘了它：
（1）東北當局入駐平津，後方空虛，可以攻其不備。
（2）中國長江大水，南北戰爭，南京無力兼顧關外。
（3）蘇聯建國伊始，五年計畫未完成，不足爭衡東亞。
（4）英美生產過剩，處處經濟不景氣，一時難加干涉。
（5）日本軍力國力都正充沛，理應向外發展。

4. 所謂民族自決——偽滿傀儡成立的把戲

軍事行動為達成政治目的的工具，政治作用乃實行經濟搾取的手段，倭寇密嗾，豈不知此？所以在武力佔領"南滿"各軍事據點以後，他們立刻起始組織傀儡政權，最初是先把國財任命的遼吉省府推翻。遼寧的臧式毅據說為了抗爭，還絕了一回食，可是終於屈服。吉林的熙洽，根本就是老牌的"混混"，這回升了省長，自然是喜出望外，沒有問題。這樣的幹，他們猶以為未足，接著索性找個統轄全局的大號傀儡，由土肥原等把滿清廢帝溥儀夫婦從天津搬到長春，"遺老"鄭孝胥、羅振玉等也都"扈從"了來。吉林八旗的老子弟，還認真的補袍朝珠穿起來，跑到長春去接"皇上"。接著所謂"建國運動"便開始了，"大同"是年號，把舊日五色旗的黃色放大，紅、藍、白、黑四色縮小，放在左上角，便成了"滿洲國旗"，甚麼"滿洲獨立"啦、"民族自決"啦、"三千萬民眾大覺醒"啦一類的鬼口號，便在無恥的劣紳招顧的萎民、脅從的商店夥計混成的"建國遊行"行列中，夾七夾八的哼了出來。唉！真是可憐可笑，然而能說人家的行動不陰毒快速嗎？可悲的是那些"遺老志士"們，做了人家的政治玩物還不知道，兀自夢想著"後清帝國"哩。

5. 抗日將軍馬占山——東北的民族英雄

在倭寇志滿意驕自詡攻佔"滿洲"勢如破竹的當兒，黑龍江騎兵師長馬占山將軍居然敢為天下先，在齊齊哈爾(黑龍江省城)樹起抗日的大纛縣了(時間是冬季十一月，倭寇擬向"北滿"推進之際)。馬將軍明於天時，嫻於騎戰，以逸待勞，穩紮穩打，很在嫩江橋邊跟日本鬼子打了幾大仗。後來雖然因為彈盡援絕退向克山(龍江北部一小縣)，可是已使日本鬼子吃了很大的虧。而且，我以為馬將軍的這一抗戰，勝敗倒是小事，使著國人知道東北軍人不盡是"無抵抗主義者"，日本軍隊也不是不可侵犯的"天兵神將"，從而增加了國格和民族自信力，才是偉大的貢獻呢！所以在對日抗戰史上，馬將軍真稱得起是殺敵致果的第一條好漢，這是值得我們大書特書的。此外，在馬將軍前後大大小小也曾打過日本的武士，如敦化的王德林，哈爾濱的丁超、李杜，黑龍江的蘇炳文等，也都應該表彰一下的。

6. 李頓調查團到東北——偉大的顧維鈞博士

有人說強權之下無公理，日本人根本沒把"銀樣蠟槍頭"的國際聯盟放在眼裏,而中國人卻偏把"東北事變"的大難題控訴到國聯,這不是呆嗎? 其實不然,強權雖能蠻橫一時,真理終究會得勝利,在國際間不顧信義、一意孤行真的不成,看看德意日"軸心國家"失敗的現狀,就可以充分的證明了。而且國聯雖然不能制裁強暴,她可確是和平的象徵,日本敢悍然與之敵,失道者寡助,在精神上他先已注定失敗;中國肯曲意聽其處理,這是得道者多助,在實際上自然必須獲得勝利(敵我政府領導人對於國策扶拾的高下,這時便已分明)。不過李頓調查團之派遣,卻真遭過有識之士訕笑的,因為中弱日強,"羔羊不會去到老虎口旁拔毛",那末,事變是由誰發動的還用調查嗎? 國聯不過藉此拖延罷了,然而日本人還是儘量作彌縫的工夫,欲以一手掩盡天下人耳目,——假造證據(把北大營附近的"南滿"鐵道拆開,放倒了幾輛車身),楞說事變是由中國人發動,他們不過是為了保護"既得權益"被迫而出於"自衛"的,硬說偽滿是東北民族自決的結果,他們不過是"善鄰親邦"予以"友誼"的援助的。天哪! 我真佩服他們這種"偷天換日""顛倒黑白"的巨騙手段,所以當我看到省城"工人學生""法團代表"拿著偽旗排在馬路兩旁喊"偽滿萬歲",和坐在李頓汽車裏面緊蹙雙眉的祖國代表顧維鈞先生時,真為百感交萃,熱淚盈眶,而顧先生的勇敢與偉大(日人曾拒絕顧氏出關,並有威嚇表示,顧氏不顧),遂也深中人心了。後來調查團在天津北戴河等地休息作報告,聽說得到的材料相當的真實,都是由東北的青年志士愛國分子設法通過外僑教士遞到的,誰說東北人心死了!

7. 敦化愛國志士就義九龍口——可紀念的蓋烈士文華

蓋烈士文華醇厚愛人,富有革命思想,他是敦化一帶著名的地下工作者,自民國十九年吉林省黨務工作尚未公開以來,黨部諸公(中國國民黨吉林省黨務整理委員會委員,其時為朱晶華、劉耕一、王誠、朱一士,黨部設在省城牛馬行附近某胡同三號),即倚之為東邊長城。"九一八"後,蓋氏忠誠不渝,仍在東山裏鼓吹革命,接濟義勇軍,從事抗日工作,以事機不密,與敦化縣商會萬會長(已佚其名,為敦化首富,有國家民族意識,會接濟當地義勇軍)等,同被遞解來吉慘遭殺害。就義之晨,我適因事赴九龍口(吉林刑場在北極門外山腳下)附近,途中遇一日本軍用卡,上坐青布蒙首倒剪雙臂之囚犯數名,周圍守以倭兵,我便下意識的跟到刑場附近張望,可是倭兵四處放哨,不准靠近,只聽得有人喊道:"會長可了不得啦!他們把我們弄到九龍口來啦!"接著就是一陣慘呼叫罵,直到一個鐘頭以後才准人看。嚇!我的媽,血淋淋的幾具死屍,橫陳在沙崗子上,都是用刺刀從後頸項向前割的,一個穿狐皮袍的老年屍身正有人在洗血污縫刀口,據說就是萬會長(蓋烈士和其他幾具屍身則已草草的裝入棺木,上面都有白紙貼的名條)。看到這種慘狀,我不禁潸潸淚下,默默的禱告道:安息吧,烈士們!這筆血債我們是會討回來的。"

8. 從報上看到的"一二八"淞滬抗戰——國軍畢竟不凡

我們一直在悲憤,為甚麼中央聽任倭寇侵佔東北,除了向國聯控訴以外,就沒有別的行動了!東北不是中國的領土嗎?為甚麼不命東北軍回軍反攻?為甚麼不派兵北上出關作戰(這些問題,在今日自然都用不著解釋)?我個人是一天天的跑省立圖書館(在新開門裏女中胡同,今已無存,我家住在白旗堆子),翻報紙,看消息。哈!一月三十日,果然有滿人意的新聞來了——上海十九路軍蔡廷鍇將軍率領健兒抗日,中國報紙不要講了,就是日本辦的華文機關報如盛京泰東(前者在瀋陽出版,後者在大連,各地邕銷),也都一再的說"華軍頑強抵抗,

皇軍陷於苦戰"、"日軍一中隊全員戰死"……知道日本鬼子又碰到了
鐵拳,看報的朋友才互報以會心的微笑。後來倭寇大動海陸空三軍,
連白川大將都到了上海(後被韓國革命志士尹奉吉在虹口公園炸死,
同時失腿者有重光公使,喪目者有野村少將),還不曾討到半分便宜,
可知國軍士氣之旺盛與戰鬥力之堅挺。於是我們每一看到便不禁撫
掌大笑,這一口鬱悶之氣,才稍微的舒洩了一下。因為這時候的東北
人很怕中央把"九一八"當作地方事件,他們相信中國縱弱,如以整個
力量對付日本,不會毫無成果的。而且,倭寇的進犯東北未嘗不是"嘗
試"政策,只要能多給牠一些打擊,便可能使牠"龜縮"一點兒。所以
他們不怕事件擴大,只怕中央不肯大幹。"心忭漢宝,悵望王師",這也
是亡國大夫應有的心理呀!

9. 吉黑兩"蒙塵"省府和錦州緩衝地帶

"九一八"事變時,吉林省主席張輔忱氏沒有在省垣,由委員兼民
政廳長誠允氏帶著一部分人員輾轉退到了濱縣(吉省北部)。誠先生
守正不阿,有道學氣,在濱縣居然招徠甚廣,號令義師。黑省主席萬福
麟氏也沒有在龍江,由馬占山將軍代行職務,在克山黑河等地,也撐持
了一陣。後來雖然都解散了,我們對誠、馬兩先生最後奮鬥的精神,卻
是不能不贊佩的。至於"錦州緩衝地帶"之設置,本來是中國向日本提
出的,因其時日本外相幣原有"對支交涉三原則"(多半不出廿一條的
舊範圍),頗有局部解決的可能(中國外交家顧維鈞先生都主張及時接
受了)。國際間的事,本來不能戰便須和,只要所救甚大,所失不多(因
為時間是倭寇的敵人,我們可以徐圖恢復),可是在舉國洶洶反對屈辱
外交的氣氛下,誰敢強作主張呢! 結果是幣原下了臺,錦州也被衝過
來,兩國交兵長城為界了!

二、襆被入關

（民國廿一年五月——九月）

1. 成行——是父母愛子的結果

　　我是一個血性青年,國家民族觀念特別強烈,這種環境教我如何忍得下去! 可是走嗎? 我不過是個廿三歲的青年,大學還沒有畢業(我時肄業吉大教育系二年級),而且阿兄遠遊(長兄華甫糊口延邊),家貧親老,怎麼割捨得了! 不走嗎? 便須找職業(書是無從讀起了),然而像我這樣不安分的學生(我之好談革命和在學生會裏活動動是盡人皆知的),又誰敢用呢? 此時我真是憂心如焚,寢食俱廢。一天夜裏,我已經睡到炕上(東北人多睡土炕),矇朧間覺著母親摸著我的周身,一面歎息著對父親道:"這孩子瘦剩一把骨頭了,再不讓他走,不是要白白的糟塌了嗎?"接著聽到父親唉了一聲說:"叫他去吧。"(因為父親的"中風"病還沒全好,而且他是最愛我的)天明之後,母親便做打發我遠行的準備——先叫我找好同伴(同學陳嘯天、蘊章兩君),又給我整理好行李(一個提箱、一個被包),在起程的時候,給了我一百二十元路費,我便叩別雙親,含淚走向入關之路。

2. 途中——大連、海上、塘沽、北平給我的處女印象

　　因為關上不通,我們行前決定走大連、塘沽之線,所以先搭吉長車到長春,沒有多停,即換乘"長大急行車"走向大連,於當晚四時到達。一路上瀏覽風景,看到日寇經營的南滿鐵路,道是雙軌,線桿鋼製,已

經佩服人家的建設。及入大連,則棟廈櫛比,馬路平闊,綠陰之中汽車穿梭,丘陵以上電炬掩映,真是一個絕好的近代都市,更覺得人家之能向外發展不是偶然的了。是晚我們住在碼頭附近的悅來客棧,三個人開了一個房間祇用日洋一元二角。大連的水菓也特別便宜,尤其是香蕉,八分錢就可以買一斤,我們吃到作嘔才罷。

第二天的清早,我們搭了長平丸走向塘沽,長平丸載重八百噸,是一條小型的客運船,設備倒還不差,只是客艙裏中日分界,日本的一邊,一人一舖,非常舒適,中國的一邊,男女混雜,擠得要命,相形之下,未免令人氣惱。唉! 連逃難都得用敵人的交通工具,這個仇可怎樣報? 是日海上無風,波平如鏡,遠遠處白鷗斜飛,落照灑紅,美麗得很,而"天海空闊"之蒼茫境界,遂亦首次令我獲到參驗。

第三日午前七時抵塘沽,塘沽簡陋不堪,比起大連來,恰可發人深省,可是無論如何我們是又投到祖國的懷抱了,當我們看到塘沽車站的國旗向我們飄搖時,我們幾乎歡喜得跳起來! 停了不久,搭用塘特別快車回駛北平,當日黃昏時候到達,我們的旅程宣告終了。

北平這可愛的故都,使我響往了十幾年了,那高大的前門,巍峨的宮殿,如飛的人力車,舊式的舖店,都和我似曾相識。是晚我們宿在太平湖國學院旁邊一個公寓裏,鄉人劉向之君(榆樹人,嘯灣兄的學友)招待得我們很親切,我至今不忘,——可惜的是抗戰軍與劉君在南京犧牲於敵機下面了。

3. 客舍——準備入學試驗

北平的公寓,房價廉,來去便,是一種有特殊風味的平民旅舍,它的住客多半是學生、小商人和低級公務人員,也有准帶家眷的。這個時候,北平的生活也便宜,六塊半錢便可以包一個月的伙食,有時高興了我們還可以自己來作,只要一个煤球爐子、一把菜刀、幾個油醬瓶子和盆、盌、鍋、罐就辦得了(最有趣味的是,油鹽店和肉鋪,前者用一个銅板可以打醋、醬,還能澆一點兒香油,後者三五個銅板便可以挑肥揀瘦,還可以叫他收拾好,又公道,又和氣,真是"大邦之地")。我每天除了準備功課以外,便是逛逛三海,遊遊故宮,溜溜書攤,聽聽小戲,生活倒也恬適,只是有時候想起了家鄉,不免要悵惘一會子。

此時的國立院校,有北大、清華、師大、平大(法、醫、工、農,女子文理)和交大鐵路管理學院,私大有燕京和天津的南開。我因為想學國學,自然是北大文學院的中國文學系最為理想,於是便以此為爭取的目標,而專精的準備著——東大、馮庸大的學生可以借讀北大等校,吉大因為成立未久,學生無此資格,同為陷區青年待遇竟有偏差,記得我們當時非常的不平。

4. 投考——清華落榜,登龍北大

我本未決定專考北大二年級中國文學系,可是清華試期在前,遂先報名試了一試,不想都考了一肚皮悶氣——我考的是社會人類學系三年編級專門科目的題,多是鑽"牛角尖"倒也罷了,可笑的是國文題竟出了"夢遊清華園記",清華縱然了不起,也至於教人家"夢遊"嗎?而且還大出其對子,甚麼"孫行者"啦,"人比黃花瘦"啦,不知道是"返古"呢,還是"變今"?於是草草終場,自然沒有希望。北大的編級生試驗比清華晚了一個月,我果然考了國文系,記得國文題是"作一篇一千二百字的自傳",英文只有兩大段繙譯,專門科目如文字學、文學史等也都出的是堂皇大題,只要你有本事答,所以結果是相當的滿意。可是也沒有勇氣去看榜,直到報上登了出來,才

一塊石頭落了地(北大、清華的新生,平均都是十幾個人才取一個,所以不大好考)。

三、北大讀書時期
(民國廿一年九月——"七七"事變)

1. 入學——母校鳥瞰

北大,這中國新文化的搖籃地,這中國最古老的高等教育機關,她曾領導過五四運動,她曾啓蒙過"白話文學",她有各式各樣的建築物作校舍——北河沿的譯學館(三院),馬神廟的公主府(二院),沙灘的紅樓(一院),松公府的圖書舘、新宿舍和地質舘,舊是舊得雕欄玉砌、紅磚綠瓦,新則新得鋼骨水泥、煖氣水道,也有國內一流的學者作教授——胡適之、錢玄同、劉半農、馬叙倫、劉文典、沈兼士諸先生均在主講,在人事上她有兼容並包的精神,在學術上她有自由研究的風氣,有多少文化先鋒民族鬥士是她孕育出來的呢——北大此刻共有三院十二系,校長為蔣夢麟先生,教職員約有百人,學生一千三百餘名。報到後,我住在靠著一院的索齋,房頭是荒字八號,和鄉友熊民旦君同室(後來搬到黃字五號,與杜紹甫兄同房,以迄畢業)。每天抱著講義和筆記本跟著鐘聲跑來跑去。

2. 東北學生救濟食堂

東北淪陷以後中央以東北學生經濟來源斷絕,特派人員在平津等

地組設救濟食堂免費供給東北學生伙食（其設置地方多為學校附近），
北大一院後面就有一個，我自然前往就食———一日兩餐憑飯證入食，
伙食到還不壞（白飯饅頭，蔬菜，時或也有肉吃），可是辦來辦去便有流
弊了……（未完）

（本文原載於《第一線半月刊》1946 年第 1 卷第 6—7 期，署名"魏
紫銘"）

回憶二十年代在吉林的讀書生活

一二十年代的吉林學風

不用說,這個題目顧名思義是要報導一下二十年代吉林省的文教風氣的。我所以選用它作題目,卻是懷著一種景仰的心情去紀念我的一位初中時的同學于仁洲同志的。他是吉林省立第一師範學校廿五班的一個青年學生。他生得圓臉俊目,風度瀟灑,而且伶牙俐齒,善於講說。那是一九二四年秋季的某日,學校在理化教室舉辦演講比賽會,參加的學生都是預選過了各班少數講演員,如初中教員講習班的劉守光(畢業後被聘為吉林省立女子中學的訓育主任,扶餘縣人,抗日戰爭初期死於漢口),廿三班的我和于仁洲等人。評議員除本校的語文老師傅仲霖、社會學老師胡體乾,還有吉林省立第五中學校長劉迪康,一師校長王甲第等也在座。

劉守光的題目是《最後五分鐘》,說來鏗鏘有力,要言不煩,說不管幹什麼工作,都須是"行百里者半九十",最關緊要的就是這堅持到底最後五分鐘的精神,"靡不有初,鮮克有終"嘛,否則沒有不失敗的。他人既老練,題目定得又警辟(發言只限五分鐘),會還沒有開完,大家便知道這個第一,定規是他的了。

于仁洲是第二個講的,題目是《吉林的學風》,他說:"吉林地處邊陲,文化落後,學子莘莘,卻學不到什麼真本領,照舊是些封建腦袋瓜。"這些話還不打緊,接著一扣題,舉具體的實例,可就要了命啦。

說:"看看掌管教育的這些人物吧:教育廳長頭腦冬烘是個封建餘孽,有的校長是個抽大煙的,有的校長則是討小老婆的⋯⋯"沒等他說完,王甲第便怒氣衝衝地站起來說:"滾下去! 會不要開了,怎什叫學生當面罵街哪? 連我請來的客人都捎帶上啦,狂妄已極,成何體統! 立刻掛牌開除!"罪名是"侮謾師長,目無法紀"。此事當時給我的震動很大:佩服于仁洲的勇敢,痛惡王甲第的專橫。

這不就說明了問題嗎? 老生常談毫無新意的劉守光可以得第一,被重用;革命性強,敢於揭發批判的于仁洲,要算大逆不道,立刻被趕出校門,試問這是給哪個階級辦的教育,開的學校? 豈不昭然若揭! 但從這裏也可以看出來開明進步的新思想與封建落後的舊制度尖銳鬥爭的情況了。

別看吉林僻在邊外,受制於內外敵人(日俄帝國主義的侵略和地主資產階級的壟斷和剝削),比起遼寧(當時叫奉天)、黑龍江兩省的文教來,卻有過之而無不及。即從一九二六年北伐戰爭的前夕而言,歐、美、日本的資本主義教育思潮即開始流傳進來,五四運動以後的愛國思想,和北京、上海的新文藝作品也不斷地滲入。儘管那時我們還只是十七八歲的青年學生,卻都受了感染,"即知即行",反帝反封建的學生愛國運動(特別是關於抗日的)層出不窮,《新青年》《語絲》一類的進步刊物最受歡迎,因為這裏早已有了地下黨在活動了。例如,我們不但聽過周總理在天津南開中學時的老戰友、吉林老一輩的布爾塞維克馬駿同志的講演,還經常跟党的紅色美術家,吉林第五中學的圖畫教員朱一士打交道。

馬駿,吉林寧安人,他那時的公開職務是私立毓文中學的國文教員。約卅歲的年紀,中等身材,二目炯炯有神,頷下卻留得一把鬍鬚。他穿著樸素,灰布大褂,青布鞋,頭戴一頂舊呢帽,神色莊嚴,語言洪亮。因為是久仰大名的人,所以一進理化教室便掌聲一片。記得講演的題目是《救救中國》。其時已經是天朗氣清、黃葉飄飄的秋季了,他不慌不忙,出言有章,取譬貼切,動人聽聞。總共只有一小時,就把許多青年人迷戀住了! 真不愧是位革命宣傳家,連眉飛目動、舉手投足都賦有醍醐灌頂、耳提面命之意,而且從開口到結束一氣呵成,不假雕飾,真是天衣無縫的口頭散文。當時的感覺是:了不起! 從來也沒聽過這樣好的講演。他說:

"舊中國已經是一座千瘡百孔、風雨飄搖的破屋了,但只修修補補、頂頂支支是什麼問題也解決不了的,必須把它徹底推倒重新建造成美輪美奐的大房子,才是正道。這要靠誰呢? 自然是首先種田織布、搬磚弄瓦的工農勞苦大眾,可是宣傳鼓動的責任卻非我們擔負起來不可。因為他們目不識丁,失學失業,暫時還不曉得這是軍閥、官僚、地主老財和帝國主義層層剝削壓迫的結果,非常需要我們提醒說明。所以,親愛的同學們,天下興亡,匹夫有責,可不能坐在課室裏啃書本當書呆子了,必須急起直追地做些實際工作啦。風雨如晦,雞鳴不已,打倒帝國主義,消滅軍閥官僚!"(大意如此。)

因為這一席話感人太深,我便把它寫在作文簿上給國文教員看(綽號小周,奉天高等師範出身,在吉林考了個第二等文官,就要出去當政務廳的科員啦),你猜他怎麼講的? 他先在我的文章後面批道:"這是共產黨煽動人起來搗亂的話,怎麼也記下來給老師看,下次不可!"還在班上公開的指摘說:"現在的青年真沒辦法,誰的話都喜歡聽,什麼革命、救國! 這是不安分的表現,危險得很,小心上當!"雖然他未提名,我可知道是在奚落我哪。

朱一士是國民黨地下組織吉林省黨務指導委員會的執行委員(其他人為劉不同、王誠、張惠民、劉耕一、朱晶華、蘭文蔚等,朱、蘭都是共產黨員,蘭在敦化還掌握一部分農民武裝)。當時的辦公地點在吉林牛馬行附近的一個民宅裏,簡稱"三號"。他瘦瘦的身形,常穿西服,態

度和藹,很是健談(鬥爭性相當強,曾在上海、吉林兩次被捕入獄),他在吉林的表現,據我所知,大概有下列三者:

幕後鼓動支持吉林學生愛國運動,跟學生會的代表不斷聯繫。如在大革命前後的通電擁護北伐,反對軍閥割據、打倒賣國賊、抵制日貨、遊行示威、向地方政府請願等等,他都經常參預。

他在吉林省城新開門里魁星樓吉林省立女子師範學校對過開設了一個"春雨書店",自任經理,專門介紹經典著作如《共產黨宣言》《哥達綱領》《反杜林論》《列寧哲學筆記》和當時關內許多進步的新文藝、魯迅郭沫若的作品等。工人、學生基本上是可以在店內取閱的,不一定要購買,所以兩間門市部裏是經常擠滿了讀書者的。(馬列著作則須有熟人介紹,從後屋裏授受。)

國民黨跟地方軍閥官僚等封建腐朽的醜惡勢力公開合流以後,他拒絕參加這個以張作相為主任委員的中國國民黨吉林省黨部指導委員會(舊執行委員張惠民、劉精一等都走馬上任了,地點就是新開門外吉林省議會的舊址)。沒有多久,聽說又被捕了,並且械往南京,終於犧牲。

與此同時,還可以大書特書的是:吉林毓文中學(私立的,只有初中,地點在水門洞子里,松花江北岸邊上)才是吉林中學校一個革命的搖籃地。先前的老共產黨員馬駿,後來的朝鮮人民共和國主席金日成都在這兒工作與學習過。這個學校的語文課程其內容也是比較新的(不作文言文,選講當時的新文藝作品),與只重古文保存國粹的第一師範剛剛相反。一九三一年九一八事變後,它的校長李光漢首先被日寇迫害致死,亦可佐證。

總之,自從我懂事以後,就知道吉林雖僻處邊陲,也不是沒有新生的革命勢頭的。夾峙於日、俄兩個帝國主義之間的青年學生起碼是害怕當亡國奴的,所以他們警惕的心理、向上的精神都相當高,而就其鬥爭的情況來講，的確不後於奉天、黑龍江。只以封建勢力太大，投降賣國者多，遂使有志之士"徒呼負負"，終於不免"九一八"事變的災難，撫今慨昔，難乎回首了！再舉二事為例：

自從張氏父子（作霖、學良）統治了東北以後，一切軍政財經大權都由奉系操縱包辦，吉、黑兩省是沒有份兒的。獨有文教一項，也可能他們"發了善心"，交給本地人幹，所以教育廳長一席，向來是吉林人的禁臠。主其事者較早的有于源浦（榆樹縣太平川于家，從清代中葉以來就是世代簪纓，幾輩翰林。三省的士紳多是他們的門生故吏，例如黑龍江省長宋小濂，即是河南撫臺于蔭霖的學生），那個主辦國文會考的，抽足了鴉片之後，只曉得吹噓自己"家學淵源，過目成誦"，臨死公虧了永大洋二十萬，還用穿龍杠抬回了榆村。繼任的王可耕是于家的外甥，他的好處是任用了幾個關內念過大學和留學東洋的知識分子如趙雨琴、張壽昌、謝雨天、傅貴雲等充當了秘書、科長、督學、校長，一時使吉林的文教界頗有推陳出新、欣欣向榮之勢。但充其量說，不過是開明一點兒的地主資產階級教育措施而已。

這其間還有兩位廳長，一個是勾結日本人，出賣鐵路鋪設權的劉芳浦，一個是攜款潛逃到北京做了富家翁的王伯康。

那個劉芳浦是由省議會副議長轉任的，平日坐著由白俄馬夫趕著的大馬車招搖過市。可是當他的賣國醜行被學生揭發批判時，他卻紆尊降貴、恬不知恥地跑到第一師範的理化教室拉扯一些同夥（都是吉林的劣紳）來藉以遮羞，一副狼狽相實在不堪（突如其來，前此根本沒有到學校視察過）。記得我們用《蘇武歌》的調子給他編了一首《罵劉芳浦》，起首即是："賣國奸賊劉芳浦，賣地買議員，當了七八年，保土匪，抽大煙，誤人子弟，臭不可聞焉。而日本小鬼勾結此賊，騙去了鋪路權！"學生上街宣傳的時候，到處高唱，還散發傳單、張貼標語，叫他滾了蛋。

　　那個王伯康也壞得出品,先借著吉林法團頭頭教育會長的虛銜,夤緣謀幹到手廳長,大把地摟錢,大辦其母親的喪事。"九一八"事變一起更中下懷,帶了公款逃之夭夭,在北京西城買了一片住宅去做寓公了。有人問起,他還嬉皮笑臉地解說:"應該算我高明,不然的話,也是白便宜了日本人!"這不是屁話嗎? 你為什麼不把錢款交公,即是拿出來救濟逃難的同鄉也好嘛。顯見的是"巧言如簧,顏之厚矣"! 不料這個貪污分子竟活到了日本投降以後,又犯了官癮,巴結上國民黨接收大員,降格以求地回吉林去當縣長,結果是被解放軍鎮壓了完事。

　　等而下之,再看看省城縣市一級的教育官是些什麼角色,也舉兩人:楊梓玉和韓石卿(湊巧都是下九臺人,舊屬吉林縣)。

　　老勸學所所長楊梓玉五短身材,厚嘴唇子,道貌岸然,總以教育界前輩自居,其實卻是一個一味鑽營的舊官僚:在市政公所所長任內連馬路都未補好,可是大東門里通天後街,自己的大宅院建起來了;轉任省田賦局局長以後,又利用職權近水樓臺地買了二百多坰旱澇保收的好地。這個人想當教育廳廳長,只是沒有弄到手。他在省政府會議上,一再提出整頓學風的議案說:"現在的學生,放著書不念,淨談抗日愛國,這不是替咱們惹事嗎? 又有反對包辦婚姻主張自由戀愛的,毫無禮法,真是紅毛野人。教員們呢,也不好生教學,離經叛道,攻擊起祖先崇拜來。如果兒子連自己的老子都不認了,那還成什麼世界!"試想想吧,這是不是十八世紀的老腦袋。

　　韓石卿,"裘馬自輕肥"的吉林教育局局長,他是楊梓玉的繼任者,由於兼著省教育會會長,他這個局長便成了"鐵帽子官",一干就是二十年,誰也動不了(會長五年一改任,連選得連任,由於他財大氣粗,誰也競爭不過。收買、哄抬,雙管齊下,因而也成了"世襲職")。要問怎麼個"財大"法,我們只舉一端,吉林縣的小學教員月薪永大洋卅元,可是實發廿七元,那三元說是因經費困難,須謀生產之道,留著購買學田地啦。錢是按月扣了近二十年,可是學田在哪兒?到底多少垧,誰也不知道。這是明擺著的事,如以吉林全縣只有五百小學教師計算,一個月就是一千五百大洋,一年呢,一萬八千塊,那麼十年廿年呢,豈非已有三十五六萬了。對於這個人來說,自然是無窮的富貴,還說教師機關是"清水衙門"哪!

省、縣的文教大權雖然常由這些封建老頑固們掌握,可是"青出於藍",學生自有學生的辦法。他們關心國家大事,成立學生聯合會,奔走呼號,遊行示威,創辦進步報刊,宣傳革命思想,不怕封禁,變著法兒印發。注重德、智、體三育,交流經驗、互相觀摩,以文會友,不受地主家庭羈絆自由自在生活的人日益多。楊梓玉輩何能擋住潮流,這從學生們經常貼出的標語、喊來的口號即可略見:

天下興亡,匹夫有責。

士當先天下之憂而憂,後天下之樂而樂。

還我河山! 還我旅順大連! 還我青島!

反對吉敦鐵路延長,收回治外法權,收回租界地!

打倒賣國賊! 睡獅猛醒!

鬼子矮,走道歪,他的貨物我不買!

開卷有益,讀書便佳。一物不知,儒者之恥。

業精於勤,荒於嬉。少壯不努力,老大徒傷悲。

儉是美德。誰知盤中餐,粒粒皆辛苦。

不自由毋寧死! 自由、平等、博愛。

健全之精神寓於健全之身體,不做東亞病夫。

戶樞不蠹,流水不腐,常動故也。

二、吉林省立第一師範學校

它是吉林全省資格最老的一所學校,遠在清季末年光緒維新以後(一九〇五年光緒三十一年)便以吉林優級師範學堂(直到一九二〇年我們入學時,這個老字型大小還嵌在凹字形課室樓正門頂上的門額上邊呢,刻磚泥金頗為醒目)的名義,開辦在省城東郭舊名東局子的土圍牆以內了。

這個土圍子在松花江北岸(與庚子年被毀於沙俄松花江的南岸老機械局殘址遙遙相對),佔地五、六百畝,是個古堡(牆高三丈,厚可一丈,上有女牆,還修得有炮垛)。一師在土城的西首,出入南門(門額似為篆文"紫氣東來"四字,其左側為滿文),中為老銀元局(後改軍械廠),東頭是甲種農業學校(後改為省立第五中學)。

學校大門面對土城南門,係舊式起脊的前廊後廈,帶有小獅子上馬石的磚門樓,左右各有門房一大間。左手有號房,右手為儲藏室,後充學生小賣部(文墨紙張本子等零用物品,早晚也賣燒餅果子,全系學生自己辦的)。入門正廳五大間,中為接待室,東係校長室,西係為教務主任室方磚甬路,出廊出廈。

校門兩面的廂房則是文牘室、庶務室等辦公地點了。天井中花木扶疏,有老柳樹、丁香花壇、榆樹梅、天竹花,幽靜宜人。正廳後的廣場西側為學生宿舍和飯廳,飯廳後是學生大廚房,東側舊為空場,後闢為排、籃球場(網球場在土城南門外校園內,足球及田徑在南門里課室樓前,校園蒔花刈草,有涼亭一個)。

課室樓硬磚到頂帶有油漆走廊,上層為教室,下層自修室按年級高下輪流派用,待升到正面樓五年級時,便將畢業離校了(老班頭的學生最有勢力)。樓院內也有花木草,環境美麗。課室樓對過順排起來是學監室、教員休息室,走廊通道、閱報室、勤務人員室、教員住室,再後一排,左為大教室,右為理化教室;最後一排左右亦為教室,迎面為禮堂,業已背靠後土城了。

課室樓西側與東側一樣,也是長排的學生宿舍(一號四間,對面土炕,一炕四人,兩面八人,宿舍中間一個小暖閣,迎門為小堂屋單炕四人),宿舍西南是教員宿舍(單人的),東北為新建的學生宿舍八間,宿舍前是網球場、音樂教室(係舊廟,泥像已無,聞為火神),大廁所在北邊城根後城門前。

因為它是一個官費學校(不交食宿費),伙食又比較好(最初曾四、六、八碟地吃細糧——白米蒸饃,每日兩餐,後來也是豆包饅頭、炒咸菜、大米粥、應時蔬菜、豆乾飯。五月節、八月節還要殺豬宰羊,另辦伙食),有"吃飯學堂"及"老豆包"之稱,而學生卻是各縣保送的地主子弟居多,餘額憑考取。這個學校的教員幾乎全部是畢業於關內大專院校的老一輩的學生(北大、師大出身的多,也有少數是留學東、西洋的)。

我在這個學校前後共讀了六年半書,經過的校長凡五個:吳獻芝(後來轉任縣知事),王希禹(賓縣人,北高師出身,是學教育的,由教務主任薦升),楊維周(長春私立中學的一個校長,不到半年便被學生趕掉),王甲第(也是賓縣人,對學生採取了高壓手段,動不動就講開除學籍),傅貴雲(扶餘縣人,先為國文教員,後升省督學,轉任校長,他是個開明人士,業務也不錯,所以頗受學生歡迎)。

這個學校很有幾個特點:入學及學期考試都列榜(他們叫"貼榜"),講究爭取第一名(前五名算最優等),名次下面寫著學期總分(各科總平均,採取百分制),報名工讀生的學生必須名列前茅,總分在八十以上的才有份兒(工讀生免除雜費,每學期永大洋八元)。教室及自修室也按榜次排列,"考第一的"學校另眼看待,頗為光榮。

　　體育活動很有名:足球、網球、排球聯賽常得錦標。特別是開全省運動會時,田徑總分沒有一次不是冠軍(全省也只有師範、中學,各五個,球賽只是省城的幾個學校:一中、五中、毓文和一師參加,獨獨籃球不行,這是一中的拿手)。這是因為學校重視,場地方便,學生也蔚成風氣,起早貪晚地練,球類則班級之間經常比賽,體育老師前有高史占,後有傅秉鑒,都是關內體校(上海體專和北高師體育系)出身的。一中的體育主任李香谷(後為吉林大學體育主任,並負責市內通俗教育館體育部,主辦球類比賽),資格最老。

　　它的作文成績也最好,民國十三年吉林教育廳于廳長(源浦)搞了一次國文會考(題為《漢武帝論》和"七絕一首"半日交卷),一、二名和前十名,一師佔了五、六個。于廳長親作批語,傳見領獎,廿一班的王克仁得了"狀元",成為于廳長的門生;二十班的馬某(忘其名)也不差,算是榜眼;我們班(廿三班)的侯封祥大概是七、八名(他沒念小學,私塾出身,吉林雙陽縣人);我自己雖也未落孫山,卻在十名以外了。

　　帶便應該談談這個學校的國文教員:那就是老學究居多,以教過我的老師而論,祁之采只曉得選讀清代古文如《書魯亮儕》之類,我們也早起晚上的讀讀《古文觀止》《東萊博議》,搖頭晃腦地"之乎者也",直到讀後期師範以後,才碰到兩位比較博學的老師:高亨(晉生,原名仙超,一師十四班畢業生,後入清華國學專修館,是梁任公啟超的高足,小學底子深,我國有數的箋注學家,《周易古經今注》《老子正詁》是其名著,歷任東北大學、河南大學、北京大學中文系主任及教授),另一位便是前面提過的傅貴雲(仲霖,其後改名傅魯,他綽號小傅,是吉林文教界的一員"福將"——督學、校長、大學講師、教育廳科長地扶搖直上。他的業務比較新,《文學概論》《中國文學史》等科目都是他開蒙的,為人靜默寡言、溫柔敦厚,頗得學生歡心)。他們兩位對我的影響都不小,後來還在大學同過事(東北中正大學中文系、遼寧女子文理學院中文系)。

另外的國文教員記得還有季繩吾、傅伯雨以及周某等,或因沒有直接聽過課,或因相處的時間短,印象便不很深了。(有一位數學老師綽號吳幾何的倒還不曾忘記,雖然我的數學成績很糟,僅能及格,代數尚能湊合。因為這位老先生公式熟、板書好、愛教高材生,又是一師的前輩教師之故)。

三、舊吉林大學

說來也夠神氣,在十九世紀二十年代的末期,僻處東北邊陲,向稱"山高皇帝遠"的吉林省,居然也設立了自己的大學(吉林士紳這樣得意地說),這不能不算是一個"奇跡"。因為那時東北軍閥張氏父子(作霖、學良)統治的晚期(張作霖已被日本人炸死在皇姑屯車站,其子張學良繼承了父業,成為東北保安總司令),奉天早已有了名貫三省的"東北大學"。人家有人(校長由張學良兼,教授都是挖的北京大學牆角,如國學專家黃侃(季剛)、古代散文家林損(公鐸)等,全是高價特聘的名教授。這還說的只是中文系的),有錢(在瀋陽北陵新建的大樓,文、法、理、工、農五個學院佔地五千餘畝,實習工廠、農場、現代化的體育館俱全),又有學生(不限東北籍的,關內的學生也招收,待遇優厚以廣招徠。高等教育嘛,還能分地區。其實是張學良為自己統治東北培養人才),貧乏的船廠哪裏比得上,真是"小巫見大巫"啦。

但是,"哀兵必勝""有志者事竟成",吉林人不甘落後,管它"三七廿一"的,到底把大學辦起來啦。具體到這一點上說,應該算是吉林幫對奉天幫鬥爭的勝利。然而也煞費苦心了,首先是鑽了"文教的事由吉林人自己辦"的空子;其次是抬出來吉林督辦兼省長張作相,讓他當大學校長,"以子之矛,陷子之盾"。第三是就地取材、因陋就簡,把公立法政專門學校戴上帽子,擴大一下(行政上也是舊班子,再加上一中、一師和教育廳的某些老人),便撐起了門面,掛上了招牌。學生呢?更好辦了,應屆畢業的吉林省中學、師範的高中和後期師範的學生,還有高等小學的教師(同等學歷也行)。"百年之計在於樹人",既然這個大學的開辦是為了培養當地的人才的,豈不應該廣事搜羅、多多益善。對於那些沒有經濟力量,沒有政治後門進關升學、出洋留學的青年來說,這自然是近水樓臺,終南捷徑,求之不得的事。

這個大學成立於一九二九年(民國十八年)八月,它的臨時校址在吉林省西城財神廟胡同(原公立法政專門學校舊址),只有一個小院子,二樓的四合樓一座(這是校本部和文法學院的所在地,別有理工學院,附設在新開門里吉林省立第一中學院內,佔地方也不大)。為什麼叫它做臨時校址?因為代校長李錫恩(舒蘭縣人,德國留學生,原法專校長,是個政客,待人處事很有一套辦法),通過張作相向省庫請得了二十五萬元現洋作為建築費,另在西郊歡喜嶺下八百壟,購地五百餘畝,建起用吉林特產大青灰石修蓋新樓房,但須五年落成,直到"九一八"事變吉林淪陷以後還不曾竣工。新大樓樣子可真漂亮,巍峨壯麗、前後掩映,是由清華大學建築系名教授梁思成設計的(設計費現洋兩千元),工程主任董潔忱(舊為吉林市政公廳工程師,日本投降後,是國民黨遼寧瀋陽市的第一任市長)住在工地監修,有一定的建築經驗,人也很能幹。

這個大學先設兩院(文法、理工)三系(教育、法律、采冶)一個專門部(法律)和預科,男女生兼收,都須經過考取。教職員計有:代校長李錫恩,文法學院院長董宣猷(名其政,賓縣人,美國留學生,教授法律,後為國民黨立法委員)、理工學院院長張翼(扶餘縣人,法國留學生,教授數學,兼一中校長,"七七"事變前一度為國立長春大學校長)、教務主任董其政(兼)、訓育主任劉迪康(原為省立五中、省立女師校長。德惠人,北高師出身,教史地)、總務主任王甲第(賓縣人,吉林優級師範出身,原為一師校長,教育廳科長)、體育主任李香谷(北高師出身,原為一中體育主任、省通俗教育館體育部主任)、圖書館主任胡體乾(後為吉林省教育廳廳長)、政治學教授傅堅白(扶餘縣人,英國留學生,教育廳二科科長,傅貴雲的叔父)、國文講師穆木天(榆樹人,東京帝大出身,作家,翻譯了許多西洋名著,如《窄門》《豐饒之城塔什干》等)、兼任講師傅貴雲(教授教育系國文組的"中國文學史"),可以說,當時吉林教育界的精英,幾乎全薈萃到這裏了。

從外地聘到的教授先生以留學美國的居多。慈連焰博士(字丙如,山東人,教授哲學)、王琦博士(也是山東人,教授"教育心理學")、劉強博士(江浙人,原東北大學教授,教"西洋通史")、羅敦厚(湖南人,教生物學)。這些先生們的共同缺點是專用原文本子,使用美國教材,而且架子大,講課以後,不須問難。學校當局因為請教授不易,對他們加以維護,結果是教授、學生間的矛盾越來越大。就舉王、劉兩位教授為例吧,王教授講授教育心理學只念英文本子,不給學生弄清名辭、概念。如:本能 instinct 跟自然的趨勢 nature tendency 到底有無區別?(前者如有生俱來的哭泣、飲食之類,後者則是不學而能的肢體活動,是否都屬於同功一體的生理現象?)再如性格(character)和個性(personality)是一回事嗎?(它們的形成有無先天性和社會的差異?)像這樣的問題不先給學生講明白,只是說"education is life"(教育即生活)、"learn by doing"(學習在於實踐)的杜威(John Deway 美國教育家)定義又有什麼用?可是喜歡較真兒的學生便有意見了!

一天下課以後,我被叫到院長辦公室,先坐在那裏的有校長李錫恩、院長董其政、訓育主任劉迪康,尤其王琦教授氣呼呼地坐到上面,我一看便明白了,顯然是王先生告了狀,於是來個"三堂會審",氣氛緊張。

帶著白眼鏡、有點駝背的董院長開口即斥責:

"魏際昌,你為什麼擾亂課堂、影響教學?"

我故作不知,反問了一句:"沒有哇! 誰說的?"

"還裝沒事人嗎? 不是你無理取鬧、橫生枝節,阻攔王先生講書嗎? 這是輕視師長自高自大的行為!"訓育主任劉迪康接著開訓了。

我一面詢問一面解釋說:"課堂上不准向先生發問嗎? 提出來的又不是課程以外的事! 如果這算犯規,以後不問!"

"還在強嘴! 不是目無師長是什麼? 大學課堂裏就是不許發問,不明白的地方,課後可以請求解釋。"院長鐵青著臉說。

王先生一邊插言了:"你哪是在問課程,分明是覺得比我知道的多,你這個學生我教不了!"

李校長皺著眉頭瞧著我說:"王先生不要生氣,學生懂得什麼!"先安撫了王琦,又警告我說:"魏際昌,你把學生會那一套拿到教室裏來不行(我時為吉林大學學生會和吉林學聯會的主席),對先生必須尊敬,以後要改。"這是給我臺階下哪,我只得就此下來:

"那麼是我對王先生的態度不好了,請你原諒。"心口不一的表示認錯。李校長點頭贊許啦。

最後院長主任相繼說:"沒人說你是犯校規,要像傅昆元樣倒好了(傅昆元剛因倡導改革學生會會章、干涉校政而被開除學籍),但也夠調皮的,不改將來要吃大虧。"

"會審"完畢退了出來,情知這是給王琦教授爭面子,自己也懂得不能太任性了,開始收斂吧,"捋虎鬚"不會有什麼好處,不是看管圖書館的工讀生嗎? 多看些參考書算啦。但王琦教授那書也教不下去了。未及一年就回到山東老家——山東大學(地在青島)去當教務長啦。

還有劉強博士,也須得提提:

劉強教授是"毛遂自薦"來的(原在東北大學),美國教授味十足,講義自己用打字機打,教學生死背硬記,隨時舉行小考,要求連括弧裏的注釋都須爛熟。判卷子使用 ABCD 帶+、－號,A+最好,D－就不及格了。但教授給學生的不過是人名、地名、年代大事記一類的西洋史綱要而已,喜歡叫學生到他的宿舍裏去,並不談功課,指給人的是牆上掛著的"Jowa"大學三角旗,書桌上擺著的是博士的方帽子、道袍、放大相等⋯⋯更有趣的是他一有時間就出去在城裏城外作社會調查,對象是什麼呢? 秦樓楚館的娼妓出身:注重以下的幾個問題:

①花名、年齡、籍貫,做生意幾年了。

②神女生涯不痛苦嗎? 是自願的、被迫的?

③將來有何打算? 從良當小老板還是逃之夭夭。

從東關商埠地的"圈樓"(高等娼妓所在地)一直問到德勝門外的"三道街"(下等娼妓的聚散處)。這不是活見鬼嗎? 有那個娼妓可以不通過窰主鴇母而自由表示意見的? 所以得到的答案往往是:"問這些幹什麼?""不做生意沒飯吃!""談不上自願或被迫。""誰知道將來會怎麼樣? 混著看。"有的嬉皮笑臉,有的帶搭不理,窰主鴇母卻著了慌:

"查窰子嗎? 是不是要加捐?"

"這個人是幹什麼的? 員警廳派來的? 沒打招呼哇!"

"大學教書的,管不著窰子裏的事,不用理他。"⋯⋯

劉強教授既是個南方人,又圍著圍巾,戴著一把櫓的帽子,打扮的很特殊。虧他有勇氣這樣串來串去,聽到、看到的人都暗暗的發笑。而他還很有感慨地說:"社會調查不好做,廢除娼妓更難,她們自己毫無覺悟!"當時這位教授可真天真,居然大慈大悲地想要取消娼妓了,哪有這麼簡單的事。我看這是想入非非,在舊中國,萬惡的封建制度不打倒,腐朽沒落的剝削階級依然存在,改革什麼都是空談。因此,跟劉教授的教不好書一樣,他的"社會調查"也成了一場笑話。

除此而外,我們對於慈博士的印象還是夠好的。

慈連焰(丙如)教授博學多聞,中外的哲學書籍都看得不少,他的不可及處在於不搭博士教授的架子,循循善誘,和藹可親,歡迎問課,不嫌煩瑣,並且知之為知之,不知為不知,決不裝腔作勢、不懂裝懂。他代授教育心理學,時遇有疑難問題,便說:"我不是學這個的,解釋不了,你們自己找找參考書吧。"考本門功課哲學時,不重記問之學,出題目讓學生在課下作,寫完了他一本本地仔細看,跟學生討論,觀點不同或是結論不妥的地方,原卷發還,打百分不記 ABCD。只有他從一年級教到我們二年級,"九一八"事變後才離開吉林到山東齊魯大學執教,師生關係一直維繫得很好。在關內時,我們還見過兩面:

一次是在北京,三三年夏,我已是北大中文系三年級的學生了,聽說慈先生從山東來度暑假了,借住在東城一個朋友的家裏,我便同曹鵬翔同學(也是吉大轉北大的學生,學教育,才一年級)跑去看他,他見到我們很是親熱,留茶留飯,一直盤旋了一個下午。慈先生感喟地說:

"看來東北的問題越來越不容易解決了,他們又拿去了熱河,成立了'滿洲國',正在進攻長城,冀東、華北也危急啦。你們既然有了復學的機會,那就先念點兒書吧,我並不認為'讀書救國論'有什麼道理,如同'教育救國論'是迂闊的想法一樣,但是幹什麼去呢? 不教書連飯都吃不上,學生不讀書也不像話,只要不變成書呆子、不打算作官就好。"

他還問我:"魏際昌,還做學生會工作嗎?"

我回答說:"早不幹了。"

他又問:"為什麼?"

我哀傷而又激憤地說："在東北費盡了九牛二虎之力鬧了一陣子，人家一個不抵抗，連家鄉都丟掉了，什麼作用也起不到。在關內，最初也跟著喊了一下'打回老家去！''反對不抵抗主義！'可是挨到的是軍隊、員警的槍把、棍棒，一打就散，難乎為繼！所以鑽到圖書館裏啃大本子啦！"

慈先生聽了只是搖頭，卻不言語了。

後來慈先生又問關於功課的事：

"聽胡適的課嗎？"

"選了他的中國哲學史。"我說。

"這還馬馬虎虎，可少聽信他那課外的胡說，什麼多研究些問題，少談些主義，杜威的實驗哲學不是主義嗎？像他主編的《獨立評論》實質上並不獨立，一樣都是暗中在幫忙國民政府的。"表現的態度非常鄙夷。今天回想起來，真是一針見血之論。

又一次在南京。"八一三"全面抗戰已經一個多月了，我們李校長（錫恩）、傅先生（貴雲）和我都是"七七"事變以後從北京逃難到這兒的，慈先生這時候也來了，又在夫子廟某個著名餐廳中請了我們的客，在座者還有董其政先生、林萃庭先生和肖輔仁同學（原吉大教二學生，時為東北青年教育救濟處職員）。

吃飯之間，李校長很感慨地說：

"這是慈先生為我們這些無家可歸，又在第二次逃亡的人擺下的安慰飯。飯後，他就要去美國講學啦，所以，又應該說是告別宴了，讓我們舉杯道謝吧！"

慈先生也憮然地講："這個仗一打起來就不知道什麼時候結束了，'等是有家歸未得'，山東也不一定保險，我到美國去還是教書吃飯，比起綸三、宣猷你們做抗敵救國工作反而要慚愧了。'欲飲琵琶馬上催'，請大家'飽餐戰飯'，咱們後會有期。"

　　結果呢，直到如今也不曾再見，可能已成永別。

　　還有一位留美出身的副教授羅敦厚先生。在吉大時，只聽他講生物學，一口湖南腔（長沙人），記得他說牛配種前須先有"出汗"的生理現象，惹得大家發笑，女學生都不好意思聽啦。也教了只一年就走的，留的印象也是西裝，穿得夠筆挺（綠嗶嘰的最漂亮），斜掛著金表練最引人注目。四二年在國民黨湘桂大潰敗前又碰了頭，他在耒陽（國民黨湖南省政府所在地）堅邀我到長沙辦嶽麓中學，說得天花亂墜，不由得我不上套。結果呢？這學校是一無經費，二無人手，完全靠著收學生的穀子開張。校舍則是清華大學南遷後扔在嶽麓山下的幾棟洋灰樓骨架，他老先生因為債臺高築不得下席才找我去"頂缸"的，後來是日寇一個攻勢，大家便都逃散，我幾乎連妻子都丟掉。

　　後來聽說這位老師倒埋怨我"丟下學生不管"，對他老先生是"為德不卒"。真是笑話，薛岳率領十幾萬大軍，連信都不給就跑，怪我何來？

　　嚴格地說，我並不是吉林大學的好學生，例如：這兒校當局鼓吹死啃書本、聽話安分、不尚空談、講求"實效"以及心中有數表面敷衍之類，都是自己私下不以為然的。即以李校長的個人行誼而論，有些事便使人莫測高深：說是反對奉系軍閥的統治，卻接受了張學良每月二百四十元光洋的德文秘書；本來不是國民黨黨員，卻擔任了吉林省黨部的執行委員；身為大學校長，卻只把主要的精力擱在起建校舍上。特別是"九一八"事變後，還做了第一個偽吉林教育廳廳長（大漢奸熙洽為偽省主席），雖然最終巧計脫離了。總之，他行為詭崇、態度妥協，不是一個乾脆俐落、光明正大的人。這從他入關以後又從奉系軍閥投入了國民黨蔣記的懷抱，終於墮落成為中統要員，擔任了吉林省黨部主任委員便知端的了。至於他對我的手法，可以說是軟硬兼施、又打又拉，最後是我"破門而出"、絕了師生之交完事。（已在日本投降以

481

後，由於我不擔任吉林人在瀋陽各大學工作的國民黨組長而鬧翻，我的回答是：早不是國民黨黨員啦，怎麼當組長?）

在吉大時，我並不是不看重學業，但是生記硬背的傻事不幹（前面說過，留美出身的教授教我們的盡是原文本子）。因為我是工讀生，看圖書館，譯成中文的教育課程看得不少，特別是東西洋文藝名著如高爾基的《母親》《短篇小說集》、老托爾斯泰的《戰爭與和平》《安娜·卡列琳娜》《復活》、蘇俄的《煙袋》《第四十一》、肖洛霍夫的《被開墾的處女地》《靜靜的頓河》、英美名著則有迭更斯的《雙城記》《大衛·克拉斯多夫》、辛克萊的《煤炭王》、莫泊桑的《項鍊》等。不用細說，這些全被學校當局看作是不務正業，而喜歡向教授先生質疑發問則更被視為調皮搗蛋、"難剃的頭"。自然，最討人厭的還是我的吉大學生會（代表會主席）和吉林學聯會（召集人，後為籌備委員會主席）的工作，但也正為有此，他們才不敢輕易動我。

我的另一工讀生工作是給預科寫石印講義（主要是穆木天選的日本名著），不到一年，因為字太蹩腳，不受同學歡迎，就專看圖書館了（每周三個晚上，一月永大洋七元），這是胡體乾先生照顧我的（他是圖書館主任，我在第一師範時的老師，教我們社會學，我寫的筆記，他很欣賞）。這個還不夠學費（購書錢最多，一本原文的常要四、五元大洋），又把我大哥薦到總務處文書課貼寫公文（是兼職，上晚班，日間在教育廳當司書），才湊合啦（每月工資永大洋四十元）。總務主任王甲第（捷南）是第一師範的舊校長，他非常喜歡我大哥的字體，說："小楷尤其漂亮，可以寫上行文——呈文。"

傅貴雲先生（時為教育廳第二科科長，也在這裏兼課），他教我們文學史，每周四節，上課就板書，下課便走，很少說話。他給人的印象始終是好的：態度和藹，板書工整，教材卻不怎麼豐富。穆木天先生名頭不小（出身東京帝大，為吉林"東洋四霸天"之一——王希天、謝雨天、李助天），教我們法文，選的《二童子環遊法國記》文學色彩極為濃厚（題材卻是表現愛國主義民族思想的——普法戰爭以後，失掉了祖國的亞爾薩斯、羅蘭省兩個孤兒千辛萬苦、九死一生地自德國佔領軍的鐵蹄下逃回南方的故事，可惜沒有念完）。

那時我的理想工讀工作本來是在女中當個兼任國文教員（初中一班，每周六小時，月薪永大洋六十元），可是未能如願。一師升入吉大的學友牟鴻運、呂樹人以及畢業後即任職女中的侯封祥、孫常敘等都做到了，在學業上我們都在伯仲之間的，在出路上自己卻瞠乎其後（連個高小教師都找不到手），這就是使我更進一步明白了舊社會的可惡。

四、吉林學生聯合會

吉林省城只有吉林公立法政專門學校、吉林省立第一師範學校、吉林省立女子師範學校、吉林省立第一中學、吉林省立第五中學、吉林省立初級女子中學、吉林私立毓文中學，這七個大中院校，它們各自都有自己的學生會，雖然是大小不一，聚散無常的——有的選出班代表組成校一級的學生會，但也只在上課期間才有活動，有的遇到校外有事，如要搞愛國運動，才匆遽地選出代表參加，不一定設有機構，兩個女學校往往是這樣的。

至於"吉林學生聯合會"，更是這樣一個組織了，它有事則聚，無事則散，連個固定會址都沒有，經費也要臨時向各方面募捐。而且它跟吉林各法團如吉林商會、吉林農會、吉林教育會、吉林律師公會還有一個根本不同之點，那就是員警廳認為它是搗亂的機構，從來不予立案。存在既不合法，隨時可加取締，這當然是用不到奇怪的，試問有哪一個軍閥統治的地域會允許民主進步的青年學生的組織合法存在呢？

可是"吉林學生聯合會"活動的能量卻是很大的，影響也不在小，它不只跟省內的吉林省立第二師範學校、吉林省立第二中學（地在長春）、吉林省立第三師範學校（阿城）、吉林省立第四中學（寧安）、吉林省立第四師範學校（依蘭）以及濱江道立的師範、中學（哈爾濱特區）廣有聯繫，即是遠及奉天和關內京津上海的學生會、青年愛國組織也是互通聲氣聯合行動的。所以，盡可以說它是"守如處女，脫如狡兔"的，平日不動，一有事就疾風暴雨、凌厲無前大幹一場，什麼學校師長的警告、軍警憲兵的包圍，以至辱罵毆打、逮捕監禁，都是在所不顧的。

學生會歷屆的領導人（代表、委員、會長、主席），有許多後來成了共產黨員。即以女中的代表而言，韓桂琴（幽桐）、高景芝、黃少巖正好是從廿七到卅一的幾屆代表，當時就敢說敢幹，絕不嬌羞。尤其是"桂琴大姐"，作風潑辣，從不怯陣，口若懸河，善於說理鬥爭（四九年天津解放後她是第一任教育局長）。高景芝則是燕京大學的高材生，抗日戰爭勝利，擔任過吉林省新青團的領導工作，她為人文靜，不苟言笑，然而頭腦清晰，判斷力強，很少隨聲附和。黃少巖乃吉林革命前輩謝雨天的甥女，能連絡人，會跑交通，常往來於關內外。她們全是三八年的老幹部。

第一師範也有一位張文海同志（吉林解放後曾擔任過吉林省分管體育、衛生的副省長和吉林市市長），當日他給人的印象是喜歡"抬槓"，專和人頂著來，但卻持之有故、言之成理。現在回想起來，才曉得人家那時是堅持前進反對保守的。早期還有一個傅哲（賓縣人，廿班的學生，約和女中的韓桂琴同時），是一師學生會的會長，說起話來聲音洪亮，滔滔不絕，只見他二目圓睜，頷下左側的黑痣及痣上的毫毛顫動不已，因此在學聯會中也很有名（因為他敢打敢沖，能夠出主意、想辦法，開拓鬥爭的局面），缺點是自大一些，愛跟法專、一中等校的代表爭領導權("九一八"後,聽說也在家鄉犧牲於日寇屠刀下)。

　　學聯會的愛國運動那是每年都有的,從"五四"以後的反對廿一條簽訂、打倒賣國賊曹(汝霖)章(宗祥)陸(宗輿)、還我青島、還我旅順大連、取消治外法權、懲辦"三一八"慘案兇手、為死難烈士復仇、打倒北洋軍閥、擁護國民革命軍北伐等直到"九一八"事變前的要求全國統一、反對東北三省分立,沒有一次不是及時響應和堅持到底的,也舉一個運動的實例:

　　那是一九二八年北伐軍已經佔領了北平、天津之後,東北軍已撤回東北,要求全國統一的呼聲傳遍了東北,於是吉林學生聞風而起,又搞了一次轟轟烈烈的愛國運動。記得是一個秋天的晚上,學生會代表傳來的學聯會的決議:連夜準備翌日凌晨出發上街遊行請願。詳細的佈置是:

　　①連夜制造紙旗、標語、傳單。

　　②全校戒嚴,禁止出入,選出糾查隊負責執行。

　　③協同學校教職工同學一齊整隊出發。

　　④明晨七時以前,趕赴新開門外省議會院內集合各校員生,召開大會。

　　⑤會後迫使四法團(商、工、教育、律師)的會長在省議會議長領導下參加遊行。

　　⑥大隊拉至松花江邊吉林督辦公署的東西轅門以內向張督辦(作相)請願,要他尊重民意,內向統一。

　　那情景真夠森嚴的,即以第一師範而論,在第二天早上四點鐘起便內外戒嚴,崗哨分佈、提前開飯,鴉雀無聲。不論平時怎麼難說話的教職員工,都乖乖地聽從擺佈,絕不抗爭。剛過了五點鐘,太陽還沒露嘴呢,即四人一排,卷旗疾走,從東局子到省議會五、六里路,只用三十分鐘就準時趕到,而且是雞犬不驚、四民安堵的。

一師到得最早,接著法專、五中、女中、女師也陸續來啦,分別列隊於議會陽臺之下大院之中。可是在法團頭頭議會副議長林某、農工會會長王某、律師會會長宋某(均忘其名)、教育會會長韓石卿、商會會長張××(東洋通,吃日本飯的,長得其貌不揚,可是勾通官府、走動衙門,作惡多端。吉林人罵他"見錢眼開,遇事血涼"、"獐頭鼠腦,脖縮臀昂"),也被一個個地請來安排在議會客廳以後,省議會的鐵柵欄門忽被軍警關閉嚴守,禁絕內外交通,情況立時緊張起來。後趕到的一中、毓文的隊伍進不來,裏頭的學生也出不去,因而"一中、毓文同學奮勇!""軍警、學生一家人"的喊聲此起彼伏,震天價響。

這時候,客廳裏學聯會代表跟法團首領們也談判了幾十分鐘了,勸他們帶頭號召群眾參加遊行請願,他們總不答應,說學生:"這是胡鬧,會出亂子,不如及早解散,回校上課。"代表則指摘他們:"畏首畏尾,不能代表民意,只會做官府的應聲蟲!"越談越僵,最後,索性兩人扶侍一個駕了出來。各校學生覩狀,立即簇擁在後,沖向大門,裏應外合打開了角門,一直奔新開門里魁星樓東街轉河南街,開始了遊行示威。此際預先用白布製成的門旗,墨書"擁護服從民意的張督辦"(即張作相,時兼吉林省長)和顏色布縫得的大青天白日滿地紅旗(北伐時的軍旗)都在大隊中間迎風招展,學生的口裏則高喊著"打倒帝國主義"、"擁護國民革命軍北伐"、"反對內戰、全國統一"……的口號,一路上撕毀著商號家掛出的五色旗(紅、黃、蘭、白、黑說是代表漢、滿、蒙、回、藏五族共和的國旗,其實是北洋軍閥的御用品),張貼著紅、綠、黃、白的標語,散發著油印的《告民眾書》,不到上午十點鐘就沖進了督辦公署的轅門大院,其勢如疾風暴雨,迅猛異常。

衙門口是崗哨林立、戒備森嚴的,學生面對公署正門高喊口號,但隊伍是整齊的(由各校糾察隊繼續維持秩序),情緒是熱烈的。只是剛一到衙門口,各法團的頭頭即掙脫學生的挾持,晃膀子走進督辦公署了。沒有多久，裏面便傳出話來：“各校同來的教職員和代表進見。”但等了一個多小時還不見他們出來，學生情急又鼓動起來。這時員警廳長（警務處長也由他兼任）吳某穿著便服（長袍馬褂，未著高級警官服裝）出來了，說：“立刻把學生趕散，旗子沒收！還要老師、代表呢，他們都被關押起來了。”同時哨音一響，公署裏全部武裝的卅六團的士兵，抬著輕重機關槍，槍口對著大隊學生作預備放的姿勢。於是隊伍頓時大亂，分向東西轅門退卻，丘八老爺們卻窮追不捨，一面罵著，一面用槍托打著：“他媽的，放著書不念，跑到這裏來搗亂，打死你們！”一些掌著大旗不交，敢和他們繼續鬥爭的學生都被他們連旗帶人抓了進去，比起前此北京鐵獅子胡同段祺瑞執政衙門門口的“三一八慘案”來，只差沒有開槍了啦。擠傷、撞傷、踩傷、打傷的男女學生不計其數，丟下的書包、袋子、鞋帽足有兩大車。

事後聽說，教職員和學生代表一進會議大廳，便被張作相迎頭大罵一頓：“他媽拉八子，我不用你們擁護，國家的事，你們管得了嗎？不好生念書，跑出來搗亂，那就不用回去了。”又說：“當老師的怎麼給我教的學生？竟讓他們出來胡鬧！你們也在這裏呆幾天再說吧！”

那個號稱二督辦的熙參謀長（名洽，旗人，是個大漢奸，後來做了偽滿洲國溥儀的宮內府大臣）更狠，說：“都是一些亂黨，把他們突突了算啦。”幾個法團頭頭，因為受了氣吃了虧，也在一邊添油加醋地說壞話：“目無尊長，擾亂治安，應該法辦。”教育廳長王可耕一面引咎，一面講情說：“全怪自己教導無方，請求處分，青年學生年幼無知，還希望督辦寬恕他們。”並且站起來一再打恭，張作相氣平以後才說：“好啦，就饒他們這一遭，下次不可。”這才得了個看押教職員和學生代表，把大隊趕散的結局（被拘留的師生，一兩個月後才分別釋放）。

後來有好長一個時期學生會不准活動，直到吉林大學成立（一九二九年秋），才又松分點兒。這時候工作的方向已經轉向內部整理，如

修改會章、選舉領導人、出版刊物等等(學聯會的召集人是吉大的代表)。在"九一八"事變前的兩年中,也提兩件罕見的事故:

大東門里由菜樓改裝的電影院,電綫走火燒了起來。因為設備太簡陋,沒有太平門,燒死、擠死、踩死了二百多看客。學聯不答應了,說:這是地方當局草菅人命。事先失於檢查,事後不追究責任,這成什麼世界? 做官的們迫於興論,在北山底下開了追悼大會,並叫和尚、道士唪經超度了六七天。學聯會送了一副挽聯。記得上聯的詞是:"員警說人頭真好看,消防說快救財政廳。一時間犧牲了多少人命。此處野蠻社會。原來是勢所必至!"據說是吉林大學預科語文講師穆木天的手筆,結果他被趕掉了。

吉林大學新選個學生會主席傅仇(預二學生,扶餘人,原名昆元,是教育廳科長傅貴雲的侄男,態度激進、痛惡舊事物),他一力主張重訂學生會章程參預校政,經濟公開,選聘教師、採用教材須得學生同意等等。結果惹得校長李錫恩大發雷霆說:"這是越俎代庖,干涉校務!"掛牌開除學籍,"殺雞給猴看",好個下馬威。

軍閥控制下的學生會就是這樣的,在不影響他們統治地位情況下的有限度的愛國民主行動,為了裝潢門面還是可以的,過此就要取締了,無論是學聯會的還是學生會的都是一樣。一師的于仁洲、吉大的傅昆元和穆木天老師的遭遇就足以說明問題。日本人來了,他們拱手相送,絕不抵抗;自己人造反,則防微杜漸,毫不寬假,這不還是"寧與外賊,不予家奴"的老手法嗎? 什麼"讀書救國"真是笑談!

日本人可不客氣,入侵吉林以後,首先捕殺的就是抗日愛國人士。無論是省城文教界的,還是外地工農群眾,逮著就活不了。如吉林毓文中學校長李光漢、敦化農民武裝隊長蘭文蔚,或折磨死在監獄之中,或被屠殺於刑場之上,情況都是非常淒慘的。不用說,搞學運的進步學生,即或倖免,也只是由於他們逃亡的快,轉入關內的關係。

五、青年時代印象中的東北軍閥官僚

"好漢不當兵,好鐵不打釘",這是我從兒童時期就常聽到的老人言,又往往看到車馬行、東車站等熱鬧地點打著"招兵"的布制小旗,應募者多是找不到飯吃的流氓、乞丐,於是更看不起這個所謂"官兵"了。何況東北的大軍官、督軍、巡閱使之流都是目不識丁的大老粗,如吉林督軍孟恩遠(天津人,行伍出身,只會寫個"虎"字),一出衙門還要點炮,全副執事、對子馬簇擁著,坐在玻璃車裏卻只是帶著兩撇黑鬍子的瘦老頭兒,實在並不怎麼樣。後來的鮑督軍也是北洋的老兵,沒當上兩年就被調走了。至於孫烈臣,他的命運並未好些,我們僅在河南街同芳照像館看過相片,穿著陸軍將軍的禮服,高白纓子的帽,白絲長穗肩章,手扶軍刀,面貌安靜,不像是個軍官。

自然,"赫赫有名"的數著那位張大元帥(作霖,字雨亭,奉天黑山縣人)。但他的出身呢? 誰都知道是組織過"保險隊",降了官軍以後由管帶營、團、旅、師長歷級而升為東北軍總司令,第二次直(曹錕、吳佩孚)奉戰爭,於由馮玉祥的倒戈,進了北京自封為陸、海、空軍大元帥,攜去了東北的武將(吳俊升、湯玉麟,黑龍江熱河的督軍,都是張作霖的老弟兄)文官(劉尚清、莫德惠、常蔭槐、劉哲、東北四省的省長、廳長)升了總理、部長、參軍長,則是他的親信。同時把地盤一直擴充到直隸(李景林)、山東(張宗昌)、江蘇(楊宇霆)、安徽(姜登選)、上海(畢庶澄),督軍、護軍使也是一大堆。

東北最有名的文官首先是奉天省長王永江,他是張作霖的小諸葛。張作霖之所以能夠霸佔東北入關稱雄,據說都是王永江為之出謀劃策——招兵買馬,積草囤糧,內結北洋軍閥,外交日本小鬼,靜以制動,不參加關裏的混戰,只利用帝國主義的野心,不使軍政大權旁落。

王永江死後,接手的莫德惠(吉林德惠人,很會做官,雖然沒有什麼韜略,倒是縣長、廳長地一步一步爬上來的)就差得多了,由著張家父子對外擴張,結果是老張叫日本人炸死了,小張(學良,小名六子,是個新派)上了蔣介石的當,當了個有名無實的海、陸、空軍副總司令,卻把東北斷送了。莫德惠呢,也做上了國民黨的部長,成了東北的"元老"(另一個是劉尚清,更是老官僚啦,當了內政部部長、行政院副院長,都幹了不短的時間)。不過,這個做大官的吉林人卻專拍奉天人的馬屁,不買吉林人的帳。

能寫一筆魏碑字的劉哲(敬興)也是做大官的吉林人,他跟莫德惠差不多,都是鑽營的能手,慣於投機出賣,所以既做了張作霖的教育部長,又當上了國民黨的國府委員,還混充教育老前輩兼任中俄大學(哈爾濱工大)的校長。慚愧的是莫、劉兩家的子弟(莫松恒、劉政因等)全是我的小學(省模)同學,日本投降以後,也打過交道。

說來說去,情況不問可知了,東北的官僚不依附張家父子是成不了事的,做得張家官的人,也自然會做蔣(介石)家的官,可見他們全是一丘之貉,都是大地主大資產階級的頭子(從一個投降美帝、一個投降日本這一點也可以說明問題)。"大盜盜國,小盜盜鉤",那就不止東北的軍閥是皂白不分,官僚助紂為虐了,解放前是"天下老鴉一般黑的"。不得已而求其次,則吉林似乎也有所謂"清流"。

松毓(秀濤)據說做過道尹,以後與奉系不和,退居松花江邊,住宅卻是特別漂亮的:玻璃花廳、青磚二樓、垂楊穿燕、盆景滿庭,簡直可以說是省城第一家紳士了。他又能詩善畫,寫得一筆好行草,而且是不輕易示人的。我們做小孩時,每當七月十五夜晚看放河燈,往往以松宅為最擅勝場處:但見粉白黛綠之流憑窗遠眺,笑語喧嘩,一種旁若無人的神氣實在令人作嘔。他家姓何,錡、鑄、鉞三個子侄也都跟我在小學同學,可是,我卻從來沒到他家"討擾"過。巴結不上嗎?"自慚形稜"嗎？都不是。不是一個階級的人，門不當、戶不對，地主老財到底跟城市貧民兩條路。

大哥世昌喜愛字畫，不曉得從哪裏弄到松毓一個橫幅，還把它裱了起來，詞曰："斜陽滿地踏芒鞋，野老相逢語亦諧。屋畔籬田新漲雨，路旁築圃細編柴。"一首七言絕句，相當秀麗，也算名符其實啦（吉林的書法家成多禄、善元和松毓都是旗人）。

還有一楊錫九，不詳其家世，卻以直接反對奉天張在吉林的勢力，不幸事機不秘被殺在長春而得名，他臨死時口吟"出師未捷身先死，常使英雄淚滿襟"之句。其實，外患日亟，不能團結禦侮，只搞地方主義的同室操戈，本來是不足為訓的，但當時株連的吉林人卻不在少：和楊一同被殺的有慶白毛（滿洲都統，蘇姓）的兒子（忘其名），被拷問在奉天高等審判廳刑庭的有永衡印書局副理曹慕九等人（後來大概是用鈔票買了命的）。

外籍的省長，則聽說光緒末年有個陳昭常，是因為貪婪被以松毓為首的吉林士紳趕跑。民國以後，先是郭宗熙、繼為王維宙，他們的字都很有功夫。王是個白胖子，穿著燕尾禮服，還掛著帶綏的勳章。吉林失陷之時為誠允，是由高等審判廳廳長轉職政務廳廳長兼代省長的，是我小學同班同學誠軾麟的爸爸，後為國民黨內政部派為入藏專使，未行即卒於關內。郭為江南人，王、誠都是奉天人，誠在旗。誠的女兒莊容、敬容是燕京大學生，和我同時。日本投降的第三年，軾麟跟我在東北中正大學中文系同事，軾麟能詩能書，嗜酒獨身，沒有絲毫公子哥兒的習氣，人也真摯，是我念念不忘的一位小竃友。

前面不是說東北淪陷以前兵匪不分嗎？奇怪的是偽滿以後，原在穆棱、敦化一帶打家劫舍，成幫作隊的綠林朋友王林、三江好等都成了抗日的好漢，與學生出身的趙尚志、軍官出身的馮占海互通聲氣，轉戰於白山黑水之間，真是愧煞東北軍和蔣家軍了。日寇把這些隊伍統統叫做"馬賊"，想方設法地在"剿滅"他們。

王林其後改名為王德林，擴充成了一個師，熱河沒有失守以前，還從報上看到過他的名字，傳說已經改為義勇軍，談起軍事，尚夾雜著用慣的黑話呢，如頭頭叫"當家的"、管錢糧的叫"水櫃"、睡覺的叫"tong橋"、吃飯的叫"kenFw"、佔領市鎮叫"壓街"、碰到武裝的地主家宅（土圍牆，四角築有炮樓的）叫做"響窰"、官兵叫"跳子"、死亡才叫"睡覺"。

六、"九一八"事變在吉林

一九三一年的中國，真夠得上是個大災大難之年：長江大水、北方荒旱、軍閥混戰、日寇橫行，已經民不聊生了。對於東北人來說，則最初是"山雨欲來風滿樓"，謠言四起、日夕數驚；厥後終於山河變色、滿地腥膻，稀裏糊塗就當了亡國奴了。"不堪回首話當年"，每一回憶起來，便不能不歎息痛恨於國民黨蔣介石也！雖然事變已經過去五十年了。

那是三十一年秋天的一個清晨，我正在吉林省城北關致和門外昌隆屯的家裏歇暑假，鄰右的老鄉奔相走告說："日本兵進街啦，各個城門都站了崗！"我慌忙穿好衣服走了出去，剛到致和門外，便遠遠望見四個足登半高腰黃皮鞋的倭寇，肋下橫夾著上了刺刀的步槍，橫眉立目地對面站立，城頭上斜插了一桿日本旗。這使人立刻精神失常，心情異樣了："怎麼一下子就亡國了嗎？那些平時橫行霸道的丘八都到什麼地方去了？大官們呢？"回去再仔細打聽，才曉得昨天（九月廿日，長春的陸軍跟日本人接觸一下就潰退了），省城是以熙洽為首的中國漢奸官吏（當時省主席張作相在錦州辦喪事），陸軍卅六團——吉林裝備最好的部隊、張作相的警衛團，已於夜間讓出省城逃向江密峰啦！

"真他媽媽的！這幫賣國賊殺人不見血，簡直叫老百姓都不知道自己是怎麼死的，可憐可恨！"於是想起了前天一師老學友韓鴻聲（嘯天）在新開門里碰到我時所說的話："九月十八日，日本人炮擊了奉天北大營，佔領了瀋陽，恐怕吉林也要受連累！"言下不勝歎息。我聽了半信半疑，找到當時比較有點真消息的《盛京日報》（日本人主辦）、《大東日報》（吉林人主辦）一看，才知道確有其事，但是還在幻想這或者會是一個"地方事件"，不至擴大，沒料到今天就遭了殃！

早飯以後，聽說可以進城了，我便懷著一種悲憤的心情，首先跑到新開門外日本領事館附近一看：只見馬路兩旁擺滿了小鋼炮、機關炮，有許多日本兵逡巡著，城門旁貼的有多田駿師團長的佈告，說是什麼"大日本皇軍為了摧垮東北軍閥張學良等，解救受苦難的老百姓，特出兵撻伐來到吉林，希市民安堵如故，敢有違抗，格殺勿論……"再走去江沿三道碼頭的督軍署察看，見東西轅門也站著日本兵哪。

過了幾天，聽說長春來了宣統（溥儀），滿清的遺老們都補褂朝靴、翎頂輝煌地到頭道溝車站接啦，準備成立什麼後清帝國哪。這時候，吉林各法團、各學校的一些頭頭都手執"打倒奉天軍閥"、"歡迎皇軍進駐"、"成立滿洲新政府"等一類的紙旗，排成隊伍上街遊行，口裏還喊著同樣的口號，當我看到平日一些高談愛國的人，也混雜在裏頭時，不禁感到有些驚異。

於是意識到先一天《吉長日報》上發表的新的吉林省政府的組織（偽主席熙洽、教育廳長李錫恩等等），不過是虛晃一著的暫局，形式還不知道要怎麼變哪。可恨的是，當局竟表示不要擴大事態、不同日軍作戰，竟命令北大營的王以哲旅轉道入關。那個國民黨政府的頭子蔣介石則更是"越人視秦人之肥瘠"一般，不關痛癢，只主張把問題提向"國際聯盟"控訴，暗下命令"不准抵抗"。

此刻使人最難過的是吉林的"清流人望"如李錫恩者,竟也同流合污了(他幹了一個多月的偽職才微服入關)。不過聽說董其政、胡體乾、傅貴雲這些吉林大學的老師,都先後逃到了北平,胡先生還發表了講話說:"收復東北越晚越困難。"才長出了一口氣,覺得還是愛國者多。可是白色恐怖的氣氛卻越來越厲害了:親眼看到敦化農民武裝領導人蘭文蔚、于某(縣商會會長)等人被屠殺在九龍口以後的屍身(從後項用刀割的,附近的人民都聽到了慘叫的聲音),又傳說要繼續搜捕省城的愛國抗日分子。自己是個搞學生會工作的,不能不存有戒心,遂在日寇還未大肆捕殺前,離省逃亡了。當時身邊留有口占的小詩,以道其悲憤之意:

其一
熙洽城上豎降旗,芸芸眾生哪得知!
商女空自悲祖國,無力回天日月蝕。

其二
"愛國運動"氣浩然?"砍頭穴胸"亦爭先!
一夕之間成俘虜,恥見衣冠拜樓蘭。

差強人意的是哈爾濱特區的丁超、李杜在北滿對抗了一下,尤其是黑龍江馬占山嫩江橋上大戰,煞了倭寇凶行無阻的威風。緊接著"一二八"上海之役、東北義勇軍的紛紛出擊,終於說明著中華兒女不是好惹的,滌雪了不抵抗主義的奇恥大辱。自己也長出了一口氣,認為儘管結局都是失敗的,可是只要不停地對抗下去,就會有希望。"不能萬念俱灰了","應該想辦法起點作用",這便是個人決計出去看看的念頭之所以叢生。父母看到我走投無路,天天如呆似癡的樣子,怕我糟蹋在家裏，也同意走啦。

當日北滿諸將奮起抗敵時，曾有詩加以讚美，雖然多是脫口而出等於"打油"之作：

丁超、李杜兩將軍奮起抗倭

（其一）

中東路側起殺聲，丁李將軍率部行。

莫道中華無好漢，橫刀躍馬卻敵兵。

馬師長血戰嫩江橋

（其二）

民族英雄馬占山，喋血江橋抗凶頑。

殺敵致果人稱羨，蜚聲世界豈偶然！

注：以抗敵殺敵出名的丁超、李杜時為中東鐵路護路司令及特區行政長官，從長春北站開始敵對，至哈市淪陷始轉入北滿。馬占山則係黑龍江省的騎兵師長、代理主席。

（本文原載於吉林市政協文史資料研究委員會編《吉林教育回憶》，江城日報社，1985 年）

回憶二十年代的吉林教育

一、負責教育大權的官員們

自從張氏父子(作霖、學良)統治了東北以後,一切軍政財經大權都由奉系操縱包辦,吉、黑兩省是沒有份的。獨有文教一項,也可能他們"發了善心",交給本地人幹,所以教育廳長一席,向來是吉林人的禁臠。主其事者較早的有于源浦(榆樹縣太平川于家,從清代中葉以來就是世代簪纓,幾輩翰林。三省的士紳多是他們的門生故吏,例如黑龍江省長宋小濂,即是河南撫臺于蔭霖的學生)。可這位曾主辦國文會考的廳長大人,抽足了鴉片之後,只曉得吹噓自己"家學淵源,過目成誦",臨死公虧了永大洋 20 萬,還用穿龍杠抬回了榆樹。繼任的王可耕是于家的外甥,他的好處是任用了幾個關內念過大學和留學東洋的知識分子如趙雨琴、張壽昌、謝雨天、傅貴雲等充當了秘書、科長督學、校長,一時使吉林的文教界頗有推陳出新、欣欣向榮之勢。但充其量說,不過是開明一點兒的地主資產階級教育措施而已。

這其間還有兩位廳長,一個是勾結日本人出賣鐵路鋪設權的劉芳浦,一個是攜款潛逃到北京做了富家翁的王伯康。

那個劉芳浦是由省議會副議長轉任的。平日坐著由白俄馬夫趕著的大馬車,招搖過市,可是當他的賣國醜行被學生揭發批判時,他卻紆尊降貴、恬不知恥地跑到第一師範的理化教室拉扯一些同夥(都是吉林的劣紳)來藉以遮羞,一副狼狽相實在不堪(突如其來,前此根本沒有到學校視察過）。記得我們用《蘇武歌》的調子給他編了一首《罵劉芳浦》，起首即是："賣國賊劉芳浦，賣地買議員，當了七八年，保土匪，抽大煙，真是個黑心肝。早有賣國意，鑽營得了官，污辱文教，誤人子弟，臭不可聞焉。而日本小鬼勾結此賊，騙去了鋪路權！"學生上街宣傳的時候，到處高唱，還散發傳單、張貼標語，叫他滾了蛋。

那個王伯康也壞得出名，先借著吉林法團頭頭、教育會長的虛銜，夤緣謀幹到手廳長，大把地摟錢，大辦其母親的喪事。"九一八"事變一起，更中下懷，帶了公款逃之夭夭，在北京西城買了一片住宅去做寓公了。有人問起，他還嬉皮笑臉地解說："應該算我高明，不然的話，也是白便宜了日本人！"這不是屁話嗎？你為什麼不把錢款交公，即使拿出來救濟逃難的同鄉也好嘛。顯見的是"巧言如簧，顏之厚矣！"。不料這個貪污分子竟活到了日本投降以後，又犯了官癮，巴結上國民黨接收大員，降格以求地回吉林去當縣長，結果是被解放軍鎮壓了完事。

等而下之，再看看省城縣市一級的教育官是些什麼角色，也舉兩人：楊梓玉和韓石卿（湊巧都是下九臺人，舊屬吉林縣）。

老勸學所所長楊梓玉五短身材，厚嘴唇子，道貌岸然，總以教育界前輩自居，其實卻是一個一味鑽營的舊官僚：在市政公所所長任內連馬路都未補好，可是大東門里通天後街，自己的大宅院建起來了，轉任省田賦局局長以後，又利用職權近水樓臺地買了200多坰旱澇保收的好地。這個人想當教育廳廳長只是沒有弄到手。他在省政府會議上，一再提出整頓學風的議案說："現在的學生，放著書不念，淨談抗日愛國，這不是替咱們惹事嗎？又有反對包辦婚姻主張自由戀愛的，毫無禮法，真是紅毛野人；教員們呢，也不好生教學，離經叛道，攻擊起祖先崇拜來，如果兒子連自己的老子都不認了，哪還成什麼世界！"試想想吧，這是不是18世紀的老腦袋。

　　韓石卿,"裘馬自輕肥"的吉林教育局局長,他是楊梓玉的繼任者,由於兼著省教育會會長,他這個局長便成了"鐵帽子官",一干就是 20 年,誰也動不了(會長 5 年一改任,連選得連任,由於他財大氣粗,誰也競爭不過:收買、哄拾,雙管齊下,因而也成了"世襲職")。要問怎麼個"財大"法,我們只舉一端,吉林縣的小學教員月薪永大洋 30 元,可是實發 27 元,那 3 元說是因經費困難,須謀生產之道,留著購買學田地啦。錢是按月扣了 20 年,可是學田在哪兒? 到底多少坰,誰也不知道。這是明擺著的事,如以吉林全縣只有 500 名小學教師計算,一個月就是 1500 大洋,一年呢,18000 塊,那麼十年廿年呢,豈非已有卅五六萬了。對於這個人來說,自然是無窮的富貴,還說教師機關是"清水衙門"哪!

　　省、縣的文教大權雖然常由這些封建老頑固們掌握,可是"青出於藍",學生自有學生的辦法。他們關心國家大事,成立學生聯合會,奔走呼號,遊行示威,創辦進步報刊,宣傳革命思想,不怕封禁,變著法兒印發。注重德、智、體三育,交流經驗,互相觀摩,以文會友,比賽球類,爬山越野,生氣勃勃,而逃婚在外半工半讀,不受地主家庭羈絆,自由自在生活的人日益多。楊梓玉輩何能擋住潮流,這從學生們經常貼出的標語、喊來的口號即可略見:

　　　　天下興亡,匹夫有責。
　　　　士當先天下之憂而憂,後天下之樂而樂。
　　　　還我河山! 還我旅順大連! 還我青島!
　　　　反對吉敦鐵路延長,收回治外法權,收回租界地!
　　　　打倒賣國賊! 睡獅猛醒!
　　　　鬼子矮,走道歪,他的貨物我不買!
　　　　開卷有益,讀書便佳。一物不知,儒者之恥。

業精於勤,荒於嬉。少年不努力,老大徒傷悲。

儉是美德。誰知盤中餐,粒粒皆辛苦。

不自由毋寧死! 自由、平等、博愛。

健全之精神寓於健全之身體,不做東亞病夫。

戶樞不蠹、流水不腐,常動故也。

二、吉林省立第一師範學校

它是吉林全省資格最老的一所學校,遠在清朝末年光緒維新以後(1905 年,光緒三十一年)便以吉林優級師範學堂(直到 1920 年我們入學時,這個老字型大小還嵌在凹字形課室樓正門頂上的門額上邊呢,刻磚泥金頗為醒目)的名義,開辦在省城東郭。

因為它是一個官費學校(不交食宿費),伙食又比較好(最初曾四、六、八碟地吃細糧——白米蒸饃,每日兩餐,後來也是豆包饅頭、炒咸菜、大米粥、應時蔬菜、豆乾飯,五月節、八月節還要殺豬宰羊,另辦伙食),有"吃飯學堂"及"老豆包"之稱,而學生卻是各縣保送的地主子弟居多,餘額憑考取。這個學校的教員幾乎全部是畢業於關內大專院校的老一輩的學生(北大、師大出身的多,也有少數是留學東、西洋的)。

這個學校很有幾個特點:入學及學期考試都列榜(他們叫"貼榜"),講究爭取第一名(前五名算最優等),名次下面寫著學期總分(各科總平均,採取百分制),報名工讀生的學生必須名列前茅,總分在80 以上的才有份兒(工讀生免除雜費,每學期永大洋 8 元)。教室及自修室也按榜次排列,"考第一的"學校另眼看待,頗為光榮。

體育活動很有名,這是因為學校重視,場地方便,學生也蔚成風氣,起早貪晚地練,球類則班級之間經常比賽。

學生的作文成績也最好,民國 13 年吉林教育廳于廳長(源浦)搞了一次國文會考(題為《漢武帝論》和"七絕一首",半日交卷)。一、二名和前十名,一師佔了五、六個。于廳長親作批語,傳見領獎,廿一班的王克仁得了"狀元",成為于廳長的門生,二十班的馬某(忘其名)也不差,算是榜眼,我們班(廿三班)的侯封祥大概是七八名(他沒念小學,私塾出身,吉林雙陽縣人),我自己雖也未落孫山,卻在十名以外了。

帶便應該談談這個學校的國文教員:那就是老學究居多,以教過我的老師而論,祁之采只曉得選讀清代古文如《書魯亮儕》之類,我們也早起晚上的讀讀《古文觀止》《東萊博議》,搖頭晃腦地之乎者也,直到讀後期師範以後,才碰到兩位比較博學的老師:高亨,另一位便是傅貴雲。

三、舊吉林大學

說來也夠神氣,在 20 世紀 20 年代的末期僻處東北邊陲、向稱"山高皇帝遠"的吉林省,居然也設立了自己的大學(吉林士紳這樣得意地說),這不能不算是一個"奇跡"。奉天早已有了名貫三省的"東北大學"。貧乏的船廠哪裏比得上,真是"小巫見大巫"啦。

但是,"哀兵必勝""有志者事竟成",吉林人不甘落後,管它"三七廿一"地到底把大學辦起來啦。具體到這一點上說,應該算是吉林幫對奉天幫鬥爭的勝利,然而也煞費苦心了,首先是鑽了"文教的事由吉林人自己辦"的空子;其次是抬出來吉林督辦兼省長張作相,讓他當大學校長,"以子之矛,陷子之盾"。第三是就地取材、因陋就簡,把公立法政專門學校戴上帽子,擴大一下,行政上也是舊班子,再加上一中、一師和教育廳的某些老人,便撐起了門面,掛上了招牌。學生呢?更好辦了,應屆畢業的吉林省中學、師範的高中和後期師範的學生,還有高等小學的教師(同等學歷也行)。"百年之計在於樹人",既然這個大學的開辦是為了培養當地的人才的,豈不應該廣事搜羅、多多益善?對於那些沒有經濟力量,沒有政治後門進關升學、出洋留學的青年來說,這自然是近水樓臺,終南捷徑,求之不得的事。

這個大學成立於 1929 年(民國 18 年)8 月,它的臨時校址在吉林省城西財神廟胡同(原公立法政專門學校舊址),只有一個小院子,二層樓的四合樓一座,這是校本部和文法學院的所在地。另有理工學院,附設在新開門里吉林省立第一中學院內,佔地方也不大。為什麼叫它做臨時校址?因為代校長李錫恩(舒蘭縣人,德國留學生,原法專校長)是個政客,待人處事很有一套辦法,通過張作相向省庫請得了25 萬元現洋作為建築費,另在西郊歡喜嶺下八百壟,購地 500 餘畝,用吉林特產大青灰石修蓋新樓房,但須五年落成,直到"九一八"事變吉林淪陷以後還不曾竣工。新大樓樣子可真漂亮,巍峨壯麗,前後掩映,是由清華大學建築系名教授梁思成設計的(設計費現洋 2000 元),工程主任董潔忱(舊為吉林市政公廳工程師,日本投降後,是國民黨遼寧瀋陽市的第一任市長)住在工地監修,有一定的建築經驗,人也很能幹。

這個大學先設兩院(文法、理工)三系(教育、法律、采冶)一個專門部(法律)和預科,男女生兼收,都須經過考取。教職員計有:代校長李錫恩、文法學院院長董宣猷(名其政,賓縣人,美國留學生,教授法律,後為國民黨立法委員)、理工學院院長張翼(扶餘縣人,法國留學生,教授數學,兼一中校長,"七七"事變前一度為國立長春大學校長)等,當時吉林教育界的精英,幾乎全薈萃到這裏了。

從外地聘到的教授先生以留學美國的居多。慈連焰博士(字丙如,山東人,教授"哲學")、王琦博士(也是山東人,教授"教育心理學")、劉強博士(江浙人,原東北大學教授,教"西洋通史")、羅敦厚

(湖南人,教生物學)。這些先生們的共同缺點是專用原文本子,使用美國教材,而且架子大,講課以後,不許問難。學校當局因為請教授不易,對他們加以維護,結果是教授、學生間的矛盾越來越大。

還有劉強博士,也須得提提:

劉強教授是"毛遂自薦"來的(原在東北大學),美國教授味十足,講義自己用打字機打,叫學生死背硬記,隨時舉行小考,要求連括弧裏的注釋都須爛熟。判卷子使用 ABCD 帶+、−號,A+最好,D−就不及格了。但教授給學生的不過是人名、地名、年代大事記一類的西洋史綱要而已,喜歡叫學生到他的宿舍裏去,並不談功課,指給人的是牆上掛著的"Jowa"大學三角旗,書桌上擺著的是博士的方帽子、道袍、放大像等……更有趣的是他一有時間就出去在城裏城外作社會調查,對象是什麼呢?秦樓楚館娼妓的出身,注重以下的幾個問題:

①花名、年齡、籍貫,做生意幾年了。

②神女生涯不痛苦嗎?是自願的、被迫的?

③將來有何打算?從良當小老板還是逃之夭夭。

從東關商埠的"圈樓"(高等娼妓所在地)一直問到德勝門外的"三道街"(下等娼妓的聚散處)。這不是活見鬼嗎?有哪個娼妓可以不通過窯主、鴇母而自由表示意見的?所以得到的答案往往是:"問這些幹什麼?"、"不做生意沒飯吃!"、"談不上自願或強迫"、"誰知道將來會怎樣?混著看"。有的嬉皮笑臉,有的帶搭不理,窯主、鴇母卻著了慌:

"查窯子嗎?是不是要加捐?"

"這個人是幹什麼的?員警廳派來的?沒打招呼哇!"

"大學教書的,管不著窯子裏的事,不用理他。"……

劉強教授既是個南方人,又圍著圍巾,戴著一把櫓的帽子,打扮得很特殊。虧他有勇氣這樣串來串去,聽到、看到的人都暗暗地發笑。

而他還很有感慨地說:"社會調查不好做,廢除娼妓更難,她們自己毫無覺悟!"當時這位教授可真天真,居然大慈大悲地想要取消娼妓了,哪有這麼簡單的事。我看這是想入非非,在舊中國,萬惡的封建制度不打倒,腐朽沒落的剝削階級依然存在,改革什麼都是空談。因此,跟劉教授的教不好書一樣,他的"社會調查"也成了一場笑話。

除此而外,我們對於慈博士的印象還是夠好的。

慈連焰(丙如)教授博學多聞,中外的哲學書籍都看得不少,他的不可及處在於不搭博士教授的架子,循循善誘,和藹可親,歡迎問課,不嫌煩瑣,並且知之為知之,不知為不知,決不裝腔作勢、不懂裝懂,他代授教育心理學,時遇有疑難問題便說:"我不是學這個的,解釋不了,你們自已找找參考書吧。"考本門功課哲學時,不重記問之學,出題目讓學生在課下作,寫完了他一本本地詳細看,跟學生討論,觀點不同或是結論不妥的地方,原卷發還,打百分不記 ABCD。只有他從一年級教到我們二年級,"九一八"事變後才離開吉林到山東齊魯大學執教,師生關係一直維繫得很好。

（本文原載於吉林省政協文史資料委員會編《吉林百年》(下卷),吉林人民出版社,1990 年）

吉林省城八景

　　吉林省城是這樣一個地方:山清水秀,花木叢生,有東北小江南之稱。舊閱《吉林省志》,見有"八景"載記,則是勉強湊合未必出色的事物了。茲分別概述如下:

一、北山雙塔

　　北山在吉林省城北郊,連綿西走,面對松花江,其平峰起處高半里許,廣也如之,樓臺矗立,廟宇巍峨,很是壯觀。上山的石徑有二:一從南面直登,雖鑿有石磴,並築一半山亭閣可供休息,但爬至關帝廟前時,很少有不喘氣的。然在此可以俯瞰全城景色,只見房屋櫛比,松水如帶,飛鷹往來,歷歷在目。而白雲深遠罩龍潭山,蔥蘢一片是江南,亦奇觀也。一從西面攀登,平山夾峙,曲折東北行,別具幽趣,惜樹木不多耳。唯從此路可以東入關帝廟,北去藥王廟,中經坎離宮,直上玉皇閣,蓋已至北山腹地矣。所有主要的建築物盡在於此。

　　所謂雙塔,不過是在坎離宮旁的兩個和尚墳:青磚壘成,高只丈許,亦作七級浮屠之形而已。較之臺閣高聳過道牌樓橫書"天下第一江山"大匾的玉皇閣金碧輝煌,美輪美奐者,實不可同日而語了。其後山則叢生雜樹,鳥鳴嚶嚶,順山道委蛇邐迤,西上西山有巨亭翼然,空曠四臨,更可以縱覽山川之勝。缺點也是童山濯濯,全無花木。

二、松江晚棹

我們說吉林省城真山真水,主要是指北山、小白山、龍潭山東西對峙,松花江環城如帶。特別是這條松花江,既有舟楫之利,又豐產鯉魚,還不止是風景如畫呢(它東北流經北滿哈爾濱至同江,與黑龍江合流入海)。每當夏秋之季,漫步江堤,披拂楊柳,遠眺風帆,賞心悅目非止一端。而漁歌嘹亮,小燕斜飛,朝暉燦爛,晚霞似錦,只有置身畫圖中者,始足以驚奇的。

此江還有一項冬日美景和春季壯觀,那便是千里冰封萬里雪飄以後,坐上馬橇,一日可飛馳百數十里,而兩岸銀花霜樹更是氣象清新。特別是驚蟄之際,大江解凍之奇,先是訇然一聲,仿佛天際雷鳴,繼則重疊巨冰推撞而下,有如千軍萬馬奔馳以去,不耳目接觸者不足以語此。總之,松花江的景色之所以著稱,並不是什麼"晚棹"。即農曆七月十五日夜間的河燈,在星月皎潔之下,一系列燦若連珠的浮光順流而東,就是蔚為奇觀的一事,勝過"晚棹"多多。

三、桃園曉日

吉市巴爾虎門外北郊山腳下有個桃園,坡陡起伏,桃樹甚多。每當陽春三月,桃花盛開,遠望錦雲一片,而嶺上一亭高聳,綠草如茵。旭日初升,噴薄欲出,彩霞掩映,與桃色爭輝,登臨俯瞰,煞是可觀。但遇清明前後,掃墓者紛至,紙灰飛揚,朔風野火,又使人聞聲興悲,有幽冥殊途之感矣!於以尋思:自然造物之奇,常毀於庸人妄生之作,好端端一個去處,卻偏偏亂葬起死人來,遂致狐兔橫逸,鷹隼亂飛,荒草叢生，遊人裹足，變桃園名勝為桃園義地，可慨也夫！

其西壁土嶺上又有"避火圖"一座，石磚合砌，高廣各數丈，面南嵌一大☷字。相傳吉城地當丙丁火，常鬧火災，一燒就是幾條街，俗有"火燒船廠"之稱（與"狗咬瀋陽"相對為聯）。故以坎中滿的水字來鎮☲（火字），蓋取八卦五行相生相剋之理，以圖避去火災也，其實純屬封建迷信！就我所知，一九二五年秋，我在白山書院充當小學教員時，一天上午（從清晨起）牛馬行附近就燒了大半個街，何嘗真個避免了大火！明明是風高氣燥，居民不慎於火，住房又無防火設備，消防措施也差的緣故。不然的話，松花江也常大水氾濫，漂沒屋舍人畜，怎麼不也建築一個"避水圖"呢！吉林人睡火炕燒火牆，還不常掏治，也是容易起火的一個因素。

四、玄天吊柱

吉林省城北極門外玄天嶺，西連北山，東連亭子山（即桃園），嶺上有個玄武廟。廟雖不大，而山門附近巨石嶙峋，樹木成蔭，也頗具有點兒深邃寧靜的味道。所謂"吊柱"是指正殿大柱，不立石壁，憑空吊起之意，此乃能工巧匠利用夾力兩邊緊持使其中堅固的，一看便知，哪裏是什麼"玄武帝君大顯神通以教世人"呢？又是一個愚弄老百姓的把戲。可是，這個廟的香火卻很可觀，木雕泥塑的土偶都被熏得黃焦焦的，吃肥了老道，忙壞了善男信女。

具有諷刺意味的是，"上天本有好生之德"，但那殺人的刑場"九龍口"就設在它的東側，槍聲起處屍體橫拖，難道這時候的"好心人"還能依舊地高誦《南華真經》嗎？全是一些莫名其妙的事。

五、龍潭水牢

　　松花江東岸的龍潭山，距吉林省城東郊約二十里，欲遊者可以乘舟順流東下，再登陸行三里許始達山麓。唯上山盤道彎曲，兩旁老樹參天，已使人有置身深山老林之感。因為雖在盛暑，此地也清爽如秋，加之蟲聲鳥語悅耳怡神，無人抱怨疲勞了。

　　山巔左側有龍王廟，廟後有深水潭，一個綠波凝滯，周匝草木森森，不見天日。相傳昔有老龍被困鎖潭內，其木樁至今猶在，所以稱曰“水牢”。可笑的是清代官吏祈雨，多來此地，先祭廟後祭潭，這是認為已經牢籠起來的老龍還有本事降雨哪。

　　此山別無它廟，只在平頂處有高臺大廳五間，可供遊人休息。其西側又有園坑一個，土石砌成，苔痕極深，叫做“旱牢”，恐係危害人民的場所了。雖然它是個露天的，但囚禁百十個人，四面用槍兵一守，是誰也逃脫不了的。可憐現在卻當作風景欣賞了。

　　山之最高峰曰南天門，地既平坦，兩面又有石嶺對峙，此門之所以得名。在此極目遠望，雲霞奇幻，江水環城，比近在北山平眺又勝一籌，以其煙霧迷濛，若隱若現也。除此三個好去處之外，迄南約三里復有一“團山”，半在江水中，半為陸地，其形如饅頭，然而江流迴旋，水波清澈，山也秀麗可登，以其作為龍潭山的附景也無不可。

六、小白鹿苑

　　小白者，小白山之簡稱也，係比照長白山而言。山在吉城西南約三十里,地居松花江上游之西南彎處,相當荒蕪,以舊曾為清人入關以前的郊天場所而得名。其西北則遙與"歡喜嶺"相對。相傳清帝的遠祖某(或為太祖努爾哈赤)登臨"歡喜嶺"時大為讚賞說:"真是大好河山!"異常高興。從此遂命名為"歡喜嶺"矣。

小白山之深邃不下於龍潭山,而寂靜過之。山之頂巔猶有郊天遺跡(土臺)存焉,拾級可登,而鳥糞枯葉觸目皆是,這說明雖樵伐之人也不常來往的。至於鹿苑,則是一個馴養山鹿的野圈,木柵甚大,中實梅花鹿十數頭,呦呦做聲,俯食青草,聞係市內藥行雇人飼養為取鹿茸者,而被鋸去鹿角的公鹿則頭上禿禿,頓失嵯峨之勢矣。

七、天壇古柏

吉林省城也有個天壇舊址,傳係清人入關以前郊祭地點之一。但除幾株古柏之外,只見土墳一片,荒草沒人了。其古柏則鬱鬱蒼蒼,遮天蔽日,老幹縱橫,徑直雙尺,確為數百年前之物,稱得起是"故國喬木"的。惟此地之所以得名,實緣其側築有文廟耳。說天壇即意味著是文廟,談文廟也等於是提天壇啦。

這個文廟在省城可是一個數一數二的建築,因為唯有它是紅牆綠瓦黃琉璃蓋,仿佛宮殿的。而左邊"義路"右邊"禮門",再加上"德配天地"、"道冠古今"的東西轅門,以及宮門內外的漢白玉制就的洙泗橋、雙獅蹲、丹朱旂竿等設備,儼然是王者氣象了。沒有看見"文武官員到此下馬"的牆角石碑嗎?我們只有在北京的皇宮四角,才能看見此種字樣。

就說那個大成殿吧,周圍石欄、磚臺,前面丹墀白階,出廊出廈,當人們歷階而升,雁次以進的時候,沒有人不覺得孔老二的威風煞氣夠瞧的啦。特別是丁祭之日，太牢（牛、羊、豬的正體）橫陳，玉帛分獻，高呼叩首、叩首、三叩首之際，使人深有此感。

八、西石怪礌

礌音 lā，本為破物之聲，大概"石破天驚"

【缺】

為晚清的苦行主義者、山東鄉村教育家武訓先輩"平反"

我們從來認為,哪怕是舊社會的地主、豪紳、資本家,只要他們幹的是件有益於人民的事,例如修橋、鋪路、辦學、賑濟之類,都應該受到歡迎、予以肯定,不必非檢查他們的動機、目的不可,誰能花錢、出人、辦事,連一點兒個人的打算都没有呢? 結果不但無害而且兩利就好呍。

武訓最初不過是個來自底層,為人所瞧不起的乞丐,由於看到許多鄉下的孩子念不上書,聯繫到自己也是個"光眼的瞎子"的苦處,於是變着法兒,叫化點銀錢,弄塊地方,請個先生,教些小學生,有什麼錯哪? 至於事情越辦越好,從小到大,從一縣到幾縣,那就應該得到支持,給予表揚。

所以不管怎麼説,西太后那拉氏送了一件黄馬褂,對於武訓來講應該算是"最高的獎賞",因為他幫助朝廷辦了教育,有了功勞。而且不能忘記,他不過是個花兒乞丐呀;另一方面,也未嘗不暴露著官府的無能。地方"掃盲"和"義務教育"工作,連武訓這樣的人物,都不能不允許插手,開始了"民辦",亦可算"今古奇觀"了。"為牛為馬,舍命舍身",前無古人,後無來者,不能不叫人頂禮膜拜。

一、何來"奴才"之説

還有,什麼叫做"奴才"? 嚴格地説,在封建社會裏,是"普天之下,莫非王土,率土之濱,莫非王臣"的。"臣",不就是奴隸嗎? 像屈伏,惶恐的形狀。自臣工百僚以至萬民,有誰不是皇帝的"奴才"? 不過有地位高下之分而已。即以清代而論,滿人都以官至够稱奴才為榮,漢人還没有這個資格呢。因此,是不是不分賢愚,不加分析,不根據歷史條件,都把它們否定,才是正確的態度? 我粗淺地認為不行。那麽,對於為了辦義學而采取一些"換錢"手段的武訓,竟以為是"奴顏婢膝"不耻於人類的行徑,豈非太不公道? 這簡直是誣衊,是别有用心,對於大人先生司空見慣,對於一個"叫化子"卻不分清紅皂白地苛求不已,說什麽"武訓經常雙膝跪倒在地主豪紳面前,面帶苦容,兩眼泪汪汪,完全是一副奴才相,這種懦弱、無能、乞憐卑賤的形象,使人感到十分的嫌惡和痛恨!" 此類話頭,能够出自通情達理的工農大衆之口嗎?

就說"磕頭"、"下跪"吧,武訓只是對地主豪紳如此嗎? 請先生,和對於教書不盡心的先生,甚至於不用功學習的學生,他都對他們采取這種手段,"長跪不起",直到他們答應了,或是改過了為止。據說,人人都怕他這一手,如同受了"刑罰"一樣,跪就行,那麽,誹謗者流,這又該如何解釋呢? 難道這也是"奴顏婢膝,自輕自賤"的行為嗎? 至誠、赤膽、獨出心裁,自古以來,有誰用過這種辦法去督飭師生、興辦"義學"?

二、偉大的自我犧牲精神

至於說,武訓自輕自賤作牛作馬,讓地主崽子騎到自己背上爬行,口裏還念叨着:"騎得穩,爬得快,我高興,你自在",這乃是他叫化銀錢的一種手段。你肯"買"我就"賣",兩下情願拿錢來,所以"我高興"(拿著身子當地種、理直氣壯地取得收益的必然結果,能不"高興"嗎?)你盡管去"自在"好了,我卻滿不在乎,論目的不論手段,弄錢是為了"興義學",個人並不貪圖享受,反正不偷不搶有什麼可恥的地方?因為他的指導思想和具體行為確實是表裏如一异於常人的。他說:

> 我去化緣,我去討飯。我有的是勁,我替人家干活,我替人家做短工。我還會唱小曲,我還會耍把戲。樣樣都能賺錢,都能積錢。

石破天驚、血泪交進,試問這是多麼偉大的精神,高貴的行誼。一個普通的叫化子能够為辦成一件事情,付出如此的代價,忘我的犧牲,而且安之若素,堅持到底,真是超人的英雄啊!我們常説:"言之匪艱,行之惟艱",謂予不信,請試試看。達官貴人辦不到也絕不肯干的事,武訓卻心安理得不聲不響地完成了。事實最雄辯,歷史作見證,可以息悠悠之口,可以平不平之氣,顛倒黑白的事應該把它再顛倒過來,這也叫做"天翻地覆"。

三、通權達變,非同流合污者可比

一個叫化子,想辦點事情,恐怕不取得地主鄉紳的同意和支持,是寸步難行搞不成器的,譬如存零錢、生利息、買地皮、修校舍、添教具、請先生、招學生,都需要有門路,包括官廳的點頭在内。如果說這些就是"勾結官府,走動士紳,居心貪錢,手段苛刻",從而"定性"為"罪該萬死"的大流氓、大地主、高利貸者、反動分子,那可真是笑話了。甚麼叫做"實事求是"?甚麼叫做"調查研究"?一句話,甚麼叫做歷史唯物主義、辯證唯物主義?可以隨心所欲地從事歪曲,一手掩盡天下人耳目嗎?"鞭屍"的幫派論者可以休矣!那些迫於壓力,反過來說,武訓是"階級异己分子,反革命的改良主義者,民族投降主義的代表人物”等等,帽子滿天飛,同樣無恥、可笑。同時,在武訓和宋景詩的關係上,囂囂者流也作了文章。兩人都是山東的貧民,因為吃不上飯,對抗剥削,一個跟鄉親一起,拿起刀杖起來造反,最初很有聲勢,可惜後來失敗犧牲了。一個當了叫化子沿門去乞討,可是總想替鄉親們辦點兒好事,結果“義學”成功,從小到大了。所以當時的人民才有“一文一武”之稱;也是景仰的意思,哪裏有什麼“殺是殺不盡的”的,“不如從教育下手使之奴化”的醜惡用心,我們也應該予以辯正。首先是“不以成敗論英雄”,其次,武訓的方式方法通過實踐,沒有風險,而且達到了目的。

四、當之無愧的“鄉村教育家”

中國教育史上第一位老師,孔仲尼先生,把“教權”從帝王手裏接下來的“聖人”(在他以前是“作之君,作之師”,人王即是教主的),不就用《詩》《書》《禮》《樂》《易》《春秋》來教育學生嗎?弟子三千,身通六藝者七十二人,是於傳有之(《史記・孔子世家》《仲尼弟子列傳》可証)的。唐、宋以後,且用“經義”科舉,怎麼單單指責武訓辦學用“六經”、“制義”作教科書是“狂熱地宣傳封建文化,鼓吹腐朽的三綱五常”呢?誰能說《詩》《書》之中,連一點精華的東西都沒有?“尊孔讀書”只是為了“學而優則仕”,連武訓的吃五毒,住破廟,都是取得地主的“走狗地位的生意經”。貨真價實的“武豆沫理想”,豈不冤殺人也!

山東是出“聖人”的地方,遠在春秋戰國時代,通過孔子、孟子等人齊、魯文化即已有名。“郁郁乎文哉,吾從周”(《論語》)孔子“删《詩》《書》,定禮樂”,既是大教育家,又是文獻整理家,不去多說了。孟子“知言”“善辯”不迷信書本,也重視教育,並且繼承了孔子衣鉢,成了“儒家”的第一把手,更不是偶然的。這未嘗不說明著“江山代有才人出",到了晚清也不會無人的。"地靈人杰",山東尤其如此,不是嗎?流風餘韵,果有武訓其人,而且是出類拔萃非比一般的"才人",一個推廣地方教育的實踐者,怎麼能够不令人拍案叫絶哪,是為記。

一九八五年八月二十五日於保定河北大學

(本文原載於《聊城師院學報》1985 年第 4 期)

胡適之先生逸事一束

適之胡先生逝世二十五年了,作為他的學生,我也已八十一歲。人老則念舊,何況是自己的業師! 往事歷歷如畫,不勝感慨繫之。

丙辰之春,保定市政協文史資料研究委員會負責同志,叫我也寫點什麼,遂序列以應,亦雪泥鴻爪之意也。

諸所聞見,都為 1931 年至 1937 年間者("尾聲"除外),保證真實。對於有志研究胡適先生生平的人,可供參考。

龍年春王正月紫庵書於保定古城

一、的確崇拜過胡先生

"九一八"事變後的第二年,青年學生漸漸覺得在口頭上喊"打倒不抵抗主義!""打回東北去!"形式上請願臥軌、遊行示威,已經枉費精力,不發生什麼效果了。有的學生轉而去搞慰勞募捐,資助東北義勇軍;或者開展掃盲運動,創辦平民學校,做些有益抗敵裨益人民的愛國活動;有的醉心於投考名牌大學,找尋名教授,做學問,索性鑽到圖書館裏去夢"黃金屋",覓"顏如玉"。本是精神空虛,還硬說是在"讀書救國"。

不客氣地講,我那時的思想感情,就類似後者的一流。進了北大,更有何說,投拜名師,近水樓臺,所以選課就選花了眼:錢玄同的說文想聽,劉半農的語言學也不願放棄;明明是中文系的學生,周作人的日本文學課、孟森的上古歷史課,尤其是胡適之先生的中國哲學史課,都想選修。

北大選課的辦法是比較自由的,可以跨系,先聽後定,可以不念學分,只聽不選,非本校的學生也可以旁聽(後兩者不發講義,如有剩餘,可以購買)。記得我第一次上胡先生"中古哲學史"課的時候,真可以說是肅然起敬,洗耳恭聽,手腦並用,點滴入神,已屆於欣賞的境界了。

胡先生上課,照例是在紅樓二樓西側的大教室(因為額外的人多,地方小了攔不下,饒是這樣,還有許多站著聽的主兒)。經常是咯噔咯噔先聽到通道地板上皮鞋踏地的聲音,接著是教室門大開,工友老吳手捧粉筆盒侍立一旁,胡先生翩然入室走上講臺,把夾在腋下的書和講義擺到講桌上,舉目環視。這時老吳才攔下粉筆盒退出去,輕輕地掩上了門。

他經常是大褂、肥褲、不戴帽子(胡先生認為中式服裝舒服便當,所以在國內很少穿西服),語言輕緩,風度瀟灑,講起課來,頭頭是道。這自然是古今中外學識淵博、左右逢源、俯拾皆是的緣故。我就常常在想:"才四十歲的人,怎麼就有這些成就?""白話文的先驅者"、中國哲學的博士、北京大學的文學院院長,若非才華出眾精力過人是根本談不上的,"投師如投胎",能夠跟這樣有名氣的先生常受教益,真是"三生有幸"了。

其他諸師,如錢玄同先生之"音韻沿革",不用講義,只寫提綱,講起韻律,橫流倒背。還有特點是右手戴上白手套,板書一絲不苟,乾淨利落,不講半句課程以外的話。周作人先生的"中國文學的變遷"貫通中外,知識淵博,說話細聲細氣,文字卻很清新。沈兼士先生的"古文研究",專門考釋《說文》文字結構上的半形通義,如"錢、盞、箋、淺、殘"等字均有"小"的意思,說法別開生面。范文瀾先生的《文心雕龍》課,自撰疏證,考據精確,使人樂於鑽研古代文論。劉文典先生之"校勘學",教人動手實踐,不多談理論,他最喜歡依據的書是《太平御覽》。總之,都是學問淵雅,各有千秋。

二、學作白話文,是胡先生啟示的

我從童年開始,那是二十年代之初,在學校(吉林省立模範小學)裏念的是"人手足刀尺,山水田,狗牛羊"的課本。在家裏(我的祖父是老秀才)念的是《三字經》《百家姓》《千字文》和《四書》。長大以後到了中學(吉林省立第一師範),念的是《古文觀止》《東萊博議》和主要是文言文的課本。家裏念的是《詩經》《書經》《左傳》《國語》《禮記》的部分篇章。課外讀物也基本上是《聊齋》《三國》《玉梨魂》《雪鴻淚史》一類的小說。偶爾看點兒《新青年》《語絲》等雜誌,就感到新穎了。作起文章來,自然是"之乎者也""矣焉哉"式的老調子,而且搖筆就有頃刻千言,頗為國文老師所青睞,說是文從字順,揮斥成篇,因之也很自負。

投考北大,那作文的試題即是"作一篇一千二百字以上的自傳"(限用白話),開始吃鱉。雖然對付下來了,卻覺得以後非"改轍"不行啦。迨及進了中文系,與胡、錢、周、劉諸先生經常接觸,屢受教益,這才真個改革起來。寫信時《秋水軒尺牘》的"大人膝下""敬稟者""鈞安萬福",屬文時《古文觀止》的"嗚呼""且夫""人生在世""由此觀之"一類的規格標準,陳辭濫調,立予掃蕩,基本廓清。

這也是一種"春風化雨"吧。北大乃"五四"以來新文化運動的策源地,大師們都是白話文的作家,耳濡目染,自會潛移默化,雖然並沒有哪位先生逼著我們寫文章非用白話不可。胡先生就經常說:"這白話文並非我胡某人發明創造的,不過是古已有之於今為烈罷了。從宋人話本(說書人用的)、道學家語錄(如二程朱子的講學)、元明的雜劇(劇中人的科白),尤其是明清的章回小說(《水滸傳》《西遊記》《儒林外史》《紅樓夢》),履霜堅冰至,其所由來漸,那一種不是白話的淵源?我寫的《白話文學史》就是證明這一進化的史實的。"他接著說:"我並沒有強迫哪一位非作白話文不可。但是,經驗告訴我們,這是大勢所趨人心所向的事。"

很顯然,胡先生這話是專從文體改革方向說的。語言是思想的外殼,它也不可能不反映著作者的思想感情,他所謂的"須言之有物",這"物"正是文章的內容。他自己就解釋得好:"吾所謂物,約有二事:一、情感;二、思想。"又補充著說:"達意達的好,表情表的妙,便是文學。"這在當時,實在是被認為言之成理無可非議的。我個人也覺得把騰之於口的語言,和筆之於書的文字,統一起來方便得多,而且這只是新文化運動的一個方面。潮流所向,誰能違逆?

三、"呼爾而予之"的一點兒救濟金

"九一八"事變後,北平的東北籍學生經濟來源斷絕,生活日感艱難,北大的也是一樣。為了持續讀書,不免多方呼吁救濟。遂由中文系的孫震奇(黑龍江人)、歷史系的王玉琳(吉林人)、教育系的何壽昌(吉林人)等人發起,向教授、校院長、系主任們募捐。先各找比較熟識的先生聯繫,胡先生是名教授又系文學院院長,有一份冊子便先請他簽認。胡先生聽我和孫震奇同學說明了來意,表示同情,說:"東北的同學苦哇,應該想辦法救濟。但我在學校裏不拿錢,先去找別的先生吧。"經我們一再地懇請,說:"胡先生不帶頭,我們怎好找別位?"他不得已認捐了五元。簽名後不禁使我們大失所望。因為像他這樣月進

千元的大人物,只肯給這幾元的數目,我們怎好再向別人開口？孫震奇氣憤得立刻把這一頁撕了下來,歎口氣說:"要飯吃真難啊！算了吧。"

後來由於校長蔣夢麟、課業長樊際昌、法學院長周炳琳、中文系主任馬裕藻等,分別認捐了五十元、六十元之數,我們重找了胡先生,他才改寫了五十元,但是很不高興,說:"你們應該尊重人,把我先前簽認的那張毀掉是不對的。"這回,我們可真感到難堪了,離開院長辦公室以後,大家發誓不再做這種丟臉的事。

搞了一個多月才募積不到一千元,三十多個特別困難的同學,分到名下時不過二十幾元錢,只可濟一時之急。等到南京政府軍訓部派人在北大紅樓後院辦起了救濟食堂,才初步解決了吃飯問題。

這個食堂叫做"東北青年食堂",凡是持學生證的東北學生如北大、東北大、中法大等校臨近沙灘住的,都可就餐。最初辦得還不錯,每日三頓,有稀有乾,禮拜或節日改善加菜,可以吃到肉、蛋。因為管理員(一傅姓中尉)讓學生代表參加辦伙,月月都有節餘,還可分點零用錢(一元左右)。但是好景不長,沒到半年就來了一個上校主任喚作李亞雄的,硬說傅某辦事不力、克扣公糧,打了一頓軍棍趕回南京,並把一人十元的伙食費改為七元,且揚言:"哪有困難的學生不吃粗糧的,菜裏的肉也不該有,生活需要清苦些麼！"於是一百多個吃飯學生頓時散了大半,接著這個食堂也就關閉了,改由東北青年教育救濟處酌發補助費(不是人人有份兒的,"思想不純正"的不給)。

四、光風霽月,不怕挨罵,自樂其樂

胡先生是能廣交遊能久敬的,也肯於提攜青年獎掖後輩。朋友如陳獨秀、李大釗(《新青年》的戰友),徐志摩、聞一多、梁實秋(《新月》

的同道),翁文灝、丁文江(《獨立評論》的支持者),都是名家。陳、李而外,許多人都是見過的。至於以校長蔣夢麟(蔡元培的學生,曾為南京國民政府的教育部長,也是位教育家)為首的北大老師們:周作人(曾為《語絲》撰稿,魯迅先生的二弟)、劉半農(法國語言學博士,曾為北平大學女子文理學院院長)、劉文典(古典文學家,曾為安徽大學校長)、馬衡(歷史學家,故宮博物院院長)、馬裕藻(經學家,中文系主任)。學生著稱的如"疑古派"的史學家顧頡剛,"五四運動"的健者傅斯年,"中國經濟史"專家陶希聖,古代音韻學人魏建功等,亦是不同凡響、各有千秋的。

可是,這並不等於說,胡先生在朋友、學生之中就沒有對立的人物,如魯迅先生就非議他來自杜威的"實驗主義"和對國民黨政府"小罵大幫忙"的妥協態度。有詩云:"文化班頭博士銜,人權拋卻說王權。朝廷自古多屠戮,此理今憑實驗傳。"魯迅先生最後一次到北平看望母親,胡先生不理睬(1932年冬11月),魯迅先生逝世,在北平、北大的追悼會上(1936年11月中旬)他也不露面。

學生之中,也有經常寫文章批評胡先生的。葉青在《二十世紀》雜誌上即闢了一個專欄叫做《胡適批判》,有幾期胡先生拿到課堂上給我們看過,並說:"葉青是我的學生,他又在批我了。道不同不相為謀,這沒什麼關係,不過他說我'文字淺白',這不是攻擊,反而是在恭維我了,白居易詩老嫗能讀,我還沒能達到這個水準哪。"

胡先生在寫給楊杏佛(銓)的信中,更有比較高的姿態,他說:

　　我挨了十餘年的罵,從來不怨恨罵我的人,有時他們罵的不中肯,我反替他們著急。有時他們罵的太過火了,反損罵者自己的人格,我更替他們不安。如果罵我而使罵者有益,便是我間接於他有恩了,我自然很情願挨罵。

五、抗拒學生"打倒"的一幕

北大的學生是不拿學費的,蔣夢麟接長學校以後,規定每人每年須交八元("九一八"事變後,東北籍學生不交)。有的學生不願意出,學校不答應,他們便醞釀罷課鬧事。1934年秋季的某一天早上,沙灘紅樓(文、法學院的學生在這裏上課)後院的鐘聲亂響,聽來不像是上課的響動,但我還是挾了講義和筆記本去了。剛去紅樓門首,碰到胡先生正下汽車(當時只有校長蔣夢麟、文學院院長胡適之和校醫鄭河先——德國醫學博士,有自備的小轎車,別人如課業長樊際昌、中文系主任馬裕藻等,都坐人力車包車),帶著公事皮包往院裏走,幾個守門的學生攔著他不讓通過,他一沖而入,我們也跟了進去。看到紅紅綠綠的標語:"反對交納學費""打倒學閥"等等,一些同學也勸我們不要上課。

接著就聽到有的學生舉手大喊:"打倒胡適!"胡適先生也大聲說:"不怕!"繼續向樓裏走去(他的院長辦公室在一樓左側),學生又喊:"打倒學閥胡適!"胡適先生再回聲道:"你們不配!"就怒氣衝衝地進了辦公室。

第二天早上,西院(理學院、校長辦公室、課業長辦公室都在這裏)掛出了校牌,革除七個學生。據說是緊急校務會議的結果,也是胡先生堅決主張這樣幹的。

後來才知道這幾位同學都是歷史系的學生,他們發動風潮不單純為了取消學費,這從他們喊的口號中可略見一二。

通過這一事件,使我盲目崇拜胡先生的心情打了折扣。"開除如大辟",胡先生到必要時,對於學生也夠屬害的。值得這樣小題大作、斷送了幾個青年的前途嗎？而且怎麼一下子就清楚了為首的諸人呢？事情過了很久以後,猶未停止思索。

六、在劉半農博士的追悼會上

劉半農先生是我們的語言學教授,以能製造簡易的工具協助實驗語音推斷聲調著稱,也是一位新文化運動健將,和胡先生的交誼很為篤厚。胡先生提起劉先生時,常常暱呼為"我們的劉博士"(半農先生留學法國,取得了博士學位)。對於他的突然逝世(1934年夏初,因到內蒙調查,感染熱病回歸不治),胡先生是非常之哀慟的,如失左右手。這一來是二十年代初白話文運動的同道,二來是當時的語言學家不多,缺少接手教授的人。

追悼會的會場,設在馬神廟北大二院的小禮堂內。臺上正中高懸半農先生的側面半身遺像,披以青紗,臺前擺滿鮮花花盆,香氣四溢。祭桌上銀燭高燒,金爐內檀煙繚繞,四壁挽聯素幛,再加上劉夫人朱惠及其子女的嚶嚶泣聲,可以說是一片哀淒景象。我們想起半農先生教學時的認真態度,及其課堂外接觸學生時的溫煦爽朗,多才多藝(吟詩、作書、攝影、喜歡音樂),面對遺像也不禁淚涔涔下。

在追悼會上胡先生和周作人等都發表了悼辭,胡先生致詞的大意是:"半農先生的逝世,是中國學術界莫大的損失,我們也失去了一位最好的朋友。有人說他曾是上海鴛鴦蝴蝶派的文人,譬如原名'伴儂',從筆名上看就輕薄。可是沒有看到他在法國念博士學位時的刻苦,以及回國以後繼續鑽研語言學的精神,連院長的位子都棄之如敝屣(此指北平大學女子文理學院的院長而言,半農解職以後,曾說過:當這個院長,還不如吃吃花生米有味道),這是通常人學不了的。"胡先生的挽聯云:

守常慘死,獨秀幽囚,新青年舊友,而今又弱一個;
打油風趣,幽默情懷,當年知音者,無人不哭半農!

　　周作人也讚揚了半農先生的為人誠實,不說假話,不投機取巧,也
不怕挨罵。後來還在他為半農先生所作的《墓誌》上說半農"少時曾
奔走革命,已而賣文為活"。又描述半農的容貌行誼云:"君狀貌英特,
頭大、眼有芒角,生氣勃勃,至中年不少衰。性果毅、耐勞苦,專治語音
學,多所發明。又愛好文學藝術,以餘力照相、寫字、作詩文,皆精妙。"
語亦真實。

七、打倒孔家店並不等於否定孔子

　　胡先生給我們講哲學史課時說:"有人說我是反對儒家批判孔孟
的,這話也不盡然。我和我的朋友陳仲甫先生都認為孔孟之學不無值
得研究之處。如教育方面的'有教無類',政治方面的'民為貴',便不
是一般儒家能夠說得出辦得到的。孔子首先是中國教育史、文化史上
第一個把'教權''文權'拿到手裏的教師和'刪《詩》《書》、定禮樂'的
文獻整理家。孟子的'我知言'之思辯藝術,也是非同小可的,必須憎
惡的是某些漢儒的'三綱五常''三從四德'之類的禮教,和宋明以來
想到聖廟吃冷豬頭肉的'陋儒',是他們在孔孟身上堆了一些瓦礫,所
以必須清除。"

八、把北平變成"文化城"的幻想

　　偽滿成立,長城抗戰失敗,塘沽協定以後,冀東、察北告急,"華北

特殊化"的形勢越來越明顯。在日軍滾滾入關,飛機編隊飛行示威於北平上空之際,人心岌岌可危。我們痛感敵偽橫行,救國無力,課聽不下去,在胡先生"中國哲學史"的課上,提出了問題請求解答。胡先生也憂心忡忡面帶愁容地說:"寇深矣! 國家積弱,我也沒什麼辦法好講! 咱們的海岸綫忒長,天空更開闊,沒有足夠的海軍、空軍去防衛,陸軍的裝備也差,又不懂得現代的戰術,這個仗可怎麼打法? 尤其糟的事,是限於條約,在緊要的關頭,鐵路、河流還得准人家運兵,那裏有國防可說? 除非把國境換個過,讓西南、西北的西藏、新疆換到東南東北來。"他苦笑了一下,接著說:"所以我主張通過談判,使北平成為不設防的文化城,我們才能'弦歌不絕',在國際上是有過這種先例的。"

我們聽了以後大失所望,胡先生是國內外有名的學者,居然發出悲觀、失敗、不抵抗的論調,將來怎麼得了? 我個人尤其氣悶,仿佛受到了侮辱。難道說這是愛國思想嗎? 怎麼跟南京政府的做法一個樣? 已經不是幻想和糊塗的問題了。回到宿舍,翻了翻胡先生在課堂上散發給我們的幾期《獨立評論》,有云:"二三十年內,中國需要以親日為用"、"仇日派只可在野活動,且不可過烈",恍惚大悟,知道他這種等於投降的說法,不是偶然的了。

九、白色恐怖,特務橫行,只說"別惹事"

1934 年的北平,由於憲兵三團(團長蔣孝先)的入駐,國民黨市黨部特務活動的加強,白色恐怖空前,知識分子人人自危。尤其是東北籍的大學生,往往無故失蹤,就連我這樣的書呆子,只曉得上課蹲圖書館,根本不參加任何活動的,也未能倖免。

那是 1934 年 11 月初冬的一個晚上,電燈剛亮,我正在東齋(北大的學生宿舍,在沙灘紅樓的西側,按《千字文》的頭兩句"天、地、玄、黄、宇、宙、洪、荒"等字排的號頭,都是平房,兩人一間。另有"兩齋"挨著二院,在馬神廟西口)和一個吉林同鄉名字叫做張顯豐的(武漢大學的學生,初中時和我在吉林第一師範同學)閒聊,忽聽院内一片喊聲:"揪著他們,怎麼隨便在大學宿舍裏捕人?"等我們出來看時,來人已經被趕到大門口左邊的接待室裏了。

兩個戴著鴨舌帽,身穿西裝,不繫領帶的人,氣急敗壞地在做分辯:"諸位!諸位!不要誤會,我們是奉上差遣傳訊一下姚同學(哲學系的學生,記不清名字),事畢送回,沒有什麼。"待我仔細一辨認,這兩個家伙好像見過,原來前此在中央電影院(西城府右街對過,四堂子胡同東頭)看《大路》(王人美、金焰主演)時,當觀眾聽到"大家一齊流血汗,為了活命,那怕日曬筋骨酸"的歌曲而鼓掌的當兒,忽然手電筒一亮,隨即有人大喝一聲:"不准鼓掌!"電影散場,人們指指點點的,便認清了他們。

待我悄悄地說給了張顯豐以後,張顯豐擠進人群,大罵"狗特務!跑到這兒撒野來了,我打死你們!"隨即拳打腳踢把他們揍了一頓。特務看到人多未敢還手,奪路而逃,我們還抄起來頂門杠追了一陣。事後,我沒事人兒似的,依舊回屋裏睡覺。張顯豐卻覺得惹了禍,說聲"不好"!上火車溜回武漢。

果然,第二天清晨4點鐘的時候,我的房門被踹開,兩個特務端著手槍把我從被窩里拉了出來,不容分說就捆上了兩臂推到門外。這時,東齋院內已經佈滿了員警(内六區署就在南邊銀閘胡同口上),共計三個學生被押上了小轎車,直駛西城教育部街的國民黨市黨部。

進了院子,架下車來,不由分說,先暴打了我們一頓,正是那兩個家伙動手,還一面罵著:"壞蛋、奸黨,槍斃你們!"接著就把我們隔離扣留,大概是防備我們串通。

審問我的時候,叫我跪著回話,打了一陣嘴巴,又踢了臀部。逼問:"什麼時候參加的共產黨? 張顯豐跟你只是同鄉嗎? 他跑到哪裏去了? 你跟他起哄是不是商量好了的?"反復追詢,越打越狠。可以說自出娘胎以來沒有受過這樣的拷打,但我矢口不承認什麼,情知如果胡說,將陷於"萬劫不返之地"。如此者數日,已經鼻青臉腫,疲憊不堪,口角流血,瘸足而行了,別的同學也是一樣。這些毫無人性的兇神惡煞!

第五天的早上,情況開始好轉,不打不罵了,還說:"蔣夢麟、胡適,不也是党國的大官、名流嗎? 為什麼不聽他們的話?"後來才曉得學校的保釋到了,但還不能就算完事,必須:一、書面具結,不再聚眾滋事反對黨國;二、在這裏受審的情況,不准向外透露;三、知道張顯豐的下落時,立即報告。三者缺一不可。

在度日如年之際,得此生機,豈有不喜出望外之理,真是不當"囚徒"不知自由之可貴了。出來以後才知道被保釋的只有樊畿(他是課業長樊際昌的弟弟,物理系三年級學生)和我(被認為是不參加政治活動、埋頭讀書的學生),另一位董姓的政治系同學,由於拒捕(特務曾鳴槍追擒)轉往"反省院"去"反省"啦。見到胡先生的時候,胡先生沉著臉色申斥說:"這不是自討苦吃嗎? 要知道學校並不是'庇護所',以後如再出事,我們也幫不上忙了!"胡先生不是尊重人權,講求法律的嗎? 夫復何言!

十、"信手信腕",要我作好《袁中郎評傳》

打開中國歷史來看,我確實覺得散文的用場比詩歌大,因此在卒業本科之前,立志要認識一下古代散文發生發展的跡象,胡先生正是提倡新文字反對假古董的，就從明清兩代來講，他就肯定公安、竟陵的清新雋永，否定前後七子的抄襲摹擬。他說："一個時代有一個時代的文學，繼承並不是復古照搬。什麼文必秦漢、詩必盛唐，這完全是不可能的事體。"這種情調，我們早就飫聞。

因此，我在本科第四學年開始之前（1934 年秋）說明志趣，請求胡先生指導我的畢業論文。胡先生說："研究公安、竟陵派，這很好。但選題不宜過大，也要看平日積累材料的情況。我的意思是重點突破，先搞一個人就成。譬如袁宏道（中郎）吧，乃'公安派'的中堅，反對明代七子的代表人物。據我所知，還沒有人認真地研究過他，看看寫個'評傳'怎麼樣。誦其詩，讀其書，不可不知道他的為人麼。關於這一方面的知識，周啟明（作人）先生比我多，周先生開過'近代散文'的課，可以去找找他，讓我們兩人共同來幫助你吧！"態度特別誠懇，不推托，不自是，末了還一再地講："這僅僅是個建議，供你參考，沒有任何拘束性。"

接著，我就找了周作人。周先生也很謙虛，只給我開了有關的參考書如《袁中郎全集》《白蘇齋類集》《隱秀軒集》《懷麓堂集》和李贄的《焚書》《徐文長文集》等，並約略地指出諸書的重要篇目，有助於"評傳"撰寫的種種。於是畢業論文撰寫，法定的兩位教授指導，我不但請准了而且很受教益。

過了九個多月，我把論文的草稿拿給胡先生看，胡先生看得很仔細，不同意的地方或是有問題的詞句，他都不客氣地提了出來，但是，只作眉批不加塗抹。如我在談及袁中郎非常欣賞徐文長的《四聲猿》時，竟然牽涉到了明清雜劇，甚至京劇的皮簧，自知扯得太遠，用了兩句俚俗的話把它拉了回來，其詞曰："野馬跑得太遠了，應該書歸正傳啦。"胡先生眉批道："這不是學術文中應有的語氣，應該把他塗掉。"當我介紹袁中郎特別尊重李卓吾（贄）時，語焉不詳，沒有說明李贄別號李龍湖,在當時是被"正人君子"斥為"離經叛道"者的。胡先生又在"有個世外高人喚作龍湖李老的"話上眉批道:"此是誰? 應說明。"這可真是嚴肅認真、一絲不苟的精神。不論過去現在,我認為都該學習。

又因為我在"評傳"後面附了"年譜",他道:"這樣可以互相參照,相得益彰,都是司馬子長給我們留下的好形式。不過'評傳'貴在以事為綱,夾敘夾議,而'年譜'須是橫行斜上,繫以年月。要求準確,寧缺毋濫,對於文學家作品產生的時間,尤其不可馬虎,這樣才能夠閙清楚他的思路及寫作手法發生發展的跡象。"旨哉言乎! 此之謂經驗之談。

十一、新詩嘗試未成功,也作舊體的

胡先生是最早發誓要作白話詩的人(約在 1916 年),但他當時還沒有什麼正規的體裁,既不是外來的"十四行"式的,也非中國舊有的五、七言,長短句,那思想感情就更不一致了,什麼樣的都有。我只能說,胡先生的詩不如文,他的白話詩單從形式上看,可以叫做"改組派"。如他集結在《嘗試集》裏的《小詩》:"也想不相思,可免相思苦,幾次細思量,情願相思苦!"這不是舊的詞調嗎? 胡先生自己就說:是襲用了《生查子》的。陳獨秀卻認為:"不單愛情如此,愛國、愛公理也都如此。"他的《江上》,與此類似,有小序云:十一月一日大霧,追思夏間一景,因成此詩,詩云:"雨腳渡江來,山頭沖霧出。雨過霧亦收,江樓看落日"。不用韻,無典故,清新自然,全是口語,可以稱為"散文短詩"。但,是"推陳出新"了,還是"舊瓶裝新酒"? 再引兩首長些的看:《應該》

他也須愛我,——也許還愛我,——

但他總勸我莫再愛他。

他常常怪我;

這一天,他眼淚汪汪的望著我,

說道:"你如何還想著我?

你想著我又如何對他?

你要是當真愛我,

你應該把愛我的心愛他,

你應該把待我的情待他。"

他的話句句都不錯,——

上帝幫我!

我應該這樣做!

　　序略云:"曼陀少年早死,是為了一件很為難的愛情境地死的。我這首詩也可以算是表章哀情的微意了。"當時"北社"的溟泠評道:"這首詩委曲周至的情節,古詩已難表出,律詩更不可能。新詩所以傲律格者,正在這裏。"(1919 年,《新詩年選》)寫情寫景的詩作而外,思想性比較強,有一定的戰鬥精神的如《威權》:"威權坐在山頂上……奴隸們同心合力,一鋤一鋤地掘到山腳底。山腳底挖空了,威權倒撞下來,活活的跌死!"(節錄)如《上山》:"努力! 努力! 努力往上跑!""但是,我可倦了,衣服都被汗濕遍了,兩條腿都軟了。我在樹下睡倒,聞著那撲鼻的草香,便昏昏沉沉地睡了一覺。睡醒來時,天已黑了,路已行不得了,努力的喊聲也滅了。……猛省! 猛省! 我且坐到天明,明天絕早跑上最高峰,去看那日出底奇景!"(節錄《嘗試集》)"北社"愚庵評曰:"胡適的詩以說理勝,宜成為一派的鼻祖,卻不是詩的本色,因為詩原是尚情的,但中國詩人能說理的也忒少了,適之的詩,形式上已

自成一格。"(《新詩年選》)

但是,不管怎麽說,胡先生此類的自由體詩,到底不如"改組派"的詩詞好。如《臨江仙》云:

> 隔樹溪聲細碎,迎人鳥唱紛紛,共穿幽境趁斜。我和君拾葚,君替我簪花。
> 更向水濱同坐,驕陽有樹相遮,語深渾不管烏鴉。此時君與我,何處更容他。

可能我們也有老框框,一時清除不了,總認為胡先生這樣的詞,耐讀耐看,胡先生自己後來也說:"一般說來,四十年的文學,新詩只不過'嘗試'了一番,至今沒有大成功。"(《新文學、新詩、新文字》)。其實,當日與胡先生共同創作白話詩的並不在少,朋輩有:陳獨秀、沈尹默、周作人、劉半農等,學生如傅斯年、俞平伯、羅家倫等,都有佳作,三十年代以後,大概是考據文、政論文、學術文佔用的時間、精力過多了吧,胡先生自己確已不彈此調,很少動筆。問起他的時候,他則說:"開個頭就行了,有很多的名家了麼!何必成功非我不可?"有時還說:"舊體詩也未嘗不可以作,這要看各人的造詣啦。我的看法是律、絕較難,不如古風自由些。"此語深中我心。

十二、指導我研究"桐城派"古文

1935 年夏,我在北京大學中國文學系本科畢業了,可是那個時候,畢業即等於失業,沒有社會關係,想找個工作比什麼都難。適逢北大研究院中國文學部招生,考取以後,每年可有三百六十元研究費,便動了念頭去應試。自己的母校麼,胡先生又是導師,結果,雖然卷子答的不理想(外語將及格,古典文學專業只在中等),可是榜上有名了。除我之外,還有侯封祥(同班同學,吉林人)、閻崇璩(清華出身,河北人)、李樅(中山大學高材生,廣東人)共是四名(報考者五十餘人),也不能不說是喜出望外的事。

胡先生看到我報到,頗為高興,說:"密斯特魏,學無止境,歡迎你再跟我研究幾年,但是方向要由自己定。"於是我商得胡先生同意,繼續聽他的課,搞"中國古代散文",由近及遠,先從明清開始。

侯封祥沒有報到,去東北中山中學做訓育員啦。胡先生很是惋惜,因為侯的成績比我好。閻崇璩也只研究了一個學期便考取了冀察政務委員會的縣長,受訓去了,後來當了河北省某縣的縣長。李樅同我念到了底。不過,聽課不在一起,指導各有專業,也不常碰頭。後來胡先生指定我寫《桐城古文學派小史》時說:"'桐城謬種,選學妖孽!'人家都這樣講,你同意嗎?既稱為'學派'而不曰'文派',便不單純是文章上的事了,'文章韓歐'以外,還有'學行程朱'哪,密斯特魏,你應該把它徹底探討一下。"

過了些日子,胡先生又對我說:"司馬遷以人為綱據事繫聯的傳記方法,很可以採取。具體到'桐城派',為什麼不能弄清楚,從方苞到林紓的師承情況,及其分播到各個地區的源流呢?"接著還說:"唐宋八家和'桐城派'的古文,其最大的優點是他們甘心作通順清新的文章,不妄想做假古董,不過有的時候,自命為衛道的聖人竭力攻擊漢學,反對新思潮,就未免不知分量了。"

費了將近兩年的時間,我的《桐城古文學派小史》脫稿。胡先生看了以後,說:"可以 pass。因為你拈著題目作文章,交待清楚了'學行'和'文章'的關係了。而且材料比較豐富,有的為人所不經見,足證下了不小的工夫。"

十三、壁壘不夠森嚴，令人莫測高深

1935 年秋，北平冀察政務委員會成立，這是一個日本刺刀威逼下成立的傀儡組織，目的在使華北脫離中國統治以保衛其偽滿政權的。這個機構裏的委員如：王揖唐、王克敏、齊燮元、陸宗輿、劉哲等，都是老牌的漢奸賣國賊。轟轟烈烈的“一二‧九”運動，就是愛國學生為了反對它的成立而發起的。胡先生竟也列名於委員之中，自然會引起物議的。儘管他是被指定的，根本未作理會。

可是我們的同學閻崇璩，居然通過考取，要去當它治下的縣長，暗中未免不以為然。當他辭別研究生班，準備受訓履新的時候，我問胡先生：“這不是同流合污嗎？放著學問不做，卻熱衷於利祿，恐非‘夫子’之道。”胡先生說：“也不盡然，可以出污泥而不染麼，且以閻君之才作親民之官，安知不可以改革吏治呢？”這我就不大明白了，在日軍監臨之下，漢奸橫行之時，還能夠遂行什麼政治抱負嗎？崇璩《貞觀政要》再通，《六法全書》再熟，恐怕也會等於零的。“學而優則仕”，此際談不上。

果然，還沒有一年，便“七七”事變了，盧溝橋炮響以後，我們南下，誓死不作亡國奴，可不知道我們這位同門怎麼樣了，起碼是下落不明吧！因而經常使我想到：胡先生的政治思想是否高明？《知難行亦不易》《我們甚麼時候有憲法》一類的理論，是否紙上談兵？國大代表的主席團，行政院的高等顧問，是不是官？胡先生是哲學、文學、史學什麼都精的，政治、經濟、外交什麼都談的。對比起來，是不是立場有問題？言不顧行，行不顧言的時候也不少？愛國思想、民族意識是知識分子起碼的道德修養，大節不虧，祖先給我們留下的前言往行，可以說是取之不盡，楷模具在的。遠的不說，宋、明以來的岳飛、文天祥、史可法,那"還我河山"的題字,《滿江紅》的豪語,《正氣歌》《絕命詞》的壯烈,以及拒絕多爾袞勸降的"復書",揚州梅花嶺抗敵到底的精神,不足以取法嗎? 而胡先生竟同意我們的同門閻崇璩去作敵偽的縣長,這種政治態度,恐怕比前此幻想把北平變為"文化城"的錯誤,還要嚴重,影響也更不好,起碼是我有此觀感。

十四、從《章回小說考證》中,看他的"考據癖"

我在研究"桐城古文學派"創始人的時候,發現集其大成的姚鼐(惜抱)有"義理、辭章、考據三者並重"之論,而這種做學問的方法,實則淵源於戴東原(震),便向胡先生請教其原委。胡先生說:"這是不錯的,你可以參考一下段玉裁(茂堂)的《戴東原集序》,姚氏、戴氏都是我們的鄉先輩,一個古文作得空前的通順,一個是皖派有名的漢學家,我的'考據癖'實際也是受了他們的影響的。因為要研究歷史,不佔有史料是不成的,而辨別史料的真偽(包括查明它的年代,弄清它的涵義),就非用考據的方法不可。在這一成就上面,戴氏是大於姚氏的,姚氏不過是古文家的考據而已,戴氏則超越前人,補救了宋儒的空疏,如《原善》《孟子字義疏證》之作即是。"

下來以後,查對了一下資料,知道胡先生的提示是正確的,非常必要的,而漢學(清人謂之"樸學")之成果在"考據",也就略識其梗概了。段玉裁之言曰:"稱先生者,皆謂考覈超於前古,始玉裁聞先生之緒論矣。其言曰:'有義理之學,有文章之學,有考覈之學。義理者,文章、考覈之源也。熟乎義理,而後能考覈,能文章。'玉裁竊以謂義理、文章,未有不由考覈而得者。"按段注《說文》,訓詁無出其右,即其繼承戴氏考據精神的明證。我們也甚至可以說,胡先生的《中國章回小說考證》,對於明清的長篇小說如《水滸傳》《紅樓夢》《西遊記》《三國志演義》《三俠五義》《官場現形記》《兒女英雄傳》《海上花列傳》和《鏡花緣》等九部書的考證,巨細靡遺,深入淺出,有所發明,有所發現,從其文學境界的開拓上看,又非戴、段、姚鼐所能比擬的了。胡先生自己曾有一段話,單道他的"考據癖"云:"我最恨中國史家說什麼'作史筆法',但我卻有點'歷史癖';我又最恨人家咬文嚼字的評文,但我卻又有點'考據癖'!因為我不幸有點'歷史癖',故我無論研究什麼東西,總喜歡研究它的歷史;因為我不幸有點'考據癖',故我常常愛做一點半新不舊的考據。"(《水滸傳考證》)那麼,這何嘗不是他慣說的"拿證據來"的實踐論呢?無可厚非。

我過去教明清的小說時,便常拿魯迅先生的《中國小說史略》和胡先生的《章回小說考證》做主要的參考書的,再以胡先生評《水滸傳》和《紅樓夢》的話為例以觀其瀾,說《水滸》云:

> 我想《水滸傳》是一部奇書,在中國文學佔的地位比《左傳》《史記》還要重大的多;這部書很當得起一個閻若璩(清人,辯正《古文尚書》)來替它做一番考證的工夫,很當得起一個王念孫(清人,撰《廣雅疏證》《讀書雜志》)來替它做一番訓詁的工夫。(同上)

其實不差,推崇了本書,指出了研究的方法。又說《紅樓夢》云:

> 向來研究這部書的人都走錯了道路,他們不去搜求那些可以考定《紅樓夢》的著者、時代、版本等等的材料,卻去收羅許多不相干的零碎史事來附會《紅夢夢》裏的情節,他們並不曾做《紅樓夢》的考證,其實只做了許多《紅樓夢》的附會。(《紅樓夢考證》)

“附會”豈可當真，前此“紅學”的“索隱派”確實犯大忌。胡先生
1933 年之言，言猶在耳，遞至今日，恐怕就不止是“附會”了，還有“剽
竊”哪。我總認為批判古人不能“鞭屍”，就是說歷史主義地看問題，
還他一個本來面目。而且“金無足赤，人無完人”，如果主觀片面、以偏
概全，不但不足以示生者，死者有知亦必含恨於九泉矣！胡先生在政
治上固然犯了許多錯誤，但是應一分為二地看待他的學術研究。

十五、米糧庫四號巡禮，胡先生的家

那時北大的研究生，並無固定的學習場所，除有時隨本科學生班
上聽課而外，絕大多數的時間是花在校內外的圖書館裏去查資料的。
導師和研究生間的座談，每學年也不過兩三次，多半是在紅樓二樓左
側南面的“國文學會”室中進行。

這個學會佔房兩大間，四壁圖書立櫃，中間一個長大木桌。在本
科時，劉文典先生給我們上“校勘”課（用《太平御覽》和馬敍倫先生的
《莊子義證》校勘《莊子》）就在這裏。胡先生召開研究生第一次座談
會時，閻崇璩、李棪、朱文長（史學部的研究生，教育系教授朱經農的兒
子）和我俱在座，此外還有“歌謠室”工作人員徐芳女士（我的老同桌）
列席，她是胡先生留下的助教，會作新詩。

胡先生根據我們認定的專業，分別作了指示，開列了題目、參考
書，那態度是謙虛的，商榷的，但卻是嚴肅的，認真的。他說，他自己是
有“考據癖”“歷史癖”的，“諸位看待問題也不妨大膽一些，但不要早
下結論，必須小心地尋找證據，讓事實和材料說話，那成就就不與人同
了。北大的研究生不多，科學研究的擔子很重，希望努力從事。”

在米糧庫四號，胡先生的家裏也開過座談會，那是招待性質的：擺

設茶點、介紹書房,還出妻獻子呢,熱呼呼的,簡直不分彼此,親如
一家。

　　胡先生的住宅是很大的一座院落,周圍磚牆,院落寬闊。頭門左
右有傳達室和汽車房,一條甬路直通北屋,大概是上房五間,廳堂居
中,西邊為起居間及工作間,東面藏書,玻璃窗都很大,陽光充足,胡先
生的工作間(即書房)陳設簡單,並無古玩字畫。中央一臺長方木桌,
略置筆硯。桌子兩旁幾把靠椅子,未見沙發。

　　我們每次入室,胡先生和夫人江冬秀女士都熱情地招呼:沏六安
茶,擺大蛋糕,經常讓同來的徐芳分切。胡夫人略坐即去,胡先生和我
們邊吃邊談,不止是課業上的,有時也話家常,問問我們的生活情況,
說說他自己的家庭歷史。胡先生少孤,是母親教育他成人的,所以望
色承歡,未嘗稍拂其意,例如他的婚姻,就是母親包辦的,可是毫無"改
組"的念頭。對於老師他也很尊重,特別是美國實驗主義鼓吹者杜威
博士,他曾歡迎杜威到中國講學(在二十年代的中期),杜威也介紹他
去美國教書(三十年代不止一次),胡先生的小兒子名喚思杜,便是不
忘杜威之意。他並不諱言"教育即生活""學習以實驗為主"的思想,
是得自他的外國先生的。我們聽了也很受感動,原來胡先生不只是位
孝子,還很講求師道呢。這對於主張"文化須以西洋為主"的做法,雖
然順理成章,可是對於曾是"打倒孔家店"、反對封建禮教的"急先鋒"
便不好解釋了。

　　胡先生的圖書室是兩間大房,經、史、子、集充滿書架,以綫裝帶套
的居多,胡先生說:"我藏書也是以實用為主的,不講究善本,因為書賈
對於善本往往奇物自居,漫天要價,何必花許多冤枉錢去搶購呢?我
們又不是玩賞,'善本的終點,乃是校勘的起點'。如果要查對的時候,
到大圖書館去借,一樣可以解決問題,我校《水經注》就是這麼辦的。"
胡先生這話是很有道理的,也是他跟藏書家背道而馳的地方。可是對

於像我們這樣的窮學生，卻是非常具有啟發性。"書非借不能讀"，語涉雙關了。甚至直到很久以後的五十年代中，我自己也做了許多年的教授了，有了一定的經濟力量以後，在買書的時候，也不忘胡先生的話，雖也藏了近千卷的書（平裝的除外），不過只有二十幾套明刻版的，還是一些選本、雜書，"文革"期間，連"紅衛兵"都看不上眼，僥倖保存下來啦。

十六、屢作青年大學生結婚典禮的證婚人

1934 年至 1935 年中，北大、師大高年級的學生結婚的不少，這恐怕和他（她）們行將畢業進入社會謀求工作有關。經濟上漸漸獨立，可以維持家庭生活了。東北的學生，尤其不能不考慮到這一點。何況當時的情況，往往是只要已有戀人，大家一幫湊就辦了，互助協作搞得很好。

胡先生是不輕易答應什麼報告會討論會的，他說："許多事情都不好講，不如少發議論。"我就遭受過他的拒絕。可是對於結婚典禮卻是例外，做證婚人一請就答應。他說："這是喜事，理應分享快樂，身為長者，也有這種義務，送個花籃表示祝賀，君子'成人之美'麼。"在北大同學吳英東的婚禮上，胡先生說得很幽默："昨天我家裏來了兩位客人，衣飾整潔，彬彬有禮，深深地九十度的鞠躬，使我驚喜。問明來意，說是為了請我證婚，這怎麼能夠不答應？看，現在亭亭玉立在我們面前的新郎新娘就是。端莊誠敬，不是照舊地鞠躬如也嗎？禮貌不衰，值得效法，我祝賀你們白頭到老，吉祥如意。"

禮成以後，胡先生也祝賀我的研究生已被錄取（尚未放榜），雖然成績不夠理想，希望我能念下去。

在師大學生江世祿的婚禮上，胡先生就更喜氣洋洋，談笑風生了。

他的夫人也特別活躍,因為這位江君是他們的内親,雖很年青卻是叔父輩,胡先生說:"我們這位小叔丈,家學淵源底子很厚,現在專攻中國古代史,頗有成就。"胡夫人從旁插言:"世祿叔從小就聰明,也用功,我們江家人都及不上他。"江世祿美得嘴合不上,笑著對來賓們說:"別聽他們的,我哪裏比得了胡先生。"胡先生又說:"我們徽州,過去是常出大家的,戴東原、方以智、姚惜抱都是了不起的人物。但不能一代不如一代呀。他們那個時候讀書的條件怎麼比得了你們現在的?就拿我們的小叔丈和他的新夫人周源說吧,同在北京師大學歷史,不止同班,又成同衾,我們當日也比不了你們哪!豈不應該後來居上。"這時同席的師大教授們和歷史系主任李飛生、王桐齡先生等都頷首同意。

這也應該算是老一輩的學者,對於年青一代的鼓勵吧,雖然我們是在借江世祿的光,我的愛人于月萍跟江世祿、周源同班,我們結婚時他倆來過,何況我又是胡先生的研究生,所以並不陌生。語云"一經品題,便作佳士",有著胡先生這樣的名流為之張目,江世祿那得不聲譽鵲起?可惜書沒念完便"七七"抗戰,後來聽說這一對夫婦跟我們一樣,顛沛流離,失業失學,沒有什麼大成就。

值得琢磨的是胡先生那時候的心情:身在危城,熟視無覩,強顏歡笑,聊以解嘲,已經"麻木不仁"了。

尾　聲

平津大學生流亡到了南京,分別去找國民黨政府的當道請願。因為我是北大的研究生,作為業已發表為駐美大使的胡適之先生,便由我負責走謁。

當日胡先生住在傅厚崗某號的一簇平房裏,花木蔥蘢,車水馬龍,約了時間始得面見。胡先生一看到我，面有戚色，說：

"密斯特魏，你辛苦啦！怎麼來的？"

"從天津坐海船到煙臺登陸，轉搭膠濟火車至濟南，又經徐州、浦口過江，走津浦綫才到。可是截至現在還沒有人管，所以來看先生。"我帶著祈求的神情回答。

"政府會有辦法的。你們去看了新教育部部長陳立夫先生嗎？去問問他，國家正在打仗，還不知道什麼時候是個了局。不過我看，念書沒用了，做點兒實際工作吧。"

他並沒有具體的安排給我們，人來人往的，確實透著忙，不好多耽擱他的寶貴的時間，便起身告辭了。

出來以後，不禁心中暗想：胡先生做了官了，跟從前不一樣了，徒勞往返，大失所望。

1948 年底，北平被包圍以後，蔣介石不止一次地給傅作義發來電報，指定要胡適、梅貽琦、李蒸、徐悲鴻、陳寅恪、周炳琳等，搭乘南京派來的專機離開北平，傅作義分別作了通知。可是徐、周表示不走，只把胡適和夫人江冬秀接到了中南海勤政殿（傅作義的副秘書長焦實齋的辦公室）。

胡氏夫婦，行色匆匆，隨身便裝，只提了一個小皮包，連早點都沒顧上吃，焦等急忙到伙房給他們買了幾套夾餜子的芝麻醬燒餅，他們就站在頭門的石獅子旁邊吃掉，並交談了幾句話：

"胡先生只帶這點兒東西嗎？"焦實齋問。

"來不及準備了！"胡先生漫答。

"我們什麼時候再見？"焦又問，

"說不好啦，謝謝吧！"

遂把他倆送上汽車，直奔南苑飛機場。"黯然銷魂者，惟別而已矣！"（江文通《別賦》）行兮送兮，不堪俯仰。我和胡先生這一次真成

"永訣"了! 時為 1948 年 11 月上旬的某日。

記得打電話通知他準備走的時候,曾經探詢著說:"周(炳琳)先生、徐(悲鴻)校長決計留下了,先生是不是也可以考慮不走?"胡先生回復得很果斷:"不行,我必須離開北平!"誰實為之? 孰令聽之? 回想起來,不禁憮然。

殿之以詩,題曰《尊師》:

> 莫說師氏不應尊,"言告言歸"《詩》有云。
> 仲尼素王果光大,文權教權已問津。
> 《春秋》褒貶誰敢侮,弟子三千聲威振。
> 二十世紀胡夫子,大業未遜孔家門,
> 白話散文主壇坫,實驗哲學倡導新,
> 即知即行教育美,見仁見智各守真。
> 泰岱巍巍讓丘垤,江河滾滾入海深。
> 鮌生頂禮保定道,無限溫情在親仁。

(本文原載於《保定文史資料選輯》第 6 輯,1989 年。《河北文史資料》1991 年第 2 輯,《文史精華》(擷珍本)1997 年皆予以轉載)

魯迅先生和古典小說
——為紀念魯迅先生逝世二十周年而作

　　魯迅先生研究中國古典小說的成就,跟他表現在創作和翻譯上的一樣,都是前無古人具有著劃時代的意義的。為什麼這樣說呢? 因為,中國自漢以來小說便被視為"殘叢小語""道聽途說"、不足以登"大雅之堂"的了。到了魯迅先生,不但自己創作小說以為對敵戰鬥的武器,同時也花費了巨大的時間研究整理了古典小說,從而徹底糾正了前人不正確的看法,給古典文學研究工作者打開了新的一頁。

　　先生研究古典小說是從"輯佚"的工夫入手的。就是說,他繼承了中國優良傳統的科學研究方法,在浩如烟海的舊書堆子裏去博覽、窮搜、考訂、參證地以務窺古典小說的本來全貌。這乃是學術研究的基礎工作,最需要的是細心和毅力。可是先生堅持下來了,欣悅了勞動。用他自己的話說便是"廢寢輟食,銳意窮搜,時或得之,瞿然則喜"。(《小說舊聞鈔·再版序言》)

　　先生這樣辛勤勞動的結果是:《古小說鉤沉》(漢魏六朝以來的散佚作品,都被收羅在這裏了)、《唐宋傳奇集》(它是六朝以下唐宋單篇小說的評論和考譜)結集成功。對於研究古典小說來講已經可以算是鋪平了道路,開拓了境界。但是,先生的貢獻還不止此。因為這些集子再好也不過是關於材料的蒐集與整理,而他自己成為一家之言的"真知灼見"卻是另有體現的所在——《中國小說史略》。

　　《中國小說史略》本是魯迅先生在北京大學教書時的課堂講義,它是中國第一部古典小說史。先生通過了它,科學地系統地從發生到發展地同時也結合著作家的生平作品的實際情況,來全面細緻地介紹了中國古典小說的歷史面貌。這部書已付印問世可能就真給中國的學術界跟文藝界帶來了前所未有的光輝。因為,無論從看問題的態度還是寫作上的技巧任何方面來說,它都是嶄新的創造的足資我們楷摸的典範。再具體些講:

此書不只給中國古典小說找出了來龍去脈,使人清楚了它的歷史上存在的情況;而且率先提出了"小說"的根源在民間,為研究者明確了努力的方向。例如書中說:"神話"是古代人民對於自然現象的一些"自造的解釋",它人格化了以後便是"傳說"。"街談巷語""道聽途說"才是"小說"的主要來路,前人早就有過"雖小道必有可觀者焉"的話,所以不應該偏廢這種"芻蕘狂夫之議"(以上所引的語意具見原書第一、第二兩篇中)。那末,從實質上看,這些說法不已經是"人民文學"的精神了麼?

還有,書的撰寫體例雖然也是編年敘事的,但是它的不與人同之處卻在於切實結合了時代特點,始終根據著作品的內容來定立篇目從事論說。例如它按照"小說"發生發展的實際情況,由"神話傳說"一直敘列到"講史小說",而且清晰地交待了歷史背景,重點地舉出了作品例證,深入地分析了人物性格,適當地介紹了作者生平,筆調運用靈活,手法多式多樣,在藝術表現上又不止於符合"內容決定形式"的文學原則啦。

另外是,此書使用的材料都是魯迅先生多少年來親自搜剔的原始材料,提出來的看法也是先生推陳出新、獨抒己見的看法。因為先生自己常說:"未見原書, 憚於轉寫;見聞雖隘,究非轉販"(語見《小說舊聞鈔·再版序言》)。通過這種嚴肅認真的作學問態度所產生出來的精心結構,自然會是流傳不朽的。這從書中得出來的許多結論,如唐之"傳奇"才是作者"有意為小說"的產物,宋代"話本"已是"白話小說”的濫觴,因為它是“說話人”的“底本”(原意見《中國小說史略》第八、第十二兩篇)等等根據實際材料提煉給我們的確切不移的說法,至今仍須沿用即可徵見。

　　總之,魯迅先生對於中國古典小說的研究,那成就是巨大的:論述出有專著,整理材料成書,糾正了前人輕視小說的錯誤觀點,給後來的研究者奠定了堅固的基礎。但是最應該為我們所取法的還是他那種虛心學習、認真鑽研的作學問的態度。《中國小說史略》撰著得那樣成功,自己在《序言》裏還要說:“此稿雖專史,亦粗略也”;對於別人的幫助也明白地表示,“高情雅意,尤感於心”,這便是先生虛懷若谷令人欽敬的地方。所以,在紀念先生逝世二十周年的今天,也就是黨和政府號召我們要向科學進軍的今天,我們必須提出來這樣的口號:

　　　　認真鑽研,虛心學習。不自滿,不氣餒,言之有本,放矢有的;不剿襲,不摹擬,攻下古典文學的堡壘,插上推陳出新的紅旗。為光大祖國的文化遺產而努力。

　　　　　　　　一九五六年十月十日於天津師院

　　(本文原載於《大學語文(函授通訊)》1983 年第 2 期,署名“魏紫銘”。魏先生自注云:“這是二十七年前我寫給《青年文藝》的一篇舊作,被編者發現,擬於《大學語文》重新發表,我同意了,一字未改。一九八三年九月一日,紫銘注於保定。”)

一代宗師:魯迅先生逝世五十周年紀念

魯迅先生離開我們已經五十周年了,作為他的一個老學生,回想起二十年代末到三十年代初,讀他的書(這是主要的,從他發表在《新青年》和《語絲》上的文章開始),到和他在北平時的短暫的接觸(這主要的是聽講),往事縷縷,至今記憶猶新。

他在外貌上給我們的印象是:不講究服飾,沒見他穿過西裝(雖然是留學東洋的),經常是舊呢帽、長袍子、老式的皮鞋(或膠底五眼番布鞋),平頭、短鬚、走路比較快,沒有包車(自家準備的人力車)。平時,冷面寡言,但平易近人,沒有學者的架子。

魯迅先生是嫉惡如仇一絲不苟的,窮追猛打一竿到底的。他的"打落水狗"的精神,是大家都知道的,如對"資產階級的乏走狗"陳源教授之流,就是這樣的。但他也並不一概地"赤膊上陣",有時還要披著"幾片鐵甲"以防萬一的。"君子之徒曰:'你何以不罵殺人不眨眼的軍閥呢?斯亦卑怯也已!'但我是不想上這些誘殺手段的當的。我就要專指斥那些自稱'無槍階級'而其實是拿著軟刀子的妖魔。"(《墳》題記)所以,他接著說:"就是偏要使所謂正人君子也者之流多不舒服幾天,所以自己便特地留幾片鐵甲在身上,站著。"(《寫在〈墳〉後面》)

魯迅先生是不肯以"導師""前輩"自居的,雖然他非常之熱愛青年,真正做到了循循善誘的地步。他常說:"倘說為別人引路,那就更不容易了,因為連我自己還不明白應當怎麼走。中國大概很有些青年的'前輩'和'導師'罷,但那不是我,我也不相信他們。"(《寫在〈墳〉

後面》)可究其實呢？按照丁玲先生早就說過的話講："我如饑似渴地尋找他(指魯迅先生而言)的小說、雜文,翻舊雜誌,買剛出版的新書,一篇也不願意漏在《京報副刊》及《語絲》上登載的文章。"丁玲的結語說:"他成了唯一安慰我的人。"(《生活·創作·時代靈魂》)她的這些感受是很有代表性的。

許廣平先生也說:"一致愛護的魯迅先生在學生中找不出一句惡評。""他不自私,正義感蘊蓄在他的心中;扶助被壓迫者,揭發並剝落那些卑鄙的蟲豸們,正是他的任務。這一種信念的力浸透在每一個接近過他的青年底純樸的胸懷","和我們站在一條戰綫裏","是青年的吸鐵石"(《欣慰的紀念》),對於當日廈門大學的學生來說。

因此,儘管有時先生也上當受騙,如後來的高長虹、向培良,還有許欽文等人。"君子交絕不出惡聲",他也很能寬恕他們,跟對待"正人君子"之流不一樣。因為青年到底是青年,自己曾經幫助過他們的,學生不好只怪得先生麼。所以他給我們的印象,也一直是位極有修養的忠厚長者。韓退之云:"師不必賢於弟子,弟子不必不如師。"(《師說》)

可以說魯迅先生的心裏,是真正愛護青年保護後輩的,因為他認為這是自然規律,新陳代謝,誰也避免不了"完全解放我們的孩子"(《隨感錄》四十)。他說:"願中國青年都擺脫冷氣,只是向上走,不必聽自暴自棄者流的話。能做事的做事,能發聲的發聲,有一分熱,發一分光。"(同上,四十一)他並且鄭重地告誡老的道:

老的讓開道,催促著,獎勵著,讓他們走去。路上有深淵,便用那個"死"填平了,讓他們走去。(同上,四十九)

這也應該算是他的"進化論"吧,但是,據我們看來,沒有點兒革命的勁頭也是辦不到的,誰能自甘退出歷史舞臺哪,魯迅先生是早已有見於此了。

魯迅先生對人是愛恨分明,區別對待的,譬如"創造社"的諸公,成仿吾先生說:"《吶喊》的作者也許是不承認批評的一個。……作者即不承認批評,而批評仍然要發生效力。……世人盛稱作者的成功的原因,是因為他的典型築成了,然而不知作者的失敗,也便是在此處(指《狂人日記》《阿 Q 正傳》和《孔乙己》等篇)。"成仿吾接著說它們是自然主義的作品,而且連作為自然主義"隨筆都很拙劣"的《一件小事》是根本算不上小說的。下面的話就更說得重了:

> 作者是中途使用白話文的一人,他用了許多無益的文言,原不足怪,然而讀下去是很使人不快的。又作者的用字不甚修潔,造句不甚優美,還有些地方艱澀,這都是使作品損色的。(以上所引並見《創造季刊》:《吶喊的評論》)

還有,就是"《狂人日記》很平凡;《阿 Q 正傳》的描寫雖佳,而結構極壞;《孔乙己》《藥》《明天》皆未免庸俗;《一件小事》是一篇拙劣的隨筆;《頭髮的故事》亦是隨筆體"(同上)等等,幾乎都給否定了。所以魯迅先生也說:

> 我一向很回避"創造社"裏的人物。這也不只因為歷來特別的攻擊我,甚而至於施行人身攻擊的緣故,大半倒在他們的一副"創造"臉。雖然他們之中,後來有的化為隱士,有的化為富翁,有的化為實踐的革命者,有的也化為奸細,而在"創造"這一面大纛之下的時候,卻

【後缺】

緬懷顧羨季先生

　　五十年代初,余與顧羨季先生同執教於天津師範學院(河大前身)之中文系,開古代文學課,合作無間甚相得也。先生光風霽月、敦厚溫柔,長余八歲,余每尊稱之為顧老,亦以其為北大同門也(先生先余數屆畢業於外文系),先生亦昵呼余為魏兄。先生教學多方,博雅淵深而善於取譬,談笑風生、使人解頤。顧學焉而慚才有未逮,課外談敘尤多裨益。

　　顧老嘗戲指附庸風雅而聲情乖劣之詩人為"豆芽菜",以其曳白不能自立之故。余則嘲之曰:"此猶愈於掐菜,尚有頭尾在也。"先生戲曲之作一時無兩,場面齊全,文武崑亂不擋。其嵌入劇作中之套數小令,多具獨立成章之特色(如《祝英臺身化蝶》劇中之"正宮端正好""滾繡球""倘秀才"等即是)。至其刻畫人物之繪影繪聲活靈活現、折子結構之嚴絲合縫、珠玉雙輝,更不待言。

　　曾謂余曰:"楊小樓不愧為'武生宗師',他不止是長靠短打都棒,白口清脆,武戲文唱,最難得的是能琢磨所扮人物的聲音笑貌,使之栩栩如生地重現於舞臺之上。如《別姬》之霸王'垓下'一歌,淒涼悲壯,英雄美人,不得以成敗論之。所以司馬遷為之作'本紀'是千該萬該的。反之,那位得天下的漢高祖,卻真是個流氓,殺盡了韓信、彭越一類的大將軍,回到沛縣家鄉卻唱起'安得猛士'的《大風歌》來,何其不堪?所以睢景臣的《漢高祖還鄉》的套數就寫得妙,大膽、潑辣。"

　　又說小說《紅樓夢》的人物道:"王熙鳳美而能,使人銷魂,是塊當家人的材料，但我不喜歡她。賈府裏的丫鬟，我只覺得晴雯可愛，這不單純因為她是黛玉的化身，可貴之處，在於她的情真意切、敢愛敢恨、爽朗乾脆、快人快語，所謂'任性'猶其餘事。這曹雪芹把女孩兒們的心靈都吃透了，不止空前、可能絕後，真是古往今來一大手筆。"

顧老邃於佛學、尤精"禪宗"（凡"外道""凡夫""小乘""大乘"等類），他說："六根（眼、耳、鼻、舌、身、意）清淨，六塵（色、聲、香、味、觸、法）不染，談何容易，這如同'色即是空，空即是色'一樣，乃是佛家'有'與'無'的矛盾。'大乘'（普度眾生）、'小乘'（自家成佛）因有此病，蓋不生'大慈'曷有'大悲'？""無我相，無人相，無眾生相，無壽者相"正是佛家"寂滅"之理。其虔修、苦渡，所以為"來世"之"極樂"耳。

先生之《垂老禪僧再出家》雜劇有詩云："薙髮披緇空即色，參禪禮懺色非空。達摩無有西來意，一任泥鰍自化龍。"（第一折，正末僧開場）又《仙呂·點絳唇》云："初祖西來，道傳法外，非空色，任意安排，甚的不是菩薩戒。"（同上）雖有澈悟之詞，非無清淨之意，蓋際生偽亂，室家多累，"古之傷心人別有懷抱"也，非直為觀美耳！跡其思維，余曾漫以"居士"呼之，顧老苦笑不應。嗟乎！"人之相知，貴相知心"，余豈敢自弄聰明哉！

顧老詩文清麗，書法嫵媚，而惜墨如金，從不輕易遺人，更無論沽諸市井矣，居輒曰："君子固窮，及其老也血氣既衰，戒之在得。"言猶在耳，以視今之"貨殖"者不可同日而語矣。

羨季先生平生以馮至老為摯友，詩文交流唱和極多。羨季先生及門之高弟子甚多，如周汝昌、郭豫衡、史樹青諸君子，均業有專長為當代名流。而其尤著者則加拿大籍之葉嘉瑩女史也。因頌之以詩云：

悠悠顧老,師友無間,溫柔敦厚,步武前賢。

教亦多術,芳菲滿園。翰墨飛香,守以清寒。

名溢齊、魯,盡瘁幽、燕。我之懷矣,旨在追遠。

　　　　庚午初秋,八十三叟魏際昌合十於河大之紫庵

　　　　(本文原載於《河北大學學報》1990 年第 4 期)

附:

又,今年 9 月 2 日為羨季先生舉行紀念會,余撰《顧隨先生紀念會序》如下:

清河顧羨季先生逝世之三十年,其友朋始得相與集會於北京而紀念之,意深遠矣。蓋先生淵雅博大,霽月光風,居於仁,游於藝,與人恭,執事敬,為晚近鮮遘之學者。而際值國家多故,出入靡常,使先生匆匆以去,未得常樂暮年竟其全功,為酸楚耳!余與先生桑梓同門,晚年又得共事一堂,切磋經史,知無不言,尤眷眷也。先生之道德文章具在《文集》之中,其嘉言懿行亦備見於葉嘉瑩、周汝昌諸君子所撰之述作,毋庸余之贅言。嗟乎!師道之不講也久矣,今天少年喜謗前輩,矧能於三十年後垂涕泣以憶其先師哉!化行俗美,此為楷模,余亦敬謹受教,殆先生古之遺愛也。是為序。

　　　　　　　　庚午初秋 9 月 6 日於保定

記郝克同志

一九八四年春初,保定市在書記郄光同志支持之下,由郝克、馬千里、沈周、魏其昌等同志積極醞釀,成立保定蓮池書院老人大學,以為離退休老幹部會友修文之教育場所。余以馬千里同志之介紹始識郝克同志,其時伊已負責學校總務工作近數月矣。他給我的印象是坦蕩熱心積極有為,觀其二目炯炯照人,談吐爽朗,頗生好感。

千里同志紹介云:"郝克同志,司法界(典獄)老幹部也。曾參加抗美援朝,為中國人民志願軍公路工程第二大隊副大隊長兼第二中隊隊長,勇於拼搏不怕犧牲,歷時半載,完成任務始返國。"乃益敬重之。

時主事人推我為蓮池書院老人大學副院長兼教授古代文學,余以專業及環境關係不好推辭,在郄光同志領導之下工作了一年多(代請河大專家教授參與教學,包括我的愛人于月萍在內——她教古代歷史)。後因人事關係(團結有問題),加之身老體衰無力兼顧,遂無形引退(郄書記離休、千里逝世之後,益不過問其事了)。

郝克同志之愛人楊寧同志也是一位老幹部老黨員,間有過從。今歲春初郝克同志大病之後(胃癌切除),以有關材料一束付余,囑為之記,因檢出數事,特記如下:

①高陽書記在河北主持省委工作時,郝克同志曾專往晉謁,請其擔任名譽校長。高以即將去職為詞,以書申謝。

②郝與其老領導向東同志關係搞得不錯,遇事多為贊助維護。

③八九年春夏之交,北京學生反革命暴亂時,郝克同志立場堅定態度鮮明,誓死反對,不愧為老黨員老幹部,有些看法與我頗有同心,所以不斷來往,時亦提供新聞資料。